Taschenbücher von William Sarabande
im BASTEI-LÜBBE-PROGRAMM

13 432   Land aus Eis
13 465   Land der Stürme
13 510   Das verbotene Land
13 554   Land der vielen Wasser

DIE URZEIT-SAGA

William Sarabande

LAND DER HEILIGEN STEINE

DIE GROSSEN JÄGER

Ins Deutsche übertragen
von Bernhard Kempen

BASTEI-LÜBBE-TASCHENBUCH
Band 13 610

Erste Auflage:
Januar 1994

© Copyright 1991
by Book Creations, Inc.
Published by Arrangement with
Book Creations, Inc., Canaan,
NY 12029, USA
All rights reserved
Deutsche Lizenzausgabe 1995
by Bastei-Verlag Gustav H. Lübbe
GmbH & Co., Bergisch Gladbach
Originaltitel: The Sacred Stones
Lektorat: Beate Stefer
Titelbild: Hans Hauptmann
Umschlaggestaltung:
Quadro Grafik, Bensberg
Satz: KCS GmbH,
Buchholz/Hamburg
Druck und Verarbeitung:
Brodard & Taupin, La Flèche,
Frankreich
Printed in France

ISBN 3-404-13610-1

Der Preis dieses Bandes
versteht sich einschließlich der
gesetzlichen Mehrwertsteuer.

Für Karen Nelson, Bibliothekarin in Big Bear Lake/Kalifornien, als Dank für all die unverlangte Detektivarbeit zu Torkas Stamm und dieser neuen Generation der ersten Amerikaner.

DIE ROTE WELT

Norden

Osten

Land des Stammes
des Wachenden Sterns

Grasland

Blaue Tafelberge

Felsplateau

Paß durch die Tafelberge
zu Shi-wanas Dorf

Masaus Paß

Rote Hügel

Ish-iwis Dorf

See

Pinien-
wälder

Ort der Großen
Versammlung

GROSSER SEE

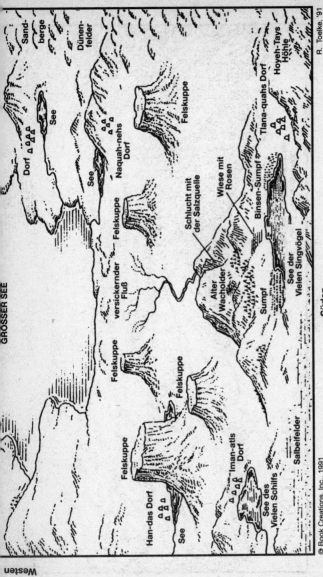

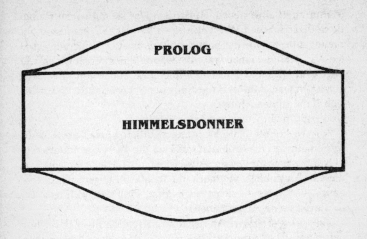

PROLOG

HIMMELSDONNER

»Großer Geist ... Großvater des Stammes ... Weißer Geist mit vielen Namen ... höre mich an! Ich rufe dich, ich erhebe meine Arme, ich drehe mich im Kreis. Ich blicke in die vier Richtungen der Welt, wo die Geister des Windes geboren werden und wo du, Himmelsdonner, im Schutz der Wolken und im Schatten der Macht des Adlers dahinziehst. Sieh mich an! Ich bin Ysuna, die Tochter der Sonne, die Weise Frau des Stammes des Wachenden Sterns. In dieser Morgendämmerung bringe ich dir ein Geschenk des Lebens. In dieser Morgendämmerung bringe ich dir eine Braut. Möge das Blut dieses Stammes und das des Himmelsdonners eins sein!«

Ah-nee lief ein freudiger Schauer über die Haut, als sie den Worten der Weisen Frau zuhörte. Ah-nee war zwölf Jahre alt und weit von zu Hause fort. Aber sie war seit achtzehn Monden eine Frau, und wenn die Sonne über den Hügeln aufging und der Morgenstern am Himmel verblaßte, würde sie eine Braut werden.

Ihr Körper war nackt und von Kopf bis Fuß mit glänzendem

Mammutfett eingerieben. Außerdem war sie mit rotem Hämatit und zerriebenen Weidenknospen bemalt. Sie stand vor Erregung zitternd vor der Schweißhütte, aus der sie gerade getreten war. Nai, die junge Frau, die während der vergangenen vier Tage und Nächte der rituellen Reinigung nicht von ihrer Seite gewichen war, kam jetzt auch aus der Schweißhütte und stellte sich dicht hinter Ah-nee.

»Vergiß nicht, blick niemals zurück!«

Ah-nee konnte Nais Warnung deutlich hören, obwohl die Trommeln so laut dröhnten, daß sie die Welt erschütterten.

Nai flüsterte ihr weitere Anweisungen zu. »Sprich nicht! Von diesem Augenblick an mußt du in allen Dingen gehorchen, ganz gleich, was du siehst oder hörst. Und das wichtigste ist, du darfst keine Angst haben!«

Keine Angst haben? Ah-nee fand diesen Rat absurd. Sie hob den Kopf. Dies war die Dämmerung vor dem Morgen ihrer Hochzeit. Warum sollte sie Angst haben?

Die Trommeln schlugen noch lauter. Sie reckte ihre kleine Gestalt, dachte an Nais Worte und erinnerte sich daran, daß die alten Frauen der Roten Welt sie vor der Geisterratte gewarnt hatten, die an diesem Tag als Dieb des Mutes und Vater der Furcht zu ihr kommen könnte. Aber sie hatten sich geirrt, ihre Warnungen waren völlig unbegründet! Sie verspürte die süße Traurigkeit des Heimwehs. Wenn doch jetzt nur die alten Frauen der Roten Welt bei ihr gewesen wären! Sie hatte nicht damit gerechnet, so lange von ihnen getrennt zu sein und ihren wohltuenden Rat zu vermissen.

Sie seufzte. Es war zwecklos, sich nach dem zu sehnen, was nicht sein konnte. Die alten Frauen der Roten Welt schliefen weit entfernt im Südwesten am See in den schilfbedeckten Hütten ihres Stammes. Aus Liebe zu einem umherziehenden Fremden hatte Ah-nee ihren Rat in den Wind geschlagen, die Bedenken des alten Schamanen Ish-iwi ignoriert und ihrem Stamm entschlossen den Rücken zugekehrt. Es würde noch viele Monde dauern, bis sie einen von ihren Leuten wiedersah.

Sie zwang sich dazu, einmal tief durchzuatmen, und vertrieb so ihre Sehnsucht nach Zuhause und nach ihren Lieben. Mit der

Zeit würden sie einsehen, daß Ah-nee die richtige Entscheidung getroffen hatte. Mit der Zeit . . . doch jetzt war der Augenblick so süß wie eine frisch ausgegrabene Kamas-Wurzel. Sie genoß ihn, während sie das Dorf des Stammes des Wachenden Sterns überblickte. Die große, kreisrunde Ansammlung von kegelförmigen, bunt bemalten und fellbedeckten Behausungen kam ihr immer noch fremdartig vor. Sie sagte sich erneut, daß es ihre eigene Entscheidung gewesen war, hier zu leben, daß sie bald die Frau des Mannes werden würde, den sie sich selbst erwählt hatte, und daß sie freiwillig mit ihm nach Norden in ein fremdes Land gezogen war. Sie hatte jetzt schon einen Mond lang in seinem Stamm gelebt. Wie er versprochen hatte, war sie von den Menschen besser als jemals zuvor in ihrem Leben behandelt worden.

Sie war voller Erwartung. Damit ihre Füße zu diesem heiligen Anlaß nicht den Boden berührten, war ein wertvoller Teppich aus langhaarigem Mammutfell vor ihr ausgebreitet worden. Das sorgsam gekämmte Fell und die frisch geschnittenen Beifußzweige und -blätter kitzelten ihre Fußsohlen. Auf dem Kopf trug sie einen Kranz aus silberblättrigem Salbei, dessen kräftiger Duft sie benommen machte. Sie sog ihn gierig ein, nicht nur weil er für den Stamm des Wachenden Sterns heilig war, sondern weil der Salbeiduft sie an Zuhause erinnerte – an weite, trockene Ebenen westlich des fernen Sees, wo ihr Vater, ihre Brüder und die anderen Männer des Stammes zu dieser Jahreszeit Jagd auf Kaninchen und Antilopen machten.

In ihrer kleinen rechten Hand hielt sie einen Wacholderzweig mit blauen Beeren. Auch diese Pflanze war dem Stamm des Wachenden Sterns heilig, und auch ihr Duft erinnerte sie an Zuhause – an herbstliche Wanderungen in das rote Hochland, wo der Wacholder allmählich von Pinienwäldern abgelöst wurde. Dort sammelte ihr Stamm Piniennüsse, bis sich die Menschen beim ersten Schnee des Winters im Gefolge der Hirsche und der kleinen, gestreiften Pferde zu den eisfreien Quellen im Hügelland zurückzogen.

Sie seufzte erneut. Ihre Erinnerungen waren so berauschend wie eine abendliche Brise, aber jetzt war die Nacht fast vorbei und nicht die Zeit für Gedanken an die Vergangenheit. In ihrer linken Hand hielt sie ein Geschenk für den Mann, dessen Frau sie bald werden würde. Es war ein abgenutztes Messer, das auf den ersten Blick aus Knochen gemacht schien, aber das Gewicht und die glatte Oberfläche von Stein besaß. Ysuna, die Medizinfrau, hatte ihr den Dolch am Morgen ihres ersten Tages in der Schweißhütte gebracht.

»Für die Braut«, hatte die Weise Frau erklärt. »Wasche ihn mit dem Schweiß deines Körpers und poliere ihn mit deinem Haar! Halte ihn in diesen Stunden der Reinigung immer nahe an deinem Körper! Dann überreiche ihn ihm zur Hochzeit!«

»Ich danke dir, Ysuna, aber ich habe schon nach der Tradition meines Stammes Geschenke für ihn gemacht. Ein neues Schlafhemd aus geflochtenem Kaninchenfell, Sandalen aus Reisig und . . .«

»Nein, nichts aus der Roten Welt! Du mußt ihm diesen heiligen Steindolch überreichen, mein Kind. Er existiert bereits seit Anbeginn der Zeiten in unserem Stamm. Kannst du die Schnitzereien auf der Klinge erkennen? Es heißt, daß sie in den Tagen, als der Weiße Gott trompetete, als die Berge wanderten und es nur einen einzigen Stamm auf der Welt gab, durch Zauber eingeritzt wurden. Der Stein ist alt, sehr alt. Berühre ihn, kleine Schwester. Er ist ein Stück von den zerstreuten Knochen des Ersten Mannes und der Ersten Frau. Wenn alle Knochen wiedergefunden sind, werden die Mammuts in großer Zahl in diese Welt zurückkehren, und die Stämme der vier Winde werden wieder eins sein, während sie vom heiligen Fleisch essen, das einst ihre Vorfahren ernährte.«

Ah-nee konnte sich erinnern, daß sie mit einem Finger über die seltsame Oberfläche der Klinge gestrichen und gesagt hatte: »In der Roten Welt, aus der ich stamme, ist das Fleisch des Mammuts verboten. Solche Steine wie dieser sind heilige Amulette. Der alte Ish-iwi, der Schamane meines Stammes, besitzt einen, der nicht größer als eine Eichel ist. Darauf sind genau dieselben Zeichen. Der Weise Mann hat gesagt, daß es die Zeichen von Lebensspender sind und daß der Stein unser Verbindungsglied zur Vergangenheit und zu unseren Vorfahren ist.

Ohne ihn würde unser Stamm seine Kraft und Hoffnung verlieren.«

Ysunas altersloses und außergewöhnlich schönes Gesicht war flach und glatt wie ein unbenutztes Trommelfell geworden. »Lebensspender?«

»Ja. Der Große Geist. All-Großvater.«

»Ach ja, natürlich! Lebensspender, der Große Geist, Himmelsdonner. Es ist also ein und derselbe. Gibt es in den anderen Stämmen der Roten Welt noch mehr solcher heiliger Steine?«

»Ja, sicher. So viele Steine, wie es Stämme gibt. Was bedeuten die Zeichen auf der Klinge, Ysuna?«

»Dieses Wissen ist nicht für dich bestimmt, kleine Schwester. Die Bedeutung der Zeichen ist die Angelegenheit der Weisen des Stammes. Wenn die Zeit kommt, bringe diesen Dolch dem, den du erwählt hast. Er wird diese Geste verstehen, auch wenn du sie nicht verstehst.«

Ah-nees Herz schlug schneller, als ihre Erinnerungen an jene Unterhaltung verblaßten. Sie konnte ihn sehen — Maliwal, den sie Wolf nannten. Sie liebte ihn so sehr! Er trug einen Lederumhang mit einer grotesken Kapuze, die seinen Kopf wie den eines Mammuts ohne Stoßzähne, aber mit Elefantenohren und Rüssel aussehen ließ. Der guterhaltene Mammutrüssel schaukelte vor seinem Gesicht. Sein Körper war grau bemalt, und seine Arme und Beine glänzten in den Farben und Mustern, die in seinem Stamm das Leben symbolisierten. Er stieg die breiten Stufen der großen, erhöhten Plattform hinauf, vor der die Weise Frau mit himmelwärts erhobenen Armen und zurückgeworfenem Kopf stand.

Wie schön sie aussieht! dachte Ah-nee, als sie den Blick von Maliwals seltsamer Bekleidung abwandte und die Weise Frau beobachtete. Auch wenn sie dem Stamm den Rücken zukehrte, war ihr Anblick ehrfurchtgebietend. Unter den Stämmen der Roten Welt war es undenkbar, daß eine Frau mit den Geistern in Verbindung trat. Aber Ysuna stammte nicht aus der Roten Welt, sie war eine Tochter des Stammes des Wachenden Sterns und keine gewöhnliche Frau. Es ging das Gerücht, daß sie den Anfang der Welt miterlebt hatte. Doch trotz ihrer Jahre war

Ysunas Haar so schwarz wie die Schwingen eines Raben und so lang, daß sie mit ihren bloßen, tätowierten Fersen auf die federbesetzten Enden treten würde, wenn sie rückwärts ginge. Jetzt war die Weise Frau wie immer in ihr beeindruckendes Gewand aus dem braunen und gelben Gefieder der kleinen Vögel gekleidet, die auf den Köpfen und Schultern der Mammuts saßen.

Ysuna, die größer als die meisten Männer war und einen Rücken, gerade wie ein feuergehärteter Speerschaft, hatte, war das Zentrum des Stammeslebens. Die Männer verehrten sie, die Frauen fürchteten sie, und Kindern war es verboten, in ihrem Schatten zu gehen. Hunde, die über ihren Schatten liefen, wurden zu Tode geprügelt. Dennoch war Ah-nee seit ihrem ersten ängstlichen Augenblick in diesem großen Lager voller fremder Menschen von Ysuna unter die Fittiche genommen worden. Sie hatte sie ›kleine Schwester‹ genannt und sich mit einer geradezu mütterlichen Fürsorge um sie gekümmert. Ah-nee liebte die Weise Frau von ganzem Herzen. Nachdem ihre eigene Mutter vor langer Zeit gestorben war, hatte sie in Ysuna einen würdigen Ersatz gefunden.

Das Mädchen lächelte. Dadurch lief etwas Mammutöl zwischen seine Augenlider. Ah-nee erinnerte sich an Nais Warnung, sich nicht zu rühren, und versuchte vergeblich, das Öl durch Blinzeln zu entfernen. So blickte sie durch einen rötlichen Schleier zu Ysuna und der Plattform.

Es war das größte, erstaunlichste und erschreckendste Gebilde, das Ah-nee jemals gesehen hatte. Der Stamm des Wachenden Sterns hatte vier Tage gebraucht, um es zu errichten. Knochenfeuer brannten zu beiden Seiten zweier großer Trommeln, die neben der Treppe standen und von je vier Männern geschlagen wurden. Die Plattform bestand gänzlich aus Mammutknochen und war kunstvoll mit Adlerfedern, bunten Röhrenperlen und Knochenscheiben verziert. Sie ragte hoch auf und war die monströse Nachbildung eines Mammuts.

Maliwal stand auf einer floßähnlichen Fläche aus Mammutrippen zwischen den zwei Hälften eines durchtrennten Mammutschädels. Links und rechts von ihm starrten die leeren

Augenhöhlen, während die gewaltigen Stoßzähne wie zwei polierte weiße Baumstämme aufragten.

Alle Männer, Frauen und Kinder des Stammes des Wachenden Sterns hatten sich in zwei langen Reihen zu beiden Seiten der Plattform versammelt. Sogar ihre räudigen, kampflustigen Hunde waren bei ihnen, während die Menschen in ritueller Bemalung und Federschmuck und mit Gewändern aus pigmentierten Häuten sie anstarrten und ihren Namen riefen.

»Ah-nee!«

Sie zuckte erschrocken zusammen, als Maliwal ihren Namen trompetete, als wäre er ein Mammut.

»Ah-nee!« wiederholte der Stamm einstimmig, schüttelte Rasseln aus Tierhoden und pfiff grell auf hohlen Knochen, während die Hunde bellten und heulten und die Trommelschläge lauter wurden.

Überwältigt starrte Ah-nee auf die Trommeln, die ganz anders waren als die im Land ihres Stammes. Sie waren über aufrecht im Kreis aufgestellte Pfosten aus Mammutschenkelknochen gespannt. Nai hatte sie als Donnertrommeln bezeichnet. Sie besaßen einen Durchmesser von sechs Fuß und bestanden aus gebogenen Weidenästen, über die eine straff gespannte Mammuthaut gezogen worden war. Man hatte sie über heiligem Feuer erwärmt, bis jede Feuchtigkeit hinausgetrieben worden war. Jede wurde von vier Männern geschlagen, die im Rhythmus ihrer mit Fell bespannten Knochenschlegel sangen, doch Ah-nee hörte sie kaum.

Ysuna hatte sich zu ihr umgedreht. Die Weise Frau stand nicht mehr allein vor der Plattform. *Er* — Masau, der Mystische Krieger des Stammes des Wachenden Sterns und jüngere Bruder von Maliwal — war zu ihr getreten.

Ah-nees Körper schien jedesmal zu glühen, wenn sie ihn sah. Ihr Mund wurde trocken. Sie schluckte, aber es nützte nichts. Masau sah sie an, und seine dunklen Augen verengten sich nachdenklich in seiner schwarz tätowierten Gesichtsmaske. Er war vor kurzem von einem Jagdzug nach Westen zu seinem Stamm zurückgekehrt.

Ohne jeden Zweifel war er der großartigste Mann, den sie

jemals gesehen hatte. Ahnte Maliwal, wie sehr sie von dem Mystischen Krieger fasziniert war? Wenn ja, was würde er dann von ihr denken?

Im Schein der großen Lagerfeuer aus trockenen Knochen, kostbarem Holz und Körben voller Salbei wandte Ah-nee schuldbewußt ihren Blick von Masau ab und konzentrierte ihre Aufmerksamkeit auf Maliwal.

Ihr Bräutigam stand als große, einsame Gestalt vor dem verblassenden Nachthimmel. Maliwal war stark und klug und sah außergewöhnlich gut aus, selbst wenn er als Mammut verkleidet war. Kein Mann seines Stammes reichte an ihn heran, weder in Gestalt und Klugheit noch in seiner Besorgtheit um sie. Trotz ihrer Gefühle für seinen jüngeren Bruder bereute sie es nicht, Maliwals Frau zu werden. Bald würde sie sich ihm hingeben. Dieser Gedanke ließ sie vor Stolz und Erwartung erzittern.

»Komm!« forderte Maliwal sie mit ausgestreckten Armen auf. Seine Zähne leuchteten weiß in seinem graubemalten Gesicht, als er den Mammutrüssel zur Seite hielt, so daß sie sein breites und gewinnendes Lächeln sehen konnte, ein Lächeln, das nur ihr galt. Sie wurde vor Glück fast ohnmächtig und war enttäuscht, als der Rüssel der Mammutmaske wieder vor sein Gesicht fiel.

Dann begann er zu tanzen. Er wiegte sich hin und her, er winkte ihr zu und trompetete. Er kehrte ihr den Rücken zu und zuckte mit den Hüften, so daß der Mammutschwanz hin und her schwang, der an seinem Lendenschurz befestigt war. Er drehte sich wieder um, machte einen Luftsprung und blickte sie an. Er zog an einer Schnur, so daß sich die knöchellange Vorderseite seines Lendenschurzes aufrichtete. Dieser Lendenschurz bestand aus dem großen Penis eines Mammutbullen, der niemals für eine menschliche Frau geeignet war, außer vielleicht in ihren Alpträumen.

Der Stamm brüllte vor Lachen, und Ah-nee spürte, daß sie errötete. Sie spürte das Verlangen, endlich die Frau dieses gutaussehenden Großwildjägers aus dem Norden zu werden, aber sie war immer noch Jungfrau.

»Komm!« trompetete Maliwal erneut und hob seinen Lendenschurz, um sein vollständig erigiertes und angeschwollenes tätowiertes Glied zu enthüllen. »Komm, Tochter des Stammes des Wachenden Sterns! Komm, Ah-nee! Komm zu Himmelsdonner! Es ist Zeit!« Maliwals Mammuttanz war bereits weit über rein symbolische Andeutungen hinausgegangen. Sein männliches Organ war groß, sehr groß, so daß Ah-nee unwillkürlich ihre Schenkel zusammenpreßte. Dennoch wurde durch seinen Anblick tief in ihren Lenden das Feuer der Bereitschaft entfacht. Sie war feucht und warm und willig, das zu empfangen, nach dem sie sich seit dem Augenblick, als sie ihn zum ersten Mal sah, gesehnt hatte.

»Du mußt zu ihm gehen«, flüsterte Nai hinter ihr. »Jetzt!«

»Komm!« rief er erneut. »So wie das Mammut endlich in die Sümpfe des Adlersees zurückgekehrt ist, so muß jetzt Ah-nee zum Himmelsdonner kommen!«

Sie wünschte sich, Maliwal hätte seinen eigenen Namen benutzt und nicht von der Verbindung des Mammuts mit der Frau gesprochen. Sie verstand nicht, warum er alles auf Tiere bezog. Alles, was dieser Stamm tat, hing mit den großen Mammuts zusammen. Das Mammut war auch das Totemtier ihres Stammes, obwohl es im südlichen Land am See nur wenige davon gab. In diesem rauhen Grasland im Norden waren Mammuts sogar noch seltener als Riesenfaultiere, Säbelzahnkatzen und langhörnige Bisons. Ah-nee verstand nicht, warum Maliwals Stamm sie jagte. Sogar jetzt in diesem heiligen Hochzeitsritual trat ihr Bräutigam im Namen des großen Mammutgeistes Himmelsdonner auf, als wären Maliwal und der Geist eins. Es war eine beunruhigende Vorstellung. Was würden die alten Frauen der Roten Welt sagen, wenn sie dies sehen und hören könnten?

Ich habe es dir doch gesagt!

Das Mädchen biß die Zähne zusammen. Ah-nee wollte nicht zulassen, daß ihre Erinnerungen an die wohlmeinenden, aber leicht zu erschreckenden alten Frauen ihr die schönste Nacht ihres Lebens verdarben. Wenn die Zeremonie vorbei war und sie endlich in Maliwals Armen lag, würde er schon bald davon überzeugt sein, daß es wesentlich angenehmer war, ein Mann zu sein als ein Mammut.

Nai drückte die Knöchel ihrer Faust in Ah-nees Rücken und drängte sie voran. Es war Zeit, die Plattform zu besteigen, um den Mann ihrer Wahl anzunehmen. Ah-nee ging weiter. Sie bewegte sich langsam, wie im Traum. Die Gesichter des Stammes des Wachenden Sterns schienen vorbeizuschweben ... so ernsthafte Gesichter, verkniffene Münder, Augen voller Geheimnisse. Warum hatten sie aufgehört zu lächeln?

»Seht!« riefen sie einstimmig.

Die Trommelschläge beschleunigten sich und hallten in ihrem Kopf und ihrem Herzen wider.

»Seht die Braut!« riefen die Männer, strecken die Arme aus und schüttelten die Hodenrasseln so nahe neben ihrem Gesicht, daß ihre Finger sie im Vorbeigehen berührten.

Die Trommeln wurden lauter. »Sie ist schön! Sie ist vollkommen! Eine würdige Braut!« riefen die Frauen trillernd, während sie die Hände nach ihr ausstreckten.

Die Trommelschläge wurden noch schneller und noch lauter.

»Sie kommt!« wiederholten die Kinder, als auch sie sich in ihre Nähe drängten.

Es schien, daß nicht eine Stelle ihres Körpers von tastenden Fingerspitzen unberührt geblieben war. Dann hörten die Trommeln unvermittelt auf. Erschrocken ob der plötzlichen Stille blieb auch Ah-nee am Fuß der Plattform stehen.

Jetzt stand Maliwal mit erhobenen Armen und gesenktem Lendenschurz hoch über ihr auf der Konstruktion aus Mammutknochen. Sein Gesicht war nicht mehr von der Mammutmaske verdeckt, nachdem er sich diese auf den Rücken geworfen hatte. Er war ein schöner Mann. Er lächelte so glücklich und freundlich und sprach ihren Namen mit unendlicher Liebe und Verehrung aus.

Ysuna stand vor ihr. Masau, der Mystische Krieger, war an der Seite der Weisen Frau. Er trug einen prächtigen Umhang aus Adlerfedern und einen Kopfschmuck, wie ihn Ah-nee noch nie zuvor gesehen hatte. In seiner Hand hielt er einen seiner Sperre. Kurz fragte sie sich nach dem Grund dafür, dann dachte sie

18

über die Bedeutung seines Namens nach. Das Wort *mystisch* kannte sie, aber der Begriff *Krieger* war ihr fremd. Doch das spielte jetzt keine Rolle. Die Blicke seiner kalten, dunklen Augen, die wie Obsidian im Mondlicht schienen, ruhten auf ihr. Sie zuckte zusammen, als hätte sein Blick sie körperlich verletzt. Sie mochte es nicht, wenn er sie so ansah. Sie hielt den Atem an und wandte die Augen ab, während sie froh darüber war, daß sie für Maliwal bestimmt war und nicht für seinen jüngeren Bruder.

»Kleine Schwester! Endlich ist die Zeit gekommen!« rief Ysuna freundestrahlend.

Ah-nee seufzte erleichtert, als die Weise Frau sie liebevoll in die Arme nahm. Sie wäre am liebsten für immer in Ysunas Nähe geblieben, aber dann trat die Frau zurück.

»Wie jung und vollkommen du bist, kleine Schwester! Wirst du auch mich Schwester nennen?«

»Ja, mit Freude, denn du bist wahrlich die Schwester und Mutter, die ich schmerzlich entbehrt habe.«

Ysuna reckte das Kinn. Ihre Nasenflügel bebten, und ihre Augen verengten sich. Eine blaßblaue Vene pulsierte an ihrer entblößten Kehle. »Und wirst du selbst dich von jetzt an Tochter des Stammes des Wachenden Sterns nennen und dich bereitwillig in diesem Ritual mit uns vereinen?«

Ah-nee zögerte. Auch wenn ihre Heirat mit Maliwal sie zu einer Frau von Ysunas Stamm machte, würde sie dennoch für immer eine Tochter ihres eigenen Stammes bleiben, ein Kind der Stämme der Roten Welt. Wenn sie diese Überlegung aussprach, wäre Ysuna sicherlich beleidigt. Ah-nee wollte jedoch alles tun, um die Weise Frau zufriedenzustellen. Und so sagte sie offen und ohne Bedauern, während sie sicher war, daß Ysuna noch nie zuvor jemanden so wie sie jetzt geehrt hatte: »Ja, meine Schwester. Ich werde mich von jetzt an Tochter des Stammes des Wachenden Sterns nennen. Ja! Ich vereine mich bereitwillig in diesem Ritual mit deinem Stamm!«

Ysuna senkte den Kopf. Ihre Augen waren jetzt weit geöffnet und ihre Gesichtszüge beherrscht. Ihre Haut wirkte im Licht der

Flammen und der verblassenden Sterne durchsichtig. »Und mit dem Großen Geist? Mit Himmelsdonner?«

Ah-nee spürte die Blicke aller Menschen auf sich. Sogar die Hunde starrten sie an und warteten atemlos ab. Masau hatte die Augen nachdenklich halb geschlossen. Ein Muskel bewegte sich an seinem Kiefer, aber er sprach nicht. Ah-nee war froh darüber, denn der Mann machte sie nervös, und es war offensichtlich, daß ihre Antwort von großer Wichtigkeit war. Sie wollte das Richtige sagen. Der Stamm des Wachenden Sterns war jetzt ihr Stamm, und sie wollte, daß er mit ihr zufrieden war. Sie wollte, daß dies eine vollkommene Nacht wurde, damit auch ihre Hochzeit mit Maliwal ohne Makel war. Sie schluckte. »Ja, ich vereine mich mit Himmelsdonner.«

Das erleichterte Seufzen, das allen Anwesenden entfuhr, wurde von den unvermittelt wieder einsetzenden Trommeln übertönt. Ysunas Züge verwandelten sich zu einer Maske des Triumphs, als sie die Arme hochriß. Aber es war Masau, der laut und deutlich sprach, damit alle ihn hörten.

»So sei es! Ah-nee vereinigt sich mit Himmelsdonner! Kein Mann, keine Frau und kein Kind darf jemals etwas anderes behaupten!«

Ah-nee hätte beinahe vor Freude aufgelacht, als Ysuna begeistert rief: »Dann geh, meine kleine Schwester! Geh und empfange, wofür du dich aus freiem Willen entschieden hast! Himmelsdonner erwartet seine Braut!«

Während der Stamm jubelte, gehorchte sie bereitwillig. Der Morgenstern verblaßte am westlichen Himmel. Bald würde die Nacht sterben und die Sonne wiedergeboren werden. Ah-nee hielt den Wacholderzweig in einer Hand und den Dolch in der anderen, während ihre kleinen, nackten Füße sie schnell die Stufen zu ihrem wartenden Bräutigam hinauftrugen. Außer Atem stand sie endlich vor ihm.

Maliwal grinste, als er den Zweig mit seiner linken Hand und den Dolch mit der rechten entgegennahm. Ah-nee lächelte, als sie ihm die Geschenke überreichte. Er zeichnete die Umrisse ihres Körpers mit dem Wacholderzweig nach, wobei Ah-nee ein Kichern unterdrücken mußte. Sie war erleichtert, als er den

Zweig in den Gürtel steckte, der seinen Lendenschurz hielt. Sein starker Arm zog sie plötzlich zu sich heran, worauf sie vor Freude aufkeuchte. Er hielt den Dolch in der rechten Hand, und das Mädchen spürte die flache Seite der Klinge unter ihren Brüsten. Maliwal beugte sich über sie und sprach mit heiserer Stimme. »Ich habe bemerkt, wie du ihn angesehen hast, seit er ins Dorf zurückkehrte. Vier Tage und Nächte der Reinigung haben nicht das Verlangen nach meinem Bruder aus deinem Herzen vertreiben können.«

Fassungslos hörte sie seine Worte und sah die Mordlust in seinen Augen funkeln. Sie versuchte sich von ihm zu lösen, aber er ließ nicht locker. Seine Lippen zuckten, als er knurrte und den Dolch tief hineinstieß.

Sie schrie, aber nicht laut. Es war eher ein überraschter Seufzer. Als sie erstarrte, drehte er den Dolch herum, dann zog er ihn heraus und stach noch einmal in Richtung ihres Herzens zu.

»Nein . . . nicht . . . neeeiiin . . .« Ihr Schrei verstummte, als sie in seinen Armen erschlaffte.

Schließlich ließ er sie fallen. Verwirrt und unfähig zu sprechen, lag sie auf dem Rücken und starrte zu ihm hinauf. Er hielt den Dolch immer noch in der Hand. Die Sonne ging hinter ihm auf, aber die Welt wurde immer dunkler.

Ysuna erschien über ihr, und Ah-nee blickte mit neuer Hoffnung zu ihr auf. Ysuna beugte sich herab und lächelte. Jetzt bemerkte Ah-nee zum ersten Mal, daß sich unter dem federgeschmückten Umhang der Schamanin ein schwerer Halsschmuck befand, der aus Sehnen und Strähnen menschlichen Haares geflochten war. Kleine, ungleichförmige Knochen hingen an der Kette und klapperten im Wind. Nein, keine Knochen! Steine — heilige Steine — von denen einer die Größe einer Eichel hatte. Obwohl Ah-nees Sehkraft nachließ, kamen ihr die kleinen Steine riesig vor. Sie hatte ihn schon einmal gesehen, in der Roten Welt, am Hals des alten Ish-iwis, des Schamanen ihres Stammes.

Ah-nee streckte ihre kleine Hand nach oben. »Schwester . . . Ysuna . . . Mutter . . .« Ah-nee war sich nicht sicher, ob sie die Worte sprach oder nur dachte.

Ysuna rührte sich nicht. Sie stand aufrecht da, während der morgendliche Wind ihr durchs Haar fuhr. Ihr Lächeln wurde zu dem breiten Lächeln einer Schlange, die sich in der Sonne wärmte. »Ja, kleine Schwester. Es ist wirklich Ish-iwis heiliger Stein. Und bald werde ich alle haben.« Ihre Augenbrauen hoben sich über ihre faltenlose Stirn, und sie sprach mit leiser, kehliger Stimme zu den Brüdern. »Noch ist nicht alles verloren. Habt ihr ihre Worte gehört? Sie nennt sich immer noch eine von uns. Töte sie schnell, Masau, bevor sie erneut spricht und den Gott beleidigt! Himmelsdonner wartet auf seine Braut.«

Dann fiel der Schatten des Todes über Ah-nee. Sie sah ihm ins Gesicht, als der Mystische Krieger auf die Plattform trat, einen Augenblick zögerte und dann seinen Speer erhob. Geschwächt vom Schock und vom Blutverlust spürte Ah-nee keinen Schmerz, als die lanzettförmige Speerspitze durch ihr Brustbein stieß und ihr Herz fand. Es gab eine helle Explosion aus Licht, auf die ein kalter, furchtbarer Druck folgte, der sich plötzlich löste, bis nur noch Dunkelheit war.

Ah-nee konnte die Weise Frau nicht mehr sehen. Ihr Geist verließ den Körper. Sie spürte, wie sie davontrieb. »Warum?« seufzte das sterbende Mädchen mit seinem letzten Atemzug.

Ysuna gab keine Antwort. Sie kniete sich hin und fühlte an Ah-nees Kehle nach dem Puls. Als sie keinen fand, nickte sie zufrieden. »Gut. Sie ist tot. Himmelsdonner wird mit diesem Opfer zufrieden sein, wie er es auch mit all den anderen war und mit denen sein wird, die noch folgen.«

»Was ist mit dem gefangenen Weisen Mann, der ihr von dem Ort, wo sich die zwei Tafelberge treffen, bis hierher gefolgt ist?«

»Ist Ish-iwi immer noch am Leben? Du bist ein Narr, Maliwal! Er weiß zuviel. Geh und töte ihn! Dein Bruder wird mir hier bei dem helfen, was jetzt getan werden muß.«

Von seinem Aussichtspunkt auf einem hohen Hügel sah Ish-iwi, der alte Weise Mann, auf das Dorf des Stammes des Wachenden Sterns hinunter. Geknebelt und bei den Handgelenken an einen Pfosten aus Mammutknochen gefesselt, hatte er alles mitangesehen: die Errichtung der Plattform, wie das Mädchen hinaufgestiegen war und dann seinen Tod. Damit hatte er nicht gerechnet. Ebensowenig verstand er, was er jetzt sah: Man schlachtete das Mädchen — zog ihm die Haut ab — und sang dabei!

Ihm wurde übel vor Grauen, und er wandte den Blick ab. Sein Atem kam in knappen Stößen, der durch seine ausgetrocknete Kehle kratzte. Es war drei Tage her, seit er zum letzten Mal gegessen und getrunken hatte. Als die Ameisen begonnen hatten, seinen Körper zu erkunden, als die ersten Beißzangen der Insekten sich in seine Haut gegraben hatten, um ihm das Blut auszusaugen, hatte er sich vor Schmerz geschüttelt und sich gegen seine Fesseln aufgelehnt. Doch es war zwecklos gewesen. Von seinen Bewegungen gereizt, waren die Ameisen, die bei Nacht schliefen und bei Tag fraßen, immer wieder über ihn hergefallen. Als jetzt die Strahlen der Morgensonne das Gras des Hügels erwärmten, kamen sie erneut, um sich ihre Tagesration zu holen. Es machte ihm nichts mehr aus. Seine Handgelenke waren angeschwollen und blutig und näßten aus knochentiefen Wunden, die er sich selbst zugefügt hatte, als er sich loszuzerren versuchte.

»Hat dir die Vorstellung gefallen?«

Erschrocken blickte der alte Mann auf und entließ ein leises, haßerfülltes Stöhnen. Maliwal stand mit dem Speer in der Hand und einem breiten, wölfischen Grinsen auf dem gutaussehenden Gesicht über ihm. Der Jäger hatte den bizarren Umhang abgelegt. Seine nackte, bemalte Brust und sein rechter Arm waren blutbesudelt. Ish-iwi hob trotzig den Kopf. Sein Abscheu gegen den Jäger war so tief, daß es beinahe ein angenehmes Gefühl war. Das Blut, mit dem sich Maliwal besudelt hatte, stammte von Ah-nee, dem armen, dummen Kind. Er hatte sie davor gewarnt, ihren Stamm zu verlassen, und die alten Frauen hatten ihr geraten, nicht zu gehen. Aber sie hatte nicht hören wollen. Ah-nee hatte schon immer ihren eigenen Kopf gehabt.

»Was ist los, alter Mann? Freust du dich nicht, mich zu sehen?« Maliwal lachte, als er sich hinhockte und den Speer über seine Schenkel legte. »Du siehst nicht gut aus. Ich war mir nicht sicher, ob du noch am Leben bist. Es ist gut, daß du noch lange genug durchgehalten hast, um die Zeremonie mitzuerleben. Es ist ein unvergeßliches Erlebnis, nicht wahr?«

Der alte Mann knurrte ihn an.

Maliwal lachte erneut. »Was? Du kannst nicht sprechen, wenn du geknebelt bist? Und du willst ein Schamane sein? Was würde dein Stamm von deiner Macht halten, wenn er dich jetzt so sehen könnte?« Er schnalzte tadelnd mit der Zunge und beugte sich dann näher an ihn heran, um ihn im Tonfall eines Verschwörers anzusprechen. »Kein Mensch aus der Roten Welt hat jemals gesehen, was du gerade erlebt hast. Es ist eine große Ehre für dich! Wenn mein Bruder dich gefunden hätte, wie du um das Lager herumgeschlichen bist, hätte er dich sofort getötet. Aber ich habe mir mit solchen Dingen schon immer Zeit gelassen. Warum sollte man Dinge, die Spaß machen, schnell erledigen? Außerdem dachte ich mir, es würde dir vielleicht gefallen, einmal einen wahren Zauber zu sehen, bevor du stirbst. Was willst du sagen? Ach, der Knebel . . .«

Ish-iwi zuckte gegen seinen Willen zusammen, als Maliwal plötzlich mit seinem Speer zustieß und mit der Steinspitze den Knebel durchschnitt. Die lange, extrem scharfe Schneide riß seine Wange auf. Maliwals Lächeln wurde zu einem Grinsen, als er das Blut sah.

Der alte Mann wollte seinem Peiniger keine Genugtuung verschaffen, indem er auf die Tortur reagierte. Er war bereits halb tot vor Durst, Hunger und Kälte, ganz zu schweigen von der langsamen Vergiftung durch die Ameisen. Was machte ein wenig mehr Schmerz schon aus? Nichts.

Er spuckte die Brennesseln aus, die man ihm in den Mund gestopft hatte, bevor er mit einem Lederstreifen geknebelt worden war. Die Nesseln hatten ihren Zweck erfüllt, denn seine Zunge war taub und zu dreifacher Größe angeschwollen. Es

24

bereitete ihm furchtbare Schmerzen, als er seinen Kiefer bewegte. Er hätte ihn gerne massiert, aber seine Hände waren immer noch gefesselt, und er würde eher sterben, als seine Schwäche zu zeigen und Maliwal zu bitten, sie loszubinden.

»Nun?« sagte Maliwal und stieß mit der Speerspitze gegen ihn. »Was meinst du? Sie ist doch ganz gut gestorben, oder?«

Die Frage brachte den alten Mann fast aus der Fassung. »Sie ist gestorben!« Diese Bestätigung fügte seiner Seele größere Schmerzen zu als die säurehaltigen Bisse der Ameisen.

Maliwal zuckte die Schultern. »Es mußte so sein.«

»Warum? Sie hat dir vertraut. Sie hat dich geliebt.«

»Sie alle vertrauen mir. Sie alle lieben mich. Bis zum Schluß.« Maliwal runzelte die Stirn. Statt der Belustigung stand nun Sorge in seinem Gesicht. »Dieses Mädchen ... es hätte nicht schreien dürfen.«

Ungläubig konzentrierte sich der alte Mann auf ein einziges Wort: »*Alle*?«

»Glaubst du etwa, daß Ah-nee die erste war?« Er lachte. »Nein. Seit Himmelsdonner zum ersten Mal Ysuna seinen Willen kundgetan hat, hat es viele ... Töchter der Stämme des Graslandes und der Berge gegeben ... Da jetzt im Osten und Westen keine Mammuts mehr zu finden sind, gehen wir nach Süden und holen uns die Töchter der Stämme der Roten Welt.«

»Warum?«

»Ysuna hat uns gesagt, daß es so sein muß. Zu Anfang hat es noch einige gegeben, die ihr nicht glaubten, aber jetzt nicht mehr. Jedesmal, wenn eine Braut geopfert wurde, hat der Große Geist Mammuts geschickt, um den Stamm des Wachenden Sterns zu nähren.« Maliwal wurde etwas entspannter, offener und freundlicher. »In diesen Tagen gibt es nur noch sehr wenige Mammuts auf der Welt. Hast du es auch schon bemerkt, alter Mann? Und doch wird die Zahl des Stammes des Wachenden Sterns immer größer. Unser Stamm ist groß, und wir brauchen Mammutfleisch, wenn er groß bleiben soll. Wenn die Mammutkuh, die zum Trinken an den Adlersee kommt, geschlachtet und gegessen ist, werden wir das Lager abbrechen und weiter nach Süden ziehen. An den vielen Seen der Roten

Welt können wir wieder auf die Jagd nach Mammuts gehen. Aber mach dir keine Sorgen, Ish-iwi — wir werden den Menschen deines kleinen Stammes nicht verraten, daß dich am Ende deiner Tage die Zauberkräfte verlassen haben.« Er lächelte. »Es war ein Fehler, dem Mädchen zu folgen.«

»Ich bin nicht dem Mädchen gefolgt. Ich bin jemandem gefolgt, den ich als Dieb verdächtigte. Ich bin *dir* gefolgt. Du hast mein Vertrauen mißbraucht und den heiligen Stein gestohlen, der den Weisen Männern meines Stammes zu Anbeginn der Zeiten anvertraut wurde. Ich hätte dir niemals zeigen dürfen, wo ich ihn aufbewahre.«

»Mach dir deswegen keine Selbstvorwürfe. Sie alle haben mir gezeigt, worum ich sie gebeten habe. All die alten Männer, all die ›Weisen‹ Männer, die altersschwachen Narren, die als Wächter über etwas eingesetzt wurden, dessen sie nicht würdig waren. Als du entdecktest, daß der heilige Stein verschwunden war, hast du dich bestimmt gefragt, ob du ihn verlegt hast. Du hast danach gesucht und dir Sorgen gemacht, nicht wahr? Du hast versucht, nicht daran zu denken, daß alte Männer immer wieder vergessen, wohin sie ihre Sachen getan haben. Aber du bist kein gewöhnlicher alter Mann. Nein, du bist ein Weiser Mann! Und obwohl du länger gelebt hast, als einem Mann meines Stammes gestattet wird, mußt du dich allmählich daran erinnert haben, wie sehr ich, ein Fremder, mich für das Amulett interessiert habe, das mir eigentlich wenig hätte bedeuten dürfen.«

Der alte Mann hatte einen trockenen Mund. Er starrte Maliwal an, beschämt angesichts der Wahrheit seiner Worte. »Ich . . . nein . . . so war es nicht.«

»Natürlich war es so! Es war genau so, wie ich gesagt habe! Wie lange hast du gebraucht, deinen Mut zusammenzunehmen und deinem Stamm zu gestehen, daß der heilige Stein verschwunden war, und dann auch noch deinen Verdacht zu äußern, daß ich ihn gestohlen habe? Was geschah dann? Ich werde es dir sagen: Weil du ein alter Mann bist, der schon seit sehr langer Zeit immer wieder Dinge verloren hat, hat niemand deiner Anschuldigung geglaubt. Ich, Maliwal, ein Fremder aus einem fernen Land, hatte das Vertrauen des Stammes gewonnen, während du, Ish-iwi, es verloren hast oder vermutlich schon verloren hattest, lange bevor ich eintraf. Also hast du dich unbemerkt davongeschlichen und mich verfolgt, weil du hofftest, auf diese Weise deinen Stolz zurückzuerlangen. Ja, ich sehe die Wahrheit in deinen Augen.« Er maß ihn mit triumphierendem Blick.

»Aber du kannst dich freuen! Bald wird mein Stamm nach Süden ziehen, um die Mammuts der Roten Welt zu jagen. Wenn wir in dein Dorf kommen, wird dein Stamm dafür büßen, daß er dir keinen Respekt und keinen Glauben entgegengebracht hat. Wir werden ihn nämlich vernichten. Wenn wir es nicht tun, werden sie andere Stämme vor uns warnen, und bald wird es in der Roten Welt keinen Stamm mehr geben, der nicht seine heiligen Steine vor uns versteckt und uns seine Töchter vorenthält. Sieh mich nicht so an, alter Narr! Dein Dorf ist nicht das erste, das niedergebrannt wird, und es wird auch nicht das letzte sein.«

Aus der Wunde in Ish-iwis Wange schoß immer noch heißes Blut. Sie begann zu pulsieren, und die Ameisen setzten zu ihrer täglichen Invasion an. Er spürte kaum ihre Stiche. Ihm war kalt, kälter, als ihm jemals zuvor in seinem Leben gewesen war. »Warum tut ihr das, wo das Land doch voller Wild ist? Es gibt Büffel und Pferde, Antilopen und...«

»Seit Anbeginn der Zeiten ist das Fleisch des Mammuts für den Stamm des Wachenden Sterns heilig. Dafür gibt es keinen Ersatz. Himmelsdonner hat in den Träumen unserer Weisen Frau gesprochen. Sein Wort hat uns den Weg gezeigt. Himmelsdonner wird den Stamm des Wachenden Sterns nur dann mit dem Fleisch der Mammuts nähren, wenn wir die Töchter derer opfern, die das Fleisch seiner Kinder essen.«

»Aber nirgendwo unter den Stämmen des Graslands, den Stämmen der Berge oder den Stämmen der Roten Welt gibt es Mammutjäger! Und Ah-nee hat niemals in ihrem Leben das Fleisch eines Mammuts gegessen!«

Maliwal verengte seine dunklen Augen streitlustig zu schmalen Schlitzen. »Lieber eure Töchter als unsere! So ist es eine gute Regelung. Eure Frauen, eure Mädchen, sie bedeuten uns nichts. Sie verstehen nicht, was wir vorhaben, bis es zu spät ist. Wenn sie mit mir kommen, sorge ich schon dafür, daß sie rechtzeitig Mammutfleisch zu essen bekommen. Sobald sie Ysuna als ihre Schwester bezeichnen und sich freiwillig Töchter des Wachenden Sterns nennen, haben sie sich für ihre Opferung entschieden. In diesem Augenblick kehren sie ihren Stämmen den Rücken zu und gehören zu uns. Dann können wir mit ihnen tun, was wir müssen.«

Dem alten Mann fehlten vor Entsetzen fast die Worte. »Glaubt ihr, daß euer Mammutgott nicht weiß, daß eure Opfer falsch sind? Glaubt ihr, Himmelsdonner hat die arme Ah-nee nicht schreien gehört? Du bist so ein mutiger Mann, Maliwal – ein Dieb, ein Mörder junger Frauen und . . .«

»Und alter Männer!« Maliwal sprang auf und stieß mit seinem Speer zu. Er fuhr dem alten Mann direkt durch die Eingeweide. Maliwal lächelte zufrieden. »Wenn ein Mann nur noch Worte zu seiner Verteidigung hat, sollte er sie vorsichtiger wählen, Ish-iwi. Du hast schon zu lange gelebt. Ich werde dich jetzt verlassen, damit du allein sterben kannst . . . während du über das Schicksal deines Stammes nachdenkst, den du bald in der Welt jenseits dieser Welt wiedersehen wirst.«

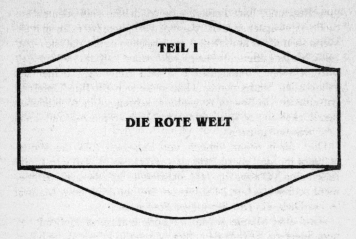

TEIL I

DIE ROTE WELT

1

»Cha-kwena!« rief der alte Mann. »Cha-kwena! Wo bist du, Junge?«

Ich bin hier!

Der Grasmond ging gerade über der Roten Welt auf, als der Junge nicht mit Worten, sondern mit Gedanken antwortete. Er lag reglos in der Dunkelheit einer Baumkrone, wie ein junger Luchs auf dem Bauch auf einem dicken, roten Ast eines uralten Wacholders. *Du bist Schamane, Großvater. Höre mich! Suche und finde mich! Wenn du kannst!*

Etwa zwanzig Fuß unter ihm blieb Hoyeh-tay unvermittelt stehen. Er war klein, ging aber noch aufrecht und unbeschwert, trotz seiner vielen Jahre. Sein plötzlicher Halt ließ die große Ohreule, die auf seiner Schulter saß, auffliegen und irritiert rufen. Der Schamane achtete nicht auf den Vogel, da er zu sehr damit beschäftigt war, sich zu drehen und in der Nachtluft zu schnuppern.

Cha-kwena hielt den Atem an. Der alte Mann, der Sandalen aus geflochtenem Salbei, einen Lendenschurz aus Antilopenfell und einen kurzen Umhang aus Kaninchenfell trug, sah wie ein Raubtier aus, das sich seiner Beute näherte. Waren es Zauberkräfte oder seine geschärften Sinne gewesen, die seinen Großvater befähigt hatten, ihm vom Dorf am See der Vielen Singvögel durch den Sumpf und die Hügel in diese dicht bewaldete Schlucht zu folgen? Der Junge runzelte die Stirn. Er hatte all sein Geschick darauf verwendet, das Dorf unsichtbar und spurlos zu verlassen, damit ihm niemand zu seinem geheimen Ort folgen konnte, den er vor vielen Monden für sich entdeckt hatte. Er hätte wissen müssen, daß seine Vorsichtsmaßnahmen für seinen Großvater kein Hindernis darstellten. Der alte Hoyeh-tay, der nach seinem helfenden Tiergeist, der Weisen und Wachsamen Eule genannt war, war ein Schamane mit großen Fähigkeiten und unübertroffener Macht.

»Ach, Cha-kwena, da bist du! Du hast dir den Staub der Erde und das Öl des Wacholders ins Gesicht gerieben, um deine Witterung zu verwischen, aber das nützt dir nichts. Ich kann dich trotzdem riechen und spüre deinen Blick auf mir. Bist du schon wieder auf Traumsuche?«

Das breite, sonnengebräunte Gesicht des Jungen verzog sich vor Ärger und Scham. Die meisten Jungen hatten bereits im Alter von zwölf Jahren die ersten Träume, die ihr späteres Leben bestimmten. Doch Cha-kwena, der bereits dreizehn und fast ein Mann war, suchte immer noch den Traum, der ihm seinen helfenden Tiergeist offenbaren, den Zweck seines Lebens erklären und ihn den Namen erkennen lassen würde, den er während seines Erwachsenendaseins tragen würde. »Ich weiß, daß du hier bist, Cha-kwena! Es nützt nichts, wenn du dich weiterhin still verhältst!«

Der Junge stöhnte, verdrehte verzweifelt die Augen und setzte sich auf. Es hatte keinen Zweck, sich vor dem Schamanen zu verstecken. Cha-kwena saß rittlings auf dem Ast, ließ seine nackten Beine baumeln und blickte zu seinem Großvater hinunter. Der alte Mann war in letzter Zeit vergeßlich geworden, aber er wußte immer, was sein Enkel dachte und wo er sich aufhielt. »Du bist wahrlich ein Schamane«, gab der Junge zu.

Hoyeh-tays kleine, runde Augen waren so hell und lebhaft

wie Kaulquappen, die im Wasser eines mondbeschienenen Baches umherhuschten. »Natürlich bin ich ein Schamane! Genauso wie du eines Tages einer sein wirst. Jetzt komm von diesem Baum herunter!«

Cha-kwena war verärgert. »Das ist nicht fair. Früher oder später wird sich mir mein helfender Tiergeist in meinen Träumen offenbaren. Ja! Und dann wirst du wissen, daß ich genauso wie alle anderen Jungen in der Roten Welt bin. Ich will ein Jäger sein, so wie Dakan-eh, und werde meine Ausbildung zusammen mit den anderen Jungen fortsetzen. Ich bin *nicht* zum Schamanen berufen, Großvater!«

»Bah! Du mußt endlich aufhören, so wie die anderen sein zu wollen, Cha-kwena. Ob es dir paßt oder nicht, seit dem Tod deines Vaters bist du mein einziger überlebender männlicher Nachkomme, der dazu berufen ist, den Pfad des Schamanen zu gehen. Schon seit deiner frühesten Kindheit sind immer wieder die Geister aller Tiere zu dir gekommen, um in deinen Träumen zu sprechen. Du bist es, der immer wieder die verletzten Vögel und verlassenen Kälber findet und heilt. Darin liegt ein ganz besonderer und mächtiger Zauber. Hör auf, es zu leugnen!«

Der Junge fühlte sich elend. Wie viele Geschöpfe hatte er in seinem Leben schon in Pflege genommen? Vielleicht zu viele. Er dachte an den einäugigen Falken, den er im Binsen-Sumpf westlich vom Dorf gefunden hatte. Als er ihn nach Hause gebracht hatte, war der dem Tode so nahe gewesen, daß seine Mutter ihn gedrängt hatte, den Vogel zu kochen. Doch er hatte sich geweigert. Das Tier zu heilen hatte Cha-kwena viel Zeit und Geduld gekostet, aber der Vogel hatte sich erholt und war vor einigen Tagen wieder in die Freiheit entlassen worden.

»Nein!« Wütend sah er auf den alten Mann hinunter. »Es war Nar-eh, der dazu bestimmt war, dem Pfad des Schamanen zu folgen, und nicht ich! Niemals!«

Er schrie es hinaus, doch es klang irgendwie hohl. Sein Vater war seit weniger als einem Mond tot. Cha-kwena konnte es immer noch nicht glauben. Nar-ehs Lebensgeist war am einen Tag noch kräftig gewesen und hatte seinen Körper schon am nächsten verlassen. Wer hätte gedacht, daß ein Pilz genug Macht besitzen könnte, um ihn zu töten... und damit das Leben seines einzigen Sohns grundlegend zu verändern? Cha-kwena seufzte. Nar-eh war schon immer in Pilze vernarrt gewesen. Sobald er auf einen stieß, sammelte er ihn auf und verzehrte ihn auf der Stelle. U-wa hatte ihren Mann oft gewarnt, vorsichtiger zu sein, aber Nar-eh hatte noch nie auf seine Frau gehört. Er war ein kräftiger Mann in den besten Jahren gewesen und hatte ständig damit geprahlt, eines Tages ein Schamane zu sein.

Cha-kwena wurde von einer Welle der Verzweiflung überwältigt. »Meine Mutter U-wa ist noch jung. Sie wird sich einen anderen Mann nehmen müssen. Der Häuptling hat sie interessiert angesehen, und sie hat seinen Blick erwidert. Sie kann noch einen Sohn gebären! Deine Zauberkraft könnte ihr dabei helfen. Dann wird er der Schamane werden und ich ein Jäger wie Dakan-eh. Und bevor du mir das nicht erlaubst, werde ich nicht von meinem Baum herunterklettern!«

»Was meinst du damit, wenn du diesen großen Wacholder als ›deinen Baum‹ bezeichnest? Hat sein Geist zu dir gesprochen und dich seinen Meister genannt? In diesem Fall wäre das eine große Bestätigung dafür, daß du gerufen wurdest, den Pfad des Schamanen zu gehen, denn der Wacholder ist ein sehr heiliger Baum für uns.«

Für uns. Dem Jungen wurde wieder übel. »Nein! Ich habe nicht in die Zukunft gesehen! Dieser Baum hat nicht zu mir gesprochen!«

Der alte Mann hob seine Augenbrauen. »Nein?«

»Nein!« Cha-kwena fragte sich, ob alle Lügen in der Kehle kratzten und auf das Herz drückten, wie diese es tat. Er schluckte, denn der Geist dieses Baumes hatte tatsächlich in der Dunkelheit zu ihm gesprochen. Er hatte ihn aus dem Dorf in diese tiefe Schlucht gerufen. Der Wind hatte seine Stimme zu ihm getragen und hierher geführt. Keine Löwen, Pumas und auch nicht die seltenen, geheimnisvollen Jaguare waren jemals so hoch hinaufgeklettert wie er. Und als Cha-kwena sich auf den mächtigen Muskeln seiner Äste ausgestreckt hatte, hatte der große Baum vor Freude geseufzt, als wollte er einen Freund willkommen heißen.

Doch jetzt gab es in den Ästen eine Spannung, die er vorher noch nie gespürt hatte. Von hoch oben sah ihn die Mondgöttin mißbilligend an. Ihr schräger Mund drückte Tadel aus, und ihre grauen Augen waren im kreisrunden, pockennarbigen Gesicht weit aufgerissen. Die Eule kreiste mit ausgebreiteten Flügeln als Silhouette direkt darüber.

»Mond, Mutter der Sterne, sei nicht böse auf Cha-kwena!« Er zuckte überrascht zusammen. Der Schrei war ihm ungewollt über die Lippen gekommen, und es war weniger eine Bitte, sondern eher ein Befehl gewesen. »Mond, Mutter der Sterne, ich wollte dich nicht anschreien. Großer Baum, deine Art war meinem Stamm heilig, seit wir zum ersten Mal in diese Rote Welt kamen. Cha-kwena wollte nicht respektlos sein.«

»Hmm...« Der alte Mann schüttelte den Kopf, als er einen Arm hob. Kurz darauf kam die Eule angeflogen und landete sanft auf seinem Unterarm. »Hast du meinen Enkel gehört, alter Freund? Cha-kwena sagt, er sei nicht zum Schamanen berufen, und doch befiehlt er dem Mond und spricht zum großen Baum wie jemand, der sich bereits auf den Pfad des Schamanen begeben hat.« Die Eule verlagerte ihr Gewicht von einem Fuß auf den anderen, dann hüpfte sie dem alten Mann auf die Schulter, während sie leise, glucksende Laute von sich gab. Entweder verstand sie die Worte des Schamanen... oder sie verdaute gerade eine Maus.

Cha-kwena wollte seine störrische Haltung nicht aufgeben. »Du hast eine völlig falsche Meinung von mir, Großvater.«

»Bah! Du kannst mich nicht zum Narren halten, Cha-kwena! Der Geist dieses großen Baums hat dich in diese Schlucht gerufen, genauso wie er einst mich gerufen hat, als ich noch ein kleiner Junge war. Auch ich kam allein in der Nacht hierher, um die Geister zu bitten, mir den Traum von einem Leben als Jäger zu geben... doch statt dessen wurde mir der Traum eines Schamanen gegeben.«

Cha-kwena war erstaunt. »Du wolltest gar kein Schamane sein?«

»Ein Mann muß das sein, wozu er berufen wird.«

»Aber ich habe keine Traumvision gehabt! Jeder andere der Jungen, der alt genug für die Traumsuche ist, hätte an diesen Ort kommen und . . .«

»Ja. Aber du warst es, der ihn fand. Ich brachte einst deinen Vater hierher, als er schon viel älter war als du jetzt. Gemeinsam standen wir unter diesem Baum. Aber wenn die Geister zu ihm gesprochen haben, hat Nar-eh es nicht gehört. Da hätte ich wissen müssen, daß er mir nicht auf dem Pfad des Schamanen folgen würde.«

Fern in der Nacht trompetete ein Mammut. In diesen Tagen war es ein seltener Laut, der tief und befehlend klang. Cha-kwena lauschte erstarrt, während Hoyeh-tay sich versteifte und mit Ehrfurcht und Verehrung sprach. »Er ist zurückgekehrt. Lebensspender . . . der Große Geist . . . All-Großvater . . . er ist aus dem Himmel zurückgekehrt. Im Fleisch des großen weißen Mammuts wird er unter den Stämmen der Roten Welt wandeln und noch einmal mit seinen Artgenossen an der Salzquelle grasen.«

»Salzquelle? Ich kenne keinen solchen Ort.«

»Er ist heilig und nur den Mammuts und diesem Schamanen bekannt, dem er vom Großen Geist selbst gezeigt wurde. Ach, Cha-kwena, daß er uns jetzt ruft, in dieser Nacht und an diesem Ort . . . es könnte kein besseres Zeichen geben, um deine Berufung zum Schamanen zu bestätigen.«

Cha-kwena zitterte, weil er eine plötzliche innere Kälte verspürte, als er auf seinen Großvater hinuntersah. Hoyeh-tay stand reglos da, während der Wind durch das Fell seines Umhangs und die ungeflochtenen Strähnen seiner Haare fuhr. Im Mondlicht hatte das Haar des Schamanen die Farben von Asche – Grau, Schwarz, Weiß. Die langen Strähnen waren ausgetrocknet und spröde von den Stunden, die er über der Glut seiner Feuerstelle auf der Suche nach Zeichen der Geister verbracht hatte. Der Junge zuckte zusammen. *Wenn ich zum Schamanen werde, habe ich eines Tages auch solches Haar und lebe allein in einer Höhle, wo es nur Geister und Tiere gibt, mit denen ich sprechen kann.*

Auf der Schulter des alten Hoyeh-tay streckte sich die Eule, breitete einen langen, grauen Flügel aus und sah rufend zu Cha-kwena hinauf, als machte sie sich über die Bedenken des Jungen lustig.

Hatte der Vogel seine Gedanken gelesen? Cha-kwena wußte es nicht, denn Eule war der helfende Geist seines Großvaters, nicht seiner.

»Komm jetzt, Cha-kwena!« drängte der alten Mann. »Ein solches Leben ist gar nicht so schlimm. Steig herunter! Ich bin den weiten Weg gekommen, um diese Nacht bei dir zu verbringen. Wir werden ein Feuer machen, und ich werde dir Geschichten von den Alten erzählen, damit die Weisheit der Vorfahren dir Kraft gibt. Und ich habe den heiligen Stein mitgebracht. Es ist Zeit für dich, die Bedeutung seiner Macht zu verstehen.«

»Aber ich will sie gar nicht verstehen!«

»Nein? Das ist bedauerlich. Meine Träume haben mir verraten, daß es zum Pinienmond in diesem Jahr viele Piniennüsse in den Hochlandwäldern geben wird, wo sich die zwei Tafelberge treffen. Wenn sich meine Vision als richtig erweist, wird die Große Versammlung der Stämme der Roten Welt in diesem Sommer stattfinden.«

»Du hast diesen Traum in jedem Jahr. Jedes Jahr reist du nach Westen zu den fernen Bergen, um zu sehen, ob deine Vision richtig ist. Früher oder später wird es tatsächlich ein Jahr mit vielen Piniennüssen geben.«

Der alte Mann runzelte protestierend die Stirn angesichts der Respektlosigkeit des Jungen. »In diesem Jahr war der Traum besonders intensiv. Weil ich nicht mehr so jung wie früher einmal bin, gefällt es Tlana-quah überhaupt nicht, daß ich allein gehen will. Ich habe beschlossen, daß . . .«

»Sieh nicht mich an! Du brauchst einen Mann an deiner Seite, keinen Jungen!«

»Ja. Daher hat Dakan-eh sich bereit erklärt, mich zu begleiten. Ich hatte mir gedacht, daß du vielleicht den Wunsch hast, als mein Lehrling mitzukommen. Aber da du den Weg des Schamanen ablehnst, wäre es wohl das beste, wenn du zurückbleibst und . . .«

Cha-kwena war plötzlich begeistert. »Wenn Dakan-eh geht, werde ich natürlich auch mitkommen!«

»Das habe ich mir fast gedacht. Deine Mutter hat für uns beide Reiseproviant eingepackt. Jetzt komm endlich von diesem Baum herunter! Ich will zum Aussichtspunkt gehen und das große Mammut beobachten, wie es an der Salzquelle grast. Dann werden wir zurückkommen und hier die Nacht verbringen. Im Schatten von Vater und Mutter aller Wacholder wirst du mir zuhören und von diesem alten Mann über das lernen, wozu du berufen wurdest.«

Eule flog ihnen durch eine Welt voraus, die im Mondlicht silbern und schwarz schimmerte. Der Nachtwind folgte ihnen, bis Eule im dichten Wald verschwand. Hoyeh-tay schritt ohne zu zögern in das Unterholz. Cha-kwena protestierte, als er plötzlich von Gestrüpp und Dunkelheit umgeben war.

»Langsamer, Großvater! Ich kenne diese Wälder nicht. Es ist zu dunkel, wir werden uns verirren!«

»Unsinn! Eule und ich kennen den Weg. Es ist nicht mehr weit.«

Sie kämpften sich einen Weg durch das Unterholz und um Felsblöcke herum. Eule rief nach ihnen. Ab und zu entdeckte Cha-kwena den grauen Schatten des Vogels vor ihnen im dunklen Gebüsch.

»Komm, Junge!« drängte Hoyeh-tay, ohne sich umzublicken. »Bleib nicht zurück, sonst ist der Große Geist vielleicht nicht mehr an der Salzquelle, wenn wir ankommen!«

Zweige streiften Cha-kwenas Arme und Beine, und mehrere Male mußte er seinen Umhang festhalten, damit er nicht an einem Ast hängenblieb. Hoyeh-tay war ihm ein gutes Stück voraus, und seine kleine, bewegliche Gestalt verschwand zwischen den Kiefern.

Cha-kwena gab sich Mühe, mit seinen Sandalen auf einem mit Nadeln bedeckten Abhang Halt zu finden. Das Unterholz war wesentlich spärlicher geworden. Jetzt standen die Kiefern dichter und verdunkelten mit ihren Ästen das Licht der Mondgöttin und ihrer Sternenkinder. Die Luft war mit dem Geruch nach Harz und Kiefernzapfen geschwängert.

Plötzlich schrie Cha-kwena auf. Er war direkt gegen einen Baumstamm gelaufen und hatte sich die Nase und das Kinn aufgeschürft. Er strauchelte und wäre beinahe gestürzt. Als er sein Gleichgewicht wiedererlangt hatte, jammerte er verzweifelt. »Warte, Großvater! Die Bäume stehen zu dicht!«

»Bah!« rief der alte Hoyeh-tay durch die Dunkelheit zurück. »Ich warte nicht auf dich. Benutze dein drittes Auge, um den Weg zu finden!«

»Mein *was*?«

»Dein drittes Auge! Du mußt damit anfangen, deine Fähigkeiten zu nutzen! Laß dich von deinem unsichtbaren Auge führen!«

Cha-kwena sagte sich, daß er seinen Großvater bei Laune halten mußte, wenn er ihm erlauben sollte, Dakan-eh ins Land der fernen Pinienwälder zu begleiten. Also ging er weiter und streckte die Arme aus, damit er nicht noch einmal von einem Baum aufgehalten wurde.

Er ging jetzt vorsichtiger als zuvor, während er sich am Geräusch von Hoyeh-tays Schritten und dem Flügelschlag der Eule orientierte. Kurz darauf trat er zwischen den Kiefern und Sträuchern hervor. Er blickte auf. Das weiße Gesicht der Mondgöttin war totenbleich, und ihr erstarrtes Lächeln schien voller Geheimnisse. Irgendwo dort oben schrie ein Ziegenmelker — oder war es ein Flughörnchen oder eine Fledermaus? Cha-kwena war sich nicht sicher.

Direkt vor ihm blieb Hoyeh-tay stehen und sah in die Nacht hinauf. »Ach, Vetter Fledermaus, ich danke dir für den Gruß!« sagte er. Als Cha-kwena neben ihn trat, fügte er hinzu: »Hast du unseren lederflügligen Freund gesehen, Cha-kwena? Er hat uns beide sicher mit seinem unsichtbaren Auge erkannt, mit dem sechsten Sinn, der all denen gegeben ist, die sich in der Dunkelheit bewegen und dort jagen müssen.«

»Ich bin keine Fledermaus! Ich bin ein Mann des Stammes der Roten Welt!« erwiderte Cha-kwena stolz. »Männer jagen bei Tag und nicht bei Nacht!«

Auf dem Gesicht des alten Mannes stand der raubvogelhafte Ausdruck seines helfenden Tiergeists, der Eule, als er seinen Enkel mit stechenden Augen musterte. »Du bist ein Junge und kein Mann. Aber du hast recht, wenn du sagst, daß du keine Fledermaus bist.« Er schnalzte mit der Zunge. »Keine Fledermaus wäre jemals so dumm, gegen einen Baum zu rennen. Und ein Mann und Jäger des Stammes auch nicht, schätze ich. Aber mach dir keine Sorgen. Die Augen der Eule werden uns beide führen. Wir haben die Salzquelle fast erreicht.«

Cha-kwena knirschte mit den Zähnen und überlegte, ob er hier stehenbleiben sollte, während sein Großvater weiterging. Dann ließ ein Kojote plötzlich ein langgezogenes Kläffen und Heulen hören, das ihm durch Mark und Bein ging. Cha-kwenas Nackenhaare sträubten sich. Er wußte, daß es keinen Grund gab, Angst zu haben, solange der Kojote nicht ungewöhnlich hungrig war. Aber in diesem fremden Wald wurde seine Phantasie vom Geheul des Geschöpfes angestachelt. Er rannte los, während in seinem Geist Bilder von Blut, Tod und reißenden Zähnen tobten.

»Warte auf mich!« Cha-kwenas Befehl wurde von seiner atemlosen Furcht fast erstickt. Er hetzte durch die Dunkelheit, sprang über Büsche, wich Bäumen aus und holte seinen Großvater ein, als dieser gerade in einer dunklen Wand aus Bäumen verschwinden wollte. Hoyeh-tay blieb stehen und lächelte. »Also kannst du doch wie eine Fledermaus fliegen und mit Eulenaugen sehen, wenn dir die Furcht auf den Fersen ist! Das hatte ich mir fast gedacht.« Er lachte, dann öffnete er den Mund und heulte.

Cha-kwena starrte ihn fassungslos an. »Wie machst du das?« wollte er wissen, als er beschämt erkannte, daß es Hoyeh-tay und kein Kojote gewesen war, der sein Herz in Furcht und Schrecken versetzt hatte.

»Ich bin Schamane!« verkündete der alte Mann, als er sich kichernd umdrehte und in der Dunkelheit des Waldes verschwand.

Es gibt Orte auf der Welt, an denen ein Zauber wohnt, Orte, die das Herz berühren und erfüllen, bis es vor Verlangen nach dem schmerzt, was ungewöhnlich und wunderbar und nur für den Geist greifbar ist. Dieser große, mondbeschienene Abgrund war solch ein Ort. Cha-kwena war überwältigt.

Der alte Mann bemerkte die Reaktion des Jungen und nickte zufrieden. »Niemand kommt an diesen heiligen Ort«, erzählte er ihm mit einem ehrfurchtsvollen Flüstern. »Niemand weiß von seiner Existenz außer den Mammuts und dem Schamanen. Jetzt, wo du ein Schamane werden wirst, darfst du hierher kommen und die Traumvisionen eines Mannes suchen.«

Voller Ehrfurcht blinzelte Cha-kwena in die gewaltige Dunkelheit der nach Westen verlaufenden Schlucht. Sie war wie eine riesige, dunkle Scheidenspalte im Boden, als ob die Haut von Mutter Erde aufgeritzt worden wäre. Rechts von Cha-kwena, etwa eine halbe Meile entfernt, stürzte ein schmaler Wasserfall in den Abgrund, ein schlanker Strom aus flüssigem Mondlicht, der immer tiefer fiel, bis er sich in der Finsternis des dicht bewaldeten Schluchtgrundes verlor. Wo sich der Boden weitete und die Bäume dünner wurden, verbreiterte sich der Fluß, um sich dann wider zu verengen und in ein tiefes Bett zu stürzen, bevor er sich seinen verschlungenen Weg nach Westen suchte und auf einer weiten Ebene verlor, die im Sternenlicht bläulich schimmerte.

Cha-kwenas Blicke wurden wieder in die Tiefen der Schlucht zurückgezogen. Etwas bewegte sich in der Dunkelheit tief unten. Er konnte kaum die großen, rundlichen Felsblöcke erkennen, die zwischen den Bäumen wankten. »Sieh, Großvater! Sie bewegen sich! Dies ist wirklich ein Ort des Zaubers!«

»Ja, das ist er. Aber sieh noch einmal genauer hin! Das sind Mammuts, die an die Quelle kommen, die die unteren Schluchtwände mit Salz überzieht. Genauso wie Hirsche braucht auch ihre Art Salz.«

Cha-kwena erkannte mit Mühe die Gestalten mehrer Mammutkühe und junger Tiere, bevor er ein einzelnes Kalb bemerkte, das so hell gefärbt war, daß es in der Dunkelheit zu leuchten schien. Er hielt den Atem an. »Das Kalb ist weiß!«

»Genauso wie sein Vater«, sagte Hoyeh-tay. Und in diesem Augenblick kam aus der tiefen Dunkelheit am Grund der Schlucht eine weitere Gestalt zum Vorschein. Sie war weiß, gewaltig, achtzehn Fuß hoch und mochte fünfzehntausend Pfund wiegen. Der weiße Mammutbulle streckte seine langen, einwärts gebogenen Stoßzähne vor, hob seinen Rüssel, sah die Schluchtwand hinauf und trompetete dem Schamanen und seinem Lehrling zu.

Hoyeh-tay sprang auf die Beine und hob die Arme, um sein Totem zu begrüßen, während Cha-kwena sich die Ohren zuhielt und sich duckte, denn der schrille Schrei des Mammuts schien den Himmel zerreißen zu wollen.

»Lebensspender! Großer Geist!« Hoyeh-tay zitterte, als er den Namen des größten aller Mammuts aussprach. »Cha-kwena, sieh das Totem des Stammes der Roten Welt an!«

Cha-kwena war von seiner Unermeßlichkeit überwältigt. »Wie kann ein Tier so groß werden?«

»Lebensspender ist kein Tier, Cha-kwena! Sein Fleisch stammt aus der Geisterwelt. Es heißt, daß er zu Anbeginn der Zeiten zusammen mit der Erde geboren wurde, und daß er schon alt war, als der Erste Mann und die Erste Frau noch jung waren. Es heißt, daß seine Kraft unseren Vorfahren das Leben gab, als er sie durch endlose Wüsten aus Eis, Nebel und Feuer zur Roten Welt führte. Solange er unter den Menschen lebt, werden wir stark sein. Aber wenn er stirbt, werden auch die Menschen mit ihm sterben.«

»Aber wie kann ein Totem sterben, Großvater?«

Der alte Mann stand lange Zeit reglos da. Der Wind fuhr durch sein Haar und zerzauste das Fell seines Umhangs. Dann klammerte er wie in Trance seine rechte Hand um den kleinen Medizinbeutel, den er an einer Schnur um den Hals trug. Als Eule von den Sternen herabschwebte und auf seinem Kopf landete, schien er sie gar nicht zu bemerken. »Solange sich noch mindestens ein heiliger Stein in der Obhut der Schamanen der Roten Welt befindet, kann Lebensspender nicht sterben. Unsere Kraft kommt von den Steinen, Cha-kwena. Sie sind alles, was noch von den Knochen des Ersten Mannes und der Ersten Frau

übrig ist. Die sie verwahren, sind direkte Erben einer mystischen Kraft, die seit Anbeginn der Zeiten mit den Menschen
war. Das darfst du niemals vergessen. Du darfst niemals
bezweifeln, daß es die Worte und die Macht der Schamanen der
Roten Welt sind, die Lebensspender am Leben erhalten. Wir
sind die Wächter der heiligen Steine und des Großen Geistes,
so wie er der Wächter der Menschen ist.«

Cha-kwena runzelte die Stirn. »Das sagst du nur, weil du
glaubst, deine Worte könnten in mir das Verlangen wecken, ein
Schamane und kein Jäger zu sein.«

»Ich sage das, weil es die Wahrheit ist! Du hattest deutliche
Vorzeichen, Cha-kwena, viel deutlicher und stärker als sie
jemals für deinen Vater waren. Ich muß dir noch viele Worte
sagen, bis der Tag anbricht und die Reise zum Lande der Blauen
Tafelberge beginnt. Hier ist ein kalter Wind. Wir wollen in den
Schutz des großen Wacholders zurückkehren und Lebensspender in Frieden mit seiner kleinen Familie grasen lassen.«

Mit Eule und dem Nachtwind als Gesellschaft verbrachten der
alte Mann und der Junge gemeinsam die Nacht am Fuß von
Vater und Mutter aller Wacholder. Sie machten ein kleines
Lagerfeuer, und Cha-kwena fütterte die Flammen mit Laub
vom Waldboden. Hoyeh-tay nahm den heiligen Stein aus dem
Medizinbeutel und erzählte die Geschichten der Alten. Er
sprach ausführlich über Mammuts und Zauberdinge und über
das Leben, zu dem sein Enkel von den Geistern ihrer Vorfahren
gerufen worden war.

Die Erzählungen nahmen kein Ende. Hoyeh-tay berichtete
von langen Wanderungen über die wilde Welt, wo Berge wanderten und die Flüsse das Land überschwemmten, wo der Himmel Feuer auf monströse Geschöpfe regnen ließ, die die Kinder
der Menschen fraßen und sich mit ihnen paarten, und wo die
Zwillingssöhne des Ersten Mannes und der Ersten Frau aufstan-
den, um sich gegen die Mächte der Schöpfung aufzulehnen, die
Bestien überwältigten und die ewige Feindschaft zwischen
ihnen und der Menschheit besiegelten.

Cha-kwena hörte pflichtschuldig zu und versuchte, an den Geschichten interessiert zu wirken, die er schon tausendmal zuvor gehört hatte. Doch als der alte Mann vom Großen Geist sprach, warf Cha-kwenas kürzliche Begegnung mit dem weißen Mammut ein neues und faszinierendes Licht auf eine sehr alte und langweilig gewordene Geschichte.

Die wilden Tiere des Waldes wagten sich nahe heran, um zu lauschen. Cha-kwena spürte ihre Blicke in der Dunkelheit. Er zog sein steinernes Jagdmesser aus der Scheide aus geflochtener Rinde, aber solange das Feuer hell brannte, war von den Tieren nichts zu befürchten. Nach einer Weile lächelte der alte Mann und sagte ihm, er solle sein Messer wegstecken.

»Die Tiere dieser Welt sind die Brüder und Schwestern unseresgleichen, Cha-kwena. Du, der du so viele von ihnen gefüttert und geheilt hast, brauchst keine Angst vor ihnen zu haben.«

»Aber für jedes Tier, das ich geheilt habe, Großvater, habe ich hundertmal so viele gegessen. Sie sind für uns Fleisch, genauso wie wir für sie. Wir müssen vorsichtig...«

»Nicht an diesem Ort. Ich habe es dir schon einmal gesagt. Die Geister unserer Vorfahren — und der ihren — sind hier bei uns.«

»Dann müßten wir hier sicher schlafen können«, sagte Chakwena gähnend.

»Noch nicht. Es ist noch viel Zeit zum Schlafen. Zuerst müssen noch weitere Geschichten erzählt werden.«

Der Junge seufzte. Die Geschichten nahmen ihren Gang, bis endlich der Mond hinter dem westlichen Rand der Schlucht verschwand.

Der alte Hoyeh-tay zog seinen Umhang enger um seine schmalen Schultern und zitterte heftig.

»Ich werde noch etwas Holz für das Feuer suchen«, bot sich Cha-kwena an und wollte schon aufstehen, froh über diese Gelegenheit, den unablässigen Worten des alten Mannes zu entrinnen.

»Nein! Warte!«

Cha-kwena gehorchte. Der Tonfall und die Haltung des alten

Mannes alarmierten den Jungen. Hoyeh-tay saß ungewöhnlich steif da und drückte den heiligen Stein an seine Brust. Sein Atem kam schnell und flach, als wäre er gerade ein Wettrennen gelaufen. »Großvater! Ist alles in Ordnung?«

»Ich . . . ja.« Der alte Mann holte tief Luft und hielt den Atem an. Ein paar Sekunden vergingen. Als er endlich wieder aus-atmete, war es offensichtlich, daß nicht alles in Ordnung war. Er schüttelte den Kopf. »Seltsam. Ich hatte gerade ein sehr merkwürdiges Gefühl.« Er war offenbar so über seine Gedan-ken beunruhigt, daß er sich nicht dazu überwinden konnte, sie auszusprechen.

»Was ist, Großvater?«

Hoyeh-tay knurrte. »Nichts. Überhaupt nichts.« Er ver-schränkte die Arme und Beine wie jemand, der vorhatte, im Sitzen zu schlafen. Eule gab verärgerte Laute von sich und flog von Hoyeh-tays Schulter auf, um sich in den Ästen des Wachol-ders einen sicheren Ruheplatz zu suchen. Der Schamane starrte unterdessen in die Flammen und murmelte vor sich hin.

»Großvater?«

Der alte Mann blickte erschrocken zu ihm auf. »Es ist schon spät«, sagte er. »Morgen wird für uns eine lange Reise beginnen. Wenn wir den Ort erreichen, wo sich die zwei Berge treffen, werden dort vielleicht auch andere Schamanen sein, die die-selbe Vision hatten. Es wird gut sein, sich wieder einmal mit alten Freunden zu besprechen. Zu viele Monde sind vergangen, seit ich Ish-iwi, den Schamanen des Stammes von den Roten Hügeln, gesehen habe.« Er lächelte über eine plötzliche Erinne-rung und seufzte wehmütig — es war der Ausdruck des Verlan-gens eines alten Mannes nach Dingen, die nie wieder so wie frü-her sein würden. »Ach, Ish-iwi und ich, wir hatten viel Spaß, als wir noch kleine Jungen waren, wenn unsere Stämme zusam-menkamen, um unter dem Piniennmond Piniennüsse zu sam-meln!« Sein Lächeln verschwand. »Es wird gut sein zu hören, daß es ihm gut geht.«

»Befürchtest du das Gegenteil, Großvater?«

Die Frage irritierte den alten Mann sichtlich. »Was ich befürchte oder nicht, werde ich nicht preisgeben, damit es sich nicht verwirklicht!« sagte er protestierend. »Ich bin Schamane! Vergiß das nicht! Schlaf jetzt, Cha-kwena! Ich habe Dakan-eh gesagt, daß wir uns kurz nach Tagesanbruch am Rand des Dorfes mit ihm treffen.«

Cha-kwena versuchte zu schlafen, aber er war viel zu aufgeregt. Er stellte sich die vielen Tage und Nächte vor, die vor ihm lagen. Mit Dakan-eh auf Wanderung zu gehen, war der Traum jedes Jungen! Und der Ort, wo die zwei Tafelberge sich trafen, war sehr weit entfernt. Sie würden sehr lange unterwegs sein. Dakan-eh würde zur Nahrungsbeschaffung und aus Spaß jagen, und Cha-kwena würde die Gelegenheit bekommen, sein eigenes Geschick mit dem Speer und dem Wurfstock unter Beweis zu stellen.

Cha-kwena zitterte, als er durch die sterbenden Flammen zu seinem schlafenden Großvater hinübersah. *Du wirst schon sehen!* dachte er trotzig. *Dakan-eh und ich werden es dir zeigen, so daß du es sehen mußt! Ich mag dein Enkel sein und auch den Großen Geist gesehen haben, aber ich bin nicht zum Schamanen geboren!*

Er schloß die Augen und schlief endlich ein. Er träumte von der Jungenhütte, von seinen Freunden, seinen Fallen, Speeren und seinem Speerwerfer und von Dakan-eh, dem mutigen Mann, dem anregenden Lehrer und Führer...

2

Im Dorf am See der Vielen Singvögel übergoß die Dämmerung die schilfbedeckten Hütten mit den ersten sanften Farben des Morgens. Mah-ree, die jüngere Tochter des Häuptlings Tlanaquah, und seine Frau Ha-xa, wurden durch das Schweigen der Frösche geweckt.

Für ein elfjähriges Mädchen war Mah-ree klein. Als sie sich

neben ihrer älteren Schwester aufsetzte, machte ihre gemeinsame, mit Fellen überzogene Matratze aus Binsen kaum ein Geräusch. Da sie unter den Decken aus Kaninchenfell und Biberleder nackt war, zitterte Mah-ree, als die feuchte, kühle Morgenluft über ihren Rücken strich.

»Schlaf weiter, kleine Schwester!« murmelte Ta-maya schläfrig. Sie gähnte, zog sich die Decke über den Kopf und rollte sich auf die Seite.

Mah-ree hörte nicht auf Ta-maya. Sie konnte nicht mehr liegenbleiben. Das graue Licht des Morgens erhellte das Innere der gemütlichen kleinen Hütte. Ihr Blick schweifte über eine vertraute Umgebung. Das gewölbte Dachgerüst aus gebogenen Weiden war mit geflochtenem Schilf bedeckt, das mit Stricken am Holz festgebunden war. Über den Boden waren dicke Matten aus Teichbinsen und Rohrkolbenblättern gelegt, und an der Feuerstelle standen die Körbe ihrer Mutter, die sie zum Kochen und Sammeln benutzte, in einem ordentlichen Stapel. Die sorgfältig zusammengerollten Schlaffelle ihrer Eltern und die seit langem unbenutzte Wiege aus Apfelbeerzweigen und hübsch bemaltem Antilopenleder lehnten daneben. Mah-ree fragte sich, ob die Nähe der Wiege zu den Schlaffellen die Mächte der Schöpfung dazu veranlassen könnte, noch einmal in Ha-xas Bauch den Keim neuen Lebens heranwachsen zu lassen.

Mah-rees Herz klopfte, als sie die geglätteten und zusammengelegten Schlaffelle ihrer Eltern ansah. Wie hatten sie es geschafft, die Hütte zu verlassen, ohne sie zu wecken? Wann waren sie gegangen? Als Häuptling hatte Tlana-quah beabsichtigt, früh aufzustehen, um noch ein paar Worte an jene zu richten, die an diesem Tag vom Dorf aufbrechen würden. Die Tradition verlangte, daß Ha-xa als seine Frau dabei war. Mah-ree hatte auch dabeisein wollen.

Sie stieß ihrer Schwester ungeduldig die Zehen in den Rücken. »Steh auf, Ta-maya! Wenn wir uns beeilen, haben wir vielleicht noch die Gelegenheit, Dakan-eh auf Wiedersehen zu sagen, bevor er das Dorf verläßt.«

Ta-maya stöhnte widerwillig. »Ich habe mich schon gestern abend von ihm verabschiedet.«

»Aber er wird für sehr lange Zeit fort sein, Ta-maya. Hast du ein Proviantgeschenk für ihn zusammengepackt?«

Ta-maya seufzte, als könnte sie nicht verstehen, wie ihre Schwester so begriffsstutzig sein konnte. »Das wäre ein offenes Eingeständnis meiner Bereitschaft, seine Frau zu werden.«

Mah-ree runzelte die Stirn. In letzter Zeit verstand sie ihre Schwester überhaupt nicht mehr. Ta-maya war gerade fünfzehn geworden. Sie war jetzt seit zwei Monaten eine Frau und verhielt sich so alt und geheimnisvoll. »Aber ich dachte, du wolltest Dakan-ehs Frau werden.«

»Das ist richtig.« Ta-maya gähnte erneut, aber viel stärker als vorher. »Es gibt nichts, was ich mir mehr wünsche. Jeder weiß es. Aber es ist nicht gut, wenn eine Frau in solchen Dingen zu eifrig ist.«

Mah-ree schürzte nachdenklich die Lippen. »Ich wette mit dir um meine weiße Perlenkette, daß Ban-ya da draußen ist, um Dakan-eh zu verabschieden und daß sie ihm ein Geschenk für die Reise gebracht hat. Wenn er es annimmt . . .«

»Das wird er nicht tun. Er will mich, nur mich! Das hat er gesagt, und gestern abend haben meine Augen vor dem versammelten Stamm seine Worte bestätigt, und meine Augen haben ihm gesagt, daß auch ich ihn will. Aber noch nicht jetzt, und bestimmt nicht heute morgen.«

»Ban-ya hat große Brüste! Größere als du! Ich habe gehört, wie die alten Frauen sagten, daß Männer Frauen mit großen Brüsten vorziehen.«

Ta-maya, die immer noch halb schlief, hob den Kopf und sah das Mädchen unter den Fellen hervor an. Ihr sanftes und schläfriges Lächeln wärmte ihr hübsches Gesicht mit tiefer schwesterlicher Zuneigung. »Arme Mah-ree! Schau dich nur an! Du siehst so ernst aus. Hast du Angst, daß deine eigenen Brüste nicht wachsen werden? Mach dir darüber keine Sorgen. Wer weiß es schon? Vielleicht werden sie einmal genauso groß wie Ban-yas werden.«

Mah-rees Gesichtsausdruck wurde noch ernster, als sie den Kopf schüttelte. »Dakan-eh hat sie angesehen. Ich habe es bemerkt.«

Ta-maya war jetzt ganz wach. »Alle Männer sehen sie an — genauso wie alle Frauen und Kinder. Sie ist ein Kuriosum, und ich beneide sie nicht darum. Außerdem kannst du mich nicht täuschen, Mah-ree. Du willst nur, daß ich zu Dakan-eh gehe, damit du mitkommen kannst und eine Entschuldigung hast, dich von Cha-kwena verabschieden zu können.«

Als Mah-ree spürte, wie sie rot wurde, war sie dankbar für das morgendliche Zwielicht.

Ta-maya schnalzte mit der Zunge. »Du solltest ihm ein wenig Ruhe lassen, Mah-ree. Cha-kwena hat noch viel zu lernen, bevor er Schamane wird. Er kann keine Ablenkung gebrauchen.«

»Ich werde eines Tages seine Frau sein!« sagte Mah-ree und wünschte sich, sie wäre selbst davon so überzeugt, wie sie klang.

»Vielleicht, aber nicht lange. Jetzt, wo er sich entschieden hat, den Pfad des Schamanen zu gehen, hat sich für ihn einiges verändert. Er muß sich mit viel wichtigeren Dingen beschäftigen.«

»Aber er will gar kein Schamane werden!« widersprach Mah-ree, und, ohne nachzudenken, plauderte sie die geheimste Sehnsucht ihres Herzens aus. »Ich will es werden!«

Ta-maya riß die Augen auf. »Eine Frau kann nicht Schamane werden!«

Das Mädchen seufzte. »Ich weiß«, sagte sie. Plötzlich hatte sie genug von diesem Gespräch und stapfte nackt in die Kühle des Morgens hinaus.

Ta-maya erhob sich verwirrt und sah ihrer Schwester nach. Mah-ree gab immer wieder Anlaß zur Verblüffung. Woher hatte sie nur ihre Ideen? Egal. Sie spürte die morgendliche Kühle in ihrem Gesicht und wickelte sich in die Schlaffelle, während sie nachdenklich in die Dämmerung hinausstarrte. Es war nicht Mah-ree, worüber sie sich jetzt Sorgen machte.

»Ban-ya.« Sie sprach den Namen ihrer Freundin seit Kinderzeiten laut aus, prüfte ihn mit der Zunge und stellte fest, daß er bitter schmeckte. Ban-ya war aufgeweckt und hübsch. Jetzt, wo die Tage warm und jeder fast nackt war, mußte Mah-ree

47

ihrer Schwester nicht sagen, daß Dakan-eh Ban-ya ansah. Er konnte es gar nicht vermeiden.

Ta-maya war plötzlich unruhig und stand auf. Sie öffnete ihre Schlaffelle und sah auf sich hinunter. Sie wußte, daß ihr Körper ein schöner Anblick war. Jeder behauptete das, besonders Dakan-eh. Sie hatte gerade die richtige Größe und das richtige Gewicht, mit einer schlanken Taille, flachem Bauch, spitzen Hüften und starken, wohlgeformten Gliedmaßen. Aber ihre Brüste, obwohl sie rund und hoch waren, waren nichts im Vergleich zu Ban-yas.

Ein Laut der Bestürzung kam ihr über die Lippen. Was war, wenn Mah-ree recht hatte? Wenn Männer wirklich Frauen mit großen Brüsten vorzogen? War Dakan-eh nicht ein Mann? War er mit seinen achtzehn Jahren nicht der bestaussehende und mutigste Mann von allen?

»Ja!« beantwortete Ta-maya ihre eigene Frage und erinnerte sich stolz daran, wie er sie erwählt hatte, als sie noch nicht einmal in Mah-rees Alter gewesen war. Sie wußte immer noch, wie ihr Herz geklopft hatte, als er vor dem ganzen Stamm verkündet hatte, daß sie seine erste Frau werden würde. Er hatte sie nicht gefragt, er hatte es ihr verkündet. Es lag in der Natur des Mutigen Mannes, die Führung zu übernehmen. Und obwohl ihr Vater die Augen auf gefährliche Weise zusammengekniffen hatte und ihre Mutter den dreisten jungen Mann daran erinnert hatte, daß ihre ältere Tochter noch keine Frau war, die man einfordern konnte, hatte Ta-maya gespürt, daß sie sein Benehmen guthießen, auch wenn er ihren Einwänden wenig Beachtung geschenkt hatte.

»Ich werde sie bekommen!« hatte er wiederholt.

Geblendet hatte sie das erste von vielen Geschenken angenommen, während ihre Eltern und der ganze Stamm belustigt geschnauft hatten. Sie konnte sich noch erinnern, wie sie laut geantwortet hatte: »Ja ... Dakan-eh wird Ta-mayas erster Mann werden ... *vielleicht*.«

Hatte sie wirklich *vielleicht* gesagt? Natürlich würde er ihr erster Mann werden – und ihr einziger! Niemand kam ihm gleich. Aber solange sie sein Geschenk zwar angenommen, ihm aber noch keins gemacht hatte, war die Verbindung zwischen ihnen beiden noch nicht offiziell. Sie beide waren frei, sich andere Partner zu wählen.

»Oh!« rief sie aus und war überrascht über die Heftigkeit ihrer Reaktion. »Was bist du nur für ein dummes Mädchen! Warum hast du ihn hingehalten? *Warum?*«

Hochrot und verwirrt schüttelte Ta-maya den Kopf. Sie wußte die Antwort nicht. Sie war von Natur aus ein ruhiges und freundliches Mädchen. Doch in diesem Augenblick, während sie verzweifelt in ihrem Schlaffell dastand, bereitete sich ihr künftiger Mann auf eine lange Reise vor – ohne ein Geschenk, das ihm die Gewißheit gab, daß sie auf ihn warten würde, wenn er zurückkam.

»Oh!« rief sie noch einmal und war wütend auf sich selbst, als sie erkannte, daß, falls Mah-ree recht hatte – und das hatte sie oft –, Ban-ya jetzt vermutlich die Situation für sich ausnutzen würde.

Ta-maya ballte ihre kleinen Hände zu Fäusten. Wenn Ban-ya jetzt bei Dakan-eh war und sich ihm präsentierte, ihre Brust reckte und sich mit Worten, Geschenken und ihren weiten Hüften und fleischigen Hinterbacken anbot, gab es nichts mehr, was Dakan-eh noch umstimmen könnte, Ban-ya zu bitten, seine Frau zu werden.

»Nein!« Ta-maya ließ sich auf die Knie fallen und langte nach dem Tragbeutel aus Antilopenleder, der neben ihrer Matratze lag. Sie durchstöberte den Inhalt und holte ihre besten Stücke heraus, die Halskette, den Fußring, das Armband und den Kamm aus Geweih, den Kosar-eh, der Lustige Mann des Dorfes, ihr vor so vielen Jahren geschnitzt hatte. »Wir sind die besten Freundinnen, Ban-ya, aber ich werde nicht zulassen, daß du mir meinen Mann wegnimmst!«

Hastig legte sie ihren Schmuck an, kämmte ihr fast schulterlanges Haar, nahm das oberste Schlaffell mit und lief aus der Hütte. In der kühlen Morgenluft lag noch der feuchte, schwere Nachtgeruch. Ta-maya hüllte sich in das Schlaffell. Es lag warm und weich auf ihrer nackten Haut, als sie durch das noch schlafende Dorf rannte. Es würde ein schönes Geschenk für Dakan-eh sein, das er auf die Reise mitnehmen konnte. Und es gab sicher kein Geschenk, daß stärker die Verbindung zwischen ihnen symbolisierte, zu der sie jetzt mit ganzem Herzen bereit war.

Sie lief weiter und war so in Gedanken versunken, daß sie zu dicht an der Hütte von Kosar-eh, dem Lustigen Mann, vorbeikam. Ta-maya stolperte über ein paar Stöcke und bemalte Steine, die Spielsachen von Kosar-ehs vier kleinen Kindern, und sie wäre fast durch das federngeschmückte Dach der geräumigen Hütte gestürzt, wenn sie sich nicht rechtzeitig zur Seite geworfen hätte. Mit einem unterdrückten Aufschrei der Überraschung rutschte sie an der Außenwand entlang und fiel seitwärts zu Boden.

Aus dem Innern der Hütte kam der schrille Ruf einer Frau. »Wer ist da draußen?«

Ta-maya stellte entsetzt fest, daß sie Kosar-ehs Frau aufgeweckt hatte. Mit Siwi-ni aneinanderzugeraten, war das letzte, was sie sich an diesem Morgen wünschte. Die Frau des Lustigen Mannes war klein und nervös, das genaue Gegenteil ihres großen, gutmütigen und viel jüngeren Ehemannes. Siwi-ni stand kurz vor der Entbindung ihres fünften Kindes, und die Schwangerschaft machte sie gereizt. Sie war eigentlich immer auf irgend jemand wütend, und aus Gründen, die Ta-maya nicht verstand, hatte Siwi-ni in letzter Zeit eine besondere Abneigung gegen die ältere Tochter des Häuptlings entwickelt.

Armer Kosar-eh! dachte Ta-maya. Daß er jeden Tag Siwi-ni ertragen muß! Kein Wunder, daß er sich oft von seiner Hütte entfernt und die Kinder mit seinen komischen Spielen und verrückten Streichen unterhält.

»Wer da draußen ist, will ich wissen! Wer stört den Schlaf der Frau und der Kinder von Kosar-eh?«

Ta-maya hob hastig ihr Schlaffell auf, kam wieder auf die Beine und lief ohne eine Antwort davon, bevor die dicke kleine Frau schimpfend aus der Hütte kommen und eine Entschuldigung verlangen konnte. Ta-maya durfte keine Zeit verschwenden, sie mußte zu Dakan-eh, bevor er mit einem Geschenk von Ban-ya in Richtung der blauen Tafelberge aufbrach!

Sie war immer noch etwas benommen von ihrem Sturz und rieb sich den Ellbogen, während sie weiterrannte. Dann wandte sie sich vor den letzten paar Hütten nach rechts statt nach links, so daß sie unbeabsichtigt der Gemeinschaftshütte der Witwen zu nahe kam.

»Oh, nein!« Ta-maya senkte den Blick, in der Hoffnung, die alten Frauen würden sie nicht bemerken, wenn sie sie nicht ansah.

Doch es war zu spät. Sie konnte die Witwen sehen, die bereits aufgestanden waren und sich an ihren morgendlichen Kochfeuern zu schaffen machten. Sie trugen nichts außer ihren Umhängen aus Rinde, Fellen und Federn. Es waren drei nußbraune, grauhaarige und schlaffbrüstige Gestalten, die sich mit ihren alten Knochen ans Tagewerk machten und sich wie immer stritten. Sie entdeckten das Mädchen und riefen seinen Namen. Mit einem verzweifelten Stöhnen blieb Ta-maya stehen und sah sie an — Kahm-ree, Zar-ah und Xi-ahtli — Kleine Maiblume, Schöne Wolke und Rote Holunderbeere. So hübsche, jugendliche Namen, und doch konnte Ta-maya sich nur schwer vorstellen, daß die Witwen sie irgendwann einmal verdient hatten.

»Guten Morgen, Ta-maya. Wohin so eilig?« fragte Kahm-ree, die älteste der Witwen und die fetteste. Ihr uralter Mantel aus verblaßtem rotem Eichhörnchenfell spannte sich über dem Umfang ihres Rückens und ihrer Schultern. Obwohl sie den Umhang mit ihren krummen Fingern zusammenhielt, lugten die Spitzen ihrer langen, hängenden Brüste mit den tiefbraunen Warzen in Bauchhöhe hervor.

Ta-maya starrte sie an. Kahm-rees Brustwarzen wirkten wie zwei große, stumpfe Augen. Sie neigte den Kopf und dachte an Ban-ya, die Kahm-rees Enkelin war. Unwillkürlich fragte sie sich, ob der vielgerühmte Busen ihrer Freundin eines Tages auch so hängen würde.

»Guten Morgen, sagte ich!« wiederholte die alte Kahm-ree.

Ta-maya verbeugte sich respektvoll, andernfalls hätte sie einen schweren Verstoß gegen die Stammesetikette begangen. Aus Gewohnheit blickte sie sofort hoffnungsvoll wieder auf, um nach einer anderen alten Frau unter den Witwen Ausschau zu halten.

Großmutter! Wenn Neechee-la schon auf war, würde sie Ta-mayas Eile verstehen. Aber Neechee-la war nirgendwo zu sehen.

Dann zuckte Ta-maya innerlich zusammen, als sie sich nämlich daran erinnerte, daß Neechee-la auf dem Höhepunkt des vergangenen Winters ihren Körper verlassen und ihre Seele für immer dem Wind übergeben hatte. Der freundliche Geist der alten Frau war in Ta-maya immer noch gegenwärtig. Neechee-la war so lieb und rücksichtsvoll gewesen, daß es immer eine Freude gewesen war, bei ihr zu sein und ihr bei den alltäglichen Verrichtungen zu helfen.

»Guten Morgen, Mutter von Vielen!« Nachdem Ta-maya die traditionelle Grußformel ausgesprochen hatte, wollte sie bereits weitereilen, aber Zar-ah hielt sie noch zurück.

»Einen Moment noch!« Die alte Frau hatte mit krächzender Stimme gesprochen. Sie räusperte sich und spuckte ins Feuer, worauf es aufzischte und sich eine kleine Dampfwolke bildete. »Wo ist dein Benehmen, Ta-maya? Es stimmt zwar, daß deine eigene Großmutter nicht mehr bei uns wohnt, aber trotzdem gibt es noch jede Menge Arbeit. Hilf dieser alten Frau mit deiner jungen Hand beim Feuermachen!« Ta-maya atmete tief ein, um sich zu beruhigen. Sie verkniff sich, Zar-ah darüber zu belehren, daß ihr Feuer nicht ausgehen würde, wenn sie nur darauf verzichten wolle, ständig hineinzuspucken, aber unter den Stämmen der Roten Welt behandelten die jungen Leute ihre Alten und Schwachen mit Respekt. Seit Generationen überlieferte Traditionen und das gute Benehmen, das ihr von Kindesbeinen an beigebracht worden war, erlaubten es ihr nicht, Zarahs schlechte Angewohnheiten zu kritisieren.

»Großmutter von Vielen, bitte laß mich gehen«, flehte sie. »Ich werde zurückkommen und dir bei allem helfen, was du wünschst, aber wenn ich mich noch länger hier aufhalte, werde ich keine Gelegenheit mehr haben, denen auf Wiedersehen zu sagen, die das Dorf verlassen werden, und . . .«

»Verlassen werden?« wurde sie mit einem Lachen von Xi-ahtli unterbrochen, die so dünn, grau und langbeinig wie ein Reiher war. »Nun, sie haben es längst verlassen. Deine Mutter und dein Vater sind zu den Felsen am Schilf hinausgegangen, um mit Dakan-eh auf den Schamanen und Cha-kwena zu warten. Es begann gerade zu dämmern, als ich sie sah. Ich war eben aus der Hütte gekommen, um mich noch einmal zu erleichtern. Meine alte Blase ist nicht mehr das, was sie einmal war, weißt du. Aber das hat auch seine Vorteile — dadurch steht man rechtzeitig auf und kann früh mit der Arbeit beginnen. Es ist nicht gut, wenn man im hohen Alter zuviel schläft. Ha! Man weiß ja nie, ob man überhaupt wieder aufwacht!«

Ta-maya blinzelte in die Sonne, die erst vor kurzem aufgegangen war. Wenn sie sich beeilte, konnte sie die anderen vielleicht noch einholen. »Mit allem Respekt, Großmutter von Vielen, aber ich muß jetzt gehen. Ich muß Dakan-eh noch etwas sagen!«

Die alten Frauen warfen sich vielsagende Blicke zu.

»Das hättest du Dakan-eh schon letzte Nacht sagen sollen«, meinte Kahm-ree und verzog ihren Mund zu einem zahnlosen Lächeln. »Zweifellos hat Ban-ya es jetzt an deiner Stelle zu ihm gesagt! Ich habe meine Enkelin mit Kosar-eh als sicherem Geleit zu Dakan-eh geschickt. Dakan-eh hat meine Ban-ya mit den Augen eines Mannes angesehen. Es war eine große Dummheit von dir, einen so guten Mann wie Dakan-eh so lange hinzuhalten, als würde er dir nichts bedeuten. Aber dann ist er vielleicht auch viel zu schade für dich, oder?«

Ta-maya hielt den Atem an, und Tränen traten ihr in die Augen, als sie sich wieder an Mah-rees Warnung erinnerte: *Dakan-eh hat sie angesehen. Ich habe es bemerkt.*

»Oh!« rief Ta-maya, und ohne Rücksicht auf gutes Benehmen oder Traditionen lief sie ohne weiteres Zögern los.

»Warte, Ta-maya!« rief Xi-ahtli besorgt. »Es ist zu gefährlich, wenn du allein das Dorf verläßt! Raubtiere halten sich in der Nähe auf. Wir werden dich begleiten! Kommt, Mädchen! Schnappt eure Grabstöcke und laßt uns die Tochter unseres Häuptlings beschützen!« *Mädchen?* Ta-maya fragte sich, ob sich die alten Witwen tatsächlich noch für Mädchen hielten. Sie sah sich nicht mehr um, um festzustellen, ob sie ihr folgten. Natürlich machten sie sich zu Recht Sorge um sie. In der Nähe des Dorfes mochte es wirklich Raubtiere geben. Aber in diesem Augenblick konnte Ta-maya sich nichts Bedrohlicheres als Banya vorstellen.

Auf halbem Weg zu den Felsen blieb Ta-maya stehen. Mahree und ihre Eltern kamen ihr entgegen. Ha-xa trug ihren Wintermantel aus Luchsfell, und Tlana-quah war in seinem Umhang aus Jaguarfell ein würdiger Häuptling. Kosar-eh war bei ihnen. Er hatte Mah-ree seinen wunderschönen Umhang aus blauen Reiherfedern gegen die beißende Morgenkälte gegeben. Trotzdem sah Mah-ree verstimmt und unglücklich aus. Zweifellos war sie dafür getadelt worden, daß sie allein das Dorf verlassen hatte. Sie tat Ta-maya leid. War sie zu spät gekommen, um sich von Cha-kwena zu verabschieden? Oder war sie in seiner Gegensatz errötet und hatte kein Wort über die Lippen gebracht?

»Ta-maya!«

Kosar-eh hatte sie gerufen. Ta-maya konnte erkennen, daß der Lustige Mann sich seinen verkrüppelten rechten Arm gegen die breite Brust gedrückt hatte. Sie kniff die Lippen zusammen. Sie mochte den Anblick seines Arms überhaupt nicht. Die alten weißen Narben, die verkümmerten Muskeln und die Art, wie er seine mißgestalteten Knochen hielt, erinnerten sie an den Flügel des verletzten Falken, den Cha-kwena vor kurzem freigelassen hatte. Aber im Gegenteil zum Falken würde der ›Flügel‹ des armen Kosar-eh niemals heilen.

Zehn Jahre lang waren seit jenem sonnigen Wintertag vergangen, als ein Kamel, das alle bereits für tot gehalten hatten, noch einmal aufgesprungen war. Das Kamel war sehr alt gewesen und sogar noch größer und angriffslustiger als die meisten seiner Artgenossen. Als es sich in die Nähe des Dorfes gewagt hatte, hatten die besorgten Mütter ihre Kinder gerufen, und die Männer und Jungen waren losgestürmt, um es zu jagen. Mit den Speeren und Speerwerfern hatten sie bald, wie es zumindest schien, einen sicheren Erfolg erzielt. Niemand war dem Tier zu nahe gekommen, bevor es zu Boden gegangen war,

54

viele Speere in seinem zottigen Körper mit dem hohen Höcker. Die Frauen und Kinder hatten gejubelt und schnell ihre Messer und Schlachtwerkzeuge geholt. Doch es war nicht nur das Kamel, das an diesem Tag niedergemacht werden sollte.

Ta-maya war damals erst vier Jahre alt gewesen, aber sie würde niemals vergessen, wie das Tier sich von einem Augenblick auf den anderen auf die Seite gewälzt und im Todeskampf geschnaubt und gezuckt hatte. Dann hatte es plötzlich auf seinen großen, gespaltenen Hufen gestanden. Schwankend hatte es geröhrt, Blut gespuckt und den riesigen Kopf gesenkt. Dann hatte es seine Wut auf das am nächsten stehende Mitglied der Jagdgruppe gerichtet. Das war Kosar-eh gewesen.

Alles war so schnell gegangen, daß niemand eine Chance zum Reagieren gehabt hatte, und Kosar-eh schon gar nicht. Er war angehoben, gebissen, geschüttelt und dann dreißig Fuß weit auf eine felsige Böschung geschleudert worden. Kosar-eh war sofort bewußtlos gewesen, und das Kamel hatte mit einem überraschten Röhren die Augen verdreht und war tot umgefallen.

Ta-maya erschauderte bei dieser Erinnerung. Natürlich hatte man den jungen Jäger damals noch nicht Kosar-eh genannt. Dieser Name bedeutete ›Lustiger Mann‹, und so wurden alle Lustigen Männer der vielen Stämme der Roten Welt genannt. »Ta-maya konnte sich nicht mehr erinnern, wie er in diesen lange zurückliegenden Tagen geheißen hatte, aber sie wußte noch, daß er ein kräftiger, gutaussehender junger Mann gewesen war. Damals wie heute war er ausgesprochen nett zu Kindern gewesen. Am Ende seines dreizehnten Lebensjahres — das er nun scherzhaft als das ›Jahr des Kamels‹ bezeichnete — hatte er sich auf der Jagd bewährt und den vielen jungen Mädchen ein strahlendes Lächeln geschenkt, die stolz darauf gewesen wären, sein Feuer zu hüten, sein Fleisch zu kochen und die Schlaffelle mit ihm zu teilen.

All das hatte das Kamel in einem Augenblick zerstört — seine Blicke, seine Hoffnungen, seine Träume. Keine junge Frau hatte ihn danach noch haben wollen, also hatten die alten Frauen der Roten Welt ihn gepflegt.

Seine Heilung war langwierig gewesen, und dann war er fortgeschickt worden, um für längere Zeit beim Stamm der Blauen Tafelberge zu leben. Dort hatte er wieder gelernt zu leben — nicht als Jäger, sondern als Lustiger Mann, als besonderer Schamane, denn es hieß, daß ein Krüppel wie Kosar-eh ein Segen für seinen Stamm war. In schlechten Zeiten, wenn Hoyeh-tay den heiligen Stein beschwören und Zauberrauch aufsteigen lassen mußte, half Kosar-eh der Gemeinschaft mit seinen Spielen und Scherzen und brachte selbst die verzweifeltsten Stammesmitglieder dazu, wieder hoffnungsvoll zu lächeln.

Aber obwohl der Lustige Mann sie jetzt anlächelte, war Ta-maya nicht glücklich. Sie lächelte auch nicht zurück, als er begeistert seinen gesunden Arm hob, um sie zu grüßen, und mit langen Schritten auf sie zukam. Sie biß sich auf die Unterlippe und versuchte den Blick abzuwenden, aber sie konnte es nicht. Die alte Witwe Kahm-ree, die sie zusammen mit Zar-ah und Xi-ahtli eingeholt hatte und schwer atmend neben ihr stehenblieb, mußte Kosar-eh gebeten haben, Ban-ya aus dem Dorf zu begleiten, und zwar gleich nachdem er aus seiner Hütte gekommen war, denn der Mann hatte noch nicht die Bemalung aufgetragen, die gewöhnlich seine Mißbildungen verdeckte und ihn als Lustigen Mann auszeichnete. Die gebrochene und schiefe Nase, die Narben auf seiner rechten Gesichtshälfte und sein verkrüppelter Arm waren nicht zu übersehen. Die ehrliche Zuneigung, die sie ihm entgegenbrachte, ließ es nicht zu, daß Ta-maya über seine Erscheinung lachte.

Dennoch hätte sie sich zu einem Lächeln gezwungen, wenn Ban-ya nicht plötzlich hinter Tlana-quah und Ha-xa hervorgekommen wäre. Ihre kurzen, kräftigen Beine stampften energisch, und ihre großen, breiten Füße schlugen wie Hammersteine in den Boden. Sie trug ein knielanges Sommerkleid aus bunten Knochenperlen, die mit geflochtenen Fasern zusammengehalten wurden. Auch ihr glänzendes schwarzes Haar, das sie an den Seiten geflochten hatte und das locker ihren Rücken herabfiel, zeigte, daß sie sich offensichtlich herausgeputzt hatte, um einen Mann zu beeindrucken.

Meinen Mann! Zorn wallte in Ta-maya auf, doch dann

wurde sie von viel tieferen und beunruhigenderen Empfindungen überwältigt, als sie sich daran erinnerte, daß Dakan-eh noch nicht ihr Mann war und daß sie Ban-ya überhaupt keinen Vorwurf machen konnte, wenn sie mit ihm flirtete. Eifersucht und Enttäuschung ballten sich in ihrer Kehle zu einem erstickenden Klumpen zusammen. Fast wäre sie in Tränen ausgebrochen.

Kosar-eh und Tlana-quah starrten Ban-ya hinterher, als würden sie sie zum ersten Mal sehen. Der Lustige Mann hatte eine Augenbraue hochgezogen und schien gleichzeitig fasziniert und amüsiert, während der Häuptling sein langes Gesicht nachdenklich in Falten gelegt hatte. Ta-maya errötete angesichts der offenkundigen Lüsternheit ihres Vaters. Sie sah, wie ihre Mutter ihn mit unwilligen Blicken maß, und konnte nicht verhindern, daß sie selbst für einen Moment genauso reagierte. Dann wandte sie ihre Aufmerksamkeit dem jungen Mädchen zu.

Was war in Ban-ya gefahren? Sie benahm sich wie eine Fremde. Ihr hübsches, breites Gesicht war ausdruckslos, aber sie hatte trotzig den Kopf gehoben und schwenkte absichtlich ihre breiten Hüften, so daß sich die Schwalbenwurzfasern ihres Kleides bewegten und auseinanderklafften. Und unter dem Rock trug sie nichts — gar nichts!

Ta-maya stöhnte leise. Wenn Ban-ya sich Dakan-eh in dieser Aufmachung genähert hatte, mit wiegenden Hüften und zur Schau gestellten Brüsten, und ihm auch nur das unbedeutendste Geschenk als Zeichen ihrer Bereitschaft, seine Frau zu werden, überreicht hatte, hätte er sie unmöglich zurückweisen können... so wie Ta-maya ihn törichterweise zurückgewiesen hatte.

»Ich wünsche dir einen guten Morgen, Ta-maya!« sagte Ban-ya, während sie selbstgefällig auf sie zugeschlendert kam. »Du hast viel zu lange geschlafen!«

Diese Andeutung und das kurze Lachen, das Ban-yas Worten folgte, waren mehr, als Ta-maya ertragen konnte. Sie packte Ban-ya am Handgelenk und zwang das Mädchen stehenzubleiben. »Dakan-eh hat für mich gesprochen. Das weißt du, Ban-ya! Du hattest kein Recht, ihn zu verabschieden!«

»Warum nicht? Du hast ihn doch abgewiesen!« erwiderte Kahm-ree an Ban-yas Stelle. Mit einem nervösen Kichern sah sie den Häuptling an und fügte hinzu: »Es ist ihr volles Recht. Der Häuptling oder seine Tochter sollten keineswegs beleidigt werden. Und was wäre ich für eine Großmutter, wenn ich mich nicht um die Interessen meiner Enkelin kümmern würde? Wäre das nicht vielleicht etwas ungewöhnlich.«

»Ja, ungewöhnlich«, entgegnete Tlana-quah lakonisch und schüttelte den Kopf, wie um so einen Gedanken zu vertreiben.

Ban-ya grinste. »Ich muß doch meiner Großmutter gehorchen! Meine Mutter hatte viel zu lange als Witwe gelebt, bevor sie zu ihrem neuen Mann ging. In ihrer neuen Hütte bin ich nicht gerade willkommen. Aber die Geister meinen es gut mit mir. Warum soll ich Dakan-eh nicht zeigen, daß ich eine schöne, große Frau geworden bin? Ich will ihn. Aber du scheinst überhaupt nicht zu wissen, was du willst.« Damit befreite sie ihr Handgelenk aus Ta-mayas Griff, hakte sich bei Kahm-ree unter und ging mit ihr ins Lager zurück.

Ta-maya fühlte sich elend, als sie ihr nachrief: »Hast du ihm ein Geschenk gebracht? Hat er es angenommen?«

Ban-ya blieb weder stehen, noch blickte sie sich um, doch ihre Stimme war laut und deutlich zu hören. »Natürlich! Im Gegenteil zu dir erkennt er etwas Gutes, wenn er es sieht!«

3

Der alte Hoyeh-tay schüttelte ungläubig den Kopf. »Dein Name ist wahrlich gut gewählt, Mutiger Mann! Erst bittest du um Ta-maya und dann nimmst du das Geschenk einer anderen Frau an — und das vor dem Häuptling und seiner Frau! Tlana-quah wird diese Beleidigung seiner Lieblingstochter niemals vergessen. Ja, dazu gehört wahrlich Mut, Dakan-eh! Aber wie steht es mit deiner Weisheit?«

Die Frage des alten Schamanen war dieselbe, die Dakan-eh

sich auch schon tausendmal gestellt hatte, seit Hoyeh-tay, Chakwena und er dem Dorf am See der Vielen Singvögel den Rücken zugekehrt und nach Westen in Richtung des fernen Landes der Blauen Tafelberge losgezogen waren.

In ihrem aufreizenden, durchsichtigen Kordelkleid, mit ihrem höflich gesenkten Kopf und ihren aufregenden, schweren und bloßen Brüsten hatte Ban-ya gut ausgesehen. Sehr gut.

Dakan-eh knirschte mit den Zähnen. Seine Gefühle waren im Aufruhr. Wenn es doch nur Winter gewesen wäre! Ban-ya wäre im Winter niemals mit entblößten Brüsten zu ihm gekommen. Im Winter wäre es einfacher gewesen, ihr zu widerstehen.

Er schluckte. Die frühe Sommersonne schien warm auf seinen Rücken, aber es hätte genausogut schneien können, denn im Innern fror er. Ban-ya hatte sein männliches Bedürfnis geweckt, aber das taten alle Frauen. Es war Ta-maya, die er wollte! Eine Verbindung mit der älteren Tochter des Häuptling würde ihm eine hohe Stellung sichern. Außerdem war sie sehr schön, und sie hatte eine Art, die gleichzeitig lieblich, schwer zu fassen und selten war. Er mußte sie einfach haben. Sicher würde der Häuptling verstehen, daß der Mutige Mann Ban-yas Geschenk nur in der Hoffnung angenommen hatte, daß Ta-maya ihn daraufhin nicht mehr abweisen würde.

»Ich habe ihr Geschenk nicht erwidert!« rechtfertigte er sich vor Hoyeh-tay. »Nach den Traditionen des Stammes bin ich Ban-ya gegenüber keinerlei Verpflichtungen eingegangen! Tlana-quah weiß das und wird verstehen, was ich getan habe.«

Dakan-eh wünschte sich, er selbst wäre von seiner Behauptung überzeugt. Ban-yas Geschenk bestand aus einem kleinen, hübsch verpackten Proviantbeutel, der mit getrocknetem Antilopenfleisch und Kuchen aus Eichelmehl gefüllt war. Das Fleisch und das Mehl waren Symbole des Lebens, mit denen sie sich selbst angeboten hatte. Es war zwar erlaubt, sie jetzt noch abzuweisen, aber es würde keineswegs einfach sein, denn weder sie noch ihre Familie würden es auf die leichte Schulter nehmen.

»Sie hatte den Geruch des Verlangens an sich. Das ist mehr, als ich von Ta-maya behaupten kann. Ban-ya weiß, was sie will. Sie würde eine gute Frau für dich abgeben, Mutiger Mann. Vielleicht haben die Geister sie zu dieser Handlung getrieben. Und hast du jemals solche Brüste gesehen?«

Der junge Cha-kwena schüttelte sich und verzog angewidert das Gesicht. »Ban-ya könnte damit ein Mammut säugen!«

Der alte Mann lachte. »Mit der Zeit, wenn du älter bist, Cha-kwena, wirst auch du solche weiblichen Attribute schätzen lernen.«

»Niemals!« protestierte der Junge. »Sie könnte einen Mann mit ihren Brüsten zu Tode quetschen, wenn sie wollte.«

Hoyeh-tay lachte erneut.

Dakan-eh war nicht nach Späßen zumute. »Es ist Ta-maya, die ich als meine Allzeit-Frau will.«

»Aber will sie auch dich?« Mit Eule auf der Schulter warf Hoyeh-tay ihm aus wäßrigen Augen einen Seitenblick zu.

Dakan-eh ärgerte sich. Hoyeh-tay war weise und ehrfurchtgebietend, aber er konnte so scharf und hartnäckig sein wie ein Stein, der sich in der Sohle einer Sandale verkeilt hatte. »Ich bin der Mutige Mann! Ich brauche niemanden – nicht einmal dich, alter Schamane –, um mir zu sagen, ob eine Frau mich will!« Dann starrte er nach unten, während er weiterging. Der Boden unter seinen Füßen war eine Mischung aus zerbröckelndem Granit und rotem Lehm, der sich immer wieder mit weiten Flächen aus weißen Quarzkieseln abwechselte. Gelegentlich funkelte ein Muskovitsplitter auf, ein Sandkorn oder ein gelber Klumpen, der von einem Sturzbach aus den nahen Hügeln herangeschwemmt worden war und golden in der Sonne blitzte.

Mit diesem Aufblitzen kam ihm eine Eingebung. Dakan-eh blieb stehen und kniete sich hin. Er legte seinen Speer mit der steinernen Spitze und dem hölzernen Schaft quer über seine Schenkel, hob drei kleine Klumpen auf und hielt sie auf seiner Handfläche. Der größte war kaum größer als der Kot einer Waldratte, aber alle drei besaßen einen charakteristischen matten Schimmer. Dieser gelbe Stein war selten, aber nicht unbekannt. Dakan-eh wußte, daß er ebenso formbar war wie Knochen von einer frisch getöteten Beute. Zufrieden über seinen

Fund erinnerte er sich daran, wie sein Vater eine Kette aus diesen Klumpen als Friedensgeschenk für seine Mutter nach einem heftigen Streit gemacht hatte. Er hatte sie zu winzigen Scheibchen geklopft und sie poliert, bis sie wie kleine Splitter aus Sonnenlicht glänzten. Dann hatte er sie mit der Spitze seines Feuersteinbohrers durchstochen und sie auf einer Sehnenschnur aufgefädelt. Seine Mutter hatte sich so sehr über das Geschenk gefreut, daß sie den Streit völlig vergaß.

Dakan-ehs Lächeln wurde breiter. Wenn er eine goldene Kette für Ta-maya machte, würde sie vielleicht einverstanden sein, seine Frau zu werden. Anscheinend war sie bisher immer mit seinen Geschenken zufrieden gewesen, aber vielleicht waren sie zu praktisch gewesen: ein Federetui für ihre Nähnadeln, Werkzeuge zur Erleichterung der Fellbearbeitung, ein röhrenförmiger Korb zum Wachtelfang, an dem er drei ganze Monde lang gewebt hatte, gute Stücke Antilopenfleisch und gelegentlich ein frisch gefangener Hase oder Fisch. War es vielleicht an der Zeit für seltene und völlig unpraktische Geschenke? Wer konnte schon sagen, was eine Frau dachte, wenn es um Geschenke ging? Frauen waren ihm schon immer ein Geheimnis gewesen.

Seine Finger schlossen sich fest um die gelben Steine. Und wenn er gleichzeitig einen davon zusammen mit einer Entschuldigung Ban-ya schenkte, würde sie vielleicht nicht mehr so wütend darüber sein, daß er sie rücksichtslos für seine Zwecke eingesetzt hatte.

Der alte Hoyeh-tay räusperte sich. Er und Cha-kwena hatten neben Dakan-eh gewartet. Jetzt deutete der alte Mann mit einem Funkeln in den Augen auf den Jäger und sagte: »Die erste Lektion, die ein werdender weiser Mann lernen muß, mein Enkelsohn, besteht darin, daß er nicht zulassen darf, daß sich Frauen in seine Gedanken einschmeicheln.«

Dakan-eh sah protestierend zu ihm auf. »So etwas habe ich nie zugelassen! Die begehrenswertesten Mädchen des Stammes warten nur darauf, daß ich sie zur Frau nehme! Ich bin es, der *ihnen* die Köpfe verdreht hat!«

»Tatsächlich?« Der alte Mann versuchte nicht einmal, überzeugt zu klingen. »Ich habe mich nur gewundert. Komm jetzt, Mutiger Mann, es ist noch ein langer Weg bis zu den Pinienwäldern im Land der Blauen Tafelberge, und sowohl die Vorzeichen als auch meine Träume drängen mich zur Eile. Wie lange werden wir für diese Reise brauchen, wenn derjenige, der mir zum Schutz mitgegeben wurde, die gesamte Strecke auf Knien zurücklegen will?«

Beschämt stand Dakan-eh auf, während er immer noch die Klümpchen in der Hand hielt. »Wir gehen weiter«, sagte er und marschierte los. »Und wenn wir ins Dorf zurückkehren, wird die Häuptlingstochter mich annehmen.«

»Tatsächlich?«

Dakan-eh blieb stehen und drehte sich um. In seinen Augen und in seiner Stimme war Wut. »Wenn du etwas weißt, was ich nicht weiß, dann spuck es aus, Schamane! Oder hast du vergessen – wie du in diesen Tagen so viel anderes vergißt –, daß deine wichtigste Aufgabe darin besteht, Voraussagen über die Zukunft zu machen?«

Cha-kwena war sichtlich entsetzt über die unerwartete Feindseligkeit in Dakan-ehs Stimme.

Der alte Hoyeh-tay stand so gerade, wie es seine magere Gestalt erlaubte. »Dein Tonfall ist zu scharf, Mutiger Mann. Vergiß nicht, mit wem du sprichst, sonst könnte ich dem Häuptling erzählen, daß seine ältere Tochter gute Gründe hat, wenn sie zögert, dich als ihren Mann anzunehmen.«

Dakan-eh schnaubte mit unverhohlener Verärgerung und Respektlosigkeit. »Das würdest du niemals tun! Ich werde die Beste bekommen, weil ich der Beste bin! Ich werde die erstgeborene Tochter des Häuptlings bekommen. Keine andere Frau ist gut genug für mich. Und kein anderer Mann ist gut genug für sie!«

Hoyeh-tay erstarrte. Als er zu Dakan-eh hinaufblinzelte, war es offensichtlich, daß ihm nicht gefiel, was er sah. »Sei vorsichtig, Mutiger Mann! Mit einem so großen Kopf könntest du stolpern und den Boden erst dann sehen, wenn er sich dir während deines Sturzes nähert.«

Dakan-eh stolperte nicht. Aber schon kurz darauf sank er in Cha-kwenas Achtung. Sie waren noch nicht lange weitergegangen, als die Stimme von Tlana-quah ihnen zurief, sie sollten anhalten. Cha-kwena war überrascht, als der Häuptling ihnen aus der Richtung des Dorfes nachgelaufen kam. Und Ta-maya lief keuchend und mit gerötetem Gesicht an seiner Seite. Mahree hielt ihre Schwester an der Hand, während Ban-ya mit wütendem Schnaufen hinterhertrottete.

Es gibt Ärger. Cha-kwena sprach den Gedanken nicht laut aus. Wenn sich seine Eingebung als wahr erweisen sollte, hatte er nicht die Absicht, Hoyeh-tay einen weiteren Grund zu geben, auf ihn zu zeigen und ihn als Schamanen zu bezeichnen. Er runzelte die Stirn und fragte sich, was die Leute wollten. Auf jeden Fall war es schon das zweite Mal an einem einzigen Morgen, daß er sah, wie die kleine Mahree ihm außer Atem nachrannte. Sein Mund verzog sich verärgert, doch sie fand immer wieder einen Weg, um ihn erneut umschwirren zu können. War ein gestammeltes Abschiedswort mit roten Wangen und Rehaugen nicht genug für einen Morgen? Was war mit ihr los? Sie war doch sonst ein so nettes kleines Mädchen!

Tlana-quah und Ta-maya blieben vor Dakan-eh und Hoyehtay stehen. Mah-ree stand hinter ihrem Vater.

Tlana-quah sah wütend aus. Seine mühsam unter Kontrolle gehaltenen Mundwinkel und Augenbrauen verrieten die strapazierte Geduld eines ständig verärgerten Vaters. Ta-maya hatte die Augen niedergeschlagen, und ihre Lider waren rötlich und geschwollen. Mah-ree sah besorgt aus, und weder der Häuptling noch seine Töchter nahmen Ban-ya zur Kenntnis, als sie sie keuchend und brummend einholte.

Es gibt mit Sicherheit Ärger, dachte Cha-kwena.

»Meine Tochter möchte mit dem Mutigen Mann sprechen.« Tlana-quahs Augen fixierten Dakan-eh mit offener Feindseligkeit. »Das ist ihr Recht.«

»Sprich!« forderte Dakan-eh die Häuptlingstochter auf. Seine Stimme war tief, sein Gesicht hart und mißtrauisch.

Langsam und ängstlich hob sie ihren hübschen Kopf und sah

Dakan-eh mit einem Gesicht an, das gleichzeitig vor Hoffnung und Reue strahlte. Ihre Stimme war sanft und zitternd, ihre Haltung unsicher. »Dakan-eh hat ein Geschenk von Ban-ya angenommen.« Sie verstummte. Ihr Gesicht war totenbleich geworden, und in ihren Augen standen Tränen.

Dakan-eh hob den Kopf. »Ich habe ein Geschenk von Ban-ya angenommen«, bestätigte er kühl.

Als Ban-yas Brummen sich in ein schadenfrohes Schnurren verwandelte, ließ Ta-maya den Kopf hängen und fühlte sich elend.

Dakan-eh war ungerührt. »Das ist mein Recht«, fügte er hinzu.

»Ja, das ist sein Recht!« bestätigte Ban-ya stolz und trotzig.

Cha-kwena stellte fest, daß er Ban-ya nicht mochte. Mädchen versuchten viel zu oft, ihn in Situationen zu bringen, die ihm überhaupt nicht gefielen, genauso wie Ta-maya und Ban-ya es jetzt mit dem Mutigen Mann versuchten. Aber Dakan-eh würde es ihnen zeigen. In Kürze würden beide Frauen sich unterwürfig vor ihm verbeugen.

Cha-kwena konnte ein Lächeln nicht unterdrücken. Sein Stolz auf Dakan-eh hätte nicht größer sein können, wenn sie Brüder gewesen wären. Der Mutige Mann war so erhaben, unerschütterlich und unnachgiebig.

Wenn ich ein Mann bin, werde ich die Frauen in meinem Leben genauso streng behandeln wie Dakan-eh, schwor sich Cha-kwena. *Und wenn sie mich nicht zufriedenstellen, werde ich sie genauso strafen, wie Dakan-eh es jetzt tun wird, mit der kalten Unerbittlichkeit des Nordwinds, der sie in ihre Schranken weist, damit nicht der Sturm seines Zorns über sie hereinbricht.*

Bei diesen Gedanken fühlte er sich groß und mutig, und das gefiel ihm. Er beobachtete Dakan-eh und wartete darauf, daß er die Frauen mit der Entschlossenheit eines brünstigen Elches in ihre Schranken wies.

Doch er wartete vergebens, denn Dakan-eh sprach immer noch nicht.

Der alte Hoyeh-tay atmete leise und nachdenklich aus, wie jemand, der ein schwieriges Problem zu lösen versucht. Die Eule auf seinem Kopf blickte sich mit sichtlicher Verwirrung um.

Cha-kwena runzelte irritiert die Stirn, als ihn der Blick aus den Augen der Eule traf. Der Vogel gluckste verärgert. »Es ist heller Tag!« beschwerte sich Eule bei dem Jungen. »Merkt denn niemand, daß ich zu schlafen versuche?«

Cha-kwena schluckte und wandte seine Aufmerksamkeit wieder Dakan-eh zu. Die Blicke des Mutigen Mannes waren nicht von Ta-mayas Gesicht gewichen, seit sie vor ihm stand. Sein Atem ging genauso keuchend wie Ta-mayas, und sein ansehnliches Gesicht war ebenso gerötet.

Seltsam, dachte Cha-kwena. *Dakan-eh sieht jetzt gar nicht mehr wie ein Mutiger Mann aus.* Er wirkte verzweifelt, verwirrt und unglücklich.

Als der Jäger sprach, war seine Stimme kaum mehr als ein Flüstern in demütiger Entschuldigung. »Ich habe das Geschenk angenommen... aber nicht die Schenkende.«

»Was?« fragte Ban-ya mit einem plötzlichen Wutausbruch.

In Ta-mayas Gesicht kehrte die Farbe zurück. Sie sah so überwältigend schön aus, daß Cha-kwenas Herz einen Satz in seiner Brust machte.

Ihre Augen schienen überfließen zu wollen, ihr Blick wich nicht von Dakan-ehs Gesicht. »Dann wirst du vielleicht dieses Geschenk von Tlana-quahs Tochter annehmen, damit es dich auf deiner Reise wärmt, damit du weißt, daß ihr Geist mit dir reist und daß ihr Herz auf deine Rückkehr wartet.«

»Nein!« schrie Ban-ya wie eine wütende Raubkatze.

Vor Schreck machte Cha-kwena einen Satz. Es hätte ihn kaum überrascht, wenn Ban-ya über Ta-maya hergefallen wäre.

»Wo ist dieses Geschenk?« wollte Ban-ya wissen.

Cha-kwena starrte genauso fassungslos wie alle anderen. Währenddessen wartete Dakan-eh mit dem dümmlichsten Gesichtsausdruck, den der Junge jemals an ihm gesehen hatte. Cha-kwena verzog das Gesicht vor Enttäuschung. Der Mutige

Mann benahm sich wie eine fette, sich windende Made. Was war mit ihm los? Und was meinte Ta-maya mit ihrem Geschenk? Abgesehen von ihrem Schmuck waren ihre Hände genauso nackt wie ihr Körper.

»Oh!« rief sie und schlug sich die Hände vors Gesicht. »Ich . . . ich muß es fallengelassen haben!«

Mah-ree, die hinter Tlana-quah stand, schüttelte den Kopf. »Das wollte ich dir die ganze Zeit sagen«, flüsterte sie. »Aber du hast ja nicht zugehört.«

Ta-maya war wie gelähmt. »Warum hast du es nicht für mich aufgehoben?«

Das Mädchen biß sich auf die Unterlippe. »Weil du meine Hand nicht loslassen wolltest!«

Ban-ya begann schallend zu lachen.

»Ich habe dir ein Geschenk gebracht, Dakan-eh!« Ta-maya war nervös. »Ich werde zurückgehen und es . . .«

»Genug!« Hoyeh-tay hob seine Hände. Er sah sehr verärgert aus, Eule jedoch noch mehr. Der Vogel flog auf und kreischte wütend, während der alte Mann rief: »Ich habe die Träume eines Schamanen geträumt! Meine Visionen sind beunruhigend. Die Geister stellen sich zwischen Dakan-eh und Ta-maya, zumindest vorläufig. Obwohl das große weiße Mammut in die Rote Welt zurückgekehrt ist, rufen meine Träume mich auf die Reise zu den Blauen Tafelbergen, und so muß ich . . .«

Tlana-quah hielt erstaunt den Atem an. »Der Große Geist ist zurückgekehrt?«

Hoyeh-tay schien für einen Augenblick die Fassung zu verlieren. »Ich . . . ja. Lebensspender wandelt wieder in der Welt der Menschen, wie ich schon sagte.«

»Davon hast du nichts gesagt!« entgegnete Tlana-quah. »Nicht bis zu diesem Moment.«

Cha-kwena spürte, wie ihm kalt wurde. Der Häuptling hatte recht, dies war das erste Mal, daß Hoyeh-tay das große weiße Mammut erwähnte. Cha-kwena hatte an diesem Morgen darauf gewartet, daß er zum Häuptling darüber sprach, aber als er es nicht getan hatte, war der Junge davon ausgegangen, daß der

Schamane es als Geheimnis bewahren wollte. Doch jetzt wußte Cha-kwena, daß sein Großvater sich wieder einmal in der Falle seiner eigenen Vergeßlichkeit gefangen hatte. Der Junge hatte Mitleid mit ihm.

Hoyeh-tay schnaubte. »Es ist schon zuviel Zeit mit Abschiedsworten zwischen Männern und Frauen vergeudet worden. Aber wenn ich am Ende unserer Reise zu den zwei Tafelbergen sehe, daß die Piniennußernte eine Große Versammlung aller Stämme der Roten Welt rechtfertigt, und wenn die Vorzeichen gut stehen, dann können Ta-maya und Dakan-eh Geschenke austauschen und im Land der Blauen Tafelberge unter dem Pinienmond heiraten. Genug der Worte! Ich muß gehen!«

Ban-ya schmollte, und Ta-maya errötete erneut, aber Dakan-eh strahlte. Jetzt sah er wieder wie der Mutige Mann aus, und Cha-kwena freute sich für ihn. Die Geister der Vorfahren schenkten den Hochzeiten die meiste Gunst, die im Land der Blauen Tafelberge geschlossen wurden, wenn die Stämme sich unter dem fruchtbaren Licht des Pinienmondes versammelten.

Tlana-quah war jedoch ernstlich besorgt. »Wenn der Große Geist aus dem Himmel zurückgekehrt ist, darfst du das Dorf nicht verlassen, Hoyeh-tay. Du mußt Gesänge zu Ehren unseres Totems anstimmen und die Zeremonien leiten und...«

»Bah!« Der alte Mann sah verstimmt aus. »In der letzten Nacht habe ich unser Totem begrüßt. Jetzt rufen mich die Geister in das Land der Blauen Tafelberge. Komm, Cha-kwena!«

Cha-kwena blinzelte überrascht, als der alte Mann sich umdrehte und nach Westen davonging. Als Eule vom Himmel herabgeflogen kam und auf Hoyeh-tays Kopf landete, achtete er überhaupt nicht auf den Vogel. Er ging stolz und selbstsicher und hieb die Füße auf den Boden, als wäre er wütend auf ihn. Tlana-quah rief ihm nach, er solle umkehren, aber der Schamane ging nur noch schneller.

Cha-kwena runzelte die Stirn. Niemand mißachtete einen

67

Befehl des Häuptlings. Es war einfach undenkbar. Aber Hoyeh-tay ließ nicht erkennen, daß er auch nur zögerte.

Der Häuptling schnaubte verächtlich durch seine weiten Nasenlöcher. »Auch ich habe genug!« verkündete er. »Ich werde Ban-ya und meine Töchter ins Dorf zurückbringen. Was dich betrifft, Dakan-eh, so sage ich: Geh! Schütze unseren Schamanen vor Gefahr, während er seinen Visionen nach Westen folgt. Vielleicht wirst du auf dieser Reise etwas über Weisheit und auch über Geduld lernen. Und du, Cha-kwena, denk daran, daß du einmal ein Schamane sein wirst. Dein Großvater ist sehr alt, und ich fürchte, daß du vielleicht weniger Zeit hast, als du denkst, alles Notwendige von ihm zu lernen, bevor du seinen Platz im Stamm einnehmen wirst. Lerne schnell und gut von ihm, Cha-kwena. Und sei ihm ein behutsamer und verständnisvoller Führer, wenn sein Geist umherstreift.«

»Aber ich . . .« Cha-kwena unterbrach sich und verzichtete darauf, den Häuptling erneut daran zu erinnern, daß er gar kein Schamane werden wollte. Bisher war er damit immer auf taube Ohren gestoßen. Es gab keinen Grund zur Annahme, daß sich irgend etwas geändert hatte. Außerdem rief das Land der Blauen Tafelberge, und er hatte nicht den Wunsch zurückzubleiben.

Hinter dem Häuptling meldete sich die Stimme eines kleinen Mädchens. »Darf ich mit ihnen gehen, Vater? Auch ich möchte von unserem Schamanen lernen.«

Cha-kwena verzog das Gesicht.

Tlana-quah brachte seine jüngere Tochter mit einem Brüllen zum Schweigen, das sie vor ihm zurückweichen ließ. »Du? Rede keinen Unsinn! Deine Mutter braucht dich jetzt! Wenn der Große Geist wieder durch das Land dieses Stammes zieht, gibt es viel zu tun. Jetzt, wo der Schamane fort ist, muß der Stamm die heiligen Gesänge anstimmen, mit denen unser Totem angerufen wird, muß saftiges Gras und Sommerfrüchte sammeln und diese Nahrung an die Orte bringen, wo die Mammuts immer weiden. Lebensspender muß geehrt und willkommen geheißen werden. Der Stamm muß sich vorsichtig bewegen. Niemand darf seine Stimme im Zorn erheben. Solange das große weiße Mammut und seine Artgenossen sich im Land um den See der Vielen Singvögel aufhalten, werden die Geister unserem Stamm freundlich gesonnen sein ... auch wenn die Visionen unseres Schamanen es nicht sind.«

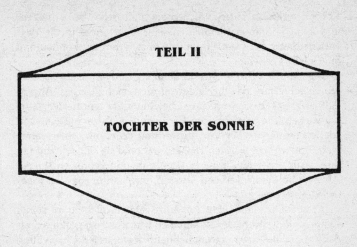

TEIL II

TOCHTER DER SONNE

1

Lange bevor die Ameisen sich an Ish-iwi satt gefressen hatten, dem alten Schamanen, der von Maliwal zum Sterben alleingelassen worden war, hatten sich die Aasfresser über sein Fleisch hergemacht. Selbst wenn ihm noch die Kraft dazu geblieben wäre, hätte der alte Mann trotzdem nicht aus Angst, oder um sie zu vertreiben, geschrien, damit seine Stimme nicht im Dorf gehört wurde und Maliwal neuen Grund zur Genugtuung hatte.

Obwohl Ish-iwi es nicht geschafft hatte, den heiligen Stein seines Stammes zurückzuholen und die junge Ah-nee zu retten, verpflichtete ihn seine Stellung als Schamane zu einem würdigen Tod. Und so beobachtete er, wie die Raubtiere mit hungrigen Augen vom Geruch des Blutes angelockt wurden und sich geifernd und knurrend um ihn versammelten. Zuerst kam der Rabe, dann die Ratte, dann der Kojote, dann der Wolf und schließlich der Dachs. Er bat sie, wieder fortzugehen. Er erklärte ihnen, daß sie sein Fleisch und Mark haben könnten, sobald er tot war. Wenn sie ihn fraßen, bevor das Leben seinen

Körper verlassen hatte, würden sie auch seine Seele fressen, und dann könnte er niemals zu seinen Vorfahren in die Welt jenseits dieser Welt einkehren. Sie hörten ihm zu, konnten ihn aber nicht verstehen.

Der Geruch von Angst und Schmerz und der süße Gestank seiner schweren Bauchwunde verriet den hungrigen Augen, daß es etwas zu fressen gab. Die Raubtiere ignorierten seine schwachen und vergeblichen Versuche, sie abzuschütteln, und stießen immer wieder vor, bissen und rissen an seiner zähen Haut und seinem fasrigen Fleisch, während sie sich wütend um ihre Beute stritten. Zähne blitzten auf, und Fellfetzen flogen. Als der Wolf einen kühnen Vorstoß unternahm, zog sich sogar der Kojote zurück.

Ish-iwi schrie auf, aber nur kurz. Der Wolf hing an seiner Kehle, und der Kopf des Schamanen wurde zurückgestoßen, als der Rabe seine Augen nahm. Schließlich war es jedoch ein alter, hängebäuchiger Löwe mit schwarzer Mähne, der alle anderen vertrieb. Er zerrte den alten Mann am Kopf fort, nachdem er den Mammutknochen aus dem Boden gerissen hatte, an den Ish-iwi gefesselt war. Sein Rudel sah hungrig zu, wie er den Schamanen fortbrachte. Später, als das alte Männchen satt war, überließ er den anderen die Reste des Fleisches.

Ish-iwi war bereit tot, aber wenn seine gequälte Seele noch in der Nähe gewesen wäre, hätte sein Geist gelächelt. Blind und verstümmelt hatte er nicht mehr hoffen können, jemals zu seinen Ahnen in die Geisterwelt zu gelangen, aber der größte Anteil seiner Leiche, einschließlich des Herzens, des Gehirns und der Nieren, durch die die Seele eines Menschen ihr Leben erhielten, war von einem Löwen aufgenommen worden. Deshalb hätte Ish-iwis Geist einen freudigen Gesang angestimmt, denn nun war seine Seele nach den Überlieferungen seines Stammes nicht mehr entehrt. Er würde für immer als Löwe weiterleben. Wenn sie brüllten, würde er mit ihnen brüllen, und solange auch nur ein einziges Mitglied des Rudels überlebte, würde Ish-iwi, der Weise Mann des Stammes der Roten Hügel, für immer bei ihnen leben und mit ihnen jagen.

Ysuna, die Hohepriesterin des Stammes des Wachenden Sterns, schreckte aus dem Schlaf hoch. Schwitzend setzte sie sich auf und schlang ihre langen Arme um die Knie. Er war wieder zu ihr gekommen – der Traum, der verhaßte und geliebte Traum von der Vergangenheit, von endlosen Wintern, von Kälte und Hunger, von einem jungen Mädchen, das in einer dunklen Berghöhle zitterte, während die älteren Männer und Frauen verzweifelt stöhnten und flehten, der Wind möge ihre Seelen in die Welt jenseits dieser Welt tragen.

Der Klang ihrer eigenen Stimme drang über den Abgrund der Zeit zu ihr. Sie war so jung und dennoch so stark: »Wie könnt ihr um den Tod bitten? Ich bin noch jung! Ich habe noch bei keinem Mann gelegen! Ich habe noch kein Kind geboren! Ich werde nicht zulassen, daß ich euretwegen sterbe! Ich bin noch nicht dazu bereit!«

»Man hätte dich niemals am Leben lassen dürfen, linkshändiges Kind. Ich hätte dich erdrosseln sollen, bevor deine Mutter Gelegenheit hatte, meine Entschlossenheit aufzuweichen. Ich hätte das Recht eines Vaters ausüben müssen, einem Kind das Leben zu verwehren, das ihm mißfällt ... und den Geistern!«

Dann hatte sie ihn und alle anderen beschämt, die stolzen rechtshändigen Frauen, die mutigen rechtshändigen Männer, die Jungen und Mädchen, die mit leeren Augen und rechten Händen dasaßen und auf den schmerzhaften Todesgesang ihrer leeren Bäuche lauschten. Obwohl es verboten war, hatte sie den Speer ihres Vater in ihre von den Geistern verfluchte linke Hand genommen und war allein in den Sturm hinausgegangen, um zu jagen. Ihr Vater war ihr gefolgt, mit der Absicht, seine Tochter mit einem tödlichen Schlag für ihre Kühnheit zu strafen, aber die Kraft des Windes hatte sie beide in die Knie gezwungen. Und dort, im Schneetreiben, hatte sie ihre erste Vision gehabt, die Vision vom weißen Mammut, vom Großen Geist, von Himmelsdonner.

Kurz darauf hatte sich der Wind gedreht, und die Vision war verschwunden. In diesem Augenblick hatte die Sonne zum ersten Mal seit Wochen ihr Gesicht gezeigt, und ihr Vater hatte vor Freude und Überraschung aufgeschrien. Sein verfluchtes

Kind hatte ihn durch den Sturm zum Rand einer Senke geführt, in die ein junger Mammutbulle gestürzt war, der nun im Sterben lag. Sein Stamm war gerettet. Und von diesem Augenblick an wurde Ysuna die Tochter der Sonne genannt und die Lebensbringerin des Stammes. Ihr Leben hatte sich grundlegend geändert, und nie wieder störte es irgend jemanden, mit welcher Hand sie ihr Fleisch aß.

Jetzt bellten die Hunde des Dorfes. Ein Löwe brüllte. Das Tier war sehr nahe, viel zu nahe. Ysuna lauschte regungslos. Es war nicht nur ein Löwe, sondern mehrere. Es war nicht das erste Mal, daß sie sich in die Nähe des Dorfes wagten, um es als Jagdrevier zu beanspruchen und ihren Seelenfrieden zu stören. Ihre Hände klammerten sich um ihre Knie, während sie es bereute, Maliwal mit einer großen Jagdgruppe aus dem Dorf geschickt zu haben. Sie waren schon seit zwei Tagen unterwegs und suchten im weiten, offenen Hügelland im Süden nach frischen Mammutspuren. Obwohl noch etliche Männer zurückgeblieben waren, hielten die Frauen ihre Kinder in ihrer Nähe und beschwerten sich ständig darüber, wenn sie am Fluß Wasser holen mußten.

Ysuna stand verärgert auf und schüttelte ihr bodenlanges Haar zurück. Sie verfluchte Maliwal, daß er den alten Schamanen so nahe am Dorf getötet hatte. »Überheblicher, dummer und gefährlicher Narr! Du, Maliwal, hast die Löwen angelockt!«

Ihre Worte stachen durch die Dunkelheit. Hoch oben zwischen den schlanken Kiefernstämmen, die durch den offenen Rauchabzug der fellbedeckten Hütte hinaufragten, suchte eine Mäusefamilie Unterschlupf. Als Ysuna aufblickte, wachte ihre Dienerin Nai auf, die am Fußende ihres Bettes schlief, und ging sofort unterwürfig in die Knie.

Nai bückte sich tief, während sie erwartungsvoll zu ihrer Herrin hinaufstarrte. Sie hütete sich, auch nur ein Wort zu sagen.

Irgendwo außerhalb der Hütte versuchte ein Mann lauthals die Hunde zum Schweigen zu bringen, und andere Stimmen sprachen ängstlich über die Nähe der Löwen.

Ysunas Mundwinkel zogen sich nach unten. »Bring mir meinen Umhang und meine heilige Halskette, dann zünde draußen die Fackel an! In dieser Nacht wird niemand mehr zum Schlafen kommen.«

Der Mond war untergegangen, und die Sterne schienen hell, als die Hohepriesterin aus ihrer Hütte trat. Nai hatte draußen die Fackel entzündet, die links neben dem Eingang aufgestellt war. Das Holz und die fettgetränkten Lederstreifen knisterten rauchend und schickten Funkenopfer in die Nacht hinauf.

Ysuna erhob ihren Kopf. Der Ostwind blies ihr warm ins Gesicht und trug den Geruch fernen Graslands und salbeibestandenen Ödlands mit sich. Sie mochte das Gefühl des Windes auf ihrer Haut und das Geräusch, das er verursachte, wenn er durch die vielen Skalps und Fingerknochen fuhr, die den Medizinpfahl, auf dessen Spitze ein Schädel thronte, rechts neben ihrer Hütte verzierten.

Sie kniff die Augen zusammen. Fast alle Stammesmitglieder waren wach und hatten sich in kleinen Familiengruppen vor ihren Hütten versammelt. Als die Löwen brüllten, spürte sie die Angst, mit der die Männer, Frauen und Kinder enger zusammenrückten und flüsterten.

Wie Herdentiere, dachte sie und empfand für sie gleichzeitig Verachtung und eine tiefe mütterliche Liebe. *Mein Stamm, was würdest du ohne mich tun?*

Die Antwort folgte bald in der Gestalt von Masau, doch diese Antwort gefiel ihr gar nicht. Den Speer in der Hand und Blut, seinen zottigen, wolfsähnlichen Jagdhund mit den blauen Augen und dem rötlichen Fell an seiner Seite, schritt der Mystische Krieger mit leichter und natürlicher Autorität auf sie zu. *Du bist der Löwe, der mir am meisten Sorgen bereitet*, dachte sie.

Sein Anblick war beeindruckend — so ernst wie die Nacht und genauso schön. Sein älterer Bruder Maliwal war niemals so ansehnlich oder ehrfurchtgebietend gewesen, auch wenn es einmal eine Zeit gegeben hatte — die noch gar nicht so lange zurücklag —, als sie geschworen hätte, Maliwal wäre das beste Exemplar eines Mannes, dem sie je begegnet war. Aber das war gewesen, bevor Masau erwachsen geworden war.

Sie schluckte, blickte ihm direkt in die Augen und zeigte ihm deutlich ihr Mißfallen. Als er weder mit der Wimper zuckte noch den Blick abwandte, geriet sie in Wut. Wie konnte er es wagen, so selbstbewußt aufzutreten? Ihr Herz klopfte schneller. *Weil er Masau ist, dem kein anderer Mann gleichkommt. Weil er sich wie ich immer dem gestellt hat, wovor er sich am meisten fürchtet. Und weil er wie ich den Gebrauch der linken Hand vorzieht. Sein Geist blickt in die Welt jenseits dieser Welt, um meine Macht und meine Traumvisionen zu bestätigen. Erkennt er meine Schwächen?*

In ihrer Brust spürte sie ein entsetzlich kaltes Gefühl der Gewißheit. *Wenn es mich nicht gäbe, würde mein Stamm sich ihm zuwenden, und vielleicht wäre es dann, als hätte ich nie existiert.*

Der Gedanke beunruhigte sie zutiefst. Sie tat ihn als unmöglich ab, doch sie wandte den Blick nicht von Masau. Sein Haar wehte im Wind, und sein Gesicht zeigte im Fackelschein das feine Muster der Tätowierungen, die er seit seiner Jugend trug. Sein hartes und ernstes Gesicht machten es schwer, sich noch an den fünfjährigen Masau zu erinnern, den sie vor so vielen Jahren zusammen mit seinem Bruder gefunden hatte, nachdem er ausgesetzt worden war.

Während ihre Blicke nicht voneinander ließen, schnürte sich Ysunas Kehle schmerzhaft zusammen. Die Geister hatte entschieden, ihr keine eigenen Kinder zu gewähren. Sie hatte Maliwal und Masau wie ihre Söhne aufgezogen. Sie hatte sie mit unter ihre Schlaffelle genommen und sie an ihrer Brust gehalten, sie hatte sie sogar gesäugt, obwohl die Jungen schon zu alt dafür gewesen waren und sie keine Milch gehabt hatte. Es hatte sie befriedigt, sie zu halten und ihnen Wärme und Mutterliebe zu spenden. Zumindest hatten sie die Kraft des Lebens aus ihrem Fleisch gesogen, und ihre Berührung hatte ihnen solche Freude bereitet, daß sie nicht von ihr hatten weichen wollen. Sie hatte ihnen beigebracht, ihrem Willen zu gehorchen, stark, mutig und erbarmungslos zu sein, wenn sie mit anderen zu tun hatten, sich an der Jagd zu erfreuen und die Macht des Tötens zu genießen. Keine leibliche Mutter hätte mehr Liebe und Stolz für ihre Söhne empfinden können. Als ihre ersten männlichen Bedürfnisse erwacht waren, hatte sie ihnen wieder ihre Brüste angeboten und sich ihnen bereitwillig geöffnet, sie beide zu ihren Liebhabern gemacht und dafür gesorgt, daß ihnen keine andere Frau gut genug war und daß sie Häuptlinge an ihrer Seite sein würden, wenn sie alt wurde. *Alt*. Das Wort ärgerte sie. Während Masau vor ihr stand, wollte sie nicht alt sein. Sie wollte weder Mutter sein noch von ihren eigenen Welpen übertroffen werden.

»Komm, Mystischer Krieger!« befahl sie und wies Nai an, ihren Speer und den Beutel mit den zusätzlichen Speerspitzen zu holen. »Gemeinsam werden wir diese Löwen vertreiben, die dein törichter Bruder in unsere Nähe gelockt hat.«

Speere und Fackeln in den Händen, riefen die Jäger des Stammes des Wachenden Sterns ihre Hunde und folgten der Hohepriesterin und dem Mystischen Krieger hinaus in die Nacht. Sie stellten sich hinter ihren Anführern auf und warnten die Löwen durch Singen und Heulen, daß sie entweder fliehen oder sterben mußten.

Verwirrt von dem Licht und dem Lärm, brüllten die großen Katzen und flohen. Ab und zu war noch eine Löwengestalt zu sehen, die anmutig durch die Dunkelheit sprang. Irgendwann drehte sich das alte lahme Männchen plötzlich um und griff die Jäger an, um sie mit einer mutigen Verzweiflungstat von seinem Rudel abzulenken.

Ysuna blieb unvermittelt stehen. Der Löwe war noch ein gutes Stück entfernt, aber er kam ihr schnell durch das mondbeschienene Gras entgegen. Masau ging einen Schritt vor ihr, und die Priesterin wurde wütend. Wie konnte er es nur wagen, die Gruppe anzuführen! Seinen Speer hatte er bereits erhoben und balancierte ihn über der Schulter, wobei die Spitze nach vorn zeigte.

Ihr Mund war wie ausgetrocknet. Hatte er den Löwen noch vor ihr bemerkt? Was war nur mit ihr los? Jetzt war nicht die Zeit, um Beschimpfungen auszuteilen oder einzustecken. Sie hatte Masau alles beigebracht, was er wußte. *Alles!* Sie zwang sich zu einer sicheren Haltung, nahm ihren Speer mit ruhigen Händen und brachte sich in Wurfposition.

»Komm!« forderte sie das angreifende Raubtier heraus. »Ysuna wartet auf dich! Komm zur Tochter der Sonne, Löwe, wenn du unbedingt sterben willst!«

Neben ihr stand Masau regungslos da. Ysunas Speer schoß in einem zischenden Bogen des Todes los, und Masaus folgte ihm unmittelbar darauf.

Der Löwe war bereits tot, als er zu Boden ging. Beide Speere hatten getroffen, aber es gab keinen Zweifel, daß Ysuna die Jagdbeute zustand. Sie trat vor, um die Wunden zu untersuchen, und lächelte, als die Jäger sich versammelten und sie sich im Licht ihrer Fackeln und ihres Lobes sonnte. Mit bloßen Händen riß sie das Herz des Löwen heraus. Während die andern zusahen, aß sie davon, bis sie nicht mehr konnte. Wenn der Tod auf ihren Befehl kam und dabei Blut floß, fühlte sie sich jedesmal wieder mächtig.

»Hier, eßt! Laßt die Kraft des Löwen auf uns übergehen!« befahl sie. Nachdem alle gehorcht hatten, erinnerte sie sie daran, daß die Nacht noch nicht zu Ende war und es noch mehr Löwen zu töten gab.

Die Speerschäfte wurden herausgezogen und mit neuen Spitzen aus den Lederbeuteln versehen, die jeder Jäger bei sich trug. Es dauerte nur ein paar Minuten, eine neue Steinspitze in die vorgefertigte Aussparung am Ende eines Speerschaftes einzusetzen. Sobald sie mit einem neuen Riemen gesichert war, konnte der Speer für den nächsten Wurf verwendet werden. Ysuna führte Masau und die anderen Jäger weiter. Ein Mann wurde zurückgelassen, um ihre Trophäe zu bewachen, damit das Fell nicht von Aasfressern ruiniert wurde.

Sie fanden keine weiteren Löwen. Der Angriff des alten Männchens hatte dem restlichen Rudel die Gelegenheit gegeben, genug Abstand zwischen sich und die Jäger zu bringen. Während der Wind immer noch heftig aus Osten blies, hielt die Priesterin schließlich auf offenem, leicht gewelltem Grasland an. Masau blieb neben ihr stehen und hielt seinen Speer in der linken Hand und die fast erloschene Fackel hoch über sich in der rechten.

Im flackernden Licht sah sie, daß der Hund hechelnd neben seinem Herrn stand. Das Tier wirkte erschöpft. Sie runzelte die Stirn, als sie bemerkte, daß auch sie schwer atmete. Masau war überhaupt nicht außer Atem. Sie hatte ihm jedoch nicht noch einmal gestattet, die Führung zu übernehmen, hatte mit ihm Schritt gehalten. Und während sein Speer nur eine harmlose Wunde gerissen hatte, hatte ihrer einen Löwen getötet! Sie war nicht alt! Zumindest noch nicht, oder vielleicht niemals. Der Gedanke erregte sie. Sie fühlte sich beinahe unerträglich jung, stark und schön. Sie sah Masau an, und ihre Lenden erwärmten sich pulsierend. Hatte auch er die Jugend in ihr gesehen . . . ihre Schönheit . . . und ihre Kraft? So wie er seinen Blick auf ihr Gesicht gerichtet hielt, wußte sie, daß es der Fall war.

Ihr Mund verzog sich zu einem Lächeln. Sie konnte noch das Blut des Löwen an ihrem Gaumen schmecken. Es war so süß wie das Blut all der jungen Mädchen, die gestorben waren, damit ihre Herzen sie mit ihrer Jugend und Schönheit nährten. Dadurch gaben sie ihr Befriedigung und stellten sicher, daß sie weiterhin die Gunst von Himmelsdonner gewinnen konnte. Nur sie konnte seine Mammutkinder herbeirufen, damit sie zur Nahrung für den Stamm des Wachenden Sterns wurden.

Eine leichte Sorge überschattete den Augenblick. Sie dachte an die Mammutkuh, die in das vor Algen überquellende Wasser des Adlersees getrieben worden war. Das halbversunkene Tier war gehäutet und geschlachtet worden, bevor es richtig tot gewesen war. Jetzt war das Fleisch der Mammutkuh fast aufgebraucht. Und in der Umgebung waren noch keine frischen Mammutspuren entdeckt worden.

Die Priesterin schloß halb ihre Augen. Erinnerungen an das

letzte Opfer gingen ihr durch den Sinn. Ah-nee war nicht gut gestorben, sie hatte geschrien und im letzten Moment um ihr Leben gefleht. Ihr Protest hatte mit Sicherheit den Gott verstimmt. Ysunas Stirn legte sich in Falten. Was hatte Maliwal zu dem Mädchen gesagt, das sie hatte aufschreien lassen? Egal. Was geschehen war, war geschehen. Aber Ysuna wußte, daß Maliwal einen langen Weg zurücklegen würde, bevor er frische Mammutspuren fand. In diesen Tagen gab es nur noch sehr wenige Mammuts, vor allem für jene, die nicht in der Gunst ihres Totems standen.

Ysuna nahm ihren Speer in die rechte Hand, dann hob sie die Linke. Ihre Finger schlossen sich um die Halskette aus menschlichem Haar und heiligen Steinen. Wie immer beruhigte sie die Berührung der Steine. Sie lächelte wieder, während sie ihre sanft fragende Stimme aus der Vergangenheit hörte:

»Und du sagst, daß es bei den anderen Stämmen des Südens noch weitere heilige Steine gibt?«

»Aber ja«, hatte Ah-nee geantwortet. »So viele Steine wie es Stämme gibt.«

Ysuna fühlte sich plötzlich fast euphorisch. *Dummes Kind! Törichtes, argloses und gedankenloses Mädchen! In den heiligen Steinen ist Leben! Und Macht! Wo sie sind, da sind auch Mammuts. Und im Fleisch und Blut der Mammutkinder von Himmelsdonner liegt die Kraft Ysunas und des Stammes des Wachenden Sterns!*

Die Steine in ihrer Faust fühlten sich heiß an und pulsierten im Rhythmus ihres eigenen Herzschlags. Mit jedem Stein, den sie dazugewann, fühlte sie sich jünger, stärker, schöner und lebendiger. Wie würde sie sich fühlen, wenn einmal alle Steine in ihrem Besitz waren? Diese Aussicht war zu berauschend.

Es war Zeit, daß ihr Stamm weiter nach Süden zog, um nach mehr heiligen Steinen der Macht zu suchen. Es war Zeit, Himmelsdonner eine neue Braut zu opfern. Und diesmal würde die Tochter der Sonne dafür sorgen, daß das Opfer nicht schrie.

Wieder schmeckte Ysuna das Blut in ihrer Kehle und lächelte triumphierend. Sie riß Masau die Fackel aus der Hand.

»Seht Ysunas Macht!« jubelte sie und schwenkte das erlöschende Feuer. »Die Löwen sollen in Panik vor dem Feuer davonrennen, weil sie Angst über den Stamm des Wachenden Sterns gebracht haben! Weil sie Ysuna beleidigt haben, wird ihr Leben in dieser Nacht Ysuna gehören!«

»Nein!« rief Neewalatli, einer der Jäger. Er war klein, schlank und fast noch ein Junge. Mit Ausnahme einer jüngeren Schwester war Neewalatli das jüngste Kind des Jägers Yatli. Er war schon immer recht nervös und übermäßig besorgt gewesen. »Was ist, wenn der Wind das Feuer nach Süden treibt, auf Maliwal und die anderen zu?«

Doch die Warnung kam zu spät. Ysuna hatte das glühende Ende der Fackel bereits tief ins Gras gestoßen. »Friß, Feuer! Brenne, Gras!« befahl sie. Und obwohl die Fackel nur noch schwach glomm, fraß das Feuer, und das Gras brannte.

»Aber wenn der Wind nach Westen dreht, wird das Dorf abbrennen!« protestierte derselbe Jäger.

Yatli, der neben seinem Sohn stand, wurde aschfahl vor Angst. Sogar im Fackelschein sah sein Gesicht grau aus. Er versetzte seinem unverschämten Sohn einen so heftigen Ellbogenstoß, das Neewalatli schwankte.

Ysuna drehte sich um und gab Masau langsam die Fackel zurück. Der Mystische Krieger nahm das Feuer an, doch sein Hund senkte den Kopf und knurrte. Wenn die Priesterin es gehört hätte, wäre es vielleicht der letzte Laut gewesen, den das Tier noch hätte von sich geben können. Doch hinter Ysuna brannte das Gras mit lautem Knistern, und der Wind ließ die Flammen hoch aufschlagen, während er sie nach Osten trieb.

Als Schattenriß vor dem Feuerschein wirkte die Priesterin übernatürlich — eine Frau wie aus einem Alptraum. Sie hob ihren Speer. »Speer, bring den zum Schweigen, der es zweimal gewagt hat, sich dem Willen Ysunas zu widersetzen!«

»Nein!« schrie Neewalatli, doch noch während er rief, drang ihm die Waffe mit solcher Macht durch die Kehle, daß er zurückgeschleudert und auf dem Boden festgespießt wurde.

Niemand rührte sich — weder der Vater des Jungen noch seine Brüder oder Freunde. Nur Neewalatlis Hund reagierte auf den Todeskampf und das gräßliche erstickte Würgen seines

Herrn. Mit einem jämmerlichen Winseln lief er im Kreis um ihn herum, wedelte mit dem Schwanz und leckte ihm das Gesicht und die Hände, mit denen er verzweifelt den Speer aus seiner blutigen Kehle zu ziehen versuchte.

»Erwürg den Hund!« sagte Ysuna zu Yatli, genauso beiläufig, als hätte sie den Mann gebeten, ihr etwas Wasser zu holen. »So wie dein jüngster Sohn kennt er keine Ehre. Beide sind ohne Nutzen für den Stamm des Wachenden Sterns.«

Niemand bemerkte eine Regung an Yatli. Ohne zu zögern, gehorchte er Ysunas Befehl. Die Hohepriesterin nickte lächelnd. Sie war dankbar für seine Loyalität und befriedigt angesichts des Todes des Hundes. Doch dann sah sie, daß Yatli so erschüttert war, daß seine zwei älteren Söhne ihm aufhelfen mußten.

Verärgert musterte Ysuna den Vater des getöteten Jungen. »Seit mehr Jahren als irgend jemand von euch gelebt hat, bin ich die Hohepriesterin des Stammes des Wachenden Sterns. Jenen, die sich entschieden haben, mir zu folgen, ist es immer gut gegangen. Jene, die sich mir widersetzt haben, mußten immer sterben.«

Masau versteifte sich. Seine dunkle Augenbraue hob sich nachdenklich, und an seinem Wangenknochen zuckte ein Muskel. Ysuna bemerkte es nicht, als sie vortrat. Sie stellte brutal einen Fuß auf den Bauch des toten Jungen, packte den Schaft ihres Speers und zog ihn heraus. Die steinerne Spitze blieb im blutigen Fleisch und den zertrümmerten Knochen von Yatlis jüngstem Sohn stecken.

»Nun?« rief sie herausfordernd. »Gibt es noch jemanden, der sich mir widersetzen möchte?«

2

Während der restlichen Stunden der Nacht konnte man das Grasfeuer am östlichen Horizont brennen sehen, und die ganze Zeit lang stand Masau stumm am Rand des Dorfes, sein Hund, der den Namen Blut trug, an seiner Seite.

Der Wind drehte sich nicht, und die Löwen kehrten nicht mehr in die Nähe des Dorfes zurück.

»Habe ich nicht gesagt, daß es so sein würde?«

Masau drehte sich um. Die Stimme der Hohepriesterin hatte ihn nicht überrascht. Er hatte gewußt, daß Ysuna zu ihm kommen würde, wenn sie mit dem Häuten und Schlachten ihrer Beute fertig war. Sie hatte sich in das blutige Fell des Löwen gehüllt. Es war ein hervorragendes Fell, mit schwarzer Mähne und braunen Streifen, die an den Seiten über den goldenen Pelz verliefen. Der Geruch des rohen, unbehandelten Fells war stark und angenehm, doch der Geruch der Frau, die es trug, war noch besser, und ihr Anblick sogar noch überwältigender.

»Komm, Mystischer Krieger!« forderte sie ihn auf und legte ihm eine kühle, ruhige Hand auf die Schulter. Die Handfläche war so breit wie die eines Mannes, und in ihrer Berührung lagen Macht und Autorität. »Sieh, die Nacht geht zu Ende, und die Luft wird kalt. Meine Hütte ist warm, Masau . . . so wie ich. Komm! Wir, die wir vom Herzen des Löwen gegessen haben, werden zusammen in seinem Fell liegen und seinen Geist durch unsere Münder brüllen lassen, während wir eins werden.«

Er rührte sich nicht. Seltsame und beunruhigende Geister gingen in dieser Nacht um. Wußte sie nicht, daß die Beute ihm gehört hätte, wenn er sich dazu entschlossen hätte, den tödlichen Wurf anzubringen? Stolz war in Ysunas Stimme und auf ihrem außergewöhnlichen Gesicht. Sie schien sich seit jenem bitterkalten, sonnigen Tag, als er sie das erste Mal erblickt hatte, überhaupt nicht verändert zu haben. Maliwal und er waren damals kleine Jungen gewesen, schwache und kranke Kinder, die vom verhungernden Bisonstamm auf dem Höhepunkt eines Winters ausgesetzt worden waren, der kein Ende nehmen wollte. Wie alt waren sie gewesen? Sechs? Sieben? Er konnte sich nicht erinnern. Jetzt waren sie Männer, aber nur weil Ysuna entschieden hatte, sie in ihre langen, starken Arme zu nehmen und ihre Nahrung, ihr Leben und ihre Liebe mit ihnen zu teilen. Er wußte, daß es keine einfache Entscheidung für sie gewesen war, denn er hatte gehört, wie manche sich flüsternd über die Aufnahme nutzloser Kinder beschwert hatten.

Er war erwachsen geworden, und obwohl er noch jung war, hatte er schon gesehen, wie Flüsse ihren Lauf veränderten, wie riesige Bäume umstürzten und ganze Seen unter der heißen Sommersonne verschwanden. Er war durch hohe Pässe gezogen, die von Gletschern blockiert wurden, als er noch ein Junge gewesen war, und er hatte gesehen, wie starke Männer und Frauen gealtert waren und schwächer wurden, bis Ysuna sie zum Wohl aller aus dem Stamm ausgestoßen und in den Tod geschickt hatte.

Doch sie war dabei jung geblieben.

Der Tag wird kommen, an dem auch sie alt werden wird. Die Vision flackerte hell, kalt und unangenehm in seinem Geist auf.

»Masau, wo sind deine Gedanken?«

»Sie führen mich, wohin sie wollen«, antwortete er ausweichend.

Ihre Augen blickten ruhig und ohne zu blinzeln. Die Lider waren halb gesenkt und hielten Augen wie schwarze Seen aus Sternenlicht gefangen, als wäre irgendwie die Nacht selbst in ihrem Körper gefangen und als würde sie ihm nun durch ihre Augen einen Blick darauf gestatten. Er hatte dasselbe gesehen, als sie Neewalatli getötet hatte und als sie ihm befohlen hatte, das gefangene Mädchen auf der Plattform zu töten, und er zu seiner Schande gezögert hatte.

Die Erinnerung versetzte ihm einen Stich. Er hatte viele Gefangene ohne das geringste Zögern getötet. Wenn Ysuna befahl, gehorchte er stets. Er hatte ihr sein Leben zu verdanken. Ihre Träume sagten ihr, daß Himmelsdonner Bräute als Gegenleistung für Mammutfleisch verlangte, und Masau würde diesem Ziel dienen, solange Ysuna und der Gott es für richtig hielten.

Er wurde unruhig. Warum hatte er gezögert? Das rituelle Opfer hatte ihm bisher immer genauso viel Spaß gemacht, wie Maliwal ihn daran hatte, die Bräute in den Tod zu locken. Er hatte längst aufgegeben zu zählen, wie viele Mädchen er und sein Bruder schon in die Welt jenseits dieser Welt geführt hatten. Es war schwer zu verstehen, warum es dem Großen Geist nach diesen kindischen und dummen Geschöpfen verlangte. Sie hatten in seiner Seele niemals Begehren oder auch nur Mitleid geweckt. Die Mädchen waren nicht mehr als Fleisch für Himmelsdonner.

Doch Masau hatte in Ysunas Augen geblickt, als das letzte Opfer protestierend aufgeschrien hatte. Noch nie hatte er eine solche Boshaftigkeit darin bemerkt. War es das, was den andern angst machte und was sie vor ihr zurückweichen ließ, wenn sie ihre Wut auf sich gezogen hatten? Und hatte dieser Blick aus Dunkelheit ihm gegolten oder Maliwal, der das Mädchen zum Schreien gebracht hatte?

Wie auch immer die Antwort lauten mochte, jetzt war dieser Blick aus Ysunas Augen verschwunden. Sie lächelte ihn an, öffnete das Löwenfell und lud ihn ein, die nackte Frau darin zu nehmen.

»Komm!« Ihre Stimme war tief und volltönend wie das kehlige Schnurren einer Raubkatze, die sich träge streckte und sich nach einem Beutezug das Blut von den Pfoten leckte. »Komm, Masau! Sei heute nacht mein Mann!«

Er starrte sie an. Wenn er Ysunas vollkommenen Körper sah, konnte er an nichts anderes mehr denken. Seine Unzufriedenheit war verschwunden.

Die Frau hüllte sich wieder in das Löwenfell. Dann drehte sie sich um, als würde sie triumphieren, und warf ihm einen Blick über die Schulter zu. »Komm jetzt, Mystischer Krieger, bevor dein Bruder zurückkehrt, um eine Freude zu teilen, die am schönsten sein wird, wenn wir uns ihr allein hingeben!«

Ihre Erklärung kam unerwartet, genauso wie seine Reaktion darauf. Die Geister, die ihn schon seit Stunden heimgesucht hatten, kehrten zu ihm zurück und ließen ihn jetzt sprechen. »Der junge Neewalatli hatte recht. Wenn sich der Wind gedreht hätte, wären die Flammen vielleicht zum Dorf oder zu Maliwal und seinen Jägern getrieben worden. Wie konntest du nur ein solches Risiko eingehen, Ysuna? Hättest du dasselbe getan, wenn ich mit einer Jagdgruppe unterwegs gewesen wäre?«

Sie fuhr herum und funkelte ihn an. »Wie kannst du es wagen, mich zu kritisieren? Ohne mich wärst du nichts! Maliwal wäre nichts! Euer Leben gehört mir! Eure Macht gehört mir! Ich weiß alles! Ich gehe kein ›Risiko‹ ein. Ich kenne die Zukunft, bevor sie eintrifft!«

Er war fassungslos. Noch nie hatte sie ihren Zorn gegen ihn gerichtet. Und noch nie hatte sie so alt ausgesehen. Im Zorn verzerrten sich ihre Züge und verwandelten sich in die Maske einer außergewöhnlich schönen, aber gealterten Fremden. Zum ersten Mal sah Masau, wie verletzlich sie war.

Der Tag ist gekommen, an dem sie alt zu werden beginnt. Eines Tages wird sie sterben. Eines Tages wirst du ohne sie auf dieser Welt leben. Die Liebe, die er für sie empfand, traf ihn wie ein Blitzschlag. »Ysuna . . .«

Sie senkte den Kopf, während ihr Zorn verrauchte. »Masau, wie kannst du nach all diesen Jahren noch an der Frau zweifeln, die dir das Leben geschenkt hat, die dich mehr als alles andere liebt und die ihre Jugend und ihr Leben für immer mit dir teilen will?«

Er trat einen Schritt vor und nahm sie in seine Arme. »Ach, Tochter der Sonne, ich würde alles tun, damit es so ist.«

3

Es war spät, als Maliwal verschwitzt und rußgeschwärzt mit seinen Hunden und Männern ins Dorf zurückkehrte. Die Hunde des Dorfes erhoben nur kurz die Köpfe, erkannten seinen Geruch wieder, gähnten und schliefen weiter.

Maliwal sah sich stirnrunzelnd nach Ysuna um. Warum hatte sie keine Begrüßung für ihn vorbereitet? Die Tochter der Sonne sah alles voraus, sie hatte bereits in dem Augenblick gewußt, daß er zurückkehren würde, als er den anderen die Rückkehr befohlen hatte. Doch da sie auch wußte, daß er keine Spuren von Mammuts gefunden hatte, zeigte sie ihm auf diese Weise ihr Mißfallen. Aber was erwartete sie von ihm? Er besaß nicht die Gabe des Sehens. Als er den Rauch am Horizont bemerkt hatte, war er sofort zurückgeeilt, weil er das Schlimmste befürchtet hatte. Woher hatte er wissen sollen, daß das Dorf nicht in Flammen stand?

Nur Nai kam ihm entgegen. Eine Sklavin! Sicher war Ysuna sehr unzufrieden mit ihm, wenn sie ihn auf diese unwürdige Weise willkommen hieß. Er verfluchte das Feuer, das ihn dazu veranlaßt hatte, vorzeitig seine Suche nach Mammuts abzubrechen.

»Psst, Maliwal!« warnte Nai ihn. Sie hielt sich die Hand vor den Mund und vertraute ihm mit unterwürfiger Haltung an: »Es war Ysuna selbst, die das Feuer gelegt hat!«

Die anderen Jäger erhoben ungläubiges Murmeln.

Maliwal starrte das Mädchen fassungslos an. »Warum sollte sie so etwas tun, wo sie doch weiß, daß ich mit einer Jagdgruppe unterwegs bin?«

»Ysuna tut, was ihr beliebt. Das Feuer sollte die Löwen vertreiben.«

Maliwal ersparte sich jeden Kommentar, als er die Erklärung hörte. Es war sehr dumm von ihm gewesen, den alten Mann nicht weit genug vom Dorf entfernt sterben zu lassen. Er schwieg auch, als sie ihm vom Tod Neewalatlis erzählte. Niemand stellte Ysunas Entscheidungen in Frage. Yatlis jüngster Sohn war schon immer ein Dummkopf gewesen, er hatte den Tod verdient.

Maliwal machte ein finsteres Gesicht. Frauen kamen leise aus den Hütten seiner Jagdkameraden und begrüßten ihre heimkehrenden Männer mit herzlichem, aber respektvollem Geflüster. Sie sahen ihn an und warteten darauf, daß er ihnen von gesichteten Mammuts erzählte, doch als er es nicht tat, senkten sie die Köpfe. Sie nahmen die Nachricht würdevoll, aber mit offensichtlicher Enttäuschung an.

Mit leisem Brummen, das wohl »Gute Nacht« heißen sollte, ließen ihn die anderen Jäger allein. Mit den Hunden und Frauen schleppten sie sich müde in ihre Hütten. Die Frauen würden sich jetzt um die Jäger kümmern. Starke und sichere weibliche Hände mit eingeölten Fingern würden ihre von der Reise erschöpften Muskeln massieren, bis sie einschliefen oder die Frauen zu sich herabzogen, um andere Freuden zu genießen.

Maliwals Lenden regten sich, als er zur Hütte der Hohepriesterin hinübersah.

»Sie schläft mit deinem Bruder«, verriet Nai ihm und kam näher, bis seine zwei Jagdhunde sie mit tiefem Knurren warnten.

Maliwals Knöchel wurden weiß, als sich seine Finger um die Speere klammerten. »Ich werde zu ihnen gehen.« Er wäre einfach weitergegangen, wenn Nai nicht den Zorn der Hunde riskiert und ihn festgehalten hätte. »Maliwal, hör zu! Bitte!«

Ihr Tonfall war zu eindringlich, um ihn ignorieren zu können. Er rief die Hunde zur Ruhe.

Sie schluckte, holte Luft und erzählte schnell weiter. »Man sagt, daß Masau in der letzten Nacht an ihrer Seite war, als sie den Löwen erlegte. Sie gab ihm als erstem vom Löwenherz ab, nachdem sie davon gegessen hatte. Und später hat sie ihre Kleider abgeworfen und ist nur in das Fell gehüllt zu ihm gegangen. Gemeinsam sind sie in ihrer Hütte verschwunden. Gemeinsam − nachdem sie mich fortgeschickt haben − brüllten sie wie der Löwe, auf dessen Fell sie lagen, obwohl sie gewußt haben mußten, daß du zurückkehren würdest. Oh, Maliwal, wie gerne ich für dich brüllen würde! Ich träume oft davon, wie es zwischen uns wäre. Wenn du nur nicht ihr gehören würdest und ich nicht ihre Sklavin wäre!«

Er starrte sie an. Ihr Geständnis hatte ihn nicht überrascht. Natürlich würde sie ihn begehren, er war schließlich unwiderstehlich. Doch obwohl er sie mit interessierten Blicken musterte, sagte er: »Warum sollte ich dich wollen? Ich gehöre wirklich Ysuna. Keine Frau kommt ihr gleich. Du bist ihre Sklavin!«

»Ich . . .«

Er brachte sie mit einem ungeduldigen Knurren zum Schweigen. Selbst in der Dunkelheit konnte er erkennen, daß ihr Gesicht bleich vor Angst geworden war. Zufrieden langte er mit seinem freien Arm nach ihr und riß sie zu sich heran. Ihr Aufkeuchen entlockte ihm ein belustigtes Schnauben. Er packte sie fester und tat ihr absichtlich weh. »Glaubst du etwa, daß du eine so großartige Frau bist, daß du diesen Mann von Ysuna zum Brüllen bringen kannst?« fauchte er sie an.

In ihren Augen blitzte ein ängstlicher und gleichzeitig trotziger Blick auf. »Sie wirft dir vor, daß du die Löwen in die Nähe des Dorfes gelockt hast. Sie hat dich als dumm und überheblich bezeichnet. Sie hat dich losgeschickt, um nach Mammutspuren zu suchen, während sie sich hinter deinem Rücken in den Armen von Masau vergnügt. Sie will dich nicht mehr, Maliwal. Aber ich will dich!«

Seine Augen schienen hervortreten zu wollen. Er entließ das Mädchen mit einem Stoß, der es zu Boden werfen sollte, aber Nai wahrte ihr Gleichgewicht, während er selbst durch den Stoß ins Wanken gebracht wurde. Die Hunde sahen ihn an und warteten auf den Befehl zum Angriff, aber er wollte sich nicht den Spaß entgehen lassen, Nai mit eigenen Händen zu töten. Sein Gesicht war vor Wut verzerrt, und er hatte seinen Speer erhoben.

»Ich höre mir deine Lügen nicht länger an! Ich, Maliwal, bin Ysunas erster Mann! Das hat sie selbst zu mir gesagt. Ich bin es, den sie auf die Suche nach den Mammuts geschickt hat! Ich bin es, der für die Opfer sorgt, die das Lebensblut dieses Stammes sind. So war es schon immer! Und so wird es immer sein!«

Nai zitterte. Sie wußte, daß sie zu weit gegangen war.

»Wie kommst du auf die Idee, daß Ysuna, die alles weiß, nicht auch alles hört? Was soll sie jetzt von ihrer Dienerin denken? Vielleicht muß der Stamm des Wachenden Sterns gar keine Tochter eines anderen Stammes rauben, wenn die Zeit für das nächste Opfer gekommen ist.«

Nai schwankte, dann knickten ihre Beine ein, und sie stürzte zu Boden. Ihr war plötzlich übel geworden. Er lachte über ihr erbärmliches Würgen und machte sich ohne ein weiteres Wort auf den Weg zu Ysunas Hütte.

Mit geschlossenen Augen lag Ysuna halbwach in Masaus Armen und ließ sich von den warmen und vertrauten Strömen ihres Unterbewußtseins treiben. Sie sah sich selbst als einsame, große Gestalt, die nur in Licht und ihren heiligen Halsschmuck gekleidet war und unter dem riesigen Auge des Wachenden Sterns langsam durch dunkle, weite Korridore der Zeit zog.

Etwas Wunderbares wartete vor ihr in der Dunkelheit. Sie konnte weder erkennen noch erraten, was es war, aber sie wußte, daß sie es besitzen mußte. Als sie in immer tieferen Schlaf fiel, rötete sich das Wachende Auge und schloß sich. Während sie weitereilte, wurde es um sie herum immer dunkler.

Plötzlich spürte sie, wie sie durch lange Schnüre aus menschlichen Fingerknochen strich, die wie Scherben aus vulkanischem Glas klirrend im Wind gegeneinanderschlugen. Das wunderbare Gefühl in ihr wurde immer stärker, als die Vorhänge aus Knochen zurückwichen und in der Nacht verschwanden.

Sie kam an einen gewaltigen Wacholderbaum und blieb vor ihm stehen. Er war groß und zottig wie ein Bison im Winter. Die Zweige breiteten sich hoch und weit aus, und sein Stamm war so dick, daß zehn Männer nötig gewesen wären, um ihn mit den Armen zu umfassen. Sie starrte den Baum atemlos an, bis sie weiterging und zu ihrer Überraschung durch ihn hindurchdrang, als wäre er überhaupt nicht vorhanden.

Schließlich hielt sie am Grund einer großen Schlucht an. Sogar in der Dunkelheit konnte sie den Wasserfall erkennen, der sich von einer der vielen steilen Klippen ergoß, die viele tausend Fuß hoch aufragten. In der Luft lag der schwere Duft nach Rosen und unbekannten Bäumen. Sie sog die Luft tief ein und nahm den Geruch von grasenden Tieren wahr – nach Hirschen, Antilopen, Pferden, Tapiren, Pekaris... und nach Mammuts! Sie hielt den Atem an, als das wunderbare Gefühl sie beinahe überwältigte.

Dann brüllte plötzlich unmittelbar hinter ihr ein Löwe. Sie fuhr herum und riß die Augen auf. Das Gefühl war verschwunden. In ihrem Mund schmeckte sie Blut und Salz. Sie wich vor der Gefahr zurück. Ein Löwe kauerte über ihr in den Ästen. Sie kannte dieses Tier! Es war das Skelett einer Katze, alt und ohne

Kopf und Haut, und doch sprach es zu ihr mit der Stimme eines Mannes:

»Glaubst du, daß Himmelsdonner nicht gesehen hat, wer auf der letzten Jagd die Führung übernommen hat? Du warst es nicht, Ysuna! Und glaubst du, daß der Geist dieses Löwen — und dieses Weisen Mannes, der durch Maliwals Hand auf deinen Befehl hin starb und von diesem Löwen gefressen wurde — zulassen wird, daß du uns vergißt?«

Ysuna wehrte sich stöhnend gegen diesen Traum. Der kopflose Löwe machte sich zum Sprung bereit. In der geräumigen Höhlung seines skelettierten Brustkorbs kauerte die Gestalt eines alten Mannes in Embryonalhaltung. Er streckte seine leichenblasse, blutige und körperlose Substanz, bis sie sich der Gestalt des Löwen angepaßt hatte. Und als die große Katze schließlich aus dem Baum sprang, hatte sie den Kopf des alten Mannes. Mit gebleckten Reißzähnen kam Ish-iwi auf Ysuna zu und schrie nach Rache.

»Ich will den heiligen Stein haben, den du mir gestohlen hast!«

»Nein!« rief sie und griff nach ihrer Halskette aus heiligen Steinen und Menschenhaar. Sie drehte sich um und floh tiefer in ihren Traum, lief Hals über Kopf durch die gewaltige Schlucht.

Der Löwe folgte ihr nicht, aber der Geist des alten Mannes rief ihr nach: »Lauf, so schnell du willst, Ysuna! Du hast vom Herzen und vom Fleisch des Fleischfressers gegessen, der mich gefressen hat. Mein Geist ist jetzt in dir, und irgendwann werde ich auf jeden Fall bekommen, was ich will!«

Dann lachte Ish-iwis Geist, ein hohles Getöse, das immer schwächer wurde, bis es nicht mehr zu hören war.

Ysuna zitterte in ihrem Traum. Sie sah sich selbst, wie sie immer tiefer in die Schlucht vordrang. Mammuts gingen ihr voraus, so viele Mammuts, wie es Sterne am Himmel gab. Ihr lief das Wasser im Mund zusammen, als sie wieder Blut und Salz schmeckte. Sie ging langsamer und folgte den Mammuts, bis er erschien — der große Geist, Himmelsdonner, ein weißer Mammut, der Ursprung aller Wunder. Ihr Herz klopfte.

In ihrem Traum ritten ein Mann und eine Frau auf den hohen, schwankenden Schultern des Mammuts. Sie sah nur ihre Rücken, aber sie erkannte, daß sie jung und stark waren, schön und furchtlos. Sie war überzeugt, daß es sich bei dem Mann um Masau handelte. Wer sonst außer dem Mystischen Krieger war mutig genug, um auf dem Rücken des Gottes zu reiten? Und als sich die Frau umdrehte und durch ihr im Wind flatterndes schwarzes Haar zurückblickte, wußte sie, daß es nur sie selbst sein konnte, die sie sah. Die Mammuts stapften an ihr vorbei, während sie Himmelsdonner und den zwei Menschen auf seinem Rücken folgten. Sie rief dem Gott zu, auf sie zu warten, aber er hörte sie nicht. Hinter ihm verkörperten sich die Geister seiner vielen Bräute und folgten ihm in einer stummen, durchscheinenden Prozession, bis Ysuna sich wieder allein in der Dunkelheit ihres Traums befand.

Zitternd kniete sie sich hin und erkannte sich selbst und die Sterne als Spiegelung in einem Teich aus Blut. Überrascht und entsetzt erkannte sie jedoch nicht die jugendliche Tochter der Sonne, sondern die verwelkte Gestalt einer uralten Greisin.

»Nein!« schrie sie erschrocken und sprang auf die Beine.

Irgendwo weit jenseits des Eingangs zur Schlucht brüllte ein Löwe, und ein alter Mann lachte.

Ihre Hände griffen nach der Kette aus den Heiligen Steinen. »Nein!« rief sie erneut, und noch während sie sprach, spürte sie die Kraft in sich größer werden.

Die Sterne begannen um sie herum vom Himmel zu fallen, und Himmelsdonner erschien auf der gegenüberliegenden Seite des Teichs. Er war jetzt allein, ein großes weißes Mammut, gewaltig und überragend.

Sie stand regungslos da, bis sie den Kopf hob, als sie seine Macht spürte. Sie rief ihn als Gott und Totem an, worauf er seinen riesigen Kopf erhob und mit seinen Stoßzähnen durch die Nacht stach.

Die Welt erzitterte. Die fallenden Sterne wurden rot. Dann schrie Ysuna auf, als das große Mammut plötzlich zusammenbrach und im Teich versank.

Sie stand allein in einem Regen aus Blut. Sie kniete sich wieder hin und schöpfte mit ihren Händen Blut aus dem Teich, um davon zu trinken. Der Geschmack des Blutes war der Geschmack des weißen Mammuts. Sie spülte ihre Zähne mit der salzigen, heißen Flüssigkeit und genoß das Gefühl, wie es ihre Kehle hinabrann.

Sie blickte wieder in den Teich und sah nicht mehr die Greisin, sondern eine Frau von ewiger Jugend und Schönheit ... eine Unsterbliche, die in das Fell eines weißen Mammuts gekleidet war. Masau, der Mystische Krieger, stand an ihrer Seite, und hinter ihm erstreckte sich ein goldenes Grasland bis in unermeßliche Weiten, das mit Hütten von Menschen übersät war, deren Zahl die der Sterne am Himmel übertraf.

»Ysuna?«

Maliwals Stimme riß sie aus ihrem Traum. Doch dann war sie sich nicht sicher, ob sie diese wirklich gehört hatte. Sie setzte sich in der Dunkelheit ihrer Hütte auf. Ihre langen, schlanken Finger nestelten an den Steinen um ihren Hals. Neben ihr in den zerwühlten Schlaffellen lag der Mystische Krieger auf der Seite und schlief den tiefen, zufriedenen Schlaf eines Mannes, der sich mit einer Frau vereint hatte.

Masau war in dieser Nacht zweimal in sie eingedrungen. Sie beide hatten im Feuer der Ekstase gebrannt und gebrüllt. Trotzdem hatte sie sich Sorgen über die ungewöhnliche Zärtlichkeit und Behutsamkeit gemacht, die in seinen Liebesakt eingeflossen war. Ihre Mundwinkel verzogen sich. Solche Gefühle hatten sie schon immer angewidert, denn sie waren etwas für die Schwachen und Alten. War es das, wofür er sie hielt? Für eine Greisin, wie die, die der Teich widergespiegelt hatte?

Angeekelt zuckte sie zusammen und blickte dann auf.

Maliwal hatte die Felltür ihrer Hütte zurückgeschlagen und sah sie mit Lust und Verlangen an. »Ich bin zurückgekehrt«, verkündete er mit einem respektvollen, vielsagenden und hoffnungsvollen Flüstern.

Diese Feststellung des Offensichtlichen erzürnte sie. »Hast du im Süden Mammutspuren gefunden?«

»Nein. Als ich den Rauch des von dir gelegten Feuers sah, machte ich mir Sorgen um das Dorf und bin vorzeitig umgekehrt.«

Sie erstarrte. »Also hast du wieder versagt! Kannst du in letzter Zeit überhaupt nichts mehr richtig machen? Das Fleisch von der letzten Mammutjagd ist fast völlig aufgebraucht. Geh! Komm nicht eher zurück, bis du gefunden hast, wonach ich verlange!«

»Aber, Ysuna! Ich bin doch gerade erst zurückgekommen! Ich hatte einen weiten Weg, und ich habe meine Männer und Hunde nicht rasten lassen, nur weil ich mir Sorgen um dich . . .«

»Such die Mammuts für mich, Maliwal!« zischte sie ihn an. Masau wachte auf und erhob sich neben ihr mit fragendem Gesicht, aber sie achtete nicht auf ihn, während sie ihren Zorn an seinem älteren Bruder ausließ. »Geh! Such mir eine neue Braut für Himmelsdonner! Eine, die nicht schreit. Such mir ein neues Dorf, das seine Kraft aus der Macht eines heiligen Steins bezieht, und dann bring mir diesen Stein! Und diesmal, Wolf, sorgst du dafür, daß der Dorfschamane deine betrügerischen Absichten nicht durchschaut! Nimm dir ausgesuchte Männer und Hunde mit und dann geht! Oder bist du vielleicht als Mann nicht mehr gut genug für Ysuna, und sollte ich vielleicht Masau an deiner Stelle losschicken?«

»Ich . . .« Maliwal war erschüttert, fassungslos und fühlte sich vor seinem Bruder beschämt, so daß er sich nicht mehr verteidigen konnte.

»Meine Hütte wird für einen Mann verschlossen bleiben, der nicht meinem Willen gehorcht und der Löwen und Geister anlockt, um meinen Stamm zu bedrohen und mich in meinen Träumen heimzusuchen!« Ysuna hatte ihn angeschrien, dann schnaufte sie mit unverhohlener Verachtung. »Beweise mir noch einmal, daß du meiner würdig bist, Maliwal. Such nach Mammuts, nach heiligen Steinen und einer Braut, die Himmelsdonners würdig ist — oder komm nie wieder zurück!«

Benommen taumelte Maliwal rückwärts aus Ysunas Hütte. Er stand eine ganze Weile wie betäubt da.

»Ich werde Mammuts für dich finden«, knirschte er. »Ich werde ein Dorf für dich finden, das seine Macht aus einem heiligen Stein bezieht. Ich werde neue Jagdgründe und eine Braut für Himmelsdonner finden... eine Braut, die nicht schreit. Und wenn ich das alles gefunden habe, werde ich zurückkommen. Deine Hütte wird wieder für mich offen sein, und dann wirst du erleben, welcher deiner beiden Söhne der beste Mann für dich ist — Masau, der Mystische Krieger, oder Maliwal, der Wolf!«

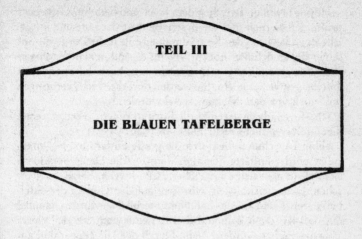

TEIL III

DIE BLAUEN TAFELBERGE

1

Am Spätnachmittag des vierten Tages seit ihrem Aufbruch vom See der Vielen Singvögel machte Cha-kwena am Rand eines riesigen, weiten Flachlandes halt, um über die vielen Meilen flirrender Hitze und Dunst zu blicken. Die Tafelberge, die noch etwa einen Tagesmarsch entfernt waren, schienen über dem Ödland zu schweben. In der Helligkeit blinzelnd, gelang es ihm nicht, den großen Spalt zu erkennen, der die Bergzüge voneinander trennte. Diese wirkten wie eine massive Wand, die jeden Blick nach Norden versperrte, und sie sahen überhaupt nicht blau aus. Aus der Enttäuschung wurde Ehrfurcht, als Cha-kwena viele verschiedene helle Farben bestaunte: Rot-, Orange- und Gelbtöne, wo die Bergwände nackt unter den Sonnenstrahlen lagen, Purpurrot in den schattigen Schluchten, Grüntöne auf den hohen, waldbedeckten Hügeln, blendendes Weiß und unzählige Grauschattierungen, wo sich die Regenwolken über den stummen Gipfeln versammelt hatten und sich grollend herabsenkten.

»Womöglich wird es noch vor Sonnenuntergang regnen«, prophezeite Dakan-eh, als er neben Cha-kwena trat.

Hoyeh-tay blieb zwischen dem Jäger und dem Jungen stehen, prüfte den Geruch und die Beschaffenheit der Luft und schüttelte dann langsam den Kopf, damit er Eule nicht störte, die auf seiner linken Schulter hockte. »Nein, es sind nur die Regengeister, die sich am Ende vieler Sommertage hoch auf den blauen Tafelbergen versammeln. Sie werden dort die Nacht verbringen und noch vor dem Morgen verschwunden sein.«

Cha-kwena legte verwirrt die Stirn in Falten. »Warum sehen die Tafelberge nicht mehr blau aus, Großvater?«

»Eine Täuschung, die durch die große Entfernung hervorgerufen wird«, erklärte der alte Mann. »Alle Dinge verändern sich, wenn man sich ihnen nähert, Cha-kwena. Berge . . . Menschen, ganz gleich. Wenn wir oben auf den Gipfeln der Tafelberge stehen und auf das Land hinunterblicken würden, glaubst du, daß wir dann Eule und drei Reisende vom See der Vielen Singvögel sehen würden? Nein. Durch den Hitzedunst und auf die Entfernung würden wir etwas sehen, das drei Ameisen und einer Milbe ähneln würde, die auf der weißen Oberfläche eines toten Sees stehen.«

Dakan-eh runzelte die Stirn. »War nicht beim letzten Mal, als wir zur Großen Versammlung unterwegs waren, noch Wasser in diesem See?«

»Ja, aber nicht viel«, antwortete Cha-kwena. Er blickte sich um und war überrascht, wie gut er sich plötzlich an diese Umgebung erinnern konnte. Er war erst sieben gewesen, als der Stamm sich zuletzt auf die Reise zur Piniennußernte gemacht hatte. Er mußte lächeln, als er sich vorstellte, wie er damals ausgesehen hatte: ein kleiner Junge, der so dünn und biegsam wie ein Schilfrohr war. Genauso wie heute ihm hatte damals dem kleinen Jungen aus seiner Erinnerung die Sonne heiß auf den Rücken gebrannt, während er durch den knietiefen Schlamm des zurückweichenden Ufers gewatet war. Mit den Freunden aus seiner Kindheit hatte er fröhlich eine Schlammschlacht angezettelt. Ihre Mütter hatten geschimpft und geschrien, bis die Männer des Stammes sich dem Spiel angeschlossen hatten. Schließlich hatten auch die Frauen und Mädchen mitgemacht. Er würde diesen Tag niemals vergessen. Es war der schönste Tag der ganzen Reise gewesen — sogar seines ganzen Lebens.

Hoyeh-tay starrte in die Ferne. Er wirkte ziemlich verwirrt. »Wie viele Winter liegen zwischen damals und jetzt? Drei, glaube ich.«

»Sechs«, wurde er von Dakan-eh korrigiert, dann fügte er beschwichtigend hinzu: »Normalerweise unternimmt der Stamm die Reise jeden dritten Herbst. Aber in den letzten Jahren, wo es nicht viel geregnet hat, haben die Pinienwälder nur wenig Ernte produziert. So wenig, daß es sich nicht lohnte, deswegen den gesamten Stamm auf die Reise . . .«

»Sechs?« unterbrach ihn der alte Mann mit einem überraschten Schrei. Sein Geist hatte sich nur an Dakan-eh erstes Wort geklammert, den folgenden hatte er nicht mehr zugehört. Die Zahl hatte ihn offensichtlich schockiert, aber er faßte sich schnell wieder. »Ja, natürlich, sechs! Das wollte ich auch sagen. Glaubt der Mutige Mann, daß ich mich nicht daran erinnere? Hmm! Es ist völlig unnötig von dir, mich daran zu erinnern, daß die Pinien gewöhnlich in jedem dritten Herbst reiche Frucht tragen, falls die Knospen nicht von einem frühen Frost zerstört werden oder es zu viel Regen gibt oder es überhaupt nicht regnet! Ich weiß alles! Ich sehe alles! Und ich erinnere mich an alles!«

Dakan-eh war verblüfft über die heftige Zurechtweisung, aber nur kurz, denn er atmete geduldig ein und aus und warf dem Schamanen einen mitleidigen Seitenblick zu. »Natürlich«, sagte er herablassend.

Cha-kwena musterte Hoyeh-tay. Die vergangenen Tage und Nächte der Reise hatten dem alten Mann zugesetzt. Er kam nur langsam voran, und seine Gedanken waren sogar noch langsamer. An einem Tag hatte er zweimal angehalten und sich auf die Fersen gehockt, angeblich um zu meditieren. Cha-kwena und Dakan-eh war jedoch klar gewesen, daß er erschöpft gewesen war und unsicher, was den vor ihnen liegenden Weg angegangen war. Der Junge erinnerte sich unangenehm an Tlanaquahs Warnung:

»Dein Großvater ist sehr alt, und ich fürchte, daß du vielleicht weniger Zeit hast, als du denkst, alles Notwendige von ihm zu lernen, bevor du seinen Platz im Stamm einnehmen wirst. Lerne schnell und gut von ihm, Cha-kwena. Und sei ihm ein behutsamer und verständnisvoller Führer, wenn sein Geist umherstreift.«

Bei der Erinnerung an diese Worte verkrampften sich seine Eingeweide wie nach einer Mahlzeit aus schlechtem Fleisch. *Nein!* schrie sein Geist in stummem Protest. *Hoyeh-tay ist noch gar nicht so alt! Er wird noch lange leben!* Zur Verteidigung des alten Mannes platzte es aus ihm heraus: »Mein Großvater spricht die Wahrheit. Er hat in jedem Jahr die Reise zum Land der Blauen Tafelberge gemacht, und es ist seine große Weisheit, die uns jetzt führt.«

Hoyeh-tay richtete sich auf, als er diese überraschende Lobrede hörte. »Ja, so ist es«, bestätigte er, in seiner Stimme lag eher Erleichterung als Überheblichkeit. »Und jetzt werden wir weitergehen.«

In früheren Tagen wäre ihr Weg eine weite Strecke am Südufer des Großen Sees entlang verlaufen, bevor sie sich wieder nach Westen in gerader Linie auf ihr Ziel zu hätten wenden können. Heute gab es jedoch keinen See, der ihr Weiterkommen behinderte, so daß ihnen der Weg direkt nach Westen offenstand.

Dennoch zögerte Hoyeh-tay. Er kniff die Augen zu schmalen Schlitzen zusammen, um die Fläche des ausgetrockneten Sees zu prüfen. Sie sah völlig eben und weiß aus, flimmerte in der Nachmittagshitze und wirkte feindselig.

»Ich kenne dieses Land nicht«, gab der Schamane zu. »Die alten und bewährten Pfade unserer Vorfahren sind die Wege, denen auch wir folgen müssen. Kommt, es ist sinnlos, hier herumzustehen und Zeit zu vergeuden.« Er hätte die alte, gewundene Route eingeschlagen, wenn sich nicht Eule von seiner Schulter erhoben hätte und nach Westen davongeflogen wäre. Das war ein Omen, das dem alten Mann den Atem nahm.

Cha-kwena riß plötzlich den Arm hoch. »Dort! Seht ihr es?

Auf dem trockenen Seegrund im Schatten von Eules Flügeln! Spuren des Kojoten und des Hasen ... nein, vieler Hasen! Und Kojote geht auf drei Beinen, während er seine Beute nach Westen verfolgt! Es ist genug Fleisch für alle. Kommt! Eule will uns zeigen, daß wir dem Kojoten folgen sollen, um uns einen Anteil seiner Beute zu holen!«

Hoyeh-tay und Dakan-eh runzelten die Stirn, denn sie konnten im Schatten der Flügel nichts erkennen.

Cha-kwena war überrascht über ihre Reaktion und schüttelte den Kopf. Er ging ein paar Schritte weiter und zeigte ihnen, was seiner Meinung nach offensichtlich war. »Seht!« rief er erneut und deutete auf die Fußspuren eines einsamen Kojoten, der mindestens zwei Hasen verfolgte. »Die Spuren führen über den Seegrund geradeaus nach Westen!«

Sein Herz klopfte vor Begeisterung. Er war ein hervorragender Fährtenleser geworden — er hatte die Spuren noch vor Dakan-eh bemerkt! Wenn er endlich zum Jäger wurde, wäre er von großem Nutzen für den Stamm. »Du hast mich gut unterrichtet!« erklärte er Dakan-eh strahlend und hoffte, daß der Mutige Mann nun zu Hoyeh-tay etwas über seine natürliche Begabung zum Jäger sagen würde. Als der Mann schwieg, drängte Cha-kwena ihn eifrig: »Sag ihm, was für ein guter Schüler ich gewesen bin, Dakan-eh! Sag ihm, daß ich zum Jäger geboren bin und nicht zum Schamanen!«

Dakan-eh warf ihm nur einen kurzen, kalten Blick zu, bevor er sich an Hoyeh-tay wandte. »Diese Spuren müssen Geisterspuren sein, sonst hätte ich sie längst bemerkt. Er muß große Zauberkräfte haben.«

Cha-kwena starrte ungläubig den Mann an, der sein Vorbild war. Enttäuscht und verletzt schimpfte er: »Nur weil ich sie zuerst gesehen habe, muß kein Zauber im Spiel sein! Ich bin jünger als du, Dakan-eh! Meine Augen sind scharf und meine Sinne schnell!«

»Sei still, Cha-kwena!« befahl Hoyeh-tay. »Dakan-eh hat recht. In den Spuren dieser Geister sind tatsächlich Zeichen verborgen.«

Cha-kwena knirschte mit den Zähnen.

»Ein Kojote, der auf drei Beinen läuft«, warf Dakan-eh im Tonfall eines allwissenden Sehers ein, »und zwei . . . nein, vielleicht sogar vier Hasen in Richtung Westen.«

Cha-kwena war wütend auf ihn. »Das habe ich doch schon gesagt! Aber wenn du so viel weißt, solltest du vielleicht der nächste Schamane werden!«

»Genug!« ermahnte Hoyeh-tay ihn ruhig. Er kniete nieder und legte prüfend seine Handfläche über die Spuren. Mit geschlossenen Augen ließ er die Abdrücke auf dem Seeboden zu ihm sprechen. »Der Kojote geht uns auf drei Beinen voraus. Der Geist des Schmerzes geht mit ihm. Aber der Kojote ist ein listiges Tier. Der Hase und seine langohrigen, grasfressenden Artgenossen laufen vor diesem Kleinen Gelben Wolf davon. Der Hase hat Angst um sein Leben, aber er ist schnell und klug.« Er überlegte eine Weile, dann fragte er: Geht der Kleine Gelbe Wolf auf drei Beinen, weil ihn die Geister des Schmerzes begleiten? Oder will er damit den Hasen täuschen, damit der in seiner Wachsamkeit nachläßt und eine leichte Beute für den Kojoten wird?« Hoyeh-tay machte wieder eine Pause. Seine Augenlider zuckten. »Vielleicht verfolgt der Kojote den Hasen überhaupt nicht. Vielleicht ist es die Absicht des Kojoten, uns mit der Verlockung frischen Fleisches vom Pfad der Vorfahren fortzulocken.«

»Seit wir das Dorf verlassen haben, haben mein Speer und meine Fallen uns in jeder Nacht frisches Fleisch verschafft«, warf Dakan-eh ein.

Hoyeh-tay nickte. »Ja, so ist es.«

»Sein Speer und seine Fallen?« protestierte Cha-kwena. »Es war mein Speer, der in der letzten Nacht die Antilope erbeutet hat!«

»Eine kranke Ricke«, spottete Dakan-eh. »Vergeudetes Fleisch. Es war meine Beute, die uns satt gemacht hat.«

»In eigener Haut geröstetes Gürteltier! Pfui!« sagte Cha-kwena nicht ohne Gewissensbisse. Das Gürteltier war so groß und so wohlschmeckend wie eine Ziege gewesen. Sie hatten sich damit vollgestopft, bis sie nicht mehr konnten.

Doch Hoyeh-tay hörte ihm gar nicht zu. Sichtlich beunruhigt

richtete er sich wieder auf und starrte über den trockenen See nach Westen. »Omen . . . Zeichen . . . will Kojote uns eine neue, kürzere Route zeigen und uns ein helfender Geist sein, oder drohen uns auf den neuen Wegen Gefahren, so daß er mit seinem Gesang schadenfroh über uns lachen kann?«

Dakan-eh zuckte die Schultern. »Gefahren drohen auf allen Wegen, Hoyeh-tay. Aber wenn du dir immer noch Sorgen um das Wohlergehen deines alten Freundes Ish-iwi machst, solltest du daran denken, daß wir viel Zeit sparen, wenn wir dem Kojoten folgen.«

Der alte Mann erstarrte. Seine Hand fuhr an die Kehle, und seine Finger klammerten sich um seinen Medizinbeutel. Ish-iwi! Ja. Ich muß Ish-iwi unbedingt wiedersehen! Es gibt so vieles, über das wir reden müssen . . . so vieles, daß ich . . . wissen muß . . .«

Cha-kwena sah, daß der Geist des alten Mannes umherstreifte. Der Junge funkelte Dakan-eh vorwurfsvoll an. »Und du willst den schnellsten Weg nehmen, damit du zu Ta-maya zurückkehren kar.nst, bevor sie ihre Meinung über dich wieder ändert!« beschuldigte er ihn.

»Das wird sie niemals tun!« erklärte Dakan-eh.

»Oh, ja, das wird sie!« fauchte Cha-kwena zurück, und obwohl die Beleidigung nur auf seine momentane Unversöhnlichkeit zurückzuführen war, wußte er, daß er die Wahrheit gesprochen hatte.

Ta-maya würde ihn auf jeden Fall abweisen. Der Mutige Mann würde mit Geschenken aus Gold und Worten ins Dorf zurückkehren, über die die Tochter Tlana-quahs vor Freude laut weinen würde, während sie ja zu ihm sagte. Doch bevor der Tag ihrer Vereinigung kam, würde sie so sicher, wie der Sonnenaufgang auf den Monduntergang folgte, ihm den Rücken zukehren und sich einen anderen Mann nehmen.

Diese Vision, die nur bestätigte, wie recht Hoyeh-tay hatte, ihn auf den Weg des Schamanen zu rufen, machte Cha-kwena beklommen. Sein Mund wurde trocken und seine Knie schwach. Er schüttelte den Kopf, um ihn von unwillkommenen Gedanken zu befreien. *Nein!* schwor er. *Ich werde niemals Schamane sein!*

Der Wind wurde stärker. Eule war zurückgekehrt und hatte sich auf Hoyeh-tays Kopf gesetzt. Der alte Mann hatte wieder klare Augen, ein entspanntes Gesicht und einen vernünftigen Geist. »Wenn Eule, mein helfender Geist, uns den Weg gezeigt hat, dann müssen wir ihm folgen. In den Spuren von Hase und Kojote werden wir weitergehen, doch dabei wollen wir Gesänge zu Ehren unserer Vorfahren anstimmen. Wir verlassen ihren Pfad, und wir möchten sie nicht beleidigen, damit sie uns keine bösen Geister hinterherschicken.«

2

Sie folgten den Spuren von Kojote und den Hasen nach Westen durch das gewaltige Becken, das einst vom Wasser des Großen Sees erfüllt war. Stunden vergingen. Sie marschierten und rasteten, dann marschierten sie weiter, doch die wolkenverhangenen Blauen Tafelberge erhoben sich immer noch in weiter Ferne und schienen über einer Dunstschicht zu schweben, die von der Hitze und der Entfernung geschaffen wurde.

Cha-kwena hatte einen ausgetrockneten Mund und wünschte sich, er und seine Mitreisenden hätten daran gedacht, Wasser mitzunehmen. Er fragte sich, ob sie es jemals bis zu den kühlen, von Quellen gespeisten Teichen schaffen würden, die in den pinienbewachsenen Hügeln vor den fernen Tafelbergen lagen.

»Bald«, beruhigte ihn Hoyeh-tay, der entweder die Gedanken seines Enkels erkannt oder durch seinen eigenen Durst darauf geschlossen hatte. »Bald werden wir trinken.«

Doch trotz seines Versprechens schien sich der trockene Seegrund bis in alle Ewigkeit zu erstrecken. Nichts wuchs hier außer kristallisierten Ablagerungen von Mineralsalzen. Chakwena hatte noch nie etwas Ähnliches gesehen. Sie waren so weiß und fein wie erstarrter Flußschaum. Mit ihrer Höhe von bis zu acht Zentimetern wirkten die labyrinthartigen Verkrustungen fest, doch sie zerbröckelten unter Cha-kwenas Schritten. Während er und seine Gefährten über den trockenen, festgebackenen Schlamm stapften, der unter dem Salzreif lag, wirbelten ihre Schritte einen feinen Staub auf, der in ihren Augen stach, auf ihrer Brust brannte und sie jedesmal ein salziges Gemisch schmecken ließ, wenn sie sich mit der Zunge über die Lippen fuhren.

Schließlich blieb Dakan-eh erschöpft und durstig stehen und holte mit einem Seufzen die drei goldenen Klümpchen aus dem Proviantbeutel, den Ban-ya ihm mitgegeben hatte. Seit er sie gefunden hatte, hatte er jeden Abend damit verbracht, sie zu glätten und polieren, bis sie jetzt fast makellos rund und glänzend waren.

»Hier«, sagte er, nachdem er sich einen in den Mund gesteckt hatte, und reichte Hoyeh-tay und Cha-kwena je einen Klumpen. »Saugt daran, aber seid vorsichtig! Beißt nicht hinein! Sie werden euch helfen, genug Speichel zu produzieren, damit euer Mund feucht bleibt. Und verschluckt sie auf keinen Fall! Ich will sie zurückhaben, wenn wir Wasser finden!«

Cha-kwena lehnte das Angebot ab. »Ich habe keinen Durst«, log er und ging weiter, ohne noch ein Wort an den zu richten, den er nicht mehr als seinen Freund betrachtete.

Schließlich verschwand die Sonne hinter den Blauen Tafelbergen. Ein sanfter Wind flüsterte durch das Seebecken und wirbelte Windhosen auf der trockenen Fläche auf. Sie sprachen darüber, ihre nächtliche Rast einzulegen, aber diese Aussicht war nicht sehr angenehm. Es war immer noch drückend heiß, und es gab weder Wasser noch Anzeichen von Wild, außer den Fährten der Hasen, die vor dem Kojoten flohen. Obwohl Hoyeh-tay erschöpft war, bestand der alte Schamane darauf weiterzugehen.

»Es ist noch hell genug.« Er zeigte in die Ferne. »Es bilden sich immer mehr Wolken über den Blauen Tafelbergen. Der Wind, der bei Anbruch der Nacht zu uns herabwehen wird, wird süß und feucht sein und nach Regen riechen. In der Kühle der Nacht werden wir unseren Reiseproviant teilen, schlafen und unseren Durst wegträumen. Morgen werden wir dieses trockene Land hinter uns lassen. Morgen werden wir unseren Durst an den Quellen des Blauen Tafelberges löschen.«

Sie trotteten weiter, bis es dunkel wurde. Zum ersten Mal seit der Morgendämmerung sahen die Berge unter den Wolken wieder blau aus, und ein kühler Wind, der nach Bergregen roch, blies sanft und quälend über den trockenen See.

Die Eule auf dem Kopf des Schamanen streckte sich und gähnte. Sie zupfte eine Weile an ihren Zehen, bevor sie die kahle, vernarbte Stelle, die sie auf dem Schädel des alten Schamanen hinterlassen hatte, verließ und nach Westen davonflog.

Der Schamane seufzte schwermütig, als er seinem alten Freund hinterherblickte. »Eule wird gleich die kühlen Quellen der Tafelberge erreicht haben. Ach, jetzt ist sie schon dort und sucht sich einen Ast. Eule wird eine Ratte zum Abendessen verspeisen. Sie wird ihren Durst mit Blut und dem Mark vieler kleiner Knochen löschen.«

Dakan-eh starrte den alten Mann an. Er wischte sich Schweiß und Salz aus dem Gesicht und hockte sich nieder. Nachdem er sich die Speere über die Schenkel gelegt hatte, nahm er den Goldklumpen aus dem Mund. »Du hast großes Glück, ein Schamane zu sein, Hoyeh-tay«, sagte er. »Im Dunkel der Nacht kannst auf dem Wind davonfliegen und Eule auf seiner Jagd begleiten. Wenn du dich mit Fleisch und Blut sattgegessen hast, könntest du uns vielleicht ein oder zwei Ratten gegen unseren Durst mitbringen.«

Hoyeh-tay drehte sich um und sah den Jäger an. »Vielleicht werde ich genau das tun«, bemerkte der Schamane im selben spöttischen Tonfall. »Aber würdest du den Schock überstehen, wenn es tatsächlich so wäre?«

Dakan-eh lächelte und wollte gerade antworten, als plötzlich vier Schwalben aus dem Westen angeflogen kamen und im Tiefflug direkt auf Cha-kwena losgingen. Der Junge duckte sich, als die Schwalben auf ihn herabstürzten. In einem Gestöber aus Flügeln und hell zwitschernden Rufen umkreisten sie seinen Kopf, bis er herumwirbelte und nach ihnen schlug, als wären sie Moskitos.

Trotz seiner Erschöpfung lachte Hoyeh-tay aus vollem Hals, dann verschluckte er sich fast an dem goldenen Stein, den Dakan-eh ihm gegeben hatte. Würgend und hustend holte er den Klumpen aus dem Mund und beobachtete die Schwalben, die jetzt nach Osten weiterflogen. »Ah!« sagte er seufzend, als er seinen Enkel mit Lachtränen in den Augen ansah. »Du mußt deinen kleinen Freunden für die Botschaft danken, die sie dir gebracht haben, Cha-kwena!«

»Das sind nicht meine Freunde!« schimpfte der Junge. »Und sie haben mir keine Botschaft gebracht! Du bist der Schamane, Großvater! Wenn sie etwas zu sagen hätten, würden sie sich an dich wenden und nicht an mich!«

»Ach, Cha-kwena, Kleiner Bruder der Tiere . . .« Der alte Mann schnalzte tadelnd mit der Zunge. »Warum sollten die Schwalben ihr Geheimnis nicht dir anvertrauen? Hat nicht auch Lebensspender, das Totem unserer Vorfahren, dir erlaubt, seine Familie und seinen kleinen weißen Sohn zu sehen? Teilt nicht auch Eule dir ihre Gedanken mit, führt sie nicht deine Augen, und zeigt sie nicht mit ihren Flügelspitzen in deine Richtung? Ist der Falke nicht vom Himmel gefallen, damit du ihn heilst? Hat nicht der Hirsch dir sein Kitz anvertraut? Haben sich nicht auch Kojote und Hase verschworen, dir ihre Fährten zu offenbaren, bevor der Mutige Mann oder ich sie sahen? Die Botschaft der Schwalben war deutlich genug, mein Junge! Du mußtest nicht einmal dein drittes Auge benutzen, um zu sehen, daß an ihren Schnäbeln feuchter, frischer Schlamm glänzte.«

»Und wo Schlamm ist, ist auch Wasser«, fügte Dakan-eh weise hinzu, während er wieder aufstand. »Und wenn der Schlamm feucht aussieht, dann ist das Wasser ganz in der Nähe.«

Cha-kwenas Gesicht rötete sich wütend. »Das sieht doch jeder! Aber wie soll ich nach Zeichen Ausschau halten, wenn die Vögel mich wie Stechmücken umschwirren?«

»Ein Jäger hält ständig Ausschau nach Zeichen«, erwiderte Dakan-eh mit Bestimmtheit.

»Doch zu einem Schamanen kommen die Zeichen von selbst«, fügte Hoyeh-tay bedeutungsvoll hinzu, »so wie die Schwalben von selbst zu dir kamen, Cha-kwena.«

»Sie kamen nicht zu mir, sondern sind über mich hinweggeflogen«, entgegnete Cha-kwena hartnäckig. »Außerdem ist es für Schwalben viel zu spät im Sommer, um noch Schlamm für ihre Nester zu sammeln!«

»Ja, das ist es«, bestätigte Hoyeh-tay. »Trotzdem waren ihre Schnäbel mit feuchtem Schlamm bedeckt — nicht für ihre Nester, sondern als Zeichen für dich. Sie haben dir den Weg zum Wasser gezeigt, Cha-kwena. Ich weiß nicht, wie es dir geht, mein Enkelsohn, aber dieser alte Mann hat großen Durst.«

3

Es war fast dunkel, als die Kojotenspuren sie an den Ort führten, von dem die Schwalben gekommen waren. Frösche quakten, und kleine braune Fledermäuse schwirrten auf der Jagd nach Insekten umher.

Hoyeh-tay seufzte, lächelte vor Erleichterung und zeigte in die Runde. »Die Geister der Tiere, die Brüder meines Enkels sind, haben uns gut geführt!«

Cha-kwena war zu ausgedörrt und müde, um noch zu widersprechen. Jetzt, wo die Hitze nachließ und sich die ersten Sterne zeigten, schritt er eifrig mit den anderen zur tiefsten Stelle des großen Beckens. Er gab sich kaum die Mühe, die Schwärme beißender Fliegen und Moskitos zu vertreiben. Was sollten ihn jetzt noch ein paar Bisse oder Stiche kümmern? Die Reisenden hatten endlich Wasser gefunden!

Was vom großen See übrig war, waren mehrere brackige, von Quellen gespeiste Tümpel, die von krank aussehenden Wasserpflanzen und verkümmertem Schilf überwuchert wurden und von stark verwitterten Böschungen mit ausgebleichten Grasbüscheln umgeben waren.

Die Frösche verstummten, als die Reisenden sich näherten, aber die Insekten schwärmten um so dichter, und die Fledermäuse kreisten weiter, während Cha-kwena, Dakan-eh und Hoyeh-tay begeistert zum nächsten Teich rannten, ihre Speere und ihr Reisegepäck fallenließen und sich bäuchlings auf das Ufer warfen.

Cha-kwena hatte noch nie so großen Durst gehabt. Mit geschlossenen Augen wollte er gerade gierig sein Gesicht ins Wasser tauchen, als Dakan-eh plötzlich voller Ekel aufschrie. Er öffnete die Augen und sah nach unten. Angewidert wich er zurück. In dem Teich war kein Wasser, sondern eine schlammige Suppe, die mit gelblich-grünen Algen bedeckt war und über der Fliegen und Mücken schwirrten, während die Leichen zahlloser Artgenossen im Dreck schwammen. »Das können wir nicht trinken!«

»Wenn Frösche darin leben, können wir es trinken.« Dakan-eh verzog das Gesicht, als er seine rechte Hand in den Tümpel tauchte und langsam die Algen und unidentifizierbare Verwesungsreste zur Seite schob. Eine milchige Flüssigkeit quoll an die Oberfläche, und er schüttelte den Kopf. »Es ist nicht viel«, gab er angewidert zu, »aber ich habe genug Durst, um es zu trinken — es sei denn, dein alter Großvater will wirklich der Eule hinterherfliegen und uns richtiges Wasser aus den Quellen am Fuß der Tafelberge holen.«

Der alte Mann schnaufte verärgert. »Vor ein paar Stunden wärt ihr noch damit zufrieden gewesen, einer Ratte das Blut auszusaugen!« Er kniete sich hin und sah sich das Gras an, das um ihn herum wuchs. Mit geschickten Fingern pflückte er die grünsten Halme ab und flocht sie auf dieselbe Weise zusammen, wie die Frauen Matten herstellten.

»Was tust du, Großvater?« fragte Cha-kwena und machte sich Sorgen, daß Hoyeh-tay wieder seinen Verstand verloren hatte.

»Sieh zu und lerne!« befahl der alte Mann. »Hier ist ein Trick der Vorfahren, den Dakan-eh dir und den anderen Jungen schon vor langer Zeit hätte beibringen sollen. Aber ich sehe am Gesicht des Mutigen Mannes, daß er diese Lektion selbst nicht gelernt hat. Oder ist er vielleicht wie ich alt geworden und hat sie wieder vergessen?«

»Alt?« erwiderte Dakan-eh sichtlich verärgert. »Nur achtzehn Winter sind vergangen, seit ich zwischen den Schenkeln meiner Mutter hervor in diese Welt kam! Mein Geist behält seine Erinnerungen im Gegensatz zu dir wie ein guter, fester Korb! Ich habe nichts vergessen! Wasser ist gut, oder Wasser ist schlecht. Ich weiß, wie man es findet, und woran man erkennt, ob es sicher ist. Und ich weiß, wie man es trinkt, selbst wenn es schlecht ist! Nämlich so!« Damit schöpfte er eine Handvoll Schlamm und drückte sie sich in den Mund.

Hoyeh-tay kicherte über Dakan-eh, der sich bemühte, bei dem widerlichen Geschmack nicht zu würgen. »Ja, das ist auch eine Methode. Ich persönlich würde sie nicht anwenden, sondern . . .« Er zuckte die Schultern, und sein belustigter Gesichtsausdruck verschwand. »Vor langer Zeit hat mir mein Freund Ish-iwi die Sitten der Menschen beigebracht, die dort wohnen, wo es viel Gras, aber nur wenig Wasser gibt. Er hat mir diese Methode gezeigt, um klares Wasser zu trinken, wo es eigentlich keines gibt.«

Der alte Mann drehte sich wieder auf den Bauch. Er schob sich vor, bis sein Gesicht über dem Tümpel hing, und legte vorsichtig das Grasgeflecht auf die Algen. Während er dieses mit einer Hand festhielt und sich mit der anderen auf das Ufer stützte, senkte er sein Gesicht auf das Geflecht und saugte mit gespitzten Lippen klares Wasser aus dem Teich hindurch.

»Ah!« rief Cha-kwena beeindruckt. Sein Großvater hatte sich einen einfachen, aber wirksamen Filter hergestellt, der den Schlamm, die Algen und Insekten nicht hindurchließ.

Nachdem er sich auf die Seite gerollt hatte, winkte der alte Mann Dakan-eh. »Komm, Mutiger Mann! Versuche es mit diesem Trick! Ich bin zu müde, um Eule hinterherzufliegen und dir Ratten oder besseres Wasser zu bringen als dies, zu dem der Kojote, die Hasen und die Schwalben uns freundlicherweise geführt haben.«

Langsam legte sich die Nacht über die Welt. Die Frösche begannen wieder mit ihrem Konzert. Falls der Kojote oder die Hasen noch in der Nähe waren, ließen sie sich nicht blicken. Die Mücken schwirrten, und die Moskitos summten. Die Fliegen suchten Schutz im Gras, während die Fledermäuse ihre nächtliche Jagd fortsetzten. Etwas, vielleicht eine Wasserschlange oder ein großer, träger Süßwasserfisch machte ein leise schwappendes Geräusch auf der algenbedeckten Oberfläche des Tümpels. Die Sterne wurden immer heller – außer im Westen, wo sie durch die aufgetürmten Sturmwolken verdunkelt wurden. Die brodelnden Massen und die stumpfen Berggipfel waren unsichtbar, bis die ersten Blitze aufflackerten und die Szenerie erleuchteten. Cha-kwena sah gebannt zu. Noch nie zuvor hatte er ein solches Blitzgewitter erlebt, und im wütenden Flackern des fernen Sturms erkannte er jetzt zum ersten Mal den Spalt, der die Kette der Blauen Tafelberge unterbrach – eine V-förmige Lücke, die viele tausend Fuß tief und die an der Spitze so schmal war, daß es aussah, als könnte sich ein Mann hinüberbeugen.

Hoyeh-tay, der zu erschöpft zum Essen war, schlief zusammengerollt unter seinem Umhang aus Kaninchenfell. Dakan-eh und Cha-kwena hatten sich ihre eigenen Umhänge über die Köpfe gezogen und sich zum Schutz vor beißenden Insekten die nackte Haut mit Schlamm eingerieben. Stumm aßen sie, was noch von ihrem Reiseproviant übrig war. Dakan-eh bot dem Jungen seine Reste vom Gürteltierbraten an, die er nach der letzten Nacht mitgenommen hatte, aber Cha-kwena lehnte immer noch schmollend ab.

»Wie du meinst«, sagte der Mutige Mann und aß sie allein auf.

Cha-kwena schluckte die letzten Bissen der Köstlichkeiten hinunter, die seine Mutter ihm eingepackt hatte. Es waren Bällchen aus Samen, Beeren und ranzigem Antilopenfett. Durch die tagelange Reise hatte sich der Geschmack keineswegs verbessert. Das Fett war weich geworden, und die Beeren waren noch nicht völlig gereift gewesen. Cha-kwena verzog das Gesicht bei dem sauren Geschmack. In der Dunkelheit bemerkte Dakan-eh es jedoch nicht.

Nachdem er sich die letzten Reste Gürteltiersaft von den Fingern geleckt hatte, nickte der Jäger in Richtung des westlichen Horizonts. »Es regnet im Hochland, wie der alte Mann prophezeit hat.«

»Der ›alte Mann‹ ist der Schamane!« erwiderte Cha-kwena. Er legte sich auf den Rücken und verschränkte die Hände hinter seinem Kopf. »Ich wünsche mir, es würde hier regnen«, sagte er mehr zu sich selbst als zu Dakan-eh.

»Ich denke, daß es hier schon seit vielen Monden nicht mehr geregnet hat«, antwortete der Jäger, der sich offenbar nicht beleidigt fühlte. »Ich habe noch nie ein so trockenes und trostloses Land gesehen. Dabei gab es hier früher einmal viel Wild, Gras und Wasser. Seltsam, wie sehr es sich verändert hat. Die Vorfahren des Ersten Mannes und der Ersten Frau sind hier durchgezogen, während sie gewaltige Herden von Mammuts, Bisons, Pferden und drei verschiedenen Antilopenarten folgten. Die Vorfahren haben ein Tier gejagt, das ich noch nie gesehen habe: ein großes, behaartes Schwein mit einer harten Schuppenhaut wie eine Eidechse, mit Hörnern auf der Nase, dem niederträchtigen Temperament einer Feuerameise und . . .«

»Hornnase«, nannte Cha-kwena das Tier bei dem Namen, den sein Stamm dem Geschöpf eines vergangenen Zeitalters gegeben hatte. »Hoyeh-tay hat mir erzählt, daß er vor langer Zeit in seiner Jugend einmal eins gesehen hat. Er sagte, daß es gar nicht so groß und nur halb so klug wie ein Mammut sei. Sein Stamm hat es über eine Klippe getrieben und es getötet. Sie haben von seinem Fleisch gegessen, aber es war zäh. Seit jenem Tag wurde keins seiner Artgenossen mehr in der Roten Welt gesehen.«

»Ja«, sprach Dakan-eh mit verträumter Stimme. »Die Männer jagten sie mit großen, schweren Speeren und Speerwerfern, die viel schwerer und länger als die waren, die wir heute benutzen. Ach, was ich dafür geben würde, mich einem solchen Tier zu stellen und es zu erlegen! Ich würde Ta-maya das Horn bringen. Ich würde zu Tlana-quah gehen und ihn fragen, wer sonst eine solche Herausforderung annehmen könnte, um seine Tochter zu ehren. Nur Dakan-eh! Nur der Mutige Mann!«

Cha-kwena seufzte über Dakan-ehs Träumereien. Durch seine halbgeschlossenen Augenlider beobachtete er das blaue Feuer der flackernden Blitze in den fernen Gewitterwolken. Es war ein überwältigender Anblick. Bei jedem Blitz wurden die brodelnden Wolken beleuchtet, während die stumpfen Berggipfel darunter lebendig zu pulsieren schienen. Die weite Ebene, die einmal ein See gewesen war, schimmerte so weiß wie das volle Gesicht des Mondes. Plötzlich richtete er sich unruhig auf. »Was meinst du, wie weit sie noch entfernt sind?«

»Die Wolken? Nicht mehr als einen Tagesmarsch. Wenn du und ich allein gewesen wären, hätten wir sie längst erreicht. Dein Großvater hält uns auf.«

»Du bist sehr hart mit ihm, Dakan-eh.«

»Er ist hart mit sich selbst — und mit uns beiden —, weil er nicht wahrhaben will, was er wirklich ist.«

»Und was soll das sein?«

»Ein Mann, der seine letzte Reise zu den Blauen Tafelbergen unternimmt.«

Cha-kwenas Herz schien plötzlich von einer eiskalten Faust gepackt. Dakan-eh hatte die bittere, aber unverkennbare Wahrheit ausgesprochen. »Ich wünsche mir, er wäre wieder jung! Ich wünsche mir, mein Vater könnte mit Hoyeh-tay und mir hier sein! Und ich wünsche mir, dieser stinkende Tümpel wäre wieder ein See, so daß wir einfach zu den Blauen Tafelbergen hinüberschwimmen könnten! Ich wünsche mir . . .«

»Sei vorsichtig, Cha-kwena! Wenn der alte Mann dich richtig einschätzt, wer weiß, welche Geister dir zuhören?«

»Ich hoffe, daß sie zuhören!« versetzte der Junge. »Ich sehne mich nach Regen! Ich sehne mich nach kühlem, klaren Wasser, um davon zu trinken! Ich *will*, daß mein Großvater wieder jung ist! Wenn er jung und stark wäre, müßte ich kein Schamane werden.«

»Wenn«, wiederholte Dakan-eh das Wort verbittert, dann zuckte er die Schultern. »Und wenn ich statt deiner zum Schamanen erwählt worden wäre, müßte ich mir keine Sorgen darüber machen, ob Ta-maya wieder ihre Meinung ändert. Wenn ich Schamane wäre, würde nicht einmal der Häuptling es

113

wagen, sich einzumischen, weil ich die Geister gegen jene hetzen könnte, die mich erzürnen. Ich würde den Weg zu ihrem Herzen genauso deutlich sehen, wie du den Weg zum Wasser gesehen hast.«

»Aber ich habe den Weg gar nicht gesehen!«

»Natürlich hast du das. Du hast die Spuren des Kojoten noch vor mir entdeckt.«

»Nur weil du mich gelehrt hast, nach Fährten zu suchen!«

»Nein, nur durch die Macht eines Schamanen könnte ein Junge mich übertreffen. Die Schwalben haben es bewiesen.«

»Diese blöden Schwalben beweisen überhaupt nichts!« erklärte Cha-kwena verzweifelt. »Mein ganzes Leben lang wollte ich ein Jäger wie du werden, Dakan-eh. Nein! Ein besserer Jäger und Fährtenleser! Und ganz bestimmt ein besserer Freund der Jungen, die zu mir aufsehen und mir vertrauen – so wie ich dir vertraut habe. Du hast dich mit Hoyeh-tay gegen mich verschworen. Warum, Dakan-eh? *Warum?* Ich dachte, wir wären Freunde!«

Ernüchtert von Cha-kwenas Wutausbruch sah Dakan-eh den Jungen ruhig an. »Also lerne noch eine Lektion von mir, Cha-kwena! In deinen Adern fließt das Blut vieler Generationen von Herren der Geister. Wenn Alte Eule gesagt hat, daß du ein Schamane wirst, dann wirst du ein Schamane, ob es dir gefällt oder nicht. Nimm deine Bestimmung an und sei stolz darauf. Und vergiß niemals, daß du keinen besseren Freund finden wirst – sei es ein Junge oder Mann, ein Jäger oder Schamane – als den, der dir die Wahrheit sagt ... besonders wenn du sie nicht hören willst.«

4

Es blitzte immer noch über den fernen Bergen, und Donner hallte über das Land. Cha-kwena sah es sich an und wartete darauf, daß der alte Hoyeh-tay mit seiner Erzählung über die

verfeindeten Zwillingsgötter des Himmels begann. Mit tobenden Kämpfen, dröhnenden Trommeln und fliegenden Speeren
aus Blitzen war es eine der wenigen Geschichten über die Vorfahren, die der Junge wirklich mochte. Doch Hoyeh-tay
schnarchte ungerührt unter seinem Kaninchenfellmantel weiter,
während Dakan-eh sich unter seinem eigenen Reiseumhang
ausstreckte und schwer atmend in seinen Träumen zuckte.

Cha-kwena beneidete die beiden. Er war sehr müde, aber er
konnte einfach nicht einschlafen. Hellwach und von einer uner-
klärlichen Unruhe ergriffen, saß er im Schneidersitz auf der
Böschung über dem Tümpel. Seinen Umhang hatte er sich wie
ein Zelt umgelegt. In der Nähe quakten die Frösche, und weit
entfernt im Westen ließ der Kojote zunächst sein trauriges Heulen und dann sein Bellen hören.

Cha-kwena neigte den Kopf zur Seite. In diesem Laut war
etwas Befehlendes, er spürte darin einen Ruf.

»Steh sofort auf, Cha-kwena!« verlangte der Kojote. »Steh
auf, Kleiner Bruder der Tiere! Weck die anderen und eile über
das Flachland in die hohen Hügel!«

Cha-kwena hielt sich die Hände über die Ohren, beugte sich
vor und vergrub den Kopf tief zwischen seinen verschränkten
Knien. »Ich bin nicht dein Bruder, Kleiner Gelber Wolf! Wenn
du in der Nacht heulen mußt, heule deine Artgenossen an und
nicht mich!«

Doch aus dem Bellen des Kojoten wurde wieder ein Heulen,
das sogar noch lauter, schärfer und befehlender als vorher
klang. »Komm, Cha-kwena! Komm zu den Hügeln vor den
Blauen Tafelbergen! Komm sofort!«

Cha-kwena wand sich. »Nein!« erwiderte er heftig, obwohl
er flüsterte, um die anderen nicht aufzuwecken. »Du hast mich
gut geführt, Kleiner Gelber Wolf, und ich danke dir, falls du
mir und meinen Gefährten wirklich mit Absicht den Weg zum
Wasser gezeigt hast. Aber ich bin müde. Ich muß jetzt schlafen.«

Seine Worte verklangen in der Dunkelheit. Cha-kwena kam
sich ziemlich dumm vor, den eingebildeten Worten eines Kojoten zu antworten, der meilenweit entfernt war. Er setzte sich

auf, zog seine Knie bis ans Kinn heran, schlang seine Arme um die Beine und lauschte auf das Heulen des Kojoten. Er fühlte sich schon besser. Jetzt war es nur noch ein Geheul, das keine Worte mehr ergab. Und doch war er sich vor wenigen Augenblicken völlig sicher gewesen, daß das Tier zu ihm gesprochen hatte.

Er seufzte beunruhigt, als der Kojote immer weiter heulte. Obwohl Cha-kwena es nicht hören wollte, begann er bald zu überlegen. *Wenn du mein helfender Geist sein willst, Kleiner Gelber Wolf, dann sei leise, damit ich schlafen kann. Komm in meinen Träumen zu mir, in der Vision, nach der ich seit so langer Zeit suche! Ich will dich nicht hören, wenn ich wach bin!* Ihm gefiel der Klang der Worte. Kleiner Gelber Wolf würde ein ehrenwerter Name für einen Mann des Stammes sein, der Name eines Jägers, den er mit Stolz tragen würde.

»Ich werde nicht still sein! Ich kann nicht warten, bis du schläfst, um zu dir zu sprechen! Du mußt mir jetzt zuhören!«

Cha-kwena war über die Antwort des Kojoten so überrascht, daß er aufsprang. Er wartete auf weitere Worte, aber er hörte nur Gekläff und Geheul. Er schüttelte den Kopf, als er sich erneut wie ein Idiot vorkam. Das Heulen des Kojoten war so laut, daß der Junge nicht verstand, wie Hoyeh-tay und Dakan-eh bei dem Lärm schlafen konnten. Und wenn der Kojote mit menschlicher Stimme gesprochen hatte, wieso konnte ein so mächtiger Schamane wie Hoyeh-tay ihn nicht hören?

Er ist ein alter Mann, hörte er die Antwort in seinen Gedanken, als Echo von Tlana-quahs letzten Worten an ihn, auf die Dakan-ehs folgten: *ein alter Mann, der seine letzte Reise zu den Blauen Tafelbergen unternimmt.*

Cha-kwena wurde übel vor Widerwillen. »Ich weigere mich, daran zu glauben. Weil ich müde bin, gaukelt mein Geist mir Dinge vor!« Er schloß die Augen und sehnte sich nach Schlaf und den Visionen, die beweisen würden, daß er ein Jäger war.

Er seufzte. Es war ein angenehmer Gedanke. Die Stimme des Kojoten wurde schwächer. Als das Geheul verstummte, war der Junge erleichtert. Er schlief so schnell ein, daß er schon Sekunden darauf in der absoluten Finsternis eines Traums schwebte . . .

Die junge Mah-ree trieb neben ihm, flüsterte, folgte ihm und versuchte, nach seiner Hand zu greifen. Viele Mammuts gingen ihnen voraus. Lebensspender führte sie mit seinem kleinen weißen Sohn an. Ein Stück voraus brannten hell und leuchtend mehrere Fackeln. Jemand rief. Ein Mann oder eine Frau? Er wußte es nicht.

Plötzlich war es wieder dunkel. Der Kojote wartete in der Dunkelheit auf ihn. Der Kleine Gelbe Wolf war nicht allein. Bei ihm waren der Falke und das Hirschkalb, die Schwalbe und der Hase, die Fledermaus und die Hornnase. Es schienen sich alle Tiere der ganzen Welt versammelt zu haben.

»Bruder«, sprachen sie ihn einstimmig an.

»Nein!« rief er laut. Das war nicht der Traum, den er gewollt hatte! Das war die Bestätigung des Namens, der ihm bereits gegeben worden war. Cha-kwena, der Kleine Bruder der Tiere, ein passender Name für einen Schamanen. Zumindest war Hoyeh-tay dieser Meinung. »Nein! Ich werde ihn nicht annehmen!« rief er protestierend. Und damit löste sich der Traum auf. Obwohl er weiterschlief, träumte er nicht mehr.

Er wurde durch einen plötzlichen Luftzug geweckt, auf den ein heftiger Schlag auf seinen Kopf folgte. Cha-kwena kam gerade noch rechtzeitig hoch, um die ledrigen Flügel neben sich zu erkennen, während die dunkle Gestalt einer Fledermaus in der dunklen Nacht verschwand. Mit den Fingern betastete er vorsichtig seine Kopfhaut, aber er war unverletzt. Warum war die Fledermaus ihm so nahe gekommen? Es war ungewöhnlich, daß Lederner Flügel so ungeschickt flog. Doch viel schlimmer war, daß er hätte schwören können, die Fledermaus hätte ihn im Vorbeiflug angerufen. Als er sich an seine frühere Verwirrung über das Geheul des Kojoten erinnerte, beschloß er, nicht wieder an einen solchen Unsinn zu glauben. Cha-kwena gähnte. Wie lange hatte er geschlafen? Er beobachtete den Himmel und stellte fest, daß sich die Sterne ein gutes Stück nach

Westen weiterbewegt hatten, seit er zum letzten Mal nach oben gesehen hatte.

Cha-kwena wurde sich plötzlich unangenehm der Stille bewußt. Es war windstill, die Frösche quakten nicht mehr, die Moskitos summten nicht mehr und die Fledermäuse waren verschwunden. Die Stille drückte schwer auf seine Haut und seine Ohren ... und dennoch nahm er aus weiter Ferne ein leises, unvertrautes zischendes Geräusch wahr.

Blitze huschten über die fernen Tafelberge, und Donner rollte. Der Sturm über den stumpfen Berggipfeln hatte noch an Stärke zugenommen. Dakan-eh, der offenbar kurz vor dem Aufwachen stand, schmatzte leise mit den Lippen.

In diesem Augenblick lief etwas über Cha-kwenas Handrücken und kurz darauf über seine Beine. Er sprang auf und schlug nach etwas, das ihm über das Genick huschte und dann quiekend zu Boden fiel. Winzige Mäuse rannten durch das Gras und in allen Richtungen über die Ebene.

»Wovor habt ihr Angst, Kleine Langschwänze?«

Und dann bekam Cha-kwena eine Gänsehaut, als ihm die Antwort klarwurde: Der Kojote stand als einsamer Schatten mit langen Ohren auf der gegenüberliegenden Seite des Tümpels vor dem sternenübersäten Himmel. Seine Augen blickten klar und ruhig. Er hatte eine Hinterpfote erhoben.

Cha-kwena starrte ihn an, und der Kojote erwiderte den Blick.

Nach einer Weile war aus den Hügeln weit im Westen ein verzweifelter, warnender Ruf zu hören, der noch befehlender als Kojotes Geheul klang. Mit einem plötzlichen Knurren und einem kurzen Bellen machte der Kojote kehrt und rannte auf drei Beinen durch das Seebecken. Seine Gestalt wurde von den Blitzen erhellt, während er von den Tafelbergen fort nach Osten lief.

Dakan-eh und Hoyeh-tay wachten auf, und Cha-kwena verstand endlich, was der Kojote ihm hatte sagen wollen. Aber er hatte die Warnung zu lange ignoriert. Die Springflut kam bereits auf sie zu.

Ein fürchterliches Getöse wurde in der Nacht hörbar. Von

Norden nach Süden wurde die Welt entlang des westlichen Horizonts weiß, als Staubwolken vor der herannahenden Flut aufgewirbelt wurden.

Dakan-eh und Hoyeh-tay waren sofort auf den Beinen. Mit den Speeren in der Hand griff der Mutige Mann nach seinem Reisegepäck und schulterte es unter lautem Fluchen. Ihnen dämmerte die schreckliche Erkenntnis über ihr bevorstehendes Schicksal.

»Keine Zeit mehr! Keine Zeit mehr! Lauft sofort los!« befahl der alte Hoyeh-tay und lief durch die spätnächtliche Dunkelheit so schnell davon, wie seine dürren Beine ihn trugen. »Folgt mir nach Osten und blickt auf keinen Fall zurück! Wenn das Wasser euch mitreißt, laßt euch treiben! Werdet zu Fischen! Laßt eure Arme und Beine zu Flossen werden und überlaßt euch dem Wasser. Werdet eins mit ihm, oder ihr werdet ertrinken!«

»Komm, Junge!« rief Dakan-eh, als er an Cha-kwena vorbeihetzte. »Lauf, bevor es zu spät ist! Ich habe dich gewarnt, keine unbedachten Worte zu sprechen! Du wolltest, daß der See zurückkehrt, und hier kommt er!«

Das Getöse wurde immer lauter und die Staubwolke immer höher, aber Cha-kwena konnte nicht rennen. Er starrte wie gelähmt nach Westen und konnte sich nicht von der Stelle rühren, als hätte er Wurzeln geschlagen.

Und dann konnte er es sehen: Unter der Staubwolke näherte sich eine Welle. Das Wasser war kaum höher als drei Fuß, aber es erstreckte sich über den gesamten westlichen Horizont, und es näherte sich schnell. Er riß die Augen auf. Die braune Flut wollte ihn holen. Sie hatte ihre schäumenden Lippen geöffnet, um ihn zu verschlingen.

»Halt!« rief er der herannahenden Flut zu und wartete ab, ob sie ihm gehorchen würde. Als sie es nicht tat, machte er kehrt und lief los, während er sich fragte, was in ihn gefahren war. Hatte er tatsächlich erwartet, daß die Flut ihm gehorchen würde? Dakan-eh hatte Hoyeh-tay bereits weit hinter sich gelassen. Der Mutige Mann lief so schnell, daß Cha-kwena sicher war, daß der Jäger vor der Flut davonlaufen konnte.

119

Doch plötzlich drehte er sich um und rannte zum Schamanen zurück. Er packte Hoyeh-tay gerade in dem Augenblick, als der Schamane stolperte.

Der alte Mann brach in den Armen des jüngeren Mannes zusammen und versuchte sich seinen Medizinbeutel über den Kopf zu ziehen. »Der Stein . . . du mußt den heiligen Stein retten . . .«, flehte der Schamane, der kaum das Röhren der Flut übertönen konnte.

»Und dich ebenfalls!« rief Dakan-eh, als Cha-kwena die beiden eingeholt hatte.

Außer Atem und verblüfft über Dakan-ehs mutige Selbstlosigkeit keuchte Cha-kwena: »Ich . . . ich . . . werde helfen.«

»Lauf weiter! Schnell, Junge! Rette dich selbst!« schrie Dakan-eh wütend, als er den alten Mann auf seine Schultern hob und weiterrannte. »Lauf, Cha-kwena! Wenn du die Macht hast, dann benutze sie jetzt! Verwandle uns drei in Vögel, damit wir über dem Wasser fliegen können, bevor es zu spät ist!«

Aber es war bereits zu spät. In einem Augenblick lief der Junge noch über trockenes Land, im nächsten wurden ihm die Beine weggerissen. Er breitete die Arme aus und fiel mit dem Gesicht ins Wasser und wurde von der mächtigen Springflut emporgehoben.

Während er sich verzweifelt bemühte, seinen Kopf über der Oberfläche zu halten, versuchte er, zu einem Vogel zu werden, seine Arme in Flügel zu verwandeln, die ihn aus dem Wasser heben würden. Doch er schaffte es nicht. Er kannte den Zauber nicht. Die Flut hielt ihn fest und wirbelte ihn herum. Sie schürfte seinen Bauch und seinen Rücken auf.

Er kämpfte um Luft und um Leben. Aber es half nichts. Er ging immer wieder unter, und das letzte, was er sah, waren Dakan-eh und sein Großvater, die vom schäumenden Wasser davongetragen wurden.

Werde zum Fisch! hörte Cha-kwena wieder die letzte Warnung des Schamanen. *Werde eins mit dem Wasser, oder du wirst ertrinken!*

Aber ich ertrinke bereits! dachte der Junge. *Ich kann nicht zum Fisch werden. Ich habe es auch nicht geschafft, zum Vogel zu werden. Ich bin nur ein Junge, der niemals zum Mann werden wird... oder zum Schamanen.*

5

Alte Männer... Großväter in Bemalung und mit Halsschmuck aus silbernem Salbei, mit Säbeln, mit Beeren, Steinperlen und hartschaligen Nüssen verziert... alte Männer mit hohen Kopfbedeckungen aus Gras, mit bunten Federn und mit den Köpfen und Füßen kleiner Vögel und Tiere besetzt... uralte Ahnen, die wie seltsame halbmenschliche Tiere und Vögel aussahen, als wären sie einem Binsen-Sumpf entstiegen.

Alte Männer... mit blauen, verkniffenen Gesichtern, die aus wäßrigen Augen starrten und sich gemeinsam über Cha-kwena beugten. Sie umkreisten ihn, sangen und bliesen auf Pfeifen aus Knochen und Schilfrohr, fächelten die kühle Morgenluft mit Flügeln von Steinadlern über sein Gesicht.

Doch dem Jungen war bereits kühl genug. Cha-kwena lag flach auf dem Rücken und zitterte ob einer alles durchdringenden inneren Kälte. Sein Körper und sein Geist waren betäubt. Er starrte durch den summenden Nebel des Halbbewußtseins zu den alten Männern hinauf. Sie umkreisten ihn immer noch langsam. Sie seufzten und nickten dabei und schleiften ihre Füße in Sandalen nach links, fort von der aufgehenden Sonne. *Nach links!* Diese Erkenntnis erschütterte ihn. *Der Stamm kreist nur dann linksherum, wenn etwas Unnatürliches und Furchtbares geschehen ist!* Ein grellweißes Licht strahlte in seinem Körper. Es verbrannte ihn, tat ihm weh, und er bäumte sich dagegen auf, obwohl er wußte, daß es zwecklos war, denn es war das Licht der Wahrheit. Seine Gedanken schrien ihm panisch zu: *Die Flut hat mich ertränkt! Diese alten Männer sind die Geister der Vorfahren! Sie sind*

gekommen, um dich in der Welt jenseits dieser Welt zu emp-
fangen!

»Ich bin tot!« schrie er und fuhr hoch. Eine Welle der Übelkeit in seinen Eingeweiden schien ihn von innen nach außen stülpen zu wollen. Er erbrach Flutwasser, das sich zwischen seine Schenkel ergoß.

Die alten Männer hörten mit ihrer Kreisbewegung auf und starrten zu ihm hinunter. Dann lachte der größte und am prächtigsten geschmückte Mann auf.

»Er lebt!« verkündete der alte Mann, und ein breites, zahnlückiges Grinsen des Triumphes erstreckte sich über sein ganzes Gesicht. »Die Vorfahren haben uns erhört! Ich, Shi-wana, Schamane des Stammes der Blauen Tafelberge, sage jetzt, daß dieser Junge nicht auf dem Weg zu unseren Vorfahren in der Welt jenseits dieser Welt ist!«

»Das glaubst du!« keuchte Cha-kwena, während er die Augen verdrehte und wieder in die Bewußtlosigkeit zurückfiel.

Er wußte nicht, wie lange er geschlafen hatte. Vielleicht Stunden oder Tage — es war ihm egal. Er war am Leben! Und er war wach . . . mehr oder weniger. Er seufzte.

Er lag nackt unter einer warmen Felldecke, die nach dem Geruch zu urteilen von Kaninchen, Opossum, Eichhörnchen und Waschbär stammte, und auf einer bequemen Matratze aus geflochtenem Süßgras. Er starrte in die Dunkelheit einer kegelförmigen kleinen Hütte aus gebogenen Zweigen, einem Grasdach und immergrünen Ästen hinauf.

Er schnupperte. *Pinienäste. Weidenzweige. Ja, eindeutig Weidenzweige und sogar frisch geschnittene.*

Das gewölbte Dach bestand aus schlanken Zweigen, die wie Finger ineinander griffen. Es war eine gut gebaute Hütte, denn er konnte durch das dichte, regensichere Dach weder Mond noch Sterne erkennen.

Er seufzte erneut, schloß die Augen und schlief ein, bis ihn das Schmerzen seines leeren Bauches und der leise Ruf einer Frau weckten.

Seine Lider öffneten sich flatternd. Er starrte verständnislos nach oben. Jetzt kam ihm zum ersten Mal der Gedanke, daß er nicht wußte, wo er sich befand, obwohl die Hütte auf vertraute Weise errichtet worden war.

Zu Hause! Ich will zu Hause sein!

»Cha-kwena . . .«

»Mutter?« Er kam hoch und stützte sich auf die Ellbogen. Hatte U-wa ihn gerade gerufen?

»Cha-kwena, bist du wach?«

Er neigte seinen Kopf. Es war die Stimme eines Mädchens. »Mah-ree?«

Verwirrt runzelte er die Stirn, als er sich umsah. Dann fügte sich für ihn alles wieder zusammen. Draußen vor den Wänden seiner kleinen Unterkunft sangen die alten Männer. Es waren die Medizinmänner mit blauen Gesichtern, die von überall aus der Roten Welt gekommen waren, um sich an dem Ort zu treffen, wo sich die zwei Tafelberge trafen.

»Ich bin in ihrem Lager. Jetzt werden sie versuchen, mich zu einem von ihnen zu machen. Ich habe endlich die Blauen Tafelberge erreicht!«

Obwohl er es nicht wollte, war er erleichtert. Sechs Jahre waren vergangen, seit er zum letzten Mal das Hochland besucht hatte. Nun war er fast ein Mann und würde alles mit erwachsenen Augen sehen. Es würde viele Dinge zu entdecken geben und alte Orte wiederzuerkunden.

Seine Gedanken unterbrachen sich. *Wo ist mein Großvater? Und wo ist Dakan-eh?* Er erkannte, daß sie die Flut vielleicht nicht überlebt hatten. Er schlug die Decken zur Seite, wollte aufstehen und hätte im nächsten Augenblick die Hütte verlassen, wenn nicht plötzlich eine Hand den Vorhang am Eingang zur Seite gezogen und ein Gesicht hereingeblickt hätte.

»Ach, du bist ja doch wach!«

Er blinzelte. Ohne auf eine entsprechende Aufforderung zu warten, kam eine junge Frau auf Knien in die Hütte gekrochen. Bis auf eine Halskette aus durchscheinenden Steinen war sie nackt. In ihrem runden Gesicht bildeten sich Grübchen in den vollen Wangen, als sie lächelte.

»Der Morgenstern begibt sich hinter dem westlichen Himmel zur Ruhe. Bald wird ein neuer Tag beginnen«, erzählte sie ihm schnell, dann drehte sie sich auf den Knien um und bückte sich, als sie nach draußen langte, offenbar um etwas zu holen.

Er riß die Augen auf, als sein Blick auf ihre bloßen Pobacken fiel. Sie waren so rund, so weich und so . . .

»Hier«, sagte sie. »Hast du Hunger?«

Er schluckte, als sie sich wieder zu ihm umdrehte und ihm mit stämmigen Armen einen großen, flachen Korb reichte, der mit heißem, dampfendem Essen beladen war.

»Du hast lange geschlafen«, teilte sie ihm mit. »Jetzt mußt du essen. Ich habe dir Kuchen aus schwarzem Eichelmehl gebracht und einen gerösteten Hasen, der mit Piniennüssen, Zwiebeln und Salbei gefüllt ist. Iß alles auf! Ich werde den anderen sagen, daß du vom Ort der Träume zurückgekehrt bist. Sie werden sich darüber freuen — vor allem der Alte, der dein Großvater ist, und der andere, der dein Wächter ist.«

»Sie leben!« platzte er erleichtert heraus, doch dann fühlte er sich beschämt. »Wie kommst du auf die Idee, ich könnte einen Wächter gebrauchen? Mein Großvater ist ein alter Mann, der vielleicht einen braucht, aber ich bin jung und stark. Ich bin ein Mann des Stammes. Niemand muß mich bewachen!« Doch die Worte wollten ihm nur undeutlich über die Lippen kommen, schienen an seiner Zunge zu kleben, so daß er kaum mehr als ein Stammeln zustandebrachte.

Er errötete. Doch sie war bereits mit einem Kichern verschwunden, ehe er noch ein Wort hinzufügen konnte, und ließ ihn mit seiner Mahlzeit allein.

Weit entfernt im Süden stand noch der Dunst des späten Morgens über dem See der Vielen Singvögel, wo die Frauen und Mädchen von Tlana-quahs Stamm Reisgras und süße Knollen am Ufer suchten. Eine kleine Gruppe Männer aus dem Stamm hielt unterdessen Wache.

Mah-ree stand knietief im kühlen Wasser neben ihrer Schwester und starrte in Richtung des fernen Landes der Blauen Tafelberge. Der breite, flache Sammelkorb, den sie sich in die Hüfte gestemmt hatte, war voller dicker Wurzeln und langer, schwerer Grasähren. Wie Ta-maya und die anderen Frauen und Mädchen hatte sich Mah-ree das Gesicht und den Körper mit Schlamm eingerieben, um beißende Fliegen und Moskitos abzuhalten. Während sie gebannt nach Westen starrte, wurde ihr kurzes schwarzes Haar mit Rohrkolben-Pollen bestäubt, der sanft im Morgenwind wehte.

»Was ist los, Mah-ree?« fragte Ta-maya, die sich neben ihr aufrichtete.

»Ich weiß nicht . . .« Das Mädchen seufzte, denn es wußte es wirklich nicht. In Mah-rees Geist zogen Wolken auf und erfüllten sie mit Sorge um jene, die das Dorf verlassen hatten. »In der letzten Nacht hat es über den fernen Bergen einen heftigen Sturm gegeben.«

»Auch ich habe das Wetterleuchten gesehen. Glaubst du, daß Dakan-eh schon auf dem Heimweg ist?«

Mah-ree runzelte die Stirn und fühlte sich plötzlich gereizt. Ta-maya hatte schon wieder diesen traurigen, abwesenden Blick in den Augen. Das jüngere Mädchen war dankbar für den Schlamm, der ihre Röte verbarg, denn sie wußte, daß ihre Augen ähnlich aussehen mußten. »So wie du redest, könnte man meinen, daß Dakan-eh als einziger fortgegangen ist. Du weißt, daß er nicht allein ist. Der alte Hoyeh-tay ist bei ihm und auch . . . und auch Cha-kwena.«

Ta-maya lächelte freundlich. »Ja, das weiß ich, Schwester. Du sehnst dich genauso sehr nach dem Enkel des Schamanen wie ich mich nach meinem Dakan-eh.«

»Er ist noch nicht dein Dakan-eh!« versetzte Ban-ya, die ebenfalls in der Nähe stand. Sie funkelte die Schwestern an, während sie gebückt mit ihrem Korb in der Hüfte stehenblieb. Sie hatte eine Hand ins Wasser getaucht, während ihre Brüste tief herabhingen, so daß es aussah, als hätte sie drei Arme ins Wasser gestreckt. »Und deiner auch nicht«, antwortete Ta-maya scharf.

»Nein?« höhnte Ban-ya. »Du hast ihm kein Geschenk für die Reise mitgegeben. Er hat das Dorf mit meinem verlassen!«

»Nur weil ich mein Geschenk verloren habe! Nur weil der Schamane nicht wollte, daß ich es hole! Nur weil . . .«

»Hört auf, euch zu zanken, Mädchen!« befahl Ha-xa. Die Frau des Häuptlings stand rechts neben ihren Töchtern, in der Nähe der Frauen ihres Alters. »Die Mammuts haben alles süße Gras und die Kamas-Wurzeln gefressen, die wir an den Ort gebracht haben, wo sie gewöhnlich grasen. Aber der Große Geist, er All-Großvater, ist noch nicht gekommen, um unsere Gaben anzunehmen. Unser Häuptling hat gesagt, daß wir den Mammuts mehr und grüneres Gras bringen müssen und größere und süßere Kamas-Wurzeln. Tlana-quah befürchtet, daß die Abwesenheit des Schamanen unser Totem beleidigt hat. Wir dürfen uns keine weiteren Resepektlosigkeiten erlauben. Jetzt ist nicht die rechte Zeit, um sich zu streiten, bis Hoyeh-tay zurückkehrt und die richtigen Gesänge und Tänze veranstaltet und andere Gaben − Zaubergaben − zur geheimen und heiligen Quelle bringt, wo sich der Große Geist vielleicht unserem heiligen Mann zeigt.«

»Wir haben Lieder gesungen«, unterbrach Ban-ya, die jetzt aufrecht stand. »Wir haben Tänze getanzt.«

»Ja, aber wir sind nicht der Schamane«, gab Mah-ree weise zu bedenken. »In unseren Tänzen und Gesängen ist kein Zauber. Nur unser Schamane weiß, wo sich die heilige Quelle befindet und wie der All-Großvater an diesen geheimen Ort ruft.«

Ban-ya winkte den anderen Frauen zu. »Hört ihr, was Mah-ree sagt?« rief sie boshaft. »Man könnte meinen, sie wäre selbst eine Schamanin, dieser dürre Zweig!«

Mah-ree zuckte bei der Beleidigung zusammen.

Ta-maya war sofort bereit, ihre jüngere Schwester zu verteidigen. »Der dürre Zweig wird bald Knospen und Blüten treiben! Aber ein praller Wasserschlauch wie du, Ban-ya, kann nur noch auf den Tag warten, an dem seine Euter ihm um die Knie schlackern!«

»Ta-maya!« brachte Ha-xa ihre Tochter mit einem Aufschrei zum Schweigen. »Ich will kein weiteres Gezänk mehr von dir hören − oder von sonst jemandem!«

Das Mädchen duckte sich, aber Ban-ya strahlte sie grinsend an, als würde sie in Gedanken alle Möglichkeiten durchspielen, auf die Ta-maya ums Leben kommen könnte.

Ta-maya trat näher zu Mah-ree. Sie hielt ihren Kopf wieder erhoben, als sie trotzig zu Ban-ya hinüberstarrte. Nur aus Gehorsamkeit gegenüber ihrer Mutter blieb sie stumm.

»Zurück an die Arbeit! Zurück an die Arbeit!« befahl Ha-xa mit der Autorität der ersten Frau des Häuptlings.

Alle gehorchten — mit Ausnahme von Mah-ree, die besorgt sagte: »Unser Vater läßt uns mehr und mehr Nahrung für die Mammuts sammeln, Mutter, aber für uns werden keine Grassamen mehr übrig sein, wenn der Winter kommt und wir jetzt keine beiseitelegen.«

Bevor das Mädchen noch ein Wort sagen konnte, stieß Ha-xa sie mit einem heftigen Schubs um. »Du wirst deinen Vater nicht kritisieren! Und du, Ta-maya, wirst nicht herumtrödeln! Dein Vater beobachtet uns vom Ufer aus. Er ist nicht sehr glücklich über dich, wie du vielleicht weißt. Der andauernde Streit zwischen dir und Ban-ya ist gar keine gute Sache!«

»Aber, Mutter, sie hat kein Recht, Dakan-eh anzusehen, ihm Geschenke zu bringen oder ihn zu vermissen, wenn er fort ist.«

»Wenn Ban-ya sich nach Dakan-eh sehnt, ist es ganz allein deine Schuld, Tochter, weil du ihn immer wieder abgelehnt hast. Wenn er zurückkehrt, wird Tlana-quah — und weder du noch Ban-ya und nicht einmal Dakan-eh — entscheiden, wer seine Frau wird. Ist das klar?«

»Ja, Mutter«, flüsterte Ta-maya betrübt.

Mah-ree sah ihre Schwester mit einem tröstenden Blick aus braunen Augen an, so daß ihr Gesicht fast wie das einer kleinen Rehantilope aussah. Aber Ta-maya hatte sich bereits gehorsam wieder ihrer Arbeit zugewandt.

Am Ufer hockte Kosar-eh, der Lustige Mann, abseits von Tlana-quah und den anderen Männern auf einem Felsen, von wo aus er die Veränderung in Ta-mayas Haltung beobachtete. Er und die anderen waren außer Hörweite der Frauen, aber es war offensichtlich, daß es gerade einen Streit gegeben und daß Ta-maya dabei den Kürzeren gezogen hatte.

Armes Mädchen, dachte er und sah die älteste Tochter des Häuptlings mit solch wehmütiger Inbrunst an, daß die anderen Männer über seinen Gesichtsausdruck lachten.

»Guter alter Kosar-eh! Immer gut für einen Lacher!« tadelte Ela-nay, der Mann, der ihm am nächsten stand.

»Paß auf, daß Siwi-ni nicht sieht, wie du Ta-maya anstarrst!« warnte ihn ein anderer scherzhaft. »Das Temperament deiner kleinen Frau ist bekannt und viel größer als sie selbst.«

»Du solltest auch auf Dakan-eh achtgeben!« mischte sich ein weiterer Mann ein.

»Dakan-eh ist weit weg«, antwortete der Lustige Mann ausweichend, und ohne weiter darüber nachzudenken, fügte er hinzu: »Sie bedeutet ihm eigentlich gar nichts.«

»Aber dir vermutlich, oder?« hakte Tlana-quah nach, der sichtlich amüsiert war.

Unter der schwarzen und weißen Gesichtsfarbe blieben die vernarbten Züge des Lustigen Mannes ausdruckslos. Nur seine Augen bewegten sich, während sie die schlanke Gestalt Ta-mayas verfolgten, die sich bei der Arbeit wie ein biegsames Schilfrohr bewegte. »Ich bin Kosar-eh, der Lustige Mann. Natürlich bedeutet sie mir etwas. Alle Menschen bedeuten mir etwas!«

»Haben wir einen neuen Bewerber für deine ältere Tochter gefunden, Tlana-quah?« fragte Ela-nay mit einer Kopfbewegung in Richtung des Lustigen Mannes. »Es dürfte hier wohl keinen Mann geben, der nicht gerne ein so prächtiges Mädchen in seine Hütte nehmen würde, wenn sie wollte. Aber im Vergleich zum Lustigen Mann scheint der Mutige Mann der aussichtsreichste Kandidat zu sein, was? Ich meine, man muß sich nur einmal vorstellen: eine Schönheit wie Ta-maya und Kosar-eh! Dabei muß doch jeder Mann lachen — oder erschaudern.«

Der Lustige Mann rührte sich nicht. Seine Stimme klang auf seltsame Weise hohl, als er Ela-nays Ansicht bestätigte. »Ja, wer mich ansieht, muß einfach lachen. Ich bin schließlich ein Lustiger Mann, und worüber könntet ihr schon lachen, wenn ihr mich nicht hättet, der euch das Lachen als eins der großen Geschenke des Lebens gibt?«

Tlana-quah machte ein finsteres Gesicht. Er musterte den bemalten Mann auf dem Felsbrocken genau, bevor er etwas sagte, dessen Bedeutung den anderen Männern entging. »Wenn es keinen Tag des Kamels gegeben hätte, wäre unser Lustiger Mann vermutlich dem Mutigen Mann gleichgekommen. Und ich hätte vermutlich mein Einverständnis für eine Verbindung zwischen ihm und meiner Ta-maya gegeben.«

Die Mundwinkel des Lustigen Mannes verzogen sich, aber es war nicht festzustellen, ob zu einem Lächeln oder aus Verärgerung. Er stand unvermittelt auf. »Ach, was alles hätte sein können!« rief er theatralisch und schüttelte seine Gliedmaßen, als er seinen guten Arm zu einer großen Imitation seines verkrüppelten verdrehte. Dann bewegte er beide Arme auf und ab, als wären es federlose Flügel, und begann einen humpelnden Tanz um den Felsen herum. Die anderen klatschten und lachten über seine Possen. »Ich danke euch!« sagte er außer Atem und verbeugte sich, bevor er sich wieder setzte und den Häuptling ansprach. »Und ich danke dir, Tlana-quah, aber ich kann deine Tochter nicht annehmen. Ich habe schon eine Frau! Siwi-ni ist doppelt so alt wie ich und nur halb so klein. Und selbst wenn sie hochschwanger ist, hat sie ebenso viele Falten wie ich Narben. Die Leute lachen, wenn sie uns zusammen sehen. Ein Lustiger Mann sollte eine Frau haben, über die die Leute lachen. Was mehr sollte ein Lustiger Mann verlangen können?«

Tlana-quah senkte den Blick. Die anderen lachten, aber der Häuptling schüttelte traurig den Kopf. »Was hätte sein können?«

Kosar-eh lächelte. Er zeigte auf den Häuptling und schüttelte selbst den Kopf. »Ich bin hier der Lustige Mann, Tlana-quah! Es ist nicht deine Aufgabe, mich zum Lachen zu bringen!«

6

Dakan-eh war in schlechter Stimmung. Er hatte seine Speere und seinen Speerwerfer in der Flut verloren. Auch der Beutel mit dem Reiseproviant, den Ban-ya für ihn gemacht hatte, war verloren, und damit auch die Goldklümpchen, die er Ta-maya hatte schenken wollen.

Als er jetzt aus dem Gemeinschaftszelt hervorkam, in dem er zusammen mit den anderen Wächtern der Schamanen der Roten Welt die Nacht verbracht hatte, war er überrascht, als ein Mann in seinem Alter auf die Beine sprang und sich lächelnd vor ihn stellte.

»Ich grüße dich, Mutiger Mann! Hast du gut geschlafen?«

»Ich habe fast überhaupt nicht geschlafen«, erwiderte Dakan-eh mürrisch.

Er blickte sich im Lager um. Es war eine kleine Ansammlung ordentlich errichteter, kegelförmiger Hütten aus Gras und Zweigen, die auf einer Lichtung in einem Pinienwald standen. Da es hoch an der Flanke des breiten, stumpfen Berges lag, der der westlichste der Blauen Tafelberge war, konnte man von hier aus das Land in alle Richtungen überblicken.

Es war ein guter Lagerplatz. Wasser floß in der Nähe aus einer ganzjährigen Quelle und begrünte den Einschnitt, aus dem es hervorkam, mit Moos, Kresse, wildem Gurkengestrüpp und flammenden Eichenreben. Zu jeder Tageszeit gab es hier sowohl pralle Sonne als auch Schatten. Die Bäume im Wald ringsum bewiesen jedoch, daß Hoyeh-tays Visionen wieder einmal falsch gewesen waren, denn die kräftigen, dicht verästelten Pinien mit ihren fleischigen, grau-grünen Nadeln trugen fast überhaupt keine der kleinen, rot-goldenen Zapfen mit den köstlichen Nüssen. In diesem Jahr würde es keine Große Versammlung geben.

»Es war mein Vorrecht, darauf zu warten, daß du endlich herauskommst, um den Tag zu begrüßen!« plapperte der junge Mann fröhlich und begierig, sich mit Dakan-eh anzufreunden. »Der Junge ist aufgewacht, und — Lob und Dank den Geistern der Vorfahren – es geht ihm gut! Der, den ihr Alte Eule nennt, ist mit den anderen Weisen Männern zum heiligen Hain auf der Klippe gegangen. Ihre Wächter nehmen gerade die Morgenmahlzeit ein. Komm, du mußt hungrig sein, Mutiger Mann! Ich werde dir den Weg zeigen. Meine Schwester Lah-ri hat eine besondere Mahlzeit vorbereitet, um deine Kraft und deine Tapferkeit zu ehren. Gewöhnlich ist sie keine besondere Köchin, aber diesmal hat sie sich selbst übertroffen, um die vielen Schamanen zufriedenzustellen und sich als würdig zu erweisen, die Frau einer der ihren zu werden. Sieh selbst! Es gibt Eidechsen- und Kaninchenspieß, jede Menge Salbeifrüchte und . . .«

»Warte!« Dakan-eh ließ den Mann mit einer ungeduldig erhobenen Hand verstummen und musterte ihn. Der Jäger war groß, stämmig und grobschlächtig. »Kenne ich dich?«

»Ja, Mutiger Mann, natürlich! Erinnerst du dich nicht? Ich habe dich auf dem Rücken hierher getragen. Ich bin Sunam-tu, Jäger und Beschützer von Naquah-neh, dem Schamanen des Stammes der Weißen Hügel. Von den Bergen aus haben wir dich und die anderen im Licht vieler Blitze gesehen. Wir wußten, was mit Leuten geschehen würde, die sich – aus Gründen, die uns ein Rätsel geblieben sind – unklugerweise dazu entschlossen, die Nacht während eines Gewitters in den Bergen inmitten eines trockenen Seebeckens zu verbringen. Wir riefen und riefen, aber nur der Kojote antwortete uns. Naquah-neh, Shi-wana und die anderen Schamanen versuchten, euch mit Geistergesängen zu helfen. Sie baten die Vögel und Tiere in eurer Nähe, euch zu warnen. Wenn sie es getan haben, habt ihr sie vielleicht nicht verstanden. Also kamen wir, die wir wie du Wächter der Schamanen sind, um euch zu helfen.«

Dakan-eh hörte die Zurechtweisung in Sunam-tus Worten. *Leute, die sich unklugerweise dazu entschlossen, die Nacht während eines Gewitters in den Bergen inmitten eines trockenen Seebeckens zu verbringen.* In der Tat! Cha-kwena, Hoyeh-tay und er hatten noch nie zuvor einen ausgetrockneten See gesehen. Woher hätten sie wissen sollen, daß alles Regenwasser, das auf die Tafelberge fiel, dort hineinfließen würde? *Eine innere Stimme quälte ihn: Wenn Hoyeh-tay noch ein Schamane wäre, hätte er es gewußt. Aber die Vögel und Fledermäuse kamen zum Jungen, nicht zum alten Mann. Und du, Dakan-eh, bester und tapferster Jäger deines Stammes, hättest nach einem Blick auf das Land erkennen müssen, daß euch dort Gefahren drohen!«*

»Ich habe noch nie etwas so Erstaunliches gesehen«, plapperte Sunam-tu ohne Atempause weiter. »Du warst es, der sich selbst und die anderen gerettet hat, Mutiger Mann. Oh, das war vielleicht ein Anblick! Auf dem Höhepunkt der Flutwelle, vor der ein junger, starker Mann hätte davonlaufen können, bist du bei deinem Schamanen geblieben. Du hast ihn nicht losgelassen und seinen Kopf über Wasser gehalten, obwohl du Mühe hattest, dich selbst an der Oberfläche zu halten. Und als der Junge an dir vorbeigetrieben wurde, hast du ihn an den Haaren gepackt und davor gerettet, davongeschwemmt zu werden. Wahrlich, es war ein bewundernswerter Anblick! Wenn du nicht gewesen wärst, wären die anderen längst ertrunken, bevor wir in eure Nähe kommen konnten, um zu helfen.«

Dakan-eh hatte noch nie einer Schmeichelei widerstehen können, besonders wenn er wußte, daß das Kompliment der Wahrheit entsprach. Sein Verhalten während der Flut war mehr als beispielhaft gewesen – es war außergewöhnlich. Er freute sich darüber, daß Sunam-tu es ebenfalls erkannt hatte. Jetzt würde er den Rest seines Lebens mit seiner Tapferkeit prahlen und seine Geschichte immer wieder erzählen können. Aber eine noch tiefere Genugtuung lag darin, wenn sie von anderen bestätigt wurde. Außerdem hatte er unter seiner selbstlosen Tapferkeit zu leiden. Es gab keinen Muskel in seinem Körper, der nicht schmerzte, und seine Haut war mit Kratzern und Abschürfungen übersät. Es würde Wochen dauern, bis er wieder vollständig geheilt war. *Du wirst ein großartiger Anblick sein, wenn du schließlich zu Ta-maya zurückkehrst – voller blauer Flecke und ohne ein einziges Geschenk, das sie erfreut!*

»Vielleicht werden die Schlafgeister heute nacht zu dir kommen, Mutiger Mann, und dann wird es dir besser gehen. Wenn sich die Schamanen in den kommenden Jahren hier an den Blauen Tafelbergen versammeln, werden sie auf ewig ihre Lobgesänge zu Ehren des Mutigen Mannes anstimmen, zu Ehren Dakan-ehs, der sein Leben aufs Spiel setzte, um nicht nur seinen Schamanen, sondern auch einen wertlosen Jungen zu retten.«

Dakan-eh blickte in die großen braunen Augen Sunam-tus, in denen offene Bewunderung stand. Ihm kam der Gedanke, daß es an der Zeit wäre, den angeblich wertlosen Jungen ins rechte Licht zu rücken. Schließlich waren die Schwalben und Fledermäuse zu Cha-kwena gekommen. Daß der Junge die Form, in der die Warnung der Schamanen zu ihm gekommen war, nicht verstanden hatte, lag nicht an seiner Unfähigkeit, sondern an seiner Unerfahrenheit. Doch wenn Dakan-eh jetzt darauf hinwies, würde er damit seine eigene Auszeichnung in den Schatten stellen, und er genoß sie viel zu sehr, um sie aufs Spiel zu setzen.

Und so beschloß der Mutige Mann zu schweigen, was Cha-kwena betraf. Dakan-eh warf seine Schultern zurück und dehnte seinen Brustkorb, während er sich in der Gewißheit sonnte, daß Cha-kwena und Hoyeh-tay nur deshalb am Leben waren, weil er seines riskiert hatte, um sie zu retten. Er würde in der ganzen Roten Welt berühmt werden. Männer und Jungen würden seiner Tapferkeit nacheifern. Mütter würden zu ihren Söhnen sagen, sie sollten gut essen und ihren Vätern gehorchen, damit sie eines Tages zu einem genauso mutigen und starken Mann wie Dakan-eh heranwuchsen.

»Dakan-eh!« sprach er seinen eigenen Namen laut und stolz aus. Dabei zog er die Mundwinkel herab und reckte sein Kinn trotzig in den Morgenhimmel.

Sunam-tu neigte verblüfft über Dakan-ehs Verhalten seinen Kopf zur Seite. »Ist alles in Ordnung, Mutiger Mann?«

Dakan-eh lachte. Er hatte sich noch nie wacher und ausgeruhter gefühlt. Er legte brüderlich einen Arm um Sunam-tus muskulöse Schultern. »Führe mich zum Essen, Sunam-tu! Wir werden die Mahlzeit zusammen einnehmen. Ich stehe vor dem Verhungern!«

Sunam-tu strahlte übers ganze Gesicht. »Ich bin stolz darauf, mit Dakan-eh essen zu dürfen. Und meine kleine Schwester

Lah-ri wird sich geehrt fühlen, daß die von ihr so sorgfältig zubereitete Nahrung einem Mann wie dir zukommt!«

Dakan-ehs Grinsen war jetzt so breit, daß es schon schmerzte, doch irgendwie befriedigte ihn der Schmerz. Die Sonne schien warm auf sein Gesicht und seinen Körper. Er hatte die Flutwelle überlebt! In diesem Jäger von den Weißen Hügeln hatte er einen neuen Freund gefunden, der ihn bewunderte. Während er zum Kochfeuer hinüberschlenderte, wo sich die Wächter der Schamanen versammelt hatten, schien sein Herz zu singen. Was konnte er sich noch mehr wünschen? Gab es ein größeres Geschenk für Ta-maya als den Ruhm seines Namens?

»Jetzt können wir gemeinsam essen!« verkündete Sunam-tu, als sie das Kochfeuer erreichten. »Seht! Ich bringe den Mutigen Mann zum Festmahl, das für ihn zubereitet wurde.«

»Willkommen!«

Dieses Wort kam nicht von der Handvoll Männer, die sich gleichzeitig erhoben, um ihn zu ehren, sondern von einem nackten Mädchen, das auf den Knien vor dem Feuer hockte und lächelnd zu ihm aufblickte. »Willkommen an meinem Feuer!« sagte Lah-ri.

Für einen langen Augenblick starrte Dakan-eh auf ihr ehrfurchtsvolles Gesicht mit den Grübchen und ihren zarten jungen Körper hinab, der so vielversprechend wie der Morgen war. Und Ta-maya war plötzlich sehr weit weg.

Etwas stimmte nicht.

Hoyeh-tay saß allein und reglos am äußersten Rand des heiligen Felsplateaus im Wind. Er starrte über das weite Land zum Horizont, wo der Morgenstern untergegangen war. Der Stern war schon lange verschwunden, aber er blieb noch in seinen Gedanken und brannte im Hintergrund seiner Augen. Es war etwas mit diesem Stern, etwas stimmte nicht, aber was?

»Hoyeh-tay, komm zu uns in den Kreis! Bring den heiligen Stein deines Stammes mit!«

Wer hatte ihn gerufen?

»Ish-iwi?« Er drehte sich zu der Versammlung der Ältesten mit den blauen Gesichtern und kunstvollem Kopfschmuck um, die ein Stück hinter ihm auf einem flachen, geröllbedeckten Gelände hockten, das sich noch auf dem Felsplateau befand, aber nicht mehr der vollen Kraft des Windes ausgesetzt war. Er konnte die verschrumpelten alten Männer durch die Bäume gut erkennen — sie saßen mit untergeschlagenen Beinen im Kreis. Ihre Körper waren so zäh und schlank wie Eidechsen und ihre Haut genauso trocken und schlaff. Glaubten sie, daß ihre Federn und Farben sie jünger machten oder nur größer und beeindruckender?

Seine Hände strichen über sein Gesicht und seine Haare. Er spürte die Bemalung, die Federn und ein großes, hochragendes Grasbüschel. Er schüttelte den Kopf, nahm den rituellen Kopfschmuck ab und starrte ihn an. Er sah imposant aus, aber er mochte ihn nicht. Es waren zu viele aufgefädelte Beeren, zu viele kleine Knochen und zu viele Schnäbel, Perlen und Vogelfüße daran. Er stellte die Haube, die einer der anderen Weisen Männer für ihn hergestellt haben mußte, auf den Boden.

Er seufzte. *Die Geister wissen, wer wir wirklich sind*, dachte er. *Wie weise sind wir tatsächlich? Dort unten auf dem Ödland ist das, was gestern noch trocken unter der Sonne lag, heute wieder ein See. Und obwohl ich ein Schamane bin, habe ich die Flut nicht vorhergesehen!*

Niedergeschlagen sackte er zusammen und murmelte zu sich selbst: »Ach, Ish-iwi, es ist traurig, daß dein alter Freund sich jetzt in einem solch erbärmlichen Zustand befindet!« Er verstummte und suchte in der Versammlung nach Ish-iwi, aber sein alter Freund war nirgendwo zu sehen. Er war enttäuscht. Die weisen Männer der Roten Welt hatten sich auf den Blauen Tafelbergen versammelt, aber sein liebster Freund war nicht dabei. Vielleicht würde er bald kommen. Qu-on, der Schamane vom Stamm des Tals der Vielen Kaninchen war noch nicht eingetroffen, ebenso wie Iman-atl, der Schamane des Stammes vom See des Vielen Schilfs. »Bald, bald werden sie kommen.«

Ein leeres Gefühl nagte in seinen Eingeweiden, als er sich wieder nach Westen wandte, zum Horizont, wo der Morgenstern untergegangen war. Er wollte nicht länger darüber nachdenken, aber es ließ sich nicht vermeiden. Ish-iwi, Qu-on und Iman-atl waren alt. Waren sie gestorben? Waren sie zu schwach für die Reise? Doch selbst wenn die Geister sie gerufen hatten, wie Hoyeh-tay von ihnen gerufen worden war, hätten sie zumindest einen Vertreter geschickt.

Dann stellte er fest, daß er als nächstes an Löwen dachte — große Löwen, die so braun wie Sommergras waren und sich über eine Beute hermachten — eine menschliche Beute. Während dessen stand ein altes Männchen mit schwarzer Mähne und gestreiftem Bauch abseits. Er sah ihnen zu und wartete. Worauf?

»Hoyeh-tay, komm zu uns in den Kreis! Bring deinen heiligen Stein mit!«

»Was?« Er blinzelte verwirrt. Wer hatte gesprochen? »Nar-eh!« Seine väterliche Sehnsucht nach einem verlorenen Sohn starb so schnell, wie Nar-eh gestoben war.

Die anderen Schamanen starrten ihn an. Er tat so, als würde er es nicht bemerken, während er seinen Blick wieder nach Westen wandte. Er war froh, daß er nicht zu laut gesprochen hatte. Sonst würden die Schamanen denken, er hätte nicht nur seine Macht, sondern auch seinen Verstand verloren. Er wünschte sich, sie würden ihn nicht mehr so anstarren.

Dann vergaß er ganz, daß sie anwesend waren. Er spielte mit Steinen, die zwischen seinen Füßen lagen, und dachte an einen Toten. »Ach, Nar-eh, mein Sohn und Pilzesser! Wenn du jetzt deinen Vater sehen könntest! Ich bin ein müder alter Trottel geworden. Aber auf den Jungen würdest du stolz sein! Die Geister sprechen zu Cha-kwena. Er hat Lebensspender gesehen und ganz allein in den Zweigen des heiligen Baumes nach Weisheit gesucht. Vielleicht ist die Zauberkraft schon auf ihn übergegangen. Vielleicht bin ich am Ende meiner Tage angelangt. Vielleicht werden du und ich uns bald in der Welt der Geister wiedertreffen, mein Sohn... es sei denn, dort gibt es ebenfalls Pilze und du hast schon wieder von den falschen gegessen!«

Er lachte kurz und tonlos über seinen traurigen Versuch eines Scherzes. Er vermißte Nar-eh sehr. Mit dem Tod seines Sohnes war auch ein Teil seines Herzens gestorben, der nie wieder heilen würde. In der kühlen Morgenluft schmerzten seine Knochen genauso heftig wie seine Seele. Er fühlte sich alt und müde, als er beobachtete, wie sich sein Atem vor seinem Gesicht in Nebel verwandelte und sich dann im Sonnenschein verflüchtigte, der seinen Rücken wärmte.

Er drehte sich noch einmal um. Wo war Eule? Der Vogel kam normalerweise vor Tagesanbruch von seinen nächtlichen Jagdzügen zurück, und jetzt war es fast Mittag. Andere Vögel waren längst munter – die Tagesvögel, die sich von Samen und Insekten ernährten. Er lauschte freudlos auf die vertrauten Gesänge von Finken und Schwarzmeisen, auf das aufsteigende Lied der Grasmücken, auf die tiefen Schreie der Eichelhäher und Spechte und auf das Krächzen der Raben.

»Hoyeh-tay?«

Er blickte auf. Mit blauem Gesicht und Federschmuck stand Shi-wana, der Schamane des Stammes der Blauen Tafelberge, vor ihm.

»Komm aus dem Wind, alter Freund! Du siehst nicht gut aus. Vielleicht hättest du dich ein oder zwei Tage lang ausruhen und nach deinen Strapazen länger schlafen sollen, bevor du uns auf das Felsplateau begleitest.«

»Ja, vielleicht hätte ich das tun sollen.« Er versuchte seine Verwirrung zu verbergen. Von welchen Strapazen sprach der Mann? *Ach ja! Die Flut!* Er erinnerte sich an die Flutwelle, aber nicht daran, daß jemand ihn auf das Plateau gebracht hatte. Doch er war hier. Verwirrt spürte er, wie seine Gedanken erneut abdrifteten, und versuchte sich fast panisch auf den einen zu konzentrieren, der für ihn am deutlichsten und wichtigsten war: »Hast du Eule gesehen?«

»Es gibt viele Eulen im Land der Blauen Tafelberge.«

»Nein, nicht irgendeine Eule! Meine Eule! Mein helfender Geist. Mein Freund und Bruder! Die Eule, nach der ich benannt wurde!«

»War sie schon vor der Flut bei dir?«

»Natürlich war sie bei mir! Eule ist immer bei mir – zumindest bei hellem Tageslicht. Hmm. Jetzt ist Tageslicht, nicht wahr? Ja, natürlich ist jetzt Tageslicht. Eule sollte hier sein, auf meinem Kopf hocken, an ihren Krallen zupfen und . . .« Mitten im Satz brachen seine Worte ab, als ein plötzlicher Schmerz in seinem Kopf explodierte. Er keuchte. Kaum, daß er ausgeatmet hatte, war der Schmerz schon wieder verschwunden, aber jetzt erschien ihm alles heller und anders als vorher. In seinen Ohren war ein leises Summen. Er schüttelte den Kopf und vertrieb damit das Geräusch — zusammen mit seiner Erinnerung. »Wer bist du, Blaugesicht? Wo bin ich? Was willst du? Und was macht das Vogelnest auf deinem Kopf?«

»Das ›Vogelnest‹ ist eine rituelle Kopfbedeckung. Du hast das Land der Blauen Tafelberge erreicht, Hoyeh-tay. Mich kennst du sicher noch. Ich bin Shi-wana, der Schamane jenes Stammes, deren Heimat dieses Land ist. Wir beide befinden uns auf dem großen Felsplateau, wo die Geister des öfteren zu uns sprechen. Du bist der Älteste der Weisen Männer der Stämme der Roten Welt. Als ich noch ein Kind war, bist du oft an diesen Ort gekommen, um die Geister anzurufen, und sie haben dir geantwortet, wenn sie zu keinem anderen Menschen sprechen wollten. Sieh dich um, alter Freund, und du wirst dich erinnern!«

Hoyeh-tay blickte sich um, und er erinnerte sich . . . und war beschämt. »Ja. Ja! Ich weiß das alles! Ich habe es gewußt!«

»Nein«, berichtigte Shi-wana ihn behutsam. »Du hast dich nicht erinnert, aber jetzt erinnerst du dich. Ruh dich noch etwas aus! Nimm den heiligen Stein in die Hand und bitte ihn, seine Macht auf dich übergehen zu lassen! Dann, wenn du wieder du selbst bist, komm zu uns in den Kreis! Es gibt viel zu besprechen, alter Freund. Viele beunruhigende Dinge sind in unserer Welt geschehen, seit wir uns das letzte Mal trafen. Wir haben gehört, daß Fremde aus dem fernen Norden in die Rote Welt gekommen sind. Sie haben die weiter entfernt Lebenden unserer Stämme besucht. Es heißt, daß einige Häuptlinge ihnen erlaubt haben, ihre Töchter mitzunehmen. Seit dies geschah, ist der Große See ausgetrocknet. Die Tiere des Wassers, die uns einst ernährt haben, überwintern nicht mehr im Schatten der Blauen Tafelberge. Das Trompeten des Großen Geistes wurde seit vielen Monden nicht mehr in diesem Land gehört. Und nur

138

noch eine kleine Mammutfamilie weidet im trockenen Gebüsch neben dem kleinen Hochlandsee nördlich meines Dorfes auf der anderen Seite des Berges. In allen Dörfern der Roten Welt sieht es genauso aus. Früher gab es einmal Hunderte von Mammuts in diesem Land. Wohin sind sie alle gegangen, und warum? Haben wir sie beleidigt? Wir brauchen die Weisheit Hoyeh-tays, um die Bedeutung dieser Ereignisse zu verstehen.«

Die Hand des alten Mannes schloß sich um seinen Medizinbeutel. Er zitterte. Der Stein war noch da, die Flut hatte ihn nicht geraubt. »Der Stein . . . der heilige Stein . . . er wird meinem Enkel gehören«, sagte er.

»Ja«, bestätigte Shi-wana. »So hast du entschieden. Aber noch ist dein Enkel ein kleiner Junge. Hoyeh-tay ist der Schamane. Und mit seiner Ankunft an den Blauen Tafelbergen ist auch das Wasser in den Großen See zurückgekehrt. Das ist ein wunderbares Zeichen und der Beweis, daß Hoyeh-tay sich gut mit den Geistern versteht, daß seine Macht groß ist und er sie mit den Stämmen teilen muß.«

Der alte Mann blinzelte ungläubig. »Ist es so?«

»So ist es«, bestätigte Shi-wana.

Hoyeh-tay lächelte. Er fühlte sich besser, jünger und nicht mehr nutzlos. Während seine rechte Hand immer noch den Medizinbeutel umklammert hielt, streckte er Shi-wana seine linke hin und ließ sich von dem jüngeren Mann aufhelfen. »Komm! Ich habe mich genug ausgeruht. Ich werde den heiligen Stein zum Rat der Ältesten bringen. Wenn ihr Hoyeh-tay braucht, ist er für euch da. Es hat mich erschöpft, das Wasser zum Großen See zurückzurufen, aber ich bin immer noch Schamane!«

Im selben Augenblick, wie um seine Worte zu bestätigen, kam Eule aus dem Nichts angeflogen und landete auf seinem ausgestreckten Arm. Zufrieden begrüßte der alte Mann den Vogel. »Wo bist du gewesen? Und wonach hast du gejagt, daß du mich so lange alleingelassen hast?«

»Nach einem neuen Schamanen«, antwortete Eule gurrend in jener Sprache, die nur er und seinesgleichen verstehen konnten. »Aber ich sehe, daß ich den alten noch nicht verloren habe!«

»Großvater?«

Hoyeh-tay war überrascht, als er sah, wie Cha-kwena sich schnaufend durch den Pinienwald kämpfte und den Grat überstieg, der auf das Felsplateau führte.

»Ich sehe, daß Eule schließlich doch ihren Ruheplatz gefunden hat!« erklärte der Junge atemlos und offensichtlich verärgert. »Dein Geistesbruder hat mich den ganzen Morgen lang attackiert. Sobald ich aus der Hütte kam, ließ Eule mich nicht mehr in Ruhe. Die Leute im Lager haben gelacht, aber es war überhaupt nicht komisch. Ihre Krallen sind scharf, und sie hat mich mit ihrem Schnabel verletzt! Du kannst dir meinen Skalp ansehen, wenn du mir nicht glaubst, Großvater! Da ich ihr nicht den Hals umdrehen wollte, mußte ich ihr folgen. Aber es ist seltsam, daß Eule ohne mich nicht den Weg zu dir finden konnte.«

7

Sie luden Cha-kwena ein, bei ihnen zu bleiben. Er wußte, daß es eine große Ehre für ihn war, aber sie waren Schamanen, und er wollte lieber nichts mit ihnen zu tun haben.

»Ich werde ins Lager zurückkehren«, sagte er. Es tat ihm leid, daß er hergekommen war, und ganz besonders, daß er dem Kreis so nahe gekommen war, in dem Hoyeh-tay unter seinesgleichen saß.

Er verfluchte leise den Vogel und beobachtete die heiligen Männer. In ihrer Gegenwart fühlte er sich äußerst unwohl. Noch nie zuvor war er so vielen alten Männern so nahe gewesen. Sie machten ihn krank und jagten ihm Angst ein. Obwohl sie sich freundlich verhielten und ihn lächelnd und nickend immer wieder heranwinkten, war ihr Anblick in seinen Augen sehr bedrohlich. Er hatte das Gefühl, ihr Alter wäre ansteckend und er müßte jeden Kontakt mit ihnen vermeiden.

»Ich . . . ich . . . muß jetzt gehen«, stammelte er. »Ich habe an diesem Ort nichts zu suchen!« Er begann sich eilig zu entfernen.

»Halt!« Shi-wana, der Schamane von den Blauen Tafelbergen, war aufgestanden.

Verblüfft gehorchte Cha-kwena. Plötzlich verlor er das Bedürfnis, sich zu entfernen.

Selbst wenn Shi-wana seinen kunstvollen Kopfschmuck abgenommen hätte, wäre er immer noch ungewöhnlich groß gewesen. Außerdem war er sehr dünn. Seine Rippen zeichneten sich auf dem schmalen Brustkorb ab. Über dem festgezurrten Lendenschurz aus Kaninchenfell wirkte sein flacher Bauch dünnhäutig und hohl. Als er auf Cha-kwena zukam, sah er wie ein großer Hauben-Kranich aus, der durch einen Sumpf stakte.

Der Mann blieb stehen und nahm Cha-kwenas Ellbogen in seine großen, spinnengleichen Hände. Er schien nicht wütend, sondern nur verärgert zu sein. In seinen Augen stand ein Befehl, aber keine Feindseligkeit.

»Dein Großvater hat gesagt, daß du einer von uns werden wirst. Wir werden sehen. Komm, Cha-kwena! Du mußt zu uns in den heiligen Kreis treten.« Shi-wana hob den Jungen einfach hoch und trug ihn zum Kreis, wo er ihn neben Hoyeh-tay sicher wieder auf den Boden stellte. »Setz dich!« befahl er. Seine Hände lagen jetzt auf den Schultern des Jungen und drückten ihn fest nach unten.

Widerstrebend und unbehaglich setzte sich Cha-kwena.

Neben ihm gurrte Eule auf Hoyeh-tays Schulter. »Guter Junge! Sei zur Abwechslung einmal gehorsam! Vielleicht wirst du etwas lernen.«

Schon bald wurde Cha-kwena von einer seltsamen Mischung aus Ehrfurcht und Verwirrung überwältigt. Er blickte in die blauen Gesichter der alten Männer und genoß das Gefühl der heißen Morgensonne auf seinem Rücken. Schweiß glänzte auf seiner Haut, während der Westwind sanft darüberstrich, ihn kühlte und streichelte und ihm sagte, daß er nach Hause gekommen sei. Aber es störte ihn, daß die Schamanen Eules Worte nicht gehört hatten.

Die weisen Männer nahmen die heiligen Steine aus den Medizinbeuteln, die sie um den Hals trugen. Knorrige alte Finger betasteten die noch viel älteren Amulette, und dann legten alle ihre Steine in den Kreis. Cha-kwena beugte sich fasziniert vor und sah zu. Diese Steine waren keine gewöhnlichen Steine, sondern Geistersteine, die heiligsten Amulette der Stämme. Manche waren rund, andere länglich. Einige waren unregelmäßige Klumpen ohne definierbare Form. Manche waren kaum größer als der Zahn eines Säuglings. Andere — wie Hoyeh-tays, der der größte von allen war — sahen wie scharfe Keile von der Größe des Daumens eines erwachsenen Mannes aus.

Jeder Mann, jede Frau und jedes Kind der Roten Welt wußte, daß es die Farbe und die Struktur der Steine war, die sie zu etwas Besonderem machte. Sie bestanden weder aus Feuerstein noch aus Obsidian, weißem Quarz oder einem sonstigen Material, das sich zur Werkzeugherstellung eignete. Wenn man sie genau betrachtete, sahen die Steine eher wie Knochen aus, der sich auf geheimnisvolle Weise verwandelt hatte.

»Seht die Knochen des Ersten Mannes und der Ersten Frau!« rief Shi-wana ehrfürchtig.

Und während dann Hoyeh-tay sprach, konnte Cha-kwena nicht verhindern, daß er sich an die Geschichte erinnerte.

»Zu Anbeginn der Zeiten folgten der Erste Mann und die Erste Frau dem großen weißen Mammutgeist Lebensspender durch die Welt. Sie kamen aus dem fernen Norden. Sie zogen durch das Land aus Eis. Sie kamen durch das Tal der Stürme ins Verbotene Land. Sie gingen immer weiter in Richtung der aufgehenden Sonne.

Den Geistern des Windes und des Wassers, des Eises und des Feuers gefiel das nicht. Sie verstanden nicht, warum die Sonne den Ersten Mann und die Erste Frau zu einer solchen Reise auffordern konnte. Sie verstanden nicht, warum Lebensspender sie beschützen konnte. Die Geister fragten, aber die Sonne und Lebensspender antworteten ihnen nicht. Das machte den Wind und das Wasser, das Eis und das Feuer eifersüchtig. Sie setzten dem Ersten Mann und der Ersten Frau übel zu. Doch der Erste

Mann und die Erste Frau folgten unentwegt der Sonne. Der Große Geist ging ihnen voraus, um sie vor den Launen der eifersüchtigen Geister zu bewahren. Der Große Geist machte sie stark, und bald wurden aus dem Ersten Mann und der Ersten Frau die Menschen geboren.

Der Erste Mann und die Erste Frau waren dankbar für ihre vielen Kinder. Sie stimmten Gesänge zu Ehren Lebensspenders an und ernannten den großen Mammutgeist zu ihrem Totem. Sie schworen, nie wieder vom Fleisch seiner Art zu essen. Der Große Geist freute sich darüber. Die Sonne freute sich darüber und segnete sie.

Doch die Geister des Windes und des Wassers, des Eises und des Feuers wurden noch eifersüchtiger. ›Wir werden der Sonne unsere Macht zeigen! Wir werden die großen Herden der Huftiere schrumpfen lassen, von denen sich der Erste Mann und die Erste Frau ernähren! Wir werden sie hungern lassen! Wir werden ihnen Ungeheuer schicken!‹

Und als die Sonne auf der anderen Seite der Welt schlief und der große weiße Mammutgeist gerade allein unterwegs war, kamen Ungeheuer in diese Welt. Durch Zauberei und Täuschung wurden dem Ersten Mann und der Ersten Frau bald Kinder der Ungeheuer geboren, Zwillinge, Brüder, die sich am Fleisch ihres Totems satt aßen und sich vom Streit der Menschen nährten. Diese Zwillingsbrüder waren wie Speere aus Blitzen, die die Herzen des Ersten Mannes und der Ersten Frau durchbohrten. Sie kämpften und kämpften immer wieder! Sie traten immer wieder gegeneinander und gegen das Wohl aller an, bis die Welt plötzlich rot von ihrem Blut war. Ihre Brüder und Schwestern flohen vor ihnen in alle Windrichtungen, und die Einheit des Ersten Stammes war zerstört.« Als Hoyeh-tay innehielt, blickte Cha-kwena wie in Trance von den heiligen Steinen auf. Er hatte vergessen, welchen Zauber sein Großvater immer noch bewirken konnte, wenn er die uralten Geschichten erzählte. Steckte der Zauber in den Steinen? Gaben sie dem alten Mann die Macht zurück, die er vor langer Zeit verloren hatte?

»Die Sonne drehte sich herum und sah, was diese Ungeheuer-

143

zwillinge angerichtet hatten«, fuhr der alte Schamane fort. »›Das können nicht die Söhne des Ersten Mannes und der Ersten Frau sein, denen ich alles Gute gegeben habe!‹ Und als Lebensspender zurückkehrte, stellte er voller Zorn fest, daß viele seiner Artgenossen von den Kindern des Ersten Mannes und der Ersten Frau geschlachtet und gegessen worden waren. Da riefen der Erste Mann und die Erste Frau die Sonne und den Großen Geist an: ›Vergebt unseren Söhnen, denn sie wurden durch Täuschung und Zauberei der Geister in diese Welt geboren! Sie handeln nicht mehr in unserem Sinne und verstehen nicht, welch schlimme Dinge sie tun!‹

Aber wie alle Weisen Männer wissen, gibt es Dinge, die nicht verziehen werden können. So kam es, daß sich die Macht der Sonne und der Zorn des Großen Geistes vereinten und die Zwillingssöhne des Ersten Mannes und der Ersten Frau weit über den Himmel fortschleuderten.

Dann starben der Erste Mann und die Erste Frau. Sie starben gemeinsam. Sie starben in ihrer Trauer um ihre verstoßenen Söhne. Sie starben in ihrem Kummer, daß sie Kinder geboren hatten, die das Vertrauen ihres Totems und die Gunst der Sonne verspielt hatten. Der Große Geist trug sie an einen fernen Ort, der nur den Mammuts bekannt ist. Und dort trauerte er, bis der Wachende Stern ihm sagte, was er tun mußte.

Also nahm der Große Geist die Knochen des Ersten Mannes und der Ersten Frau, kehrte in die Rote Welt zurück und verteilte die Knochen unter ihren vielen Kindern. Seit jenem Tag sind die Menschen bis heute stark, furchtlos und gehorsam im Angesicht der Sonne gewesen, denn die Lebensgeister des Ersten Mannes und der Ersten Frau sind in ihren Knochen bei uns. Die Knochen sprechen zu uns. Das Blut des Ersten Mannes und der Ersten Frau fließt stark in unseren Adern. Lebensspender, der große weiße Mammutgeist, beschützt uns immer noch. Solange wir dankbare Wächter unsres Totems bleiben, wird die Sonne uns ihre Gunst schenken.

Doch wenn die Dunkelheit kommt, müssen wir in die Nacht und nach Norden blicken. Dort steht der Wachende Stern, um uns daran zu erinnern, daß wir seine Enkelkinder sind. Wir müssen ihm danken, daß er den Ersten Mann und die Erste Frau gezeugt hat, und wir dürfen nie vergessen, daß die Brüder des Himmels immer noch über uns in der Nacht sind, wo sie immer noch kämpfen, wo sie immer noch versuchen, sich gegenseitig mit furchtbarem Donnertrommeln und silbernen Blitzspeeren zu töten. Wenn wir die heiligen Knochen des Ersten Mannes und der Ersten Frau nicht in Ehren halten, wenn wir unsere Vorfahren vergessen und unser Totem nicht ehren, werden die Brüder vom Himmel fallen und uns zerstören.«

Am nördlichsten Rand der heiligen Berge kreiste ein Steinadler vor der Sonne, und der Schrei eines Mannes gellte durch den Dunst der vormittäglichen Hitze.

»Maliwal!«

Nachdem ihm der Wurf vereitelt worden war, senkte Maliwal den Speer, den er auf den Adler hatte schleudern wollen, und knurrte. War Masau ihm nachgegangen? Schon seit Tagen hätte Maliwal schwören können, daß sein Bruder ihm folgte – er wollte es sogar. Tief in seinem Herzen nährte Maliwal die Hoffnung, daß Masau den verletzten Stolz seines Bruders so sehr nachempfinden konnte, daß er seinetwegen von Ysunas Seite wich.

Trotzdem war Maliwal keineswegs langsamer geworden. Er hatte sich immer weiter vorangetrieben, schnell wie der Wolf, der er war, hatte nur selten und kurz geschlafen und die Beschwerden der Männer seines Erkundungstrupps ignoriert.

Maliwal hatte die Absicht, Masau zu strafen, ihn bis zur Erschöpfung laufen zu lassen und ihn zu beschämen, wie er selbst beschämt worden war. Er sollte endlich anerkennen, wer von ihnen beiden der bessere Mann war. Doch als Maliwal jetzt zum kreisenden Adler aufblickte, war er sich sicher, daß Masau ihm überhaupt nicht gefolgt war. Sein Bruder hatte sich an die Tochter der Sonne geklammert wie eine Flechte an einen Felsen und sog all seine Kraft und Nahrung aus dem Granit ihres Herzens – wie Maliwal es einst auch getan hatte . . . und es freudig wieder tun würde.

»Bald, Ysuna!« schwor er. »Bald wirst du sehen, wer besser ist!«

Während er den mühevollen Aufstieg des Vogels beobachtete, brannte ein widerlicher Kloß in seiner Kehle. Er konnte weder sprechen noch schlucken, so stark war seine Liebe zu Ysuna.

»Maliwal!«

Seine Jagdkameraden riefen ihn. Nachdem sie ihn eingeholt hatten, blieben sie keuchend und mit verärgertem Brummen neben ihm stehen.

»Bei allen Mächten dieser und der nächsten Welt, Maliwal! Was bezweckst du mit dieser Prüfung?«

»Es ist keine Prüfung, sondern ein Spiel, in dem es um Kraft und Willensstärke geht. Was ist mit dir los, Tsana? Und mit euch, Ston, Chudeh und Rok? Seid ihr zu schwach für dieses Spiel?«

Maliwal lächelte, während er in der durchdringenden Wärme der Morgensonne stand und den süßen Duft des Graslandes in seiner Nase spürte. Wie viele Tage waren sie jetzt schon unterwegs? Er hatte nicht mitgezählt, und es war ihm auch gleichgültig. Er hatte die anderen nach Süden in unbekanntes Territorium geführt. Das Land sah vielversprechend aus. Die Farbe der Hügel deutete auf Wälder hin. In den Bergen würde es Wasser geben, und wo es Wasser gab, war auch Wild — und nach dem Rauch zu urteilen, der aus dem Gebüsch auf den Hügeln aufstieg, auch Menschen.

Maliwal sah auf die Mammutspuren hinab, die ihn zum Anhalten veranlaßt hatten. Sein Lächeln verbreitete sich zu unsagbarer Befriedigung, als er mit seinem Speer nach unten zeigte und die Gesichter seiner Männer beobachtete.

»Mammutspuren!« keuchte Chudeh.

»Ja«, sagte Maliwal, »und sie führen auf die Blauen Tafelberge zu. Dort werden wir finden, wonach wir suchen: Mammuts, eine neue Braut und ein neues Opfer für Himmelsdonner und einen heiligen Stein. Ysuna wird sich sehr darüber freuen.«

146

Der alte Hoyeh-tay sang noch eine ganze Weile weiter, nachdem er die Geschichte des Ersten Mannes und der Ersten Frau erzählt hatte.

»Vater Himmel... Mutter Erde... Erster Mann, Erste Frau... wir ehren euch. Wir warten auf eure heiligen Worte.«

»Wir warten. Wir warten«, sangen die anderen Schamanen.

Cha-kwena wartete geduldig mit ihnen. Er sah, wie sich hinter dem nördlichsten Gipfel der Tafelberge ein Steinadler mit weit ausgebreiteten Flügeln vom Wind tragen ließ. Als dieser größte aller Raubvögel über das Gesicht der Sonne strich und dann reglos im Flug verharrte, glitt sein Schatten über die Erde und ließ das Tageslicht für einen Augenblick flackern.

Die Schamanen blickten in ehrfürchtiger Stille auf. Sie mußten Cha-kwena nicht sagen, daß der Adler heilig und ein Symbol des Lichts, der Macht und des ewigen Lebens war. Ihn zu beobachten, wie er als schwarzer Punkt im goldenen Auge der Sonne schwebte, war ein ganz besonderes Zeichen.

Aber was bedeutete es? Blinzelnd verfolgte Cha-kwena den Flug des Vogels, der vom Wind immer höher getragen wurde. Er drehte nach Norden ab, zurück in den Himmel, aus dem er gekommen war. Inzwischen mußte er sich über Shi-wanas Dorf auf der anderen Seite der Tafelberge befinden. *Blickt Shi-wanas Stamm gerade zu ihm hoch und fragt sich, welche Bedeutung die Schamanen auf den Blauen Tafelbergen seinem Flug beimessen?*

Der Adler wechselte erneut die Richtung, senkte die Flügel, geriet in einen Aufwind und ließ sich in kreisendem Flug hinauftragen, während er alle heiligen Richtungen der Schöpfung berührte, die die vier Winde hervorbrachten, bis er vom Gesicht der Sonne abdrehte.

Die Schamanen raunten voller Besorgnis. »Diese Bewegung von der Sonne fort, von Westen nach Osten, von rechts nach links, ist ein schlechtes Zeichen«, sagten sie übereinstimmend.

Cha-kwena starrte immer noch zum Adler hoch. Nach den Geschichten seines Großvaters hatte Lebensspender den Ersten Mann und die Erste Frau *ins* Gesicht der aufgehenden Sonne geführt, zum heiligen Ort, an dem die Sonne geboren wurde und an dem die Sonne den heiligen Auf- und Abstieg jedes Tages begann. Also dachte er sich, daß eine Bewegung nach Osten nicht unbedingt etwas Schlechtes sein mußte. Vielleicht... *Was ist los mit dir?* fragte Cha-kwena sich plötzlich. *Du denkst ja schon wieder wie ein Schamane!*

Er blickte sich um. Dieser Ort hatte etwas Besonderes, einen gewissen Zauber. Doch er wollte nichts damit zu tun haben.

»Kann ich jetzt gehen?« platzte er heraus und wollte aufstehen.

»Nein!« antworteten die alten Männer einstimmig, und fuhren gleich darauf mit ihrem Gesang fort.

Enttäuscht setzte Cha-kwena sich wieder hin. Er hatte Hunger. Er hatte seit dem Morgen nichts mehr gegessen. Er dachte daran, wie gut es wäre, wieder etwas zu essen und die Mahlzeit wieder von dem lächelnden Mädchen mit den Grübchen serviert zu bekommen, das bei Tagesanbruch zu ihm gekommen war.

Eine sanfte, angenehme Wärme breitete sich unerwartet in seinem Unterleib aus, als sich sein Glied streckte und anschwoll. Er war irritiert und froh, daß er saß, so daß die anderen nichts davon bemerkten. Was war nur los mit ihm? Gewöhnlich dachte er nur selten in dieser Hinsicht an Mädchen. U-wa machte sich sogar bereits Sorgen um ihn. Im Dorf am See der Vielen Singvögel wurde ein Junge, dessen Penis sich aufrichtete und nach Aufmerksamkeit verlangte, von seiner Mutter zu den Witwen geschickt, um sich zu erleichtern und zu lernen.

Die meisten Jungen gingen oft, um sich zu erleichtern, aber er hatte es nur einmal getan — als er neun war und U-wa darauf bestanden hatte, weil sie befürchtete, sein Glied würde explodieren, wenn er es nicht benutzte.

Doch als Cha-kwena jetzt an das Mädchen dachte, das er an diesem Morgen getroffen hatte, war sein Organ aufrecht und bereit, wie schon manchmal, wenn Ta-maya ihn angelächelt hatte. Er schluckte. Was würde Dakan-eh über ihn denken, wenn er wüßte, welches Gefühl Cha-kwena für Ta-maya empfand? Der Junge errötete. Kein Wunder, daß er Mädchen nicht mochte. Sie verdrehten einem den Kopf, bis man überhaupt nicht mehr wußte, was man wollte! Er mochte es nicht, wie Frauen oder Mädchen ihn verwirrten.

Er zwang sich, seine Gedanken wieder auf die Gegenwart zu konzentrieren. Die alten Männer sangen immer noch und hatten ihre Hände über die heiligen Steine ausgestreckt. Es war ein angenehmer Gesang, dessen Worte träge in einen langsamen, wortlosen Rhythmus übergingen. Cha-kwena wußte später nicht mehr, wann er die Augen geschlossen hatte oder wann er eingeschlafen war...

Er träumte vom Adler, der hoch oben über der Roten Welt kreiste. Er träumte von einer kleinen Mammutfamilie und von Lebensspender, der durch das weite Land zwischen den Blauen Tafelbergen und seinem Zuhause zog. Er träumte, er wäre einer der kleinen braunen Vögel mit den gelben Augen, die immer auf dem Kopf und den Schultern der großen Tiere hockten. Er träumte, daß er so hoch auf dem Rücken seines Totems ritt, daß er durch die Wolken getragen wurde.

Dann flog er immer weiter hinauf und ließ das große weiße Mammut unter sich zurück. Er schwebte und kreiste, dann stieß er hinab und stieg wieder auf, bis er die oberste Grenze des Reichs des Adlers erreichte. Der Adler flog an seiner Seite. Sie sahen sich gegenseitig in die Augen, und der Junge erkannte, daß der Raubvogel das wunderbarste Geschöpf der ganzen Welt war.

»Hast du keine Angst, Cha-kwena, Kleiner Bruder der Tiere?«

»Ich habe keine Angst«, antwortete er, und um es zu beweisen, pickte er die Sonne vom Himmel.

Plötzlich begann irgendwo ganz am Rande seines Traumes ein Wolf zu heulen. Oder war es ein Mann? Er war sich nicht sicher. Ein Mammut trompetete schmerzvoll, und ein Mammutbaby schrie. Eine Frau klagte, und ihre Kinder weinten. Er nahm den Geruch nach Rauch, Feuer und verbranntem Fleisch wahr... und den durchdringenden Lärm schreiender Menschen.

149

Der Traum machte ihm angst. Er versuchte, sich an der Sonne festzuhalten, aber sie war viel zu groß und zu heiß. Er breitete die Arme aus und ließ sie los. Die Sonne fiel und fiel, und er beobachtete, wie sie zur Welt unter ihm hinabstürzte. Dann erinnerte er sich plötzlich daran, daß er in seinem Traum kein Junge war, sondern ein Vogel, ein sehr kleiner Vogel. Und in diesem Augenblick der Offenbarung wurde er vom Adler gepackt. Seine Krallen schlugen in seinen Körper und durchdrangen sein Fleisch bis auf die Knochen. Cha-kwena schrie vor Schmerzen auf. Der Adler trug ihn davon, immer höher und höher.

Und dann fiel er plötzlich. Er folgte der Sonne auf ihrem Sturz zur Erde. Er rief sein Totem an, aber das große weiße Mammut war nirgendwo zu sehen. Er wirbelte durch den Raum, bis der Adler sich mit einem Kreischen erneut auf ihn stürzte. Er spürte einen Luftzug und sah den goldenen Schimmer auf seinen dunklen Federn, als er an ihm vorbeischoß und wieder kehrtmachte. Jetzt flog er mit aufgerissenem Schnabel auf ihn zu. Dann, mit dem Lachen einer Frau, verschluckte er ihn.

»Cha-kwena!«

Er blinzelte. Der Traum verflüchtigte sich, aber Cha-kwena konnte noch nicht deutlich sehen. Die blauen Gesichter der Großväter beugten sich über ihn. Er lachte, ein kurzes, lautes Lachen der Erleichterung. Soviel zu Adlern, die Jungen fraßen!

»Was hattest du für eine Vision, Cha-kwena?« fragte sein Großvater.

»Vision?« Sollte das möglich sein? War sein Traum eine Vision gewesen? Cha-kwena schüttelte den Kopf. Nein, es war nur ein Alptraum gewesen. Er weigerte sich, an etwas anderes zu glauben. Außerdem hatten ihm die Jäger des Stammes erzählt, wie es sein würde, wenn er endlich die besondere Vision eines Mannes träumte. Es würde schön und wunderbar sein, voller guter Dinge, und der Traum würde seinen Erwachsenennamen offenbaren und seinem Herzen Frieden bringen.

»Nein«, sagte er trotzig, schüttelte den Kopf und rieb sich die Augen. »Ich bin nur eingenickt. Es war nur ein Traum.«

»Aber du hast gerufen!« sagte Hoyeh-tay.

»Es war ein schlechter Traum!« fügte Cha-kwena verbissen hinzu.

»Vielleicht solltest du uns die Entscheidung überlassen, ob es ein Traum oder eine Vision war«, schlug Shi-wana vor.

Cha-kwenas Nackenhaare sträubten sich. Er mochte Shi-wana nicht und hatte keine Probleme damit, ihn anzulügen. Als er jetzt zum Schamanen des Stammes der Blauen Tafelberge aufsah, sprach er mit solcher Entschiedenheit, daß er beinahe davon überzeugt wurde. »Es war keine Vision, Shi-wana, und es hatte nichts mit euch oder sonst etwas zu tun, was diese Versammlung betrifft!«

»Bist du sicher?« Shi-wana wollte die Sache nicht auf sich beruhen lassen. »Seit vielen Monden sind die Zeichen sehr verwirrend, sowohl gut als auch schlecht. Ich hatte gehofft, daß alle Schamanen der Roten Welt sich hier versammeln würden, aber nicht ein einziger aus den nördlichen Dörfern ist gekommen. Also frage ich mich, warum einige von uns in ihren Träumen an diesen Ort gerufen worden sind und andere nicht? Noch nie hatten wir die Weisheit dringender nötig als jetzt, wo die Pinien keine Frucht tragen, wo die Mammuts verschwinden und die Seen austrocknen. Du solltest uns deinen Traum erzählen, damit wir darin vielleicht Dinge erkennen, die du nicht siehst.«

»Wozu soll das gut sein?« versetzte Cha-kwena verärgert, weil Shi-wana ihn in die Ecke gedrängt hatte. Wenn er ihnen seinen Traum erzählte, würden sie darin bestimmt eine mystische Bedeutung entdecken. Schließlich waren sie Schamanen! Aber er gehörte nicht zu ihnen! Wenn er seinen Traum für sich behielt, würden sie die Sache bald vergessen haben.

»Es könnte zu mehr gut sein, als du ahnst«, sagte Shi-wana und wartete darauf, das der Junge mit der Erzählung begann.

Doch Cha-kwena verkündete noch störrischer als zuvor: »Du nährst die Hoffnungen meines Großvaters, wenn du annimmst, ich hätte eine Vision gehabt, die deiner Beachtung würdig ist! Aber du irrst dich, Shi-wana. Und du, Großvater, schätzt mich auch falsch ein. Glaubt mir, mein Traum war völlig unwichtig.«

Weit im Norden der Blauen Tafelberge brannte die Sonne heiß auf das Land. Die Jäger schoben sich bäuchlings durch hohes Gras. Sie hatten ihre Hunde angeleint und ihren Reiseproviant in einem dichten Hartholz-Wäldchen am Oberlauf eines Baches zurückgelassen. Jetzt näherten sie sich lautlos einer klaffenden Schlucht, die sich durch liebliche Hügel schnitt. Obwohl der Spalt eine gute halbe Meile lang und etwa zwanzig Fuß tief war, hatten die Jäger ihn im hohen Gras erst entdeckt, als sie plötzlich an seinem Rand angelangt waren. Während ihnen das Wasser im Mund zusammenlief, starrten sie auf die Mammutherde, die auf der anderen Seite der Schlucht in einem niedrigen Wacholdergebüsch graste.

»Heute abend werden wir sie jagen«, flüsterte Maliwal. »Heute abend werden wir ein Festmahl mit dem Fleisch unseres Totems veranstalten!«

Seine Männer sahen sich gegenseitig an und dann Maliwal, als würden sie ihn für verrückt halten.

»Maliwal . . .« Chudeh schluckte und räusperte sich, bevor er den Namen noch einmal eindringlich wiederholte. »Maliwal, bei allem Respekt, Männer können in der Dunkelheit keine Mammuts jagen!«

»Nein?« Maliwal wandte seinen Blick nicht von den Mammuts ab. Die kleine Herde wurde von einem ausgezehrten, fleckigen Weibchen angeführt, der ein paar weitere Kühe und Heranwachsende und ein junges, hochträchtiges Weibchen folgten, das unruhig schnaufend im Kreis lief und offensichtlich kurz vor der Niederkunft stand.

Maliwal spürte einen Schauer der Erregung über seinen Rücken laufen. Ein solches Tier war verletzlich. Ob es das Kalb jetzt warf oder noch in sich trug, wenn die Jagd begann, auf jeden Fall würde das Weibchen keine Ausdauer für eine längere Flucht haben. Erfahrene Jäger konnten es von der Herde trennen und direkt auf die Schlucht zutreiben. Bei dem Sturz würde es entweder sterben oder sich die Beine brechen. Und das Fleisch des ungeborenen Kalbes würde eine besondere Delikatesse sein. Maliwals Zunge fuhr die Lippen seines breiten Mundes entlang.

»Diese Kuh wird ihr Fleisch für unser Festmahl in dieser Nacht geben«, sagte er zu seinen Männern. »Ich bin Maliwal. Ich bin der Wolf. Ich jage, wann ich will!«

»Wir sind einen weiten Weg gekommen, um mehr als nur Mammuts zu suchen und zu jagen, Maliwal«, gab Rok gelassen zu bedenken. Er war ein kleiner, kräftiger Mann mit muskulösen, leicht gebeugten Gliedmaßen und einem breiten Gesicht, das in der Mitte eingedellt schien. »Wir suchen ein Dorf, das einen heiligen Stein besitzt, und eine Braut, die uns bereitwillig zu Himmelsdonner folgt. Wir dürfen diesen Auftrag nicht gefährden. Jetzt haben wir ein solches Dorf gefunden, und morgen werden wir in die Hügel gehen und uns mit den Menschen treffen. Das Fleisch des Mammuts ist allen Stämmen der Roten Welt verboten. Wenn wir jetzt jagen und die Dorfbewohner uns sehen, werden sie uns aus ihren Jagdgründen vertreiben, bevor wir eine ihrer Töchter dazu verführen konnten, mit uns nach Norden zu gehen. Wir werden keine Gelegenheit haben, das Vertrauen ihres Schamanen zu gewinnen, um einen weiteren heiligen Stein für Ysuna zu stehlen.«

Ein gefährlicher Zorn stand in Maliwals Augen. »Es ist nicht nötig, daß du mich daran erinnerst, wozu wir in dieses Land gekommen sind, du Mann ohne Weitsicht. Wenn wir in diesen Tagen stark und entschlossen sein wollen, müssen wir vom Fleisch unseres Totems essen. Wir brauchen frisches Fleisch. Wir haben uns behutsam bewegt. Die Menschen haben uns nicht gesehen, und sie werden uns auch nicht sehen, wenn wir im Schutz der Dunkelheit auf die Jagd gehen. Die Sterne werden uns genügend Licht spenden. Wir haben dieses Land bei Tag erkundet und kennen seine Tücken.«

Rok sah ihn mit seiner üblichen Nüchternheit unter gesenkten Augenbrauen an. »Wir haben getrocknetes Mammutfleisch in unserem Reisegepäck. Frisches Fleisch zu essen wäre wundervoll, aber eine Jagd bei Nacht ist ein viel zu großes Risiko, Maliwal.«

»Mein Entschluß steht fest!« Er blickte auf, in der Hoffnung, noch einmal den Steinadler zu sehen. Es würde ein gutes Zeichen sein, um seine Absicht zu bestätigen. Aber er war nicht mehr zu erkennen. Die steilen Wände der Tafelberge zogen seinen Blick immer höher, bis er eine Eule über dem Gebirge kreisen sah. Sie war so weit weg, daß sie kaum mehr als ein Nadelstich im Saum seines Hemdes war. Trotzdem erkannte er sie an der Form ihrer Flügel. Sein Herz wurde kalt. Im Stamm des Wachenden Sterns wurde die Eule als Wächter der Nacht und Stummer Feind bezeichnet. Wie kam der Vogel dazu, bei hellem Tageslicht umherzufliegen? Maliwal schloß die Augen und öffnete sie wieder. Die Eule war verschwunden. Er atmete vor Erleichterung aus. Er hatte sich alles nur eingebildet.

»Und wenn man uns doch sieht?« hakte Rok nach.

Maliwal funkelte den Mann an. Er verdrängte jeden Gedanken an die Eule und konzentrierte sich statt dessen auf den Adler, das Symbol des Lichts, der Macht und des ewigen Lebens. »Man wird uns nicht sehen!« sagte er und blickte erneut zu den Tafelbergen hinüber. Die Rauchfahnen des Hügeldorfes stiegen durch einen Spalt in den niedrigeren Bergzinnen auf, und von irgendwo hoch oben und weit weg waren Gesänge zu hören.

8

Die Schamanen hielten Cha-kwena für den Rest des Tages und bis in die Nacht auf dem Felsplateau fest. Eule flog unruhig herum und drehte immer wieder nach Norden ab, als wollte sie, daß man ihr folgte. Hoyeh-tay achtete nicht darauf. Während die Schamanen sangen, schlief er die meiste Zeit. Bei Sonnenuntergang kehrte Eule auf den Kopf des alten Mannes zurück, als Dakan-eh gerade Sunam-tu und seine Schwester den Weg zum Versammlungsort hinaufführte. Die drei blieben in respektvollem Abstand vom Kreis der Schamanen stehen, ohne den Fuß auf das Felsplateau zu setzen.

Als Cha-kwena das Mädchen bemerkte, richtete er sich auf. Die Neuankömmlinge hatten Körbe mit Essen bei sich! Geröstete Samen und Fleisch – dem Geruch nach zu urteilen Eichhörnchen, Kaninchen und Eidechse. Er leckte sich die Lippen und errötete dann. Das Mädchen sah ihn an und leckte sich ebenfalls die Lippen. Fasziniert beobachtete er, wie sie sehr langsam mit ihrer Zungenspitze um den weichen Saum ihres Mundes glitt. Irgendwie wärmte diese Bewegung ihrer rosa Zunge seine Lenden und ließ sein Glied heiß und fest werden. Obwohl ihm nicht kalt war, zitterte er.

Sie bemerkte seine Reaktion und schenkte ihm ein befriedigtes Lächeln. Sein Herz machte vor Freude einen Sprung. Mit einem Ungestüm, das ihn stolz machte, erwiderte er das Lächeln. Er runzelte die Stirn, als er sich zum ersten Mal, seit Hoyeh-tay ihn an den Haaren aus der Jungenhütte gezerrt hatte, fragte, ob das Leben eines Schamanen nicht vielleicht doch gewisse Vorzüge haben könnte. Sunam-tu hatte den ganzen Vormittag lang vor den anderen Wächtern damit geprahlt, daß er seine Schwester deshalb mitgebracht habe, weil sie sich unter den Schamanen einen Mann suchen sollte.

Die junge Lah-ri stand dicht neben ihrem Bruder, hielt ihren Kopf hoch erhoben und hatte ihren kleinen, festen Busen gereckt. Cha-kwena konnte seinen Blick nicht abwenden. Dann bemerkte er, daß Sunam-tu sie stolz dazu drängte, sich herumzudrehen, während er allen erklärte, was für eine hervorragende Köchin und gut gebaute Frau seine Schwester sei.

Die Schamanen sahen skeptisch zu – und Cha-kwena ebenfalls. Plötzlich entwickelte sich in ihm eine tiefe Abneigung gegen Sunam-tu. Als er sah, wie Dakan-eh das Mädchen betrachtete, verspürte er eine heftige Eifersucht. Wie konnte Dakan-eh es wagen? Sunam-tus Schwester war doch viel zu jung für ihn! Außerdem hatte Dakan-eh bereits Ta-maya, und Ban-ya auch noch, wenn er wollte.

Und warum musterten die Schamanen das Mädchen mit

solch offener Feindseligkeit? Lah-ri weckte einen starken Beschützerdrang in ihm. Es war ein angenehmes Gefühl, wodurch er sich erwachsener und männlicher vorkam. Er warf seine Schultern zurück und nahm eine steife Haltung an. Das Mädchen schien es bemerkt zu haben, aber er konnte sich nicht sicher sein, denn in diesem Augenblick befahl Siwi-ni, daß sie das Essen wieder mitnehmen und gehen sollten.

»Das ist ein heiliger Ort, Sunam-tu!« sagte der Schamane tadelnd. »Du weißt, daß du keine Frau hättest herbringen sollen. Wir rufen die Geister der Vorfahren! Jetzt ist keine Zeit für Essen.«

Sie verneigten sich und gehorchten, obwohl Sunam-tu niedergeschlagen aussah. Die Grübchen des Mädchens waren deutlich erkennbar, als sie schmollend den Kopf hängen ließ und an Dakan-ehs Seite fortging. Seinen starken, sonnengebräunten Arm hatte er besitzergreifend um ihre Schultern gelegt.

Cha-kwena stand auf und ging ihnen nach.

»Wo gehst du hin?« rief Hoyeh-tay.

»Zu . . . um etwas zu essen. Ich habe Hunger.«

Shi-wanas Augen verengten sich nachdenklich. »Ja. Ich kann mir vorstellen, daß du Hunger hast. Es ist schon viele Jahre her, seit ich zuletzt Appetit auf solcherlei Nahrung verspürt habe. Es könnte durchaus befriedigend mit einem solchen Mädchen sein.«

Cha-kwena wurde knallrot. Er hätte sich fast auf Shi-wana gestürzt, aber Hoyeh-tay, der seine Absichten offenbar erkannt hatte, rief befehlend: »Setz dich, Enkel! Sofort! Es mag sein, daß du Appetit hast, aber die Nahrung, die du brauchst, findest du nicht im Waldlager. Sie befindet sich hier — Geisternahrung —, und sie wird dir fürs erste genauso guttun.«

Cha-kwena überlegte, ob er sich widersetzen sollte, aber er wußte, daß es keinen Zweck hatte. Früher oder später würde man ihm gestatten, ins Waldlager zurückzukehren, ob mit oder ohne die Schamanen. In der Zwischenzeit würde Sunam-tus Schwester nicht davonlaufen. Also trat Cha-kwena mit einem ergebenen Seufzer wieder in den heiligen Kreis.

Schweigend und gehorsam beobachtete er, wie die Nacht anbrach. Die Schamanen sprachen über viele Dinge, hauptsächlich jedoch über die Vergangenheit und darüber, daß nichts mehr so wie zu der Zeit war, als sie in Cha-kwenas Alter gewesen waren. Sie forderten ihn auf, von ihnen zu lernen, aber er war müde, hungrig und leicht abzulenken.

Sie sangen wieder, bis der Nordwind das ferne Trompeten eines Mammuts zu ihnen trug. Es kam aus weiter Ferne, von weit hinter den hohen, steilen Rücken der Blauen Tafelberge. Ergriffen lauschten Cha-kwena und die Schamanen.

»Habt ihr es gehört? Im Ruf unseres Bruders lag Schmerz«, sorgte sich Naquah-neh, der Schamane des Stammes der Weißen Hügel.

»Unserer Schwester«, berichtigte Shi-wana ihn gelassen. »Es ist eine kleine Herde aus Kühen und Kälbern, die im Wacholdergebüsch mehrere Meilen vom Dorf entfernt grasten, bevor ich es verließ. Ein junges Weibchen sah aus, als würde es bald kalben. Vielleicht kommt die Kuh gerade jetzt nieder. Das würde den Schmerzensschrei erklären.«

Hoyeh-tay nickte. »Neues Leben . . . ist immer etwas Gutes.«

»Das Trompeten der Mammuts ist immer etwas Gutes und ein noch besseres Zeichen« sagte Han-da, der Schamane des Stammes des Blauen Himmels. »In meinem Teil der Roten Welt wurden seit vielen Monden keine Mammuts mehr gesichtet. Wenn dein Dorf nicht so weit im Süden liegen würde, Shi-wana, würde ich meinen Stamm dorthin bringen, nur um sie zu sehen. Sie sollen wissen, daß unser Totem noch bei uns ist.«

»Dann komm nach Süden, wenn du gute Zeichen suchst«, lud Cha-kwena ihn ein und verkündete stolz: »Hoyeh-tay und ich haben den Großen Geist am Ende der großen Schlucht in der Nähe des Dorfes am See der Vielen Singvögel gesehen.«

Diese Information verursachte eine sofortige Aufregung unter den Schamanen.

»Was sagst du da?« Shi-wana gab sich keine Mühe, seine Fassungslosigkeit und seinen Ärger zu verbergen. »Das große weiße Mammut zieht wieder durch die Rote Welt, und Hoyeh-tay hat uns nichts davon gesagt?«

Cha-kwenas Abneigung gegen den Mann wurde noch größer. Er hatte seinen Großvater unbeabsichtigt in ein schlechtes Licht gerückt, und Hoyeh-tay sah plötzlich sehr alt und verzweifelt aus. Shi-wana starrte ihn mit aufgerissenen Augen an, während die anderen Schamanen durcheinanderriefen, ihre Fäuste schüttelten und wissen wollten, warum der Schamane geschwiegen hatte.

»Ich . . . ich . . .« Das Gesicht des alten Mannes wurde weiß, während er mit Eule auf dem Kopf in sich zusammensackte und verzweifelt seine Gedanken zu konzentrieren versuchte. »Ich . . . ich . . .« Dann fand er sie plötzlich wieder. Er richtete sich auf, und seine Augen erhellten sich. »Ich bin Hoyeh-tay!« verkündete er stolz und verschränkte seine Arme über seiner mageren Brust, während er verächtlich schnaubte. »Ich bin die Weise und Wachsame Eule, aber ich bin nicht so überheblich, um mit meiner Macht zu prahlen. Ich habe auf den rechten Augenblick gewartet, um euch von Lebensspender zu erzählen. Und jetzt scheint es, daß mein Enkel die Gelegenheit für mich ergriffen hat.«

Cha-kwena bezweifelte, daß er jemals eine fadenscheinigere Entschuldigung für Vergeßlichkeit gehört hatte. Er runzelte die Stirn. Alle Schamanen starrten seinen Großvater an. Er erkannte in ihren Augen, daß sie die Lüge des alten Mannes durchschaut hatten. Und dann verstand er, daß sie den Stolz eines alten Mannes so hoch schätzten, um seine Worte ohne Nachfrage oder Tadel zu akzeptieren.

Vielleicht sind diese Schamanen gar nicht so schlecht, wie du denkst, sagte Eule mit jener Stimme, die nur Cha-kwena hören konnte. *Dein Dakan-eh würde nicht so rücksichtsvoll sein. Komm jetzt mit mir! Mein alter Schamane ist müde, und es gibt da noch etwas, das du dir ansehen mußt.*

Der Junge beschloß, nicht auf den Vogel zu hören. Es fiel ihm nicht schwer, da er Eule ohnehin gar nicht zuhören wollte.

Hoyeh-tay nickte zufrieden über den scheinbaren Erfolg seines Täuschungsmanövers. »Nun«, sagte er, »werde ich euch von Lebensspender erzählen und wie unser Totem in einer magischen Nacht meinen Enkel durch die Dunkelheit unseres Landes zur heiligen Quelle rief und . . .«

Cha-kwena verdrehte die Augen. Der alte Mann hatte also doch noch nicht all seine Fähigkeiten verloren!

Nördlich der Blauen Tafelberge nahmen die Mammuts die junge trächtige Kuh in ihre Mitte, die mit gesenktem Kopf unter den Wehen keuchte.

Rok, der durch die Dunkelheit starrte, schüttelte angewidert den Kopf. »Maliwal, das kann doch nicht wirklich dein Ernst sein!«

»Nein?« Maliwal warf ihm einen vernichtenden Blick zu und hob seine Speere auf. Mit einem verächtlichen Schnauben lief er los, um unter einem sternenübersäten Himmel auf die Jagd zu gehen. An seiner Seite trug er einen Beutel mit Ersatzspeeren, und ein Speerwerfer hing an einem Riemen um sein Handgelenk.

Maliwal spürte, daß Rok ihn wütend ansah. Er lächelte, dann zählte er seine Schritte. Er war sich sicher, daß Rok und die anderen ihm folgen würden, sobald er so viele, wie er Finger an den Händen besaß, zurückgelegt hatte. Er irrte sich nicht, denn schon kurz darauf waren sie hinter ihm. *Wie meine Hunde*, dachte er.

Grinsend beschleunigte er seine Schritte. Keiner der Männer fiel zurück. Sein Mut beflügelte sie genauso sehr, wie er sie beschämte und besorgte. Sie machten sich zu recht Sorgen, denn das, was er beabsichtigte, war in der Tat gefährlich. Doch der Stachel von Ysunas schmerzvoller Herausforderung hatte sich tief unter seine Haut gegraben und ließ ihn nicht in Ruhe. Mammuts waren dort draußen in der Dunkelheit, mehr Mammuts, als er seit vielen Monden gesehen hatte. Er würde sie jagen und mindestens einen von ihnen töten – für sie!

»Maliwal.« Rok lief neben ihm. »Du kannst das nicht alleine schaffen.«

»Richtig«, gab er zu und lächelte sein wolfsgleiches Lächeln. »Aber ich bin nicht allein. Du bist bei mir, genauso wie Tsana, Ston und Chudeh. Bleibt an meiner Seite! Mein Plan sieht vor, daß wir uns trennen, wenn wir etwas näher heran sind, und dann von drei Richtungen auf die Herde zulaufen. Dann werden die Mammuts in die vierte Richtung laufen, genau dorthin, wohin sie fliehen sollen. Siehst du das junge Weibchen? Es trägt immer noch das Kalb in sich! Wir müßten es problemlos zu dem Graben treiben können, der sich dort hinten auftut.«

Sie zögerten. Sogar die Hunde schienen Bedenken zu haben.

»Ysuna wird wissen, wer die schlaffbäuchigen Männer sind, die es wagen, sich Jäger des Stammes des Wachenden Sterns zu nennen!« stichelte Maliwal. »Eure Frauen werden vor Scham heulen, wenn sie hören, daß ihr mir in dieser Nacht nicht beistehen wolltet!«

Entgegen ihrer Überzeugung, aber durch den Stolz angespornt, folgten sie Maliwal über das Land, trennten sich, näherten sich der Herde und begannen heulend und Speere schwenkend mit ihren Scheinangriffen.

Wie Maliwal vorausgesagt hatte, trieb die alte Leitkuh ihre Herde sofort zum Galopp an. Als das trächtige Weibchen ausscherte, lachte Maliwal triumphierend auf, während der Rest der Herde in blinder Panik weiterdonnerte, ohne zu bemerken, daß die junge Kuh zurückgeblieben war. Erschöpft von den stundenlangen Wehen und verwirrt von der Dunkelheit ließ sie sich leicht zur Schlucht treiben. Ein geschleuderter Speer, der sie in die Seite traf, genügte, um sie über den Rand stürmen zu lassen. Während des Falls schrie sie wie eine Frau, und Maliwal war nicht der einzige, der ihre Wirbelsäule brechen hörte, als sie unten aufkam.

»Ho!« jubelte er. »Habe ich nicht gesagt, daß es genau so ablaufen würde?«

Von ihrem Erfolg ermutigt, bejubelten und lobten die anderen Jäger ihren Anführer. Niemand zögerte jetzt, als Maliwal sie an des Grabens Rand Aufstellung nehmen ließ, damit sie ein paar Speere in lebenswichtige Organe des Tieres warfen.

»Jetzt«, verkündete er, »warten wir ab, bis das Tier so schwach wird, daß es keine Gefahr mehr für uns darstellt, wenn wir es an Ort und Stelle schlachten und zarte Filets aus dem ungeborenen Kalb schneiden. Habe ich euch nicht gesagt, daß es eine gute Jagd werden würde?«

Nicht einmal Rok widersprach ihm jetzt noch. Sie hielten ihre Speere bereit, aber so, wie die Kuh gefallen war, war es unmöglich, einen tödlichen Wurf anzubringen. Sie hob schwach den Kopf, bewegte ihren Rüssel und schrie mitleiderregend, ohne damit jedoch ihre Peiniger vertreiben zu können.

»Sie wird noch eine Weile im Sterben liegen«, sagte Rok voraus, der sich nervös umblickte. »Vielleicht sollten wir jetzt verschwinden, bevor die alte Leitkuh zurückkommt.«

»Verschwinden?« wiederholte Maliwal verständnislos.

»Die Mammuts pflegen um ein verlorenes Mitglied der Herde zu trauern. Sie werden sogar noch in der Nähe bleiben, nachdem die Kuh tot ist«, flüsterte Chudeh ehrfürchtig. Angst stand in seinen Augen. »Wir haben es schon oft beobachtet. Rok hat recht. Wir sollten verschwinden.«

»Wir können zurückkommen und uns das Fleisch holen, nachdem die Herde weitergezogen und es hier sicher ist«, fügte Rok hinzu.

Maliwal hätte den Mann am liebsten mit dem Speer durchbohrt. »Nichts in diesem Leben ist sicher«, zischte er. »Die alte Kuh wird nicht zurückkommen. Sie ist inzwischen meilenweit entfernt. In der Herde waren Kälber, also wird sie bei den anderen Mammuts bleiben, um die Kleinen zu beschützen. Auch das kann man oft beobachten.«

Er hatte kaum zu Ende gesprochen, als Rok stöhnend in die Ferne zeigte.

Als Maliwal sich umdrehte, sah er die Leitkuh der Herde auf sich zukommen. Sie blieb stehen. Es war ein Berg aus fleckiger, runzliger Haut, der auf Säulenfüßen schwankte. Sie hatte den Kopf vorgestreckt und den Rüssel erhoben. Ihre Ohren zuckten, und die Stoßzähne waren furchteinflößend. Er konnte das Trompeten der anderen Mammuts hören, die irgendwo an einem sicheren Ort warteten, wohin die Kuh sie geführt hatte.

Maliwals Kehle entstieg ein Knurren. Die Loyalität der Mammutkuh gegenüber einer sterbenden Schwester gab ihm unrecht, und er mochte es nicht, wenn er unrecht hatte. Als Rok erneut vorschlug, sich zurückzuziehen, fauchte er ihn an, er solle den Mund halten.

»Bleibt, wo ihr seid!« befahl er. »Weicht nicht von der Stelle! Wenn sie näher kommt, werden wir zeigen, mit wem sie sich eingelassen hat!«

»*Wenn* sie näher kommt!« sagte Chudeh ungläubig.

»Maliwal, dieser Kampf übersteigt unsere Möglichkeiten«, warnte Rok, der seinen Anführer am Arm hielt und ihn zurück-zuziehen versuchte. »Wenn wir langsam gehen und keine bedrohlichen Bewegungen machen, können wir uns viel-leicht . . .«

»Laß mich los! Geh doch, lauf weg, wenn du meinst!« Mali-wal riß sich so heftig von Rok los, daß der andere Mann mit einem Grunzen zu Boden stürzte. Maliwal kümmerte sich nicht darum, er hatte erst einmal genug von Rok. »Kein Weibchen — ob Mensch oder Tier — wird mich dazu bringen, mich wie ein verängstigter Welpe davonzuschleichen! Ich bin Maliwal, der Wolf!«

Er stellte sich dem alten Mammut. »Komm zu mir, wenn du dich traust, alte Kuh! Der erste Mann Ysunas, der Tochter der Sonne, hat keine Angst vor dir! Er hat vor gar nichts Angst!«

Doch das war eine Lüge. Er hatte so große Angst, daß die Herausforderung unwiderstehlich war. Rok führte die anderen in einem ehrenvollen Rückzug fort. Maliwal richtete sich auf, als sich das alte Mammut zu nähern begann.

Die anderen werden mit ehrführchtigen Stimmen über Mali-wals Tapferkeit sprechen! dachte er und machte sich auf den Angriff gefaßt. *Wie klein und schwächlich mein Bruder in Ysu-nas Augen aussehen wird, wenn sie die Macht des Mystischen Kriegers mit der des Wolfes vergleicht!*

»Komm schon, alte Kuh! Komm zu Maliwal, wenn du dich traust!« rief er.

Es erstaunte ihn, wie langsam sie sich bewegte. Er musterte verächtlich ihre schlaffe Haut und ihre trüben, wäßrigen Augen und war sich so sicher, daß er beschloß, auf den Speerwerfer zu verzichten, der seinem Wurf größere Reichweite und Kraft verliehen hätte. Statt dessen hielt er zwei Speere in seiner linken Hand bereit, während er den dritten über seine rechte Schulter hob. Lächelnd bezweifelte er nicht, daß er genügend Zeit haben würde, auf ihren Angriff zu reagieren und einen tödlichen Wurf anzubringen.

Das war sein zweiter und größter Fehler in dieser Nacht.

Cha-kwena hatte das Gefühl, als würde die Zeit überhaupt nicht vergehen. Aus ihm unverständlichen Gründen blieb Eule stundenlang auf Hoyeh-tays Schulter sitzen und hatte der Versammlung den Rücken zugewandt. Es schien, als wolle sie nichts mit den Schamanen zu tun haben. Gelegentlich streckte der alte Vogel einen Flügel oder ein Bein aus, aber er flog nicht in die Dunkelheit davon, um unter den Sternen zu jagen.

Irgendwann träumten die Schamanen die Träume heiliger Männer. Cha-kwena stand auf und ging zum Rand des Felsplateaus hinüber. Eule folgte ihm und landete leicht auf seiner Schulter. Er versuchte, den Vogel zu verscheuchen, aber Eules starke Krallen hielten sich an ihm fest und ließen ihn nicht los. Cha-kwena war es eigentlich egal, denn die Krallen verletzten ihn nicht, und sobald er dem Vogel seinen Willen ließ, entspannte dieser sich. Viele Meilen hinter ihm am nördlichen Rand der Roten Welt trompete wieder das Mammut, und für einen Augenblick hätte er schwören können, daß er den wilden Schrei eines Menschen gehört hätte.

»Hör zu!« drängte Eule.

Er erstarrte. Das Mammut trompetete erneut, dann antworteten ihm seine Artgenossen aus größerer Ferne. Der Mensch — sofern es tatsächlich ein Mensch gewesen war — schrie nicht mehr, aber die Mammuts riefen immer wieder. Ihre Rufe waren beunruhigend, voller Schmerz und Angst und einer herzzerreißenden Verzweiflung, die sich nur als Trauer beschreiben ließ. Wovon wurden sie gejagt? Von Wölfen? Von Löwen?

»Von Menschen!« antwortete Eule.

»Das ist unmöglich! Menschen ist es verboten, Mammuts zu jagen«, erwiderte er, ohne zu bemerken, daß er laut gesprochen hatte.

»Ja, Menschen der Roten Welt«, stimmte Eule zu, »aber es gibt auch noch andere.«

Dieser Gedanke war verblüffend. Jeder wußte, daß es auf der Welt nur die Menschen gab, die Söhne und Töchter des Ersten Mannes und der Ersten Frau waren. Alle Stämme waren miteinander verwandt, alle hatten dasselbe Blut und dieselben Sitten und Traditionen. Die Stämme jagten keine Mammuts. Es war seit Anbeginn der Zeiten verboten. Aber ... hatte nicht einer der Schamanen etwas über Fremde aus dem Norden erzählt?

Im Waldlager tief unter dem Felsplateau kicherte ein junges Mädchen. Würde sie ihn wieder mit Grübchen in den Wangen anlächeln, wenn er jetzt zu ihr hinunterginge? Es gab nur einen Weg, um das herauszufinden. Cha-kwena atmete tief ein, um sich Mut zu machen, drehte sich um und ging zum Waldpfad. Mit einem protestierenden und angewiderten Ruf verließ Eule seine Schulter und flog zum Kopf des schnarchenden Hoyehtay zurück.

»Maliwal!«

Ein gutes Stück von dem Graben entfernt, in das er und die anderen gerade das trächtige Mammutweibchen getrieben hatten, hörte Maliwal, wie die Jäger seinen Namen riefen. Er konnte ihnen weder antworten noch erneut schreien. Die alte Mammutkuh hatte ihn angegriffen. Er hing an der Spitze eines ihrer verwitterten Stoßzähne, und sie hob ihn hoch und schüttelte ihn, bis sich sein Gehirn aufzulösen und seine sämtlichen Knochen zertrümmert zu sein schienen.

Obwohl er sich bemühte, konnte er sich nicht länger festhalten. Maliwal war außer Atem, voller Schmerzen und hatte mehr Angst als je zuvor in seinem Leben. Dann wurde er nach oben in die sternenübersäte Nacht geschleudert, bis er mit Blut in den Augen wieder durch die Dunkelheit hinabstürzte und der Boden ihm schnell entgegenkam — viel zu schnell.

Er schlug heftig auf die Seite. Benommen verlor er nicht nur seine Speere, sondern auch den Bezug zur Wirklichkeit. Die alte Kuh stampfte auf ihn zu. Ohne seine Speere hatte er keine Möglichkeit, sich zu verteidigen. Er keuchte vor Schmerz und Schrecken und rollte sich zur Seite, immer weiter, bis die Erde unter ihm nachgab und er in den Graben stürzte, wo er nicht weit von der trächtigen Kuh entfernt liegenblieb.

Der Gestank war entsetzlich. Die junge Mammutkuh hatte in ihrer Todesangst die Kontrolle über ihren Darm und ihre Blase verloren. Sie lag in einer schlammigen Pfütze aus ihrem eigenen Kot und Urin. Maliwal atmete durch den Mund und zwängte sich zwischen die Kuh und den steinigen Steilhang. Wenn sie jetzt aufzustehen versuchte, würde sie ihn wie eine Mücke zerquetschen. Aber was sollte er tun? Die alte Mammutkuh war immer noch hinter ihm her. Er spürte die Erschütterungen der Erde, die ihre Schritte verursachten.

Er keilte sich tiefer ein und unterdrückte seinen Brechreiz. Das Grauen drohte ihn zu überwältigen. Er erstarrte, während er das Blut in seinen Ohren pochen hörte, und zwang sich zu vollständiger Reglosigkeit und Stille.

Die alte Kuh hatte jetzt den Rand des Grabens erreicht. Sie war keineswegs das größte Mammut, das er je gesehen hatte, aber sie war groß genug. Er blickte auf. Doch das war ein Fehler. Der Kopf der alten Kuh senkte sich herab und schwankte von links nach rechts. Für einen kurzen Augenblick erkannte er sich selbst als Spiegelung in ihren großen Augen und wußte, daß sie ihn gesehen hatte.

Die Kuh hob den Kopf. Sie schnaufte einmal, und dann trompetete sie wütend.

Maliwal wandte sich ab. Vielleicht würde sie vergessen, daß er da war, wenn er den Blickkontakt unterbrach. Doch sie vergaß niemals. Ihre mächtigen Vorderbeine stampften auf den Rand des Grabens. Steine und Erde rieselten über ihn. Die Welt erzitterte, und die Luft wurde von ihrem rasenden Trompeten durchschnitten. Und dann sah er selbst in der Dunkelheit durch eine Lawine aus loser Erde, wie ihre Stoßzähne herabfuhren und nach ihm suchten.

Er war zu erschrocken, um einen Laut von sich zu geben, und drückte sich noch tiefer zwischen das sterbende Mammut und die Wand des Grabens. Mit dem Rücken gegen die Erde schob er sich hin und her, um genug Raum zu schaffen, um sich verstecken zu können. Er wollte sich in die Erde graben, fort von den Stoßzähnen. Es war eine vergebliche Mühe, und er wußte es.

Er knurrte, als er sich an Roks Warnung erinnerte, und stieß immer wieder gegen die Wand, bis er mit einem überraschten und erleichterten Seufzen nach hinten rutschte. Die Erde hatte seinem Druck nachgegeben. Es war gerade soviel Raum, wie er brauchte.

Er lehnte sich keuchend zurück und spürte zum ersten Mal einen starken, dumpfen Schmerz auf seiner rechten Gesichtshälfte. Erneut zwang Maliwal sich zu absoluter Reglosigkeit.

Er wußte später nicht mehr, wann die Kuh in ihrem Bemühen nachließ, ihn auszugraben. Die Geräusche, die sie von sich gab, klangen tief und angestrengt. Irgendwo über ihm riefen Männer und bellten Hunde. Sie waren sehr nahe — vielleicht näher, als gut war —, aber Maliwal hatte keine Angst um sie. Sein Herz machte einen Sprung vor Hoffnung. *Es ist langsam an der Zeit, daß sie ihren Mut zusammennehmen und mir zu Hilfe kommen!*

Sie attackierten die alte Kuh, so daß sie sie bald vertrieben haben würden. Wenn er außer Gefahr war, könnte er wieder ins Sternenlicht hinausklettern und frische Nachtluft atmen. Aber das Mammut rührte sich nicht von der Stelle, sondern grub mit gesenkten Stoßzähnen in dem Graben weiter. Gelegentlich gab die alte Leitkuh ein schmerzvolles Grunzen oder Keuchen von sich, und Maliwal lächelte trotz seiner brenzligen Situation, als er sich vorstellte, daß sie von Speeren getroffen wurde und Hunde nach ihr schnappten. Doch trotz ihrer offensichtlichen Erschöpfung und Verletzung gruben ihre Stoßzähne weiter. Dann erkannte der Jäger, daß sie ihn gar nicht aufspießen wollte, sondern versuchte, ihre sterbende Schwester aufzuheben.

Die verwundete Kuh antwortete ihr mit einem matten Seufzen. Sie versuchte sich zu erheben, schaffte es jedoch nicht. Sie hob ihren Rüssel, doch zu mehr war sie nicht in der Lage.

Maliwal blinzelte durch die Dunkelheit nach oben und sah, daß die Rüssel der beiden Mammuts sich über ihm verschlungen hatten. Als Schatten vor den Sternen bewegten sie sich langsam in einer Abschiedsumarmung. Dann erstarrte die Kuh plötzlich. Sie zitterte und spuckte Blut. Sie verlagerte ihr Gewicht leicht nach links und seufzte. In unmittelbarer Nähe ihres Brustkorbes spürte Maliwal, wie sie starb.

Und jetzt fand er endlich seine Stimme wieder. Er schrie und schrie, denn als die junge Mammutkuh ihren letzten Atemzug tat, sackte ihr Körper zusammen und drückte sich in die Einbuchtung, in die Maliwal sich verkrochen hatte. Sie hätte ihn zu Tode gequetscht, wenn er sich nicht rechtzeitig nach oben geschoben hätte, so daß sein Kopf und Oberkörper frei waren. Doch seine Beine steckten fest. Sie brannten und wurden dann taub, während ein gewaltiges Gewicht auf ihnen lastete.

Mit klopfendem Herzen beobachtete Maliwal, wie die Leitkuh ihren Kopf hob und sich abwandte. Sie ging fort! Der Lärm von Männern und Hunden war jetzt überall. Es klang, als wären plötzlich die Hälfte aller Jäger des Stammes des Wachenden Sterns aus dem Nichts aufgetaucht, um den wenigen zu helfen, die ihn begleitet hatten. War Masau ihm etwa doch gefolgt? Es spielte keine Rolle, jetzt nicht. Die furchtbaren Schmerzen in seinen Beinen vertrieben jeden Gedanken aus seinem Kopf außer dem, daß er zu Beginn der Mammutjagd sein Fleischmesser an seiner Seite getragen hatte.

Es war immer noch da! Hektisch löste er es aus der Scheide und schnitt und stach sich durch die zähe Haut und das Fleisch des toten Mammuts. Schließlich waren seine Beine frei und dank der Macht des Wachenden Sterns heil, ungebrochen und zum Laufen bereit, nachdem er sie gerieben hatte, bis die Taubheit aus ihnen verschwunden war.

Danach kämpfte er sich neben der toten Kuh hervor. Chudeh war bereits in der Nähe und streckte ihm seine Hand hin. Maliwal zitterte, obwohl er sich nicht anmerken lassen wollte, wie sehr seine Begegnung mit dem Tod ihn erschüttert hatte. Er packte Chudehs starke Hand und erlaubte dem kräftigen Jäger mit einem dankbaren Brummen, ihn hochzuziehen, bis er triumphierend auf ihrer Beute stand.

Die plötzliche frische Luft war fast genauso überwältigend

wie die Erkenntnis, daß er die Sache lebend überstanden hatte. Er schwankte einen Augenblick, bis er sicher stand.

Ein gutes Stück weiter lag die Leitkuh, wo sie von den Hunden umkreist wurde. In ihrem Körper steckten so viele Speere, daß sie wie eine der großen stacheligen Bergratten aussah, die sein Stamm eben wegen der Stacheln schätzte. Seine Männer — und viele andere — standen in der Nähe des sterbenden Mammuts. Er runzelte die Stirn. Sein Gesicht schmerzte immer heftiger, und er hätte normalerweise eine Hand erhoben, um den Ursprung des Schmerzes festzustellen, aber er war zu erschöpft dazu.

»Aha«, sagte er seufzend und ohne Chudeh anzusehen. So bemerkte er auch nicht, daß dieser der einzige Mann war, der sich aus Sorge um seinen Anführer nicht an der Begeisterung für die Jagd beteiligte. »Ich sehe, daß Masau uns also doch gefolgt ist, und zwar mit vielen Jägern.«

»Masau ist nicht hier«, teilte Chudeh ihm mit. Seine Stimme klang tief und besorgt. »Diese Männer dort sind Fremde. Sie stammen aus der Roten Welt, aus einem Dorf in den Hügeln dort drüben. Diese Männer kamen aus ihrem Dorf, um den Mammuts saftiges Gras zu bringen, als sie uns sahen. Sie hofften, uns von der Jagd abhalten zu können, haben uns dann jedoch geholfen, als sie sahen, daß einer von uns in Schwierigkeiten war. Es gefällt ihnen überhaupt nicht, daß sie ein Mammut töten mußten, um dich zu retten, Maliwal. Zwei von ihnen sind tot, ein weiterer ist schwer verwundet. Und Rok wurde beim letzten Angriff der Kuh zerquetscht. Ich habe ihm die Kehle durchgeschnitten, um sein Leid zu beenden, bevor ich zurückkehrte, um nach dir zu sehen.«

Maliwal war froh, daß Rok nicht mehr lebte. Der Mann hatte ihn kritisiert und recht behalten.

»Maliwal . . . hörst du mir überhaupt zu, Maliwal?« drängte Chudeh besorgt. »Was werden wir jetzt tun? Diese Männer wissen, daß wir Mammutfleisch essen. Wir werden bei ihnen nicht sehr willkommen sein, und sie werden uns niemals eine ihrer Töchter geben. Es wird unmöglich sein, ihren heiligen Stein zu rauben. Im Augenblick berät sich ihr Schamane irgendwo auf den beiden Tafelbergen mit anderen heiligen Männern. Die Dorfbewohner sagen, daß oben auf dem Berg ein großer Zauberer ist — und ein schlechter Zauber in unserer Anwesenheit. Ich befürchte, sobald wir dieses Land verlassen haben, werden diese Männer jedes andere Dorf in der Roten Welt vor uns warnen. Ysuna wird sehr wütend sein, Maliwal. Rok hatte recht. Wir hätten auf ihn hören sollen.«

Maliwal erstarrte, während sich die Wut in ihm anstaute. »Rok ist tot! Wenn ich von dir noch ein weiteres Wort über ihn höre, werde ich dich zu ihm in die Welt jenseits dieser Welt schicken!«

Chudeh keuchte und trat einen Schritt zurück. Sein Gesicht verzog sich zu einer Maske des Schreckens. »Maliwal! Dein Gesicht!«

Chudeh warnte Maliwal vor dem, was er finden würde, bevor er seine Hände hob und damit eine Wahrheit ertastete, die ihn zutiefst erschütterte. Die rechte Seite seines Gesichts war von der Oberlippe bis zum Ohr von einem der Stoßzähne aufgerissen worden. Sein Ohr hing nur noch an einem abgelösten Streifen Kopfhaut und hatte sich wie ein groteskes Schmuckstück in blutigen Haarsträhnen verwirrt.

»Aahh!« Er keuchte, nahm sein Ohr in die Hand und drückte es fest an die Seite seines Kopfes zurück. Er kämpfte gegen den Schock, verlor jedoch, als ein Schwächeanfall ihn in die Knie gehen ließ. »Sie . . . werden dafür bezahlen . . .«

»Sie? Wer, Maliwal?«

Ihm war kalt. Der Schock betäubte ihn. Der Schmerz in den zerfetzten Resten seines Mundes, seiner Wange und seines Ohres war wirklich, aber irgendwie weit entfernt. Etwas Heißes flammte in ihm auf und brannte sich tief in seine Seele, als er antwortete: Die Herde, deren Leitkuh mir das angetan hat . . . und jene, die diese Herde gefüttert haben. Sie werden dafür bezahlen!«

»Aber das Tier, das dich verwundete, hat bereits mit dem Leben bezahlt. Und diese Männer der Roten Welt haben ihre eigenen Brüder geopfert, um dich zu retten.«

»Das spielt keine Rolle. Wie du schon sagtest, werden diese

Männer jedes andere Dorf der Roten Welt vor uns warnen. Sie müssen sterben. Doch zuerst werden wir uns von ihnen nehmen, was wir brauchen — eine Braut für Himmelsdonner und einen heiligen Stein für die Tochter der Sonne. Nachdem sie bis zum letzten Mann, zur letzten Frau und zum letzten Kind niedergemetzelt sind, werden wir uns an der Herde für das rächen, was sie mir angetan hat. Ysuna wird das Fleisch dieser Mammuts bekommen und noch viel mehr. Ja, noch viel mehr.« Ihm wurde plötzlich schwindlig, und er stützte sich mit der linken Hand ab.

Chudeh kniete neben ihm und hielt ihn fest. »Aber wir sind zu wenige für einen Angriff. In diesem Dorf leben viele Männer. Wie können wir sie alle töten, ohne uns selbst in Gefahr zu bringen?«

»Wir sind Krieger des Stammes des Wachenden Sterns. Das Blut und Fleisch unseres Totems wird uns stärken! Welche Gefahr stellen diese Eidechsenfresser für uns dar?«

Chudeh sah besorgt aus. »Aber sie haben Waffen und sind bereit, sich zu verteidigen. Wir haben es bisher immer so gehalten, als Brüder aus einem fernen Land in ihr Dorf zu kommen, um ihr Vertrauen zu gewinnen und in Frieden mit einer ihrer Töchter wieder zu gehen. Erst wenn sie sich bereitwillig geopfert hat, sind wir mit allen Kriegern des Wachenden Sterns zurückgekehrt, um das Dorf für uns zu beanspruchen und in den Jagdgründen der Eidechsenfresser auf Mammutjagd zu gehen. Das ist die einzig sichere Methode...«

»Ach, Mann ohne Weitblick...« Maliwal drückte seine rechte Hand noch immer gegen sein Ohr. Der Schwächeanfall ließ nach. Sein Gesicht schmerzte jetzt höllisch, aber in den Sturmwolken seiner Gedanken kochten neue Ideen. Er blickte an Chudeh vorbei zu den aufragenden Tafelbergen und prophezeite düster: »Ich habe dir bereits einmal gesagt, daß nichts in diesem Leben sicher ist, Chudeh. Die Geister haben uns gut geführt. Wir werden zur Tochter der Sonne zurückkehren und ihr alles bringen, was sie je begehrt hat. Wenn du gerade die Wahrheit gesagt hast, sind dort oben auf dem Berg die Schamanen der Roten Welt versammelt — mit allen heiligen Steinen ihrer Stämme. Stell es dir nur vor! Alle an einem Ort, und sie warten nur darauf, daß wir die Steine mitnehmen, um ihre Macht für uns zu beanspruchen!«

Er verstummte zitternd – nicht vor Schwäche und Schmerz, sondern angesichts der überwältigenden Vision, deren Verwirklichung für ihn in greifbare Nähe gerückt war. Ohne Chudehs Hilfe anzunehmen, zwang er sich zum Aufstehen. Die Anstrengung ließ ihn taumeln, sein Sichtfeld verschwamm, und die Erde schien unter ihm zu schwanken. Aber seine Hand ballte sich an der verstümmelten Seite seines Gesichts zu einer Faust. »Kein Mann hat Ysuna jemals ein größeres Geschenk gemacht als das, was ich ihr jetzt bringen werde. Diese Verwundung wird ihr nichts bedeuten. Du wirst sehen! Bei meinem Anblick wird sie nicht erschrecken. Mit der Zaubermacht, die ich ihr bringen werde, können selbst solche Wunden ohne jede Narbe geheilt werden! Ihre Hütte wird mir offenstehen, und nie wieder wird sie Zweifel haben, wer ihrer Gunst am würdigsten ist – der Mystische Krieger oder der Wolf.«

9

Es war dunkel auf dem schmalen Waldpfad, der vom Felsplateau zum Lager im Pinienhain hinunterführte. Cha-kwena ging vorsichtig. Etwas bewegte sich in der Dunkelheit über ihm. Er blieb unvermittelt stehen, und sein Herzschlag beschleunigte sich.

Um ihn herum war dichter Wald. Der Mond schien durch Lücken im Blätterdach und spendete ihm gerade genügend Licht, um den Weg erkennen zu können. Dennoch stand er lauschend wie ein wildes Tier da, hielt den Atem an und horchte auf das Rascheln der Zweige und das leise Geräusch von Schritten auf Kiefernnadeln. Etwas bewegte sich behutsam auf dem Weg direkt vor ihm.

Er hatte sich schon weit von den schnarchenden Schamanen

entfernt und mußte bereits kurz vor dem Lager sein, doch nicht so nah, als daß er eine vertraute Stimme erwartet hätte. Und die hörte er jetzt — die von Dakan-eh.

»Ich dachte mir schon, daß du mir folgen würdest«, sagte der Mutige Mann.

Cha-kwena atmete wieder. Daß der Mutige Mann ihn sofort erkannt hatte, beeindruckte ihn so sehr, daß er beinahe laut gerufen hätte. Doch dann ließ ihn das Kichern eines jungen Mädchens verstummen, bevor er einen Laut von sich gegeben hatte. Dakan-eh war nicht allein.

»Mein Bruder hat mich geschickt, um dir zu folgen, Mutiger Mann.«

Eine seltsame Kälte ergriff Cha-kwena, als er die Stimme von Sunam-tus Schwester wiedererkannte. Der Mutige Mann hatte überhaupt nicht zu ihm gesprochen.

»Und was hat er sich dabei gedacht?« In Dakan-ehs Frage lag eine gewisse Koketterie. Er kannte bereits ihre Antwort. »Es könnte für ein Mädchen sehr gefährlich werden, einem Mann bei Nacht in den Wald zu folgen.«

»Er wußte, daß du nicht weit fortgehen würdest. Mein Tanz am Lagerfeuer . . . du hast deinen Blick nicht abgewandt.«

»Von einem jungen Mädchen, das nackt im Feuerschein lacht und tanzt? Die anderen Wächter haben auch nicht weggesehen.«

»Aber ich habe für dich getanzt, nicht für sie.«

»Und was hast du dir dabei gedacht?«

»Du bist der Mutige Mann. Mein Bruder sagt, daß die Schlafgeister nicht zu dir gekommen sind, seit du dich in diesem Lager befindest. Mein Bruder sagt, daß ich statt dessen zu dir kommen sollte. Denn, wie er sagt, bin ich besser als der Schlaf.«

»Und? Hat er recht?«

»Ja, sicher! Viel besser.«

Dakan-ehs Stimme wurde tief und heiser vor Begierde. »Zeig es mir!«

Cha-kwena hielt den Atem an. Weder Dakan-eh noch Lah-ri hatten ihn gesehen. Er schob sich lautlos vor und lugte durch

die kleinen, ledrigen Blätter eines glattrindigen Bärentrauben-
strauchs. Dakan-eh und Lah-ri standen sich auf einer kleinen
Lichtung unter den Sternen gegenüber. Cha-kwena schluckte.
Sie war so jung und so klein. Sie sah wie ein Kind aus in ihrem
fersenlangen, viel zu großen Umhang aus Kaninchenfell.
Schüchtern hielt sie ihn mit ihren kleinen Händen unter dem
Kinn zusammen. Cha-kwena knirschte mit den Zähnen, als
seine Abneigung gegen Sunam-tu beinahe übermächtig wurde.
Es war offensichtlich, was geschehen war: Die Schamanen hatten Lah-ri abgewiesen, und nun versuchte ihr Bruder sie dazu
zu bringen, sich an Dakan-eh zu halten.

Cha-kwena spürte Mitleid, als er darauf wartete, daß Dakan-
eh sie mit der Erklärung, daß er bereits einer anderen versprochen war, abweisen würde. Aber Dakan-eh wies sie nicht ab.
Statt dessen streckte er seine Hand aus und streichelte den
Umhang... und dann das Mädchen, das darin steckte.

»Zeig es mir!« befahl er mit gesenkter Stimme. Sein Blick
ruhte auf ihrem Gesicht, während seine Hände sich um ihre
schlossen und den Umhang öffneten. Er saugte zischend den
Atem durch die Zähne ein und warf das Fell beiseite. »Tanz für
mich!« forderte er sie auf. »Hier, jetzt, allein. Und dann werden
wir zusammen tanzen.«

Cha-kwena keuchte, als Lah-ri sich herumdrehte und sich
präsentierte. Sie hielt die Hände unter ihre kleinen Brüste und
bot sie Dakan-eh an. »Sie waren für einen Schamanen
bestimmt«, sagte sie seufzend. »Doch die Schamanen haben sie
zurückgewiesen. Wird der Mutige Mann sie auch zurückweisen, wenn ich für ihn tanze?«

Dakan-ehs Augen schienen den Körper des Mädchens verschlingen zu wollen. Langsam begann der Jäger den Riemen seines Lendenschurzes zu lösen.

»Nein!« schrie Cha-kwena und brach durch den Bärentrau-
benstrauch. Er stand wutschnaubend vor Dakan-eh und fühlte
sich so mutig wie der Mann, dem er entgegenzutreten wagte.
»Sie ist nicht für dich bestimmt!«

Dakan-eh war verblüfft. »Ich... Was... Wie lange hast du
dich schon in der Dunkelheit versteckt?«

»Das spielt überhaupt keine Rolle!« fauchte Cha-kwena zurück. »Dieses Mädchen ist für einen Schamanen bestimmt, nicht für dich. Du hast bereits eine Frau — zwei Frauen, Ta-maya und Ban-ya!«

»Ich habe Ban-ya nicht angenommen, und Ta-maya hat mich nicht angenommen.«

»Aber das wird sie tun! Du weißt genau, daß sie das tun wird!«

Dakan-eh sah ihn mit einer Mischung aus Ärger und Belustigung an, als er besitzergreifend seinen Arm um die nackte Lahri legte. »Geh jetzt, Junge! Laß diesen Mann mit seinem Vergnügen allein!«

»Sie ist für einen Schamanen bestimmt!«

»Ah, ich verstehe. Du willst mir damit also sagen, daß du endlich doch zu dem werden willst, wozu dein Großvater dich immer wieder gedrängt hat?«

»Ich . . . ich . . . Ja. Ich meine, nein! Ich . . .«

Dakan-eh lachte gemein. Seine Hand streichelte die Schulter des Mädchens. »Dieser Junge möchte dich haben, Lah-ri. Es gibt einige Leute, die sagen, daß er eines Tages ein Schamane sein wird. Wie du sehen kannst, muß er vorher natürlich noch ein gutes Stück wachsen. Ich dagegen bin ein außergewöhnlicher Jäger. Ich habe diesem zukünftigen Schamanen und seinem wirrköpfigen Großvater das Leben gerettet. Wenn du jedoch einen solchen Jungen vorziehst, muß ich mich seiner großen Macht beugen.«

Cha-kwena war starr vor Scham. Tränen brannten unter seinen Augenlidern, als tief in seiner Seele etwas schmerzte und blutete. Er hatte den Mutigen Mann einst bewundert und ihm vertraut. Aber jetzt verstand er zum ersten Mal, daß Dakan-eh sich nicht aus Selbstlosigkeit oder Sorge um seine Mitmenschen in Gefahr gebracht hatte. Wie in allen Dingen wurde er einzig und allein von seiner überragenden Überheblichkeit geleitet.

»Was ist los, Cha-kwena?« höhnte Dakan-eh, der sichtlichen Spaß an der Situation hatte. »Sprich, Junge! Wenn du etwas möchtest, mußt du es uns wissen lassen!«

Cha-kwena haßte ihn. Für ihn war es eine neuartige Empfindung, und sie saß so tief und dunkel, daß er darin zu ertrinken fürchtete. Er wandte seinen Blick von dem Mann ab, den er nie wieder als Freund betrachten würde, und sprach das Mädchen mit stammelnder Entrüstung an. »Du ... du mußt dich ihm nicht hingeben. Er ... er mag ein tapferer Mann sein, aber er ist deiner nicht würdig. Wenn dein Bruder einen Mann für dich sucht, wäre ich stolz darauf, es ... es zu werden. Ja! Mit mir würdest du die Frau eines Schamanen werden! Natürlich noch nicht sofort, aber wenn die Seele meines Großvaters im Wind weht. Vielleicht nicht für lange Zeit, aber für dich würde ich zum Schamanen werden!«

In Lah-ris Wangen bildeten sich Grübchen, als sie kicherte. »Ich glaube, wirklich nicht für lange Zeit.« Während sie Cha-kwena ansah, kuschelte sie sich an Dakan-eh und schlang die Arme um seine bloßen Hüften. Sie strich mit ihrer kleinen Hand über seinen Bauch, bis ihre Finger im gelösten Lenden-schurz verschwanden.

Cha-kwena riß die Augen auf. Dakan-ehs Reaktion zeigte ihm deutlich, was die Finger des Mädchens gefunden hatten.

»Mmm ...« Sie lächelte verträumt, während sie sich noch enger an Dakan-eh drückte. »Er ist fest und heiß und bewegt sich in meiner Hand. Zeig mir, was du mir anzubieten hast, kleiner Schamane. Du sprichst genauso furchtlos wie der Mutige Mann, aber bist du auch genauso groß?«

Cha-kwena fühlte sich verwirrt und beschämt.

Dakan-eh lachte erneut. Mit einer einzigen Bewegung befreite er seine Lenden, drehte das Mädchen zu sich herum und hob sie hoch. »Geh jetzt, Cha-kwena! Diese Kleine und ich werden jetzt unseren ganz eigenen Zauber beschwören, nicht wahr?«

»Ja!« stimmte sie zu. Sie spreizte ihre Schenkel und schlang sie um Dakan-ehs Hüften.

Den Unterleib vorgereckt, ließ der Mutige Mann sie an sich herabgleiten. Kichernd und sich windend nahm Lah-ri ihn auf, als er tief in sie hineinstieß.

Cha-kwena hielt den Atem an. Sein Körper schien in Flam-men zu stehen, aber sein Geist war eiskalt. Wie sehr er sie begehrte! Und wie sehr er sie dafür haßte, daß sie ihn beschämte und ihm vorgespielt hatte, sie würde seinen Schutz brauchen.

Sie sah ihn an und lachte, während sie Dakan-ehs Schultern hielt und auf ihm ›tanzte‹. Dann setzte der Mutige Mann sie ab, nahm sie von hinten und paarte sich animalisch keuchend mit ihr, so daß das Mädchen nur noch stoßweise atmen konnte.

Benommen wich Cha-kwena zurück, stolperte und fiel auf die Knie, rappelte sich wieder auf und lief immer wieder stolpernd davon.

»Halt! Wohin gehst du? Und wer hat dir gesagt, daß du die Versammlung der Schamanen verlassen darfst?«

Atemlos und mit tränenüberströmtem Gesicht blieb Chakwena stehen. Er blickte wütend zu Shi-wana und den anderen Schamanen auf, die ihm den Weg versperrten.

»Ihr habt alle geschlafen«, verteidigte er sich. »Was macht es da für einen Unterschied, ob ich dabei bin oder nicht? Außerdem bin ich ja schon wieder auf dem Weg zurück!«

Niemand sprach. Warum starrten sie ihn alle so an? Nach einer Weile breitete sich in seinem Herzen eine eisige Kälte aus. Wo war Hoyeh-tay? Etwas stimmte nicht. Cha-kwena erstarrte und hielt dann den Atem an, als die Schamanen zur Seite traten. Hoyeh-tay wurde von Naquah-neh, dem Schamanen des Stammes der Weißen Hügel, getragen.

»Großvater! Geht es dir gut?«

Hoyeh-tay starrte ihn mit leeren Augen an.

Eule antwortete ihm an seiner Stelle. »Bist du nicht nur dumm, sondern auch noch blind, Cha-kwena? Siehst du nicht, daß es meinem Schamanen nicht gut geht?«

»Und wo war der Enkel, als sein Großvater flehend seinen Namen rief?« Naquah-neh spuckte die Worte verächtlich aus, als er den alten Mann seinem Enkel auf den Armen hinstreckte.

Cha-kwenas Knie drohten nachzugeben. Der Blick des alten Mannes war leer. Ein Speichelfaden hing ihm aus dem Mundwinkel, und seine linke Gesichtshälfte war merkwürdig verzerrt. Es war nicht zu sagen, ob Hoyeh-tay seinen Enkel erkannte.

»Ein böser Geist hat von ihm Besitz ergriffen«, sagte Shiwana leise. »Ein sehr böser Geist.«

Es war still im Lager. Der Wind strich leise durch die Pinienwälder, ohne daß das Lied der sonnengewärmten Nadeln hörbar geworden wäre. Cha-kwena saß allein auf der nackten Erde vor der kleinen Hütte, die ihm zugewiesen worden war. Dakan-eh und Lah-ri waren noch nicht zurückgekehrt, und das interessierte ihn auch gar nicht. Er vertrieb sich die Zeit, indem er Kieselsteine zwischen seinen Beinen zu immer neuen Mustern zusammenlegte.

Als ein Schatten über den Jungen fiel, blickte Cha-kwena auf. Shi-wana war aus der Hütte gekommen, wo sich die anderen Schamanen um Hoyeh-tay kümmerten. »Wie geht es meinem Großvater?« fragte er.

»Die bösen Geister sind immer noch bei ihm« antwortete Shiwana, »in seinem Kopf, in einem Auge und in seinen Mundwinkeln. Er redet mit schwerer Zunge über die Vergangenheit. Er spricht mit alten Freunden, als wären sie in diesem Augenblick bei ihm. Doch er scheint stark genug, um reisen zu können. Du und der Mutige Mann, ihr könnt eine Trage für ihn machen. Vielleicht wird Hoyeh-tay sich, sobald er wieder zu Hause ist, daran erinnern, daß jetzt heute und nicht gestern ist.«

Cha-kwena neigte seinen Kopf. Gestern war er verliebt gewesen. Gestern hatte er Dakan-eh noch für seinen Freund gehalten. Gestern war der alte Hoyeh-tay noch gesund und stark gewesen. Heute war alles anders. Eine seltsame Traurigkeit überkam ihn. Er fühlte sich innerlich leer, und sein Zuhause schien so weit weg.

»Wir alle müssen diesen Ort verlassen und in unsere Dörfer zurückkehren«, sagte der Schamane des Stammes der Blauen Tafelberge, während er mit einem Stirnrunzeln das Lager überblickte. »Wir müssen über die Omen und Zeichen nachdenken, die uns auf diesem heiligen Berg offenbart wurden. Ich habe nur an mein Dorf gedacht, an meinen Stamm und an die Mammuts, die im Gebüsch weideten, bevor ich aufbrach. Ich frage mich, ob meine Träume die Visionen eines Schamanen waren oder nur das Heimweh eines alten Mannes?«

Die folgende Stille war schwer und bedrückend. Shi-wana hatte zu Cha-kwena wie zu einem Gleichgestellten gesprochen. Irgendwie war dem Jungen wohler gewesen, als der Schamane sich wie sein Gegner verhalten hatte.

Dann schüttelte der große, langgliedrige Mann seinen Kopf und sagte nachdenklich: »Von allen Schamanen der Roten Welt war in Hoyeh-tay die Macht der Vorfahren immer am stärksten. Aber jetzt . . .«

Shi-wana verstummte, schüttelte erneut den Kopf und blickte auf den Jungen hinunter. »Schon bald, viel früher, als ich erwarten konnte, werde ich der Älteste der Schamanen sein. Und doch sprechen die heiligen Steine auf dem heiligen Berg nicht zu mir. Vielleicht liegt in ihrem Schweigen eine Botschaft . . .« Er zögerte. »Wäre das möglich?« Sein Gesicht verzog sich zu einem zahnlückigen Grinsen. »Ja!« rief er aus und sprach seine Gedanken in einem Wortschwall aus. »In Form eben dieses Schweigens sprechen die Steine!«

Cha-kwena konnte die Begeisterung des Menschen nicht teilen, aber der Schamane gab dem Jungen keine Gelegenheit, seine Meinung zu äußern.

»Seit die ersten Menschen in die Rote Welt kamen«, erklärte Shi-wana, »haben sich die vielen Stämme jeden zweiten, dritten oder vierten Sommer versammelt. Jetzt sind sechs lange Jahre seit der letzten großen Piniennußernte vergangen. Seit dieser Zeit haben die Mütter ihre Töchter nicht gesehen, die in einen anderen Stamm heirateten, und die Kinder, die ihren Töchtern geboren wurden, sind Fremde für ihre Großeltern. Die Stämme werden bald vergessen, daß sie einst ein Stamm waren, die gemeinsamen Kinder des Ersten Mannes und der Ersten Frau. Das ist die Botschaft der heiligen Steine! Ob es eine Ernte gibt oder nicht — im nächsten Jahr wird auf jeden Fall eine Versammlung stattfinden. Ach, Cha-kwena, man wird singen und tanzen und Hochzeiten und Namensfeste für die Neugeborenen feiern! Alle Schamanen der Roten Welt werden einen ganz besonderen Zauber für ihre Stämme machen!«

»Hoyeh-tay ist alt und krank«, gab Cha-kwena zu bedenken. »Vielleicht schafft er die Reise nicht mehr.«

Shi-wana zögerte einen Moment, bevor er leise und bedauernd antwortete. »Hoyeh-tay hat seine letzte Reise zum heiligen Berg unternommen, Cha-kwena. Du wirst ihn nach Hause bringen, damit er in seinem Stamm sterben kann. Lerne von ihm, was du kannst, und wenn sein Geist für immer vom Wind davongetragen wird, suche Weisheit und Rat bei Kosar-eh, dem Lustigen Mann, denn dieser gute Mann wäre fast ein Schamane geworden, wenn die Mächte der Schöpfung ihn nicht verstümmelt hätten. Im nächsten Jahr, wenn der Grasmond aufgegangen ist und der Pinienmond auf seine Geburt wartet, nimm den Stein deiner Vorfahren und führe Tlana-quah und deinen Stamm zu den Blauen Tafelbergen. Bis dahin wird dein Stamm dich zum Schamanen ernannt haben . . . obwohl du in Wirklichkeit schon jetzt Schamane bist.«

Cha-kwena wollte es nicht glauben und ließ es auch nicht zu, daß Shi-wana noch einmal davon sprach. Sie machten eine Trage für Hoyeh-tay und legten Kaninchenfelle über die weiche Unterlage aus frischen, duftenden Piniennadeln. Der alte Mann benahm sich wie ein glückliches Kind, als sie ihn auf die Trage legten. Er lebte in seiner Erinnerung und sprach mit Menschen, die schon seit langem tot waren.

»Sein Geist ist bereits zu den Vorfahren aufgebrochen«, sagte Dakan-eh. »Vielleicht wäre es das beste, ihn hier an diesem heiligen Ort zurückzulassen, damit seine Seele, wenn sie den Körper endgültig verläßt, nicht irgendwo unterwegs verlorengeht.«

Cha-kwena funkelte ihn böse an. »Er wird nicht verlorengehen, solange ich bei ihm bin! Ich werde die Trage ziehen, bis es ihm wieder besser geht. Und es wird ihm wieder besser gehen! Du wirst schon sehen!«

»Wie du meinst«, sagte er und tat die Feindseligkeit des Jungen mit einem Schulterzucken ab.

Nachdem sie sich von den Schamanen und den anderen Wächtern verabschiedet hatten, wolle Dakan-eh aufbrechen. Doch Sunam-tu rief ihn noch einmal zurück.

»Warte, Mutiger Mann! Meine Schwester geht mit dir!« Es war ein Lächeln auf Sunam-tus Gesicht, als er das Mädchen in seine Richtung stieß.

Lah-ris Brüste waren unbedeckt, und sie trug nur einen durchsichtigen Rock aus geflochtenen Kordeln. Sonst hatte sie nur noch ihre Sandalen an den Füßen und ihr Gepäck auf dem Rücken. »Ich komme mit!« verkündete sie stolz.

»Ich fühle mich geehrt, Sunam-tu, aber ich kann deine Schwester nicht annehmen«, sagte Dakan-eh. »Ich habe bereits eine Frau — die Tochter des Häuptlings —, die im Dorf auf mich wartet.«

»Wenn du dich mit ihr paarst, mußt du sie auch nehmen!« forderte Sunam-tu, der jetzt nicht mehr lächelte. »Sieh! Du trägst das Armband meiner Schwester am Handgelenk! Du hast sie angenommen!«

Dakan-eh hob die Augenbrauen. »Ich habe nur angenommen, was sie mir freiwillig gegeben hat, was du angeboten hast — ein Zeichen des Respekts von ihr und von dir. Du hast sie geschickt, damit ich die Nacht nicht allein verbringe, nicht, damit ich sie zu meiner Frau nehme.«

»Das ist dasselbe!« Sunam-tu blieb hartnäckig.

»Das ist nicht dasselbe«, erwiderte Dakan-eh kühl. »Der Mutige Mann nimmt nicht eine als Frau an, die sich selbst so bereitwillig öffnet wie ein alter Mokassin!«

Die Wächter kicherten leise. Als sie sich murmelnd wissende Blicke zuwarfen, erkannte Cha-kwena schockiert, daß Dakan-eh nicht der einzige Mann gewesen war, mit dem die kleine Schwester Sunam-tus eine Nacht verbracht hatte.

Lah-ri schmollte. »Vielleicht hast du mir ein Baby gemacht, Mutiger Mann!«

Dakan-eh zuckte die Schultern. »Vielleicht.«

Einer der Wächter schnaufte verächtlich. »Das wäre nicht das erste Mal.«

Lah-ris Gesichtszüge verhärteten sich. »Wenn der Mutige

Mann mich nicht mit sich nimmt, werde ich sein Baby töten!«

Erneut zuckte Dakan-eh die Schultern. »Wenn es ein Baby gibt, kannst du es töten oder behalten. Wie dem auch sei, es ist das einzige Geschenk, das du jemals von mir erhalten wirst.«

»Dann gib mir das Armband mit den weißen Perlen zurück!« forderte sie.

»Nein«, sagte er ruhig. »Es gibt jede Menge weißen Chalzedon in den Weißen Hügeln, aus denen du kommst. Bring irgendeinen Mann dazu, dir neue Perlen zu machen! Ich werde diese hier behalten.«

Die Wächter lachten schallend, als der Mutige Mann sich mit erhobenem Kopf und einem amüsierten Schnaufen umdrehte und davonging.

Cha-kwena glotzte das Mädchen an. War es dasselbe, das er noch in der letzten Nacht bereitwillig zur Frau genommen hätte? Lah-ri hatte haßerfüllt das Gesicht verzogen und sah so gemein aus wie ein Süßwasseraal, der auf einem Fischspeer aufgespießt war.

Plötzlich drehte sie sich um, lächelte, und lief auf Cha-kwena zu. Sie warf ihm die Arme um den Hals und rieb ihren Körper an seinem. »Du nimmst mich zur Frau, Schamanenjunge!«

»Ich . . . ich . . .« Er hätte ihr geantwortet, doch dann küßte sie ihn. Es war ein langer, offener und allzu erfahrener Zungenkuß, der ihn rasend vor Leidenschaft und Verwirrung machte. Doch dann drang das Lachen und Spotten der Wächter an seine Ohren. Er stieß sie von sich. »Nein! Geh weg von mir! Du hast deine Chance letzte Nacht verspielt. Wie kommst du auf die Idee, daß ich dich jetzt noch will?«

Die Umstehenden klatschten Beifall. Das folgende Gelächter ging auf ihre Kosten, nicht auf seine. Cha-kwena stand gerade. Er war schon seit vielen Monden nicht mehr so zufrieden mit sich selbst gewesen.

»Gute Arbeit, Cha-kwena!« rief Dakan-eh, der ihm einen Blick über die Schulter zuwarf und anerkennend lächelte. »Du lernst schnell!«

»Ja, und das ist gut so«, stimmte Shi-wana zu, der sich vom

Gelächter nicht anstecken ließ. Er starrte auf den alten Hoyeh-tay hinunter. »Du wirst in den nächsten Tagen und Nächten noch viel lernen müssen, kleiner Schamane.« Er verstummte und atmete tief durch. »Da niemand für die Schwester Sunam-tus gesprochen hat, werde ich das Mädchen als meine Frau in mein Dorf mitnehmen. Vielleicht wird sie mir, bevor meine Tage zu Ende sind, dabei helfen, mich noch einmal daran zu erinnern, wie es war, als ich jung war.«

Es war schon später Nachmittag, als sie die Blauen Tafelberge hinter sich ließen und schweigend nach Osten zum Großen See zogen. Han-da vom Stamm des Blauen Himmels, Qu-on vom Stamm des Tals der Vielen Kaninchen und Naquah-neh vom Stamm der Weißen Hügel gingen noch ein Stück mit ihnen. Dann bogen die Schamanen und ihre Wächter in Richtung ihrer eigenen Dörfer ab, nachdem sie sich geschworen hatten, beim Aufgang des Pinienmondes im nächsten Jahr zurückzukehren.

»Möge die Ernte groß sein! Mögen die Zeichen für die Menschen gut sein!« sang Naquah-neh, bevor er sich abwandte. »Und bis wir uns auf dem heiligen Berg wiedertreffen, mögen die Geister der Vorfahren meinem alten Freund Hoyeh-tay wohlgesonnen sein!«

»So möge es sein!« antwortete Dakan-eh feierlich.

»So *wird* es sein!« unterstrich Cha-kwena mit einer Autorität, die er nicht wirklich empfand.

Naquah-neh brummte und ging dann weiter. Sunam-tu folgte ihm ein paar Schritte weit, dann drehte er sich noch einmal um und funkelte Dakan-eh mit Verachtung in den Augen an. »Wenn wir uns wiedersehen, wirst du meine Schwester mit Respekt behandeln!« knurrte er. »Sie ist jetzt die Frau eines großen Schamanen – eines viel besseren Mannes, als du jemals hoffen kannst zu sein!«

Dakan-eh lachte spöttisch. »Und eines sehr viel älteren! Sicher wird Lah-ri ihrem Bruder für ewig dankbar sein. Ein Mann wie Shi-wana muß einfach der Traum eines jeden jungen Mädchens sein!«

Sunam-tus Fingerknöchel traten weiß hervor, als er den Schaft seines Speeres umklammerte, und Cha-kwena war sicher, daß der Mann Dakan-eh angreifen würde. Aber nichts geschah, bis Sunam-tu umkehrte und Naquah-neh nacheilte.

Belustigt und triumphierend schüttelte Dakan-eh den Kopf, lachte, als er sein neues Armband bewunderte, und ging weiter. »Komm, Cha-kwena!« rief er über die Schulter zurück. »Ich möchte noch ein paar Meilen zurücklegen, bevor wir unser Nachtlager aufschlagen. Wenn ich dir mit der Trage deines Großvaters helfen soll, sag Bescheid!«

»Ich will nichts von dir.«

»Das sagst du.«

»Ich meine, was ich sage!«

»Das sagst du.«

Cha-kwena knirschte mit den Zähnen und kämpfte seine Wut nieder, während er Hoyeh-tays Trage zog. Eule hockte auf den zugedeckten Zehen des alten Mannes. Dakan-eh lief voraus und brach plötzlich in schallendes Gelächter aus.

»Da gibt es nichts zu lachen!« rief Cha-kwena.

»Oh, doch!« entgegnete der Mutige Mann. Er drehte sich um, ging zurück und lächelte. »Es war unglaublich köstlich letzte Nacht auf diesem Mädchen! Und die ganze Zeit über haben sie und ihr Bruder gedacht, sie hätten mich in der Falle. Ha! Ich wußte längst, daß Shi-wana ein Auge auf sie geworfen hat! Dummer alter Narr! Sie wird seinen Mannknochen überfordern und dann wütend auf ihn werden, wenn er ihr verbietet, sich den jüngeren Böcken des Stammes zu öffnen. Sei froh, Junge! Beinahe hättest du diese lästige Intrigantin am Hals gehabt!«

Cha-kwena konnte nicht mitlachen. »Ich werde mir niemals eine Frau nehmen.«

»Nein?«

»Nein!«

»Du solltest mir dankbar sein, Cha-kwena! Du wolltest sie. Du hättest sie genommen. Ich habe dir eine Menge Ärger erspart, indem ich dich fortgeschickt habe, statt dir zu erlauben, die Freude mit mir zu teilen.«

183

Cha-kwena errötete, weil Dakan-eh die Wahrheit gesprochen hatte. Er hatte sie tatsächlich gewollt. Der Gedanke, daß sie jetzt Shi-wanas Frau sein würde, machte ihn krank vor Eifersucht und... Angst. Die Empfindung versetzte ihm einen Schock. Plötzlich spürte er den Geruch nach Rauch und Feuer und verbranntem Fleisch in seiner Nase, und irgendwo in seinem Kopf hörte er Menschen schreien, während ein Steinadler vor der Sonne seine Kreise zog.

»Cha-kwena?«

Verwirrt schüttelte er den Kopf.

Dakan-eh stand vor ihm. »Alles in Ordnung?«

Die Geräusche, Gerüche und Bilder verschwanden. Chakwenas Geist war plötzlich unglaublich klar.

Eule, die immer noch auf Hoyeh-tays Zehen saß, sprach zu ihm. »Achte auf die Vision, die bei Tageslicht zu dir kommt, Schamane! Kehre diesem Mädchen nicht den Rücken zu! Hinter den Blauen Tafelbergen bewegt sich die Gefahr, Junge!«

»Ich bin kein Junge! Ich bin kein Schamane! Wenn Lah-ri morgen sterben müßte, wäre es mir ganz egal!«

Dakan-eh, der Eules Worte natürlich nicht gehört hatte, schrak vor Cha-kwenas Wutausbruch zurück. Er starrte den Jungen an. »Dann sollten wir uns auf den Weg machen«, sagte er leise.

Cha-kwena folgte ihm. Als der Mutige Mann die vertrauten rhythmischen Gesänge der Reise anstimmte, sang Cha-kwena mit, laut und froh, daß er damit seine Gedanken und die stummen Botschaften von Eule verdrängen konnte.

»Ich bin die Weise und Wachsame Eule. Ich habe Hoyeh-tays Geist in mich aufgenommen. Wenn ich ihn verlasse, wird er sterben... und dann wirst *du* der Schamane sein.«

»Nein!« Er hatte einen dicken, heißen Kloß im Hals. Durch die Gesänge schien er ihn kühlen zu können.

»Sing... Sing die Gesänge der Stämme!« befahl Hoyeh-tay von seiner Trage aus.

Während sie Meile um Meile zurücklegten, träumte und wachte Hoyeh-tay abwechselnd. Manchmal sang er oder sprach mit sich selbst oder schlief so fest, daß Cha-kwena mehr als einmal anhielt, weil er befürchtete, sein Großvater wäre schon tot. Als es dämmerte, war Hoyeh-tay jedoch immer noch am Leben und plapperte vor sich hin.

»Ruh dich aus, Großvater! Schlaf!« drängte Cha-kwena, als er die Trage am Ufer des Großen Sees absetzte. »Morgen früh werden wir weiterziehen, nach Hause. Bis dahin hat U-wa bestimmt deine Matratze mit frischem Salbei ausgestopft und dir deine Lieblingskuchen gebacken und Brühe zubereitet . . .«

»U-wa ist eine hübsche junge Frau, mein Sohn, aber ihre Kochkünste lassen etwas zu wünschen übrig, stimmt's? Du bist ein guter Sohn, Nar-eh, du hast etwas Besseres verdient. Du solltest dir eine zweite Frau nehmen – eine bessere Köchin. U-wa würde das sicherlich verstehen.«

»Ich bin Cha-kwena, dein Enkel.«

»Enkel? Ach ja, jetzt sehe ich dich, Ish-iwi! Immer zu Scherzen aufgelegt, was? Enkel, also wirklich! Wo bist du gewesen, Ish-iwi? Endlich haben wir uns wiedergetroffen, du und ich! Aber hör doch mal! In der Nähe sind viele Löwen auf der Jagd.«

»Großvater, hier sind keine Löwen. Ich bin es nur, Cha-kwena!«

»Unsere Mütter machen sich Sorgen um uns, Ish-iwi. Sie sagen, wir wären zu jung, um ohne Aufsicht im Großen See schwimmen zu gehen. Es tut gut, dich wiederzusehen, Ish-iwi. Aber hier sind so viele Löwen! Warum folgen sie uns? Ach du meine Güte! Nar-eh ißt schon wieder Pilze! Wir müssen unbedingt mit ihm reden.«

Cha-kwena standen Tränen in den Augen. »Großvater! Ish-iwi ist nicht hier! Und Nar-eh ist tot!«

»Laß ihm doch seine Phantasien, Junge!« Dakan-eh trat heran und legte Cha-kwena tröstend eine Hand auf die Schulter. »Ich habe das schon öfter erlebt. Du kannst jetzt nichts für ihn tun. Er wird bald sterben – vielleicht sogar noch bevor wir das Dorf erreichen.«

»Nein! Ich werde mich um ihn kümmern! Ich werde nicht zulassen, daß er stirbt! Niemals!«

Dakan-eh seufzte und schüttelte den Kopf. »Wenn du das

185

schaffst, Cha-kwena, dann bist du wahrlich der größte Schamane von allen.«

Die ganze Nacht über saß Cha-kwena bei dem alten Mann und lauschte auf sein unsinniges Gerede. Dakan-eh stellte ein paar leichte Fallen auf, und nachdem sie ein geeignetes Paar Wurfstöcke gefunden hatten, schafften Cha-kwena und er es, einige Kaninchen zu erlegen. Sie häuteten, rösteten und aßen ihre Beute, dann überließen sie Eule die Schnauzen und Füße.

Mit viel Überredungskunst brachten sie den alten Mann dazu, auch ein paar Bissen zu sich zu nehmen. Gegen Morgen schlief er endlich tief ein, und auch Cha-kwena fiel in den ersehnten Schlaf, aber nicht für lange. Als er aufwachte, sah er den Kojoten am Rand ihres kleinen Lagers stehen. Das Tier hielt den Kopf gesenkt, und in seinen Augen funkelte das Sternenlicht, während Eule hoch oben flog. Cha-kwena fuhr erschrocken auf.

»Großvater!« rief er. Für ihn gab es keinen Zweifel, daß der alte Mann tot war. »Komm zurück!«

Hoyeh-tay antwortete nicht, bis Eule auf lautlosen Schwingen herabstieß und wieder auf den Zehen des alten Mannes landete. Als der Kojote davontrottete, regte sich Hoyeh-tay, gähnte und begann zu plappern.

Cha-kwena seufzte vor Erleichterung. »Danke«, flüsterte er Eule zu.

»Seltsam . . .«

Dakan-eh hatte gesprochen.

Cha-kwena drehte sich um und sah den Mutigen Mann, der den Weg zurückblickte, den sie gekommen waren. »Riechst du es auch?«

»Was?« fragte Cha-kwena.

»Der Wind trägt vom heiligen Berg den Geruch nach Rauch heran.«

»Die Wächter müssen früh aufgestanden sein, um für ihre Schamanen die Kochfeuer zu entfachen.«

»Aber das Lager wurde doch abgebrochen, als wir es verließen. Inzwischen müssen auch die letzten heiligen Männer weit fort sein.«

»Vielleicht sind einige der Schamanen zurückgeblieben.«

Dakan-eh nahm einen tiefen Atemzug. »Es riecht nicht wie Rauch von einem Kochfeuer.«

Cha-kwena atmete ein. Der Westwind trug ihm den Geruch nach Rauch heran ... und den nach versengtem Haar, nach verbranntem Gras, Fleisch und Öl. Er spannte sich an.

»Ich mag diesen Gestank nicht«, sagte Dakan-eh. »Vielleicht sollten wir umkehren und nachsehen, ob alles in Ordnung ist.«

Für einen Augenblick war Cha-kwena drauf und dran, ja zu sagen, weil er sich an den Traum vom menschenfressenden Adler erinnerte. Er dachte auch an das Mädchen mit den Grübchen, das kichernd nackt unter den Sternen tanzte. Doch dann erinnerte er sich daran, wie Lah-ri und Dakan-eh ihn verhöhnt hatten.

»Wir müssen zu unserem Stamm zurückkehren«, sagte er schnell. »Du hast geschworen, den Schamanen unseres Stammes zu bewachen. Mein Großvater muß nach Hause gebracht werden.«

»Ja...«, gab Dakan-eh nach. »Du hast recht. Die Schamanen der Roten Welt gehen unter dem Schutz der heiligen Steine. Was soll ihnen schon geschehen? Wir werden früh aufbrechen. Wenn die Geister uns wohlgesonnen sind, könnte ich vielleicht wieder ein oder zwei Goldkörner an derselben Stelle aufsammeln, wo ich die letzten gefunden habe. Ta-maya würde sich über ein solches Geschenk sehr freuen.«

Cha-kwena starrte ihn wütend an. »Und was ist mit Ban-ya?«

»Auch sie würde sich darüber freuen und vielleicht nicht so böse sein, wenn ich nicht sie, sondern die Tochter Tlana-quahs wähle.«

»Wirst du der Tochter Tlana-quahs erzählen, daß du dein neues Armband von Lah-ri geschenkt bekommen hast und daß du ihr im Wald auf dem heiligen Berg vielleicht auch ein kleines ›Geschenk‹ gemacht hast?«

Jetzt starrte Dakan-eh wütend zurück. »Dieses Mädchen

bedeutet mir nichts! Gar nichts! Und wenn du lange genug am Leben bleiben willst, um noch Schamane werden zu können, Cha-kwena, dann wirst du Ta-maya oder irgendeiner anderen Frau des Dorfes nichts über Lah-ri erzählen! Das Armband war ein Geschenk von einem neuen Freund aus den Weißen Hügeln. Niemand wird etwas anderes behaupten!«

Cha-kwena versuchte, die Drohung und den Mann, der sie ausgestoßen hatte, einzuschätzen. Keins von beiden durfte man auf die leichte Schulter nehmen. Er blickte zu seinem Großvater hinüber, der den Medizinbeutel mit der rechten Hand umklammert hielt. Wenn die heiligen Steine in dem Lederbeutel Zauberkraft besaßen, warum hatten sie Hoyeh-tay dann nicht vor den bösen Geistern bewahrt, die ihm den Verstand raubten.

»Ish-iwi, paß auf die Löwen auf, Ish-iwi!«

»Ja, ich werde aufpassen«, antwortete Cha-kwena mit gebrochener Stimme.

Er nahm einen Zipfel seines Schlaffells und wischte dem alten Mann damit behutsam über den Mund. Rauch brannte dem Jungen in den Augen, und sein Herz schmerzte vor Mitleid und Bedauern. Aber die Antwort hatte Hoyeh-tay beruhigt. Der alte Schamane seufzte und entspannte sich. Er versuchte zu lächeln und lockerte seinen Griff um den Medizinbeutel. Seine krallenhafte Hand hob sich und berührte das Gesicht des Jungen.

»Bring mich nach Hause, Cha-kwena! Ich will noch einmal den heiligen Wacholder und Lebensspender sehen, bevor ich sterbe.«

Cha-kwena war glücklich. Hoyeh-tay hatte ihn bei seinem Namen genannt! »Es geht dir schon viel besser!« rief er und drückte seinem Großvater die Hand. »Du wirst nicht sterben!«

Hoyeh-tay seufzte erneut, als Eule aufflog. »Eines Tages . . .«

»Aber nicht heute!« sagte der Junge hartnäckig. Er stand auf und rief nach Dakan-eh. »Die Geister sind uns wohlgesonnen, Mutiger Mann! Hoyeh-tays Seele ist wieder vollständig in seinen Körper zurückgekehrt!«

Und damit brachen sie nach Osten auf, während Eule ihnen vorausflog. Diesmal stimmte Cha-kwena mit heller Stimme und sorglosem Herzen in Dakan-ehs Gesänge ein. Hoyeh-tay sang ebenfalls mit, und das fröhliche Singen der drei Reisenden wurde so laut, daß nur Cha-kwena das Heulen eines Tieres in den Blauen Tafelbergen hörte — das tiefe und hungrige Geheul eines Wolfes, dem seine Beute entkommen war. Der Junge blieb stehen, um zu lauschen, aber er hörte nur noch Stille. Nach einer Weile war er sich nicht mehr sicher, ob er überhaupt etwas gehört hatte. »Was ist los, mein Enkelsohn?«

»Nichts«, sagte er und war fast davon überzeugt, daß er die Wahrheit gesprochen hatte.

»Zu spät! Wir sind zu spät!« brüllte Maliwal. Sein ruiniertes Gesicht war genäht und in Lederbandagen gewickelt worden, die sie aus dem Dorf gestohlen hatten, das er und die anderen gerade geplündert hatten. »Sie haben dieses Lager verlassen und die heiligen Steine mitgenommen!« Wutschäumend stand er auf dem heiligen Berg. Das verlassene Lager der weisen Männer schien ihn verspotten zu wollen. »Verbrennt die Hütten! Verbrennt alles!«

»Aber, Maliwal, wir haben doch schon das Dorf auf der anderen Seite des Berges niedergebrannt!« Chudeh sah verzweifelt aus. Seine Augen schmerzten und tränten immer noch vom Rauch des zerstörten Dorfes.

Es war sehr schnell und kompromißlos abgelaufen, die Ermordung der Jäger, die ihnen zu Hilfe gekommen waren, der Überfall auf das armselige kleine Dorf, die Ermordung der Bewohner — bis auf ein paar ausgesuchte Frauen natürlich, die sie gefangengenommen hatten — und dann das Abbrennen der grasbedeckten Hütten. Chudeh fühlte sich immer noch benommen.

Maliwal hatte recht gehabt — es war wirklich ein leichter Sieg gewesen. Die Eidechsenfresser waren ein argloses, freundliches Volk. Der Kampf lag nicht in der Natur der Eidechsenfresser, sie schienen nicht einmal verstehen zu können, wie Menschen ihre eigenen Artgenossen töten konnten. Und so waren sie fassungslos gestorben, zuerst einer nach dem anderen. Dann hatten sie wie Pekaris geschrien und waren wie die Kaninchen geflüchtet, ohne ihrem Schicksal entrinnen zu können. Die Speere der Jäger des Stammes des Wachenden Sterns hatten in ihnen leichte Ziele gefunden.

Chudeh runzelte die Stirn. Es waren nicht die Erinnerungen an das Gemetzel, was ihn beunruhigte. Er hatte schon vorher Eidechsenfresser getötet, ihre Dörfer abgefackelt, sich an ihren überraschten Frauen und jungen Mädchen befriedigt, bevor er ihnen die Kehle aufschlitzte. Aber als er sich jetzt in der kleinen Ansammlung verlassener Hütten umsah, versuchte er seine Gedanken in Worte zu kleiden. »Das Dorf war eine Sache, aber dies ist ein heiliger Ort, Maliwal. Laß uns auf die andere Seite des Berges zurückkehren. Dort warten die Mammuts darauf, geschlachtet zu werden, und die Gefangenen darauf, daß wir uns an ihnen erfreuen. Warum sollen wir diese paar kleinen Hütten verbrennen und das Risiko eingehen, die Geister zu beleidigen, die . . .«

»Weil es mir Spaß macht!« unterbrach Maliwal ihn zischend. »Das ist Grund genug, Chudeh! Wenn die Geister dieses Ortes irgendeine Macht hätten, wären die Eidechsenfresser von ihnen gewarnt worden. Sie hätten den knochigen alten Mann vor dem gewarnt, was ihn und seine Kinderbraut erwarten würde, wenn sie in ihr Dorf zurückkehren. Ist es nicht so, Blaugesicht?«

»Man nennt mich Shi-wana«, sagte der Schamane stolz, obwohl seine langen Arme hinter dem Rücken gefesselt waren. Seine Augen nahmen das Gesicht seines Peinigers in sich auf. »Die heiligen Männer der Roten Welt werden nicht vor den Brüdern des Himmels davonrennen.«

Maliwal war durch die Würde Shi-wanas verunsichert. »Brüder des Himmels?«

Das Gesicht des alten Mannes war von Sorgen und Erschöpfung gezeichnet, und die rituelle blaue Bemalung blätterte bereits ab. »Warum seid ihr vom Himmel herabgekommen?« fragte er. »Haben wir den uns anvertrauten heiligen Knochen des Ersten Mannes und der Ersten Frau nicht genug Ehre erwiesen?«

»Wovon redet er?« fragte Chudeh. Das junge Mädchen mit

den Grübchen hatte sich an die Seite des heiligen Mannes gekauert und sah den Jäger an. Hatte der alte Schamane gelogen, als er schwor, daß er noch nie mit Lah-ri, wie er sie nannte, geschlafen hatte? Sie war jung und sah gut aus, hatte Chudeh bemerkt, aber etwas in ihrer Haltung verriet ihm, daß sie keine Jungfrau mehr war. Er hätte blind sein müssen, um die einladenden Blicke ihrer Augen zu übersehen.

Er richtete sich gerade auf und wünschte sich, daß sie ihren Blick abwenden würde. Sie weckte sein männliches Bedürfnis. Maliwal würde wütend werden, wenn er etwas davon bemerkte, denn er hatte jedem Mann verboten, sie anzurühren. Sie war für Ysuna, eine neue Braut für Himmelsdonner. Chudeh knirschte mit den Zähnen, als er sie musterte. Der Gott würde mit dieser Braut zufrieden sein, aber es war schade, daß er sich nicht vorher noch an ihr erfreuen durfte.

»Er redet zuviel«, sagte Maliwal in Richtung des alten Schamanen. »Und er spricht von den falschen Dingen.« Er hob seinen Speer und drückte dem Schamanen die lanzettförmige Spitze in den Bauch. »Ich frage dich noch ein letztes Mal, Blaugesicht. Wohin sind die anderen gegangen?«

Shi-wanas Gesichtszüge verhärteten sich. Er starrte auf den Medizinbeutel, der an einem Riemen um Maliwals Hals hing. »Frage den heiligen Stein, den du mir und dem Stamm der Blauen Tafelberge gestohlen hast.«

Maliwal kniff drohend die Augen zusammen. »Du wirst mir jetzt sagen, was ich wissen will.«

Der alte Mann hob den Kopf. Er zuckte nicht zusammen, als die Speerspitze seine Haut durchdrang und sich tief in seine Muskeln bohrte. Blut tropfte über seine bleiche Haut.

Das Mädchen schrie auf. »Die anderen weisen Männer sind zu ihren vielen Dörfern in der Roten Welt zurückgekehrt. Sie werden im nächsten Jahr wiederkommen. Es wird im nächsten Jahr eine Große Versammlung der Stämme geben!«

»Gut!« Maliwal lächelte. »Du bist ein sehr hilfsbereites Mädchen und sehr besorgt um das Leben deines Mannes.«

Lah-ri fiel beinahe in Ohnmacht, als sie die Freundlichkeit in seinen Augen sah. »Töte mich nicht . . . ich meine, töte uns nicht!«

Chudeh nickte. Sie war weder hilfsbereit noch im geringsten um den alten Mann besorgt. Sie kämpfte nur um ihr eigenes Leben.

Maliwals linke Hand schloß sich um den heiligen Stein und die anderen magischen Talismane, die sich im geraubten Medizinbeutel befanden. »Du sagst, daß die Schamanen nächstes Jahr hierher zurückkehren werden? Alle?«

»Sag nichts, Mädchen!« rief Shi-wana. »Du hast schon viel zuviel gesagt! Du wirst . . .«

Er verstummte, als Maliwal ihm den Speer aus dem Bauch zog und Shi-wana damit einen Schlag gegen den Kopf versetzte. Blut schoß ihm aus Ohren, Nase und Mund, und er stürzte zu Boden.

Normalerweise hätte das Mädchen jetzt in die Knie gehen müssen, um sich besorgt um den Schamanen zu kümmern, doch irgendwie wußte Chudeh, daß es das nicht tun würde. Also war er nicht überrascht, daß Lah-ri nur nachdenklich auf den Schamanen hinuntersah.

»Er hatte kein Recht, mich als seine Frau zu bezeichnen.« Sie verzog selbstgerecht das Gesicht. Dann sah sie Maliwal an und begann zu jammern. »Ja, ein weiser Mann darf das einfach so tun — sich irgendeine Frau aussuchen, und sie muß dann mit ihm gehen. So hat er mich von meinem Bruder und meinem Stamm getrennt. Obwohl er es probiert hat, hat er es nicht geschafft, seinen Mannknochen in mich zu stecken. Er war so alt, weißt du, und ich glaube, daß sein Mannknochen sogar noch älter ist.«

Maliwal sah das Mädchen mit starrem Blick an. »Hat sich schon einmal irgendein Mannknochen in dir bewegt, Mädchen?«

Chudeh sah, wie sich ihre Wangenmuskeln zusammenzogen. Sie zögerte und überlegte, was die beste Antwort auf diese Frage war. Jeder Mann, der bei klarem Verstand war, hätte die Wahrheit sofort erkannt. Aber Chudeh wußte, daß Maliwal müde und von den ständigen Schmerzen erschöpft war.

»Nein«, sagte sie und blickte durch ihre dichten Wimpern zu Maliwal auf. »Wirst du der erste sein, der mich bluten macht? Du bist bestimmt der mutigste aller Männer, und obwohl ich keine Erfahrung darin habe, hat meine Mutter mich gelehrt, wie man einen Mann befriedigt. Du wirst es nie bereuen, wenn du mich am Leben läßt, um dich mit deinem Mannknochen in mir zu erfreuen.«

Chudeh schnalzte mit der Zunge. Er konnte sich nicht länger zurückhalten. »Und was ist mit deinem Schamanen?« fragte er. »Du sprichst von ihm, als wäre er schon tot. Er mag verletzt sein, aber er ist noch am Leben, und du bist immer noch seine Frau. Möchtest du nicht seine Wunden pflegen?«

Sie blinzelte nervös und ging dann in die Knie, um hastig Shiwanas Gesicht und Bauch zu berühren. »Er stirbt!« rief sie mit hoher, kreischender Stimme, in der Verwirrung oder vielleicht auch Erleichterung mitschwang. »Ach, armer alter Mann! Was kann ich noch für ihn tun?«

»Laß ihn sterben!« antwortete Maliwal. Er ließ den Medizinbeutel los und streckte seine Hand dem Mädchen hin. »Komm freiwillig mit mir zu meinem Stamm!«

Diesmal zögerte das Mädchen nicht. Sie sprang auf und griff nach seiner Hand, wie eine Ertrinkende nach einem vorbeitreibenden Baumstamm gegriffen hätte. »Ja!« sagte sie, und als er sie zu sich heranzog, kuschelte sie sich kichernd an.

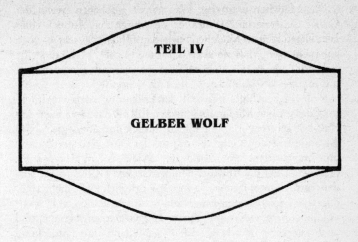

TEIL IV

GELBER WOLF

1

Mah-ree ging in die Knie und streckte sich dann flach auf dem nackten Bauch aus. Sie lag ganz still in ihrem Versteck aus Gras und Schachtelhalmen. Als sie durch die schilfähnlichen, sommergereiften Stengel lugte, pochte ihr Herz, und sie hielt den Atem an. Dort genau vor ihr bewegte sich undeutlich etwas Weißes, groß wie ein Berg, durch den Schatten des Zedernwäldchens.

»Großer Geist...«, flüsterte sie ehrfürchtig.

Es war ein seltenes Ereignis, wenn jemand anderer als der Schamane Lebensspender sah, wodurch sich Mah-rees Ehrfurcht noch steigerte. Das Totem ihres Stammes war riesengroß, viel größer als sie sich jemals vorgestellt hatte! Sie riß sich zusammen, um nicht vor Glück aufzuschreien.

Dann beschleunigte sich ihr Herzschlag, als sie plötzlich Angst bekam. Er war so nahe. Überrascht erkannte sie, wie weit sie gelaufen war, um im Spiel nach einer Libelle zu jagen. Es lief ihr kalt den Rücken herunter. Sie konnte die anderen Frauen und Mädchen nirgendwo mehr sehen. Hatten sie bereits ihre Abwesenheit bemerkt?«

Das Mädchen erzitterte. Was würde geschehen, wenn der Große Geist sie sah? Würde er sich durch den Anblick eines armseligen kleinen Mädchens beleidigt fühlen? Sie war es doch gar nicht wert, daß sie seine Größe erblickte. Mah-ree stellte sich vor, wie er aus dem Wäldchen gestürmt kam und ihre unbedeutenden Knochen in die Erde stampfte.

Mah-ree beruhigte sich mit der Erkenntnis, daß eine Sichtung des großen Mammuts in jedem Fall als das beste aller Zeichen betrachtet wurde. Sie blickte zurück und überlegte, ob sie die anderen rufen sollte, die mit ihr das Dorf verlassen hatten, um im Dickicht am Rand der Wiese Johannisbeeren zu pflücken. Über die Anwesenheit des Großen Geistes würde sich der ganze Stamm freuen. Ta-maya würde sich nicht mehr ständig nach Dakan-eh sehnen, Tlana-quah würde sich nicht mehr um das sorgen, was immer ihm seit Tagen Sorgen bereitete, und auch sie selbst würde glücklich sein, denn ihre Entdeckung hatte sicherlich zu bedeuten, daß Cha-kwena bald aus dem Land der Blauen Tafelberge zurückkehren würde! Sie zitterte vor Freude, als sie daran dachte.

Während Mah-ree reglos dalag und den Großen Geist beobachtete, schwebte eine der blauen Libellen, die sie an diesen Ort gelockt hatten, mit durchsichtigen Netzflügeln vor ihrem Gesicht. Das Mädchen pustete, um das Insekt zu vertreiben. Doch es verschwand nicht, sondern setzte sich sogar auf ihre Nasenspitze. Mah-ree konzentrierte ihren Blick mit schielenden Augen darauf und blies nach oben, aber es nützte nichts. Die Libelle blieb noch einen Augenblick sitzen, bevor sie plötzlich wieder weiterflog.

Mah-ree starrte durch die Schachtelhalme und Sumpflandgräser zum Zedernwäldchen, das vor ihr lag. Lebensspender, der All-Großvater, war immer noch da. Er stand schwankend und majestätisch da. Seine großen Zähne mahlten wie Felsblöcke aufeinander, als er zwischen dem Adlerfarn unter den sonnigen roten Säulen der Bäume weidete. Er fraß behutsam und langsam, schnaufte leise und schaukelte seinen Kopf. Kleine gelbschnäblige, braune Vögel saßen auf seinem Schädel und dem sich deutlich abzeichnenden Rückgrat. Mah-ree lachte vor Glück.

Mah-ree sah Lebensspender fasziniert zu. Er war so schön! Sie keuchte überrascht, als er mit einem einzigen Ruck seines Rüssels eine junge Zeder entwurzelte und sich über die Nadeln hermachte. Plötzlich hatte sie wieder Angst, denn sie spürte, daß er sie ansah. Sie erwiderte seinen Blick und konnte ihn nicht mehr abwenden. In seinen Augen sah sie Vorsicht, Weisheit und noch etwas, das sie bis ins tiefste Innere erschütterte. Er war alt!

Lebensspender war groß und breit wie ein Berg, aber seine runzlige Haut war vernarbt, vor Alter ergraut und hing schlaff über seine riesigen Knochen. Längliche Narben auf seiner Schulter überzeugten sie davon, daß er vor Jahren von Säbelzahnkatzen, Löwen, Jaguaren oder Bären angegriffen worden war. Sie runzelte die Stirn, als sie die Einbuchtungen an seinen Schenkeln und Schultern sah, wo die einst mächtigen Muskeln geschrumpft waren. Seine Augen lagen tief in den Höhlen und waren getrübt, und die Spitzen seiner einwärts gebogenen Stoßzähne waren abgebrochen und farblos.

Es machte sie traurig, als er vor Schmerzen keuchte, den Baum fallen ließ und zurück in den Schatten des Wäldchens stapfte. Er hob den Rüssel, um die Vögel und den Schwarm blauer Libellen zu vertreiben, der jetzt über ihm schwebte.

Mah-ree hielt den Atem an. Es war das Totemtier ihres Stammes. Es war der Große Geist. Aber in diesem Augenblick erkannte sie, daß er kein Geist war. Er war sterblich und so alt wie das Land. Eines Tages, vielleicht schon bald, würde er sterben. Hatte nicht ihr Schamane gesagt, daß, wenn ihr Totem starb, auch der Stamm sterben würde?

Sie stand verstört und verwirrt auf. Was war das für ein Zeichen? Auf jeden Fall war es zuviel für ein kleines Mädchen. »Warte!« rief sie dem großen Mammut nach.

Da sie von Natur aus eher um andere besorgt war und ohnehin davon träumte, eine Schamanin oder Medizinfrau zu werden, kümmerte sich das Mädchen gar nicht um ihre eigene Sicherheit. Wenn Lebensspender Schmerzen hatte, mußte sie ihm helfen. »Geh nicht, All-Großvater! Warte! Ich werde Weidenblätter und Triebe sammeln. Sie werden deine Zahnschmerzen lindern! Du wirst wieder fressen können und wieder stark und unbesiegbar werden. Warte!«

Doch All-Großvater trottete weiter, und die kleinen braunen Vögel flatterten ihm hinterher.

»Mah-ree! Wo bist du, Mah-ree?«

Ha-xas befehlende, aber gleichzeitig freudig begeisterte Stimme kam vom tiefergelegenen Teil der Wiese.

Ta-mayas Stimme war wie ein Echo ihrer Mutter. »Mah-ree, komm schnell! Dakan-eh und Cha-kwena sind endlich mit unserem Schamanen zurückgekommen!«

Niemand hatte Zeit, Mah-rees aufgeregtem Geplapper über den Großen Geist zuzuhören. Sie wurde einfach von der allgemeinen Begeisterung der anderen Frauen mitgerissen, die ins Dorf zurückeilten.

»Aber er war auf der Hochwiese! Ich habe ihn gesehen!«

»Später, mein Mädchen. Erzähl uns später davon!« sagte Ha-xa. »Was du auch immer gesehen haben magst, wir werden es als gutes Omen betrachten, ein sicheres Zeichen, daß die Geister der Vorfahren unserem Stamm wohlgesonnen sind.«

»Aber, Mutter, er war so alt, und es sah aus, als hätte er Zahnschmerzen und . . .«

»Still jetzt, Kind!« brachte Ha-xa sie mit einem ernsten Blick zum Schweigen, als sie ihre Familienhütte erreichten. »Du bist genauso schlimm wie Cha-kwena und meinst immer, daß irgendein armes Tier deine Pflege braucht! Natürlich ist Lebensspender alt! Er wurde lange vor dem Ersten Mann und der Ersten Frau geboren. Aber er kann keine Zahnschmerzen haben. Er ist unsterblich. Wenn seine Zähne abgenutzt sind, werden ihm neue nachwachsen . . . immer wieder! Also mach dir keine Sorgen um ihn. Kämm dein Haar! Na los! Wir müssen hinaus, um die zu begrüßen, die aus den Blauen Tafelbergen zu uns zurückgekehrt sind!«

Mit einem resignierten Seufzen ließ Mah-ree sich auf ihre Schlaffelle fallen. Ha-xa hatte natürlich recht. Bald würde All-Großvater wieder er selbst sein. Sie lächelte, als sie daran

dachte. Dann fiel ihr ein, daß sie in Kürze Cha-kwena begrüßen würde, und sie nahm ihren Kamm aus geschnitztem Elch-
geweih. Sie wollte ihn gerade durch ihre kurzen Haarsträhnen
ziehen, als ihre Schwester zu ihr kam, sie hochhob und sie
stürmisch umarmte.

»Sie sind zurück! Oh, Mah-ree, sie sind zurück, zurück,
zurück!« Ta-maya drückte Mah-ree einen Kuß auf die Wange,
dann drehte sie sich im Freudentanz, bis sie innehielt. »Oh,
Mah-ree, sehe ich auch gut aus? Glaubst du, daß er mich noch
will? Oh, Mah-ree, diesmal werde ich nicht nein sagen, wenn
mein Mutiger Mann um mich bittet!«

Der Stamm kam den Heimgekehrten in fröhlicher Stimmung
entgegen, um sie zu begrüßen. Kosar-eh, der Lustige Mann,
tanzte vor ihnen. Seine Haut leuchtete in der grellen Bemalung
aus schwarzen und weißen Streifen. Tlana-quah ging ihm aufrecht, ernst und würdevoll in seinem federnbesetzten Lendenschurz und Jaguarfellumhang voraus. Unmittelbar hinter dem
Häuptling kam seine Familie und dahinter in respektvollem
Abstand, der durch die Traditionen diktiert wurde, der gesamte
Stamm. Die Menschen schüttelten Rasseln aus Knochen und
Schlangenschwänzen. Die Männer, Frauen und Kinder schritten langsam, klatschten in die Hände und riefen die Namen
jener, die lange Zeit fortgewesen waren. Cha-kwenas Mutter U-
wa schniefte voller Dankbarkeit, daß die Geister der Vorfahren
ihr einziges Kind sicher nach Hause gebracht hatten.

Der alte Hoyeh-tay saß aufrecht auf seiner Trage. Er war
noch nicht stark genug, um wieder laufen zu können, hatte sich
aber so gut erholt, daß er einen dürren Arm zum Gruß erheben
konnte. Eule hockte auf seinem Kopf. Der alte Schamane verkündete, daß Cha-kwena mit neu entdeckten magischen Fähigkeiten zu seinem Stamm zurückkehrte.

»Wahrlich, dieser Sohn von Nar-eh und Enkelsohn von
Hoyeh-tay wird der nächste Schamane werden!«

Der Junge wand sich bei den Worten seines Großvaters.
Neben ihm stolzierte Dakan-eh mit seiner gewöhnlichen Arro-

199

ganz. Als die Menge sich näherte, schien Dakan-eh immer größer und selbstsicherer zu werden, bis er endlich vor seiner erwählten Braut und ihrer Familie stand, als wäre er und nicht Tlana-quah der Häuptling.

Tlana-quah musterte ihn mit seiner üblichen Unerschütterlichkeit, dann blickte er zur Seite, um Hoyeh-tay und dem Jungen huldvoll zuzunicken. »Der Stamm heißt die Zurückkehrenden willkommen! Tlana-quah grüßt Hoyeh-tay und Cha-kwena und . . .« Er unterbrach sich. Als müßte er sich mit einer unangenehmen Idee auseinandersetzen, blickte er erneut den Mutigen Mann an. Nach einem Seufzer, dem Dakan-eh eigentlich hätte entnehmen müssen, welche Gefühle der Häuptling für ihn hegte, schloß Tlana-quah auch den Jäger in seine Begrüßung ein.

Dakan-eh war jedoch zu sehr mit sich selbst beschäftigt, um die Stimmung des Häuptlings zu bemerken. Er schob sein Kinn vor, und nach einer flüchtigen Pflichtbegrüßung sah er schamlos auf Ta-maya hinab. Dann prahlte er damit, wie er sein Leben aufs Spiel gesetzt hatte und dabei die Goldkörner hatte opfern müssen, die als Geschenke für seine Braut gedacht waren.

»Ganz allein hat sich der Mutige Mann dem tobenden Wasser entgegengestellt! Ganz allein hat der Mutige Mann unserem Schamanen das Leben gerettet und Cha-kwena vor dem Abtreiben bewahrt! Mutige Taten hat dieser Mann vollbracht! Die Schamanen der Roten Welt waren von meiner Tapferkeit beeindruckt. Als Dank für meine Heldentaten wurde mir ein Geschenk gemacht — dieses schöne Armband aus Chalzedon-Perlen aus den Weißen Hügeln. Der Mutige Mann bietet jetzt dieses Armband und die Ehre seines Namens und seiner Taten Ta-maya an!«

Ein Raunen ging durch die Menge.

Cha-kwena blickte zu Dakan-eh auf und stellte für sich fest, daß er das widerwärtigste menschliche Geschöpf war, das er jemals kennengelernt hatte. Ta-maya war offensichtlich anderer Meinung. Die junge Frau gestattete ihm, das Schmuckstück an ihrem Handgelenk zu befestigen, dann errötete sie und senkte schüchtern den Blick. Währenddessen stand Ban-ya schmollend vor dem Rest des Stammes und ließ den Kopf hängen, nachdem sie eingesehen hatte, daß sie den Mann ihrer Träume an die Tochter des Häuptlings verloren hatte.

Aber Tlana-quah hob seine rechte Hand und sagte schroff: »Der Stamm muß zuerst die Neuigkeiten aus dem fernen Land und über die vielen Stämme der Roten Welt hören! Der Stamm muß *allen* Ehre erweisen, die von den Blauen Tafelbergen zu uns zurückgekehrt sind. Jetzt ist nicht die Zeit für dich, von der Hochzeit mit meiner Tochter zu reden! Halte deine Worte zurück, Mutiger Mann! Ich will sie jetzt nicht hören!«

2

Auf Drängen des Häuptlings erzählten Hoyeh-tay, Dakan-eh und Cha-kwena gemeinsam von ihrer Reise, wobei jeder zur Freude der Dorfbewohner, die sich mitten im Dorf im Kreis versammelt hatten, seine eigenen Erfahrungen hinzufügte. Als die Sonne heißer wurde, setzten die Leute spitze Hüte auf und legten sich luftige Umhänge aus geflochtenem Gras und Rinde um. U-wa brachte Hüte und Umhänge, mit denen sich Cha-kwena und Hoyeh-tay schützen konnten. Pah-la, die Mutter von Dakan-eh, tat dasselbe für ihren Sohn. Die alten Witwen gingen unterdessen in der Versammlung umher und boten hohle Schilfrohre mit kühlem Wasser und große flache Körbe mit gerösteten Samen und Maden an.

Tlana-quah, der auf seiner besonders dicken Matte aus geflochtenem Schilf saß, gab sich Mühe, nicht auf die verträumten Blicke zu achten, die Ta-maya von der Frauenseite des Kreises aus Dakan-eh zuwarf. Der Häuptling knirschte mit den Zähnen, als er bemerkte, daß auch die junge Ban-ya sich bemühte, einen Blick vom Mutigen Mann zu erhaschen. Tlana-quah war überzeugt, daß es früher oder später wegen dieser Sache großen Ärger geben würde.

201

Ärger... Das Wort steckte in seiner Kehle fest. *Also werden die heiligen Haine in diesem Jahr wieder keine Ernte geben! Dann sind auch die Omen für eine Hochzeit nicht gut.*

Schließlich verkündete der Schamane, daß eine Große Versammlung der Stämme im nächsten Jahr am heiligen Berg stattfinden würde, ganz gleich, wie die Aussichten für die Ernte standen. Der Stamm jubelte über diese Neuigkeit, aber Tlanaquah konnte sich ihrer Freude nicht anschließen.

Als dann auch noch ein Kojote östlich des Dorfes zweimal kläffte, glaubte Tlana-quah, daß seine Besorgnis begründet war.

»Tote Seen und Fluten und kahle Haine und ein Kojote, der bei Tag ruft... Was sind das für Omen?« fragte er Hoyeh-tay.

Doch der alte Mann war erschöpft. Er dachte lange über die Frage nach, bis es schien, daß er mit offenen Augen eingeschlafen war.

»Vielleicht ruft der Kojote nach Cha-kwena«, warf Dakan-eh ein. »Es wäre nicht das erste Mal.«

Der Häuptling wandte seinen Blick dem Jungen zu und sah in dessen Augen die Feindseligkeit, die gegen Dakan-eh gerichtet war.

»Nun?« drängte der Häuptling. »Kannst du vielleicht für deinen Großvater sprechen, Cha-kwena?«

»Ich kann sprechen!« antwortete die junge Mah-ree. Sie stand neben ihrer Mutter auf und verkündete: »Es müssen gute Omen sein, Vater, denn heute habe ich den Großen Geist im Zedernwald gesehen! Er war so groß wie der Himmel und so alt wie die Hügel, und obwohl er beim Kauen Zahnschmerzen hatte, war er...«

»Genug!« Tlana-quah hob in plötzlicher Wut die Hand. Seine jüngere Tochter wich verschreckt zurück. »Du hast unser Totem nicht gesehen! Der Große Geist kennt keinen Schmerz!«

Mah-rees Unterlippe zitterte, und sie flüsterte: »Ich habe ihn doch gesehen! Und er hatte wirklich Schmerzen, Vater! Ich habe es an seinen Augen erkannt. Sie waren traurig und müde und ganz trübe. Ich glaube nicht, daß die Augen unseres Totems noch sehr gut...«

»Sag kein Wort mehr! Unser Totem zeigt sich keinen Kindern! Der Große Geist kennt keinen Schmerz! Er kann nicht altern oder sterben! Und wenn er doch sterben würde...« Er unterbrach sich, weil er nicht wagte, den Gedanken zu Ende zu führen. *Wenn er stirbt, stirbt der Stamm mit ihm.*

Mah-ree ließ den Kopf hängen. Doch die Augen aller richteten sich auf den Schamanen. Hoyeh-tays Gesicht sah merkwürdig starr aus. Ein Speichelfaden lief ihm aus einem Mundwinkel. Cha-kwena, der neben ihm saß, wischte dem alten Mann hastig das Kinn ab.

»Wie viele Fragen soll ein alter Mann an einem Tag beantworten?« protestierte der Junge. »Könnt ihr nicht sehen, daß der Schamane müde ist?«

Tlana-quah nickte. »Cha-kwena hat recht. Führe deinen Großvater zu seiner Höhle und bleib bei ihm, bis er sich erholt hat. Der Tag ist noch jung. Jetzt wird der Stamm auf die Jagd gehen, und heute abend werden wir die sichere Rückkehr der Reisenden feiern. Geht jetzt, alle! Laßt mich allein! Ich muß über das nachdenken, was ich gehört habe.«

Nur Kosar-eh blieb zurück. Er hockte auf den Fersen und beobachtete den Häuptling aus respektvollem Abstand. Der Lustige Mann sprach erst, als Tlana-quah ihn mit besorgtem Blick ansah.

»Wie kann ich meinen Häuptling aufmuntern?« fragte Kosar-eh.

Tlana-quah wiederholte die Worte des alten Hoyeh-tay. »›Als wir den Großen See erreichten, war dort kein See, sondern nur eine weite, ebene Fläche aus Salz.‹ Wie ist das möglich?«

Kosar-eh dachte einen Augenblick nach, dann zuckte er mit den Schultern. »Auch das Wasser in unserem See ist zurückgegangen. Vielleicht ist der Große See nach den vergangenen sechs Jahren mit heißer Sommersonne und Wintern ohne Regen und Schnee einfach verdurstet.«

Tlana-quah saß reglos mit starrem Gesicht da. Er strich nur mit einer Hand gedankenverloren über den abgenutzten Pelz seines Umhangs. »Wenn unser See sterben sollte, werden die Vögel und Tiere, von denen wir uns ernähren, nicht mehr kommen, um ihre Jungen im Schilf entlang des Ufers großzuziehen. Seit unsere Vorfahren das erste Mal aus dem Norden in die Rote Welt kamen, war der See unsere Lebensgrundlage.«

Die breiten Streifen auf Kosar-ehs Gesicht verbargen seine Reaktion. »Als ich beim Stamm der Blauen Tafelberge lebte, hat der Schamane Shi-wana von einer Zeit erzählt, als es nur einen einzigen See gab – den Großen See. Die Rote Welt stand völlig unter Wasser, bis auf die höchsten Felsgipfel und Tafelberge. Viele Generationen lang war das Wasser für die Menschen da, die der Sonne folgten. Dann kam der Tag, als der eine große See sich in viele kleine Seen aufteilte, und der erste Stamm teilte sich ebenfalls in viele kleine Stämme auf. Jeder lebte an seinem eigenen See. Sie waren keine Nomaden mehr, sondern sammelten ihre Nahrung. Sie aßen Kaninchen und Antilopen, Eidechsen, Fische und Wasservögel.« Er machte eine Pause, und sein Gesicht entspannte sich, so daß die Streifen durchhingen. »Es ist ein gutes Leben in einer guten Welt, Tlana-quah.«

»Ja«, stimmte der Häuptling zu, aber er klang trostlos. »Seit einigen Jahren scheint sich die Welt zu verändern. Wir haben noch nie eine so lange anhaltende Trockenheit erlebt.«

»Ist der Regen bisher nicht immer zurückgekehrt?« warf der Lustige Mann ein. »Warum sollte der Regen nicht zurückkehren, wenn wir den Vorfahren Respekt entgegenbringen, über unser Totem wachen und die heiligen Knochen in Ehren halten?«

»Aber wie sollen mich die Vorzeichen aufmuntern, von denen Hoyeh-tay berichtet hat?«

»Die Große Versammlung der vielen Stämme im nächsten Jahr wird den Menschen guttun. Und in einer einzigen Nacht haben Hoyeh-tays Wille und Macht bewirkt, daß das Wasser in den Großen See zurückkehrte. Wieso fürchtest du dich mit einem solchen Schamanen vor der Zukunft?«

Tlana-quahs Mundwinkel zogen sich nach unten. »Du beantwortest meine Fragen mit Fragen, Kosar-eh.«

Der Lustige Mann zögerte. »Der Sinn meines Lebens besteht darin, die Sorgen meines Häuptlings zu erleichtern, nicht sie zu vergrößern. Sollte ich etwa nicht an Hoyeh-tays Worte glauben?«

»Er ist schwach und krank. Sein Geist schweift umher, und er sabbert wie ein Baby. Könnte ein solcher Mann den Sturmgeistern befehlen, das Wasser in den Großen See zurückkehren zu lassen?«

»Der Junge wird die Macht des Schamanen erben.«

»Der Junge ist nur ein Junge.«

Kosar-ehs trauriges Lächeln verzerrte die schwarzen und weißen Streifen in seinem Gesicht. »Wenn die Geister der Vorfahren Hoyeh-tay zu sich rufen, wird Cha-kwena zu dem werden, wozu er geboren wurde.«

Tlana-quah sprang verärgert auf die Beine. »Und was soll ich in der Zwischenzeit von den Vorzeichen halten, wenn ich niemanden als Ratgeber habe außer einem verwirrten alten Mann, einem Jugendlichen und einem Krüppel?«

Kosar-eh blieb sitzen, aber er erstarrte. »Du bist ein mutiger Jäger, Jaguartöter. Du bist der Anführer des Stammes dieses Dorfes, und viele bewundern dich für deine Kraft und deinen Mut. Ich bin nur der Lustige Mann. Ich kenne die Antworten auf deine Fragen nicht. Ich kann nur hoffen, dich zu belustigen und zum Lächeln zu bringen.«

Tlana-quah war nicht belustigt. Er schüttelte den Kopf und senkte die Stimme. »Du bist vielleicht ein Lustiger Mann und ein Krüppel, aber du bist kein Narr. Wie kann ich lächeln, wenn die Kojoten am hellichten Tage heulen? Wie kann ich belustigt sein, wenn von Fluten und Gewittern, von heiligen Wäldern ohne Ernte, von Schamanen, die nicht zum Treffen auf dem heiligen Berg gekommen sind, und von Fremden die Rede ist, die aus dem Norden kommen und in die entferntesten Stämme einheiraten. Ich frage dich, Kosar-eh, wie ist das möglich? Die Menschen sind doch ein Stamm! Sie leben in der Roten Welt und nirgendwo sonst! Jeder weiß, daß es auf der anderen Seite der Berge keine Menschen gibt.«

Kosar-eh rührte sich nicht. Dakan-eh und einige weitere

205

Jäger waren in sein Blickfeld getreten. Sie blieben vor einer kleinen Gruppe von Frauen stehen, die Jagdnetze flickten. Der Mutige Mann hatte seine Kaninchenkeule dabei und war für die Jagd bereit. Mit flammenden Augen blickte er auf Ta-maya hinab, und sie erwiderte seinen Blick mit offener Bewunderung. Der Lustige Mann sah, daß Dakan-eh ihr die Beute dieses Tages versprach. Krank vor Neid wandte Kosar-eh sich wieder dem Häuptling zu.

Tlana-quah wirkte jetzt wie jemand, der zwar nicht zu einer Entscheidung gelangt war, aber trotzdem einen Schlußstrich unter seine Gedanken gezogen hatte. »Ich werde jetzt auf die Jagd gehen! Steh auf, Kosar-eh! Im nächsten Jahr werden wir mit dem gesamten Stamm zu den Blauen Tafelbergen auf die Große Versammlung ziehen. Das ist etwas, für das wir dankbar sein und auf das wir uns freuen können. Als Häuptling ist es meine Aufgabe, über die Vorzeichen nachzudenken, und das habe ich getan! Ich werde mich auf die guten konzentrieren und die schlechten vom Wind davonwehen lassen. Die Mammuts nähren sich von den Gaben der Menschen, und unser Schamane ist sicher zurückgekehrt. Es stimmt, seine Worte verwirren mich, aber er ist nun einmal zurückgekehrt. Das ist doch etwas zum Feiern . . . nicht wahr?«

3

Die Höhle des alten Hoyeh-tay war eine tiefe Einbuchtung auf der Südseite mitten in der steilen Sandsteinklippe, die sich am Rand eines trockenen Flußbettes auf der anderen Seite des Dorfes erhob. Es war schon immer ein magischer Ort gewesen, von dem aus ein heiliger Mann über das Dorf hinaus auf das weite Land der Roten Welt blicken konnte. Schon vor langer Zeit waren eine Reihe von Stufen in die Steilwand gehauen worden, über die man zur Höhle gelangen konnte.

Während der alte Hoyeh-tay im hinteren Teil der Zuflucht

auf seiner Matratze schnarchte, stand Cha-kwena auf dem breiten Felsvorsprung vor der Höhle und sah enttäuscht zu, wie sein Stamm zur Kaninchenjagd aufbrach.

»Du kannst dich ihnen nicht anschließen. Dein Platz ist hier«, gurrte Eule. Der Vogel hockte auf einer waagerechten Kiefernwurzel, die genau über der Schlafstelle des Schamanen aus der Höhlenwand ragte, und gähnte.

Cha-kwena drehte sich um. »Ich brauche deine Kommentare nicht.«

U-wa, die ein Stück weiter in der Höhle saß, blickte auf. Ihre sonnengetönte Haut war weich und rot. Ihr hübsches, eckiges Gesicht glänzte im Sonnenlicht vor Schweiß, denn sie war Cha-kwena und Hoyeh-tay mit Bündeln und Körben auf dem Rücken über die gehauenen Stufen gefolgt und hatte Garben aus frisch geerntetem Gras und Salbei in den Armen getragen. »Ich habe kein Wort zu dir gesagt, Cha-kwena. Und seit wann sprichst du in einem solchen Ton mit deiner Mutter?«

»Ich habe nicht zu dir gesprochen.«

»Zu wem dann?«

»Zu . . .« Cha-kwena zögerte. »Es spielt keine Rolle«, sagte er, um sie nicht mit der Offenbarung zu verunsichern, daß er zu einem Vogel gesprochen hatte.

U-wa deutete mit einem seitwärtigen Nicken in Richtung der Matratze. »Seit wann ist der alte Mann schon so?«

»Seit unserer letzten Nacht auf dem heiligen Berg.«

»Du wirst früher zum Schamanen werden, als wir gedacht haben.«

»Nein. Er wird von Tag zu Tag kräftiger. Er wird nicht sterben.«

»Alle Menschen sterben, mein Sohn. Nur unser Totem lebt ewig.« Sie stand auf und legte ihm tröstend eine Hand auf den Arm. »Laß ihn nicht allein, Cha-kwena! Er könnte sich auf die Felsklippe verirren und niemals erfahren, daß er abgestürzt ist, bevor er den Boden erreicht.«

»Er ist vielleicht alt und krank, aber so etwas würde er niemals tun!«

U-wa war eine große Frau, und als sie ihren Sohn auf die

Stirn küßte, mußte sie sich bücken. »Nicht, solange du auf ihn aufpaßt, Cha-kwena. Er soll einen guten Tod haben, damit die Vorzeichen gut für den sind, der nach ihm dem Pfad des Schamanen folgt.«

Ihre Worte bewirkten, daß er sich jung und unzulänglich fühlte, während die Verantwortung ihn zu erdrücken drohte. Unten in der angenehmen gelben Hitze des Nachmittags hatten die Jungen ihre Keulen und Schlagstöcke aufgenommen und zogen mit Dakan-eh, Tlana-quah und den anderen Männern des Stammes los. Cha-kwena konnte sie deutlich sehen, wie sie zu den Salbeifeldern trotteten, wo die Frauen und Mädchen eifrig die Fallnetze aufstellten. Bald würde die Jagd beginnen.

»Könntest du nicht auf ihn aufpassen?« fragte er voller Hoffnung. Er hatte das unbändige Verlangen, seine Waffen zu holen und ihnen zu folgen.

»Das könnte ich durchaus, aber Tlana-quah hat dir befohlen, bei unserem Schamanen zu bleiben, bis er sich erholt hat. Ich würde niemals meinen Sohn ermutigen, den Befehlen des Häuptlings nicht zu gehorchen, und ich will auch nicht Tlana-quah beleidigen, der meinem Herzen nahesteht.«

Ihr Eingeständnis überraschte ihn nicht, denn er hatte bereits seit langem einen solchen Verdacht. »Hast du bereits aufgehört, um meinen Vater zu trauern?«

»Es ist einsam in der Hütte, die ich einst mit ihm geteilt habe. Ich bin zu jung, um den Rest meiner Tage in der Hütte der Witwen zu verbringen. Warum sollte ich meine Blicke nicht auf den Häuptling richten? Wenn er sie erwidert, werde ich sofort an sein Feuer gehen.«

»Aber du wärst die zweite Frau nach Ha-xa!«

»Zwei Frauen an der Feuerstelle eines Mannes erleichtern für alle die Arbeit.«

»Er hat doch schon Ha-xa und Mah-ree und Ta-maya. Wozu sollte er auch noch dich wollen?«

»Die Töchter Tlana-quahs werden sich bald ihre eigenen Männer wählen, und Ha-xa wird mich willkommen heißen ... so wie auch ich Tlana-quah willkommen geheißen habe, wenn er mich in meiner einsamen Hütte besucht hat. Wenn ich die

Zeichen richtig deute, werde ich dem Häuptling ein neues Kind — vielleicht sogar einen Sohn! — zum Geschenk machen.« U-wa lächelte sanft. »Du hast noch nicht die Erfahrungen eines Mannes gemacht. Vielleicht wirst auch du bald die Freude wahrer Zuneigung für eine Frau empfinden — eine so dauerhafte Zuneigung, wie ich sie jetzt für Tlana-quah empfinde und dein Freund Dakan-eh für seine Geliebte.«

Die Worte kamen ihm über die Lippen, bevor er sie zurückhalten konnte. »Ha! Hat er deshalb Ban-yas Geschenk angenommen? Hat er deshalb noch ein anderes Mädchen im heiligen Hain genommen? Ich habe gesehen, wie er sie genommen hat! Ohne einen Gedanken an Ta-maya hat er sie genommen, und anschließend hat er das Armband behalten, das sie ihm geschenkt hat. Und dann hat er sie vor allen versammelten Schamanen beschämt. Er hat sie beschämt und uns beide ausgelacht.«

»Beide?« Ihr Lächeln war verschwunden, und ihre Augen musterten ihn aufmerksam. Nach einer Weile legte sie ihm liebevoll eine Hand auf den Arm. »Ich verstehe«, sagte sie sanft.

Cha-kwena errötete, denn er wußte, daß sie ihn wirklich verstanden hatte. Er schüttelte ihre Hand ab und kehrte ihr den Rücken zu. Von unten aus der Ebene hörte er eine Reihe heller Pfiffe — die Frauen teilten den Männern mit, daß die Netze aufgestellt waren. Jetzt würde der Ernst der Jagd beginnen. Die Männer würden ihre Beute umzingeln und verängstigte Kaninchen und Hasen auf die Netze zutreiben.

Cha-kwena seufzte. Wenn er schon nicht jagen durfte, wollte er wenigstens zusehen. Als er sich umdrehte, bemerkte er, daß U-wa gegangen war. Er atmete auf.

»Ich werde mir niemals eine eigene Frau nehmen!« schwor er sich.

Im Hintergrund der Höhle gurrte Eule erneut. Hoyeh-tay stöhnte und rief dann Ish-iwis Namen.

Cha-kwena starrte in die Dunkelheit. »Ish-iwi ist nicht hier, Großvater.«

Der alte Mann richtete sich auf einem Ellbogen auf. »Wir sind im Dorf? Wir sind wieder zu Hause?«

»Ja, Großvater.«

»Hörst du die Löwen, Cha-kwena? Sie wollen uns holen!«

Der Junge seufzte. Solange der alte Mann wach war, würde er die Jagd nicht verfolgen können. »Schlaf weiter, Großvater!« drängte er, dann verließ er das Sonnenlicht, um neben Hoyeh-tay niederzuknien. »Hier sind wirklich keine Löwen. Du bist in Sicherheit. Ruh dich aus, denn heute nacht wird ein Festmahl stattfinden, und es wird über viele Dinge gesprochen werden.«

»Ja, ich werde meine Kraft brauchen. Es gibt noch viel, das du von mir lernen mußt, bevor die Löwen kommen.«

Cha-kwena verdrehte die Augen. »Ich werde uns vor den Löwen deiner Träume beschützen, Großvater.«

Der alte Mann blinzelte zum Jungen auf. »Aber wer wird dich beschützen?«

»Ich habe keine Angst vor Traumlöwen.«

»Die solltest du aber haben«, sagte Hoyeh-tay, als er sich mit einem erschöpften Seufzen wieder hinlegte, mit der gesunden Hand nach dem Medizinbeutel griff, die Augen schloß und einschlief.

4

Ysuna befand sich allein in ihrer dunklen Hütte, die fest gegen Eindringlinge verschlossen war. Nachdem sie ihre Dienerin Nai fortgeschickt hatte, breitete sie ein gestreiftes Löwenfell mit schwarzer Mähne auf dem Boden aus, kniete darauf und wiegte sich hin und her. Abgesehen von ihrer Halskette aus Knochen und ihrem Haar war sie nackt.

Sie legte ein großes, quadratisches Stück eingefetteten Leders mitten auf das Löwenfell und darauf einen flachen Stein. Auf dessen Oberfläche entzündete sie ein kleines Feuer aus gelb gewordenem Gras. Langsam und systematisch warf sie Blätter, Samen, kleine Knochen und getrocknete Menschenfinger in die Flammen.

Dann schob sich Ysuna vor und spreizte ihre langen, bloßen Beine über den Rauch. Er strich zärtlich über die Innenseiten ihrer Schenkel und ihre Geschlechtsorgane. Er quoll über ihren Bauch, ihren Brustkorb und ihre Brüste hoch. Nachdem er sich an ihren erhobenen Armen entlanggewunden hatte, erreichte er ihr Gesicht, und sie atmete ihn ein. »Rauch«, sang sie, »höre auf den Befehl Ysunas! Dringe in mich ein, während du zum Himmel und zur Sonne zurückkehrst! Erfülle mich und bringe mir das Blut meiner Jugend zurück!«

Sie seufzte, krümmte ihre Schultern und senkte den Kopf. Ihre üppigen schwarzen Haare fielen nach vorn und entgingen nur knapp den Flammen. Ysuna bewegte sich unter dem schimmernden Vorhang und untersuchte ihren Körper. »Kein Blut«, murmelte sie. »Wieder kein Blut. Niemals ein Baby in Ysunas Bauch, und jetzt seit wie vielen Monden kein Blut?«

Die Tochter der Sonne richtete sich auf, teilte ihr Haar und warf es über die Schultern zurück, während sie reglos dasaß und ins Leere starrte. Sie flüsterte wütend dem Rauch und den Schatten zu. »Dort muß Blut sein! Blut ist Leben, Blut ist Jugend. Nur die Toten sind blutleer, und nur alte, ausgetrocknete Frauen bluten nicht, wenn der Mond aufgeht, um ihre Blutzeit zu markieren. Es kann nicht sein ... es darf nicht sein ...«

Dann hob sie ihre Hände. Eine Hand klammerte sich um den eichelgroßen weißen Stein, der an ihrer Halskette hing, die andere drückte fest auf ihren Unterleib. »Ich werde es nicht zulassen!«

Die Priesterin griff in ihren Lederbeutel und holte einen lanzettförmigen Knochen heraus, der etwa so lang wie ihre Handfläche war.

»Ja ...«, sagte die Frau seufzend. Sie starrte die Klinge an, fuhr mit dem Daumen die scharfe Schneide entlang und zischte zufrieden über ihre Schärfe. »Niemand wird je erfahren, auf welche Weise du mir jetzt dienst. Ich bringe dem Stamm das Leben. Ich bin nicht alt. Ich bin nicht ausgetrocknet. Einmal in jedem Mond, wenn Nai sich zu den anderen Frauen in der Bluthütte gesellt, halte ich meine eigene Blutwache und bringe die

211

Felle zum Verbrennen hinaus. Der Stamm nimmt die Asche in sich auf und stärkt sich an meinem Blut des Lebens! So soll es für immer sein!«

Ysuna stand auf und ging quer durch die Dunkelheit der Hütte. Als sie zurückkehrte und sich wieder auf das Löwenfell kniete, umhüllte sie den langen, scharfen Dolch mit dünnem, weichem Leder, bis nur noch die dunkle Spitze der Klinge wie ein Schnabel herausragte.

»Ja...«, sagte die Frau zum blutfleckigen Ritualdolch aus versteinertem Walknochen. »Du wirst den Blutfluß verursachen, den ich brauche. Blut ist deine Lieblingsnahrung, genauso wie für mich und für meinen Stamm.«

Sie hielt den Dolch mit der Spitze nach oben zwischen ihre Schenkel. Dann senkte sie vorsichtig ihren Unterleib herab, bis er eingedrungen war. Sie keuchte auf und versteifte sich, als der Schmerz kam. Schließlich zog Ysuna das Messer heraus und ging zitternd in die Hocke. Die Lederhülle des Dolchs war dunkel vor Blut. Sie legte sie auf den Stein und behielt das Messer in der Hand. Lächelnd sah sie zu, wie der Rest des sorgfältig geschürten Feuers zischend im Blut erlosch.

»Ich bin jung, für immer jung, solange ich noch das Blut einer Frau vergieße!« flüsterte Ysuna und griff nach ihrem Halsband aus heiligen Steinen, Knochen und menschlichen Haarbüscheln. Die Talismane beruhigten sie.

Immer noch lächelnd, entschied sie, daß ihr Stamm schon zu lange in diesem Lager gelebt hatte. Es war Zeit, die Hütten abzubrechen, die Zeltpfähle herauszuholen, die Felle in die Sonne zu legen, sie mit Knochenwerkzeugen auszuklopfen und mit heißer Asche einzureiben. Auf diese Weise würde der Stamm jedes Ungeziefer töten, das sich in den Ritzen der Felle versteckt hatte. Dann würden sie weiterziehen, tiefer in die Rote Welt hinein, auf der Suche nach einem Winterlagerplatz. Sie würden Mammuts und Bräute für Himmelsdonner finden und die restlichen Knochen des Ersten Mannes und der Ersten Frau suchen.

Ihr Unterleib krampfte sich zusammen. Heißes Blut floß aus ihr heraus auf das Leder, auf dem sie hockte. Dann folgte etwas weiteres — eine warme, weiche und blutige Masse. Sie spürte, wie sie aus ihrem Körper hervorkam und auf das Leder platschte. Neugierig lehnte sie sich zurück und betastete es. War es endlich Leben? Ein Kind? Abgestoßen und gestorben, aber Leben?

Sie starrte in den Schatten zwischen ihren Schenkeln. Da war kein Blutgerinnsel und auch kein Kind. Sie hatte sich beides nur eingebildet. Auf dem Leder war nur ein dunkler Fleck, und der Geruch, der von ihm aufstieg, war nicht der Geruch nach Mondblut, sondern nach ganz normalem Blut. Sie hätte sich den Dolch genausogut über das Handgelenk ziehen können. Ihr Leib war unfruchtbar — wie schon immer.

Sie schloß die Augen. Der Krampf ließ nach. Es war nicht der Krampf der Monatsblutung, sondern nur die Reaktion ihrer Eingeweide auf das Eindringen des Dolchs. Sie biß voller Enttäuschung die Zähne zusammen. Sie wollte gar kein Kind mehr. Sie hatte ihren Stamm. Und sie hatte Maliwal und Masau. Sie hatte sie zwar nicht geboren, aber es waren dennoch ihre Kinder. Sie hatte sie zu den Löwen erzogen, die sie geworden waren.

Ysuna hob den Kopf und prüfte die Schärfe des Dolchs mit ihrem Daumen. Ein dünner Streifen öffnete sich, brachte Blut und Schmerz. Sie lächelte, als ihre Gedanken klar, hell und inspirierend wurden. Die Mächte der Schöpfung hatten sie mit der Unfruchtbarkeit nicht gestraft — sie hatten sie damit gesegnet! Sie konnte kein Leben gebären, weil sie selbst das Leben war!

Erneut verspürte sie einen Krampf. Sie krümmte sich, während sie von Übelkeit und Schwäche ergriffen wurde, auf die eine tiefe Kälte folgte. Sie erschauderte. Wo war Maliwal? Warum kam er nicht zu seinem Stamm zurück? Wo waren das Opfer, das versprochene Mammutfleisch und der neue heilige Stein für ihr Halsband? Wenn sie diese Dinge hatte, würde auch ihre Kraft zurückkehren, und sie würde wieder wie eine junge Frau bluten, ganz natürlich und im Rhythmus des Mondes. Dann brauchte sie den heiligen Dolch nur noch für den Zweck, den er ursprünglich erfüllen sollte.

213

Sie stöhnte und hielt sich den Bauch. Dann verspürte sie einen plötzlichen Luftzug und drehte sich um. Sie kniff die Augen zusammen. Sie hatte die Felltür mit ihren eigenen Händen verschlossen, doch jetzt waren die Riemen lose. Der Eingang stand so weit offen, daß kühlere Luft hereindrang.

Der Wind schlug die Felltür zurück und zeigte ihr Nai, die verblüfft hereinstarrte. Als sie wußte, daß sie entdeckt worden war, fiel die Dienerin sofort auf die Knie und verbeugte sich, bis ihre Stirn den Boden berührte.

Ysunas Argwohn war erwacht. Nais Aufgabe bestand darin, jederzeit in der Nähe der Hütte der Hohepriesterin zu bleiben. Doch ihre verstohlenen Blicke zeigten, daß das Mädchen mehr getan hatte, als sich nur in der Nähe aufzuhalten − Nai hatte spioniert.

»Du wirst nicht unsichtbar, wenn du die Haltung eines Raubkäfers einnimmst, Nai«, bemerkte Ysuna mit eiskalter Stimme. »Steh auf und komm her!« Nervös gehorchte die junge Frau. Sie betrat die Hütte, blieb jedoch fluchtbereit in der Nähe der Felltür stehen. Sie versuchte sich mit einem Wortschwall zu rechtfertigen. »Ich habe dich stöhnen gehört. Ich dachte, du würdest mich vielleicht brauchen, also bin ich gekommen. Gerade eben, ich bin noch gar nicht lange da. Soll ich jetzt vielleicht das verschmutzte Stück Leder zum Verbrennen wegbringen?«

»Du bist doch gerade erst hereingekommen. Warum willst du schon wieder gehen?«

»Aber . . . aber das will ich doch gar nicht.«

Ysuna funkelte sie an. Nai war so jung, so unverkennbar und gnadenlos jung. Die Priesterin verzehrte sich vor Neid, bis sich das Gefühl zu Verachtung verdunkelte. »Was hast du gesehen, als du im Schatten meiner Hütte hocktest, Nai? Warum warst du so still und im Verborgenen?«

»Ich habe gar nichts gesehen, Ysuna!«

Die junge Frau hatte ihre Worte fast gekreischt, so daß ihre Angst kaum verhüllt wurde. Ysuna wußte alles, was sie wissen wollte. Das Mädchen hatte alles gesehen! »Komm näher, Nai! Schließ die Felltür hinter dir!«

Nai rührte sich nicht von der Stelle. Sie zitterte. »Ich habe wirklich nichts gesehen, Ysuna!«

Das Gesicht der Priesterin war ausdruckslos. »Wenn du das Stück Leder fortbringen möchtest, das mein Mondblut aufgenommen hat, dann tue es! Na los!«

Langsam und zögernd verknotete Nai die Riemen der Felltür, dann kam sie näher und blieb am Rand des Löwenfells stehen. Der blutige Fetzen lag in einem Haufen Asche, aus dem immer noch stinkender Rauch aufstieg. Nai verzog angewidert das Gesicht.

»Nun?« sagte Ysuna. »Worauf wartest du?«

Nai blickte auf. Die Priesterin hielt immer noch den heiligen Dolch in der Hand, die völlig blutüberströmt war, als würde sie einen dunklen Handschuh tragen.

»Du interessierst dich für den Dolch? Du hast ihn doch sicher schon einmal gesehen.«

»J-ja. Bei den Opferritualen. Schon oft«, sagte sie leise.

Ysuna lächelte. Sie spürte die Angst des Mädchens und reagierte wie üblich mit Verachtung und Freude darauf. »Du hast gesehen, wie ich ihn gerade benutzt habe. An mir selbst.«

»Nein!« kreischte das Mädchen protestierend.

Ysunas Lächeln vertiefte sich. »Wirst du mein Geheimnis bewahren, Nai?«

Als die junge Frau sich in die Enge getrieben fühlte, breitete sie hilflos die Arme aus. »Ich weiß von keinen Geheimnissen, Ysuna. Ich bin doch nur deine Sklavin!«

Ysunas Lächeln verschwand. Das Mädchen atmete heftig wie ein Tier in Panik. Zufrieden hob die Priesterin den Kopf und musterte nachdenklich ihre Dienerin. Obwohl Nai ihr treu ergeben war, wußte Ysuna, daß das Mädchen für Maliwal schwärmte. Er würde bald aus dem fernen Land zurückkehren, mit Mammutfleisch, Opfern und einem Sinn für Jugend.

Ein weiterer Krampf zog ihren Bauch zusammen. Darauf folgte ein Schwächeanfall, dann Angst. Hatte sie den heiligen Dolch zu tief in sich hineingestoßen?

»Ysuna, geht es dir nicht gut? Du siehst schwach aus. Komm, ich will dir helfen.«

Schwach! Das Wort versetzte sie in Wut. Schwäche war ein Zeichen des Alters, und sie würde für immer jung bleiben! Hatte sie nicht gerade wie eine junge Frau geblutet? So wie Nai? Ja!

Während sie gegen die Schmerzen eines erneuten Krampfes kämpfte, kochte sie vor Wut, als das Mädchen sich beeilte, ihr zu Hilfe zu kommen. Ysunas Gesicht verzog sich zornig, als junge, weiche Arme nach ihr griffen und sie festhielten. Unvermittelt drehte Ysuna das Mädchen um, packte Nai mit dem linken Arm an der Schulter und zog sie zu sich heran.

»Ich brauche keine Hilfe von den Toten«, knurrte sie. Obwohl das Mädchen sich in ihrem Griff wehrte und um sich schlug, schlitzte sie ihm die Kehle von einem Ohr zum anderen auf.

Im Licht des späten Nachmittags sah die Ebene rot aus. Masau, der Mystische Krieger, stand reglos im hohen Gras. Während Nais Leiche zu seinen Füßen lag, blickte er nach Westen und fragte sich, was das Mädchen getan hatte, um die Priesterin dermaßen zu erzürnen. Nais Tod ging ihm überhaupt nicht nahe. Sie war schon als Kind gefangengenommen worden und nicht die erste junge Frau, die die Ehre hatte, Ysuna dienen zu dürfen. Sie war auch nicht die erste, die von ihrer Hand gestorben war, und mit Sicherheit auch nicht die letzte. Ihr Leben hatte keine Bedeutung und ihr Tod erst recht nicht.

Auf Ysunas Befehl hatte Masau die Leiche des Mädchens aus der heiligen Hütte der Hohepriesterin gebracht. Diese Arbeit verrichtete er nicht zum ersten Mal. Er hatte sie aus dem Lager geschleift und sie zu dieser offenen Grasfläche geschafft, wo sie den Aasfressern als Nahrung willkommen war.

Der Mystische Krieger war nicht allein. Einige Familien waren ihm in einer ernsten Prozession gefolgt. Eltern hatten ihre Kinder mitgenommen, deren Großeltern sie flüsternd ermahnten, Respekt vor Ysuna zu haben. Andernfalls würde ihnen dasselbe Schicksal wie Nai widerfahren.

Ein kleines Mädchen begann zu weinen. Seine Großmutter

brachte es mit einer weiteren Ermahnung zum Schweigen. »Ja! Du solltest Angst haben! Ansonsten könntest du vergessen, welche Stellung du hast und schlecht über die Lebensbringerin des Stammes sprechen! Ysuna ist die Macht dieses Stammes. Ohne sie wären wir nichts. Ohne sie würden wir verhungern, so wie viele von uns verhungert sind, bevor die Sonne sie uns zum Geschenk machte.«

Masau reagierte nicht auf diese Worte. Immer wieder waren die Brüder von Ysuna ermahnt worden. Seit dem Tag, als sie Maliwal und ihn zum ersten Mal in die Arme genommen hatte, hatte sie ihnen gesagt, daß ihr Leben nur durch die Achtung vor ihr Stärke und Sinn erhielt.

Seine Augen brannten und tränten unter der grellen Sonne. Doch er konnte seinen Blick nicht abwenden. Maliwal war irgendwo dort draußen. Warum hatte Ysuna ihm verboten, sich auf die Suche nach seinem Bruder zu machen? Warum war Maliwal so lange fort? Masau war sich inzwischen ziemlich sicher, daß seinem Bruder auf der Reise nach Süden etwas zugestoßen war.

»Sie weiß alles.«

»Wir müssen ihr in jeder Beziehung gehorchen.«

»Oder ihr werdet wie Nai und Neewalatli und all die anderen enden, die es wagten, sich der Tochter der Sonne entgegenzustellen.«

Masau lauschte der endlosen Litanei und erinnerte sich daran, wie der junge Jäger Neewalatli mit Ysunas Speer in der Kehle gestorben war — als Strafe für seine Kritik an ihren Entscheidungen, obwohl die Bedenken des Jungen durchaus gerechtfertigt waren. Masau schloß die Augen. Wie schon in der Nacht nach der Löwenjagd regten sich erneut dunkle Geister in Masaus Seele. Auch er hatte Zweifel an Ysuna. Als er heute ihre Hütte betreten hatte, um Nais Leiche zu entfernen, war er über den Anblick der Hohepriesterin entsetzt gewesen, wie sie nackt im Schatten gelauert hatte und wie ein gefangenes Tier auf und ab gegangen war. Sie hatte gereizt, bleich und alt ausgesehen, obwohl die Hütte nach dem verbrannten Blut einer jungen Frau gestunken hatte. Ysuna hatte so alt ausgesehen, daß er vor Mitleid und Bedauern sein Gesicht abgewandt hatte. Sie hatte ihm geschworen, daß sie für immer leben würde. War es möglich, daß sie die Unwahrheit gesagt hatte? Konnte es sein, daß sie vor seinen Augen alterte?

Mit einem heftigen Schulterzucken verscheuchte er die dunklen Geister des Zweifels. Er hatte kein Recht, so über sie zu denken. Sie hatte nicht gelogen! Sie hatte geschworen, daß sie für immer leben würde... solange sie sich vom frischen Fleisch und Blut des Mammuts ernähren konnte. Und in diesem Lager fehlte es an beidem.

Er beruhigte sich mit einem tiefen Atemzug und starrte erneut nach Süden. Wo war Maliwal? Es war seltsam, dachte er, daß er in diesen Tagen oft wie angewurzelt stehenblieb, wenn seine Aufmerksamkeit plötzlich durch das Rascheln des Grases oder der Blätter oder durch ein davonhuschendes Tier auf den südlichen Horizont gelenkt wurde.

Der Mystische Krieger blickte nach Süden. Tausende von Gänsen flogen in einem riesigen Schwarm am Himmel. Er konnte sich nicht erinnern, wann er zum letzten Mal so viele gesehen hatte. Masau versuchte seine Beunruhigung niederzukämpfen. Die Vögel hatten nichts zu bedeuten. Wohin sollten die Wasservögel in dieser Jahreszeit sonst fliegen? Und wenn sein älterer Bruder das Dorf verlassen hatte, war es nicht ungewöhnlich, wenn Masau sich des öfteren in diese Richtung wandte, weil er auf Maliwals Rückkehr wartete.

Der Mystische Krieger nickte. Auf seine Fragen gab es einfache Antworten, aber sie trösteten ihn nicht. Die vorzeitige Wanderung der Vögel deutete auf einen frühen Wintereinbruch hin. Und er wußte allzugut, daß etwas anderes als nur Sorge um seinen Bruder ihn immer wieder nach Süden blicken ließ. Aber was war es? Er hatte in letzter Zeit viele Visionen gehabt – von einer alten Eule, der vor Altersschwäche die Federn ausfielen, während sie in einer Höhle über einem schneebedeckten Dorf hockte... von einem einsamen Kojoten, der ihren Ruf mit einem hellen, klagenden Lied beantwortete... von Schneestürmen, heiligen Steinen und Toten im Schnee... vom Großen Geist, der allein durch den weißen Frost zog, während der

Stamm des Wachenden Sterns ihm hungrig und ängstlich folgte. Und sie zogen jedesmal nach Süden, als ob sie dort etwas Wichtiges erwartete. Es rief sie über die Entfernung zu sich, wo den Mystischen Krieger ein wunderbares Schicksal erwartete, das ihn und das Leben seines Stammes grundlegend verändern würde. Die Sonne war untergegangen und hinterließ einen blutroten Himmel. Die Zugvögel waren kaum noch zu erkennen, doch etwas anderes zeichnete sich jetzt deutlich am Horizont ab. Maliwal war endlich zurückgekehrt!

Mit erhobenem Arm führte er eine Gruppe Gefangener und seine Krieger nach Hause. Doch schon bevor Maliwal laut seine Entdeckungen verkündete, wußte Masau, was er erzählen würde und was seine Visionen zu bedeuten hatten. Im Süden gab es Mammuts und heilige Steine und Bräute für Himmelsdonner. Dort gab es das Blut des Lebens. Ysuna mußte sehr schnell nach Süden ziehen, wenn sie für immer leben und jung bleiben wollte.

5

»Wir müssen diesen Ort verlassen! Die Löwen kommen!« rief Hoyeh-tay, der aufrecht auf seiner Matratze saß.

Cha-kwena war sofort an seiner Seite. »Du hast schon wieder geträumt, Großvater.«

Hoyeh-tay leckte sich über die Lippen. Der Traum verschwand. Er war froh, denn es war ein furchtbarer Traum gewesen. »Ish-iwi ist tot«, sagte er leise und traurig. »Shi-wana ist auch tot. Löwen haben sie beide gefressen.«

»Das kannst du doch gar nicht wissen.«

»Ich bin Schamane. Ich weiß es.« Er blickte zum Jungen auf. »Ich habe in meinen Träumen noch viel mehr gesehen, Nar-eh.«

Cha-kwena atmete hörbar aus und verdrehte die Augen. Es war schwierig, die Geduld zu bewahren, wenn Hoyeh-tay von einem Augenblick zum nächsten nicht mehr wußte, mit wem er sprach. Weit unter ihnen leuchtete das Dorf hell im Schein der Kochfeuer. Die Jagd war außergewöhnlich erfolgreich gewesen. Über dreihundert fette Kaninchen und magere, langbeinige Hasen waren in den Netzen gefangen und mit den Keulen erschlagen worden. Morgen würde das Fleisch, das nicht aufgegessen worden war, geräuchert und in der Sonne getrocknet werden, bis es in grasgepolsterten Gruben für zukünftigen Gebrauch eingelagert wurde. Doch jetzt stand das Festmahl kurz vor dem Beginn.

»Nar-eh? Hörst du mir überhaupt zu?«

»Sieh mich an, Großvater! Ich bin es, Cha-kwena! Niemand in diesem Dorf hat etwas von Löwen bemerkt. Ich weiß nicht, warum dein alter Freund Ish-iwi nicht zum heiligen Berg gekommen ist, aber ich bin sicher, daß selbst der mutigste Löwe Schwierigkeiten hätte, sich an Shi-wana anzuschleichen, und er würde schwer mit der Verdauung dieses harten Brockens zu kämpfen haben. Er ist viel zu listig und zäh.«

»Er ist tot.«

Erneut verdrehte der Junge die Augen. Für Cha-kwena stand fest, daß Hoyeh-tay seine Fähigkeiten als Schamane verloren hatte. Hier im schwachen Feuerschein war er nur noch ein alter Mann mit erschlafftem Gesicht und einem Geist, der sich in seiner eigenen Verwirrung verlor.

»Cha-kwena!«

Als er sich verblüfft umdrehte, sah er, daß Tlana-quah die Steinstufen hinaufgeklettert war.

»Wie geht es unserem Schamanen?« fragte der Häuptling.

»Ich bin nicht taub«, antwortete Hoyeh-tay eingeschnappt, »und ich kann immer noch für mich selbst sprechen! Hoyeh-tay braucht Cha-kwena nicht, um für ihn zu sprechen . . . zumindest jetzt noch nicht!«

Cha-kwena starrte seinen Großvater an. Der alte Mann schien zu seinem ursprünglichen jähzornigen Naturell zurückgefunden zu haben. Der Junge war erleichtert. Er blickte zu Tlana-quah auf und lächelte.

»Ich bin gekommen, um unseren Schamanen zum Festmahl einzuladen und ihn hinunterzubegleiten«, sagte Tlana-quah.

»Zu Ehren jener, die aus dem Land der Blauen Tafelberge zurückgekehrt sind.«

»Und wie kommst du auf die Idee, dein Schamane hätte es nötig, sich führen zu lassen?« Hoyeh-tay versuchte aufzustehen, mußte jedoch feststellen, daß ihm nur ein Bein gehorchen wollte. Er kippte zur Seite und wäre gestürzt, wenn Cha-kwena ihm nicht zu Hilfe gekommen wäre. »Hmm . . . das Bein ist eingeschlafen . . .«, murmelte er. »Und ein Arm ebenfalls.«

Aus Respekt vor der Würde des Schamanen hatte Tlanaquah seinen Blick abgewandt. »Dann komm eben selbst mit Cha-kwena herunter. Ich werde den Frauen sagen, sie sollen den Ehrenplatz für Hoyeh-tay vorbereiten.«

Hoyeh-tay, der jetzt auf den Beinen stand und sich an Cha-kwenas Arm festhielt, machte ein finsteres Gesicht. »Wer sind diese Reisenden, die aus dem Land der Blauen Tafelberge zurückgekehrt sind?«

»Du und ich und Dakan-eh«, antwortete Cha-kwena geduldig. Der Geist des alten Mannes hatte sich wieder verwirrt, aber zumindest faselte er nicht mehr von Löwen.

Sie aßen sich am roten Fleisch von Hasen und Kaninchen und am rosafarbenen Fleisch von Grünspechten, Wachteln und Rotkehlchen satt. Große, flache Flechtkörbe mit heißen, gerösteten Samen, Heuschrecken und Grillen wurden herumgereicht, und ähnliche, aber kleinere Körbe gingen von Hand zu Hand, so daß wählerische Finger sich Delikatessen wie rohe Maden und die würzigen Eier von schwarzen Waldameisen und Termiten aussuchen konnten. Alle genossen die mit Himbeeren und Johannisbeeren gespickten Kamas-Kuchen, die sie mit einer Suppe aus Kanincheninnereien, getrockneten Fischköpfen und ausgeweideten ganzen Eidechsen hinunterspülten, die zusätzlich mit Zwiebeln, Salbei und reifen Rosenfrüchten gewürzt war.

Erneut hörte sich der Stamm die Abenteuer der drei Menschen an, die zum Land der Blauen Tafelberge gereist waren. Tlana-quah lauschte den Erzählungen mit einer neuen Einstellung. Die Vorzeichen beunruhigten ihn zwar immer noch, aber die Geister der Vorfahren schienen ihm freundlicher gestimmt zu sein. Immerhin sah es für den Stamm gar nicht so schlecht aus. Lebensspender hielt sich in ihrem Land auf, und solange ihr Totem in ihrer Nähe war, würde es dem Stamm gutgehen.

Die Gesichter der Menschen glänzten im Feuerschein, ihre Lippen waren fettig. Sie lachten viel. Babys nuckelten glücklich an den Brüsten ihrer Mütter, während einige Kinder auf dem Boden vor dem großen Lagerfeuer schliefen. Die älteren kicherten und rangen miteinander. Die Erwachsenen beobachteten sie und waren zum Eingreifen bereit, falls sie zu übermütig werden sollten, während sie sich nickend und lächelnd an ihre eigene Kindheit erinnerten. Junge Frauen gingen mit Essenskörben herum oder saßen bei ihren Müttern auf der Frauenseite des Feuers. Mit ihren dunklen Augen sehen sie reizend aus, besonders meine eigenen beiden Töchter, dachte der Häuptling mit Vaterstolz. Selbst dem alten Schamanen schien es besser zu gehen.

Tlana-quah nickte zufrieden. Die Kaninchentreibjagd des heutigen Tages war außergewöhnlich erfolgreich gewesen. Sie hatten jetzt genügend Fleisch, um die langen, kalten Tage und Nächte des Winters zu überstehen. Wasserhühner, Enten und fette Gänse trafen in großer Zahl ein, um am westlichen Ufer des Sees zu überwintern, wo heiße Quellen das Wasser eisfrei hielten. Sie würden wie in jedem Winter als ständige Quelle für frisches Fleisch zur Verfügung stehen.

Die Rhythmen von Kosar-ehs Handtrommel lenkten die Aufmerksamkeit des Häuptlings auf den Lustigen Mann, der vortrat, um seine Vorstellung zu geben. Im Feuerschein unter Federn, Fellen und Körperbemalung waren Kosar-ehs Narben und sein verkrüppelter Arm nicht zu erkennen. Seine Frau Siwi-ni sah ihm stolz zu. Ihre Finger trommelten den Rhythmus seines Schlages auf ihrem gewaltigen schwangeren Bauch mit.

Kosar-eh wirkte wie eine Mischung aus Mensch und Tier, während er herumwirbelte und sprang — der mächtige Geist eines Kaninchens, Hasen und Vogels, zu Ehren der Tiere, die der Stamm an diesem Tag getötet und verzehrt hatte.

Der Stamm bejubelte ihn. Die Kinder wurden wach und setzten sich auf. Er tanzte den Tanz des Kaninchens und Hasen, des Grünspechts, der Wachtel und des Rotkehlchens und imitierte ihr Verhalten. Dann holte er aus der Dunkelheit jenseits des Kreises ein Netz und eine Keule und vollzog symbolisch die Handlungen der Kaninchenjagd nach, bis er am Boden lag, im Netz gefangen, und sich selbst mit der Knochenkeule schlug. Schließlich fiel die Keule zu Boden, und er lag still da.

»Ist er tot?« flüsterte ein Kind.

»Warte ab!« antwortete seine Großmutter.

Langsam entwirrte sich das Netz, und Kosar-eh stand wieder auf. Die Kinder klatschten in die Hände. Der Stamm jubelte, als der Lustige Mann das Kaninchenfell vom Kopf nahm und es mit einer Verbeugung seiner Frau anbot. »Mögest du weiterhin unsere Jungen mit derselben Leichtigkeit gebären, wie es dieses Kaninchen tut«, sagte er. Siwi-ni errötete wie ein junges Mädchen, versetzte ihm liebevoll einen Rippenstoß und nahm das Geschenk an. Dann breitete sie es über ihrem Bauch aus.

Als nächstes warf Kosar-eh seinen Federnumhang ab und schenkte die einzelnen Federn der Reihe nach den Kindern.

»Möge der Geist des Rotschwänzigen Grünspechts in euch leben und euch stark machen, damit ihr euch um eure künftigen Frauen und Kinder kümmert!« sagte er zu den Jungen, die die roten Schwanzfedern des Spechts erhielten.

»Und möge der Geist der Wachtel in euch leben, damit ihr dafür sorgt, daß eure künftigen Kinder immer dem Pfad der Weisheit folgen!« ermahnte er die kleinen Mädchen, denen er die gekräuselten Haubenfedern der Wachteln gab.

Kichernd nahmen die Kinder ihre Geschenke an. Als Kosar-eh nur noch ein Büschel Elsterfedern übrig hatte, tanzte er zur Frauenseite des Feuerkreises und blieb vor Ta-maya stehen.

»Und möge das Mädchen, das bereits strahlt, die Helligkeit der Elster in sich aufnehmen. Das Schillern der Federn soll ein Brautgeschenk von ihr an den sein, der ihr Mann sein wird, und an seine künftigen Kinder, damit sie wie ihre Mutter mit der Helligkeit dieser Federn strahlen.«

Ta-maya erhob die Hände und gestattete dem Lustigen

Mann, das Geschenk auf ihre Handflächen zu legen. Als sie ihn anlächelte, standen Dankbarkeit und offene Zuneigung in ihrem Gesicht. Dann atmete sie tief ein, stand auf und streckte ihre Arme in Richtung der Männerseite des Feuers.

Es war dieser Augenblick, vor dem Tlana-quah sich gefürchtet hatte. Doch er kam und ging vorbei, bevor er seine Hand heben oder etwas sagen konnte.

»Diese Frau bietet Dakan-eh dieses Federngeschenk an!« verkündete Ta-maya mutig.

Auf der anderen Seite des Feuers erhob sich Dakan-eh, und ohne das geringste Zögern oder auch nur einen Seitenblick auf Ban-ya erklärte er: »Dakan-eh nimmt dieses Geschenk an. Und er nimmt diese Frau, Ta-maya, die Tochter Tlana-quahs und Ha-xas, als seine an.«

Es war geschehen. Tlana-quah war übel vor Enttäuschung, aber er konnte nicht sagen, warum. Ta-maya strahlte vor Glück, und Dakan-eh war der beste Mann des Stammes. Er wußte es, Ta-maya wußte es, jeder wußte es — vor allen Dakan-eh selbst.

Ha-xa hatte ihren Korb mit Maden und Ameiseneiern fallen gelassen und war zu ihrer Tochter geeilt, um sie zu küssen und zu umarmen, wie das die Mütter der Roten Welt taten, wenn ihre Töchter endlich einen Mann angenommen hatten.

Tlana-quah runzelte die Stirn. Er beobachtete Dakan-eh. Der junge Mann trug nur einen Lendenschurz aus Antilopenleder und stand mit erhobenem Kopf und selbstgefälligem Grinsen auf dem Gesicht da. Er hatte seine Haut mit Kaninchenfett eingerieben, so daß sie im Feuerschein glänzte. Jede Spanne und Rundung seiner kräftigen Muskulatur zeichnete sich deutlich ab. Er war ein beneidenswerter Mann, der ältere Männer und Väter junger Frauen dazu brachte, ihren Bauch einzuziehen und die Brust zu recken. Tlana-quah jedoch mochte Dakan-eh überhaupt nicht.

Dann übernahm er die Kontrolle über die Situation und blickte Dakan-eh in die Augen. »Ta-maya hat das Recht, den Mann zu benennen, den sie haben möchte. Ich als ihr Vater habe das Recht zu sagen, wann sie ihn zum Mann nehmen kann.«

Abgesehen vom Knistern des Feuers herrschte absolute Stille.

Das Lächeln verschwand von Dakan-ehs Gesicht, ebenso wie von den Gesichtern Ta-mayas und Ha-xas. Tlana-quah spürte, wie alle Mitglieder des Stammes ihn ansahen. Sogar Hoyeh-tay beobachtete ihn, obwohl der Häuptling an dessen leerem Blick und an dem Speichelfaden an seinem Kinn erkannte, daß der Geist des Schamanen wieder zwischen den Sternen auf Wanderung war. Tlana-quah nickte. Der Ausdruck auf dem Gesicht des alten Mannes bestätigte ihm, daß seine Entscheidung richtig war. Die Vorzeichen standen für diese Hochzeit nicht gut.

»Die heutige Nacht ist eine gute Nacht für einen Mann und eine Frau, die zum ersten Mal zusammen sind«, sagte Ha-xa mit belegter Stimme und angespanntem Gesicht.

»Nein«, erwiderte Tlana-quah und wußte, daß er sich später noch einmal mit seiner Frau auseinandersetzen mußte. Entschlossen stand er auf. Er hatte sich sein ganzes Leben mit Ha-xa auseinandergesetzt und würde es auch später wieder tun, aber nicht jetzt. »Diese Nacht und dieses Festmahl soll die ehren, die aus dem fernen Land zu uns zurückgekehrt sind. Die Verbindung von Ta-maya mit ihrem ersten Mann wird an einem anderen Feuer und bei einem eigenen Festmahl stattfinden.«

»Wann?« fragte Dakan-eh.

»Wenn die Vorzeichen dafür günstig sind.«

»Und wann wird das sein?« drängte Dakan-eh erregt.

»Das kann uns nur unser Schamane sagen!«

Dakan-eh blickte Hoyeh-tay an, dann Cha-kwena. Schließlich schüttelte er den Kopf. »Was soll das, Tlana-quah? Ich bin der Mutige Mann! Wer hätte Ta-maya mehr verdient als ich?«

Tlana-quah unterdrückte ein Grinsen. Dakan-ehs Arroganz war so offen und ehrlich, daß er darüber eher belustigt als verärgert war. »Wer weiß? Vielleicht ist ein solcher Mann gerade zu uns unterwegs. Aus einem anderen Stamm ... oder vielleicht aus diesem geheimnisvollen fremden Stamm, von dem du gesprochen hast. Ist es unmöglich, daß es irgendwo auf der Welt einen Mann geben könnte, den ich – oder meine Tochter – für geeigneter als dich halten könnten?«

Dakan-eh starrte nachdenklich vor sich hin. Dann sagte er

unverblümt: »Nein, ich bin der beste Mann! Warum sollte eine Frau einen anderen haben wollen, wenn sie mich haben kann?«

Jetzt war es an Tlana-quah, fassungslos zu starren. Doch nach einer Weile lächelte er. »Wenn meine Tochter dich auf der Großen Versammlung immer noch will, sollen Dakan-eh und Ta-maya vor dem ganzen Stamm verbunden werden.«

Ta-mayas Hände klammerten sich um die Federn, die sie gerade ihrem Zukünftigen hatte schenken wollen. »Bis dahin wird der Winter gekommen und vergangen sein, und viele Monde werden auf- und untergegangen sein, Vater.«

»Viele Monde«, bestätigte Tlana-quah, immer noch lächelnd. »Viele, viele Monde!«

»Ich werde nicht warten!« verkündete Dakan-eh noch erregter als zuvor.

»Warte oder suche dir eine andere Frau!« sagte Tlana-quah schroff. Er war jetzt nicht mehr über die Arroganz des jungen Mannes amüsiert.

Ban-ya, die neben ihrer Mutter und Großmutter saß, erstarrte und blickte mit plötzlicher Hoffnung auf. Doch noch während ihre Augen verlangend Dakan-eh musterten, wurde ihre Sehnsucht durch Ta-mayas Antwort zerstört.

»Mit diesen Federn habe ich ihn angenommen!« Zum ersten Mal erklang Protest in ihrer sanften Stimme.

»Nein, Tochter«, widersprach Tlana-quah. »Die Federn sind noch in deiner Hand. Du hast versprochen, ihn anzunehmen, und das wirst du tun – auf der Großen Versammlung.« Der Häuptling blickte seine Tochter von oben bis unten an, auf der Suche nach Zeichen für eine Schwangerschaft. »Du hattest es bislang auch nicht eilig, ihn anzunehmen. Gibt es jetzt einen Grund zur Eile?«

Sogar im Feuerschein war zu sehen, wie sie errötete. »Nein. Keine Eile.«

»Die Löwen . . . die Löwen kommen zu uns.«

Verwirrt über das Krächzen des alten Hoyeh-tay drehte Tlana-quah sich um und sah auf den Schamanen hinunter. Sein Blick war immer noch leer, und Cha-kwena hatte sich über ihn gebeugt, um ihm mit den Fingern den Speichel abzuwischen.

»Was hast du gesagt?« fragte der Häuptling.

226

Cha-kwena antwortete, ohne aufzublicken. In seiner Stimme lagen Besorgnis und Scham. »Nichts. Höre nicht auf ihn! Seine Augen sind geöffnet, aber er schläft immer noch. Er träumt von Löwen und alten Freunden. Was er sagt, spielt keine Rolle.«

»Du hättest lügen können!«

Ta-maya schrak beim Klang von Dakan-ehs Worten zusammen. Er hielt sie am rechten Ellbogen fest und riß sie grob herum. Sie blickte auf. Er sah so ernst und wütend aus, und sie wünschte sich, sie hätte sich nicht hinter die anderen Mädchen und Frauen zurückfallen lassen, die das Lagerfeuer verlassen hatten.

Der hitzige Wortwechsel zwischen Dakan-eh und dem Häuptling hatte die nächtliche Feier vorzeitig beendet. Kosar-eh hatte sich bemüht, wieder Feststimmung aufkommen zu lassen, aber die Versammlung hatte sich schnell aufgelöst, und jetzt kehrten die Leute in ihre Familienhütten zurück. Mit gesenkten Köpfen und abgewandtem Blick gingen sie in der Dunkelheit an Ta-maya und Dakan-eh vorbei.

Die junge Frau errötete und fragte sich, was sie wohl dachten. Dann blickte sie sich furchtsam nach ihrem Vater um. Er würde wütend sein, wenn er bemerkte, daß sie mit Dakan-eh sprach, während niemand von ihrer Familie anwesend war.

»Ta-maya . . .«

»Ich muß gehen, Dakan-eh.«

»Du hättest ihm doch nur sagen müssen, daß ich neues Leben in dich gepflanzt habe! Dann wärst du heute nacht meine Frau geworden. Dann könnten wir jetzt miteinander allein sein, nebeneinander liegen, und ich wäre tief in dir, würde mich auf dir bewegen und die Lüge zur Wahrheit machen.«

Sie keuchte angesichts der Vorstellungen, die er so hemmungslos heraufbeschwor. Doch als er sie näher zu ziehen versuchte, entzog sie sich ihm. Sie verstand ihn nicht. Eine Lüge auszusprechen war eine Beleidigung der Geister der Vorfahren. Schon sein Vorschlag hatte sie beide entehrt, und sie sagte es ihm.

Er atmete ungeduldig und verärgert aus. »Was macht das für einen Unterschied? Nur du und ich hätten von dem Betrug gewußt!«

»Die Geister der Vorfahren hätten es gewußt! Und ich würde unser gemeinsames Leben nicht mit einer Lüge beginnen!«

Sein Gesicht verzerrte sich vor Ärger. »Manchmal frage ich mich, ob du überhaupt ein gemeinsames Leben mit mir beginnen möchtest!«

Verwirrt sah sie zu, wie er davonstapfte. Er war so groß, so kräftig und so begehrenswert, daß sie sich fast nach ihm verzehrte.

»Ich sage dir nicht zum ersten Mal, daß er vielleicht gar nicht der Mann für dich ist, stimmt's?« Kahm-ree, die Witwe blieb neben ihr stehen und schenkte ihr ein zahnloses Grinsen.

Verblüfft starrte Ta-maya Ban-ya an, die sich bei der alten Kahm-ree untergehakt hatte und ihren Blick erwiderte.

»Vielleicht will er dich gar nicht mehr, wenn die Zeit der Großen Versammlung gekommen ist«, sagte Ban-ya mit giftiger Freundlichkeit.

»Er wird mich immer wollen! Seht doch! Ich trage sein Armband! Es ist das Zeichen seiner Liebe für mich.«

»Wir werden sehen.« Ban-ya warf den Kopf herum und ging mit ihrer Großmutter weiter. Sie folgten Dakan-eh und ließen Ta-maya mit Tränen in den Augen und den schimmernden Federn von Kosar-ehs Brautgeschenk in der Hand zurück.

Cha-kwena kauerte auf dem Felsvorsprung vor Hoyeh-tays Höhle, lauschte auf den vertrauten Ruf des Kojoten von der anderen Seite des Sees und sah zu, wie Tlana-quah und die Ältesten das rituelle Lagerfeuer bewachten. Nur in wenigen der kleinen Schilfhütten flackerten noch Lichter. Er runzelte die Stirn. Heute nacht würden sich die Dorfbewohner leise und besorgt unterhalten, über mutige Jäger, die ihren Häuptling herausforderten, und über erstgeborene Töchter, die dem Willen ihrer Väter nicht gehorchen wollten.

»Der Kleine Gelbe Wolf ist dir einen langen Weg gefolgt«, nuschelte Hoyeh-tay.

»Es gibt viele kleine gelbe Wölfe in der Roten Welt, Großvater«, erwiderte Cha-kwena ruhig.

Seien Blicke suchten immer wieder die Dunkelheit unter ihm ab. Wo war Dakan-eh? Er hatte gesehen, wie er zum Langhaus der unverheirateten Jäger gegangen war. Ban-ya und die alte Kahm-ree waren ihm dichtauf gefolgt. Aber jetzt war weder von ihm noch von dem Mädchen mehr etwas zu sehen! Die alte Frau stand allein im Dorf.

»Dieser Wolf kennt dich«, sagte Hoyeh-tay.

Cha-kwena seufzte. Er ärgerte sich darüber, daß der alte Mann wieder aufgewacht war. Er selbst war sehr müde. Nun hockte er sich auf den Boden, zog seine Knie bis ans Kinn heran, schlang seine Arme um die Waden und schloß die Augen.

»Der Kleine Gelbe Wolf ist dir einen langen Weg gefolgt«, sagte Hoyeh-tay.

»Und warum sollte er das tun?«

»Weil du sein Bruder bist. Weil er weiß, daß die Löwen kommen.«

Cha-kwena seufzte traurig. Er legte seine rechte Wange auf seine Knie. »Es ist schon spät, Großvater. Schlaf weiter! Ich werde die Höhle bewachen. Und ich habe versprochen, dich vor Löwen zu beschützen.«

»Das kannst du nicht, Cha-kwena, nicht solange du in diesem Dorf bleibst. Nicht solange du dein inneres Auge verschlossen hältst.«

»Wie du meinst, Großvater.«

Cha-kwena schlief bereits ein und hatte die letzten Worte des alten Mannes gar nicht mehr gehört. Er hörte auch nicht mehr die hohen, klagenden Rufe des Kojoten, und sah nicht mehr, wie Eule aus der Nacht herangeschwebt kam und auf der Wurzel in der Höhle landete. Eine tiefe und warme Dunkelheit umfing ihn. Er lächelte im Schlaf. Kojote kam nicht in seinen Träumen zu ihm, denn er träumte überhaupt nicht.

Hoyeh-tay saß auf seiner Matratze, nahm dieselbe Haltung

wie der Junge ein und warf Eule einen müden Blick zu. »Die Löwen kommen«, sagte er.

»Ich weiß«, antwortete Eule. »Es ist zu spät, um sie noch aufzuhalten.«

»Ein weißes Mammut, sagst du?« Ysuna stand wie erstarrt im Zentrum der großen Versammlungshütte des Stammes des Wachenden Sterns.

»Ja«, bestätigte Lah-ri, die kleine Schwester von Sunam-tu. »Der Schamanenjunge hat den anderen erzählt, daß der Große Geist im fernen Süden weidet, in der Nähe eines Dorfes an einem See, der nach den Singvögeln benannt ist.«

Ysuna lächelte strahlend. »Das hast du gut gemacht, Maliwal!«

Der Mann, den Lah-ri angeblich liebte, richtete sich ein Stück auf. Sein Gesicht war immer noch ob der schlimmen Verwundungen angeschwollen, und die Sehnen, mit denen es genäht worden war, ragten wie Haare aus seiner Haut. »Ich wollte nur Ysuna in jeder Hinsicht zufriedenstellen.«

»Du hast mich zufriedengestellt«, sagte sie zu ihm.

Masau sah seinen Bruder an. »Es ist gut, daß Maliwal sicher zurückgekehrt ist. Was Rok betrifft, werden wir die Gesänge zu Ehren seiner Seele anstimmen. Seine Frau wird nicht allein trauern.«

»Er starb tapfer«, sagte Chudeh und begann mit der Erzählung von der Mammutjagd.

Doch Maliwal unterbrach ihn. »Was bedeutet schon das Leben eines Mannes? Rok war niemand! *Ich* habe das Mammut gefunden! Ich habe Mammuts *getötet*! Ich habe im Süden viele Vorratslager mit Mammutfleisch angelegt und die besten Stücke zusammen mit den Gefangenen zur Tochter der Sonne gebracht. Diese Lah-ri aus der Roten Welt ist bereit, freiwillig eine von uns zu werden.«

»Stimmt das, mein Kind?« Ysunas Lächeln zeigte freundliche Liebenswürdigkeit. »Kommst du freiwillig zu uns? Nach allem, was du erlebt hast, hast du keine Angst vor denen, die dich aus deinem Land fortgebracht haben?«

In der Hütte war es still. Lah-ri, die auf einem weichen Kissen aus gekämmtem, langhaarigem Mammutfell saß, blickte zu den großen Gestalten und gutaussehenden Gesichtern der Jäger hinauf. »Die Männer, die mich nach Norden brachten, haben mich gut behandelt, nicht wie eine Gefangene, sondern respektvoll wie einen Gast. Die Toten, die es in der Roten Welt gegeben hat . . .« Sie zuckte mit den Schultern. »Ich verstehe es nicht, aber seit jenem Tag hatte ich keinen Anlaß, mich vor den Männern zu fürchten.«

»Und du wirst auch in Zukunft keinen Anlaß dazu haben, Schwester. Du hast doch nichts dagegen, wenn ich dich so nenne?«

»Ich habe niemals eine Schwester gehabt«, sagte Lah-ri.

Die Gesichter um sie herum lächelten. Für einen Augenblick sahen die Männer wie Wölfe aus, die eine Beute beobachteten, und Lah-ri zuckte zusammen.

»Sie ist gut«, sagte Ysuna. »Ja, Maliwal, du hast wirklich gute Arbeit geleistet. Sie ist wirklich gut.«

Lah-ri lächelte. Seit man sie gefangengenommen hatte, war ihr keine Bitte abgeschlagen worden. Wenn sie Hunger hatte, brachte der Mann mit dem verletzten Gesicht und dem fehlenden Ohr ihr etwas zu essen. Wenn sie Durst hatte, brachte er ihr etwas zu trinken. Nachts hatte er neben ihr gelegen, sie mit seinem Körper vor dem Wind geschützt, sie mit seinen großen, rauhen Händen gestreichelt und ihre Haut mit Mammutfett eingeölt.

Seine Wunden stanken und machten sein ansonsten schönes Gesicht häßlich, aber er wußte, wie man das Feuer in den Lenden einer Frau entfachte. Sie hätte sich ihm bereitwillig geöffnet, wenn sie nicht gespürt hätte, daß es wichtig war, die Lüge aufrechtzuerhalten, daß noch nie ein Mann in sie eingedrungen war. Also hatte sie ihre Schenkel zusammengepreßt und ihn angefleht, sie nicht zur Vereinigung zu drängen. Er hatte sie nicht gezwungen. Er hatte mit ihr gespielt, bis sein Bedürfnis nach Erleichterung zu stark geworden war. Dann hatte er sich abgewandt und eine andere der Gefangenen herangezerrt, während Lah-ri neidisch und unbefriedigt daneben lag.

Sie verstand nicht, warum die Männer sie so respektvoll — ja fast unterwürfig — behandelten, wohingegen die anderen Gefangenen verspottet, geschlagen und gequält wurden, bis drei von ihnen gestorben waren und mehrere um den Tod gebettelt hatten. Zuerst hatte sie erwartet, vergewaltigt und getötet zu werden, so wie es auch mit den anderen geschehen war. Statt dessen hatten die Männer sie Schwester genannt. Und als sie endlich das Lager ihres Stammes betreten hatten, befahl Maliwal den Frauen, ihr die beste Kleidung und Schmuck zu bringen, damit seine zukünftige Frau sich etwas aussuchen konnte. Sie hatte die Auswahl reichlich genutzt. Noch nie in ihrem Leben hatte sie so viele Kleider, Nasenringe, Ohrhänger, Armbänder und Fußketten besessen wie jetzt. Sunam-tu hätte ihr niemals so viel gegeben.

Es war so viel, daß sie froh war, von ihrem eigenen Stamm fortgebracht worden zu sein, fort vom gutaussehenden Mutigen Mann, der sie erniedrigt hatte, fort vom jungen Schamanenlehrling, der sie verschmäht hatte, und fort vom knochigen alten heiligen Mann mit dem blauen Gesicht, der, kaum daß er mit ihr den heiligen Wald verlassen hatte, schon wie ein Bär über sie hergefallen war, sie tief und heftig von hinten genommen und den Saft des Lebens in sie gespritzt hatte. Kein junger Mann hatte jemals so heißes, feuchtes Feuer in sie gepumpt oder sie mit solchem Stolz über den Erfolg genommen. Sie würde die Begeisterung des alten Mannes für ihren Lieblingssport vermissen, aber wenn sie durch seinen Tod ein genauso schönes Halsband wie Ysuna gewinnen konnte, würde sie nie wieder an ihn denken.

Als sie jetzt zur Halskette auf den Schultern der Frau hinaufstarrte, erkannte sie lächelnd die Steine wieder. »Ich weiß, wo du noch mehr solche weißen Steine bekommen kannst. Wenn ich es dir sage, würde es genug geben, um auch mir eine Kette daraus zu machen. Natürlich müßtest du mir sagen, was das für Knochen sind und von welchem Tier die glänzenden schwarzen Haarsträhnen stammen.«

Stille senkte sich wie ein dunkles, erstickendes Tuch über die Versammlung, während die Männer und die Priesterin sich

Blicke zuwarfen. Niemand sprach, doch das Mädchen spürte, daß sie ein Geheimnis teilten.

Lah-ri wurde plötzlich nervös. »Was ist los? Habe ich etwas Falsches gesagt?«

Es verging ein weiterer Augenblick, bis Ysuna lächelte. Das Lächeln war genauso geheimnisvoll wie die Stille. Sie kniete sich hin, nahm Lah-ris kleine Hand und streichelte sie, während sie mit ihrer anderen Hand nach einer Locke des Mädchens griff. »Was ist mit diesen Steinen, Schwester?«

»Ich weiß, wo du noch mehr davon bekommen kannst. So viele, wie du willst, so viele, wie es davon gibt.«

Es sah aus, als würde im Schädel der Priesterin ein Sturm toben. Ihre Haut schien über den Knochen zu flattern, während sie die Augen aufriß. Heiser und hungrig flüsterte sie: »Sag es mir!«

Doch Maliwal sprach, bevor Lah-ri antworten konnte. »Ich habe bis zuletzt gewartet, um es dir zu erzählen!« Seine Stimme klang stolz wie das Brüllen eines Löwen. »Die heiligen Steine, die Knochen des Ersten Mannes und der Ersten Frau – im nächsten Jahr werden sie sich alle an einem Ort befinden! Das Mädchen hat mir erzählt, daß sich alle Stämme der Roten Welt an ihrem heiligen Berg versammeln werden. Alle Schamanen werden dort sein, und mit den Schamanen alle heiligen Steine.«

Ysuna stand langsam auf, wie in Trance.

Es wurde wieder still. Alle Blicke waren auf sie gerichtet, als sie leise wie im Gebet sagte: »Dann werden auch wir an jenem Tag dort sein.«

6

Die Hohepriesterin des Stammes des Wachenden Sterns kam aus ihrer Hütte und trat allein in die Dämmerung hinaus. Ysuna hatte die ganze Nacht nicht geschlafen, weil die Wunde in ihrem Unterleib einen dumpfen Schmerz verursacht hatte. Sie redete sich ein, daß es nur der Schmerz der Heilung war, obwohl ihr Fieber auf Schlimmeres hindeutete.

Unruhig ging sie leise durch das Lager ihres schlafenden Stammes und zur offenen Fläche dahinter. Sie mußte nachdenken, atmen und auf freiem Land stehen. Doch hier waren so viele Hütten! Ihre Spitzen zeigten nach oben, und die Stützpfeiler ragten wie verschränkte, steife Finger durch die verhangenen Rauchklappen.

Um sich nicht von ihrer Nähe erdrücken zu lassen, zählte Ysuna die Hütten im Vorbeigehen, aber es waren selbst für die Tochter der Sonne zu viele, um sie im Kopf oder an ihren Händen zusammenzuzählen. Sie wußte jedoch von früheren Zählungen, daß es insgesamt etwa dreihundert waren.

Sie ging immer weiter. Die Bewegung linderte ihre Schmerzen und besserte ihre Stimmung. Sie stellte fest, daß sie stolz auf die Größe ihres Dorfes war. Hatte ihr Stamm schon so viele Hütten errichtet, als sie noch ein Kind gewesen war? Nein. Unter ihrer Führung war ihre Anzahl gewachsen, bis manchmal das Licht der Sterne von den vielen Kochfeuern überstrahlt wurde. Wenn Jäger in der Nacht zurückkehrten, sah ihr Lager wie ein See aus Licht und Wärme aus, der in einer feindlichen Welt erstrahlte, die Ysuna zu ihrer eigenen gemacht hatte. Sie hob den Kopf voller Stolz über ihre Errungenschaften.

Das Geräusch ihrer Mokassins auf dem steinigen Boden weckte die Hunde. Sie blickten auf und sahen ihr nach, während sie vorbeiging. Sie spürte ihre Wachsamkeit und fühlte sich dadurch gestärkt. Die Hunde waren große Tiere, wie Wölfe, mit starkem Rücken und schnellen Beinen. Das Rudel war darauf gezüchtet worden, das Wild zu hetzen und es den wartenden Speeren der Jäger entgegenzutreiben, und darauf, die vielen Meilen von einem Lager zum anderen zurückzulegen. Die Hunde wurden im Winter vor Schlitten gespannt und trugen im Sommer das Gepäck auf dem Rücken, wenn das Terrain es nicht erlaubte, daß sie ihre Last zogen.

Jeder von ihnen war stark genug, sie anzuspringen und in Stücke zu reißen, doch sie hatte dem Stamm befohlen, die Welpen, die möglicherweise Ärger machten, aus jedem Wurf auszusondern. Sie selbst hatte etliche erwürgt und genügend erwachsene Kläffer und Knurrer erschlagen, um den Überlebenden zu zeigen, daß sie nur durch ihre Duldung am Leben waren.

Das einzige Tier, das aufstand, war Masaus zottiger, blauäugiger Hund Blut, als sie sich der Hütte des Mystischen Kriegers näherte. Seine fleischfarbene Nase arbeitete, als er ihre Witterung aufnahm. Ein tiefes, warnendes Knurren erklang in der Brust des Tieres, und das Haar entlang der Wirbelsäule richtete sich auf. Mit vorgestrecktem Kopf, eingezogenem Schwanz, zitternden Lefzen und gebogenem Rücken zeigte Blut der Frau seine Zähne.

Sie blieb beeindruckt stehen.

Als der Hund ihre Reaktion bemerkte, trat er einen Schritt vor.

Ysuna tat dasselbe.

Der Hund blieb, wo er war, und die Frau ebenfalls. Sie beobachteten sich gegenseitig.

»Du bist nur am Leben, weil du *ihm* gehörst, Hund!« sagte Ysuna. Dann ging sie weiter und vergrößerte den Abstand zwischen sich und dem Tier. Gleichzeitig machte sie damit den gegenseitigen Drohungen ein Ende.

Der Morgenstern stand noch über den fernen Bergen, als Ysuna die letzten Hütten hinter sich ließ. Sie blickte hinauf und wartete auf ein Zeichen. Statt dessen erschienen dünne, waagerechte Wolkenbänder und verschleierten den Himmel. Dann wurden sie dichter und verhüllten den Stern, während sie seltsame Formen annahmen. Die Priesterin blinzelte, sah erneut hin und erkannte Löwen — einer von ihnen ohne Kopf — in den Wolken. Und als sich die Wolken bewegten und verschoben, wurde aus ihnen ein Mammut, eine gewaltige weiße Sturmwolke in Form eines Mammuts.

Sie hielt den Atem an und griff nach ihrer Halskette, nach den heiligen Steinen. »Himmelsdonner ... Großer Geist ...«

Doch die Wolken veränderten sich weiter. Die Mammutwolke verlor ihre Form und verflüchtigte sich. Sie wurde wiedergeboren und als kleines Mammut neu geschaffen, dann gab

235

es kein Mammut mehr, sondern nur noch eine riesige Eule, die aus dem Maul eines Kojoten geflogen kam. Die Eule flog immer höher und breitete die Wolkenflügel aus, um den Morgenstern zu umfangen.

Ysuna schwindelte und fieberte. In den Wolken waren zu viele Visionen und Vorzeichen. Und der Schmerz in ihrem Unterleib war zurückgekehrt. Sie schloß die Augen und zwang sich, langsam und gleichmäßig zu atmen.

»Ysuna!«

Sie drehte sich um. Maliwal stand vor ihr. Er reichte ihr eine Schale, die aus der hohlen Spitze eines polierten Mammutstoßzahns bestand. Darin war eine dampfende Flüssigkeit.

»Ein Morgengeschenk von Maliwal an die Tochter der Sonne. Blut und Mark des Mammuts. Ich habe es selbst für dich erwärmt. Trink!«

Sie zitterte vor Ekel, als sie in sein zerschundenes, genähtes Gesicht sah. Sie nutzte die Gelegenheit, den Blick abwenden zu können, und nahm einen tiefen Schluck aus der Schale.

»Das Blut ist dick, und das Mark ist getränkt mit dem Öl des Lebens. Ich habe es von weither gebracht und einen hohen Preis dafür bezahlt.« Er verstummte, dann flehte er sie leise und zögernd an, wie ein Kind, das vor seinen Eltern steht und für sie gleichzeitig Mißtrauen und Bewunderung empfindet. »Ysuna, heile mich! Meine Wange ist mit Tiersehnen genäht. Dadurch wird sie zusammengehalten, so wird verhindert, daß mein Mund eine klaffende Wunde ist. Ich trage mein Ohr in einem Beutel bei mir. Mach, daß das geschundene Fleisch sich glättet, Ysuna! Maliwal, der Mammutjäger, möchte wieder ein angenehmer Anblick für dich sein!«

Sie war gerührt durch seine Bitte und sein offenes, bedingungsloses Vertrauen in sie. Dennoch fühlte sie plötzlich Übelkeit. Die Brühe aus Blut und Mark war zu fett gewesen. Sie mußte sich zwingen, sich nicht zu übergeben.

»Heile mich, Ysuna!« flehte er sie an. »Ich habe den anderen gesagt, daß du es tun kannst. Ich habe ihnen gesagt, daß dieses...« Er schwieg beschämt, als er mit einer unbeholfenen Aufwärtsbewegung seiner linken Hand auf sein Gesicht deutete. »Ich habe ihnen gesagt, daß diese Aufgabe für dich eine Leichtigkeit wäre. Heile mich und zeige, daß du tun kannst, was ich den anderen versprochen habe!«

Sie atmete flach, so daß der Schwindelanfall vorbeiging, doch der Schmerz in ihrem Unterleib ließ nicht mehr nach. Bemerkte er ihre Schwäche? Sie musterte sein verunstaltetes Gesicht und suchte nach Arglist und Betrug. Mißtrauisch witterte sie eine Falle. »Wage nicht, mich auf die Probe zu stellen, Maliwal!« warnte sie ihn. »Ich werde meine Macht nicht demonstrieren, damit du vielleicht eine Unzulänglichkeit darin entdeckst und damit dein mangelndes Vertrauen in meine Fähigkeiten rechtfertigen kannst!«

»Ich . . . nein, Ysuna! Du mißverstehst mich!«

Sie sah, daß er gleichzeitig fassungslos und erschrocken über ihre Anschuldigung war. Dennoch bohrte sie weiter. »Wirklich?«

Sie kannte bereits die Antwort. Sie hatte ihn fortgeschickt, um sich zu beweisen, um begangene Fehler wiedergutzumachen, um Mammuts zu finden und zu töten, um ein Dorf zu suchen, in dem sich ein heiliger Stein und ein geeignetes Opfer für Himmelsdonner befand. Er hatte all das und noch mehr getan. Und er hatte es getan, um sie zufriedenzustellen und gleichzeitig seiner eigenen kämpferischen Natur Genüge zu tun. Sie wußte es genauso sicher, wie sie daran glaubte, daß sie seine Wunden heilen könnte, wenn sie es wirklich wollte. Es konnte keine große Schwierigkeit sein, ein paar Wunden zu heilen und einem Ohr zu befehlen, wieder an den Kopf eines Mannes anzuwachsen. Aber aus Erfahrung wußte sie, daß sie gewissen Herausforderungen lieber vorsichtig aus dem Weg gehen sollte. »Wie kommt mein Sohn auf die Idee, daß er kein angenehmer Anblick mehr für mich sein könnte?« fragte sie deshalb. »Es ist gut, daß du von Narben gezeichnet sein wirst. Wohin du auch gehst, alle Männer, Frauen und Kinder werden dich anstarren und wissen, daß du Maliwal bist – der Mann, der sich allein einem großen Mammut gestellt hat . . . und der diese Begegnung überlebt hat, um sie weitererzählen zu können.«

Doch er ließ sich dadurch nicht trösten. »Ysuna, bitte! Heile mich!«

Sie legte ihm liebevoll die Hand ans Gesicht. »Das hier ist ein Zeichen für deine Tapferkeit und deine Treue. Es bedeutet mir sehr viel, und ich werde nichts daran ändern. Geh jetzt! Wecke den Stamm, die Gefangenen und das Mädchen, das du uns als Opfer gebracht hast. Das Dorf muß abgebrochen werden und alles für die Reise in den Süden vorbereitet werden. Dort gibt es Mammuts und heilige Steine. Und du, mein Wolf, mußt uns zeigen, wo wir sie finden werden!«

Maliwal sah zu, wie sie von ihm fortging — eine große Gestalt in wehendem Umhang und mit langem Haar, das über den Rücken bis zu den Fersen hinabfloß. Ihr Gang war geschmeidig und bestimmt, aber dennoch registrierte er darin eine Anspannung, als ob ihr die Bewegung Schmerzen bereiten würde, als wäre es eine Anstrengung, den Rücken gerade zu halten und lange und gleichmäßige Schritte zu machen. Masau kam mit Blut an seiner Seite hinter einer der Hütten hervor und trat neben seinen Bruder. »Es ist, wie ich befürchtet habe«, sagte er.

Maliwal, der sich eine Hand über die verwundete Gesichtshälfte hielt, blickte ihn finster an. »Du hast gehorcht?«

»Und ihre Schwäche gesehen«, bestätigte Masau.

»Schwäche?«

»In uns allen wächst die Schwäche, Maliwal. Wir müssen das weiße Mammut suchen und für Ysuna töten. Unsere Mutter muß von seinem Blut trinken und von seinem Fleisch essen, bevor sie alt wird und die Kraft des Stammes des Wachenden Sterns schwindet.«

Maliwal sah ihn mit einem irritierten Stirnrunzeln an. »Ysuna kann nicht alt werden!«

»Sie kann deine Wunden nicht heilen . . .«

»Sie *will* es nicht!«

Masau schüttelte den Kopf. »Sie möchte, daß du das glaubst. Ich sage dir, Maliwal, wir müssen das weiße Mammut finden und töten! Und zwar bald, Bruder, bevor es zu spät ist.«

7

»Wach auf, Cha-kwena! Komm! Du mußt dem Nordstern den Rücken zukehren und mir folgen! Du und dein Stamm, ihr müßt die Rote Welt verlassen! Sofort!« Das Lied des Kojoten war ein hohes, klagendes Geheul.

In der Dunkelheit der mondlosen Mitternacht wachte Cha-kwena auf, verwirrt und alarmiert. Er hatte wieder nur geträumt, aber ... hörte ein Schamane die Stimme der Weisheit nicht in seinen Träumen?

Nachdem er sich in seine Kaninchenfelldecke gehüllt hatte, stand der Junge von seiner Matratze aus geflochtenem Schilf auf und ging zum Höhleneingang. Die Nacht war klar und kühl. Unter der Klippe schliefen die Dorfbewohner ruhig und fest. Cha-kwena sog tief den Atem ein und flüsterte: »Kojote, wenn du mein Bruder bist, wenn du mein helfender Tiergeist bist, nach dem ich suche, und wenn — nur wenn! — ich eines Tages ein Schamane werden sollte, was für eine Botschaft hast du mir dann in meinen Träumen geschickt? Ich würde mich stolz Kleiner Gelber Wolf nennen und dich zu meinem Totemtier ernennen und dir in die Welt jenseits des Landes meiner Vorfahren folgen. Aber mein Großvater ist krank, und ich kann ihn jetzt nicht allein lassen. Die Kraft meines Stammes liegt in der Roten Welt. Die Menschen schlafen zufrieden in einem Lager voller Fleisch. Lebensspender hat uns hierhergeführt. Seit der Erste Mann und die Erste Frau über die Berggipfel in dieses Land kamen, haben die Geister der Vorfahren hier mit uns gelebt und uns stark gemacht. Wir können die Rote Welt nicht verlassen.«

Er blickte über die kleinen Hütten, über den See und die Hügel und zu den großen, steil aufragenden Felskuppen. Er wartete, daß der Kojote jetzt zu ihm sprach, wie der Kleine Gelbe Wolf in seinen Träumen zu ihm gesprochen hatte. Doch statt dessen trompetete irgendwo auf der anderen Seite des Sees ein Mammut.

»Lebensspender?«

Das Mammut trompetete erneut. Cha-kwena war sich sicher, daß es der Große Geist war. Das Totem seiner Vorfahren hatte ihm geantwortet! Solange Lebensspender sich in der Roten Welt aufhielt, war der Rat eines Kojoten völlig unbedeutend.

Der Herbst war allmählich in die Rote Welt eingezogen. Blaue Eichelhäher schimpften auf den weiten, blühenden Salbeifeldern südwestlich des Sees der Vielen Singvögel. Spechte mit roten Hauben kreischten zwischen den Gelbkiefern über Hoyeh-tays Höhle und weckten den Schamanen schon vor Tagesanbruch, als sie neue Löcher hackten und alte vergrößerten, um darin ihren Wintervorrat an Eicheln und anderen Happen unterzubringen, die sie zum Teil aus dem nahegelegenen Dorf stibitzt hatten.

»Bald wird es Winter sein. Du mußt noch viel lernen, Cha-kwena, bevor die ersten Schneeflocken fallen!«

Cha-kwena knurrte. Es waren noch nicht einmal die ersten Blätter des Herbstes gefallen, und sein Großvater machte sich bereits Sorgen um den Winter. Doch der Junge beschwerte sich nicht. Hoyeh-tay ging es schon viel besser. Sein Gesicht war zwar immer noch schlaff, aber er konnte wieder einigermaßen deutlich sprechen, und er sabberte auch nicht mehr. Es gab Momente, in denen es Cha-kwena fast leid tat, daß der alte Mann nicht mehr so schwach war, denn nun mußte er endlose Stunden des Geschichtenerzählens und der Unterrichtung über den Pfad des Schamanen mit Hoyeh-tay verbringen.

Jetzt saß Cha-kwena auf dem Boden der Höhle in der Sonne, während Hoyeh-tay unablässig redete. Der Junge seufzte und beneidete die Dorfbewohner um ihre Arbeit und Freiheit. Unter der Anleitung der älteren Männer stellten seine Freunde zur Zeit Speerspitzen aus Steinen her, schnitzten Angelhaken aus Knochen und machten Speere, denn vor allem in dieser Jahreszeit machte der See der Vielen Singvögel seinem Namen alle Ehre.

Große Schwärme kreischender, schwimmender Vögel schaukelten auf dem tiefblauen Wasser. Seetaucher und Rohrdom-

240

meln riefen aus dem Binsendickicht, und Reiher, Störche und viele andere Sumpfvögel suchten am Ufer nach Nahrung. Pferde und Riesenfaultiere kamen in jeder Nacht, um mit Kamelen und Mammuts an den kühlen Buchten zu trinken.

»Cha-kwena!«

»Hmm . . . was?«

»Du hast nicht ein Wort von dem gehört, was ich gesagt habe!«

»Ich . . . ich habe jedes Wort gehört!«

»Dann wiederhole sie!«

»Ich . . . äh . . .«

Hoyeh-tays Blick sagte ihm, daß es keinen Zweck hatte, sich herauszureden. Er hatte keine andere Möglichkeit, als so zu tun, als wäre er an seinen weiteren Worten interessiert.

»Wir haben über den kommenden Winter gesprochen, mein Junge. Achte auf die Spinne, um Wissen über die Veränderung des Wetters zu erlangen. Bis jetzt hat sie ihre Netze dünn und hoch gesponnen — ihre Sommernetze. Nun spinnt sie sie mit dicken Fäden und näher am Boden — das sind ihre Winternetze. Ja, Cha-kwena, die Spinne verrät diesem Schamanen, daß es bald Winter werden wird.«

»Hohe Netze, niedrige Netze, was macht das für einen Unterschied?«

Der alte Mann verdrehte ärgerlich die Augen, genauso, wie es der Junge gewöhnlich tat, wenn er sich über den Altersstarrsinn des Großvaters ärgerte. »Denk nach, Cha-kwena! Wenn das Wetter kalt wird, steht ein Mann dann aufrecht und setzt sich dem Wetter aus, wie er es unter den warmen Strahlen der Sonne tut? Nein. Er kehrt dem Wind den Rücken zu. Er hüllt sich in dicke Kleidung. Er kauert sich nahe am Boden, zum Schutz vor Kälte und Feuchtigkeit. Sollte die Spinne sich dümmer als ein Mensch anstellen?«

Der Junge nickte nachdenklich. »Woran erkennst du, ob der Winter lange Zeit dauern wird? Welche Zeichen verraten es dir?«

»Der weißhaarige Adler ist einen Mond früher als sonst gekommen, um sich mit seiner Familie in die Kiefern am Nordufer des Sees zurückzuziehen. Mit seinem goldenen Auge kann er weit in den Winter hineinsehen. In der kalten Zeit wird es genügend Fische für ihn geben, und das kräftige, rote Fleisch der Wasserhühner wird ihn erfreuen. Der blaue Reiher ist hier und sucht im Sumpf an den heißen Quellen nach Nahrung. Und die Mäuse kommen jetzt in die Hütten der Menschen, fette kleine Weibchen, die nach verborgenen, trockenen Plätzen suchen, wo sie ihren Vorrat an Samen anlegen können. Doch am wichtigsten sind für uns Schamanen die Zeichen, die von hier kommen.« Er legte eine Faust auf sein Herz, dann hob er die Hand und strich sich mit den Fingern über die Stirn. »Das dritte Auge, Cha-kwena. Vergiß nicht das dritte Auge! Wenn es sich in einem Schamanen öffnet, gibt es ein neues Wissen, eine Wahrnehmung der künftigen Dinge. Ein Schamane muß immer auf seine innere Vision achten. Er muß darauf warten, daß sie zu ihm kommt, und er muß sie bereitwillig annehmen, auch wenn er etwas sieht, das er gar nicht sehen will, oder wenn ihm die Folgen seiner Vision unbekannt sind.«

Der Junge blickte ihn finster an. »Du meinst, man soll den Geisterstimmen folgen, die in der Nacht kommen und einem sagen, daß man vor Gefahr fliehen soll.«

»Genau! Aber wie ich dir schon sagte: Jetzt ist es zu spät zur Flucht. Ebenso wie der Regen, der morgen fallen wird, werden auch die Löwen kommen.«

Jetzt verdrehte der Junge wieder die Augen. »Die Löwen kommen in jedem Jahr um diese Zeit zu uns, Großvater. Sie folgen den Weidetieren, die mit uns in der Roten Welt überwintern. Die Männer des Stammes sind auf ihre Ankunft vorbereitet. Außerdem stehen die Vorzeichen für den nächsten Winter gut. Jeder sagt das.«

Das Gesicht des alten Mannes war starr und verhärmt. »Warum hat sich dann unser Häuptling geweigert, eine Verbindung zwischen seiner ältesten Tochter und dem Mutigen Mann zuzulassen?«

Cha-kwena zuckte die Schultern. »Ich glaube, daß unser Häuptling in Wirklichkeit nicht sehr viel von Dakan-eh hält.«

Hoyeh-tay brummte. »Er ist zu mutig, zu wagemutig. Doch

es gibt jemanden, der mutiger als der wagemutige Dakan-eh ist.«

»Mutiger als Dakan-eh? Unmöglich! Es kann keinen Mann geben, der noch überheblicher . . .«

»Nein, derjenige, von dem ich spreche, ist nicht mit der Narbe der Überheblichkeit gezeichnet. Aber er ist mutig! Und er wird sie gewinnen.«

»Wer, Großvater? Kein Mann dieses Stammes würde Dakan-eh wegen Ta-maya herausfordern. Und sie will niemanden außer dem Mutigen Mann.«

»Nein, kein Mann . . .« Hoyeh-tay zuckte zusammen und sog zischend die Luft durch seine Zähne ein, während er die Augen aufriß. Er zitterte heftig, als er seine Hände hob, wie um den grellen Schein der Sonne abzuwehren. »Ein Löwe . . . kommt zu ihr . . . zu uns allen. Siehst du ihn auch, Ish-iwi? Siehst du, daß er kommt?«

Cha-kwena hätte fast geheult. Von einem Augenblick auf den nächsten wurde seine Hoffnung zerstört, wieder ein normales Leben zu führen, als der alte Mann zu sabbern und lallen begann. »Du bist müde, Großvater. Ruh dich aus! Komm, ich bringe dich zu deiner Matratze.«

Hoyeh-tay leistete keinen Widerstand. Er klammerte sich an Cha-kwenas Arm. »Ish-iwi, sag es Tlana-quah! Die Hochzeit muß jetzt vollzogen werden, bevor die Löwen kommen!«

»Ja, Großvater, ich werde es ihm sagen.« Es hatte keinen Sinn, ihm zu widersprechen. Cha-kwena führte ihn zurück ins Dunkel der Höhle, legte ihn auf seine Schlafstelle, deckte ihn zu und tröstete ihn.

Als der alte Mann später in der Nacht schreiend erwachte, und Lichter im Dorf flackerten, kam Tlana-quah die Steinstufen hinaufgestürmt, um sich zu erkundigen, was los war.

Cha-kwena wußte nicht, was er ihm sagen sollte. »Die bösen Geister haben sich wieder unseres Schamanen bemächtigt«, war alles, was ihm einfiel. Cha-kwena ließ beschämt den Kopf hängen. Der alte Mann hatte die Kontrolle über seinen geschwächten Körper verloren. Der süßliche, heiße Gestank nach Urin war überwältigend.

Tlana-quah hob den Kopf und sagte ruhig: »Nachdem die anderen im Dorf sich wieder schlafen gelegt haben, werde ich saubere Decken und Matten holen. Bring die verschmutzten Sachen hinaus. Tröste ihn, so gut du kannst. Morgen früh wird deine Mutter dir wie immer frisches Gras und Salbei bringen, um die Körperausscheidungen aufzunehmen, Cha-kwena. Verbrenne alles, bevor sie kommt. Dann ruh dich ein wenig aus, junger Schamane! Niemand muß etwas davon erfahren.«

Cha-kwena blickte zum Häuptling auf. In seinen Augen sah er gleichzeitig Bedauern, Trauer, Mitleid und Verständnis. In diesem Moment erkannte Cha-kwena die Seele Tlana-quahs und die angeborene Güte und Freundlichkeit des Mannes. »Mein Großvater wird es dir danken.«

Der Häuptling nickte. Mit gebeugten Schultern drehte er sich um und stieg die Stufen zum Dorf hinunter.

Im nächsten Augenblick kam Eule aus der Nacht angeflogen und setzte sich auf ihren Platz in der Höhle. »Ich bin immer noch bei dir«, sagte der Vogel zu Cha-kwena.

Cha-kwena hielt den alten Hoyeh-tay in seinen Armen und wiegte ihn. Er hörte nicht auf Eule. Aus der Dunkelheit der sternenübersäten Nacht trug der Westwind den Geruch nach Wolken und Regen heran. Ein einsamer Kojote heulte in den südlichen Hügeln. Cha-kwena weinte und hörte ihn nicht.

Doch Dakan-eh, der sich in der Hütte der unverheirateten Jäger befand, hörte ihn. Mit erhobenem Kopf und verengten Augen horchte er, während die jungen Männer etwas von bösen Vorzeichen flüsterten.

»Hörst du es, Mutiger Mann?« fragte ein Freund Dakan-ehs.

»Ich höre es«, antwortete der Jäger. »Aber in der Roten Welt wäre es ein böses Vorzeichen, wenn die Kojoten nicht in der Nacht heulen würden.«

»Aber dieser Kojote klingt seltsam«, sagte ein anderer.

In der Dunkelheit am anderen Ende der Hütte streckte sich ein Mann in Dakan-ehs Alter aus, unterdrückte ein Gähnen und blickte zum Mutigen Mann hinüber. »Solange der Schamane krank ist und der Kojote auf diese Weise heult, wird Tlana-quah niemals seine Meinung über dich und seine Tochter ändern, Dakan-eh.«

Der Mutige Mann biß die Zähne zusammen. Er wußte, wenn ihm jemand die Wahrheit sagte. Und er wußte auch, daß er Hoyeh-tay zwar nicht gesund machen konnte, aber daß es Möglichkeiten gab, einen Kojoten zum Schweigen zu bringen, der sich zu nahe an das Dorf des Stammes herangewagt hatte.

8

Ein warmer, sanfter Regen fiel vor Tagesanbruch. Als er aufhörte, reinigte ein angenehmer kühler Wind die Erde und den Himmel, und ein vielfarbiges Band erhob sich über den Hügeln und Felskuppen der Roten Welt und spiegelte sich im See der Vielen Singvögel.

»Seht!« rief Ha-xa entzückt. Mit ausgestrecktem Arm trat sie neben Tlana-quah vor die Hütte des Häuptlings. »Die Regenbogenfrau zieht über den Himmel! Das ist das beste aller Vorzeichen! Tlana-quah, laß uns noch einmal über Dakan-eh und unsere Tochter reden. Wenn du unsere Hütte verlassen hast, weint Ta-maya vor Sehnsucht nach dem Mutigen Mann, und ich sehe oft, wie er durch das Dorf zu ihr hinüberblickt . . .«

»Nein, Ha-xa. Ich habe mich in dieser Angelegenheit bereits entschieden!« Der Häuptling blickte unter zusammengezogenen Augenbrauen auf den Regenbogen. Er sah seine Frau nicht an, als er mit Nachdruck hinzufügte: »Erst wenn ich unser Totem wieder in der Roten Welt sehe, glaube ich an gute Vorzeichen.«

Regentropfen fielen Ha-xa vom Dach der Hütte auf den Kopf. Verärgert über die Tropfen und ihren Mann wischte sie sich über die Stirn. »Aber bevor der Schamane zum Land der Blauen Tafelberge aufbrach, haben er und der Junge den Großen Geist gesehen!«

»Wirklich? Vielleicht hat der Schamane nur gesehen, was ein

alter Mann unbedingt sehen wollte, und in der Aufregung hat sich der Junge eingebildet, das gleiche gesehen zu haben.«

»Aber ich habe den Großen Geist auch gesehen!« rief Mah-ree, die aus dem Eingang der Hütte lugte und glücklich zwischen den beiden zum Himmel blickte.

Tlana-quah funkelte sie wütend an. »Nein! Ich will darüber kein Wort mehr hören, Tochter! Unser Totem wird sich nicht jemandem wie dir offenbaren, wenn er meinen Augen seinen Anblick nicht gestattet hat.«

»Aber ich habe ihn doch gesehen!«

»Still jetzt, Mah-ree!« befahl Ha-xa. »Du weißt doch, was ich dir zu diesem Thema gesagt habe!«

»Aber ich weiß, wo er ist. Ich kann euch hinbringen!«

»Hör auf!« sagte Tlana-quah energisch. »Unser Totem offenbart sich nur heiligen Männern und Häuptlingen. Was du auch immer gesehen haben magst, Mah-ree, ich will nichts mehr davon hören! Die Vorzeichen stehen in diesem Dorf schon schlecht genug, so daß du sie nicht noch schlimmer machen mußt!«

Mah-ree schrak vor der unerwarteten Heftigkeit des Zorns ihres Vaters zurück.

Sie ging zurück in die Hütte und setzte sich schmollend auf das Bett aus Binsenmatten, das sie mit ihrer Schwester teilte. »Er glaubt mir nicht. Niemand glaubt mir.«

Ta-maya saß ernst mit untergeschlagenen Beinen mitten auf der Matte. »Der arme alte Schamane hat letzte Nacht im Schlaf geschrien. Dein Vater macht sich darüber große Sorgen. Du mußt mehr Verständnis für ihn haben, Schwester.«

»Du glaubst mir auch nicht.« Mah-ree ließ sich rückwärts auf die Matte fallen. Eingeschnappt verschränkte sie ihre schlanken Arme über ihrer flachen Brust und schloß die Augen. Sie stellte sich das große weiße Mammut, den All-Großvater, vor. »Er ist ganz in der Nähe«, sagte sie. Dann schnaufte sie entschlossen, öffnete die Augen und setzte sich wieder auf. »Wenn unser Vater ihn auch sehen könnte, würde er mir glauben.«

»Wen sehen?«

»All-Großvater.«

»Ach, Mah-ree, ich bin überzeugt, daß du im Zedernwäldchen ein Mammut gesehen hast, aber nach deiner Beschreibung
kann es unmöglich unser Totem gewesen sein. Warum sollte er
sich dir und nicht unserem Vater zeigen?«

»Das weiß ich doch nicht! Ich habe ihn auf jeden Fall gesehen!« behauptete sie hartnäckig. Dann zuckte sie zusammen
und spürte, wie ihr Gesicht jede Farbe verlor.

Tlana-quah hatte die Hütte betreten. Er hatte jedes Wort mitgehört! In seinem Jaguarfellumhang, mit finsterem Gesicht und
vorwurfsvollem Blick war er eine furchterregende Gestalt. »Ich
habe jetzt genug. Komm und führe mich hin! Ich will mit meinen eigenen Augen sehen, und auch du wirst sehen, daß du gar
nichts gesehen hast!«

Sie traten gemeinsam aus der Hütte, Hand in Hand, der ernst
dreinblickende Häuptling und das ängstliche, aber dennoch
aufgeregte kleine Mädchen. Ta-maya folgte ihnen.

»Wohin geht ihr?« fragte Ha-xa.

»Wir wollen sehen, was es im Zedernwäldchen über der
Wiese gibt, wo die Rosen blühen!« antwortete Tlana-quah verärgert.

»Wir wollen das weiße Mammut sehen!« verkündete Mah-
ree.

Bald folgte der gesamte Stamm dem Häuptling, der mit zielstrebigen Schritten auf die Hügel zulief. Mah-ree stolperte hinterher, und Ha-xa und Ta-maya bemühten sich, Schritt zu halten. Cha-kwena, der draußen vor der Höhle des Schamanen
stand, konnte alles verfolgen.

»Wohin geht ihr alle?« rief er. Niemand antwortete ihm.

Mah-ree führte den Stamm über die regennasse Wiese. Die
alten Leute fielen keuchend zurück, als das Mädchen den dunklen Westabhang hinauflief, wo der dichte und hohe Zedernwald
begann.

Sie blieb stehen und blickte starr geradeaus. Tlana-quah war an ihrer Seite. Die Sonne stand hoch oben und badete die Wiese in ihrem Licht. Doch das Innere des Zedernwäldchens war grau, feucht und dunstig vor Nebel.

Ihr Herz pochte. Sie blinzelte und versuchte, etwas Dunkleres im Weiß zu erkennen, doch bis auf den Nebel bewegte sich nichts zwischen den Bäumen. Das weiße Mammut weidete heute nicht an diesem Ort.

»Nun?« drängte Tlana-quah.

Mah-ree ließ den Kopf hängen, als sie plötzlich das Ausmaß ihrer Dummheit erkannte. »Er ist gerade nicht hier. Aber er war hier, zwischen den Bäumen. Er . . .«

Mit einem angewiderten Schnaufen stapfte Tlana-quah in den Wald. Er schlug sich durch das Unterholz, wischte das Gestrüpp zur Seite und suchte nach Spuren. Als er etwas entdeckt hatte, winkte er die übrigen heran.

Für einen Augenblick machte Mah-rees Herz einen Sprung vor Freude.

Dann sprach Tlana-quah. »Seht euch das an: ein ausgerissener junger Baum und abgeschälte Rinde. Aber das Unterholz ist zu dicht für eine deutliche Spur. Und hier, genau wie ich mir gedacht habe — der Gestank nach dem Urin eines kranken Tieres. Ist es das, was unser Totem uns als Zeichen hinterlassen würde? Nein! Es ist, wie ich gesagt habe. Meine Tochter mag ein Mammut gesehen haben, aber es war nicht der Große Geist. Diese Spur hat den Geruch des Todes. Unser Totem kann nicht sterben! Wenn es doch stirbt, wird der Stamm mit ihm sterben! Laßt uns ins Dorf zurückkehren. Ich will nichts mehr davon hören.« Er starrte auf Mah-ree hinunter. »Von niemandem!«

Mah-ree stand ernst und zerknirscht da.

Alle waren jetzt auf dem Rückweg ins Dorf und hatten ihr den Rücken zugekehrt, als hätte sie etwas Furchtbares getan. All-Großvater schien heute zwar nicht im Wäldchen zu sein, aber er hielt sich irgendwo dort draußen in der Roten Welt auf. Und sie war überzeugt, daß er weder krank war noch bald sterben würde. Er suchte einfach nur nach angenehmer Nahrung.

Wenn sie wüßte, wo er war, würde sie ihm einen Brei aus zerstampften Weidentrieben bringen, um den Schmerz in seinen großen Kiefern zu lindern. Sie würde es gerne tun. Wenn sie vorsichtig war und ihre Gaben an die richtigen Stellen brachte, würde er vielleicht wieder zu ihr kommen. Wenn sein Schmerz verschwand, würde er vielleicht sogar in die Nähe des Dorfes kommen, um zu sehen, wer ihm all die heilsame Nahrung gebracht hatte. Sie würde dann zu ihm hinausgehen. Sie würde respektvoll vor ihn treten — natürlich nicht zu nah, aber nahe genug, um ihm in die Augen zu blicken.

»Ich bin es, Mah-ree, die zweite Tochter Tlana-quahs«, würde sie sagen. »Ich habe meinem Totem die gute heilende Nahrung gebracht.«

Alle würden staunen, wenn sie sahen, wie sie vor ihm stand. Ha-xa würde vor mütterlicher Besorgnis erbleichen und ihr eine Warnung zurufen, aber Mah-ree würde nicht zurückweichen. Während Cha-kwena und die Jäger des Stammes in Ehrfurcht vor ihrem Mut erstarrt sein würden, würde sie All-Großvater einen Korb mit süßem Kuchen reichen, und er würde ihr aus der Hand fressen. Die Kinder würden große Augen machen, und Ta-maya fiel vielleicht sogar in Ohnmacht.

Tlana-quah würde Lebensspender sehen und erkennen, daß sein Totem stark und gesund war. Er würde auf seine jüngere Tochter sehen und sich an den Tag erinnern, als er ihr nicht hatte glauben wollen, daß sie den Großen Geist im Zedernwald gesehen hatte. Er würde vor dem ganzen Stamm erklären, daß es ihm leid tat, jemals an ihr gezweifelt zu haben, und dann würde er Ta-maya und Dakan-eh herbeirufen und ihnen sagen, daß jetzt die Vorzeichen für ihre Verbindung günstig standen. Sie würden lange vor der Großen Versammlung zu Mann und Frau werden. Der Schamane würde durch die erneuerte Macht des Großen Geistes wieder gesund werden und von seiner Höhle herabsteigen. Kosar-eh würde tanzen und singen und die Menschen zum Lachen bringen. Es würde ein Festmahl geben und eine Feier über mehrere Tage und Nächte. Alles würde so sein, wie es sein sollte.

Und jeder würde wissen, daß diese wunderbaren Dinge nur

geschehen waren, weil Mah-ree den Großen Geist in die Nähe des Dorfes am See der Vielen Singvögel gebracht hatte. Niemand würde ihr jemals wieder den Rücken zukehren.

Sogar Cha-kwena würde sie bewundern, und wenn sie zu ihm kam, würde er sie nicht verscheuchen wie einen lästigen Moskito. Er würde sie willkommen heißen und freudig an ihrer Seite gehen. Vielleicht würde er sie sogar ansehen, wie der Mutige Mann Ta-maya ansah, und sie eines Tages fragen, ob sie seine Frau werden wollte.

Sie seufzte. Sie mußte lächeln, wenn sie nur daran dachte.

Der Tag ging in die Dämmerung über, und die Dämmerung in den Abend, und bald war es wieder Nacht. Da Cha-kwena nicht schlafen konnte, legte er sich seine Decke um die Schultern und setzte sich bedrückt vor Hoyeh-tays Höhle, wie er es bisher jede Nacht getan hatte, nachdem der alte Mann endlich eingeschlafen war.

Der Mond ging über den Salbeifeldern im Osten auf. Das Dorf war leise und schlief. In den südlichen Hügeln kläffte kurz und hell ein Kojote, als wäre er überrascht. Dann war es wieder still. Cha-kwena zuckte beim hohen, schmerzvollen und plötzlichen Laut zusammen. Er lauschte und wartete, ob der Kojote noch einmal kläffen würde. Statt dessen begann in den tiefen Schatten zwischen den geröllbedeckten Hügeln ein Chor vieler Gelber Wölfe zu heulen. Der Klang ihres Geheuls, das von den Felsmassiven zurückgeworfen wurde, wirkte trauriger als jeder andere Laut, den Cha-kwena jemals in seinem Leben gehört hatte. Die Tiere riefen sich über große Entfernung an und trösteten sich gegenseitig.

Er zitterte beunruhigt. *Woher willst du das alles wissen?* Er hatte entschieden, daß der Kleine Gelbe Wolf, der in der Vergangenheit zu ihm gesprochen hatte, in Wirklichkeit die Stimme des alten Hoyeh-tay gewesen war. Dennoch ergriff ihn eine seltsame Traurigkeit, als er auf das Heulen der Kojoten lauschte. Er drehte sich um und starrte in die Höhle. Eule war verschwunden, und Hoyeh-tay schlief tief und fest, laut und gleichmäßig atmend. Er fühlte sich erleichtert, denn für einen Augenblick hatte er angenommen, daß sein Großvater soeben gestorben war. Er schüttelte den Kopf. *Es wird eines Tages geschehen, aber nicht heute nacht. Und auch nicht in den folgenden Nächten, wenn ich es verhindern kann.*

Er starrte den Mond an. Das Gesicht der Mondgöttin war so voll und rund wie Siwi-nis Bauch. Die Mutter der Sterne ging langsam auf und verbreitete ihr Licht über die Rote Welt.

Die Kojoten waren jetzt still. Ein Seetaucher rief auf dem See – wie jedesmal war es ein unheimlicher Laut. Er lauschte atemlos auf die nächtlichen Geräusche der Wasserhühner und Enten, die sich auf dem mondbeschienenen Wasser unterhielten. Endlich berührte ihn der Schlaf, wärmte ihn und ließ ihn gähnen. Er wollte bereits zu seiner Matratze gehen, als eine Bewegung im Dorf seine Aufmerksamkeit erregte.

Sein Blick war auf den Mutigen Mann gerichtet, der gerade aus der Hütte der unverheirateten Jäger getreten war. Er stand eine Weile reglos im Mondlicht. Cha-kwena runzelte die Stirn. Die Haltung des Jägers hatte etwas unnatürlich Angespanntes, er sah sich verstohlen um, dann bückte er sich und begann leise durch das Dorf zu schleichen. Er bewegte sich vorsichtig und lautlos. Er hatte mindestens zwei Speere bei sich und trug etwas über der rechten Schulter, das wie ein Werkzeugbeutel aussah. In wenigen Augenblicken war er in der Dunkelheit zwischen der geraden Hüttenreihe verschwunden.

Cha-kwena beugte sich vor und wartete darauf, daß Dakan-eh wieder auftauchte. Als er ihn wieder sah, befand er sich ein Stück näher an der Höhle außerhalb des Dorfes und lief mit langen Schritten auf den Bach und die Klippe zu. Als er das Flußbett erreichte, blieb er stehen und blickte zur Höhle hinauf. Cha-kwena hätte nicht sagen können, warum, aber er wich hinter den Felssims zurück, so daß er nicht gesehen wurde. Er hielt den Atem an und fragte sich, was Dakan-eh vorhatte.

Er wartete, aber er konnte nicht sagen, worauf. Er rechnete fast damit, daß der Mutige Mann die Steinstufen zur Höhle hinaufstieg. Doch nichts geschah. *Vielleicht denkt er, er ist unbeobachtet, weil er mich nicht sieht,* dachte der Junge beun-

251

ruhigt, als der Mutige Mann weiterging. Verwirrt schob Cha-kwena sich wieder vor und sah, wie er den Bach überschritt und dann südwärts um die Klippe herum zum offenen Land und den Hügeln dahinter ging.

Was machte er allein in der Dunkelheit? Warum bewegte er sich so vorsichtig? War er auf der Jagd? Suchte er nach einem Überraschungsgeschenk für Ta-maya, über das sie sich freuen würde und wodurch der Häuptling ihn mit Wohlwollen ansehen würde?

Cha-kwena war es eigentlich egal, was der Mutige Mann tat. Der Junge war wieder müde, so daß er seinen Kopf auf die Knie legte und den Schlaf suchte. Er kam bald zu ihm ... Und er brachte ihm Träume von Kojoten, vom Kleinen Gelben Wolf, von Dakan-eh, der im Mondlicht auf die Jagd nach seinem Geistbruder ging, und von ihm selbst, der sich durch ein mondbeschienenes Wäldchen aus Pyramidenpappeln bewegte. Doch in seinem Traum war er kein Junge. Er ging nicht aufrecht, sondern auf allen vieren. Er lief leichtfüßig auf krallenbewehrten, weichen Pfoten. Er witterte seine Umgebung durch eine lange, schlanke Schnauze, während seine behaarten, spitzen Ohren jeden Laut aufnahmen, der die Nacht vibrieren und seine Trommelfelle dröhnen ließ. Er lief immer weiter, langsam, nicht wie sich ein Junge bewegte, nicht wie Cha-kwena, der Bruder der Tiere, sondern wie der Kojote, der Bruder des Gelben Wolfes, bis er schließlich einen Ort zwischen den Bäumen erreichte und sah, was ihn hierhergezogen hatte.

Ein Kojote hing kopfüber in einer tödlichen Baumfalle, die sein Hinterbein gefangen hatte, während der Mutige Mann darunter stand. Cha-kwena legte die Ohren an, senkte den Kopf und knurrte. Er erkannte seinen Geisterbruder wieder, aber es war zu spät für ihn. Er spürte den Schmerz, als Dakan-eh die Speerspitze ohne Warnung mit einem Stoß nach oben trieb, tief in die Eingeweide des gefangenen Kojoten. Er drehte den Speer herum, zog ihn heraus und stach noch einmal zu, um die inneren Organe tödlich zu verletzen, ohne den goldenen Pelz zu beschädigen. Diesen nahm er sich für Ta-maya.

In seinem Traum heulte Cha-kwena. Er knurrte und

schnappte nach Dakan-eh. Doch irgendwie war er kein Kojote mehr, er hatte sich in einen Hirsch und einen Falken verwandelt und in jedes andere Nachttier, das er jemals getröstet und geheilt hatte. In einem Gewirr aus Flügeln, Zähnen, Schnäbeln und Hufen warf er sich auf Dakan-eh, in der Absicht, ihn zu töten . . . aber er erreichte ihn nicht.

Cha-kwena schreckte aus dem Schlaf hoch. Er schwitzte, hatte einen ausgetrockneten Mund, und sein Herz klopfte.

Wieder riefen die Seetaucher. Der Mond war untergegangen. Der Morgenstern stand hell und ruhig über den Felskuppen im Westen. Als er ihn anstarrte, erkannte er, daß er mehrere Stunden geschlafen haben mußte.

Hoyeh-tay begann sich auf seiner Matratze zu rühren. Das schwache Leuchten der Dämmerung erhellte das Innere der Höhle. Cha-kwena sah, daß Eule an ihren Platz zurückgekehrt war. Der letzte Rest eines Mäuseschwanzes ragte noch seitlich aus ihrem Schnabel. Irgendwo weit jenseits der Höhle und des Dorfes trompeteten Mammuts, um den neuen Morgen zu begrüßen. Ein Löwe brüllte.

Cha-kwena lauschte atemlos und wartete auf das morgendliche Gebell der Kleinen Gelben Wölfe. Doch falls irgendwo die Kojoten im Dämmerlicht des Morgensterns liefen, so taten sie es still . . . und Cha-kwena wußte, daß er in dieser Nacht mit ihnen gelaufen war und daß einer von ihnen nie wieder mit ihnen laufen würde.

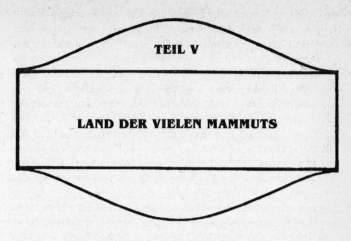

TEIL V

LAND DER VIELEN MAMMUTS

1

»Das weiße Mammut ist irgendwo dort im Süden. Ich kann es spüren!«

Ysuna, die neben Maliwal unter dem Regenvordach ihrer Hütte stand, zeigte keine Reaktion auf die Worte des Mannes. »Das sagst du mir Tag für Tag, Nacht für Nacht. Doch während wir immer weiter nach Süden ziehen, haben wir keine Spur von Mammuts entdeckt, und der Himmel blutet immer wieder Regen, obwohl das Mädchen, das du mir als Opfer für den Gott gebracht hast, noch gar nicht geblutet hat. Die Mondgöttin hat ihren Weg von der Dunkelheit ins Licht zurückgelegt und beginnt bereits, uns wieder das Gesicht abzuwenden. Wann wird dieses Mädchen bluten, damit sie gereinigt und unserem Totem geopfert werden kann?«

Maliwal sah besorgt aus. »Vielleicht hat der Schock der Gefangenschaft ihre Blutzeit...«

»Sie erbricht ihre Morgenmahlzeiten und wird beim Geruch der Kochfeuer ohnmächtig!« unterbrach Ysuna ihn mit hörbarer Ungeduld in der Stimme. »Wenn sie bis zum Abschwellen des nächsten Mondes nicht geblutet hat, werde ich die Wahrheit wissen — daß du mir eine schwangere Lügnerin gebracht hast und keine Jungfrau, die als Braut für Himmelsdonner geeignet ist.«

Blitze zuckten unter der Wolkendecke im Westen auf. Es war ein zitterndes Leuchten, das die Luft durchschnitt und den Geruch nach Ozon hinterließ. Maliwal schreckte zusammen, dann blinzelte er in die Helligkeit. Der Donner folgte fast unmittelbar darauf und ließ den Boden erbeben. Die Spur des Blitzes zeichnete sich noch auf seiner Netzhaut ab. Schnee und Hagel mischten sich jetzt in den Regen, trommelten auf die Hütten des Stammes des Wachenden Sterns und bedeckten den Boden mit einer Decke aus Eis.

Maliwal registrierte es kaum, denn seine Gedanken waren genauso in Aufruhr wie das Wetter. War das möglich? Hatte das Mädchen ihn angelogen? Wenn sie gelogen hatte, würde er dafür sorgen, daß sie den Tag bedauerte, an dem sie nicht zusammen mit dem blaugesichtigen Schamanen und dem Rest ihres Stammes erschlagen worden war.

»Und das Mammutfleisch, das du über das Land verteilt in Vorratsgruben eingelagert hast — wenn die letzte Portion genauso wie der Rest ist, dann ist es schlecht geworden. Du warst mit der Zubereitung nicht sorgfältig genug, Maliwal. Dieses Land der vielen Mammuts, von dem du gesprochen hast, wie weit ist es noch entfernt?« Ysuna starrte in den Wolkenbruch hinaus.

Erneut schreckte Maliwal zusammen, diesmal jedoch aufgrund der Anschuldigung, die der Frage vorausgegangen war. Ja, weil er es eilig gehabt hatte, zu Ysuna zurückzukehren, hatte er sich bei der Einlagerung des Fleisches nicht viel Zeit gelassen. Und der Stamm war jetzt schon seit Wochen unterwegs, auf der Wanderung von einer Vorratsgrube zur nächsten, von einem provisorischen Jagdlager zum nächsten. Aber sie legten auf diesem Weg nie genügend Meilen zurück, um ihn zufriedenzustellen . . . oder sie.

Natürlich würde er Ysuna niemals sagen, daß sie es war, die ihre Reise nach Süden verzögerte. Es ging ihr nicht gut, er sah

das Fieber in ihren Augen und die Besorgnis in ihren ange-
spannten Zügen. Und seit seiner Rückkehr aus dem fernen Land
hatte sie weder ihn noch Masau ein einziges Mal gerufen, um
in der Nacht bei ihr zu liegen. Er kniff die Augen zusammen.
Masau hatte recht gehabt. Sie veränderte sich vor ihren Augen,
sie wurde schwach und alt . . . und immer mißmutiger.

»Wie weit noch?« drängte sie erneut.

»Nicht weit für Männer, die schnell mit ihren Hunden reisen,
doch sehr weit für ein ganzes Dorf mit Hütten, Kindern und
Vorräten, die mitgeschleppt werden müssen.«

Die Antwort stellte sie zufrieden. »Ja. Wir sind zu viele.« Ihre
Augen überblickten das Lager und verengten sich nachdenklich. »Es ist gut, daß du im Land vor uns viele Mammuts gefunden hast. Mein Stamm ist erschöpft, Maliwal. Das frische
Fleisch wird ihn wieder kräftigen.«

Er nickte, doch er fühlte sich unwohl. Er wünschte sich, er
hätte, was die Zahl der Mammuts anging, die sie erwartete,
nicht übertrieben. In seinem Bericht über seine Erkundung
hatte er die Zahl der Tiere mit etwa dem Zehnfachen der
Anzahl aller Finger an beiden Händen angegeben. In Wirklichkeit bestand die Herde, selbst wenn man das trächtige Weibchen, die tote Leitkuh und die Kälber dazu nahm, insgesamt aus
weniger als zehn Tieren. Dennoch würde auch diese Zahl einen
Riesenberg Fleisch ergeben — genug, um für den Winter zu reichen und noch lange Zeit danach . . . oder bis sie das weiße
Mammut gefunden hatten.

»Du hast das große Mammut mit deinen eigenen Augen gesehen, Maliwal?«

»Nein, Ysuna. Ich habe Himmelsdonner nicht gesehen, aber
das Mädchen ist sich sicher, daß er hier ist.«

Sie lächelte. »Er wird in allen weiterleben, die sein Fleisch
essen — in mir und in Masau. Und in dir.«

»Ja, Ysuna!« Maliwal kam nicht auf die Idee, an ihr zu zweifeln. Wenn das weiße Mammut geschlachtet war, wenn alle heiligen Steine der Schamanen der Roten Welt in ihren Händen
waren, würde all das geschehen, was sie vorausgesagt hatte. Sie
würde ihre Kraft wiedererlangen, ihn mit klaren Augen

anblicken, seine Narben verschwinden lassen und sein Gesicht wieder ganz machen. Selbst Masau war überzeugt, daß es so sein würde. Der Mystische Krieger hatte den Kummer in den Augen seines Bruders gesehen, und bevor er zu einer Traumreise aufgebrochen war, die ihn für viele Tage und Nächte vom Stamm entfernen würde, hatte er bei seinem Leben geschworen, daß es so sein würde. Maliwal nahm einen tiefen, beruhigenden Atemzug, der mit Wind und Regen gewürzt war. Masau log niemals. Niemals!

Schnee fiel im Hochland, in das Masau allein mit seinem Hund Blut gewandert war. Die Alten sagten, daß Himmelsdonner und die Geister der vier Winde die Kraft des Lebens aus den hochgelegenen Orten der Welt bezogen, so daß die Menschen am besten in der kalten Stille des Schnees mit ihnen kommunizieren konnten, auf den Felsen, wo die Adler wohnten, die, wenn man sie fing, zu Mittlern zwischen den Menschen, der Sonne und den Geistern werden konnten.

Aus diesem Grund hatte Masau die Einsamkeit der Höhe aufgesucht. Der Wind, die Wolken und die Schmerzen in einer alten Jagdverletzung hatten ihn vor dem Schnee gewarnt, so daß er gut auf das schlechte Wetter vorbereitet war. Als er jetzt mit dem Hund an der Flanke des Berges stand, schien Masau ein Wesen aus drei Arten zu sein: Mensch, Tier und Vogel. Er war in einen schweren warmen Reisemantel aus Bisonfell gehüllt, und darunter trug er Winterhosen und ein Hemd aus Elchfell, das er mit der Fellseite nach innen trug. Seine Füße steckten in Mokassins mit dreifacher Sohle. Auf seinem Rücken lag die ausgenommene Hülle eines großen Steinadlers, so daß die weiten Flügel sich zwei Meter über seine Schultern erstreckten. Die krallenbewehrten Füße hingen nach vorn, und der Kopf des Tieres lag auf Maliwals Kopf, wobei der Schnabel über seine Stirn hinausragte. Es war ein verblüffender und beeindruckender Anblick.

Der Mystische Krieger hatte den Adler während seines zweiten Tages auf dem Berg aufgespürt und getötet. Damit hatte er ein heiliges Ritual vollzogen. Blut war der Spur eines Dachses gefolgt und hatte seine Höhle unter den Wurzeln einer uralten, vom Blitz versengten Kiefer gefunden. Der Schneefall hatte noch nicht eingesetzt, als Masau sich den Baum und die Umgebung angesehen und erkannt hatte, daß dies ein Ort war, an dem sich Adler aufhielten. Er hatte dem Hund und den Geistern gedankt, die ihn hierher geführt hatten. Dann hatte er sich gesetzt, gefastet und die Nacht mit Gebeten verbracht.

Am nächsten Morgen hatte er die Höhle des Dachses ausgeräuchert und das Tier mit dem Speer erlegt, als es schnüffelnd und knurrend ins kalte Licht der Dämmerung gekommen war. Anschließend hatte er dem Hund ein kleines Stück von der Beute als Belohnung zugeworfen. Während der Hund fraß, hatte Masau die Höhle unter der Kiefer erweitert, so daß ein Mann darin liegen konnte. Es war eine anstrengende Arbeit. Als er fertig war, entfernte er die Steine, den Abfall und die lose Erde aus der Umgebung und versteckte alles unter einem Dornengestrüpp in der Nähe, damit kein kreisender Adler die Veränderung der Landschaft bemerkte. Als nächstes hatte er ein paar junge Bäume mit seinem schweren Fleischmesser aus Stein gefällt und sie so über die Grube gelegt, daß ein fliegender Vogel nur Blätter und Zweige erkennen würde. Schließlich hatte er den toten Dachs als Köder obendrauf gelegt und mit Riemen festgezurrt.

Zufrieden mit seiner Falle hatte er ein weiteres Feuer entfacht, sich selbst und den Hund im Rauch ›gebadet‹, damit sie nicht mehr den Geruch von Raubtieren trugen. Dann war er in die Grube gekrochen, hatte Blut herbeigerufen und seinen Speer in die Hand genommen, die er zum Schutz mit Lederstreifen verbunden hatte. Mit dem Hund an seiner Seite hatte er sich in die Höhle gelegt, die Zweige so geordnet, daß er von oben nicht zu sehen war, und gewartet.

Wölfe waren gekommen, ein Pärchen. Masau hielt den knurrenden und geifernden Blut mit seinem starken Arm fest, damit er sich nicht in einen Kampf warf, den er niemals gewinnen konnte, und vertrieb sie mit seinem Speer, als er wie ein Schrecken aus einer anderen Welt kreischend aus der Deckung hervorbrach.

»Sucht euch euer eigenes Fleisch!« hatte er lachend gerufen, während die Tiere über den steinigen Abhang geflohen waren. »Dieser Dachs ist nicht gestorben, um als Köder für euch zu dienen.«

Er hatte eine Weile gebraucht, um den Hund zu beruhigen, doch schließlich war Blut neben ihm eingeschlafen. Masau lag reglos auf dem Rücken, hielt den Speer aufrecht und hatte die Knie angewinkelt. Es war nicht sehr bequem in der engen Höhle, aber es war warm. Als leichter Schnee zu fallen begann, drangen nur ein paar Flocken durch seine Tarnung.

Ein Rabe war das nächste Tier, das sich vom Köder anlocken ließ. Masau hatte den Atem angehalten, dann geräuschlos durch die Zweige gegriffen und ihn an einem Bein gepackt. Völlig überrascht hatte der Vogel gekrächzt, gekreischt und mit den Flügeln geschlagen. Federn flogen auf, als Masau den Raben in die Grube zerrte. Er brach ihm das Genick und stand auf, um ihn neben den Dachs zu legen. Von oben würde es so aussehen, als würde der Rabe vom Kadaver fressen.

Er ging wieder in der Höhle in Stellung. Der Hund entspannte sich, und Masau dankte den Geistern für das Geschenk des Raben. »Jetzt hat unsere Falle einen doppelten Köder. Unsere Beute wird einen Raben beim Fressen sehen und kommen, um ihm die Mahlzeit zu rauben.«

Genauso war es geschehen.

Der Adler war mit ausgestreckten Krallen von den Wolken herabgestoßen. Er war neben dem Raben gelandet, und Masau packte ihn geschickt an beiden Beinen, um ihn hinunterzuziehen. Er klemmte den kräftigen Körper zwischen die Beine und hielt ihn mit den Schenkeln fest, während sich seine Hände um den Hals schlossen und das Leben aus ihm herausdrückten.

Anschließend stellte er den großen Vogel aufrecht auf den Boden und steckte ihm das Herz des Dachses und des Raben in den goldenen Schnabel. Während Blut stumm und verwirrt zusah, stimmte Masau Dankgesänge für den Geist des Adlers an. Stundenlang sang er, bis er das Herz und die Augen des großen Vogels nahm und sie aß.

»Mögen das Herz des Mannes und des Adlers eins sein!

Mögen sie mit denselben Augen über das Land und den Himmel blicken, und möge der Geist des Adlers die Geister der vier Winde und Himmelsdonners herbeirufen . . . damit sie die Bitten dieses Mannes hören und erfüllen!«

Er weidete den Adler aus, häutete ihn und legte das prächtige Gefieder, an dem noch die Beine und der Kopf hingen, beiseite. Er verbrannte das Fleisch und entließ seine Macht in den Himmel. Masau durfte nicht davon essen oder etwas an den Hund verfüttern, denn das wäre eine Entehrung gewesen.

Mit der Haut des großen Vogels auf dem Rücken und seinem hohläugigen Schädel auf dem Kopf hatte Masau ein Feuer entzündet, gefastet und gebetet, stundenlang, Tage und Nächte, doch er hatte immer noch keine Visionen gesehen oder die Stimmen der Geister gehört.

Mürrisch blinzelte er in den Wind. Über der Ebene bildeten sich immer mehr Wolken. Es schneite bereits seit Tagen. Der Winter war schon immer sein Feind gewesen. Wenn er in diesem Jahr früher kam, würde der Stamm nicht in der Lage sein, seine Suche in der Roten Welt fortzusetzen. Wenn sie keine Mammuts fanden, würde Ysuna sterben — das spürte er in seinen Knochen, seinem Herz und seiner Seele. Aus diesem Grund war er auf den Berg gestiegen, um die Geister der vier Winde zu bitten, den Winter noch eine Weile zurückzuhalten, und um Himmelsdonner anzuflehen, sich als großes weißes Mammut zu verkörpern, damit er getötet werden konnte und zur Nahrung für Ysunas ewiges Leben wurde.

Diese Aussicht war neu für ihn, und sie beunruhigte ihn, aber was Ysuna brauchte, würde sie bekommen, solange es in seiner Macht stand, es für sie sicherzustellen. Aber stand es in seiner Macht? Es hatte einmal eine Zeit gegeben, wo er diese Frage, ohne zu zögern, bejaht hätte, aber jetzt war er sich nicht mehr sicher. Mit einem Seufzen, das sich in Form einer Nebelwolke vor seinem Gesicht kondensierte, setzte er sich auf eine dicke, hervorstehende Kiefernwurzel knapp unter dem baumbestandenen Gipfel und machte sich wieder daran, nach einer Vision zu suchen. Er lehnte sich gegen einen großen Felsblock, der ihn vor Fallwinden vom Gipfel schützte und blickte deprimiert durch die Eiszapfen, die sich am Schnabel des Adlers gebildet hatten.

Er hatte Maliwal geschworen, nicht eher zum Lager zurückzukehren, als bis sich das Wetter gebessert und er eine Vision gehabt hatte. Doch das Wetter wurde zunehmend schlechter, und die Macht des Adlers, die vom Wind aufgenommen worden war, hatte weder Himmelsdonner noch die Geister der vier Winde dazu bewegt, zu ihm zu sprechen. Wie oft hatte er sie in den vergangenen Tagen und Nächten schon angerufen? Er hatte nicht mitgezählt. Und das Wetter wurde immer schlechter. Die Sturmwolken hingen sehr tief und hatten eine widerliche dunkelgelbe Farbe. *Warum?* fragte er sich. *Warum?*

»Geister der vier Winde! Himmelsdonner! Mein Stamm ist weit über das Land gewandert, doch er hat immer noch keine Spuren der Mammuts oder des großen weißen Geistes gefunden, dessen Fleisch der Tochter der Sonne als Nahrung dienen soll. Ich, der Mystische Krieger, bitte euch, meinem Stamm das Fleisch des Lebens zu schicken, bevor es zu spät für uns ist, solange noch Kraft in uns ist!«

Plötzlich schien sich seine Seele von seinem Körper zu lösen und im Sturm davonzutreiben.

Er überließ sich bereitwillig diesem Gefühl und lächelte, denn er wußte, daß der Geisterwind ihn endlich zu einer Vision geholt hatte. Er mußte sich dem Wind hingeben, wenn er nicht in die leere Hülle seines Körpers zurückkehren wollte, ohne den Willen der Geister erfahren zu haben.

Neben ihm blickte Blut auf, winselte und rieb sich am fellbekleideten Bein seines Herrn.

Verwirrt zuckte Masau zusammen, und plötzlich stürzte der Geist des Mystischen Kriegers durch die Schneewolken, um in den Körper des Mannes zurückzufahren. Er starrte erschöpft und unbefriedigt ins Leere. Er war zu müde, um mit dem Hund zu schimpfen, weil er ihn bei dem gestört hatte, wonach er so lange gesucht hatte.

Die Luft war eiskalt geworden, so daß das Atmen schmerzte. Der Wind pfiff um ihn herum und wehte harte weiße Schneekörner gegen seinen Umhang. Die Vergangenheit wurde auf schreckenerregende Weise in ihm lebendig.

Vater, bitte, es ist kalt! Ich wollte doch keine Angst haben! Verstoße mich nicht aus dem Stamm! Bitte!

Du bist nicht lebenstüchtig — genauso wie dein Bruder, der es gewagt hat, sich auf deine Seite zu stellen.

Schon gut, Masau! Weine nicht! Hör auf zu betteln! Ich, Maliwal, werde dich vor dem Sturm beschützen. Laß ihn gehen! Wir werden überleben. Eines Tages werden wir ihn finden. Und dann wird er derjenige sein, der jammert und um Gnade fleht. Doch wir werden unerbittlich sein!

Allmählich nahm er einen fernen Donner wahr, aber nicht mehr, keine Geister, keine Antworten, nur Erinnerungen, die kaum zu ertragen waren.

Der Hund winselte, kam näher und stieß seine Schnauze unter den Saum seines Umhangs. Masau blickte hinunter, zog ein Stück des Umhangs über den Hund und strich dem Tier über das Fell. Er fühlte sich unermeßlich einsam. Wie lange war er schon vom Lager fort? Wie lange hatte er schon nichts mehr gegessen? Der kneifende Schmerz in seinen Eingeweiden und der leichte Schwindel in seinem Kopf gaben ihm die Antwort: zu viele Tage und zu viele Nächte, und Blut war die ganze Zeit über an seiner Seite gewesen.

»Ja, alter Freund«, entschuldigte er sich. »Ich weiß, es ist kalt, und auch ich habe Hunger ... aber nach viel mehr als Fleisch!«

Ein Blitz erleuchtete die Wolken genau über ihm. Gleichzeitig ertönte der Donner. Masau blickte auf. Der Hund jaulte erschrocken. Ein zweiter Blitz folgte. Er fuhr durch den fallenden Schnee und spaltete die höchste Kiefer auf dem Gipfel. Der Jäger sah nur ein grelles weißes Leuchten, als die Welt um ihn herum explodierte und die Wucht des Blitzeinschlags ihn bewußtlos zu Boden warf ...

Als er erwachte, leckte Blut sein Gesicht ab. Sein Kopf schmerzte, und seine Ohren summten. Er sah sich um. Es schneite immer noch, aber der Wind hatte sich gelegt, und die Wolken schienen nicht mehr so dicht wie vorher zu sein. Zitternd stand er auf und nahm seinen Speer. Die Waffe kam ihm ungewöhnlich kopflastig vor. Obwohl er Handschuhe trug, fühlte sich seine Hand im steifen Leder gefroren an. Er konnte seine Finger nicht völlig um den Schaft schließen und verlor den Halt. Der Speer fiel in den Schnee.

Neugierig sah er sich die Waffe an. Die obere Hälfte des Schafts und die Speerspitze waren so dick mit Eis umhüllt, daß die Spitze doppelt so groß wie vorher war und durchsichtig wie reiner Quarz. Es sah schön aus, aber Masau hatte jetzt keinen Sinn für Schönheit. Die Kälte schmerzte ihn. Er beugte sich vor und schüttelte die schwere Schneedecke ab, die sich auf ihm angesammelt hatte, während er bewußtlos gewesen war. Doch die Hitze des Blitzes hatte die untere Schneeschicht geschmolzen, die kurz darauf wieder zu Eis gefroren war. Obwohl Masau eine Handbreit Schnee abgeschüttelt hatte, waren die Adlerhaut und das Bisonfell immer noch dick vereist, und Bluts Fell schimmerte rötlich durch die weiße Schicht.

Der Mystische Krieger runzelte die Stirn. *Die Farben Weiß auf Rot, wie das Blut eines im Winter erlegten Tieres. Liegt darin eine Bedeutung? Eine Vision des Blutes?*

Er wußte die Antwort nicht. Rot war eine Farbe, die häufig in seinen Visionen auftauchte, und sie symbolisierte menschliches Blut, das Blut der Getöteten in den vielen Dörfern, die er, Maliwal, und die Männer seines Stammes überfallen hatten, und das Blut der vielen jungen Mädchen, die als freiwilliges Opfer in den Tod gegangen waren.

Der Wind drehte sich. Masau wartete darauf, daß die Geister zu ihm sprachen. Dann fragte er sich, ob sie es vielleicht schon getan hatten. Der Schneefall ließ nach, und der Blitz war vielleicht Himmelsdonners Stoßzahn aus Feuer gewesen, der zur Erde hinabfuhr. Aber warum? Er war zu müde, um darüber nachzudenken. Genauso wie Ysuna wurde er ohne das Blut und Fleisch des Mammuts schwach.

In diesem Augenblick durchdrangen Sonnenstrahlen die tiefhängenden Wolken im Westen, und mit ihrem Licht kam dem Mystischen Krieger eine Offenbarung. »Ah!« keuchte er erstaunt. »Die Farben! Sie sind die Vision! Weiß auf Rot — Blut auf Schnee! Das Blut auf dem Fleisch des großen weißen Mammuts! Himmelsdonner hat doch zu mir gesprochen! Das große weiße Mammut ist dort draußen. Es wird sterben! Himmelsdonner ist bereit, zu Ysuna zu kommen. Der Gott und die Tochter der Sonne werden eins sein!«

Er stand atemlos und überwältigt da. Dann ebbte seine Begeisterung allmählich ab. »Aber wie wird es geschehen? Ysuna ist zu entkräftet, um noch eine längere Reise zu überstehen. Sie wird sterben, bevor sie die Narben meines Bruders heilen oder das große weiße Mammut finden kann!«

Der Wind drehte sich erneut, und eine heftige Böe trieb die Sturmwolken nach Süden. *Nach Süden!* Mit klopfendem Herzen erkannte Masau, daß auch dies ein Teil seiner Vision war. Wie am Tag, als Nai gestorben war, als Maliwal zurückgekehrt war und die Geister Masaus Gedanken in Träume verwandelt hatten, ging es wieder um die Richtung, in der der Südwind geboren wurde.

Und als er jetzt über die Hügellandschaft zum verschneiten Grasland hinunterblickte, wo sein Stamm lagerte, verstand er und lachte vor Freude. Er warf den Kopf zurück, reckte sein tätowiertes Gesicht in den Himmel und dankte dem Adler und den Geistern. Er hatte seine Macht doch nicht verloren! Der Winter war zwar zu früh in das Land eingekehrt, in das Maliwal sie geführt hatte, doch am Fuß der winterweißen Hügel scharte sich zwischen frostkahlen Bäumen am Ende einer Schlucht eine Herde Mammuts um einen großen, seichten See. Masau starrte auf die Versammlung hinab, die kaum zwei Meilen vom Lager entfernt war. Es war eine hervorragende Stelle für die Jagd. Die Schlucht war lang und schmal und lief wie der Hals eines Flaschenkürbisses aus. Sie würde sich problemlos verbarrikadieren lassen. Der See war von einer dicken Eisschicht bedeckt und hatte ein steiles Ufer. Er seufzte vor Dankbarkeit, denn wenn ein Mammutjäger sich den perfekten Platz für eine Jagd im Winter aussuchen könnte, hätte er sich für genau solch eine Stelle entschieden. Unter den vielen grauen Kühen und Kälbern befand sich zwar kein weißes Mammut, aber es war die größte Herde, die er seit vielen Monden gesehen hatte – groß genug, um seinen Stamm während des Winters und viele Monde darüber hinaus zu ernähren.

265

»Komm!« sagte er zum Hund, als er seinen Speer aufnahm und die Spitze in den Schnee rammte, um sie vom Eis zu befreien. »Wir müssen unserem Stamm sagen, was wir entdeckt haben! Morgen werden wir jagen! Morgen wird der Schnee sich rot vor Mammutblut färben! Morgen werden wir ein Festmahl veranstalten! Bald darauf werden wir eine Plattform aus ihren Knochen errichten, und das Blut eines neuen Opfers wird unseren Durst stillen! Bald wird Ysuna wieder gesund und stark und Maliwals Gesicht wieder ganz sein! Und wenn der letzte Winterschnee auf der Haut der Erde geschmolzen ist, werden wir weiterziehen, tiefer in die Rote Welt hinein, zum heiligen Berg, wo die Schamanen der Eidechsenfresser sich unter dem Licht des Pinienmonds versammeln. Das große weiße Mammut wird auch dort sein. Und wenn wir die heiligen Steine der Macht an uns genommen haben, wird es sterben und in der Tochter der Sonne wiedergeboren werden, wie der Adler gestorben ist und in mir wiedergeboren wurde!«

2

Der Winter begann früh in der Roten Welt, aber das Leben im Dorf Tlana-quahs war gut. Die Hütten und Vorratsgruben waren mit Fleisch, Samen und Beeren gefüllt. Dem alten Hoyeh-tay ging es von Tag zu Tag besser. Wasservögel schwammen auf den eisfreien Flächen des Sees der Vielen Singvögel, und an seinem Ufer grasten viele Tiere. Mammuts weideten im Immergrün in der Nähe der heißen Quellen, und ab und zu wurde die Fährte eines sehr großen Mammuts gesichtet. Die Menschen lächelten vor Freude, wenn sie das kleine weiße Kalb sahen, das an der Seite seiner Mutter fraß. Obwohl noch niemand Lebensspender gesehen hatte, verschwand Tlana-quahs düstere Stimmung, als U-wa und Ha-xa ihm gleichzeitig mitteilten, daß sie von ihm schwanger waren.

Jetzt teilte Tlana-quah seine Schlaffelle mit zwei Frauen,

obwohl noch keine offizielle Heiratszeremonie stattgefunden hatte. Da U-wa Witwe war, hatte Ha-xa einfach eine formelle Einladung an ›die zukünftige Mutter des Kindes meines Ehemannes‹ gerichtet, worauf die beiden offiziell zu ›Feuerschwestern‹ geworden waren. U-wa hatte ihr Hab und Gut genommen, den Eingang zur Hütte verschlossen, in der sie mit Nar-eh gewohnt hatte, und sich nach einer herzlichen Umarmung ihres Sohnes von ihrem alten Leben verabschiedet.

»Es ist gut so«, sagte Ha-xa, die ihren Mann unter gesenkten Augenlidern anblickte. Sie legte seine rechte Hand auf ihren angeschwollenen Bauch und ließ ihn die Bewegungen ihres gemeinsamen Kindes spüren, während sie ihn liebevoll neckte. »Zwei Frauen, beide schwanger, eine warme Hütte mit vielen Fellen, ein Dorf voller Fleisch . . . und ein trübsinniger Häuptling, der sich über Vorzeichen Sorgen macht.« Sie schnalzte mit der Zunge und küßte ihn auf die Stirn. »Sei zufrieden, Mann meiner Hütte! Die Geister der Vorfahren sind Tlana-quah, dem mutigen Jäger und Jaguartöter, wohlgesonnen. Wäre es nicht an der Zeit für dich, wieder einmal zu lächeln?«

»Wenn ich das weiße Mammut gesehen habe, werde ich lächeln.«

»Bis dahin werde ich für dich lächeln. Mein Leben ist viel zu schön, um daran zu zweifeln, daß unser Totem über uns wacht.«

So kam es, daß die lange Zeit unbenutzte Wiege aus Apfelbeerzweigen und bemaltem Antilopenleder bald nicht allein neben der Matratze und den ordentlich zusammengerollten Schlaffellen des Häuptlings stand.

Tlana-quahs Töchter kicherten in der Nacht, wenn sie aus der Ecke der Hütte, wo ihr Vater lag, kurze, sanfte Atemstöße der Freude und langes Stöhnen der Ekstase hörten.

»Vielleicht wird uns jetzt, wo wir zwei Mütter haben, eine von ihnen bald auch einen Bruder schenken«, flüsterte Mahree. Sie blickte Ta-maya mitten in einer verschneiten Nacht auf ihrer gemeinsamen Matratze unter dem großen Haufen aus

Kaninchenfellen an. »Ha-xa bittet die Geister um einen Jungen. Ich habe es gehört. Und U-wa hat schon gute Söhne zur Welt gebracht!«

»Erst einen«, wandte Ta-maya leise ein.

»Ja. Cha-kwena!« Mah-ree seufzte mit sichtlicher Bewunderung. »Er ist der beste aller Söhne!«

Ta-maya lächelte über die Schwärmerei ihrer kleinen Schwester. Die aufgetürmten Schlaffelle ihres Vaters hoben und senkten sich in einem geräuschvollen und vertrauten Rhythmus.

Mah-ree kicherte erneut. »Ob mit oder ohne Brautgeschenke und Hochzeitszeremonie würde ich sofort zu Cha-kwena gehen, wenn er mich will.«

»Ich weiß, Mah-ree, und ich werde zu Dakan-eh gehen, wenn unsere Zeit gekommen ist.«

»Vielleicht wird unser Vater noch seine Meinung über dich und den Mutigen Mann ändern.«

»Vielleicht...« Ta-maya gähnte und kuschelte sich tiefer unter ihre Schlaffelle. Im Halbschlaf stellte sie sich eine wunderschöne Hochzeitszeremonie mit wunderbaren Geschenken und festlich gekleideten Gästen vor. Eine noch wundervoller gekleidete Braut stand neben Dakan-eh, der mit Fellen und Federn geschmückt war und ihr lächelnd, wie er noch nie zuvor gelächelt hatte, die Hände reichte. Sie sah sich selbst, wie sie seine Hände in ihre nahm. Sie waren so warm, so stark und angenehm! Sie stellte sich vor, wie sie in den Armen des Mutigen Mannes lag, seufzte und spielte mit dem Armband, das sie nicht mehr abgelegt hatte, seit Dakan-eh es ihr geschenkt hatte. Dann überließ sie sich ihren Träumen. Doch obwohl sie von einer Hochzeit träumte, kam Dakan-eh seltsamerweise gar nicht darin vor.

Mah-ree lag neben ihrer schlafenden Schwester wach. Unter den Schlaffellen ihres Vaters war es jetzt still. Sie lauschte auf das beruhigende Schnarchen von Tlana-quah.

Sie mußte lächeln. Als sie sich an diesem Morgen aus dem Dorf geschlichen hatte — wie sie es jeden Morgen tat, um zu

sehen, ob das Mammut von ihren heimlich angelegten Gaben
fraß — waren der Brei aus zerstampftem Kamas und Weidentrieben und das Bündel Gras, das sie aus Ha-xas Vorräten
gestohlen hatte, verschwunden. Zum Schutz vor Raubtieren
mit einem Fleischmesser und einem Fischspeer bewaffnet, hatte
sie sich in den Schnee gekniet und ihre kleine Hand in den riesigen Fußabdruck gelegt, den eins der Mammuts hinterlassen
hatte. Obwohl ihr Vater sicher gesagt hätte, daß er von irgendeinem Mammut stammte, wußte sie, daß es nicht so war. Mit
Ausnahme der zwei jungen Bullen, die nur zusammen gesehen
worden waren, graste die Mammutherde gemeinsam.
All-Großvater dagegen war allein. Als sie jetzt neben ihrer träu-
menden Schwester lag, seufzte Mah-ree leise. *Er ist es! Ich weiß
es!* dachte sie. *Er ist in der Nähe des Dorfes. Er ist dankbar für
die schmackhaften Gaben, die ich ihm zur Linderung seiner
Zahnschmerzen gebracht habe. Morgen werde ich den Abstand
zum Dorf noch weiter verringern. Und übermorgen wieder.
Bald wird der Stamm ihn sehen! Bald wird Tlana-quah seiner
Tochter glauben! Mah-ree ist der Grund, daß das große Mammut kommt, und das große Mammut ist der Grund, daß es den
Menschen in diesem Dorf gut geht! Vielleicht werden wir bald
unseren alten Schamanen zurückbekommen, und dann wird
Cha-kwena wieder Zeit haben, mit mir herumzuziehen und zu
reden!*

Der alte Hoyeh-tay fühlte sich bereits wieder so kräftig, daß er
mit einem neuen Ritual begann. Jeden Morgen kam der Schamane mit Hilfe von Cha-kwena und einem harten Eisenholzstock von der Höhle herabgestiegen, um im Dorf herumzuspa-
zieren. Eule hockte auf seinem Kopf, und Cha-kwena wich
nicht von seiner Seite. Wenn er müde wurde, setzte er sich, wo
er gerade war, und wenn das Wetter es erlaubte, entfachten die
alten Witwen dann ein Feuer, um seine Knochen zu wärmen.
Die Frauen brachten ihm gute Dinge zu essen und zu trinken,
und die Mütter schickten ihre Kinder zu ihm, damit er ihnen die
Geschichten des Stammes und der Vorfahren erzählte.

»Beeilt euch!«

»Geht schon!«

»Setzt euch zum Schamanen!«

»Warum trödelt ihr?« Siwi-ni winkte ihren vier kleinen Söhnen tadelnd mit dem Finger zu, während die anderen Frauen ihre Kinder holten. Sie war so hochschwanger, daß sie sich nicht mehr von ihrem Lager aus Fellen erheben konnte, das Kosar-eh ihr im Sonnenschein vor der Hütte bereitet hatte. »Geht, sage ich! Gah-ti, du bist der Älteste. Nimm deine Brüder mit und laß deine Mutter hier in Ruhe sitzen, während ihr den Erzählungen des Schamanen zuhört! Es gibt viel, was ihr noch von ihm lernen könnt.«

Gah-ti schmollte. »Wenn Hoyeh-tays Geist wieder auf dem Wind davontreibt, wird Cha-kwena die Geschichten erzählen, und Cha-kwena wird nicht noch einmal von vorne anfangen, wenn er eine schon zur Hälfte erzählt hat.«

»Ich würde lieber den Geschichten meines Vaters zuhören. Kosar-eh bringt uns immer zum Lachen!« sagte Gah-tis jüngerer Bruder.

»Das tut auch Hoyeh-tay, wenn er anfängt, mit Eule zu reden und mit Leuten, die überhaupt nicht da sind!« antwortete Gah-ti mit einem spöttischen Lächeln.

»Genug!« versetzte Siwi-ni. »Ihr müßt Respekt vor seinem Alter haben und mehr Rücksicht auf seine Krankheit nehmen. U-was Sohn ist noch ein Junge. Durch seine Erfahrungen und sein Wissen ist er wie eine verschlossene Frühlingsknospe. Er mag sehr vielversprechend sein, aber er ist noch nicht erblüht. Hoyeh-tay ist wie eine Winterblume — ganz geöffnet, jedes Blütenblatt entfaltet, um die letzten warmen Sonnenstrahlen einzufangen und . . .«

»Und er wird schon braun und setzt bereits Samen an!« unterbrach sie der Junge. Dann lachte er hell über seine eigene Bemerkung.

Siwi-ni ließ sich nicht beeindrucken. »Du willst offenbar genauso wie dein Vater ein Lustiger Mann werden, was? Wir werden sehen. Aber jetzt werdet ihr Hoyeh-tay zuhören. Er allein kann euch sagen, wie alles war, als er noch in eurem Alter war, und wie sich die Dinge seit den Tagen seines Großvaters verändert haben. Einst, vor langer Zeit, jagte unser Schamane das große Schwein mit Horn auf der Nase und lebte in einer Welt, in der es Löwen, Jaguare, Riesengürteltiere, Mastodonten und Biber gab, die so groß wie Menschen waren. Es gab drei verschiedene Arten von Antilopen und ebenso viele Kamele und so viele Mammuts, daß sie genauso zahlreich wie die langhörnigen Bisons waren. Doch heute sieht man sie kaum noch, stimmt's?«

»Wohin sind all diese Tiere gegangen, Mutter? Warum sehen wir sie heute nicht mehr?«

»Fragt Hoyeh-tay! Der Schamane kann euch vom großen Bären mit der schaufelförmigen Nase erzählen, der größer als ein Grizzly war und ein Pferd einholen konnte. Und vom gewaltigen Teratornis, einem Vogel, der größer als ein Kondor ist und kleine Jungen frißt, die nicht auf den Rat ihrer Mütter hören, wenn sie ihnen sagen, sie sollen den Geschichten der Alten zuhören!«

»Los! Gehorcht eurer Mutter!« Kosar-eh hatte gerufen.

Sie blickte lächelnd zu ihm auf. »Hilf mir beim Aufstehen, damit auch ich den Geschichten des Schamanen zuhören kann.« Kosar-eh hob sie mit seiner einzigen kräftigen Hand auf und trug sie mit seinem verkrüppelten Arm als Stützung zum Kreis der Kinder, wo der alte Mann bereits in die Geschichte darüber vertieft war, wie er bewirkt hatte, daß das Wasser in den Großen See zurückkehrte. Sie setzten sich gemeinsam dazu, die kleine schwangere Frau auf den Schoß des großen Lustigen Mannes, und ließen sich von der Erzählung gefangennehmen, bis weitere Stammesmitglieder in den Kreis traten. Dann wanderten die Blicke des Lustigen Mannes zu Ta-maya, und der Ausdruck seines vernarbten und unbemalten Gesichts war so voller Liebe und Sehnsucht, daß Siwi-ni ihm einen Ellbogenstoß in die Magengrube versetzte.

»Au!« rief der Lustige Mann überrascht von dem plötzlichen Schmerz.

»Au!« rief auch Siwi-ni, aber es war keine spöttische Wiederholung seines Schmerzrufes. Endlich hatten unvermittelt und heftig ihre Wehen eingesetzt. In einer reinen Reflexhandlung fand sie die Kraft und die Balance, auf die Beine zu springen und schwankend dazustehen, während sie sich den Bauch hielt.

Alle starrten sie mit aufgerissenen Augen an.

Siwi-ni starrte zurück. Kosar-eh war aufgesprungen und hielt sie fest, aber als sie sah, daß Hoyeh-tay würdevoll mit Eule auf dem Kopf auf sie zukam, hätte sie fast geschrien. Der knochige alte Mann schien am Rand des Todes zu stehen. Sie wich vor ihm zurück, da sie sich nicht von ihm berühren lassen wollte.

Dennoch entging sie seiner Berührung nicht. Die rechte Hand des alten Mannes schoß vor, und mit gespreizten Fingern legte er prüfend seine Handfläche auf ihren Bauch.

»Nein!« schrie sie. »Geh weg! Du kannst nichts für mich tun!«

Er kniff die Augen zusammen. Dann richtete er sich gerade auf und hob seinen Kopf. »Ich bin der Schamane. Du brauchst keine Angst vor mir zu haben, Frau Kosar-ehs. Mein Geist ist wieder in seinem angestammten Körper. Ich weiß, wer ich bin und wo ich bin, und ich weiß, was du brauchst.«

Auf Hoyeh-tays Befehl trat Kosar-eh zur Seite und erlaubte den alten Witwen, Siwi-ni in die Geburtshütte zu begleiten, die bereits in Erwartung ihrer Niederkunft errichtet worden war.

»Komm, Cha-kwena!« befahl Hoyeh-tay in ungeduldigem und herrischen Ton. »Es gibt einige Dinge, die wir tun müssen!«

Während Cha-kwena in fassungslosem Erstaunen gehorchte, kämpfte sich ein neuer Hoyeh-tay einen Weg durch die Menge und stapfte wutschnaubend durch das Dorf. Alle starrten ihm nach, und Eule versuchte ihr Gleichgewicht auf seinem Kopf zu wahren, schaffte es jedoch nicht. Mit sicheren Schritten und ohne sich umzublicken, stakte Hoyeh-tay mit seinem Eisenholzstock über den schneebedeckten Boden und durch den eisigen Bach zu seiner Höhle.

»Großvater, warte! Ich will dir helfen! Du wirst stürzen und dich verletzen!«

»Bah! Ich kann nicht warten! Und ich werde nicht stürzen!«

rief Hoyeh-tay, ohne langsamer zu werden oder sich umzudrehen. »Es gibt einige Dinge, die wir tun müssen! Wir erwarten neues Leben.«

Nach Luft ringend, hastete Cha-kwena die Steinstufen hinauf und holte seinen Großvater in der Höhle ein, wo er gerade noch sah, wie der alte Mann seinen Medizinbeutel und ein Stück Fell nahm, das er im Hintergrund der Höhle zusammengerollt aufbewahrt hatte. Eule saß sichtlich eingeschnappt auf der Kiefernwurzel und hatte beiden den Rücken zugekehrt.

»Großvater, warte!«

Hoyeh-tay hatte die Höhle durchquert und machte sich bereits wieder auf den Weg zu den Stufen. »Komm, Cha-kwena! Das Baby wird nicht auf uns warten!«

Irgendwann hatten sie den Bach erneut durchquert, nachdem Cha-kwena bis zu den Schenkeln durchnäßt war und sich nach einem unangenehmen und peinlichen Ausrutscher das rechte Knie rieb. Dann waren sie wieder im Dorf und standen vor der kleinen Hütte, in die Siwi-ni von den Witwen gebracht worden war.

»Jetzt hör zu, Cha-kwena! Dies ist die Aufgabe eines Schamanen, wenn eine Frau des Stammes kurz davor steht, neues Leben auf die Welt zu bringen!«

Während alle Stammesmitglieder außer Siwi-ni und den Hebammen zusahen, entrollte Hoyeh-tay das Fellstück, das er aus der Höhle geholt hatte und legte es behutsam vor dem Eingang zur Geburtshütte auf den Boden.

»Cha-kwena, sieh dir die Decke, die die Gunst der Geister für die werdende Mutter anruft, genau an! Sie besteht aus den Fellen aller Tiere, die dem Stamm als Nahrung dienen. Bevor ein Schamane darauf Platz nimmt, muß er zuerst den Geistern all dieser Geschöpfe danken, und er muß sich vergewissern, daß die Ecken dieser Decke nach Norden, Süden, Osten und Westen zeigen.«

Dann setzte sich Hoyeh-tay mit einem Seufzer, verschränkte die Beine und legte die Hände auf seine Knie, so daß er in Richtung der Hütte blickte. Besorgte und erstaunte Ausrufe kamen von den Menschen hinter Hoyeh-tay, als er seinen Medizinbeutel öffnete und viele magische Talismane hervorholte. Er legte sie der Reihe nach auf die Decke: eine Kaninchenpfote, einen Antilopenhuf, einen getrockneten, platten Frosch, eine genauso mumifizierte Kröte und eine Eidechse, die Krallen und Schnäbel von Vögeln, ein paar merkwürdig geformte Kieselsteine, die Federn eines Falken, einen mit Blütenstaub gefüllten Federschaft und eine Flöte aus Adlerknochen.

»Schau zu!« Hoyeh-tay nahm die Flöte und füllte sorgfältig den Inhalt des Federschafts hinein. Dann hielt er die Flöte mit beiden Händen, bewegte sie in die vier Richtungen, aus denen die Winde des Lebens zu den Menschen kamen, und blies hinein. Ein goldener Regen aus Blütenstaub fiel auf den verschlossenen Eingang zur Geburtshütte.

»Der Blütenstaub soll auf den vier Winden der Roten Welt fliegen und dem Kind von Kosar-eh und Siwi-ni das Leben schenken!«

Cha-kwena hatte den alten Mann noch nie in besserer Form erlebt. Der Junge lächelte voller Stolz über seinen Großvater und vor Erleichterung, daß der Geist des Schamanen wieder in die Hülle des alten Mannes zurückgekehrt war. Hoyeh-tay begann zu singen, und der Stamm hielt den Rhythmus. Der Junge stampfte mit den Füßen und klatschte in die Hände, genauso laut wie jeder andere im Stamm. Er sang die Silben der Bestätigung, nicht nur als Ergänzung des Gesanges des alten Mannes, sondern auch als Ausdruck der Hoffnung, daß ihm selbst eine Gnadenfrist gewährt würde, bevor er den ungewollten Pfad des Schamanen gehen mußte: »Hai jah hai!«

Der Schamane sang immer weiter, bis sein Lied wie ein Herzschlag in der Luft zu pulsieren schien. Dann brach plötzlich die Stimme des alten Mannes, und mit einem verzweifelten Keuchen streckte er seine zitternde Hand nach Cha-kwena aus.

»Komm!« krächzte Hoyeh-tay. »Mein Geist wird schwächer! Komm schnell! Komm zu mir auf die heilige Decke! Nimm den Rhythmus des Lebens auf, der der Herzschlag der Welt ist! Zögere nicht! Das Leben Siwi-nis und ihres Babys hängt von unserer gemeinsamen Willensstärke ab! Du mußt jetzt zum Schamanen werden!«

Cha-kwenas Lächeln verschwand. Er war entsetzt. Wenn er jetzt sang, akzeptierte er damit ganz offen seine Rolle als Schamane. Nichts würde jemals wieder wie früher sein. Aber wenn der alte Mann recht hatte, was das Leben Siwi-nis und ihres ungeborenen Kindes betraf, konnte er sich jetzt unmöglich weigern.

»Cha-kwena, sing!« flehte Hoyeh-tay, der immer noch zitternd die Hand nach seinem Enkel ausstreckte. »Sing für das Leben des Kindes! Sing für die Mutter des Kindes! Finde die Kraft zu singen! Ich kann es nicht mehr allein tun!«

Ein furchtbarer Schrei aus der Bluthütte schreckte Chakwena so sehr auf, daß er gehorchte.

Er nahm die Hand seines Großvaters und kniete sich auf die heilige Decke. Er sang. Er erhob seine Stimme zu den Geistern der Nacht, und sie kamen wie ein Segen über ihn. Der Aufruhr in seiner Seele legte sich. Und während er sang, war seine Stimme wie die eines Fremden, eines Menschen, der wußte, daß nichts jemals wieder wie früher sein würde. Jetzt war er wirklich ein Schamane.

In der Geburtshütte griff Kosar-ehs Frau nach dem Geburtspfahl. Sie hockte auf den Knien, und der Gesang, der sich draußen für sie an die Geister richtete, half Siwi-ni dabei, kräftig zu pressen.

»Es ist gut!« rief Kahm-ree und beugte sich vor. Sie nahm den Kopf des Babys in die Hände, um ihm auf seinem Weg in die Welt zu helfen. »Ja! Es ist sehr gut!« rief sie erneut, als das Baby mit einem heißen Schwall aus Blut und Flüssigkeit aus seiner Mutter kam. »Noch ein Sohn für Kosar-eh!«

Die Hebammen seufzten, beugten sich über sie und nickten anerkennend.

»Sieh nur, was für ein schöner Junge er ist, Siwi-ni!« sagte Xi-ahtli.

Siwi-ni rutschte langsam am Geburtspfahl hinunter und schloß die Augen. Sie horchte auf die alten Frauen, die ihr Kind lobten und sich Geschichten über frühere Geburten erzählten.

Keine von ihnen hatte jemals schlimmere Wehen gehabt als die jeweilige Erzählerin. Bei keiner anderen hatten die Wehen jemals länger gedauert. Nicht seit Anbeginn der Zeiten.

Mit einem verärgerten Knurren blickte Siwi-ni auf und bat darum, ihren jüngsten Sohn sehen zu dürfen. Es war wieder ein hübsches Kind mit kräftigen Lungen. Sie lächelte, als er schrie und seine winzigen Fäuste ballte.

»Bringt mir, was ich brauche, um ihn zu säubern!« bat sie, als sie seinen Körper vorsichtig nach Makeln absuchte. Nachdem sie nichts gefunden hatte, rieb sie ihn mit ihrem Haar trocken.

Siwi-ni reinigte den Nabel des Kindes mit den pudrigen Sporen eines getrockneten Bovisten, dann legte sie seine Nabelschnur in einen von zwei identischen kleinen Lederbeuteln, die in Form einer Schildkröte genäht waren. Der eine Beutel sollte seine Nabelschnur vor bösen Geistern bewahren, der andere sollte diese Geister anlocken, damit sie sich darin fingen und verbrannt werden konnten.

»Du mußt den guten Geisterbeutel verstecken und den anderen verbrennen«, ermahnte Kahm-ree sie. »Dann wird er so lange wie eine Schildkröte leben und genauso weise werden und gegen die Härten des Lebens gefeit sein!«

»Sieh! Wir haben ein kleines Feuer entfacht«, fügte Xi-ahtli hinzu. »Es ist bereit. Komm! Der leere Beutel muß verbrannt werden, bevor die bösen Geister bemerken, wie wir sie täuschen wollen.«

Siwi-ni nickte. Sie hatten natürlich recht, aber zuerst wollte sie sich lieber der angenehmen Erschöpfung nach der erfolgreichen Geburt hingeben. Sie legte die Beutel beiseite. »Ja, nur noch einen Augenblick.« Sie wollte die Freude noch ein wenig länger genießen, den Kleinen in den Armen zu halten. Das Leben im Dorf am See der Vielen Singvögel war gut. Falls böse Geister auf der Suche nach ihrem Sohn waren, hielten sie sich bestimmt nicht in der Nähe auf.

3

Rauchende Feuer wurden in der Schweißhütte im Lager des Stammes des Wachenden Sterns entzündet. Die Männer versammelten sich, um ihren Körper und Geist zu reinigen. Sie fasteten und beteten. Sie riefen den Segen der Tochter der Sonne an. Erst danach ließen sie ihre Hunde frei, nahmen ihre Speere und Jagdausrüstungen und zogen los, um die Mammuts zu jagen, die Masau vom Berg aus gesehen hatte.

»Jetzt wirst du bald eine Braut werden«, sagte Ysuna zu Lah-ri, der Schwester Sunam-tus. Die beiden Frauen standen gemeinsam am Rand des Lagers und sahen zu, wie die Männer und Hunde hinter den schneebedeckten Hügeln verschwanden. »Wenn die Mammuts geschlachtet sind, werden wir aus ihren Knochen die zeremonielle Plattform errichten. Doch zuvor mußt du dich reinigen. Zuerst mußt du . . .«

»Warum müßt ihr sie jagen?« unterbrach sie das Mädchen.

»Ihr Fleisch ist für uns das Blut des Lebens, wie es das auch für dich sein wird.«

»Das Fleisch des Mammuts ist den Stämmen der Roten Welt verboten.«

»Das habe ich auch gehört. Aber bist du jetzt nicht unsere Schwester, eine Schwester des Stammes des Wachenden Sterns? Und möchtest du von uns nicht das großartigste aller Geschenke erhalten — das Blut und Fleisch unseres Totems?«

»Ich . . . ja . . . wenn ihr das möchtet. Aber ihr alle seid so nett zu mir gewesen und habt mir so viele Geschenke gemacht, daß ich sofort zu Maliwal gehen und seine Braut werden würde. Er braucht sich nicht in Gefahr zu begeben, indem er für mich Mammuts jagt.«

»Das muß er tun. So sind wir nun einmal.«

»Aber hier gibt es doch so viel anderes Wild, kleines Wild, das sich gefahrlos jagen läßt. Ich habe auf unserer Reise nach Süden so viel Fleisch auf Hufen, Flügeln und Pfoten gesehen!«

»Welches Fleisch würdest du vorziehen? Möchtest du, daß die Männer des Stammes des Wachenden Sterns für dich auf die Jagd nach Eidechsen und Maden gehen? Oder auf schwache Antilopen, die oft schon vor Schreck tot umfallen, bevor sie auch nur ein Speer berührt hat? Oder hast du Lust auf hirnlose Kaninchen und schlammfressende Wasservögel? Ich habe gehört, daß du, bevor du das letzte Mal die Bluthütte betreten hast, Fallen für Erdhörnchen aufgestellt und Fleisch gegessen hast, das nur für Kojoten, Dachse und Füchse geeignet ist.«

Lah-ri war erschrocken über die unverkennbare Verachtung in der gewöhnlich wohltönenden Stimme der Hohepriesterin. »Ich . . . ich . . .«, stammelte sie und brachte kein weiteres Wort heraus. Sie war überrascht, daß jemand sie mit den Erdhörnchenfallen beobachtet und es Ysuna berichtet hatte. War die Hohepriesterin auch über ihren jüngsten Täuschungsversuch in der Bluthütte informiert worden? Nein, das war unmöglich! Sie war während der zwei Monde, die sie kein Frauenblut vergossen hatte, sehr vorsichtig gewesen. Niemand konnte sie beobachtet haben, daß sie das Blut eines toten Erdhörnchens als Ersatz für ihr nicht vorhandenes Mondblut genommen hatte.

Ein Muskel, der sich in Ysunas Oberkiefer bewegte, unterstrich, daß die Züge der Priesterin zunehmend hagerer wurden. »Schwäche, Ängstlichkeit und die fehlende Bereitschaft, Schmerzen oder den Tod zu erleiden, sind keine bewundernswerten Eigenschaften, weder bei Mensch noch Tier. Wir werden zu dem, was wir unserem Körper als Nahrung einverleiben. Menschen, die Eidechsen essen, *sind* Eidechsen. Menschen, die Maden essen, *sind* Maden. Menschen, die Antilopen und Kaninchen essen, *sind* ängstliche Geschöpfe, die vor jedem Schatten fliehen und vor denen, die lebenstüchtiger als sie sind. Du hast mit Maliwal eine gute Wahl getroffen, kleine Schwester. Er ist ohne Furcht.«

Lah-ri zwang sich zu einem Lächeln. Sie konnte Ysuna unmöglich sagen, daß sie Maliwal abstoßend fand. Die Narben in seinem Gesicht waren nichts im Vergleich zur Wunde, die sich auf der Seite seines Kopfes befand, wo einmal sein Ohr gewesen war. Sie stank immer noch nach Fleisch, das nicht gänzlich heilen wollte. Dennoch ertrug sie seine Nähe tapfer und sogar bereitwillig, denn noch nie in ihrem Leben war

278

Lah-ri so gut behandelt worden wie in diesem Lager des fremden Stammes. Doch wie lange würde es noch anhalten, wenn sie nicht bald zur Braut wurde?

Als sie jetzt in ihrem neuen Schmuck dastand, hob die kleine Schwester Sunam-tus ihr Kinn und versuchte, nicht besorgt auszusehen. Die anderen gefangenen Frauen waren inzwischen alle tot, außer einem armen Mädchen mit wahnsinnigen Augen. Nachdem die Männer es überdrüssig geworden waren, sie zu benutzen, wanderte sie nun durch das Lager auf der Suche nach Essensresten. Sie war in keiner Hütte willkommen. Ysuna hatte Lah-ri versichert, daß das Mädchen bald sterben würde, daß es den Tod verdient hatte, weil es so dumm gewesen war, sich mit niemandem von denen anzufreunden, die ihm den ›Gefallen‹ getan hatten, es in dieses Lager zu bringen und ihm die Chance für ein neues Leben zu bieten.

Lah-ri blickte zur Priesterin auf. In ihrem langen weißen Umhang aus Winterfellen und Federn wirkte Ysuna berückend schön. Ihre Haut schimmerte durchsichtig im kühlen Licht des Morgens, ihre Augen blickten dunkel und ruhig, und ihr voller Mund war zu einem strahlenden, liebevollen Lächeln verzogen, als sie Lah-ris Blick erwiderte. Sie legte einen langen, schlanken Arm um ihre neue Schwester.

»Sehe ich Sorge in deinen Augen?« fragte die Priesterin. »Ach, natürlich! Du hast Angst, daß Maliwal auf der Mammutjagd zu Schaden kommen könnte und dich allein auf der Welt zurückläßt — eine Jungfrau, die nie seinen Körper erfahren hat. Du hast doch noch nie seinen Körper erfahren, oder?«

»Nein!« rief Lah-ri. Dies war nicht das erste Mal, daß Ysuna sie auf diesen Punkt ansprach. Warum war es ihr so wichtig? Sie hatte nicht mit Maliwal geschlafen, aber in einem Anfall von Dummheit hatte sie tatsächlich zu den Geistern der vier Winde gebetet, er möge auf der Jagd sterben. Doch noch bevor sie das Gebet zu Ende gesprochen hatte, hatte sie es schon wieder zurückgenommen und die Geister reuevoll angefleht, sie mögen vergessen, daß sie von ihr jemals so dumme Worte gehört hatten. Sie wußte, daß sie ihn bald heiraten mußte, bevor ihre Schwangerschaft für alle offensichtlich wurde. Diesem Stamm schien übermäßig viel an ihrer Jungfräulichkeit zu liegen. Sobald erkennbar wurde, daß sie ein Kind unter ihrem Herzen trug, würden sie sie vermutlich nicht mehr als würdige Braut betrachten. Sie fragte sich, was wohl mit ihr geschehen würde, wenn bekannt wurde, daß sie sie angelogen hatte. Würden sie sie ganz allein in die winterliche Welt ausstoßen? Oder würden sie ihr den Rücken zukehren, wie sie es bei den anderen Gefangenen getan hatten, und sie dem Hungertod überlassen?

Lah-ri atmete tief ein, um sich zu beruhigen. Wenn Maliwal sicher von der Mammutjagd zurückkehrte, würde alles gut werden. Sie würden sich als Mann und Frau vereinigen, und er würde niemals erfahren, daß das Kind, das sie mit den üblichen Kräutern nicht hatte abtreiben können, nicht von ihm stammte.

Sie verdrängte ihre Sorgen und blickte zu Ysuna auf. »Maliwal ist mir so lieb geworden, daß ich kaum erwarten kann, mit ihm eins zu werden. Ich möchte so sehr eine Tochter eures Stammes werden!«

Ysuna hob die Augenbrauen. »Mach dir keine Sorgen, meine Liebe! Wenn die Geister Maliwal nicht freundlich gesonnen sind und er wirklich nicht zurückkehrt, wird dir niemals etwas fehlen, solange du in meinem Stamm lebst. Ich habe noch einen Sohn. Masau wird dich zur Braut nehmen.«

Lah-ris Mund klappte auf. »Masau?« Dieser Mann erschreckte und faszinierte sie gleichermaßen. Mit seinem wehenden Haar und dem tätowierten Gesicht und einem Körper, der sich wie der eines Puma bewegte, war er der schönste und aufregendste Mann, den sie jemals gesehen hatte. Er mußte nur in ihre Richtung blicken, und schon wurden ihre Lenden heiß und feucht vor Verlangen. Erneut wünschte sie sich mit einem stillen Stoßgebet Maliwals Tod. »Ach, Ysuna, Masau würde doch kein Mädchen wie mich wollen ... oder?«

Ysuna lachte. Es war ein tiefes, kehliges Schnurren.

Lah-ri runzelte besorgt die Stirn. Löwen gaben solche Laute von sich, und Löwen waren gefährlich.

Ysuna sah die Reaktion des Mädchens. »Habe ich dich erschreckt, meine Liebe? Das ist auf keinen Fall meine Absicht!« Sie zog das Mädchen näher zu sich heran, drückte es und tätschelte ihm liebevoll die Schulter. »Du bist so ein hübsches kleines Ding, so zart und so vertrauensvoll. Ich bin so froh, daß wir jetzt Schwestern sind!«

Die Berührung, das Kompliment und die Bestätigungen entspannten Lah-ri. Sie seufzte und fühlte sich in Ysunas Umarmung wohl. »Ich bin auch so froh!«

»Natürlich, und so soll es auch bleiben ... solange du im Stamm des Wachenden Sterns lebst.«

Nachdem sie die Gegend ausgekundschaftet und sich für die Jagd bereit gemacht hatten, teilten sich die Jäger in zwei Hauptgruppen auf. Maliwal führte ein Kontingent an, Masau das andere. Sie mußten Bäume fällen, Strauchwerk zum Hals der Schlucht bringen und den Zunder für das Feuer vorbereiten. Sie arbeiteten in absoluter Stille, und als sie schließlich mit der eigentlichen Jagd beginnen konnten, bewegten sie sich leise gegen die Windrichtung und hielten die Hunde mit Maulkörben ruhig.

Schnee fiel, als Masaus Gruppe auf den Steilwänden der Schlucht in Stellung ging und auf die Mammuts hinunterblickte, die friedlich am Grund weideten. Die Jäger nahmen den Hunden die Maulkörbe ab, und als die Tiere die Witterung der Mammuts aufnahmen, begannen sie zu bellen und aufgeregt hin und her zu laufen. Die Männer warfen Steine, Speere und brennende Fackeln auf ihre überraschte Beute hinunter.

Fast die Hälfte der Herde floh in blinder Panik zur trügerischen Sicherheit des Sees. Sie schlitterten und stürzten über die steile, schneebedeckte Böschung und brachen durch das Eis ins kalte Wasser. Obwohl sie normalerweise gut schwimmen konnten, machte die plötzliche Unterkühlung den Mammuts zu schaffen. Diejenigen Tiere, die nicht ernsthaft verletzt waren oder hoffnungslos im Schlamm des Sees feststeckten, der sich über Jahrtausende hin gebildet hatte, versuchten wieder ans unsichere Ufer zu gelangen. Doch ihre schweren Füße fanden auf der glitschigen und eisigen Oberfläche keinen Halt. Obwohl sie sich verzweifelt gegenseitig zu helfen versuchten, rutschten sie immer wieder zurück in den See.

Die Mammuts waren im eisigen Wasser gefangen, während ein frostiger Wind aus dem Norden blies und sie sich unter einem Schauer aus Speeren schutzsuchend im Kreis zusammendrängten. Alte Kühe stellten sich mit wütendem Trompeten vor die Kälber. Die verletzten Tiere schrien verwirrt, als die Hunde der Jäger bellten und knurrten. Die Männer riefen den gefangenen und verwundeten Tieren von den Klippen zu, ihre Geister schnell denen zu überlassen, die ihr Fleisch dadurch ehren wollten, daß sie es verzehrten.

Unterdessen war der Rest der Herde umgekehrt und durch den Hals der Schlucht in Sicherheit geflohen, als Maliwal und seine Jagdkameraden jubelten und sie von den Klippen aus anfeuerten.

»Geht nur! Vielleicht werden wir euch an einem anderen Tag töten!« rief Maliwal.

Sein erhobener Arm war das Zeichen für die Männer unter seinem Befehl, schnell den schmalen Eingang zur Schlucht mit jungen Bäumen und dichtem Strauchwerk zu blockieren, die sie zu diesem Zweck hergeschafft hatten.

Maliwal nickte zufrieden. »Wenn die Mammuts hören, wie der Rest der Herde abgeschlachtet wird, dürften sie so davon zurückgehalten werden, umzukehren, um Rache zu üben. Seht zu, daß die scharfen Spitzen der größten Pappelstämme nach außen zeigen. Wenn sie trotzdem kommen, werden wir das Feuer anzünden.«

Er wußte, daß es trotz der Kälte gut brennen würde, denn die Jäger hatten die Bäume und Sträucher mit Zunder präpariert, den sie aus dem Lager mitgebracht hatten, und sie mit Öl und Fett eingerieben. Wenn sich ein Mammut in die Flammen wagte, würde es auf die scharfen Spitzen stoßen und sich selbst an Brust oder Bauch aufspießen, wo die Haut am dünnsten war. Es war eine alte und bewährte Jagdstrategie.

»Bleibt oben auf den Klippen«, befahl Maliwal seinen Männern. »Und wenn die Mammuts kommen, haltet euch bereit, die Speere zu werfen. Benutzt eure Speerwerfer, um ihnen mehr Kraft zu verleihen.« Sein Gesicht verzerrte sich. »Ich will so viele tote und verwundete Mammuts sehen, wie die Geister uns erlauben!«

Maliwal wurde nicht enttäuscht. Es war schon viele Jahre her, seit die Jäger des Stammes des Wachenden Sterns so viele Mammuts getötet oder verwundet hatten. Zwei erwachsene Kühe, ein junger Bulle und drei Kälber wurden am Hals der Schlucht erlegt, und zehn weitere Tiere starben im See. Bis auf zwei konnten alle, die nicht vollständig im Wasser versunken waren, geschlachtet werden.

Eine trächtige Kuh mit gebrochenem Hinterbein hatte es irgendwie geschafft, aus dem Wasser zu klettern und mit Speeren gespickt durch die Schlucht zu humpeln, um denen zu folgen, die geflohen waren. Doch dann ging sie in die Knie, um ihren Bauch vor weiteren Speerwürfen zu schützen. Die Jäger wagten sich mit ihren Speeren immer näher heran und stellten auf diese Weise ihren Mut unter Beweis.

»Laßt sie zufrieden!« befahl Maliwal.

Seine Hunde und ein halbes Dutzend weitere waren über sie hergefallen. Die Kuh war zu schwach, um aufzustehen oder sie abzuschütteln, und obwohl sie noch ihren Kopf heben konnte, hatte sie nicht mehr genug Kraft, ihn so weit herumzudrehen, daß sie die Hunde mit dem Rüssel oder den Stoßzähnen erreichen konnte.

Maliwal lächelte. Er strich mit der Hand über seine Narben. Sie schuldete ihm einen grausamen Tod, der sein Verlangen nach Rache befriedigte. Die anderen Jäger traten zurück, als er auf sie zukam. Die Kuh war geschwächt und dem Tode nahe, doch es war noch genug Leben in ihr, daß sie einem Mann gefährlich werden konnte, der sich ihr entgegenstellte. Maliwal lächelte immer noch, als er einen Speer hob und ihn über seiner Schulter in den Speerwerfer legte.

»Gib mir einen Speer zum Zustoßen!« forderte er Chudeh auf.

Der Mann gehorchte ihm unverzüglich.

Während Maliwal seinen Wurfspeer mit der Steinspitze in der rechten Hand hielt und den Stoßspeer in der linken hob, sah er, daß Masau sich dem verletzten Mammut von hinten näherte. Er rief seinen Bruder an. »Wenn ich das Kommando gebe, wirfst du ihr einen Speer hoch in den Rücken, wenn du kannst. Am besten hinter dem Ohr. Ich werde den Rest erledigen!«

Masau zögerte nicht. Sie hatten diese Jagdstrategie schon oft erprobt — Ysuna hatte sie ihnen beigebracht. »Jetzt!« schrie Maliwal.

Masaus Speer flog. Mit dem zusätzlichen Antrieb durch den Speerwerfer, beschrieb die Waffe einen hohen Bogen und näherte sich surrend ihrem Ziel. Mit einem dumpfen Geräusch schlug sie ein, und mit einem überraschten und schmerzvollen Schrei warf das Mammut seinen Kopf im Todeskampf zurück.

In diesem Augenblick warf Maliwal seinen ersten Speer, und noch bevor die lange, blattförmige Spitze aus schwarzem Obsidian durch die Haut des Mammuts drang und durch Fell und Muskeln das große Herz des Tieres erreichte, rannte der Jäger mit einem wahnsinnigen Heulen los, um den zweiten, kürzeren Speer in die Kehle des Mammuts zu stoßen. Er legte sein ganzes Gewicht in den Stoß, und kurz bevor die Kuh zur Seite fiel und starb, sprang er zurück und stand triumphierend davor.

Als die Männer ihre Schlachtwerkzeuge hervorholten, war aus den schweren Schneewolken über den Bergen ein gelegentliches Grollen zu hören. Maliwal gab bekannt, daß ihm das Herz und der Fötus der toten Kuh zuständen, da er den tödlichen Stoß angebracht hatte. Mit einer der handflächengroßen, zweischneidigen Klingen in der Hand begann er, von den Geschlechtsorganen bis zum Brustkorb den Bauch zu öffnen. Er nahm sich eine neue Steinklinge, wenn die alte stumpf geworden war, und wischte sie häufig ab, wenn sich zuviel Fleisch daran angesammelt hatte. Masau und Chudeh halfen ihm, indem sie den Schnitt offenhielten, so daß Maliwal tiefer schneiden konnte. Sechsmal hatte er die Klinge gewechselt, bis die dicke, zähe Haut endlich geöffnet war.

Dann tauchten die anderen Jäger abwechselnd ihre Hände in die Wunde und das immer noch heiße Blut der ersten Beute, die an diesem Tag geschlachtet wurde.

»Ich habe euch versprochen, daß wir im Süden viele Mammuts finden würden!« verkündete Maliwal mit wildem Stolz. »Reiche Jagdbeute! Viel Fleisch, Mark, Knochen und Blut für den Stamm des Wachenden Sterns!«

Masau warf Maliwal einen prüfenden Blick zu. Die Worte seines Bruders klangen, als wollte er damit einen früheren Zweifel ausräumen.

»Ich werde das Herz des Fötus Ysuna schenken!« rief Maliwal. »Unser Totem ist die Quelle des ewigen Lebens!«

»Zwei der Mammuts, die tot im See liegen, waren ebenfalls trächtig!« rief Chudeh. »Ein gutes Omen!«

»Ja«, stimmte Maliwal zu. »Wir werden alle vom Fleisch der Ungeborenen essen, denn darin liegt die Zukunft. Und Ysuna wird auch essen und stark werden! Wir werden die Knochen unserer Beute reinigen und daraus die Plattform errichten. Wir werden ein Festmahl abhalten und Himmelsdonner seine neue Braut opfern. Hört seine Stimme von den Bergen, die uns bestätigt, daß er mit unseren Taten zufrieden ist!«

Maliwal nahm sich das Herz des ungeborenen Mammuts und lief mit seinen Hunden und einigen Jägern singend zum Lager zurück, um den Jagderfolg zu verkünden.

Bald kehrte er mit den Frauen und Kindern zum Schlachtplatz zurück. Seine Männer trugen die Tochter der Sonne auf einer Sänfte aus den Knochen und dem Fell der Mammuts. Lahri lief mit strahlenden Augen neben Maliwal, da sie wußte, daß sie bald zur Braut werden würde.

Im Schnee wurde aus Zelten zum Schutz vor dem Wetter ein Schlachtlager errichtet. Lagerfeuer in den Zelten wärmten die Arbeiter, wenn sie das Bedürfnis hatten, sich auszuruhen.

Das Fleisch des ungeborenen Mammuts wurde nicht geröstet. Dazu war es zu wertvoll, zu blaß und zu zart. Sie schnitten rosafarbene Filets aus den Embryos, die sie aus den toten Kühen geholt hatten, und verschlangen das warme Fleisch, das an der kalten Luft dampfte, roh.

»Hier, Braut! Du mußt vom Fleisch unseres Totems essen!« Lah-ri blickte zu ihrem zukünftigen Mann auf und versuchte, sich nicht auf seine ausgestreckten Hände zu erbrechen. Sie schaffte es mit Mühe, sich zusammenzureißen. Sie nahm das angebotene Fleisch an und aß einen Bissen, aber nicht mehr. »Ich bin dieses Fleisch nicht gewöhnt, es ist meinem Stamm verboten. Bitte zwing mich nicht, mehr davon zu essen!«

Er grinste sie an. Sein einstmals strahlendes, breites Lächeln war jetzt durch die Narben an seinem Mundwinkel verzerrt. »Du mußt nur etwas gegessen haben, ganz gleich wieviel«, sagte er.

Das Festmahl dauerte Tage. Zwischendurch setzten sie das Schlachten fort, zogen die Haut ab und gewannen Sehnen aus dem Muskelfleisch und Mark aus den Knochen. Der Schnee färbte sich rot vor Blut. Sie stopften sich während der Arbeit mit Fleisch voll und dankten den Windgeistern für den frühen Wintereinbruch, denn dadurch konnten sie über den gefrorenen See gehen und ihre wertvolle Beute auf Schlitten fortschaffen. Wenn es dunkel wurde, setzten sie das Festmahl fort und versuchten sich gegenseitig darin zu übertreffen, wer das meiste essen konnte. Maliwal hielt den Rekord mit zehn Pfund rohem Fleisch und drei Pfund Leber und Niere dazu, die er an einem Abend verschlungen hatte, bis er sich stöhnend und rülpsend nach hinten fallen ließ. Die Kinder kamen, um ihm den Bauch zu massieren, während die Frauen Loblieder über seine Völlerei sangen. Lah-ri sah entsetzt zu und versuchte vergeblich, auf den Mann stolz zu sein, dessen Frau sie bald werden würde.

Schließlich wurden die verwertbaren Teile der geschlachteten Mammuts ins Hauptlager gebracht. Fleisch, Sehnen und Fett wurden für die Einlagerung vorbereitet. Die Knochen lagen auf Haufen verstreut herum, und die Schädel der geschlachteten Tiere wurden im Kreis aufgestellt, so daß sich ihre Stoßzähne berührten und sie sich unter der kalten Sichel des Wintermondes aus leeren Augenhöhlen gegenseitig anstarrten.

Langsam klärte sich der Himmel auf. Ysuna stand im Zentrum des Schädelkreises im wechselhaften Wind und beobachtete die Bewegungen der Wolken, der Sonne, des Mondes und der Sterne. Sie wirkte trotz des Genusses von Fleisch und Blut der Mammuts entrückt, bleich und still. Nicht einmal hatte sie ihre Söhne gerufen, um sich in der Nacht mit ihr zu vereinigen.

Als sich drei Frauen von den übrigen Stammesmitgliedern absonderten und sich in ein kleines Zelt zurückzogen, um dort die Zeit ihres Mondbluts zu verbringen, befahl Ysuna, daß für sie eine Hütte aus Knochen und Fellen der Mammuts errichtet wurde. Darin zog sie sich vier Tage und Nächte zurück, um zu fasten. Als am Morgen des fünften Tages der Morgenstern hell und klar über dem westlichen Horizont stand, trat sie aus der Hütte und sah noch bleicher aus als zuvor. Die Frauen eilten herbei, um ihr zu helfen und die Felle zu verbrennen, die ihr Mondblut aufgenommen hatten. Es war ein kleines Feuer. Sie stand davor und sah bedrückt zu, wie es brannte.

Danach verlangte sie nach Fleisch und erhitztem Mammutblut als Nahrung für sie. Schließlich schritt sie durch das Schlachtlager und trat in den Kreis aus Schädeln.

»Kommt!« rief sie ihrem Stamm zu. »Ysuna, die Tochter der Sonne, hat in ihren Träumen Visionen gehabt! Himmelsdonner, der Großvater des Stammes, der Weiße Geist und das Totem unserer Vorfahren hat zu mir gesprochen! Himmelsdonner freut sich über das Fleisch der Jungfrau, die freiwillig die Braut Maliwals sein will.«

Alle Blicke richteten sich auf die kleine Schwester Sunam-tus.

»Himmelsdonner freut sich über deine Anwesenheit bei uns und möchte, daß du seinem Namen geweiht wirst«, sagte Ysuna zu ihr. »Wirst du freiwillig zustimmen?«

»Ja«, antwortete das Mädchen. Dann lächelte Lah-ri, eher vor Erleichterung als vor Freude, denn unter ihrem weichen, mit Fransen und Perlen besetzten Kleid aus Elchfell hatte sich eine längliche Wölbung über ihrem Schambein gebildet, und ihre Brüste schwollen genauso schnell an wie ihre Hüften. Sie konnte ihre Schwangerschaft kaum länger verbergen. »Ich stimme freudig meiner baldigen Hochzeit zu!« fügte sie hinzu und meinte jedes Wort ehrlich.

Ysuna hob den Kopf. »Gut!« sagte sie und lächelte zum ersten Mal seit vielen Tagen.

Nun wurde Lah-ri in den inneren Kreis der Frauen geholt. Anscheinend konnten sie ihrer Gegenwart nicht überdrüssig werden. Sie berührten sie oft, als wäre ein solcher Kontakt ein Segen ihres Totems. Sie legten ihre Kinder in Lah-ris Arme und setzten ihr die Kinder auf den Schoß. Sie vertrauten ihr die geheimsten Gedanken und Wünsche an und baten sie, wenn es soweit war, in ihrem Namen zu den Geistern der Vorfahren zu sprechen, denn an dem Tag, wo sie zur ›Braut‹ wurde, würde sie über unermeßliche Macht verfügen.

»Wirklich?« fragte sie.

»O ja!« bestätigten sie und mischten Mammutblut in ihren Wasserschlauch. Dann drängten sie sie, oft und reichlich davon zu trinken, denn das Getränk würde ihr Fleisch versüßen und es angenehmer für ihr neues Totem machen. Sie trank, um die Frauen zufriedenzustellen. Doch als sie ihr das Fleisch der Mammuts brachten, mußte sie voller Mitleid daran denken, wie die Embryos aus ihren Müttern gezogen worden waren, und konnte nichts davon essen. Niemand schien sich daran zu stören.

Alle waren zutiefst um ihr Wohlergehen besorgt. Maliwal, der nicht mehr so leichtfüßig wie vor dem Festmahl war, verließ trotzdem das Lager und tötete zu ihrer Überraschung mit bloßen Händen zwei kleine, hundegroße Gabelantilopen und brachte sie zu ihr.

»Damit die Braut nicht schwach vor Hunger ist, wenn sie mit den Tagen des Fastens und der Reinigung beginnt . . . damit die Braut am Tag ihrer Hochzeit stark und sicher ist!«

Die Frauen ließen nicht zu, daß sie selbst das Fleisch zubereitete. Sie nahmen Maliwal die kleinen Gabelantilopen ab und machten sich eifrig daran, sie auszuweiden und zu kochen. Dann füllten sie die Körperhöhlungen mit Salbei und Wacholderbeeren und rösteten sie, bis klarer Saft hervortrat und sich die Gelenkknochen voneinander lösten.

»Ihr seid alle so lieb zu mir!« rief sie, als Maliwal ihr das Fleisch auf einer Platte aus Mammutknochen brachte und ihr mit seinem häßlichen Lächeln zusah, wie sie es aß.

»Ja, iß nur!« drängte er. »Iß alles auf, damit du gut genährt in die Hütte der Reinigung und des Fastens gehen kannst. Iß! Es wird deine letzte Mahlzeit sein . . . bevor du zur Braut wirst.«

»Wird die Hochzeit bald sein?«

»Beim morgigen Tagesanbruch wird deine Fastenzeit beginnen. Nach vier Tagen — je einen Tag zu Ehren der vier Winde — wirst du zur Braut werden.«

Während Maliwal mit Lah-ri sprach, stand Ysuna allein im Schädelkreis und winkte Masau zu sich heran.

»Schärfe deinen Speer und mach deine Festkleidung fertig!« sagte sie zu ihm. »Heute nacht wirst du nichts mehr essen oder trinken. Heute nacht wirst du mit mir unter dem Licht des Wachenden Sterns stehen. Heute nacht werden wir nach Norden blicken und unsere Vorfahren ehren. Wenn der Tag anbricht, werden wir uns dem Morgenstern zuwenden, dem Stern der Zukunft.«

Masau nickte. Die Prozedur war ihm bekannt.

»Wenn das Mädchen morgen die Hütte der Reinigung betritt«, fuhr Ysuna fort, »wird Maliwal mit seiner Fastenzeit beginnen, und unter deiner Anleitung werden die anderen die Plattform errichten und die Donnertrommeln bereitmachen. Nun ist es für die Tochter der Sonne an der Zeit, sich vorzubereiten. Bald muß ich die Braut zum Opfer führen. Bevor wir weiter nach Süden reisen, muß Himmelsdonner das Fleisch eines Menschen schmecken.«

»Weiter nach Süden? Mitten im Winter? Und ein Lager voller Fleisch zurücklassen?«

»Es ist nicht das Fleisch des weißen Mammuts.«

»Es ist genügend Fleisch!«

»Es ist Mammutfleisch, aber nicht mehr. Es genügt mir nicht. Es ist nicht das, was ich brauche.« Sie blickte ihm tief in die Augen. »Willst du mir das verwehren, was ich brauche, Masau?«

Er starrte sie an. Im kalten Licht des Wintertages sah sie schöner aus als das Licht der fernen Sonne. Und dennoch bemerkte er ihre eingefallenen Züge und das Fieber in ihren Augen. »Ich werde dir niemals etwas verwehren, Ysuna — niemals!«

»Dann tu, was ich sage, Mystischer Krieger! Übe nie wieder Kritik an mir! Wenn das Opfer vollbracht ist, werden wir nach Süden ziehen. Das weiße Mammut Himmelsdonner wartet auf uns.«

4

Die Wiese, wo im Sommer die Rosen geblüht hatten, war jetzt im frühen Winter weiß und still. Ein einsamer Kojote war im Licht der Morgendämmerung auf der Jagd nach Erdhörnchen, die nicht im Winterschlaf lagen. Er sprang auf ihren Bau und tanzte darauf herum, bis die Erde zitterte und die Nagetiere neugierig herauskamen. Doch das war ein Fehler, denn der Kojote war bereit, sich auf sie zu stürzen.

Cha-kwena stand auf seinen Speer gestützt und mit einem Arm bei Hoyeh-tay untergehakt unsichtbar hinter einem schneebestäubten Dornbusch. Stumm beobachteten sie, wie der Kleine Gelbe Wolf sein Frühstück verzehrte, und Cha-kwena fragte sich, ob es dasselbe Tier war, das ihn einst gerufen und Bruder genannt hatte. Als er einen Schritt vortrat, erhielt er die Antwort. Der Kojote erstarrte, dann sprang er mit den Resten des Erdhörnchens zwischen den Zähnen über die Wiese davon zum Zedernwäldchen weiter oben am Abhang.

Cha-kwena spürte die Enttäuschung und Verzweiflung wie einen Stich. Seit der Nacht, als er geträumt hatte, ein Kojote zu sein und beobachtet zu haben, wie einer seiner Brüder von Dakan-eh getötet wurde, hatte der Kojote nicht wieder nach ihm gerufen.

»Komm, Cha-kwena! Wir wollen weitergehen. Ich möchte mich ausruhen und im Schatten des heiligen Wacholders träumen. Ich möchte noch einmal die heilige Salzquelle sehen, bevor ich sterbe.«

»Du stirbst nicht, Großvater«, erwiderte Cha-kwena. Die Lüge kam ihm leicht über die Lippen, weil er sie in den vergangenen Tagen zu oft wiederholt hatte, obwohl er und der alte Mann genau wußten, daß es eine Wunschvorstellung war.

»Aber bald«, sagte der alte Mann mit einem resignierten Seufzen. »Schon bald.«

Eule, die auf Hoyeh-tays Schulter saß, blinzelte und schauderte. Als sie ihre Federn in der kühlen Morgenluft aufplusterte, stieben ein paar Daunen und eine Flugfeder auf und sanken langsam zu Boden.

Cha-kwena starrte die Federn im Schnee an und spürte eine Kälte, die nichts mit dem frühen Wintermorgen zu tun hatte. Der Vogel mauserte sich zur falschen Jahreszeit. Auf Eules Brust waren bereits kahle Stellen, und sie sah seit einiger Zeit genauso ausgezehrt aus wie der alte Mann. Seit der Geburt von Siwi-nis Baby war Hoyeh-tay sehr krank gewesen, und Eule hatte die Höhle nicht mehr zur Jagd verlassen. Sie hatte auf der Decke, die über die Beine des Schamanen gebreitet war, gehockt oder, wenn Hoyeh-tay auf dem Bauch oder auf der Seite lag, auf seinem Kopf. Manchmal hatte Eule sich mit ausgebreiteten Flügeln auf die Brust ihres Herrn gesetzt, als wäre er ein Küken, das sie wärmen und beschützen mußte. Ohne Eules Anwesenheit zu bemerken, hatte Hoyeh-tay geschlafen und unruhige Träume gehabt, aus denen sein Enkel ihn nicht hatte wecken können, obwohl der Junge die knochigen Hände des alten Schamanen um den heiligen Stein gelegt und alle Gesänge angestimmt hatte, die er von Hoyeh-tay gelehrt worden war.

Kosar-eh war zu ihm gekommen. »Ich kann dir helfen, Cha-kwena.«

»Geh fort! Du kannst mich jetzt nicht aufheitern, Lustiger Mann.«

»Nein, aber ich kann dich lehren, wie du den Stamm aufheitern kannst, wie du ihm in Zeiten wie diesen Mut machen kannst. Hast du vergessen, daß auch ich einmal bei den Schamanen der Blauen Tafelberge gelebt habe? Auch ich habe von ihnen gelernt.

Obwohl deine Seele vor Sorge über deinen Großvater blutet, ist jetzt nicht die Zeit zum Grübeln und für traurige Gesänge. Jetzt ist die Zeit zum Tanzen. Du mußt deinen Körper bemalen, die Trommel schlagen, die Rassel schütteln und singen. Jetzt ist die Zeit, um magischen Rauch zu machen, der draußen vor dieser Höhle in den Winterhimmel aufsteigt, damit der Stamm dich ansieht und weiß, daß du mit den Geistern um die Seele deines Großvaters kämpfst. Ob du gewinnst oder verlierst, spielt keine Rolle. Es geht nur darum, daß die Menschen wissen, daß du kämpfst, daß du irgend etwas tust, angesichts des unvermeidlichen Todes. Die Aufgaben des Lustigen Mannes und des Schamanen sind sich sehr ähnlich. Die Aufgabe des Lustigen Mannes besteht darin, seinen Stamm mit Lachen abzulenken, während sie sich durch den Zauber weniger verletzlich durch die Mächte fühlen, gegen die sie nichts ausrichten können. Wenn du es schaffst, das zu erreichen, Cha-kwena, dann wirst du in der Lage sein, den mächtigsten und wirksamsten Zauber zu beschwören — indem du den Menschen das Geschenk der Hoffnung machst . . . so wie Hoyeh-tay und zahllose Generationen deiner Vorfahren es seit Anbeginn der Zeiten getan haben.«

Als Cha-kwena jetzt mit Hoyeh-tay in der Dämmerung dieses kalten Wintertages stand und auf die Federn im Schnee starrte, wurde er von Erinnerungen überwältigt. Einer nach dem anderen hatten die Menschen des Stammes den alten Schamanen in seiner Höhle besucht und sich, wie sie glaubten, zum letzten Mal von ihm verabschiedet. Sie hatten den jungen Schamanen beim Singen und Tanzen vor dem Rauchfeuer beobachtet. Falls sie ihn für ungeeignet hielten, hatten sie freundlicherweise nichts davon gesagt, obwohl er die Fragen und Sorgen in ihren Augen gesehen hatte.

»Hilf mir, Tlana-quah! Ich weiß nicht, was ich noch für ihn tun soll!« hatte Cha-kwena verzweifelt gefleht.

»Tu das, was du bisher getan hast — wie unser Schamane und die der Blauen Tafelberge es dich gelehrt haben. Niemand kann mehr von dir verlangen«, hatte der Häuptling ernst erwidert. Dann war er, mit hängenden Schultern unter seinem Jaguarfellumhang, fortgegangen.

Anschließend waren die Frauen mit Essen und Brühe gekommen, und U-wa hatte die heilenden Kräuter gebracht, um die Cha-kwena gebeten hatte.

»Sei stark, mein Sohn!« ermutigte sie ihn. »Was auch immer geschieht, die Geister der Vorfahren werden dir wohlgesonnen sein.«

»Wirklich, Mutter? Ich fühle mich, als hätte ich ein Hemd angezogen, das viel zu groß für mich ist.«

»Cha-kwena, du bist der Sohn von Nar-eh und der Enkel vieler Generationen von Schamanen vor ihm. Höre auf die Stimme deines Blutes, Cha-kwena, dann wirst du schon wissen, was zu tun ist. Bald wird dir das Hemd deines Großvaters passen. Irgendwann wirst du dich darin sogar sehr wohl fühlen.«

»Ich werde es nur tragen, weil ich muß. Ich werde mich darin niemals wohl fühlen.«

Er zitterte erneut und schloß die Augen, als er sich dann erinnerte, wie die Jungen des Stammes schweigend zu ihm gekommen waren, um ihrem alten Schamanen Respekt zu erweisen. Er hatte den Freunden seiner Jugend den Rücken zugekehrt, als er Ehrfurcht und Neid in ihren Augen entdeckt hatte. *Ehrfurcht!* Vor ihm! *Neid!* Auf jemanden, der zu dem berufen worden war, was er verabscheute! Er hätte in diesem Augenblick bereitwillig mit ihnen getauscht, denn er hatte gewußt, daß ihre Freundschaft nun für immer beendet war. Er war jetzt der Schamane! Ein einsamer Außenseiter. Ein Mann mit der Verantwortung vieler Zeitalter auf dem Rücken.

Cha-kwena blieb in seinen Erinnerungen versunken, als Hoyeh-tay an seiner Seite zusammensackte und seinen Arm packte. Der Junge spürte kaum den Griff des alten Mannes, als er sich daran erinnerte, wie Kosar-eh die Kinder zur Höhle des Schamanen hinaufgeführt hatte, wo sie wie Vögel auf den Stufen davor gehockt hatten. Mit ängstlich aufgerissenen Augen hatten sie dem alten Mann selbstgebastelte Geschenke gebracht, um ihn aufzuheitern. Dann hatte der Lustige Mann sie ein respektvolles Lied singen lassen, dessen Chorus lautete: »Werd bitte schnell gesund, Hoyeh-tay, Hoyeh-tay!«

Als das Lied vorbei war, hatte Mah-ree, die älteste der Jüngsten, scheu einen verschlossenen Korb gebracht, in dem sich Mäuse befanden, die sie mit den anderen Kindern für Eule gefangen hatte. Es war allgemein bekannt, daß der helfende Geist des Schamanen nicht mehr von Hoyeh-tays Seite gewichen war, nicht einmal um nach Nahrung zu suchen.

Doch Eule hatte selbst dieser Versuchung lebender Happen widerstanden, bis Hoyeh-tay endlich aufgewacht war und sich in der Höhle umgesehen hatte. Ob er durch Cha-kwenas Gesänge oder durch seinen eigenen Lebenswillen geweckt worden war, konnte der Junge nicht sagen.

»Was tust du da, Cha-kwena?« hatte er gefragt. »Ich tanze. Ich mache Rauch. Und ich singe.«

»Hmm. Tatsächlich? Was verbrennst du? Wenn du willst, daß ich wieder gesund werde, dann bring mir was zu essen. Aber sing erst wieder, wenn du es richtig gelernt hast!«

Von einem Augenblick auf den anderen schienen die bösen Geister der Krankheit Hoyeh-tays Körper wieder verlassen zu haben. Der alte Mann sprach sogar wieder deutlich und war kräftig genug für einen Spaziergang außerhalb der Höhle. Er ging im Dorf umher und besuchte die heiligen Orte, die er zum ersten Mal aufgesucht hatte, als er in Cha-kwenas Alter gewesen war.

»Du siehst, Cha-kwena«, sagte der alte Mann jetzt, nachdem er einen tiefen und hungrigen Atemzug von der Morgenluft genommen hatte. »Ich habe recht gehabt, was dich betrifft. Der Pfad des Schamanen ist dein Lebensweg. Du hast die Macht, zu heilen und die Geister der Vorfahren anzurufen. Ich habe mich seit vielen Monden nicht mehr so gut gefühlt! Der Geist dieses alten Mannes ist vom Rand der Welt jenseits dieser Welt zurückgekehrt. Ich wünsche mir, ich könnte noch einen Blick auf unser Totem, auf den Großen Geist werfen. Vielleicht würde ich dann wieder zu Kräften kommen.« In der Stimme des alten Mannes lag Hoffnung. »Dann kann ich noch lange genug leben, um dir alles beizubringen, was du wissen mußt, bevor die Löwen kommen.«

Das Opfer verlief gut. Lah-ri, die kleine Schwester von Sunamtu, die Braut Himmelsdonners, ging freiwillig in den Tod. Sie lächelte bis zum Ende. Sie war zufrieden und stolz auf sich, bis der heilige Dolch tief zustach. Er fand ihr Herz, bevor sie schreien konnte, und wurde so schnell wieder herausgezogen, daß sie nur noch Zeit für ein kurzes, überraschtes Keuchen hatte, bevor ihre Kehle durchschnitten wurde und sie auf der Plattform lag.

Aus glasigen Augen sah sie auf den Mystischen Krieger, der über ihr stand und sie mit seinem Speer durchbohrte. Falls sie Schmerzen empfand, war es nur flüchtig, und falls sie an die vielen Männer dachte, die sie gekannt hatte, und an die Lügen, die sie im Schatten der heiligen Berge erzählt hatte, waren ihre Gedanken genauso kurzlebig wie ihre Schmerzen.

Sie war tot, bevor das Schlachten begann, bevor die Hohepriesterin des Stammes des Wachenden Sterns ihren Federumhang abwarf und ein anderes Kleidungsstück anlegte — eine menschliche Haut — und vor Himmelsdonner in der Hülle der Braut stand. Ysuna tanzte, während das Fleisch des Opfers aufgeteilt wurde. Jeder Mann, jede Frau und jedes Kind erhielt ein Stückchen dessen, wovon sich im selben Augenblick der Gott ernährte.

Und als die Donnertrommeln die Welt erzittern ließen, blickte die Tochter der Sonne auf die Überreste des Opfers hinab: Knochen, Hände, Füße, ein skalpierter und gesichtsloser Schädel, ein Haufen Eingeweide, der den Hunden vorgeworfen würde, damit auch sie durch das Fleisch und die Seele der Braut stark wurden. Ysuna blickte durch die blutigen Augenhöhlen der Maske aus menschlicher Haut, die sie über ihr eigenes Gesicht gezogen hatte. Dann verengte sie die Augen, bückte sich und stocherte in den Überresten der jungen Frau herum.

Sie erstarrte. Sie stand auf und warf die Haut des Opfers ab. Sie starrte auf Maliwal und zeigte nach unten. »Das war keine Jungfrau! Wir haben dem Gott ein unreines Opfer gemacht — ein schwangeres Opfer!«

Alle sahen, wie Maliwal erbleichte. »Unmöglich!«

Ysuna kniete sich wieder hin. Sie hob den Beweis auf und hielt ihn hoch. »Ein ausgebildetes Kind... getötet... zusammen mit der Mutter... von uns, obwohl sie nicht als Opfer geeignet war!«

Maliwal wich der blutigen Masse aus, die Ysuna ihm entgegenschleuderte. »Sie hat geschworen, daß sie noch bei keinem Mann gelegen hat!« verteidigte er sich. »Und ich habe niemals bei ihr gelegen. Sie ging mit den anderen Frauen in die Bluthütte. Sie kann einfach nicht...«

»Narr! Wir alle waren Narren! Und ich noch mehr als jeder andere von euch. Wie konnte mir nur entgehen, was sie getan hat?« Sie schwieg und schien einen Augenblick lang mit ihren eigenen Gedanken zu kämpfen, bevor sie den Kopf schüttelte. »Dieses Opfer ist sogar noch eine viel größere Beleidigung unseres Totems als das letzte! Das Totem unserer Vorfahren hat uns das Fleisch und Blut seiner Kinder gegeben, und wie haben wir ihm dafür gedankt? Mit unreinem Fleisch! Und alles nur wegen dir, Maliwal! Du bist kein Wolf! Du bist sogar noch dümmer als die Eidechsenfresser, zu denen ich dich geschickt habe, um sie zu überfallen! Sieh dich an! Himmelsdonner hat dich für deine Verfehlungen bestraft! Ich hätte es sofort erkennen müssen, als du zurückgekehrt bist, mit zerfleischtem Gesicht und deinem Ohr, das unser Totem dir genommen hat, in einem Beutel.«

»Ysuna! Wie kannst du so etwas sagen? Ich habe mir diese Narben verdient, als ich mein Leben riskierte, um für dich ein Mammut zu töten! Ich habe dir wieder einen heiligen Stein gebracht! Ich habe dir berichtet, wo sich der Weiße Geist aufhält, und ich habe dich in das Land der Mammuts geführt!«

»Du hast alles, was du weißt, von unserem Opfer erfahren! Woher weißt du, daß es dich nicht auch in dieser Hinsicht angelogen hat?«

Er zögerte nur einen Augenblick, doch schon dieser Augenblick war zu lang. Ihre Blicke trafen sich, und Ysuna sah die Unsicherheit in seinen Augen. Er war entsetzt über das, was er in ihrem Blick erkannte. Sie war schon früher wütend auf ihn gewesen, aber noch nie auf diese Weise. In ihren Augen stand jetzt Verachtung, eine reine und unverhüllte Verachtung. »Ysuna . . .«

»Nein! Ich will nichts mehr von dir hören. Es war Masau, nicht du, Maliwal, der die Herde gefunden hat, von der unser Stamm kürzlich so reichhaltig gegessen hat.«

»Aber ich habe dir gesagt, daß wir die Herde hier finden würden. Ich werde dir ein anderes Opfer bringen, Ysuna. Das schwöre ich bei meinem Leben!«

»Ja.« Auf ihrem Gesicht stand ein raubtierhafter Ausdruck. »Bei deinem Leben«, sagte sie. »Dessen kannst du dir gewiß sein.«

Maliwal war erschüttert über die Heftigkeit ihres Zorns. Alle starrten ihn an, sogar die Hunde. Er ließ erniedrigt und verwirrt den Kopf hängen. Wie konnte sie sich nur so gegen ihn wenden? Warum? Sie und Masau waren angeblich diejenigen, die in den Geist von Menschen und Frauen sahen, nicht er. Wenn das Opfer die Tochter der Sonne und den Mystischen Krieger getäuscht hatte, wie konnte dann jemand erwarten, daß Wolf es durchschaute?

Er biß mit gerechtfertigter Empörung die Zähne zusammen, doch sofort darauf schmerzten seine Kiefer. Würden die Wunden denn niemals aufhören, ihn zu martern? Und wie konnte Ysuna ihn wegen seiner Häßlichkeit anklagen, wenn sie mit einem Wort sein Gesicht heilen und es wieder ganz machen konnte?

Maliwal blickte auf und suchte unwillkürlich nach Nai. Sie hätte ihn nicht häßlich gefunden. Sie wäre zu ihm gekommen und hätte ihm bereitwillig die Schmerzen seiner Wunden und seiner Entehrung gelindert. Aber Ysuna hatte sie getötet. Damals war er froh darüber gewesen. Doch jetzt vermißte er sie. Er erinnerte sich sogar an den sehnsuchtsvollen Blick ihrer Augen, als er sie in einer Nacht festgehalten hatte. Obwohl er ihr weh getan und über ihre Schmerzen gelächelt hatte, hatte sie ihn dennoch voller Liebe angesehen und es gewagt, etwas gegen Ysuna zu sagen.

»Sie will dich gar nicht mehr, Maliwal!« hatte die Frau zu ihm gesagt. »Aber ich will dich! Hinter deinem Rücken nennt sie dich dumm und überheblich und vergnügt sich in den Armen von Masau!«

Er zuckte bei dieser Erinnerung zusammen und blickte zu seinem Bruder hinüber. Der Mystische Krieger stand rechts neben Ysuna. Masau rührte sich nicht, und sein ausdrucksloses tätowiertes Gesicht war ohne Narben und hübsch. Maliwal wurde von einem Eifersuchtsanfall gepackt. Einst war auch er hübsch gewesen. Doch das war jetzt vorbei.

»Wir müssen die Haut, das restliche Fleisch und die Knochen des Opfers verbrennen«, sagte Ysuna. »Wir müssen uns von allem entleeren, was wir davon gegessen haben. Wir müssen fasten. Wir müssen diesem Lager den Rücken zukehren und auch dem Fleisch der Mammutkinder unseres Totems. Wir haben uns als unwürdig erwiesen, es essen zu dürfen!«

Ein überraschtes Raunen ging durch den versammelten Stamm.

»So muß es geschehen«, sagte sie eindringlich. »Wir werden nach Süden zu den Blauen Tafelbergen ziehen, von denen Maliwal gesprochen hat. Wenn dieses Land wirklich so reich an Mammuts ist, wie er gesagt hat, werden wir unterwegs auf die Jagd gehen und nicht hungern. Wenn es nicht so ist, wie er gesagt hat, werden wir alle unter der Entbehrung leiden. Auf jeden Fall werden wir die Eidechsenfresser erwarten, wenn sie sich am anderen Ende der Welt auf ihrem heiligen Berg treffen.« Sie verstummte und sah Maliwal mit einem Blick voller Verachtung an. »Wenn es wirklich einen heiligen Berg gibt!«

»Den gibt es wirklich, Tochter der Sonne!« rief Chudeh aus der Menge. »Tsana, Ston und ich sind mit Maliwal auf seinen Gipfel gestiegen und haben die kleinen Hütten der heiligen Männer gesehen, die sich dort versammeln.«

Maliwal war verblüfft über Chudehs Einmischung. Er hatte sich in letzter Zeit oft über diesen Mann geärgert, aber jetzt hätte Maliwal ihn küssen können.

»Es ist genauso, wie Maliwal gesagt hat«, fuhr Chudeh fort. »Bevor die Menschen im Dorf am Fuß des Berges starben, haben sie uns alles erzählt, was wir wissen wollten. Und nach dem, wie der alte Schamane mit dem blauen Gesicht auf die

Worte des Mädchens reagiert hat, steht fest, daß es die Wahrheit gesprochen hat. Es wird eine Versammlung aller Stämme der Roten Welt auf dem heiligen Berg geben. Sie wird stattfinden, wenn der Pinienmond aufgeht, wie die Eidechsenfresser sagen. Alle Schamanen werden mit ihren heiligen Steinen anwesend sein, Tochter der Sonne – außer dem alten Mann mit dem blauen Gesicht natürlich. Maliwal nahm ihm den heiligen Stein ab und ließ ihn in den Ruinen seines verbrannten Dorfes zum Sterben zurück, mit einem Speer im Bauch und einem furchtbaren Schrecken vor dem Stamm des Wachenden Sterns im Herzen.«

»Ließ ihn . . . *lebend* zurück?« Ihre Frage war ein ungläubiges Zischen.

Maliwal wurde plötzlich wütend. »Ja! Lebend! Mit einem Speer durch die Eingeweide am Boden gefesselt. Es hat mir Freude gemacht, ihn auf diese Weise zu töten, zu wissen, daß er langsam sterben wird, während er an mich und die Macht meines Stammes denkt und ihm langsam seine Lebenskraft ausblutet! Er war ein störrischer, widerspenstiger alter Narr.«

Sie starrte ihn mit kalten Augen an. Ihr bleiches Fleisch kribbelte vor Kälte unter dem trocknenden Blut des Opfers, das noch auf ihrer Haut klebte. Als sie in der Kälte des Wintertages erzitterte – oder vielleicht vor der inneren Kälte einer Vorahnung –, hob Masau ihren Federumhang auf und legte ihn ihr um die Schultern.

»Es ist alles gut, Ysuna«, versicherte er ihr mit tiefer, besorgter Stimme, die so leise war, daß nur sie sie hören konnte. »Was bedeutet uns der Tod eines alten Mannes? War es nicht das Recht meines Bruders, ihn so zu töten, wie er es für richtig hielt? Maliwal hat das letzte Opfer vielleicht unbedacht ausgesucht, aber es wird andere geben, und er hat dir den Stein vom Hals des Schamanen gebracht. Er gehört jetzt dir. Es ist ein großes Geschenk.«

Ihr Blick war auf Maliwal gerichtet, als ihre Finger nach dem Stein des alten Schamanen mit dem blauen Gesicht suchten, ihre jüngste Erwerbung. Sie nickte, fast zufriedengestellt.

»Ja . . . vielleicht. Aber viele Monde werden noch zwischen heute und dem Pinienmond aufgehen.«

Der Wind blies sanft aus Norden. Ysuna drehte sich um, hob ihr Gesicht in den Wind, schloß die Augen und nahm den Wind in sich auf. Der Stamm beobachtete sie.

Nach einer Weile wandte sie sich wieder den Menschen zu. Sie stand da, während der Wind mit ihrem Haar und den braunen Federn ihres Umhangs spielte, als würde er ihn mit unsichtbaren Fingern kämmen. Sie hatte den Kopf hoch erhoben und die Schultern zurückgeworfen. Als sie sprach, war ihre starke Stimme voller Befehlsgewalt, doch in ihrem immer noch atemberaubend schönen Gesicht standen auch Erschöpfung und Krankheit, graue Schatten unter ihren fiebrigen Augen und auf ihren langen, trockenen Lippen. »Ein Sturm zieht auf. Wir werden vor ihm nach Süden ziehen und Mammuts jagen. Wie in der Vergangenheit wird uns ein kleiner Trupp Männer, als Händler getarnt, vorausgehen, um Opfer unter den Töchtern der Eidechsenfresser zu suchen. Geeignete Opfer! Unberührte Jungfrauen! Freiwillige Bräute, die mit ihrem Leben für die Schmach büßen werden, die hier am heutigen Tag geschehen ist.«

Als Maliwal sich an eine weitere Verfehlung erinnerte, verzog er das Gesicht und meldete sich noch einmal zu Wort. »Ja! Und diesmal werde ich beweisen, daß der Wolf Ysunas würdig ist! Ich werde meine Männer in das erste arglose Dorf führen, das ich finde, und dann werde ich der Tochter der Sonne ein würdiges Opfer bringen!«

»Nein.« Ihre Stimme war so kalt wie der Nordwind. »Du hast uns jetzt zweimal Bräute gebracht, die unseres Totems unwürdig waren. Diesmal wird Masau gehen. Der Mystische Krieger soll das Auge des Wolfes sein. Geht, alle beide! Sucht nach Mammuts und bringt mir ein Opfer! Und sucht nach dem weißen Mammut! Ich muß wissen, wo es ist, und es mit eigenen Händen töten, denn in seinem Fleisch liegt die Kraft des Stammes des Wachenden Sterns und das ewige Leben und die Jugend für die Tochter der Sonne und für alle, die von seinem Blut trinken!«

300

5

Hoyeh-tay ging so langsam, daß die Sonne schon hoch am Himmel stand, als Cha-kwena, Eule und er den uralten Wacholder erreicht hatten. Der Vogel flog ihnen voraus, um sich irgendwo in den weitverzweigten Ästen des immergrünen Baumes eine Stelle zum Ausruhen zu suchen. Ein paar Brustdaunen regneten auf die zwei Wanderer herab, als sie unten anhielten.

»Ah, endlich«, sagte der Schamane und seufzte freudig lächelnd. Er blickte mit einem Nicken zum Baum hoch. Es war, als hätte er einen alten Freund getroffen, den er bereits nicht mehr wiederzusehen gehofft hatte. »Es tut gut zu sehen, daß sich einige Dinge in der Welt nicht verändern.«

Cha-kwena streifte das Fell ab, das er zusammengerollt auf dem Rücken getragen hatte, und breitete es auf dem Schnee unter dem großen Baum aus. Er hatte aus dem Dorf einiges zu essen mitgebracht, mit Apfelbeeren gespickte Kamas-Kuchen und geröstete Eidechsen.

Hoyeh-tay und Cha-kwena aßen schweigend. Sie saßen auf den hohen, von der Sonne gewärmten Wurzeln des uralten Baums und hatten die Beine untergeschlagen. Der Eisenholzstab des alten Mannes und Cha-kwenas Speer lehnten gegen den faserigen Stamm.

»Du hättest deinen Speer nicht mitbringen müssen«, sagte der alte Mann. »Ich habe dir doch gesagt, daß die Tiere des heiligen Waldes ihrem Bruder keinen Schaden zufügen werden.«

»Du hast mir noch nicht bewiesen, daß ich ihr Bruder bin. Und was ist, wenn wir uns außerhalb des Bereiches aufhalten, den du für heilig hältst? Tlana-quah würde mir das Fell über die Ohren ziehen, wenn ich zulasse, daß dem Schamanen etwas zustößt.«

»Dann hätte er uns einen Mann mitschicken sollen, der uns vor den angeblichen Gefahren der Wälder schützt. Doch diese Reise müssen wir, du und ich, allein unternehmen. Uns wird nichts geschehen. Wir sind jetzt beide Schamanen. Zusammen ist unsere Macht etwa genauso groß wie meine, bevor ich wie ein Pilz in der Sonne zu schrumpfen begann.«

Cha-kwena öffnete den Mund, um den Worten seines Großvaters zu widersprechen, doch wie der alte Hoyeh-tay dort auf der Baumwurzel saß, mit ledriger und bleicher Haut, sah er wirklich wie ein ausgetrockneter Pilz aus.

Eule breitete die Flügel aus und kam herabgeschwebt, um auf dem Kopf des alten Mannes zu landen. Hoyeh-tay hob seine Hand und bot dem Vogel ein Stück von U-was Fleisch an. Eule nahm es, blinzelte überrascht und spuckte es wieder aus. Cha-kwena lachte herzhaft. Seine Mutter war für ihre mangelhaften Kochkünste bekannt.

Zwei blaue Eichelhäher beobachteten die drei von oben und hüpften auf den Zweigen vor und zurück. Sie schimpften, als würden sie glauben, daß das Essen nur ihretwegen an diesen Ort gebracht worden war.

»Dumme Vögel!« tadelte Cha-kwena. »Wenn ihr einen Schnabel voll mit dem nehmt, was meine Mutter gekocht hat, wird es auch euch leid tun!«

»Es gibt Schlimmeres«, sagte Hoyeh-tay und streckte eine schwache Hand in den Himmel, um ihnen ein Stück Kamas-Kuchen anzubieten.

Zu Cha-kwenas Erstaunen kam der kühnere der beiden Eichelhäher herab, schnappte dem Schamanen den Kuchen aus der Hand und verschwand wieder in den Ästen.

Der Junge runzelte die Stirn und spürte, wie sich seine Eingeweide verkrampften, denn der Flug des Eichelhähers hatte seinen Blick auf einen anderen Vogel gelenkt − mit schwarzer Maske, gebogenem Schnabel, grauem und weißem Körper, dunklen Flügeln und schlankem Schwanz. Er hockte hoch oben in den Ästen. Seine Augen starrten beidseits des gebogenen Schnabels auf Cha-kwena hinunter.

Ein Raubwürger. Er hatte diese Vögel schon immer gehaßt. Er wußte, daß es eine unvernünftige Reaktion war. Er verabscheute keine Adler, Falken, Raben oder Kondore, weil sie sich vom Fleisch anderer Tiere ernährten. Doch der Raubwürger sah so schön und harmlos wie ein Singvogel aus, und war doch so heimtückisch und unerwartet tödlich gegenüber kleineren und verletzlicheren Kreaturen dieser Welt und auch gegenüber Genossen seiner eigenen Art.

Instinktiv griff der Junge nach unten, nahm eine Handvoll Schnee und warf sie mit aller Kraft zum Vogel hinauf. Unbeabsichtigt hatte er mit dem Schnee auch Steine aufgenommen, denn er hörte, wie sie gegen die Rinde schlugen. Mit einem Schmerzenslaut, der Cha-kwena erleichtert aufatmen ließ, flog der Vogel davon. Doch sein Flug war ungleichmäßig. Der Junge hatte ihn verletzt. Dann entdeckte Cha-kwena, was den Raubwürger zu diesem Baum getrieben haben mußte. Auf halber Höhe des Stammes war auf einem abgebrochenen Zweig ein kleiner toter Vogel aufgespießt. Cha-kwena stand auf und kletterte hinauf, um den winzigen Körper der Schwarzmeise vom Dorn zu nehmen.

»Raubwürger!« Er rief den Namen des Räubers, der die Schwarzmeise getötet und sie auf dem heiligen Baum aufgespießt hatte, um später davon fressen zu können. »Wie kann ein Vogel nur auf so grausame Weise töten, Großvater?« fragte er, nachdem er wieder hinabgestiegen war.

Der alte Mann zuckte die Schultern. »Der Raubwürger ist klug. Du solltest seinen Namen nicht mit solcher Verachtung aussprechen, Cha-kwena. Genauso wie der Mensch denkt der Raubwürger an die Zukunft und tötet, um zu essen.«

»Ich gehe nicht auf die Jagd nach meinen Artgenossen, und wenn ich es täte, würde ich meine Beute nicht in einen Baum hängen!« rief er, setzte sich und strich über die weichen Federn der winzigen Schwarzmeise, die er in der Hand hielt.

Der alte Mann lächelte. »Es ist Cha-kwena, der Kleine Bruder der Tiere, der da spricht. Hast nicht auch du deinem Stamm geholfen, als er auf der langen Reise durch das Land der vielen Bären unterwegs war, ihr Fleisch in die Bäume zu hängen? Und hast du nicht in deinem eigenen Dorf gesehen, wie die Felle und das Fleisch der Tiere auf Trockenrahmen in den Wind gehängt wurden?« Er zuckte die Schultern. »Natürlich hast du es gesehen. Ich glaube, wenn wir die Sprache jener Tiere verstehen könnten, von denen wir uns ernähren, würden wir hören, wie unser Name mit Widerwillen und Abscheu ausgesprochen würde. Doch in Wahrheit haben die Mächte der Schöpfung uns alle zu Samenfressern oder Fleischfressern gemacht. Für jeden gibt es einen Platz auf der Welt, auch für den Raubwürger, der nur das tut, was er tun muß, um zu überleben.«

Cha-kwena grub ein kleines Loch in den Schnee, legte die tote Schwarzmeise hinein und deckte sie vorsichtig zu.

»Wenn die Fleischfresser des Waldes ihn nicht finden, wäre er völlig sinnlos gestorben«, gab Hoyeh-tay zu bedenken.

»Der Raubwürger soll ihn nicht kriegen.«

»Er wird anderes Fleisch finden, Cha-kwena.«

»Vielleicht habe ich ihn mit dem Schnee und den Steinen getötet.«

»Vielleicht, aber es werden andere seiner Art kommen. Das ist das Gesetz des Lebens.«

Cha-kwena war in warme Winterfelle gehüllt. Unter seinem Umhang wärmte die neue Weste, die U-wa für ihn gemacht hatte, seinen Rücken und seine Brust. Doch ihm war plötzlich kalt. Er blickte nach oben. Hohe, dünne Wolken trieben vor der Sonne vorbei und ließen die Scheibe rötlich in einem großen, schimmernden Regenbogen erglühen.

»Bald wird es wieder schneien«, sagte Hoyeh-tay voraus.

»Ja. Es wird kälter. Wir sollten zum Dorf zurückkehren.«

»Nein, Cha-kwena. Wir werden hier rasten und dann zur heiligen Quelle weitergehen. Ich möchte unser Totem sehen.«

»Es ist noch ein langer Weg bis zur Salzquelle, Großvater.«

»Ich weiß. Aber wer weiß, wann ich diesen Weg noch einmal gehen kann?«

Der Weg zur heiligen Quelle erschien bei Tageslicht nicht so lang wie damals, als der Mond, der Nachtwind und die Fledermäuse sie begleitet hatten. Als sie sich jetzt langsam und vorsichtig durch den Schnee bewegten, führte Cha-kwena den alten Schamanen und hielt ihn am Ellbogen fest. Dabei ritt Eule die ganze Zeit oben auf Hoyeh-tays Kopf. Schließlich duckten sie sich unter einem Gebüsch hindurch, worauf der

Vogel unter protestierendem Kreischen das Gleichgewicht verlor.

Cha-kwena war vom guten und betörenden Duft eines feuchten Waldes umgeben. Es roch nach Zedernharz und dem Schaum und Kot grasender Tiere. Er hielt den Atem an, als er durch Sträucher und Bäume trat und plötzlich am Rand des gewaltigen Abgrunds stand.

»Ah!« Seine Reaktion war dieselbe wie beim ersten Mal, ein instinktiver Schreck vor dem Sturz in den Abgrund, als würde eine böse Macht unsichtbar im leeren Raum vor ihm schweben und ihn hinunterzerren wollen, die steilen Säulen des gefrorenen Wasserfalls hinunter, die schwarzen Knochen der kahlen Felswand entlang, bis zum Boden der Schlucht. Er trat einen Schritt zurück.

Mit einem spöttischen Augenzwinkern nahm Hoyeh-tay den Ellbogen des Jungen in seine knochige Hand. »Ich werde aufpassen, daß du nicht abstürzt, Cha-kwena.«

Der Junge kam sich dumm vor. »Danke, Großvater.« Um sich vor dem Schamanen keine Blöße zu geben, trat er neben Hoyeh-tay an den Rand des Abgrunds. Der Westwind stieg aus der Tiefe empor und umfing ihn. »Ich habe keine Angst«, sagte er und stellte verblüfft fest, daß es wirklich so war. Er konnte hier für immer stehen bleiben, er konnte hinaus in den leeren Raum treten, seine Arme ausbreiten, und der Westwind würde ihn hinauftragen, weit fort, so wie Eule sich jetzt davontragen ließ.

Überwältigt von der atemberaubenden Erhabenheit der Szene, ließ Cha-kwena sich auf ein Knie sinken. Land und Himmel ... und er war ein Teil von beiden. Worte waren jetzt überflüssig. Wie in jener Mondnacht vor langer Zeit erfüllte die Anwesenheit des Schamanen den Augenblick, obwohl Hoyeh-tay jetzt schwieg. Die Wahrheit, die sich Cha-kwena in jener Nacht offenbart hatte, drang nun wie ein Gesang durch seinen Geist: *Es gibt Orte auf der Welt, an denen ein Zauber wohnt, Orte, die das Herz berühren und erfüllen, bis es vor Verlangen nach dem schmerzt, was ungewöhnlich und wunderbar und nur für den Geist greifbar ist.*

305

Dies war ein solcher Ort.

Tief unten, wo der dicht bewaldete Boden der Schlucht sich weitete und der Baumbestand dünner wurde, glitzerte Eis auf den Teichen. Doch wenn es zwischen diesen Bäumen, wo die Salzquelle die Schluchtwände wie Schorf überzog, Mammuts gab, dann zeigten sie sich nicht.

»Wir werden warten«, erklärte Hoyeh-tay und faßte nach dem heiligen Stein, der im Medizinbeutel an einem Riemen um seinen Hals hing. »Wir werden warten, bis unser Totem kommt.«

»Wenn wir jetzt nicht ins Dorf zurückkehren, werden wir es bis zum Anbruch der Nacht nicht mehr schaffen.«

»Ich habe keine Angst vor der Dunkelheit. Aber ich bin müde. Wir werden uns hier eine Weile ausruhen, bis das weiße Mammut kommt.«

Also blieben sie auf der Felsklippe. Cha-kwena entrollte sein Bündel und errichtete aus dem Fell ein Zelt. Es schneite die ganze Nacht. Sie aßen den Rest der Vorräte, die Cha-kwena mitgebracht hatte. Dann schliefen sie.

Am Morgen schneite es noch immer, und in der Schlucht stand dichterer Nebel als vorher. Eule war zurückgekehrt und saß zwischen ihnen. Der Vogel zitterte und versuchte, die kahlen Stellen auf seiner Brust warmzuhalten.

»Bring mich zurück zur Höhle, Cha-kwena!« sagte Eule. »Ich konnte an diesem Ort nichts zu essen finden. Es ist traurig, wenn eine Eule so lange lebt, daß sie kahl wird und weder jagen noch sich selbst warmhalten kann! Bring mich zurück in die Höhle, Cha-kwena! Hoyeh-tay wird nichts dagegen haben.«

Der Vogel hatte die Wahrheit gesprochen.

Als der alte Mann erwachte, war er noch müder als zuvor. Er öffnete die Augen, blickte auf den Schnee und die Wolken und schüttelte den Kopf. »Er ist nicht hier. Ich spüre es in meinen Knochen.«

»Unser Totem wird ein andermal hierherkommen, Großvater. Wenn das Wetter besser ist, werden wir zurückkehren.«

Hoyeh-tay neigte den Kopf zur Seite. »Ein andermal?« Er
stand so zitternd auf, daß Cha-kwena ihn festhalten mußte,
damit er nicht fiel. »Wenn mein Totem mir keine Kraft gibt,
wird es kein andermal geben.« Er seufzte. Seine Hand hatte sich
um den heiligen Stein zu einer Faust geballt. »Bald wird dieser
Stein dir gehören, Cha-kwena. Bald . . .«

»Ich will davon nichts mehr hören!« Er hob den alten Mann
auf seine Arme. »Komm jetzt, Eule! Wir werden sofort zur
Höhle zurückgehen, solange du noch ein paar Federn übrig
hast!« Sie hatten die Hälfte des Weges zum Dorf zurückgelegt,
als Hoyeh-tay wieder davon zu sprechen begann, daß er die
Löwen hörte. Diesmal hörte auch Cha-kwena sie. Er setzte den
alten Mann ab und packte seinen Speer. Ein alter Löwe stand
im Schnee am Grund der Wiese, wo die Frauen und Mädchen
am Ende jeden Sommers Rosen und Beeren pflückten.

Seine Mähne war schwarz, dünn und grau vor Alter. Sein Fell
war von vielen Narben gezeichnet. Das Haar an seinen Hinter-
beinen war abgenutzt und enthüllte dunkle Schwielen wie an
den Ellbogen eines alten Mannes. Die schlaffe Haut seines Bauches hing fast bis auf den Boden, und als er brüllte, zeigte er
ihnen statt Reißzähnen ein Maul voller Zahnstummel.

Doch er brüllte unüberhörbar, als er sich umdrehte und die
Wiese hinaufzustürmen begann, auf die einsame, in Felle
gehüllte Gestalt eines kleinen Mädchens zu, das am Rand des
Zedernwaldes im Schnee stand. Cha-kwena erkannte sie am
Schnitt ihres Wintermantels. Es war Mah-ree.

»Ish-iwi?« flüsterte Hoyeh-tay, der dem Löwen hinterher-
starrte. »Bist du es, mein alter Freund?«

Unter anderen Umständen hätte Cha-kwena über die Verwirrung seines Großvaters den Kopf geschüttelt. Doch jetzt war
dazu keine Zeit. Mah-ree hatte dem angreifenden Löwen den
Rücken zugekehrt. Sie wußte nicht, daß sie in Gefahr war.

»Mah-ree! Lauf! Ein Löwe!« schrie Cha-kwena, während er
bereits hinter dem Tier herrannte. Er hob seinen Speer über die
Schulter, während er die Entfernung zu verringern versuchte,

damit er seine Waffe schleudern und die Bedrohung von dem Mädchen abwenden konnte.

Mah-ree drehte sich um und starrte ihn an. »Cha-kwena?«

Worauf wartete sie noch? War sie blind. »Lauf! Ein Löwe!« schrie er erneut.

Diesmal machte sie kehrt und floh zwischen die Bäume, der Löwe ihr auf den Fersen.

Dann rutschte Cha-kwena im Schnee aus. Mit klopfendem Herzen raffte er sich wieder auf und lief schneller, als er für möglich gehalten hätte, laufen zu können. Der Löwe näherte sich dem oberen Rand der Wiese und kam dem Mädchen immer näher. Der Junge zwang sich dazu, noch schneller zu laufen.

Geister meiner Vorfahren, ihr habt mich dazu bestimmt, ein Schamane zu werden, aber macht mich jetzt zu einem Jäger! Laßt mich um Mah-rees willen diesen Löwen töten, und ich werde nie wieder eure Bestimmung für mich in Frage stellen!

Er warf seinen Speer so heftig, daß es ihn aus dem Gleichgewicht riß. Flach auf dem Bauch liegend, blickte er auf und zwang sich, wieder aufzustehen, während die Waffe in einem niedrigen, tödlichen Bogen flog. Sie drang dem Löwen durch den Rücken und trat aus der Kehle des Tieres wieder hervor. Die Waffe mußte ihm direkt durch das Herz gedrungen sein. Der Löwe machte einen grotesken Satz, brüllte auf und versuchte sich von dem Speer zu befreien.

Cha-kwena stöhnte dankbar und fassungslos. Er hatte es geschafft! Er hatte gerade einen Löwen getötet! Oder?

Mit einem plötzlichen Schrei der Verzweiflung lief er los, denn aus irgendeinem Grund war der Löwe nicht tot umgefallen. Er scherte abrupt nach links aus, und seine hetzenden Pfoten wirbelten Schnee auf. Er verschwand auf der abfallenden Seite des Hügels zwischen den Bäumen.

»Nach oben, Mah-ree! Klettere so hoch hinauf, wie du kannst!« schrie er und löste seinen Dolch aus der Scheide, während er Hals über Kopf zwischen den Bäumen hindurchrannte.

Kurz darauf blieb er stehen und stellte sich vor, wie ihn der Tod aus einem der vielen Schatten ansprang. Doch er konnte

308

keine Spur mehr von dem Löwen entdecken – keine Fährte, kein Blut im Schnee.

Er blickte nach oben. Mah-ree klammerte sich an die Spitze einer jungen Fichte, die unter ihrem Gewicht gefährlich schwankte. Sie sah wie ein verängstigtes kleines Eichhörnchen aus. Plötzlich brach der Wipfel ab und ließ sie in den Schnee stürzen.

Cha-kwena war sofort neben ihr. »Mah-ree, ist alles in Ordnung?«

Sie setzte sich auf, schüttelte den Kopf und spuckte Schnee aus. »Ich . . . ja . . .« Sie erstarrte in plötzlichem Schrecken. »Wo ist der Löwe, Cha-kwena?«

Er nahm ihren Arm und half ihr auf die Beine. »Hast du ihn nicht gesehen, nachdem er in den Wald gekommen ist?«

»Ich habe überhaupt keinen Löwen gesehen.«

»Natürlich. Du bist doch davor fortgelaufen.«

»Ich bin nur gelaufen, weil du es mir gesagt hast.«

»Aber er kam auf dich zugerannt. Er war verletzt, mit einem Speer genau durch sein . . .« Die Worte blieben ihm in der Kehle stecken. Kurz hinter der Stelle, wo das Mädchen gefallen war, lag sein Speer auf einer Schneewehe. Er runzelte die Stirn. Während er sein Messer bereithielt, kniete er sich neben die Waffe. In der Umgebung waren keine Löwenspuren und auch kein Blut. Der Speerschaft und die Steinspitze waren sauber. »Ich verstehe das nicht . . .«

In diesem Augenblick flog Eule in das Wäldchen, und Hoyeh-tay stolperte zwischen den Bäumen hindurch. Er keuchte, und seine Augen quollen hervor nach der Anstrengung, den Hügel hinaufzulaufen. Doch seinen Eisenholzstock hielt er wie einen Knüppel in beiden Händen. Sein alter Körper war bereit, das zu tun, was notwendig war, um seinen Enkel und die Tochter des Häuptlings zu retten. Als er sah, daß das Mädchen unverletzt war und daß Cha-kwena ebenfalls ohne Schaden im Schnee kniete, seufzte er vor Erleichterung, daß sein ganzer Körper zitterte. »O Cha-kwena . . .« Er stützte sich auf seinen Stock. »Ich habe schon das Schlimmste befürchtet.«

»Ich verstehe nicht . . .«, wiederholte der Junge. »Ich weiß, daß ich den Löwen getroffen habe. Ich habe gesehen, wie mein Speer sein Ziel erreichte. Und ich habe gesehen, wie der Löwe mit dem Speer in seinem Körper in den Wald lief!« Er drehte sich verwirrt um und sah den alten Hoyeh-tay in der Hoffnung auf eine Erklärung an.

Der Schamane stand wie angewurzelt aufrecht da und hatte das glücklichste Lächeln auf dem Gesicht, das Cha-kwena jemals gesehen hatte. »Seht!« rief Hoyeh-tay voller Erstaunen und zeigte in die Tiefe des Waldes.

Cha-kwena drehte sich um und sah es fassungslos: Das Totem seiner Vorfahren starrte ihn durch die Bäume an.

»Das war kein Löwe«, erklärte Hoyeh-tay. »Das war Ish-iwis Geist, der uns zu unserem Totem geführt hat. Wir durften heute einen großen Zauber erleben. Das große weiße Mammut kommt wieder zu seinem Stamm.«

»Er kommt zu mir!« korrigierte Mah-ree den Schamanen in einem zutiefst respektvollen Ton, in dem jedoch großer Stolz mitschwang. »Er kommt zu den schmackhaften und heilenden Gaben, die ich am Rand des Wäldchens für ihn zurückgelassen habe. Bald wird er auch zum Dorf kommen, und jeder kann ihn sehen. Dann wird Tlana-quah wissen, daß Mah-ree die Wahrheit gesprochen hat. Bis dahin wird All-Großvater wieder gesund und stark sein, und die Vorzeichen für unseren Stamm werden wieder Gutes verheißen!« Ihre begeisterte Rede wurde unterbrochen, als vom unteren Ende der Wiese viele rufende Stimmen laut wurden.

Cha-kwena erkannte Tlana-quahs befehlende Rufe, Ha-xas hallende Wiederholung des Namens ihrer Tochter, und gelegentlich war auch die zarte Stimme von Ta-maya zu hören.

Der Junge war immer noch verwirrt, als er mit dem Speer in der Hand den Wald nach Spuren des Löwen absuchte. Konnte Hoyeh-tay recht haben? Konnte das Tier der Geist eines alten Freundes gewesen sein, der seinen Gefährten aus der Kindheit zu seinem Totem geführt hatte?

Mah-ree drehte sich um und lugte durch die Bäume. Als sie sich wieder umwandte, blitzte Hoffnung in ihren Augen auf. »Ich bin froh, daß sie gekommen sind! Jetzt werden sie sehen!

Ja! Komm, Hoyeh-tay! Komm, Cha-kwena! Komm, Eule! Wir werden den Häuptling in den Wald führen und ihm zeigen, daß unser Totem hier ist!« Damit rannte sie wie ein Reh durch die Bäume, winkte mit den Armen und rief die anderen herbei.

Cha-kwena war froh, daß All-Großvater ein gutes Stück entfernt weidete. Obwohl er dieses Tier schon einmal gesehen hatte, war er ihm noch nie so nahe gewesen, und er erkannte erst jetzt, wie riesig es war. Die ehrfurchtgebietende Höhe seines Kopfes und die beeindruckende Länge seiner Stoßzähne ließen den Jungen vor Benommenheit schlucken.

Doch er bemerkte auch, daß Mah-ree, so klein und jung wie sie war, keine Angst vor dem Mammut gezeigt hatte. Wenn sie die Wahrheit gesagt hatte – und es gab keinen Grund, daran zu zweifeln –, mußte sie sich schon seit einiger Zeit aus dem Dorf davongestohlen haben, um einem kranken Geschöpf etwas Heilsames zu essen zu bringen. Es war nicht überraschend, denn Mah-ree hatte schon immer Interesse an der Heilkunst gehabt. Ihr Verhalten hatte ihr ungewöhnliche Tapferkeit abverlangt, denn sie hatte sich in große Gefahr begeben. Er erkannte, daß mehr in ihr steckte, als auf den ersten Blick ersichtlich war. Er hätte sich natürlich dasselbe zugetraut, aber er war auch geschickt genug im Umgang mit dem Speer, um furchtlos durch die Welt zu ziehen und einen unsichtbaren Löwen zu erlegen, sobald er einen sah.

Der Gedanke gefiel ihm überhaupt nicht. Mah-ree hatte den Wald inzwischen verlassen und schwenkte wild ihren Wintermantel über dem Kopf. Ihr Körper war in ein röhrenförmiges Kleid aus zusammengenähten Streifen aus Kaninchenfell gehüllt. War es Einbildung, oder sah er tatsächlich den Ansatz weiblicher Rundungen an ihren Hüften? Nein. Sie war immer noch dasselbe Kind. Aber sie war ausgesprochen mutig!

Cha-kwenas Blicke schweiften umher, und ein Gefühl der Vorahnung machte sich in seinen Eingeweiden breit. Tlanaquah, der in sein Jaguarfell gehüllt war, hatte die Hälfte des Stammes mitgebracht! Einer nach dem anderen trafen sie bei Mah-ree am oberen Rand der Wiese ein.

Der Schamane, der eine Hand um den Medizinbeutel an seiner Kehle geklammert hatte, starrte in den Wald auf sein Totem. »Er ist so alt!« sagte er leise. In seinem ehrfürchtigen Tonfall schwangen Bedauern und Überraschung mit.

In diesem Augenblick hob das große Mammut den Kopf und wandte sich mit einem Schnaufen ab. Tlana-quah und die anderen wurden von Mah-ree in den Wald geführt.

»Beeil dich, Vater!« rief das Mädchen. »Unser Totem geht fort!«

Cha-kwena sah zu, wie Tlana-quah ihr folgte. Seine Frauen gingen an seiner Seite, und Dakan-eh führte eine größere Gruppe Jäger an.

Wo ist der Löwe jetzt? fragte sich Cha-kwena. *Wenn er doch nur tot zu meinen Füßen läge, mit meinem Speer in seinem Herzen! Wie sehr mich Dakan-eh und meine Freunde um einen solchen Erfolg beneiden würden! Wie stolz U-wa sein würde!*

Aber der Löwe war nicht da. Es gab nicht den geringsten Beweis, daß er jemals existiert hatte. Vielleicht begannen die bösen Geister, die im Kopf des alten Hoyeh-tay ein- und ausgingen, auch schon seinen Enkel mit dem Wahnsinn anzustecken. Trotz der Kälte des Wintertages brach Cha-kwena bei dem bloßen Gedanken der Schweiß aus.

Er fühlte sich nicht besser, als Tlana-quah mit finsterem Gesicht vor ihn trat ... bis der Blick des Häuptlings über seine Schulter ging und im Wald das große weiße Mammut entdeckte, das schwankend zwischen den tiefen Schatten der Bäume hügelabwärts ging. Tlana-quah keuchte und starrte fassungslos hinterher.

»Komm!« drängte Mah-ree und zog am Handgelenk ihres Vaters. »Du wirst sehen, daß es wirklich All-Großvater ist!«

Tlana-quah legte dem Kind seine Hand auf den Kopf. »Nein, ich sehe genug. Wenn All-Großvater sich lieber in die Schatten zurückziehen möchte, dann soll es so sein. Als Totem hat er das Recht, durch seine Taten anzuzeigen, wann er sich zeigen und wann er unsichtbar bleiben will.« Und dann blickte der Häuptling zum ersten Mal seit viel zu vielen Monden Ha-xa in die Augen und grinste. »Hast du ihn gesehen, Frau? Hast du gesehen, wie groß er ist? Wie ein Berg! Kein anderes Mammut kann so groß sein!« Er schüttelte den Kopf und lachte. »Es ist gut zu wissen, daß er hier beim Stamm ist. Es ist besser, als ihr ahnt!«

Mah-ree zeigte in den Wald. »Er war schon seit langem in unserer Nähe. Ich habe es dir gesagt, aber du wolltest ja nicht auf mich hören.«

Cha-kwena sah, daß der Häuptling ihr gar nicht zuhörte. Tlana-quah hatte sich umgedreht und Ta-maya seine Hand hingestreckt. »Wo ist Dakan-eh?« fragte er. »Ach, da bist du, Mutiger Mann. Komm an die Seite meines erstgeborenen Kindes! Es scheint, daß die Vorzeichen für diesen Stamm wirklich günstig stehen. Vielleicht ist es an der Zeit, die Hochzeitsgeschenke vorzubereiten und eine neue Hütte für die zwei zu errichten, die eins sein möchten. Es ist Zeit für die Männer, auf die Jagd zu gehen, und für die Frauen, das Hochzeitsfest vorzubereiten. Wenn Dakan-eh und Ta-maya immer noch als Mann und Frau zusammenleben wollen, wird es nicht notwendig sein, damit bis zur Großen Versammlung zu warten.«

Ha-xa kreischte vor Entzücken.

Ta-maya stimmte in den Schrei ein, warf sich ihrem Vater in die Arme und drückte sich fest an ihn. »Oh, mein Vater, ich danke dir! Danke, danke, danke!«

Cha-kwenas Herz machte wie jedesmal, wenn er sie sah, einen Satz. Sie sah so strahlend schön aus! Welche Frau hatte das Glück mehr verdient als sie? Aber war sie nicht eines besseren Mannes als Dakan-eh würdig, der sein eigenes Glück in den Armen jeder Frau fand, die gerade in der Nähe war und seine Bedürfnisse willig befriedigte, und der Ta-maya Geschenke machte, die ihm von einem anderen Mädchen geschenkt worden waren?

Aus Neid und Abneigung gegen den Mutigen Mann wandte Cha-kwena seinen Blick von Ta-maya ab, damit er Dakan-eh beobachten konnte. Mit seinem breiten Grinsen sah der Jäger wie ein kleiner Junge aus, der unerwartet ein Geschenk erhalten hatte, auf das er schon jede Hoffnung aufgegeben hatte. Dann erinnerte sich der Mutige Mann offenbar plötzlich daran, daß er der Mutige Mann war. Er preßte seine Lippen zu einem überheblichen Ausdruck zusammen, reckte die Brust und antwortete Tlana-quah stolz: »Ja. Vielleicht könnte es jetzt gut sein.«

»Es ist das Beste überhaupt!« rief Ta-maya, die sich von ihrem Vater löste, herumwirbelte und sich ihrem zukünftigen Mann an den Hals warf, als wollte sie ihn nie wieder loslassen.

Cha-kwena war von ihr angewidert. Was sah sie nur in Dakan-eh? Der Häuptling, der jetzt nicht mehr lächelte, dachte offenbar dasselbe. Er brummte wie ein Vater, der weiß, daß er gerade seinen Kindern in einer Angelegenheit nachgegeben hatte, die sie unglaublich glücklich machte, obwohl er selbst nicht ganz damit zufrieden war. Tlana-quahs Kopf schwankte vor und zurück, und er nahm einen tiefen Atemzug. Als er wieder ausatmete, entließ er damit auch all seine Bedenken bezüglich dieser Verbindung.

»Dann soll es so sein!« erklärte der Häuptling und hob seine Arme in einer wohlwollenden Geste zum Himmel. »In einem Mond wird die Hochzeit von Ta-maya und Dakan-eh stattfinden.«

»In einem Mond? In einem *ganzen* Mond? Warum so lange?« wollte Dakan-eh wissen.

Cha-kwena spürte, daß er nicht der einzige war, der plötzlich den Atem anhielt. Tlana-quahs Wohlwollen war wie weggewischt. »Ein Mond ist besser als die vielen, die bis zur Großen Versammlung auf- und wieder untergehen werden.«

Ta-maya riß angstvoll die Augen auf, als ihre Hoffnung auf eine Hochzeit mit dem Mann ihrer Träume erschüttert wurde. »Ich möchte mich jetzt mit ihm verbinden, Vater! Wir müssen nicht mehr warten! Die Vorzeichen stehen gut, und wir alle haben den Großen Geist gesehen. Sicherlich würde unser Totem . . .«

»Nein!« unterbrach Tlana-quah wütend seine Tochter. »Weil die Vorzeichen gut sind, weil wir alle unser Totem gesehen haben, weil du mein erstgeborenes Kind bist und weil mein Herz weich wird, wenn es um dich geht, werde ich dir erlauben, dich mit diesem Mann zu verbinden, der viel zu sehr von sich selbst überzeugt ist! Aber die Traditionen der Vorfahren müssen eingehalten werden. Deine Mutter freut sich auf ein Hochzeitsfest. In *zwei* Monden wird ihr Wunsch in Erfüllung gehen.«

»*Zwei* Monde?« platzte Dakan-eh entgeistert heraus.

»Ja, Mutiger Mann. *Zwei* Monde«, wiederholte Tlana-quah.

»Aber gerade eben sagtest du noch ein Mond! Zwei sind zu viele! Es ist . . .«

»Dann eben *drei* Monde! Und wenn du noch ein Wort sagst, werden es als Belohnung für deine Überheblichkeit vier Monde sein, und danach fünf.«

Dakan-eh kochte vor Wut.

Cha-kwena war begeistert.

Auf Hoyeh-tays Kopf plusterte Eule seine Federn auf und zitterte in der Kälte. »Bring mich zurück in die Höhle, wo es warm ist!« sagte der Vogel.

Cha-kwena hörte nicht auf ihn. Er hatte nur Augen und Ohren für Ta-maya, die ihren Kopf auf Dakan-ehs Brust legte und tröstend flüsterte: »Sei ganz ruhig, Mutiger Mann! Bald werden wir vereint sein. Was sind schon drei weitere Monde, nachdem wir schon so lange gewartet haben?«

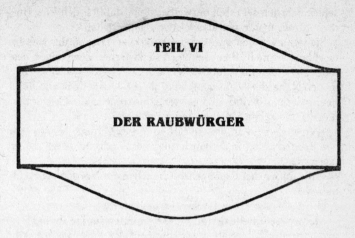

TEIL VI

DER RAUBWÜRGER

1

Der von Ysuna ausgeschickte Erkundungstrupp kam an einem verschneiten und windigen Tag durch das Dorf von Shi-wana. Die Hunde zogen den größten Teil der angeblichen Handelsgüter. Die verbrannten Hütten und die seit langem toten Leichen lagen unter einer dünnen weißen Schneedecke. Nur stellenweise ragte ein geschwärzter Pfahl durch den Schnee. Erst nach den heftigen Regenfällen des Frühlings würde der Boden tauen und die Verwüstung enthüllen. Die Jäger blieben stehen und blickten zur Felswand der Berge, die sich vor dem Himmel erhob.

»Dort ist der Ort, wo sich die heiligen Männer der Eidechsenfresser beim Aufgang des Pinienmondes versammeln werden«, sagte Maliwal.

Masau blinzelte durch den Wind und das Schneegestöber. »Wir werden weitergehen. Ich will das Land sehen, in dem sich angeblich die Mammuts aufhalten.«

Maliwal schüttelte den Kopf. »Wir müssen den Sturm abwarten, Bruder. Der Weg auf den Berg wird zu dieser Jahreszeit sehr gefährlich sein. Ich bezweifle sogar, daß ich den Weg finden würde, bevor sich das Wetter gebessert hat.«

Sie stellten Fallen auf, um darin Wild zu fangen, das sich in der Nähe aufhielt, dann schlugen sie zwischen den Ruinen des Dorfes ein Lager aus fünf Zelten auf. Die Hunde wärmten sich in der Nähe der Menschen, und als die Dunkelheit anbrach, heulte der Nordwind, und es klang, als trüge er die Geister der niedergemetzelten Dorfbewohner mit sich.

»Wie viele sind an diesem Ort gestorben?« fragte Masau seinen Bruder, als sie in der Finsternis ihres windgebeutelten Zeltes lagen.

»Alle außer den Gefangenen, die wir nach Norden gebracht haben.«

»Und du hast keine Leichen fortgeschafft?«

Maliwal schüttelte den Kopf. »Die meisten sind in ihren Hütten verbrannt. Was hätten wir sonst mit den Eidechsenfressern tun sollen? Sie sind kaum menschlich. Ihre Leichen sind nur noch für die Aasfresser gut. Wir konnten sie doch nicht auf die Art unserer Vorfahren bestatten!«

»Nein, vielleicht nicht.«

»Vielleicht? Sie haben gekreischt, als sie starben, Masau! Kein Mann unter ihnen hatte den Mut, die anderen gegen uns in den Kampf zu führen. Solche Kreaturen verdienen das Leben nicht.«

»Aber erscheint es dir nicht manchmal seltsam, daß sich die heiligen Steine unserer Vorfahren in ihrem Besitz befinden? Und daß das weiße Mammut sich in ihrem Land aufhält? Und daß wir nicht unsere eigenen, sondern ihre Töchter für Himmelsdonner opfern?«

»Der Wille der Mächte der Schöpfung ist nicht für Menschen — oder Wölfe — wie mich zu verstehen. Es genügt mir zu wissen, daß unsere Mutter uns auf ihr Geheiß hierhergeschickt hat.« Er knurrte und verlagerte unter seinem schweren Wintermantel sein Gewicht. »Bald wird mein Gesicht wieder in Ordnung sein. Ysuna hat es geschworen. Sie hat es doch geschworen, nicht wahr, Masau?«

Masau antwortete nicht. Ysuna hatte niemals geschworen,

das zu bewerkstelligen, wonach sich sein Bruder so sehr sehnte. Maliwal war lediglich davon ausgegangen, daß sie die Fähigkeit hatte, einen solchen Heilzauber zu bewirken, und so hatte Masau ihm in einem Anfall von Mitleid versichert, daß es so geschehen würde. Es war nicht das erste Mal, daß er es bereute, eine solche Bestätigung abgegeben zu haben. Um einer Antwort auszuweichen, tat er so, als würde er schlafen.

Doch seine Unruhe blieb. Sie hatten sich so weit vom Lager ihres Stammes entfernt, und doch schien sich das Wetter während des ganzen Weges gegen sie verschworen zu haben. Er schloß die Augen. Die meisten der heiligen Steine befanden sich noch im Besitz der Eidechsenfresser, und das weiße Mammut lebte im Land hinter den Bergen. Sie mußten dorthin gehen, und zwar bald. Andernfalls würde es, wenn sie mit allem zurückkehrten, was Ysuna brauchte, um jung zu bleiben, zu spät sein.

»Drei Monde!« Ta-maya wiederholte immer wieder seufzend die Worte. »So lang, so unvorstellbar lang. Wie sollen Dakan-eh und ich diese lange Zeit überstehen?«

Trotz ihrer Klage war die Vorfreude so groß und berauschend, daß sie eigentlich froh war, daß der Tag der Hochzeit noch eine Weile auf sich warten ließ. Nur daran zu denken war manchmal schon zuviel. Es gab noch so viel zu tun!

Ta-maya beschäftigte sich mit hundert Aufgaben. Sie half den Frauen bei der gemeinsamen Winterarbeit und wußte bald nicht mehr, wie viele Haufen aus Salbei und Wachholderrinde sie schon zu Fasern zerkleinert hatte, aus denen Sandalen oder Tücher hergestellt werden sollten, oder wie viele Stengel Hundswürger und Schwalbenwurz sie aufgebrochen und abgeschält hatte oder wie viele rauhe Fäden sie zwischen ihren Handflächen aus den Fasern gesponnen hatte oder wie viele schlanke Stricke sie aus den Fäden geflochten hatte ... denn während sie arbeitete, träumte sie von all den wunderbaren Dingen, die sie aus ihrem Anteil der Fasern und der Stricke für Dakan-eh machen würde. Nachts, wenn ihre Familie schlief, saß sie im Licht ihrer Talglampe, nähte, webte und lächelte, während ihre Sammlung von Geschenken für ihren zukünftigen Mann immer größer wurde. Sie brauchte gar keinen Schlaf mehr! Es gab schon genug zu träumen, wenn sie wach war! Manchmal schlich sie sich auf Zehenspitzen aus der Hütte und stand in der Winternacht. Zweimal sah sie, wie Dakan-eh mit seinem Speer an der Witwenhütte vorbei aus dem Dorf ging. Sie wußte, daß er auch nicht schlafen konnte. Er ging im Dunkeln auf die Jagd, überprüfte seine Fallen auf gute Pelze hin, die er ihr zweifellos am Tag ihrer Vereinigung schenken würde.

Ta-maya hatte die Weisheit der Entscheidung ihres Vaters für die Wartezeit inzwischen verstanden, Dakan-eh jedoch konnte den Beginn des dritten Mondes nicht erwarten.

»Ta-maya . . .«, flüsterte er ihr von der Rückwand einer Lagerhütte zu, als sie in ihre Tagträume vertieft hinter den anderen Frauen zurückfiel. Sie hatten ihre Arbeit wegen heftigen Schneefalls unterbrechen müssen. Dakan-eh hielt sie am Arm fest und zog sie zu sich heran. »Komm . . . niemand wird uns sehen. Alle sind nach drinnen gegangen. Komm jetzt mit mir, zu den warmen Quellen am Binsen-Sumpf. Ich werde meinen Umhang für uns ausbreiten, und wir werden zusammen darauf liegen. Mein Bedürfnis ist groß, Ta-maya.«

»Man wird mich vermissen, Dakan-eh.«

»Ja, Ta-maya. Man wird uns beide vermissen. Und während die anderen deinen Namen rufen, werde ich neues Leben in dich tun, und dein Vater wird wissen, daß wir zusammengewesen sind. Dann wird er dich mir geben. Dann brauchen wir keine Zeremonie. Ein Mann tief und heiß in einer willigen Frau — das genügt mir als Hochzeitsfest. Ich brauche keine Feier und keine Geschenke. Ich brauche eine Frau, Ta-maya, eine junge, stramme Frau, nicht die alten Witwen, die mich tagsüber herlocken und sich in der Nacht öffnen, damit sie mit offenen Augen von ihrer Jugend träumen können.«

Seine Worte ärgerten, erregten und entsetzten sie. War er in den Nächten, wo sie ihn hatte vorbeigehen sehen, in den Hütten der Witwen gewesen? Sie mußte zugeben, daß es sein Recht war. Ihre Gefühle wirbelten in ihr genauso heftig, wie die stechend kalten Schneeflocken es gegen ihr Gesicht taten. »Nein, Dakan-eh. Mein Vater würde sehr wütend sein, wenn ich tue, was du verlangst. Meine Mutter würde enttäuscht sein. Außerdem mache ich bereits viele schöne Geschenke für dich und für unser neues gemeinsames Leben.«

»Du bist das Geschenk. Ich brauche von dir nicht mehr als das!« Seine Hände hoben ihre Brüste und bearbeiteten sie. Dann griff er schnell nach unten und umschloß ihr Hinterteil mit beiden Händen, um sie ganz nah an sich heranzuziehen. Er schob seine Hüften vor und bewegte sich so, daß sie spüren konnte, wie hart, aufgerichtet und pulsierend er war.

Sie hielt den Atem an. Wieder fühlte sie sich gleichzeitig erregt und abgestoßen. »Dakan-eh, ich . . .«

Er erstickte ihren Protest mit einem tiefen, gierigen Kuß. Obwohl sie beabsichtigte, standhaft zu bleiben, gab sie sich dem Kuß hin, als seine Zunge ihre fand, bis das Kichern der Jungen laut wurde, die in der Vorratshütte irgendein Spiel gespielt hatten. Einer von ihnen, Kosar-ehs ältester Sohn, warf ihnen einen Spielknochen zu, und weitere folgten. Und als Dakan-eh sich ihnen fluchend zuwandte, lachten sie alle auf und huschten wie Kaninchen davon.

Ta-maya lachte und war äußerst froh, dem Mutigen Mann entkommen zu sein, obwohl die Leidenschaft sie fast überwältigt hätte. Sie drehte sich um und lief zur Hütte ihres Vaters. »Bald, mein Mutiger Mann, bald!« rief sie über die Schulter zurück.

In den Tagen danach hatte sie immer ein Lächeln auf den Lippen, dachte ständig an ihn, konzentrierte sich aber ganz auf die Hochzeit. Dieser Gedanke war ständig präsent, auch als Mahree darauf bestand, daß Ta-maya sie auf ihrem täglichen Ausflug aus dem Dorf begleiten sollte. Tlana-quah war jedesmal dabei, wenn seine jüngere Tochter süßes Gras und Brei aus Kamas-Wurzeln, Weidenrinde und gekochtem Schafgarbensaft zu den Stellen brachte, wo sich All-Großvater aufhielt. Für ein so junges Mädchen genoß Mah-ree einen hohen Status. Der Stamm nannte sie Medizinmädchen.

Dakan-eh fand gewöhnlich einen Grund, die Mädchen zum

Mammut zu begleiten, wenn die Schwestern Hand in Hand das Dorf verließen. Ta-maya ließ sich schnell durch seine Anwesenheit ablenken. Das war auch an jenem Morgen der Fall, als Mah-ree den Raubwürger mit dem gebrochenen Flügel fand. Es war nicht ungewöhnlich, daß das Mädchen jedes verletzte oder kranke Geschöpf fütterte und heilte, das sie fand. Darin war sie Cha-kwena schon immer ähnlich gewesen. Bei dieser Gelegenheit war Ta-maya zu sehr in Dakan-ehs verlangende Blicke vertieft gewesen, um die unglückliche Entdeckung ihrer Schwester zu bemerken oder ihr Hilfe anzubieten. Mah-ree war sehr wütend auf sie gewesen.

Und nun stand Ta-maya mit ihrer Schwester vor der Familienhütte und versuchte sich zu entschuldigen. Mah-ree ließ sich jedoch nicht so einfach beruhigen, vor allem nicht, nachdem sich Cha-kwena geweigert hatte, ihr mit dem Vogel zu helfen. Während sie den Raubwürger unter ihrem Wintermantel wärmte, beschuldigte sie Ta-maya, sie würde sich nur um sich selbst kümmern.

»Du könntest für mich mit Cha-kwena sprechen, Ta-maya. Er mag dich. Wenn du ihn bittest, würde er sich bestimmt um den Raubwürger kümmern.«

»Es ist doch nur ein Vogel, Mah-ree!« Das Schicksal eines Raubwürgers erschien ihr unwichtig, verglichen mit dem Thema ihrer Hochzeitsplanungen. »Cha-kwena hat in letzter Zeit viel Verantwortung zu tragen. Warum sollte ein Vogel für ihn solche Bedeutung haben?«

»Ich habe für Eule eine Weste aus Kaninchenfell gemacht, damit er in diesem Winter nicht an seiner kahlen Brust friert. Cha-kwena hat sich darüber sehr gefreut, also kann ein Vogel durchaus eine Bedeutung für ihn haben.«

Ta-maya traute ihren Ohren nicht. »Du hast eine Weste für einen Vogel gemacht? O Mah-ree, manchmal frage ich mich, was mit dir los ist! Wenn Cha-kwena sich um Eule sorgt, dann doch nur deswegen, weil Eule der helfende Tiergeist seines Großvaters ist. Der Raubwürger ist nur irgendein Vogel. Du solltest weder ihn noch dich selbst so wichtig nehmen!« Während sie sprach, schienen die Worte aus dem Mund einer gefühllosen Fremden zu kommen. »Es tut mir leid, Schwester«, sagte sie und wollte gerade erklären, daß sie kaum an etwas anderes denken konnte als an ihre bevorstehende Hochzeit.

Doch Mah-ree blickte plötzlich in die Ferne und bekam einen knallroten Kopf. Ta-maya folgte ihrem Blick und sah Cha-kwena, der mit mürrischem Gesicht und ebenfalls rotem Kopf auf sie zugestapft kam.

»Mein Großvater möchte dich sehen«, sagte er, als er etwas mehr als einen Schritt entfernt stehenblieb.

Mah-rees Gesicht rötete sich noch tiefer als das von Cha-kwena. »Mich? Der Schamane will mich sehen?«

»Mein Großvater will sehen, ob das Medizinmädchen lernen kann, wie man einen gebrochenen Knochen richtet. Allerdings weiß ich nicht, wieso er einem Vogel wie diesem helfen...« Er ließ den Satz unvollendet, machte kehrt und ging zur Höhle zurück.

Mah-ree griff nach der Hand ihrer Schwester. »Bitte komm mit mir, Ta-maya!«

Da Ta-maya sich wegen ihres jüngsten Verhaltens schuldig fühlte, nahm sie Mah-rees Hand. Gemeinsam folgten sie Cha-kwena durch das Dorf, über den Bach und die Stufen zur Höhle hinauf. Hoyeh-tay, der sich in seine Felle gehüllt hatte, wartete bereits auf sie. Er verscheuchte Eule von seinem Kopf. Der Vogel flog in den Hintergrund der Höhle und landete auf einer Wurzel, die aus der Felswand gewachsen war. Dort begann er am Kaninchenfell seiner Weste zu zupfen. Der alte Mann forderte Ta-maya auf, sich auf die oberste Stufe zu setzen, während er Mah-ree hereinwinkte. »Komm!« sagte er. »Komm zu mir, Kind, und bring den Raubwürger mit!«

Mah-ree zögerte. »Ich... Mädchen dürfen die heilige Höhle nicht betreten.«

Der alte Mann seufzte nachdenklich. »Für ein Mädchen, das eine Weste für Eule gemacht hat und allein in den Winterwald geht, um dem Totem ihres Stammes furchtlos heilende Nahrung zu bringen, kann der Schamane eine Ausnahme machen. Komm, ich will mir den Vogel ansehen! Cha-kwena, bring mir meinen Medizinbeutel — den großen ganz hinten in der Höhle!«

Ta-maya saß reglos da und war stolz auf ihre Schwester. Sie sah zu, wie Mah-ree mit aufgerissenen Augen neben dem Schamanen saß und jedes Wort und jede Handlung des alten Mannes aufmerksam verfolgte. Dies war ein beispielloses Ereignis.

»Du mußt jetzt genau das tun, was ich sage, Medizinmädchen!« befahl Hoyeh-tay. »Und du, Cha-kwena, hältst den Raubwürger so, wie ich sage, damit er geheilt werden kann. Hmm . . . wie er so lange im kalten Wetter mit einem solchen Bruch überlebt hat, wissen nur die Geister.«

Cha-kwena tat, was sein Großvater von ihm verlangte.

»Jetzt«, sagte Hoyeh-tay zu Mah-ree, »werden wir gemeinsam den gebrochenen Knochen richten . . . und zwar so. Ja . . .«

Ta-maya hielt gespannt den Atem an. Sie sah den alten Mann, den Jungen, den verwundeten Vogel — mit Furcht und Schmerz in den Augen und offenem Schnabel — und Mah-ree, die sich vorgebeugt hatte, ihr Gesicht konzentriert angespannt und die Stirn gerunzelt, während ihre Zungenspitze zwischen den zusammengekniffenen Lippen sichtbar war.

»Jetzt leg die Schiene an, wie ich es dir gezeigt habe! Jetzt wickele die Schnur herum! Nicht zu fest, damit der Blutfluß nicht unterbrochen wird und keine grünen Geister vom Fleisch des Vogels zehren. So. Gut. Noch einmal um die Brust herum . . . ja. Gutes Mädchen!«

Dann wandte der Schamane sich Ta-maya zu. »Und du, hübsche Tochter unseres Häuptlings Tlana-quah, solltest bald den Mutigen Mann heiraten.«

Ta-maya bemerkte, wie Cha-kwena, der den Medizinbeutel des alten Mannes wieder einräumte, mit plötzlichem Interesse auf seinen Großvater sah. »In drei Monden, Schamane«, antwortete sie. »Drei?« wiederholte Hoyeh-tay stirnrunzelnd. »Zu lange.«

Ta-maya seufzte schwermütig. »Ich bin ganz deiner Meinung, Schamane, aber mein Vater hat es so gesagt, also werden es drei Monde sein.«

»Nein!« rief der alte Mann. Er rappelte sich auf und zeigte mit einem langen, knochigen Finger auf Ta-maya. »Du und der Mutige Mann, ihr müßt sofort heiraten! Bevor die Löwen kommen!«

Erschrocken über die Wildheit des alten Mannes stand Ta-maya auf und wich zwei Stufen zurück, während Mah-ree erstaunt aufblickte und dem Schamanen zu helfen versuchte, nicht das Gleichgewicht zu verlieren.

Cha-kwena nahm ihr diese Aufgabe ab. »Ihr nehmt jetzt besser den Vogel und geht«, sagte er zu den Schwestern. »Wenn mein Großvater anfängt, über Löwen zu reden, ist es besser, ihn zu Bett zu bringen.«

»Auch du hast im Wald von Löwen geredet, Cha-kwena, hast du das vergessen?« flüsterte Mah-ree, als sie mit unverhohlener Bewunderung zu ihm aufblickte.

Er atmete erschöpft aus. »Ja, ich habe es nicht vergessen. Dort hätte mich auch jemand zu Bett bringen sollen. Es waren keine Löwen da.«

»Du warst sehr mutig«, sagte Mah-ree. »Du hast dein Leben eingesetzt, um mich zu retten. Es war einfach wunderbar, wie du gelaufen bist und deinen Speer geworfen hast . . .«

Hoyeh-tay sackte in Cha-kwenas Armen zusammen und begann, unverständlich vor sich hinzuplappern.

»Geht jetzt lieber«, wiederholte Cha-kwena und unternahm noch den Versuch, die ernste Situation durch einen Scherz aufzuheitern. »Falls ihr nicht wollt, daß ich eure Hochzeitsfeierlichkeiten leite, muß sich Hoyeh-tay jetzt ausruhen.«

Die Sturmwolken zogen südwärts über die Gipfel der Blauen Tafelberge. Masau und Maliwal standen auf dem Vorgebirge und blickten über die Rote Welt.

»Wohin jetzt?« fragte Maliwal stirnrunzelnd. Er hatte vergessen, wie gewaltig das Land war, in das er die anderen geführt hatte. Es schien sich unter den Wolken bis in alle Ewigkeit zu erstrecken.

Chudeh, Tsana und Ston traten zusammen mit mehreren Hunden hinter die Brüder.

»Die Schlitten sind beladen und abreisefertig«, berichtete Chudeh.

Tsana lachte schroff. »Beladen mit hellen Perlen, Federn und Federschäften, Obsidianknollen und den Fellen, die nötig sein werden, um die Eidechsenfresser zum Handel zu überreden. Laßt uns den vier Winden danken, daß sie solche Narren geschaffen haben, um die Bedürfnissen des Stammes des Wachenden Sterns zu dienen!«

Die Männer lachten herzhaft. Nur Masau lachte nicht mit. Neben ihm blickte Blut auf, als er die Anspannung seines Herrn spürte.

Maliwal hielt hörbar den Atem an. »Seht!« Er zeigte auf eine Kette niedriger, strauchbewachsener Hügel, die die großen Sanddünen im Osten begrenzten. »Ein Dorf! Seht ihr den Rauch?«

»Ich sehe noch mehr als nur das«, entgegnete Chudeh.

»Mammuts!« rief Ston. »Ja! Jetzt sehe ich sie! Eine beträchtliche Herde sogar! Gut, jetzt wissen wir, in welche Richtung wir gehen müssen. Du hast uns gut geführt, Maliwal! Wir wollen diesen Berg verlassen, bevor das Wetter erneut umschlägt.«

»Wartet!« Masaus Stimme war so kalt wie der Nordwind. »Dort! Die Raben. Wenn man ihrer Flugrichtung folgt, was seht ihr dann in den Sonnenstrahlen, die durch die Wolken im Süden dringen?«

»Einen Adler!« sagte Ston.

»Einen Fischadler!« fügte Tsana hinzu. »Seht ihr, wie die Sonne auf seinem weißen Kopf und dem Schwanz blitzt?«

»Ja, im Süden gibt es eine große Wasserfläche«, sagte Masau. »Hinter den Felskuppen und dem Gebirge, das von einer Schlucht durchschnitten wird, liegt ein See. Ein tiefer See würde viele Adler anlocken, die sich von den Fischen ernähren, und viele Singvögel würden im Winter auf dem Wasser und am Ufer Zuflucht suchen.«

Maliwal starrte seinen Bruder mit offener Bewunderung an. »Der See, von dem das gefangene Mädchen gesprochen hat? Der See der Vielen Singvögel, der im Land der Mammuts liegt?«

»Es könnte sein«, antwortete Masau ausweichend. »Es könnte sein.«

2

Die Alten sagten, daß die Zeit für die Menschen, die sich nach dem Morgen sehnen, nur langsam vergeht, und daher war Ta-maya überrascht, daß die Tage und Nächte scheinbar wie im Flug vergingen. Immer wieder fiel Schnee. Der Raubwürger war jetzt kräftig genug, um tagsüber auf Mah-rees Schulter zu hocken und nachts auf einem Erlenzweig zu schlafen, der sich in dem Käfig befand, den sie aus geflochtenen Weidenzweigen für ihn gebaut hatte. Die Hütte für den Mann und die Frau, die bald vereint sein würden, nahm Gestalt an und wurde mit Schilf gedeckt, während der erste Mond durch seine Phasen ging. Dann ging der zweite Mond neu und unsichtbar hinter Wolken und Schneetreiben auf.

Die Männer verbrachten jetzt viele Stunden in der Schweißhütte, und kleine Gruppen von Frauen kamen in verschiedenen Hütten zusammen, um zu reden, zu lachen und zu nähen. Eine große Versammlungshütte wurde gebaut, wo man sich einfand, um sich gegenseitig die lange Zeit der dunklen Wintertage zu verkürzen. Die Männer und Jungen veranstalteten Ringkämpfe in ihrem warmen Inneren, und für alle gab es Geschicklichkeitsspiele. Am beliebtesten waren Ratespiele und Glücksspiele. Die Männer und Frauen wetteten und stritten am heftigsten über das aufregendste Spiel von allen, das ›Wer frißt wen?‹ hieß. Es war ein einfacher Wettstreit, bei dem Würfel aus Biberzähnen geworfen und aufgefangen werden mußten. Auf jedem Würfel war das Bild eines Tieres, einer Pflanze, eines Vogels oder eines Insekts eingeritzt, und jeder besaß eine bestimmte Punktzahl, die von der Stellung in der Nahrungskette abhing.

»Ha! Meine Made frißt die Rinde deines mächtigen Baums! Ich habe gewonnen!«

»O nein! Mein Vogel frißt deine Made! Ich gewinne!«

»Nein! Meine Ameise kann deinen Vogel fressen, wenn er tot ist und im Dreck verwest!«

»Ha! Und ich sage, daß mein Vogel deine Ameise frißt!«

»Nur solange er am Leben ist!«

»Wer sagt denn, daß mein Vogel tot ist? Er steht auf beiden Beinen!«

»Wenn du den Würfel umdrehst, liegt er auf dem Rücken und streckt seine Füße in den Himmel!«

Da die Streitereien manchmal Stunden dauern konnten, wurde Tlana-quah oft als Schiedsrichter in Anspruch genommen.

»Ha! Meine Eidechse wird deine Ameise fressen.«

»Und mein Jaguar deine Eidechse!«

»Nein, unmöglich. Wann hast du zum letzten Mal gesehen, wie ein Jaguar eine Eidechse gefressen hat?«

»Wann hat überhaupt jemand zum letzten Mal einen Jaguar gesehen? Seit jenem Tag vor langer Zeit, als Tlana-quah gezwungen war, das Tier zu töten, dessen Fell nun seinen Rücken wärmt, ist kein Jaguar mehr in der Roten Welt gesichtet worden. Vielleicht sollte man diesen Würfel aus dem Spiel nehmen, genauso wie die Antilope mit den vier Geweihspitzen und das Kamel mit den drei Höckern. Es ist schon sehr lange her, seit irgend jemand diese Tiere gesehen hat.«

»Nur weil sie niemand gesehen hat, heißt das nicht, daß es sie nicht mehr gibt! Ich habe vor einigen Monden einen Jaguar gesehen!«

»Bah! Vor wie vielen Monden war das? Du bist so alt, Zarah, daß du dich womöglich noch an die Tage erinnerst, als Mammuts Haare hatten!«

»Mit dem Alter kommt die Weisheit! Aber so weit zurück, wie du glaubst, kann ich mich nicht erinnern. Mein Großvater hat jedoch einmal von einem behaarten Mammut erzählt. Er sagte, ihr Haar wäre so lang, zottig und rot wie die Rinde eines Wacholders.«

»Das glaube ich nicht.«

»Ich auch nicht.«

Und so ging es immer weiter, außer in jenen Tagen oder Nächten, wenn Hoyeh-tays Geist nicht umherschweifte. Dann erzählte er wunderbare Geschichten. Wenn er sich darin verirrte — wie es immer geschah —, übernahm Cha-kwena die Erzählung. In solch einer Nacht, als die Menschen sich um das

328

Feuer versammelt hatten, spürte Ta-maya errötend, wie ihre Blutzeit begann. Sie ging nach draußen, und Dakan-eh folgte ihr.

»Ta-maya, ich habe gute Schlaffelle als Geschenke für unsere neue Hütte gemacht. Du kannst sie schon jetzt haben. Aber du mußt mit mir kommen. Wir werden in die Nacht hinausgehen, und ich werde die Schlaffelle ausbreiten, damit du dich darauf legen kannst und ich mein Leben in dich ergieße. Jetzt, Ta-maya! Ich kann nicht länger warten!« Seine Hand klammerte sich schmerzhaft um ihr Handgelenk.

»Geh weg!« sagte sie zu ihm. »Ich will dich jetzt nicht! Nicht auf diese Weise! In zwei Monden werden wir in unserer neuen Hütte als Mann und Frau zusammenleben. Nicht vorher!«

Er ließ ihre Hand los, als hätte ihre Haut ihn genauso heiß verbrannt wie ihre Worte. Mit einem verärgerten und widerwilligen Schnaufen wirbelte er herum und war in der Hütte verschwunden.

Sie stand reglos da, fühlte sich erleichtert und atmete in der kühlen Nachtluft durch. Plötzlich trat Ban-ya neben sie. »Ich würde mit ihm gehen, wenn er mich fragen würde.«

Verblüfft darüber, daß Ban-ya ihr Gespräch belauscht hatte, schnappte Ta-maya nach Luft. »Hast du keine eigenen Verehrer? Mußt du ständig mit hungrigen Blicken meinem Mann hinterher sehen?«

»Er ist noch nicht dein Mann.«

»In zwei Monden wird er es sein!«

»So sieht es aus. Aber sag mir, Ta-maya, liebst du Dakan-eh wirklich, oder bewunderst du ihn nur, weil er so mutig ist und gut aussieht? Und sehnst du dich wirklich danach, für immer mit ihm zusammenzuleben, oder ist es nur die aufregende Vorstellung der Hochzeitsfeier und die Aussicht auf die vielen schönen Geschenke?« Damit reckte sie ihre Nase hoch und verschwand wieder in der Versammlungshütte.

Ta-maya stand eine ganze Weile allein in der Dunkelheit. Vor Unruhe beschleunigte sich ihr Herzschlag. Sie blickte stirnrunzelnd in den fallenden Schnee hinauf. Bald würde der zweite Mond sein Gesicht abwenden und sich auf der anderen Seite der Welt schlafen legen. Dann würde der dritte Mond aufgehen. Sie war sich sicher, daß sie sich dann besser fühlen würde und daß sie sich ihrer selbst und ihrer Gefühle zu Dakan-eh sicherer wäre.

Gedankenverloren und gegen ihre Kopfschmerzen kämpfend, kehrte sie in die Hütte ihres Vaters zurück. Dort hüllte sie sich in ihre Decken, versuchte nicht an Dakan-ehs und Ban-yas Anschuldigungen zu denken und schlief ein.

Während der ganzen Nacht fiel leise Schnee. Der Morgen brach klar und kalt an. Adler stießen auf unachtsame Wasserhühner herab, als Ta-maya früh aufstand und in die kleine Hütte am Rand des Dorfes ging, wo sie allein ihre Blutzeit verbringen würde. Ha-xa brachte ihr zu essen, frische Fellstücke, um ihr Mondblut aufzunehmen, und Körbe mit warmem Wasser, damit sie sich sauber halten konnte. Als sie drei Tage später herauskam, fühlte sie sich viel besser und war überzeugt, daß ihre Bedenken gegenüber Dakan-eh nur ihrer schlechten Stimmung zu verdanken gewesen waren, die sich oft vor ihrer Blutzeit einstellte. Als Ban-ya an ihr vorbeiging und die kleine Hütte betrat, hegte Ta-maya keinen Groll mehr gegen sie. Sie konnte es keiner Frau verdenken, auf ihre baldige Hochzeit mit dem besten und mutigsten Mann der ganzen Roten Welt neidisch zu sein.

Der Morgen war kalt und schön. Der Morgenstern stand noch am Himmel. Irgendwo weit hinter dem Dorf bellten Hunde. Ta-maya wunderte sich, denn man hörte oder sah nur selten Hunde in der Roten Welt, und diese hier klangen, als ob sie näher kommen würden.

»Beeil dich, Ta-maya!« rief Mah-ree, während sie auf sie zulief. Der Raubwürger klammerte sich an ihrer Schulter fest. »Etwas Unglaubliches ist geschehen! Männer mit Hunden kommen aus dem Norden zum Dorf! Fremde! Es sind die bestaussehenden Männer, denen du je begegnet bist!«

3

Cha-kwena wachte aus der warmen Dunkelheit seiner Träume auf. Er war von begeisterten und aufgeregten Rufen geweckt worden. Und Mah-ree rief seinen Namen. Er rieb sich den Schlaf aus den Augen und hüllte sich in sein Schlaffell. Dann stand er auf und trat vor die Höhle. Als er sah, wie Tlana-quah die Fremden zu ihm führte, wußte er plötzlich, daß jetzt nichts mehr so wie vorher sein würde.

»Löwen?« Hoyeh-tay kam hervorgehumpelt und blieb neben ihm stehen. Er stützte sich wacklig auf seinen Eisenholzstab und hielt seinen heiligen Stein fest. »Sind die Löwen endlich gekommen, Cha-kwena?« fragte er.

»Nein, Großvater, keine Löwen. Männer«, antwortete er.

Und doch wußte er, daß sie mehr als das waren. Sie waren ganz anders als alle Menschen, die er jemals gesehen hatte. Sie waren etwa einen Kopf größer als die größten Männer der Stämme der Roten Welt. Sie trugen riesige Gepäckstücke auf dem Rücken, die an Rahmen befestigt waren, die aus den vielendigen Geweihen einer sehr großen Elchart bestanden. Jede Rückentrage schien mehr zu wiegen als die Männer, die sie trugen, aber kein einziger der Fremden schwankte unter der Last oder schien erschöpft zu sein.

Jeder Flecken der Kleidung und der Jagdausrüstung der Männer war mit Knochen, Federn, Süßwassermuscheln oder seltenen bunten Steinen besetzt. Sogar die langen Zöpfe waren mit Perlen und Federn geschmückt.

Die Männer gingen mit langen, zielstrebigen Schritten, und obwohl die Fremden schneebedeckten Boden unter den Füßen hatten, schienen sie keine Sorgen zu haben, ihr Gleichgewicht verlieren zu können. Cha-kwena starrte sie staunend an, während sie näher kamen. Ihre Stiefel reichten bis zu den Knien, waren kreuzweise verschnürt und an den Seiten mit Fransen besetzt. Die Sohlen waren offenbar mit Knochenhaken versehen, die in die eisige Oberfläche schnitten und ihnen Halt gaben. Ihre Hemden und Hosen bestanden aus dem Leder von Tieren.

Ihre Gesichter waren mit spiralenartigen Mustern und leuchtenden Farben bemalt, und über ihren Schultern hingen die Felle großer Raubtiere. Jeder Mann hatte seinen eigenen Kleidungsstil. Sie trugen die längsten und schwersten Speere, die er jemals gesehen hatte. Jeder Speerschaft war mit einem anderen Muster bemalt oder graviert worden. Und noch erstaunlicher war die Tatsache, daß sie Hunde bei sich hatten — große, langbeinige Tiere, deren Schnauzen in kunstvoll bemalten und mit Perlen verzierten Maulkörben steckten. Die Hunde trugen ein Geschirr, durch das sie mit langen Schlitten verbunden waren, auf denen große Fellbündel lagen.

Tlana-quah kam in seinen Jaguarfellumhang gehüllt über den Bach geschlittert. Der größte der Fremden half ihm, das Gleichgewicht zu wahren. Der Mann trug die Haut eines Steinadlers auf dem Rücken. Die Flügel waren an seinen Ärmeln befestigt, und der Kopf lag auf seinem eigenen. Sein außergewöhnlich gutaussehendes Gesicht war mit schwarzen Tätowierungen geschmückt und auf der oberen Gesichtshälfte blutrot gestreift. Dadurch sah er wie ein Raubwürger oder ein Waschbär aus. Cha-kwena hielt den Atem an. Es sah verblüffend und furchterregend aus — bis der Mann lächelte.

Der größte der Fremden blieb nun am Fuß der Treppe zur Höhle der Schamanen stehen und blickte mit Tlana-quah und den anderen hinauf. Sein Lächeln war breit und strahlend. Er hob den rechten Arm, und sein langer Speer mit dem Knochenschaft und der Obsidianspitze glänzte in der Morgensonne.

»Ich, Masau vom Stamm des Wachenden Sterns, grüße den Schamanen des Stammes dieses Dorfes.«

Seine Stimme war tief und beruhigend. Ihr Wohlklang ließ Cha-kwena an einen Fluß denken, der langsam und stetig in einer Sommernacht dahinfloß.

»Dieser Masau ist einer der Fremden aus dem Norden, von dem du, Dakan-eh und Cha-kwena gehört habt, als ihr auf den Blauen Tafelbergen wart!« berichtete Tlana-quah. Sein Tonfall verriet, daß er über diesen Besuch hellauf begeistert war. »Du hattest recht, Schamane! Es gibt noch andere Menschen auf der Welt außer den Stämmen der Roten Welt.«

»So ist es!« bestätigte der Anführer der Fremden.

»Alle Menschen sind ein Stamm!« sagte Hoyeh-tay ernst und verärgert. Er stieß seinen Stab nach unten und deutete damit auf die Fremden. »Ihr gehört nicht zum Stamm der Menschen! Ihr seid die Brüder des Himmels, die herabgekommen sind, um die Söhne und Töchter des Ersten Mannes und der Ersten Frau zu vernichten! Ihr seid Löwen! Geht fort!«

»Ihr müßt unseren Schamanen entschuldigen«, sagte Tlana-quah ernst. »Es geht ihm nicht sehr gut.« Sein Blick konzentrierte sich auf die zwei, die vom Sims vor der Höhle auf ihn hinabsahen. »Masau ist auch ein Schamane, Hoyeh-tay. Er hat diesem Stamm Geschenke gebracht, und er hat den Wunsch geäußert, mit dir zu reden.«

Der alte Mann lachte höhnisch, dann äffte er Tlana-quahs Tonfall nach: »Nachdem du ihm gerade gesagt hast, daß ich krank bin? Vielleicht möchte er lieber mit diesem Jungen hier reden?«

Cha-kwena spürte, wie er errötete, während er staunend auf Masau hinunterblickte. Der Mann war so groß, so machtvoll und großartig. Nicht einmal Dakan-eh konnte sich mit ihm vergleichen. Und es gab gewiß keinen Schamanen der Roten Welt, der jemals so ausgesehen hatte!

»Ich möchte mich mit Hoyeh-tay beraten, dem Schamanen des Stammes vom See der Vielen Singvögel«, sagte Masau mit großer Ehrerbietung. »Es gibt vieles, was ich von solch einem ehrwürdigen Weisen Mann erfahren möchte.«

»Hmm. Ehrwürdig, sagst du?«

»Ja, Weiser Mann, denn ich bin jung und ziemlich unerfahren im Vergleich zu einem solch heiligen Mann wie dir ... ich bin mit diesen Händlern meines Stammes von weither gekommen, um zu erfahren, ob es stimmt, was ich über die heiligen Steine der Roten Welt gehört habe.«

»Heilige Steine? Und was hast du darüber gehört?«

Cha-kwena warf Hoyeh-tay einen Seitenblick zu. Der alte Mann starrte gebannt auf Masau. Hatte er es vergessen, oder tat er absichtlich so, als wäre er unwissend?

Masau lächelte wissend, als hätte er in das Herz des alten

333

Mannes gesehen und den Grund verstanden, warum dieser nicht reden wollte. »Ich habe gehört, die heiligen Steine der Roten Welt sollen die Knochen des Ersten Mannes und der Ersten Frau sein.«

»Wo hast du das gehört? Und was bedeuten der Erste Mann und die Erste Frau für dich?« wollte der alte Mann wissen.

Masau machte eine ausladende Geste mit der linken Hand. »Mein Stamm nennt sie Vater und Mutter, die Großeltern aller unserer Generationen seit Anbeginn der Zeiten. Und mein Bruder Maliwal . . .«

Bei der Erwähnung dieses Namens verbeugte sich ein Mann mit breiten Schultern rechts neben Masau. Er trug einen Umhang aus Wolfsfell, dessen Kopf auf seinem lag und dessen Vorderbeine über seine Ohren bis zum Schlüsselbein hinunterhingen. Auch er hätte gut ausgesehen, wenn nicht die untere Hälfte seines Gesichts vernarbt gewesen wäre. Cha-kwena versuchte, seine Abscheu nicht zu zeigen, als er das Ausmaß seiner frisch verheilten Wunden sah. Am Aufblitzen der Augen des Mannes erkannte der Junge jedoch, daß es ihm nicht gelungen war, seine Gefühle zu verbergen.

»Mein Bruder Maliwal und ich«, setzte Masau seine Rede fort, »haben schon viele Handelsreisen im Norden eures Landes unternommen. Es war eine große Überraschung für uns, als wir erfuhren, daß auch hinter dem, was wir für den Rand der Welt hielten, noch Menschen leben! Menschen, die unsere Sprache sprechen! Menschen, deren Geschichten über die Vergangenheit fast genauso wie die unseren gehen! Mein Bruder hat in eurem Land eine Braut gefunden. Und aus ihrem Mund erfuhren wir zum ersten Mal von den heiligen Steinen und wußten, daß wir Brüder und Schwestern haben mußten, die im Süden leben . . . denn unsere Alten haben überliefert, daß einst, zu Anbeginn der Zeiten, die Knochen des Ersten Mannes und der Ersten Frau in unseren Gewahrsam gegeben wurden. Doch während vieler Generationen wurden die Knochen unter den vielen Stämmen der Menschen aufgeteilt, bis sie fast alle verloren waren. Wenn ihr diese Steine besitzt, würde das erklären, warum ihr Menschen aus der Roten Welt in der Gunst der Geister der vier Winde steht, während so viele andere Stämme im Norden zur Bedeutungslosigkeit verdammt sind.«

»Andere Menschen? Wie ihr? Hmm! In euren prächtigen Fellen und Federn seht ihr in meinen Augen keineswegs unbedeutend aus!«

Erneut gestikulierte Masau mit der linken Hand. »Die Macht der Geister äußert sich nicht in prächtigen Fellen und Federn, Hoyeh-tay, Schamane des Dorfes am See der Vielen Singvögel. Sie liegt im Fleisch und Blut der Menschen. Wir sollten keine Fremden sein. Wir sollten vom selben Fleisch essen, wir sollten unsere Stämme durch gegenseitige Heirat vereinen, wir sollten uns versammeln und die Lieder der Vorfahren singen, um ihnen Ehre zu erweisen. Und die Macht der heiligen Steine sollte uns alle berühren. Die Geschichtenerzähler meines Landes sagen, daß alle Menschen einst ein Stamm waren. Es wäre gut, wenn es wieder so sein könnte. Der Erste Mann und die Erste Frau werden sich freuen, wenn ihre Kinder wieder vereint sind.«

Hoyeh-tay starrte hinunter, während er den Medizinbeutel an seiner Kehle festhielt, in dem sich der heilige Stein befand. Und dann schüttelte er so heftig den Kopf, daß Eule gar nicht versuchte, den Halt zu bewahren. Federn flogen auf, als Eule die Höhle verließ und am Himmel kreiste. »Du sprichst zu viele Worte, äußerst zu viele neue Gedanken, Masau, Schamane des . . .?«

»Des Stammes des Wachenden Sterns.«

»Ich habe von diesem Stamm gehört.«

»Wir sind ein großer Stamm, der in einem Land lebt, wo es zahllose Bisons, Pferde und andere Tiere gibt! Wir leiten unseren Namen von jenem Stern ab, der stets im Norden steht, als Erinnerung an den Ursprung der Menschen. Heißt es nicht auch hier in der Roten Welt, daß eure Urväter einst aus dem Norden kamen, aus dem Licht des Wachenden Sterns?«

»Hmmm!« Der alte Mann musterte die Fremden. Einen nach dem anderen faßte er sie prüfend ins Auge. Und jeder erwies sich seiner Prüfung unwürdig, wenn er sie mit einem verächtlichen Schnaufen und Kopfschütteln bedachte. Doch er ging nicht auf Masaus Frage ein. »Wenn in eurem Land unter dem Nordstern soviel Wild ist, warum kommt ihr dann hierher?«

»Um uns mit unseren Brüdern zusammenzutun. Um das zu erfüllen, was sich der Erste Mann und die Erste Frau für ihre Kinder gewünscht haben. Zu viele Generationen haben uns getrennt. Zu lange haben wir auf unterschiedliche Weise gelebt. Wir sind zu Fremden geworden. Das ist nicht gut. Es ist an der Zeit, daß die Kinder der Vorfahren wieder denselben Weg gehen. Es ist Zeit für die Menschen, wieder zu einem Stamm zu werden.«

Cha-kwena blickte auf, als Eule über die Fremden hinwegflog und wieder in die Höhle schwebte, um sich auf den Kopf des alten Mannes zu setzen. Doch zuvor fiel noch etwas anderes als nur Federn vom Himmel. Etwas Weißes, bei dem es sich keinesfalls um Schnee handelte, landete platschend auf dem Wolfsschädel des Mannes mit dem vernarbten Gesicht. Er fluchte, und als er Eule einen Blick zuwarf, spürte Cha-kwena, wie sich eine ungute Vorahnung durch seine Eingeweide fraß.

»Diese Menschen sind nicht das, was sie scheinen«, warnte Eule. Niemand hörte den Vogel, außer dem Jungen und Hoyehtay . . . und, wie Cha-kwena glaubte, Masau. Überrascht sah er, wie der Mann auf die Mitteilung von Eule reagierte.

»Du mußt mir vertrauen, Hoyeh-tay«, sagte Masau mit der sanftesten und einschmeichelndsten Stimme, die Cha-kwena jemals gehört hatte. »Ich bin von weither gekommen, um meinen guten Willen mit Geschenken für den Stamm unter Beweis zu stellen. Ich möchte die vielen ungewöhnlichen Dinge des Landes im Norden mit denen des Landes im Süden austauschen. Damit soll unsere Verwandtschaft für alle Zukunft erneuert werden.«

Der alte Mann war erregt und beunruhigt. Als er sprach, wandte er sich an Tlana-quah. »Dieser Mann schmiert seine Worte mit Öl, um den Stolz des Schamanen gefügig zu machen. Sag ihm, daß er verschwinden soll! Er ist nicht dein Bruder. Er ist ein Löwe, der sich in der Hülle eines Adlers verbirgt.«

Masaus Augen verengten sich unter dem Kopf des Raubvogels, der sein tätowiertes Gesicht beschattete. »Dein alter

Freund Ish-iwi würde es bedauern, wenn er deine Worte hören würde.«

»Ish-iwi!« Hoyeh-tay, der sich bereits auf dem Rückweg in die Höhle befunden hatte, drehte sich so schnell um, daß er abgestürzt wäre, wenn er nicht seinen Stock gehabt und Cha-kwena nicht sofort reagiert hätte.

»Ja«, sagte Masau. »Die Braut meines Bruders kam aus seinem Stamm. Ish-iwi war ein guter Mann, der Schamane des Stammes der Roten Hügel. Er kam nach Norden, um die Hochzeitsfeierlichkeiten von Ah-nee zu leiten. Es war sein Geschenk für sie — er wollte ihr damit helfen, sich an die Fremden zu gewöhnen und seine unbedingte Zustimmung zu dieser Verbindung der beiden Stämme zu geben.«

»Er wollte? Du sprichst, als wäre er tot.«

Cha-kwena sah, wie sich das Gesicht seines Großvaters anspannte, als seine unbestimmte Gewißheit neue Nahrung erhielt.

»Er wurde getötet«, teilte Masau ihm mit unendlichem Bedauern mit. »Mein Bruder hat versucht, ihn zu retten, und sich dabei die Narben verdient, die du auf seinem Gesicht siehst. Aber Ish-iwi starb als tapferer Mann. Ein Schamane und ein Freund und Bruder unseres Stammes bis zum Ende, nicht wahr, Maliwal?«

Maliwal starrte Masau an, als hätte er Schwierigkeiten, seine Frage zu verstehen. Die anderen Männer der Gruppe reagierten genauso. Dann lächelte Maliwal plötzlich. »Ja, völlig richtig! Der alte Schamane hat dem Tod tapfer ins Auge gesehen, richtig!« Sein Lächeln war verschwunden, als er seinen Blick Hoyeh-tay zuwandte und seine Hand aufs Herz legte, um in absoluter Aufrichtigkeit hinzuzufügen: »Glaube mir, das kann ich dir am besten versichern!«

»Wie ist er gestorben?« fragte Cha-kwena. Doch es tat ihm schon im nächsten Augenblick leid, denn als die Antwort kam, stöhnte Hoyeh-tay und wich schwankend zurück.

»Löwen haben ihn getötet«, antwortete Masau.

Und ein verblüffter Cha-kwena mußte seinen Großvater auffangen, als dieser in Ohnmacht fiel.

»Ich muß mich für unseren Schamanen entschuldigen«, sagte Tlana-quah bedauernd. »Vielleicht wird er später mit dir sprechen. In der Zwischenzeit lade ich dich und deine Mitreisenden ein, die Gastfreundschaft meines Stammes anzunehmen.«

Sie blieben und waren trotz Hoyeh-tays ungebührlichen Benehmens sehr dankbar und respektvoll. Sie bewunderten Tlana-quahs Fellumhang, als er stolz damit prahlte, wie er den Jaguar erlegt hatte. Dann wurde er sogar noch stolzer, als die Neuankömmlinge erzählten, daß sie noch nie ein so wunderbares Wesen wie einen gefleckten Löwen gesehen hatten. Sie fragten den Häuptling um Erlaubnis, bevor sie ihre Handelsgüter auf schönen, großen Fellen von Bisons und Elchen ausbreiteten und die Menschen heranwinkten. Sie hatten Geschenke für jeden, für jedes Kind Schnüre mit winzigen Hämatit-Perlen, für jede Frau Ohr- und Nasenringe aus Muscheln und Federn, und für jeden Mann eine schwarze Obsidianknolle, aus der sich gute Speerspitzen herstellen ließen.

Am Spätnachmittag hatten sich alle um ein Feuer unter klarem Himmel versammelt. Sie saßen auf dicken Kaninchenfelldecken, die über geflochtene Binsenmatten auf dem schneebedeckten Boden ausgebreitet worden waren. Die Mädchen gingen mit geflochtenen Körben voller Kuchen herum, die frisch von den Steinen kamen, wo der Teig zu dünnen Fladen gebraten und anschließend zusammengerollt worden war. Die Frauen folgten den Mädchen mit Schalen heißer Suppe, die mit Getreide, Lehm aus dem Sumpf und getrockneten Fleischstreifen angereichert war. Als Garnierung waren knusprig geröstete Maden, Zikaden, Eidechsenschenkel und kleine braune Steinspinnen hinzugefügt worden. Obwohl die Fremden die Suppe genüßlich schlürften, aßen sie nur wenig und klopften sich bald auf die Bäuche, um anzuzeigen, daß sie statt waren. Die Menschen des Stammes tauschten anerkennende Blicke über das gute Benehmen und die Zurückhaltung der Fremden aus. Es war eine Mahlzeit aus Wintervorräten, und die Reisenden spürten offenbar, daß sie ihre Gastgeber in Schwierigkeiten bringen würden, wenn sie mehr als nur Häppchen aßen.

»Wir können wirklich nichts mehr essen«, sagte Masau, als

Mah-ree mit dem Raubwürger auf der Schulter und einem Tablett mit gebratenen Kuchen in den Händen vor ihm stehenblieb.

»Es ist genug da!« beharrte Tlana-quah.

»Mah-ree, nun teil sie schon aus!« drängte Ha-xa. »Wir können doch nicht zulassen, daß die Kuchen verderben!«

Das Mädchen gehorchte, und während es lächelte und neugierig die Tätowierungen um seine Augen betrachtete, aß Masau dankbar und beobachtete den Vogel genauso neugierig wie das Mädchen ihn. Als der Raubwürger plötzlich seine inzwischen verheilten Flügel ausbreitete und auf seine Schulter flatterte, erstarrte er und blickte das Tier von der Seite an.

»Er mag dich«, sagte das Mädchen. »Er sieht dir sogar etwas ähnlich«, fügte sie leiser hinzu.

Masau hob die Augenbrauen. »Ja, das kann schon sein.«

»Der Raubwürger ist hübsch. Und auch du bist hübsch«, flüsterte Mah-ree und senkte den Kopf, damit er nicht sah, daß sie errötete.

»Mah-ree, du sollst dem Mann nur etwas zu essen geben«, tadelte Ha-xa, dann befal sie den anderen, den übrigen Reisenden mehr Kuchen anzubieten.

»Ihr seid so großzügig!« sagte Maliwal und hob die Hand, um weitere Angebote abzulehnen.

»Schmeckt es dir vielleicht nicht?« fragte Tlana-quah besorgt.

Masau nahm sich einen Kuchen von Mah-ree, biß ein Stück mit den Schneidezähnen ab und verschluckte den Bissen, ohne zu kauen. »Der Geschmack ist ungewöhnlich«, sagte er höflich. »Unsere Frauen bereiten nichts Derartiges zu.«

»Keine gebratenen Kuchen?« fragte Mah-ree.

»Nicht solche wie diese. Der Geschmack ... ist ... ganz anders.«

»Es ist mein eigenes Rezept!« betonte Ha-xa. »Du hast Glück, Adlermann. In trockenen Jahren sind die Kuchen immer am besten. Die Heuschrecken sind so zahlreich, daß wir sie wie Wachteln aus dem Gras aufsammeln können.«

»Heuschrecken?« Maliwal riß die Augen auf.

»Aber, ja!« begeisterte sich Ha-xa immer mehr. »Meine Mädchen haben sie für mich getrennt geröstet.«

»Getrennt? Getrennt von was?« fragte Chudeh.

»Von den Samen, die den Hauptteil des Mehls ausmachen, aus dem der Teig hergestellt wird.«

»Ach, Samen!« Maliwal wirkte erleichtert.

»Aber, ja!« bestätigte Ha-xa. »Süße Samen und bittere Heuschrecken, beides wird gemeinsam vermahlen, mit heißem Wasser gemischt, und dann kommt das eigentliche Geheimrezept! Bevor der Teig auf den heißen Steinen gebraten wird, kommen noch rotbäuchige Ameisen hinzu. Das gibt dem Ganzen die Würze!«

»In der Tat«, sagte Masau.

»Ihr müßt euren Frauen von den guten Kuchen erzählen, die die Frauen der Roten Welt machen«, schlug Kahm-ree vor, die mit dem Verzehr ihrer Suppe innehielt, um Masau nachdenklich zu betrachten. »Ein Mann wie du . . . hat doch sicher viele Frauen, oder?«

Masau starrte auf den gebratenen Kuchen in seiner Hand, den Mah-ree ihm gerade gegeben hatte. »Ich . . . nein . . . ich habe keine Frauen.«

Kahm-ree erstarrte. »Keine? Warum nicht? Ist es dort, wo du herkommst, für einen Schamanen verboten?«

»Es reicht, Kahm-ree!« mischte sich Tlana-quah ein. »Es ist unhöflich, zu viele Fragen zu stellen. Du hast unseren Gast beleidigt.«

»Nein«, sagte Masau freundlich. »Wenn wir uns besser kennenlernen wollen, müssen wir Fragen stellen, und wir müssen ehrlich antworten. Ich bin nicht beleidigt. In meinem Stamm ist es einem Schamanen nicht verboten, eine Frau zu haben. Aber ich habe trotzdem keine.«

»Noch nicht«, sagte Maliwal und beobachtete die jungen, unverheirateten Frauen, denen Tlana-quah anstandshalber befohlen hatte, sich im Hintergrund zu halten. Als seine Augen Ta-maya entdeckten, veränderte sich sein Gesichtsausdruck. Neben ihr richtete sich Ban-ya ein Stück auf und öffnete ihren Umhang, als wäre ihr in der kühlen Luft zu warm. Aber für jeden, der sie sah, war es offensichtlich, daß sie die großen, schwellenden Hügel präsentierte, die sich unter dem Oberteil ihres Kleides spannten.

Masau blickte wieder auf seinen gebratenen Kuchen. »Noch nicht«, wiederholte er die Worte seines Bruders. Dann faltete er den Kuchen zusammen, steckte ihn in den Mund und aß ihn auf.

»Unsere Mutter kümmert sich um ihn«, erzählte Maliwal.

Auf Kahm-rees Gesicht erschien ein breites Grinsen. »Ah! Es ist gut, wenn ein junger Mann bei seiner alten Mutter bleibt.«

»Ja«, stimmte Ha-xa zu. »Ich wäre stolz, wenn ich Masaus Mutter mein Kuchenrezept verraten dürfte.«

»Ysuna ist keine besondere Köchin«, sagte Masau.

»Dann erst recht!« rief Ha-xa.

»Ysuna! Das ist ein schöner Name«, sagte Mah-ree. »Was bedeutet das?«

»Tochter der Sonne. Die Lebensbringerin des Stammes. Sie ist die Schamanin.«

Bei seinen Worten blickten plötzlich alle Anwesenden auf.

»Deine Mutter ist was?« fragte Ha-xa.

»Die Schamanin«, antwortete er gelassen.

»In der Roten Welt können Frauen nicht zu Schamanen werden«, sagte Tlana-quah.

Mah-ree neigte den Kopf zur Seite. »Man nennt mich das Medizinmädchen«, verriet sie ihm. Sie stellte ihren Korb ab und nahm den Raubwürger vorsichtig in die Hände, obwohl er mit seinem gebogenen Schnabel nach ihr pickte. »Genauso wie Cha-kwena heile ich verletzte Tiere, zum Beispiel diesen Vogel. Ich habe außerdem Mammuts herbeigerufen! Sie kommen zu mir, nicht wahr, Vater?«

Tlana-quah runzelte die Sitrn. »Sie ist keine Schamanin, aber sie besitzt heilende Fähigkeiten, und unser Totem hat sich ihr gezeigt. Das ist richtig.«

»Euer Totem?« fragte Masau unbefangen.

»Das große weiße Mammut«, erklärte Tlana-quah. Masau und Maliwal warfen sich einen kurzen Blick zu, genauso wie die anderen Männer in ihrer Gruppe.

341

»Gut«, sagte Masau mit einem Seufzer. »Es scheint, daß wir diese lange Reise nicht umsonst unternommen haben. Wir haben über die vielen Generationen nicht nur dieselben Eltern, sondern auch das Totem miteinander gemeinsam.«

»Das ist gut!« rief Mah-ree, die über diese Neuigkeit genauso entzückt war wie über den Mann.

»Ja, meine Kleine«, erwiderte Masau. »Das ist sehr gut!«

4

In dieser Nacht wurde von Tlana-quah und den Männern des Stammes ein hohes Lagerfeuer errichtet, um die Ankunft der Reisenden aus dem Norden zu feiern. Kosar-eh stieg vorsichtig in voller Bemalung und Federnschmuck die vereisten Stufen zu Hoyeh-Tays Höhle hinauf und lugte hinein.

»Tlana-quah hat Hoyeh-tay, den Ältesten, und Cha-kwena, den Lehrling, eingeladen, an den Festlichkeiten der heutigen Nacht teilzunehmen«, sagte er. »Die Fremden sind mit Tlana-quah, Dakan-eh und den anderen Männern des Stammes von einer erfolgreichen Jagd zurückgekehrt. Heute nacht wird es ein großes Festmahl geben, mit Tanz und Geschichten, die die Fremden erzählen wollen. Tlana-quah möchte, daß unser Schamane daran teilnimmt, um die Geschichte unseres Stammes jenen zu offenbaren, die behaupten, unsere Brüder aus dem Norden zu sein.«

Der alte Mann saß an seine Rückenlehne gelehnt, während Eule auf seinen Zehen hockte. Er hatte seine Füße in die Nähe eines warmen Feuers gestreckt, das von alten Knochen, Kiefernzapfen und morschem Holz gespeist wurde und mit bläulichen Flammen brannte. »Bah! Sag Tlana-quah, daß es nichts zu feiern gibt! Geh weg, Kosar-eh! Ish-iwi ist tot, und ich muß trauern.«

»Aber ich würde gerne hingehen!« rief Cha-kwena. »Ich möchte die Geschichten der Männer aus dem fernen Land hören. Wenn ich zur Abwechslung einmal diese Höhle verlassen kann, ist das für mich schon ein Grund zum Feiern.«

Die Augen des alten Mannes in den dunklen, tiefen Höhlen blitzten wütend auf. »Du wirst hierbleiben!« befahl er.

Cha-kwena sah niedergeschlagen aus. »Bitte überbringe Tlana-quah die Entschuldigung unseres Schamanen, Kosar-eh! Hoyeh-tay ist zu müde, um heute abend seine Höhle zu verlassen.«

»Nein!« protestierte der alte Mann. »Du wirst Tlana-quah genau das sagen, was ich auch gesagt habe, Kosar-eh! Wir haben keinen Grund zum Feiern — und schon gar nicht die Ankunft der Löwen.«

Kosar-eh stand einen Augenblick ratlos da, dann zuckte er die Schultern. »Wie du meinst. Ruh dich aus, alter Freund! Ich werde heute abend am Lagerfeuer deine Geschichten vermissen.«

»Dann wirst du der einzige sein!« gab Hoyeh-tay zurück.

Kosar-eh war ein Mann, der nicht lügen konnte, daher widersprach er dem Schamanen nicht. »Hör auf die Gesänge, Hoyeh-tay!« sagte er. »Wenn du meine Stimme und den Schlag meiner Trommel hörst, sollst du wissen, daß ich einen Gesang für dich anstimme, um den Schmerz deiner Trauer um den Verlust deines alten Freundes zu lindern. Ish-iwi war ein guter Mann. Zu hören, daß er so starb, muß für einen Freund eine bittere Nachricht sein.«

»Wir waren wie Brüder!« Der alte Mann begann wie ein Kind zu weinen.

Kosar-eh nickte mitfühlend. »Dann wird mein Gesang auch für ihn sein — der fröhliche Gesang eines Lustigen Mannes für einen alten Freund und die schöne Zeit, die ihr einst miteinander verbracht habt.«

»Du bist ein guter Mann, Kosar-eh«, sagte Hoyeh-tay.

Der Lustige Mann ermahnte nur noch den Jungen, nicht zuzulassen, daß sich zuviel Eis auf den Stufen bildete, dann drehte er sich um und ging.

Cha-kwena sah ihm nach, und Hoyeh-tay, der natürlich bemerkte, wie gerne der Junge mitgegangen wäre, machte ein

343

verärgertes Gesicht. »Ist es so schwer, hier bei mir bleiben zu müssen? Ich werde nicht mehr lange in dieser Welt sein. Schon bald kannst du kommen und gehen, wie du willst, denn dann wird diese Höhle dir gehören, und du wirst an meiner Stelle der Schamane sein!«

Cha-kwena fuhr herum. »Du wirst niemals sterben, Großvater! Dein Geist verläßt zwar gelegentlich deinen Kopf, aber er kehrt jedesmal zurück. Ich glaube, daß du für immer Schamane sein wirst. Ich glaube, daß ich für immer hier an deiner Seite sein werde, in dieser Höhle gefangen, für immer . . . um deine Wünsche zu erfüllen, deine Geschichten anzuhören und mich um dich zu kümmern . . . für immer. Und wenn ich alt geworden bin, bevor ich eine Gelegenheit hatte, jung zu sein, wirst du derjenige sein, der sich für immer um mich kümmern muß! Und dann wirst du schon sehen, wie dir das gefällt! Und dann werden wir sehen, wie lange du brauchst, bis du mir den Tod wünschst!«

Der alte Mann starrte ihn entsetzt an. Cha-kwena hatte noch nie auf diese Weise zu ihm gesprochen. Hoyeh-tay war von tiefer Reue erfüllt, denn er sah den Haß und die Verachtung in den Augen des Jungen.

»Vergib mir, Großvater! Ich wußte nicht, was ich sagte.«

»Doch, du wußtest es! Du hast deine wahren Gedanken ausgesprochen«, erwiderte Hoyeh-tay.

Die Worte fielen dem alten Mann nicht leicht. Er war tief verletzt, und nur seine Zuneigung zu Cha-kwena und sein Verständnis für die Enttäuschung des Jungen ließen es zu, daß er seinen Schmerz verdrängte. Dann wurde er plötzlich wütend — nicht auf Cha-kwena, sondern auf sich selbst, auf das Leben und auf die Mächte der Schöpfung, die ihn zu einem kranken alten Mann gemacht hatten, dessen Schwäche die Liebe und den Respekt seines Enkelsohns in Verachtung verwandelt hatte.

»Du hast recht, Cha-kwena! Es ist nicht gut, alt zu sein. Die Jahre lauern einem Mann auf und verwandeln ihn in das, was du jetzt vor dir siehst. Vergib mir, wenn ich dich gefangengehalten habe. Das war nicht meine Absicht. Aber ich werde wirklich sterben, Cha-kwena, und dann wirst du der einzige Schamane unseres Stammes sein.«

Cha-kwena kniete sich neben ihn, nahm seine knochige Hand und hielt sie fest. »Ja, Großvater, ich weiß.«

»Ich habe recht behalten mit Ish-iwi und den Löwen.«

»Ja, Großvater.«

»Und ich werde recht behalten mit diesen Fremden. Sie haben böse Augen – Wolfsaugen, Löwenaugen, Adleraugen. Tlanaquah hätte mich um Rat fragen sollen, bevor er sie in unser Dorf eingeladen hat. Sie könnten die Brüder des Himmels sein.«

»Aber wie können wir es wissen, wenn wir sie nicht anhören? Vielleicht sollten wir uns ihre Worte und ihre Geschichten über ihr Land anhören!«

»Die Brüder des Himmels sind schlau und heimtückisch. Sie warten auf jede Gelegenheit, Probleme in die Welt setzen zu können. Es war ihr ewiger Streit, der die Uneinigkeit der Menschen verursachte und die vielen Stämme über die Erde verstreute, bis die Menschen nicht mehr ein Stamm waren, sondern viele, die füreinander Fremde wurden. Diese Reisenden sind wahrscheinlich genauso unsere Feinde, wie der Löwe und der Wolf die Feinde der Antilope und des Hasen sind!«

»Die Fremden sind keine Tiere, Großvater.«

»Rede nicht so herablassend zu mir, Cha-kwena! Du mußt dich an die Geschichte über die Brüder des Himmels erinnern und...«

»Ich habe die Geschichte schon so oft gehört, daß ich sie im Schlaf erzählen kann, Großvater.« Der Junge stand auf und ging zum Höhleneingang. »So oft, daß ich...«

»Dann wirst du sie eben noch einmal hören! Du wirst dir anhören, wie die Menschen in die Rote Welt flohen und wie die Brüder ihnen zu folgen versuchten! Und du wirst dir anhören, wie der Große Geist so zornig wurde, daß er die Brüder in die Nacht hinaufschleuderte, und...«

»Und daß sie seitdem dort geblieben sind – oben am Himmel, wo sie uns beobachten und ihren ewigen Kampf fortsetzen. In Sturmnächten kann man hören, wie sie ihre gewaltigen Donnertrommeln schlagen und sich Speere aus Blitzen zuwerfen. So geht die Geschichte doch, Großvater, oder? Soll

345

ich sie noch einmal von Anfang an wiederholen, oder reicht das?«

Der alte Mann fühlte sich verletzt durch die Ungeduld seines Enkels und schüttelte langsam den Kopf. »Richtig, so geht die Geschichte«, stimmte er ihm zu.

Hoyeh-tay war plötzlich so müde, daß er kaum noch seine Augen offenhalten konnte. Das Feuer, das Cha-kwena entfacht hatte, brannte mit hohen Flammen, und die wohlige Hitze drang durch die Fußsohlen tief in seinen Körper ein. Er gab sich seinem Verlangen nach Schlaf hin, bis in der Ferne Mammuts trompeteten. Hoyeh-tay erstarrte. Er blinzelte und hielt beide Hände schützend um den heiligen Stein. »Hörst du?« sagte Cha-kwena. »Unser Totem ist dort draußen. Du hast mir immer wieder gesagt, daß für unseren Stamm alles gut sein wird, solange der Große Geist in der Nähe ist. So ist es auch jetzt, Großvater. Die Besucher sind nicht mehr als das, was sie zu sein scheinen — Händler aus einem fernen Land und einem fremden Stamm.« Cha-kwena hockte sich neben seinen Groß-vater.

Hoyeh-tay verzog das Gesicht, als er Cha-kwenas mitleidi-gen Ausdruck bemerkte — und einen stechenden Schmerz in seiner Brust. Er ging vorbei, doch sein Herz klopfte heftig, und sein Atem ging so schnell und flach, daß er Angst bekam. Er fühlte sich schwach, als er die Hand seines Enkels ergriff. »Du darfst nichts von dem vergessen, was ich dir beigebracht habe. Ach, Nar-eh, es ist gut, wenn du deinen Vater besuchst.«

Cha-kwena strich beruhigend über die knorrige Hand, die sich an seine eigene klammerte. »Du bist müde, Großvater. Leg dich hin! Versuch zu schlafen!«

»Schlafen. Ja! Hoyeh-tay seufzte und lächelte zufrieden. Das Feuer war so warm und so wohltuend . . . Dann zuckte er plötz-lich zusammen, als hätte ihn ein Insekt gestochen. Er schüttelte den Kopf, und dann waren seine Augen wieder klar. »Nein, Cha-kwena! Ich kann nicht schlafen! Du mußt mir verspre-chen, daß du nichts von dem vergißt, was ich dich gelehrt habe, denn sonst wird der Stamm verloren sein, und die Brüder des Himmels werden dich bis ans Ende der Welt vertreiben.«

»Unser Totem wird uns beschützen.«

»Nein! Du verstehst nicht, Cha-kwena! Wir Schamanen sind die Hüter unseres Totems!« Er befreite seine Hand aus Cha-kwenas tröstenden Fingern und hielt sein Amulett fest. »Das große Mammut... sein Leben hängt hiervon ab. Sein letzter Herzschlag und sein letzter Atemzug liegen in diesem Stein, der sich in unserer Obhut befindet.« Er seufzte wieder und war so schwach, daß er kaum seine Augen offenhalten konnte. »So wie All-Großvater über uns wacht, so müssen auch wir über ihn wachen und ihn beschützen! Seine Augenlider flatterten. Seine Worte folgten seinen Gedanken, die auf einem nebligen Pfad in die Bewußtlosigkeit führten. Es war so warm am Feuer, so wunderbar und entspannend warm. »Ich werde jetzt schlafen. Wirst du mich vor Löwen und den Brüdern des Himmels beschützen?«

»Ja, Großvater, ich werde dich beschützen.«

Und so saß Cha-kwena neben seinem Großvater, beobachtete, wie er einschlief, und schürte das Feuer, bis die Flammen erstarben. Er raffte die Glut zusammen und breitete eine zusätzliche Decke über dem alten Schamanen aus.

Tief unten am Fuß des Berges waren Kosar-ehs lauter Gesang und der Schlag seiner kleinen Trommel zu hören. Lachen scholl durch den schwachen Feuerschein. Cha-kwena lauschte und sehnte sich danach, an der Feier teilzunehmen. Bald würden die Frauen das Essen servieren, und dann würde das Geschichtenerzählen beginnen. Was für Geschichten mochten solche Männer wie diese Händler zu erzählen haben?

Sein Bauch gab ein schmerzhaftes Knurren von sich, und er erinnerte sich daran, daß er seit dem Morgen nichts mehr gegessen hatte. Ein leichter, böiger Wind drang in die Höhle. Es war der Nordwind, aber er trug nicht den Geruch nach Schnee mit sich, sondern die reichen, betörenden Düfte der Mahlzeit, die der Stamm verzehren würde. Als er es nicht mehr aushielt, stand er auf, nahm seinen Mantel und legte ihn um.

»Paß du für eine Weile auf ihn auf, Eule! Nur so lange, daß ich essen und ein oder zwei Geschichten hören kann.«

»Bleib nicht zu lange fort!« sagte Eule.

»Nein, nur eine Weile!« versprach Cha-kwena. Damit verließ er die Höhle und kletterte die Stufen zum Dorf hinunter.

Die Dorfbewohner begrüßten ihn freudig. Als Tlana-quah den Jungen kommen sah, befahl er zu Cha-kwenas Erstaunen, daß für ihn ein Platz freigemacht wurde, und zwar an der traditionell dem Schamanen zustehenden Stelle gleich rechts neben dem Häuptling. Obwohl Cha-kwena sich einer solchen Ehre nicht für würdig befand, bestand Tlana-quah darauf, daß er blieb.

»Hoyeh-tay geht es nicht gut. Er schläft«, erklärte Cha-kwena. »Ich werde nur so lange bleiben, bis . . .«

»Bis du gegessen hast!« Der Häuptling legte ihm freundschaftlich einen Arm auf die Schulter. »So lange, bis du dich an Kosar-ehs Späßen erfreut hast und an den Geschichten, die unsere Gäste zur Feier beisteuern wollen!« Er senkte den Kopf und vertraute ihm an: »Ich bin froh, daß du gekommen bist, Cha-kwena. Hoyeh-tay kann ruhig einmal alleine schlafen. Der alte Mann hat mich heute vor meinen Gästen beschämt. Wenn er jetzt hier wäre, um die Geschichten unserer Vorfahren zu erzählen, würde er mich zweifellos noch einmal beschämen, wenn er sie mitten in der Erzählung vergißt. Heute nacht wirst du der Schamane deines Stammes sein, Cha-kwena! Setz dich aufrecht und stolz hin. Wenn ich dich zum Sprechen auffordere, dann sprich mit Bestimmtheit, so wie du es bei den Schamanen auf den Blauen Tafelbergen beobachtet hast. Und hab ein Auge auf den Mann namens Masau! Ah, er kann mit seinen Worten, seinen Augen und einer Handbewegung zaubern! Tu es ihm nach, dann wird es trotz deiner Jugend keinen Schamanen in der Roten Welt geben, der nicht großen Respekt vor dir hat.«

Dann wandte Tlana-quah sich ab, um die Späße des Lustigen Mannes zu verfolgen. Das Feuer brannte immer noch mit hohen Flammen, während Kosar-eh herumtanzte, wild auf einer

Schilfflöte blies und seine Trommel mit einem fellumwickelten Knochen schlug. Dabei verzog er das Gesicht, an dem seine Zuschauer erraten sollten, welches Tier er gerade verkörperte.

»Luchs!«

»Faultier!«

»Antilope!«

»Bär!«

Immer wenn er eine richtige Antwort hörte, machte Kosar-eh einen Luftsprung, schüttelte seine Federn und zog an fast unsichtbaren Fäden, worauf er winzige Geschenke — Federn, Nüsse, Beeren, bunte Knochenstücke und Steine — für die Kinder ebenso wie für die Erwachsenen verstreute. Die Kinder jauchzten vor Freude, und das Publikum klatschte in die Hände und lachte begeistert über seine Kunststücke.

Im allgemeinen Gelächter dachte Cha-kwena überhaupt nicht mehr an Hoyeh-tay. Kosar-eh war trotz seines verkrüppelten Arms ein beeindruckender Anblick, wie er sich mit kräftigen, aber leichten und unglaublich schnellen Sprüngen bewegte. Cha-kwena lachte aus ganzem Herzen. Tlana-quah saß stolz und mit leuchtenden Augen da. Die Fremden in ihren wunderbaren Fellen waren völlig von der Vorstellung des Lustigen Mannes mitgerissen. Sie lachten viel und applaudierten begeistert. Sie drängten Kosar-eh immer wieder zum Weitermachen, bis er schließlich eine Ohnmacht vortäuschte und sich auf den Rücken fallen ließ. Dann lag er mit gereckten Armen und Beinen wie eine sterbende Krähe krächzend da.

Die Kinder stürzten sich sofort auf ihn, kitzelten ihn und suchten nach den übrigen Geschenken, die noch in seinen Federn versteckt waren. Als er überzeugt war, daß jedes Kind einen kleinen ›Schatz‹ erbeutet hatte, nahm er einen Armvoll lachender Kinder auf, erhob sich und verbeugte sich tief vor seinem Publikum.

Als der Lustige Mann wieder seinen Platz auf der Männerseite des Feuers eingenommen hatte, verteilten die Frauen das Essen. Cha-kwena aß gierig seine Portion an geröstetem Hasen und Pekari und von den Faultierschnitzeln. Er hörte fasziniert zu, als die Männer von der Jagd dieses Tages berichteten,

bemerkte jedoch bald, daß Dakan-eh ungewöhnlich still und
mißgelaunt war. Nach einer Weile wurde deutlich, daß der
Mutige Mann nichts zu prahlen hatte, denn nach den Erzählungen von Tlana-quah und den anderen Männern des Dorfes zu
schließen, hatten die Fremden ihn durch ihre Leistungen in den
Schatten gestellt. Die Reisenden hatten viel leichtere und töd-
lichere Fallen aufgestellt und ihre großen Speere in Verbindung
mit Speerwerfern benutzt, um das riesige Faultier zu überraschen. Und dann waren sie mutig den Pekaris gegenüberge-
treten. Die Leute aus dem Norden hatten den Eber immer wieder zu scheinbar tödlichen Angriffen provoziert, die für sie
jedoch nur ein Spaß gewesen waren.

»Die Jäger aus dem Norden sind sehr mutig!« rief Tlana-
quah. »Was ihren Anführer betrifft, diesen Schamanen und
Jäger Masau, so habe ich noch keinen Mann gesehen, der seinen Speer mit größerer Treffsicherheit wirft . . . außer seinem
Bruder. Du mußt uns zeigen, wie man solche Speere macht,
deren Spitze sich vom Schaft löst, wenn die Beute erlegt ist, so
daß sich der Schaft schon kurz darauf mit einer neuen Spitze
wiederverwenden läßt!«

Die Menschen nickten murmelnd, um ihren Wunsch deutlich
zu machen, mehr über diese Erfindung zu hören. Masau stand
auf, nahm seinen Speer und erzählte ihnen, daß die Waffe
genauso wie der Speer des Ersten Mannes gestaltet war.

»Damit lassen sich keine Hasen oder Antilopen jagen. Es ist
für großes Wild, für Ma . . . für Mastodons! Ja, für diese großen
Elefanten und für Elche, Pferde, Kamele und Bisons! Seht ihr,
wie groß die Speerspitze ist und daß sie Rinnen an den Seiten
besitzt, um die Wunde ausbluten zu lassen? Und hier unter der
Umwickelung ist der Stein ausgehöhlt worden, damit er fester
am Schaft sitzt und die Riemen nicht das Eindringen behindern
und auf jeden Fall eine tödliche Wunde verursacht wird. Den
Schaft des Speeres kann man aus Knochen oder Holz machen.
Dieser hier besteht aus einem Mastodonknochen, der in Wasser
und Feuer gehärtet und begradigt wurde. Er wurde aus Leben
gewonnen, um Leben zu nehmen! Und seht ihr hier diese Kerbe,
in die der Vorderschaft eingelegt ist und wo er mit dem Wurf-

350

schaft verbunden ist? Abgesehen von der Größe und dem Gewicht ist das der Hauptunterschied zu euren Speeren – der vordere Schaft, an dem die Speerspitze befestigt ist.«

Die Jäger des Stammes beugten sich vor, damit ihnen kein einziges Wort entging. Während Masau sprach, reichten seine Mitreisenden ihre langen, schweren Speere herum, damit die Männer der Roten Welt sie aus der Nähe betrachten konnten.

»Wenn der Vorderschaft richtig befestigt ist«, erzählte Masau weiter, »kann der Wurfschaft schnell zurückgezogen werden, wenn die Spitze tief in der Beute steckt. Dann läßt sich der Wurfschaft neu bestücken. Dadurch kann ein Mann weniger Schäfte, aber viele Speerspitzen bei sich tragen. Mit einem solchen Speer kann ein einziger Mann viele Würfe anbringen, mit nur einem Schaft, und zweimal soviel Tiere töten wie mit euren Speeren. Auf kurze Distanz, wenn das Beutetier schon niedergegangen ist und wir seinen Tod beschleunigen wollen, ohne gute Steinspitzen zu verschwenden, benutzen wir den tödlichen Vorderschaft. Zeig es ihnen, Maliwal!«

Der Mann mit den Narben hielt seinen schmalen, mit Schnitzereien versehenen und bemalten Knochen hoch, der etwa die Länge seines Unterarms hatte.

Masau nickte zufrieden über die beeindruckte Reaktion der Männer der Roten Welt.

Cha-kwena stellte fest, daß die Frauen ebenfalls von dieser Vorführung begeistert waren. Auf der Frauenseite des Feuers gab es kein weibliches Wesen, das nicht staunend und fasziniert Masaus stattliche Erscheinung bewunderte. Die alten Witwen starrten ihn wie Jungfrauen an, während sich ihre Busen schneller hoben und senkten. Alle Münder lächelten, und alle Augen starrten den beeindruckenden Mann an.

Cha-kwena sah, daß Ban-ya ihre kleine Nase erhoben und ihren großen Busen nach vorn gereckt hatte. Sie starrte so schamlos und keck wie ein Eichelhäher mit aufreizendem Blick über die Flammen. Neben ihr starrte Ta-maya den Fremden an, als hätte sie noch nie einen Mann gesehen.

Plötzlich bemerkte der Junge, daß der Mann in der Haut des Steinadlers den Blick der älteren Tochter Tlana-quahs er-

351

widerte. Wer konnte es ihm verdenken? Im Schein des Feuers strahlte sie vor Schönheit. Sie hätte genausogut allein dasitzen können, denn im Licht ihrer Vollkommenheit schien niemand außer ihr zu existieren.

»Diese Frau gehört mir! Du wirst sie nicht so ansehen, Adlermann!« Dakan-ehs Ausruf schnitt wie ein gut geworfener Speer durch den Feuerschein.

Ta-maya hielt den Atem an und senkte den Blick.

Masau schien es schwerzufallen, seinen Blick von ihr abzuwenden und zu Dakan-eh hinüberzuschauen. »Dann sind die Mächte der Schöpfung dir außergewöhnlich günstig gestimmt, Mann der Roten Welt«, sagte er liebenswürdig, während er respektvoll den Kopf senkte. »Meine Augen wollten weder dich noch deine Frau beleidigen.«

»Mein Tochter ist noch nicht deine Frau, Dakan-eh!« erklärte Tlana-quah erregt.

Der Mutige Mann reagierte darauf, als hätte ihm jemand eine Ohrfeige versetzt. Er blickte wütend und biß die Zähne zusammen, als Ha-xa zu ihm kam, beschwichtigend lächelte und ihm noch ein Stück vom Eber anbot. Er scheuchte sie mit einer ungeduldigen Handbewegung fort. »Dieses Fleisch ist nicht nach meinem Geschmack! Das Fleisch des Ebers würde nicht so zäh und bitter sein, wenn er schneller getötet worden wäre«, erklärte er aufsässig.

Tlana-quah erstarrte. »Ich habe nicht gesehen, daß du zu den anderen ins Unterholz geeilt bist, um den Eber schneller zu töten!«

Jetzt erstarrte Dakan-eh. »Diese Männer aus dem Norden hatten soviel Spaß, den Eber zu reizen und wie Frösche über ihn hinwegzuhüpfen, daß ich ihre Freude an diesem seltsamen Zeitvertreib nicht beenden wollte ... obwohl ich keine Ahnung habe, was sie damit bezweckten. Es sei denn, unsere ›Brüder‹ aus dem Norden ziehen Fleisch vor, daß zäh und bitter nach der Furcht schmeckt, die es verunreinigt, wenn ein Jäger keinen schnellen und sauberen Wurf anbringen kann.«

Die Kritik des Mutigen Mannes ließ die Versammlung schockiert verstummen.

Tlana-quah bedachte ihn mit einem tadelnden Blick. »Du beleidigst unsere Gäste, Mutiger Mann! Nimm sofort deine Worte zurück!«

»Das ist nicht nötig«, beschwichtigte Masau mit erhobenen Händen. »In meinem Stamm erweist man einem Mann, der mit gerader Zunge spricht, große Ehre, selbst wenn seine Worte beleidigend wirken mögen. Einen solchen Mann haben die anderen bei der Jagd oder einer Ratsversammlung gerne an ihrer Seite, denn er ist wahrlich tapfer und mutig, ein Sucher der Wahrheit, ein Mann, dem die anderen vertrauen können.«

Cha-kwena sah die Unentschlossenheit auf Dakan-ehs Gesicht, während er überlegte, ob er das Kompliment annehmen oder zurückweisen sollte. Wie immer war letztlich seine Überheblichkeit ausschlaggebend. »Das ist wahr. Ich bin der Mutige Mann. Mein Name ist gut gewählt. Es liegt in meiner Natur, direkt, unerschrocken und furchtlos zu sein.«

Cha-kwena verdrehte die Augen über Dakan-ehs unerschütterliche Arroganz.

Unter dem Kopf des Adlers und zwischen den kunstvollen Tätowierungen verengten sich Masaus Augen nachdenklich. Als er sprach, war seine Stimme sanft und sicher. »Den Jägern meines Stammes macht es wirklich Spaß, einen Eber auf die Weise zu jagen, wie du es heute gesehen hast. Aber für uns ist es kein Spiel, sondern eine Probe und eine Übung für unseren Mut, wenn wir vor der Todesdrohung davonspringen. Anders als die glücklichen Jäger der Roten Welt leben wir nicht in einem milden Land, wo sich die Nahrung für unsere Frauen und Kinder leicht in den Jagdgründen eines einzigen Dorfes finden läßt, in dem die Menschen schon seit Generationen wohnen. So wie unsere Vorfahren seit Anbeginn der Zeit sind wir durch unser rauhes Land gezwungen, als Nomaden zu leben. Wir folgen den Herden von einem Jagdlager zum nächsten und spüren großes, oftmals gefährliches Wild auf, um unsere Frauen und Kinder zu ernähren.«

Er verstummte. Alle Blicke hingen an ihm. Alle Anwesenden hielten den Atem an und warteten darauf, daß er weitersprach. Seine Männer warfen sich Blicke zu, und sein Bruder Maliwal schien vor Stolz auf ihn platzen zu wollen.

»Unsere Lebensweise ist alt und gut«, sagte Masau zu seinen Zuhörern. Dann sprach er vom Norden, von reichen Jagdgründen, von endlosen grasbewachsenen Ebenen und schneebedeckten Bergen, von Bisons, Pferden und Mammuts, von Löwen und Bären und vom Geist des Steinadlers, der ihm und seinem Stamm heilig war. »Wahrlich«, schloß er, »jetzt, wo wir gemeinsam am Feuer gegessen und uns viel erzählt haben, weiß ich, daß wir Brüder und Schwestern unter demselben Himmel sind. Die Menschen sind ein Stamm.«

Damit erhob sich Masau zu seiner vollen Größe und reckte seinen Speer, den er waagerecht in beiden Händen hielt, zum Himmel. Dann stimmte er einen Dankgesang an die Mächte der Schöpfung an, die die Kinder des Ersten Mannes und der Ersten Frau wieder zusammengeführt hatten. Der Gesang war, genauso wie der Mann, überwältigend. Noch nie — nicht einmal auf der Versammlung der heiligen Männer auf den Blauen Tafelbergen — hatte Cha-kwena einen Mann mit solch mitreißender Wortgewandtheit reden hören. Der Junge war gebannt. Masaus körperliche Gegenwart war so bezwingend, daß der Enkel von Hoyeh-tay ihn ehrfürchtig mit offenem Mund anstarrte.

Wenn ein Schamane so sein kann, dachte er, dann werde ich bereitwillig den Pfad des Schamanen gehen. Der Weg, den ich gehe, muß nicht der Weg der heiligen Männer der Roten Welt sein, sondern der Weg Masaus vom Stamm des Wachenden Sterns . . . ein Jäger, ein Reisender, ein Händler und ein Schamane! Ein solcher Mann wäre der beste aller Männer — besser als Tlana-quah oder Dakan-eh oder Hoyeh-tay jemals zu sein geträumt haben!

Cha-kwena war nicht der einzige, der Masaus Blick folgte, als der große Schamane dann geradeaus starrte. Im Dunkel des Sternenlichts hinter dem Dorf und jenseits des Bachs war der alte Hoyeh-tay kaum zu erkennen, wie er mit starrem Körper auf seinen Stock gestützt vor seiner Höhle stand.

Ein plötzliches Schuldgefühl ließ Cha-kwena auf die Beine springen. »Ich muß jetzt zurückgehen! Ich sollte ihn nicht zu lange allein lassen. Wenn er versucht, ohne meine Hilfe die Stu-

fen hinabzusteigen . . .« Doch in diesem Augenblick drehte sich
der alte Mann um und verschwand in der Höhle.

»Warte!« befahl Tlana-quah.

Cha-kwena gehorchte.

»Ihm wird schon nichts fehlen« beruhigte Tlana-quah ihn.
»Er hat den größten Teil seines Lebens ohne dich verbracht,
Cha-kwena, und du hast die letzten Monde ausschließlich an
seiner Seite gelebt. Wenn du ein paar Stunden nicht bei ihm bist
und dabei deinem Stamm dienst, wird er stolz auf dich und auf
sich selbst sein. Es ist Zeit, daß du unseren Gästen zeigst, was
du von ihm gelernt hast, und die Geschichten der Stämme der
Roten Welt erzählst.«

Cha-kwena zögerte, aber nur kurz. Als er sah, daß Eule dem
alten Mann in die Höhle folgte, entspannte er sich. Eule würde
auf Hoyeh-tay aufpassen, das hatte der Vogel versprochen.

5

Falls der Mond aufgegangen war, konnte Hoyeh-tay nichts
davon sehen. Mit Eule auf der Schulter saß er dicht neben der
Glut des Feuers. Ihm kam die Idee, daß er es vielleicht wieder
entfachen sollte, denn es wurde kalt in der Höhle, und Cha-
kwena hatte einen großen Haufen aus getrockneten Knochen
und Zweigen und mehreren kleinen Eisenholzstämmen neben
der Feuerstelle errichtet — genug Brennstoff für die ganze
Nacht.

Hoyeh-tay seufzte. Er war zu müde, als daß er sich noch um
das Feuer kümmern wollte, also zog er nur seinen Umhang
fester zusammen und lauschte auf Cha-kwenas Stimme, die
über den Bach zu ihm drang. Sein Enkel klang in dieser Nacht
wie ein Mann — kühn und fast selbstsicher, während er seine
Zuhörer die verschlungenen Wege der uralten Geschichten ent-
langführte.

Zuhörer? Warum hörte der Stamm dem Jungen zu, wo er

doch hier war, allein mit Eule in der Höhle? Doch dann erinnerte er sich wieder, daß er zu müde gewesen war, um die Höhle zu verlassen. Und Fremde waren aus dem Norden gekommen.

Der alte Mann seufzte erneut, aber diesmal lächelte er dabei ein wenig. Er hatte den Jungen gut unterrichtet. Cha-kwena würde einen guten Schamanen abgeben und irgendwann vielleicht sogar mehr als nur das sein. Vielleicht würde er ein großer Schamane werden, so wie es sein Großvater einmal gewesen war.

Dann wunderte sich Hoyeh-tay, warum Cha-kwena ihn so lange allein ließ. Warum schickte Tlana-quah den Jungen nicht zurück in die Höhle?

»Hmm! Tlana-quah!« schnaufte er verärgert, dann blickte er Eule an. »Hast du gehört, wie er vor den Fremden mit mir gesprochen hat?«

»Ja«, antwortete Eule.

»Tlana-quah kritisiert mich in letzter Zeit viel zu oft!«

»Viel zu oft!« bestätigte der Vogel.

»Das ist sehr schmachvoll!«

»Schmachvoll!« stimmte Eule zu.

»Dieser Mann wehte noch als ungeborene Seele im Wind, als ich schon meine Kindheit hinter mir gelassen hatte.«

»Das war vor langer Zeit, Hoyeh-tay. Tlana-quah ist jetzt der Häuptling. Heute nacht ist Cha-kwena der Schamane. Heute nacht sitzt die Weise und Wachsame Eule allein in ihrer Höhle mit einem kahlen alten Vogel, und weder du noch ich können den Stamm davon überzeugen, daß es als Menschen verkleidete Löwen sind, die heute zu ihnen kamen.«

»Löwen?« Erinnerungen wurden wach und schmerzten so sehr, daß er nichts mehr davon wissen wollte. Und doch ließen die Erinnerungen sich nicht ganz verdrängen. Ish-iwi war tot, von Löwen getötet! Und diese Löwen waren jetzt in seinem Dorf! Vor einer Weile war er aufgestanden, vor die Höhle hinausgetreten und hatte den Fremden in der Hülle des Adlers beobachtet. In diesem Augenblick hatte er gewußt, daß er ins Dorf hinuntergehen mußte, sich dem Mann namens Masau entgegenstellen und jeden Schamanenzauber gegen ihn schleudern mußte, damit der Stamm den Eindringling als Feind, als Zerstörer erkannte! Doch dann hatte der Mann sich umgedreht und ihn durch die Dunkelheit hindurch angestarrt. Ihre Blicke hatten sich getroffen, und ein furchtbares Gefühl der Schwäche und der Ohnmacht war über ihn gekommen. Sein Geist war plötzlich leer gewesen. Fügsam und tatenlos hatte er sich in die Höhle zurückgezogen und sich ans Feuer gesetzt. Es hatte sich angefühlt, als hätte der Schamane des Stammes des Wachenden Sterns ihm seinen Willen ausgesaugt.

Nun schüttelte der alte Mann den Kopf. Er kämpfte noch immer gegen Masaus Willen. Seine Erinnerung an den Besucher verschwamm, und dann erlosch sie ganz. Sein Geist wanderte in der Zeit zurück, in die sorglosen Tage seiner Jugend, als das Leben noch so einfach schien. Er lächelte selig. Er war wieder ein Junge und schwamm zusammen mit Ish-iwi im Großen See.

Und dann wurden sogar diese Erinnerungen undeutlich, bis er sich wieder in der Höhle befand. Er wußte, daß er zuviel an die Vergangenheit statt an die Gegenwart dachte.

»Ish-iwi ist tot«, sagte er zu Eule.

»Ist Hoyeh-tay noch am Leben?« fragte der Vogel.

Eine plötzliche Vorahnung ließ ihn unter einer Gänsehaut erzittern. »Ja. Aber wie lange noch? Und wozu, wenn mein Häuptling einen Jungen an meine Stelle als Schamanen zu sich ruft?« Er zog seinen Mantel zusammen und starrte niedergeschlagen in die schwachen Flammen. Dann schien es, als würden sich im Feuer menschliche Gestalten bilden.

Hoyeh-tay riß überrascht die Augen auf. Er hatte nicht nach einer Vision gesucht, aber jetzt sah er Bilder von dem, was sich unten im Dorf abspielte, wo sein Stamm sich um das Lagerfeuer versammelt hatte. Die jungen Frauen bewegten sich im Feuerschein, während die Fremden mit weißem Lächeln und schwarzen Augen, so schwarz wie ihre Speerspitzen, zusahen.

Der alte Mann beugte sich über das Feuer. Die Augen der Fremden hatten gleichzeitig etwas Besitzergreifendes und etwas Unfaßbares. Obwohl ihre Lippen geöffnet waren und ihre Zähne hell strahlten, drang ihr Lächeln nicht bis zu den Augen vor. Und dann sah Hoyeh-tay in der Vision, wie Ta-maya vor die jungen Frauen des Stammes trat. Sie stand im Schatten von Adlerflügeln und mit dem Schädel eines Mammuts zu ihren Füßen. Fremde umringten sie... keine Menschen, sondern Raubtiere mit Fell und Zähnen, die ihr Opfer bedrohten. Der Gestank nach Rauch, nach versengter Haut und brennendem Haar stieg ihm in die Nase. Er beugte sich noch tiefer über das Feuer, um besser sehen zu können und zu verstehen, aber Eule zerstörte kreischend und flatternd seine Vision.

Hoyeh-tay richtete sich verwirrt auf und wehrte den wild herumflatternden Vogel ab. »Was...?« Er mußte seine Frage nicht vervollständigen. Teile seines Mantels und seine Haarspitzen schmorten. So schnell, wie es sein Alter erlaubte, kam er auf die Beine und schlug die Glut aus. Dann stand er benommen und zitternd da, als er erkannte, daß er durch seinen Versuch, einen tieferen Einblick in die Vision zu erhalten, beinahe sich selbst verbrannt hätte.

Eule war sichtlich verärgert. Sie plusterte ihr Gefieder auf und hockte keuchend auf der anderen Seite der Steine, die die Feuerstelle begrenzten, auf dem Boden. »Sehr eindrucksvoll!« schimpfte der Vogel. »Wenn du hungrig bist, gibt es in den Körben hinten in der Höhle genug zu essen! Du mußt nicht dich selbst rösten und mich dazu!«

Hoyeh-tay fühlte sich plötzlich erschöpft. Er setzte sich wieder, diesmal jedoch ein gutes Stück vom Feuer entfernt. Er streckte mühsam seinen Arm aus, und Eule flog zu ihm. Der Vogel war nicht mehr so schwer wie früher einmal, dennoch mußte der alte Mann seinen Arm auf dem Knie abstützen, um das Gewicht des alten Freundes tragen zu können. »Ich bin müde«, sagte Hoyeh-tay.

»Ich weiß, Schamane«, sagte der Vogel. »Wir sind beide nur noch Hüllen aus trockener Haut und morschen Knochen! Aber du kannst dich jetzt nicht ausruhen. Du mußt zu deinem Stamm gehen und ihm sagen, was du in den Flammen gesehen hast!«

»Geh du für mich zum Stamm! Ich muß mich ausruhen. Warne sie! Beschere ihnen eine unruhige Nacht...«

»Das habe ich schon versucht. Sie wollen nicht auf mich hören.«

Hoyeh-tay ließ den Kopf hängen und nickte. Dann legte er sich auf die Seite. »So müde . . .«, flüsterte er, als Eule sich auf seine Schulter setzte, die Flügel ausbreitete und sich ankuschelte. Der Vogel legte seinen Schnabel auf die Wange des alten Mannes, als Hoyeh-tay den heiligen Stein in die Hand nahm, seine Knie bis zum Kinn anzog und tief und lange ausatmete. Mit diesem Atemzug schien er den größten Teil seiner Lebenskraft auszuhauchen. »Muß ein wenig schlafen. Ich werde den heiligen Stein um Kraft bitten. Dann werde ich hinuntergehen und den Stamm warnen. Aber werden sie mir zuhören? Und selbst wenn sie zuhören, werden sie mir glauben?«

Das Lagerfeuer brannte, und Geschichten wurden erzählt — stundenlang. Cha-kwena, der immer wieder von seinen Zuhörern zum Weitererzählen gedrängt wurde, war so darin vertieft, daß er als letzter einschlief, nachdem das letzte Holz verbrannt und das Feuer nur noch ein heißer See aus glühendem Licht in der Dunkelheit war. Er schlief in seinen warmen Mantel gehüllt, mit vollem Bauch und den Kopf voller Träume.

Fern im Südosten trompetete ein Mammut zu den Sternen. Masau setzte sich auf. Er hatte gar nicht geschlafen, sondern nur gewartet. Jetzt stand er leise wie die Nacht auf und schlich sich um die Schläfer herum durch das Dorf. Als das Mammut erneut trompetete, blieb er stehen, um zu horchen. Er starrte über den Bach hinweg zur Höhle des Schamanen hinauf.

»Es muß getan werden.«

Er drehte sich um. Maliwal stand neben ihm.

»Ja«, stimmte Masau zu, genauso leise wie sein Bruder. »Es muß getan werden.«

»Ich könnte es für dich tun.«

»Du hast zuviel Spaß am Töten, Maliwal. Ich bin auf dieser Reise das Auge des Wolfes, vergiß das nicht!«

»Ja, und du hast dich als sehr schlauer Wolf erwiesen. Wie

359

du die Lügen spinnst und mit welcher Leichtigkeit! Ysuna wird beeindruckt sein.«

Masau wandte seinen Blick wieder der Höhle zu. Er hatte jetzt keine Zeit für den Neid oder die Bewunderung seines Bruders. »Dieser alte Mann hat große Macht. Er hat sofort die Wahrheit hinter meinen Worten erkannt und den Geruch der Gefahr an uns bemerkt. Geh zurück zum Lagerfeuer, Maliwal! Was ich jetzt tun werde, muß ich allein tun.«

Hoyeh-tay schlief tief und fest neben der erloschenen Glut des Feuers. Eule ruhte immer noch auf seiner Schulter. Die knorrigen Finger des Schamanen fuhren über die kaum spürbaren Einkerbungen des heiligen Steines.

Er begann zu träumen. Er sah sich selbst, wie er mit den Vorfahren durch die Welt zog, mit dem Ersten Mann und der Ersten Frau, über ein weißes Land in Richtung der aufgehenden Sonne. Ein alter Mann, eine Eule, ein blauäugiger Hund, ein großer Mann in einem Mantel aus Löwenfell mit einer Kapuze aus Wolfsschwänzen und eine antilopenäugige Frau mit vielen Kindern an ihrer Seite, einer Kette aus Muscheln um den Hals und einer Steinschleuder in der Hand. Das große weiße Mammut, der All-Großvater, ging ihnen voraus, und die gewaltigen Stoßzähne machten seinen Vorfahren den Weg frei. Der riesige Körper schien in Nebel gehüllt zu sein – oder war es ein Fell? Hoyeh-tay war sich nicht sicher, aber das spielte auch keine Rolle. Ein kleiner brauner Vogel saß auf dem Kopf des Mammuts. Es war ein angenehmer Traum. Der Erste Mann und die Erste Frau kamen ihm wie alte Freunde vor.

»Alle Menschen sind ein Stamm«, sagte der Erste Mann.

»Für immer und ewig«, fügte die Erste Frau hinzu.

Und die Kinder lächelten und liefen voraus, bis zwei kleine Jungen sich zu streiten begannen und sich beschimpften. Hoyeh-tay gefiel dieser Traum nicht mehr. Er kannte diese Jungen, aber er wollte sie gar nicht kennen, denn es waren die Brüder des Himmels. Sie würden erwachsen werden, sich mit Ungeheuern paaren, und bevor sie zum Himmel hinaufgeschleudert wurden, würden sie noch die Einheit der Familie des Ersten Mannes und der Ersten Frau zerstören.

Hoyeh-tay war plötzlich kalt, und er hatte den widerlichen Gestank verbrannter Federn in der Nase. Er hielt den Atem an und zog seinen Mantel und Eule näher an sich heran. Doch der Vogel war fort.

Der alte Schamane schreckte aus dem Schlaf hoch und sah Masau, der ihm gegenüber vor der Feuerstelle kniete. Eule lag bäuchlings mit ausgebreiteten Flügeln über den Kohlen.

»Nein!« schrie der alte Mann und setzte sich auf. Er zerrte den Vogel von der Feuerstelle, aber Eule hing schlaff und leblos in seinen Händen.

»Ich konnte nicht zulassen, daß er dich vor meiner Ankunft warnt«, sagte Masau. Im nächsten Augenblick machte er einen Satz und stürzte sich wie ein Raubtier auf den alten Mann. Er hatte Hoyeh-tay an der Kehle gepackt, bevor der alte Mann wußte, was geschah. »Gib den Kampf gegen mich auf, Schamane! Ich habe schon immer kurzen Prozeß mit denen gemacht, deren Leben beendet werden mußte, damit die Ziele meines Stammes erfüllt werden können. Es wird nur einen kurzen Schmerz geben, wenn ich dein Genick breche, und dann wird es vorbei sein. Deine Leute sind große Narren, wenn sie jemanden wie dich mit so großer Weisheit in ihrer Mitte haben und doch nicht auf ihn hören. Ich muß ihr Vertrauen gewinnen, aber wenn du gegen mich sprichst, wird das nicht möglich sein. Also vergib mir, alter Mann! Ich muß dafür sorgen, daß du nie wieder sprichst.«

Cha-kwena war sich nicht sicher, was ihn geweckt hatte. Ein plötzlicher Windstoß? Eules Schrei in der Höhle? Er setzte sich auf und sah sich um. Außer einem gelegentlichen Plätschern und den leisen Rufen der Wasservögel auf dem See war die Nacht unnatürlich still. Masau hatte den Platz verlassen, den er neben Cha-kwena während des Geschichtenerzählens eingenommen hatte, aber alle anderen schliefen noch.

Cha-kwena blickte zur Klippe hinüber. Für einen Augenblick

dachte er, daß er durch eine schläfrige Verschwommenheit Eule sah, die durch die Nacht flog, mit ausgebreiteten Flügeln über dem Dorf schwebte, so tief, daß er zu spüren schien, wie der Vogel geisterhaft vorbeistrich. Doch als er noch einmal hinsah, war nichts mehr da — nicht einmal die Sterne. Instinktiv wußte er, daß viele Stunden vergangen waren, seit er die Höhle verlassen hatte. Er wußte, daß er zu Hoyeh-tay zurückkehren sollte, denn er war schon viel zu lange fort. Er wollte gerade aufstehen, als Masau an seinen Platz neben der Feuerstelle zurückkehrte.

»Wohin willst du, junger Geschichtenerzähler?« fragte der Schamane, setzte sich neben Cha-kwena und erklärte flüsternd, daß er gegangen war, um sich zu erleichtern.

»Ich sollte zu meinem Großvater zurückgehen. Ich hatte gerade das Gefühl, Eule wäre über mich hinweggeflogen und wollte mir damit sagen, daß Hoyeh-tay mich braucht und...«

Masau unterbrach ihn leise, aber mit großer Besorgnis in der Stimme. »Es ist sehr gut, wie du dich um deinen Großvater kümmerst. Er ist schon sehr alt, nicht wahr? Und sehr schwach?«

»Ja. Sehr alt und sehr schwach.«

»Auf dem Rückweg zur Feuerstelle habe ich eine niedrig fliegende Eule gesehen. Aber jagen nicht alle Eulen bei Nacht und suchen sich ihre Nahrung?«

»Ja, aber diese Eule ist anders. Diese Eule...« Er verstummte. Wenn er nur an das besonderes Verhältnis zwischen seinem Großvater und dem Vogel dachte, machte er sich schon Sorgen. »Ich sollte wirklich in die Höhle zurückgehen«, wiederholte er.

»Bald wird es dämmern. Wirst du deinen Großvater nicht wecken, wenn du jetzt zurückgehst? Alte Männer haben einen leichten Schlaf, und sie brauchen ihren Schlaf... genauso wie junge Schamanen, deren Worte diese Nacht verzaubert haben!«

Wäre das Kompliment von einem anderen gekommen, hätte Cha-kwena es nicht so begierig angenommen. »Habe ich das wirklich getan?«

»Aber ja! Dein Stamm steht zweifach in der Gunst der Geister eurer Vorfahren, wenn er zwei solche Zauberer wie Hoyeh-tay und Cha-kwena hat! Besonders fasziniert hat mich die Geschichte, wie euer Stamm über die Berge in die Rote Welt kam. Das hat mich an eine Geschichte erinnert, die man sich in meinem Stamm erzählt. Möchtest du sie hören?«

Die Dämmerung brach kalt und bewölkt an. Cha-kwena schreckte aus dem Schlaf hoch. U-was Jammern hatte alle geweckt.

»Kommt her!« rief sie schluchzend. »Kommt schnell! Hoyeh-tay ist von der Klippe gestürzt! Er liegt im Bach! Sein Lebensgeist hat diese Welt verlassen, um zu seinen Vorfahren in der Welt jenseits dieser Welt zurückzukehren!«

6

Der gesamte Stamm und die Reisenden aus dem Norden hatten sich am Bach versammelt. Cha-kwena stand unter Schock. Hoyeh-tay war tot, und Eule war verschwunden. Und es gab keine Spur des heiligen Steines.

»Er muß ihm vom Hals gefallen sein, als er in den Bach stürzte«, mutmaßte Tlana-quah.

»Aber der Bach ist gefroren. Der Stein kann nicht weggeschwemmt worden sein«, sagte Cha-kwena.

Der Junge kniete neben dem Bach und hielt den alten Mann verzweifelt in den Armen. Er blickte zum Häuptling auf und wollte ihn anklagen: *Du hast zu mir gesagt, ich müßte noch nicht zurückkehren! Du hast zu mir gesagt, er würde mich nicht brauchen! Jetzt ist mein Großvater tot, und der heilige Stein ist verschwunden! Und all das ist deine Schuld!* Aber er sprach die Anklage nicht aus. Wie konnte er auch? Er hatte sich letztlich selbst dafür entschieden, so lange fortzubleiben. Er hatte nicht dafür gesorgt, die Stufen zur Höhle eisfrei zu halten. Jetzt war Hoyeh-tay tot, und es war seine Schuld.

363

»Du darfst dir nicht die Schuld geben«, beschwor Masau ihn, der sich neben den Jungen hinkniete.

Cha-kwena blickte den Schamanen aus dem Norden an. Der Mann hatte seine Gedanken so sicher erraten, als hätte er sie laut ausgesprochen. »Wem sonst könnte ich die Schuld geben?« fragte er Masau.»Ich habe ihn allein gelassen. Er hat mich gebeten, es nicht zu tun, aber ich bin trotzdem gegangen. Jetzt hat unser Stamm durch meine Schuld keinen wahren Schamanen mehr, und das heiligste Amulett des Stammes ist fort. Du verstehst nicht, was das für uns bedeutet, Masau. Das Leben unseres Totems hängt von diesem Stein ab. Wenn er verloren ist, wird es auch das Ende dieses Stammes sein!«

Cha-kwenas Worte lösten ein beunruhigendes und verängstigtes Gemurmel in der Menge aus.

Tlana-quah setzte ein verständnisloses Gesicht auf und schüttelte den Kopf. »Die Vorzeichen stehen äußerst günstig für diesen Stamm! Wir werden die Höhle und den Bach nach dem heiligen Stein absuchen. Der alte Mann war in den vergangenen Monden nicht mehr er selbst. Vermutlich hat er ihn genauso unbedacht fortgeworfen wie sein eigenes Leben!«

»Das hätte er niemals getan!« entgegnete Cha-kwena schroff. Sogar noch im Tod wurde Hoyeh-tays Name durch die Schande beschmutzt, die sein hohes Alter und seine Gebrechlichkeit in seinen letzten Tagen über ihn gebracht hatten. Der Junge konnte und wollte das nicht auf ihm sitzenlassen. »Ich war derjenige, der sich unbedacht verhalten hat, nicht Hoyeh-tay! Er hat mich dazu gebracht, ihm zu versprechen, ihn zu beschützen und den Stein zu bewachen. Aber ich bin fortgegangen. Ich habe ihn seinem Tod überlassen — einem einsamen Tod!«

»Er stand bereits am Rand des Todes, junger Geschichtenerzähler«, sagte Masau mit großer Freundlichkeit. »Niemand hätte ihn davor bewahren können. Vergiß das nicht. Und er war nicht allein. Sein helfender Tiergeist war bei ihm.«

»Und wo ist Eule jetzt?«

Masaus Augen verengten sich nachdenklich. »Das kann ich dir auch nicht sagen.«

Kosar-eh, der hinter Tlana-quah stand, antwortete leise:

»Eule erfüllt die Aufgabe, zu der sie geboren wurde: Sie trägt des Geist unseres Schamanen auf ihren breiten Flügeln in die Welt jenseits dieser Welt.«

Masau blickte zum Lustigen Mann hinauf. Er bemühte sich um einen nichtssagenden Gesichtsausdruck, während er Kosareh genau musterte. Dann wandte er sich wieder dem Jungen zu. »Ja. Letzte Nacht sagtest du, du hättest gespürt, wie seine Flügel über deinem Gesicht durch die Luft rauschten. Vielleicht war Hoyeh-tay bei ihm und hat sich von dir verabschiedet, als er und Eule den heiligen Stein zu den Sternen mitnahmen, wo sie ihn in Gewahrsam halten können . . . bis du als der neue Schamane des Stammes bereit bist, in die Unendlichkeit vorzudringen und ihn für dich zu beanspruchen.«

Ein vielstimmiges Seufzen ging durch den Stamm. In Masaus Worten lag ein großer Zauber. Obwohl Cha-kwena sich beschwichtigt fühlte, spürte er gleichzeitig ein Unbehagen. Die Aussicht, daß alles gut werden würde, war so verlockend wie das Lächeln des Mannes, doch seine Erwähnung der Sterne erinnerte den Jungen an Hoyeh-tays Warnung vor den Brüdern des Himmels. Cha-kwena runzelte die Stirn und drehte sich um. Masaus Bruder stand mit ernster Miene zwischen den anderen Fremden aus dem Norden. Das vernarbte Gesicht des Mannes hatte einen gütigen Ausdruck. Er war groß und kräftig, doch jetzt sah er harmlos aus, wie er seine Hände verschränkt und den Blick respektvoll gesenkt hielt. Wie konnte Hoyeh-tay ihn und seinen Bruder nur mit etwas so Zerstörerischem und Bösem wie den Brüdern des Himmels vergleichen?

Tlana-quahs nächste Worte verdrängten alle Fragen aus Cha-kwenas Gedanken. »Du mußt fortgehen, Cha-kwena! Du mußt unser Totem und den heiligen Ort der Träume aufsuchen, den nur du kennst! Trage den Mantel und den zeremoniellen Kopfschmuck des Schamanen! Nimm den Medizinbeutel an dich! Diese Dinge gehören jetzt dir. Geh! Bitte die Geister der Vorfahren, unserem neuen Schamanen zu zeigen, wo er den heiligen Stein unseres Stammes findet!«

Cha-kwena schlang seine Arme fest um Hoyeh-tays Schultern. »Ich werde ihn nicht allein lassen.« Der alte Mann mußte auf dem Rücken gelandet sein, als er gefallen war, denn sein Hinterkopf war zerschmettert und dunkel vor Blut, während sein Gesicht durch den Sturz unverletzt war. Seine verwitterten Züge waren entspannt, aber seine Augen starrten weit aufgerissen, und sein Mund stand offen. Es war ein seltsamer Ausdruck der Überraschung, als wäre der Tod unerwartet zu ihm gekommen, als hätte er versucht, sich gegen ihn zu wehren, den Kampf jedoch schon verloren, bevor er begonnen hatte.

Cha-kwena schloß die Augen und den Mund des alten Mannes, dann legte er sein Gesicht an das seines Großvaters und flüsterte dem Geist des Toten zu, so daß alle Anwesenden es hören konnten. »Ich werde das sein, wozu Hoyeh-tay mich erzogen hat. Aber wenn ich wirklich zum Schamanen bestimmt wäre, müßte ich nicht nach dem Verbleib des Steines suchen. Er würde hier sein, am Hals meines Großvaters, so daß ich ihn nur nehmen müßte.«

Tlana-quah zögerte, dann kniete er sich hin und legte dem Jungen beruhigend eine Hand auf den Kopf. »Du wirst den heiligen Ort der Träume aufsuchen, Cha-kwena! Du wirst fasten, beten und mit dem großen weißen Mammut und den Geistern von Hoyeh-tay und Eule in Verbindung treten. In fünf Tagen wird der Körper deines Großvaters verbrannt werden, damit alle Spuren seiner Lebenskraft in die vier Winde befreit werden. Von diesem Tag an wirst du der Schamane sein — der einzige Schamane, der deinen Stamm in den kommenden Tagen und Nächten führt.«

Cha-kwena hatte das Gefühl, daß ein kalter Wind durch seine Adern wehte. Als er in der vergangenen Nacht aufgefordert worden war, die Geschichten seiner Vorfahren zu erzählen, hatte er sich mutig und erwachsen gefühlt, war von sich überzeugt gewesen und hatte sich in der Bewunderung seines Stammes und der Fremden aus dem Norden gesonnt. Doch als jetzt Hoyeh-tay tot in seinen Armen lag, fühlte er sich einsam und verlassen, als wenn ein Teil von ihm mit seinem Großvater gestorben wäre. Mit diesem Tod war er wieder zu einem kleinen Jungen geworden, der sich vor den unvermeidlichen Herausforderngen und der Verantwortung fürchtete.

»Wie kann ich ohne den heiligen Stein die Kraft finden, der zu werden, der ich sein muß?« fragte er und seufzte verzweifelt.

»Ich könnte es dir zeigen.« Masau hatte gesprochen, der sich daraufhin dem Häuptling zuwandte. »Vielleicht haben die Geister unserer Vorfahren mich hierhergeführt, um diese Aufgabe zu erfüllen, um an der Seite dieses Jungen zu sein, wenn er zum heiligen Ort der Träume reist und das große weiße Mammut sucht.«

»Der Ort der Träume ist nur Schamanen vorbehalten«, sagte Cha-kwena tonlos.

»Ich bin Schamane!« betonte Masau und fügte mit einer Stimme, die wie sonnengewärmtes Öl floß, hinzu: »Die Schamanen des Stammes der Roten Welt und des Stammes des Wachenden Sterns sollten gemeinsam Rat bei ihren Vorfahren suchen. Wenn du mich zum Ort führst, wo sich das große weiße Mammut aufhält, werden wir gemeinsam in der Macht unseres Totems stark werden. Gemeinsam werden wir den heiligen Stein finden. Gemeinsam werden die Menschen ein Stamm sein!«

Cha-kwena blickte verwirrt auf. *Die Menschen sind ein Stamm.* Es war, als hätte der alte Hoyeh-tay durch den Mund des Fremden zu ihm gesprochen. »Ja«, sagte er und fühlte sich schon viel besser. »Hoyeh-tay würde das gefallen.« In diesem Augenblick begann es zu regnen. Tlana-quah befahl Cha-kwena, Hoyeh-tay zur Höhle hinaufzutragen, dann schickte er U-wa und die anderen Frauen hinterher, damit sie die Leiche für die Rituale der Trauer und der Bestattung vorbereiten konnten. Das war die einzige Gelegenheit, zu der Frauen der Zugang zur Höhle des Schamanen gestattet war. Sobald die Leiche des Toten darin verbrannt und seine Asche den vier Winden übergeben worden war, würde ihnen die Höhle wieder verboten sein. Dann war sie das Reich des neuen Schamanen Cha-kwena.

Deine Mutter ist stolz auf dich, künftiger Schamane!« sagte U-wa, als Cha-kwena den alten Mann behutsam auf seine Matratze legte. »Komm in fünf Tagen zu uns zurück! Sei stark und furchtlos! Und finde den heiligen Stein, oder die Zeichen werden sehr schlecht für unseren Stamm stehen!«

Der Mann und der Junge wanderten durch einen peitschenden Regen zu den Hügeln. Cha-kwena trug den Umhang und den Federkopfschmuck des alten Hoyeh-tay. Nach einer Weile spürte er ihr Gewicht kaum noch, obwohl die Kleidungsstücke vom Regen durchnäßt waren. Auch die Last seiner Trauer über den Tod seines Großvaters spürte er kaum noch. Masau lenkte ihn mit endlosen Fragen über die Tradition seines Stammes ab, und als dieses Thema erschöpft war, wollte er wissen, wer der beste Jäger des Stammes war, wie weit er seinen Speer werfen konnte und ob er im Messerkampf mit einem anderen Mann geübt war.

»Warum sollte er mit einem anderen Mann kämpfen?«

»Um . . . um sich im Kampf gegen den Angriff eines Raubtiers zu üben.«

»Dakan-eh kann mit jeder Waffe gut umgehen — außer mit so großen Speeren, wie du und deine Mitreisenden sie aus dem Norden mitgebracht haben.«

»Hmm. Und die anderen Männer des Stammes? Wer von ihnen kann es mit Dakan-eh aufnehmen?«

»Sie gehen meistens gemeinsam auf die Jagd. Alle geben ihr Bestes.«

»Ich verstehe.« Die Antwort schien ihn zu befriedigen, doch seine Fragen waren noch nicht erschöpft. Ob die Menschen des Stammes ihre Hütten immer so errichteten, daß der Eingang sich nach Süden öffnete, wollte er wissen, und wie viele Jäger sich in der Regel außerhalb des Dorfes aufhielten. Wie Kosar-eh zum Krüppel geworden war, und worin seine Aufgabe bestand, wenn er sich nicht freiwillig zum Gespött der Leute machte. Was es mit der neuen Hütte auf sich hatte, die gerade im Dorf errichtet wurde, und was der Name des außergewöhnlich hübschen Mädchens bedeutete, das sich letzte Nacht bei den unverheirateten Frauen aufgehalten hatte. War sie — oder irgendein anderes Mädchen — noch Jungfrau?

»Ihr Name ist Ta-maya.« Cha-kwena gab es auf, Masau besorgt anzusehen. »Das bedeutet: ›Lieblingskind‹. Sie ist die älteste Tochter von Tlana-quah und Ha-xa. Sie wird bald die Frau von Dakan-eh werden. Die Hütte, die zur Zeit gebaut wird, soll nach ihrer Hochzeit Ta-maya und dem Mutigen Mann gehören. Im Winter öffnet sich wie bei allen Hütten der Eingang nach Süden, um die Sonnenwärme einzufangen. Im Sommer liegt der Eingang im Norden, um Schatten zu spenden. Die Tatsache, daß es eine Hochzeit gibt, beweist die Jungfräulichkeit der Braut, aber wenn wir den heiligen Stein nicht finden, gibt es vielleicht gar keine Hochzeit, denn dann stehen die Vorzeichen schlecht, und das Leben unseres Totems ist in Gefahr. Warum stellst du so viele Fragen, Masau?«

»Weil ich meine neuen Brüder und Schwestern besser kennenlernen möchte und weil deine Antworten auf meine Fragen dich von besorgten Gedanken abhalten und deiner Seele guttun. Worte sind eine gute Medizin, Cha-kwena. Das ist die erste Lektion, die du von mir erhältst. Hast du gesagt, die Hochzeit von Ta-maya und Dakan-eh würde nicht stattfinden, wenn du den heiligen Stein nicht findest?«

»Ja. Der Stein ist das Herz dieses Stammes. Es kann keine Hochzeit geben — oder sonst irgendein Fest —, wenn der Stamm sein Herz verloren hat.«

»Ich verstehe . . .«

Cha-kwena schüttelte den Kopf. »Nein, das bezweifle ich.«

Also erklärte er ihm alles. Während sie im Regen weiterzogen, erzählte Cha-kwena dem Schamanen aus dem Norden, welche Macht und Bedeutung der Stein seit Anbeginn der Zeiten für den Stamm der Roten Welt besaß. Er erzählte ihm von seiner Reise zu den Blauen Tafelbergen, vom Treffen der Schamanen und von der Großen Versammlung, in der sich alle Stämme mit ihren Schamanen und den heiligen Steinen vereinen würden. Dann berichtete er Masau vom All-Großvater und daß Hoyeh-tay ihm erzählt hatte, daß ihr Totem so lange leben würde, wie sich noch mindestens ein heiliger Stein in der Obhut eines Schamanen der Roten Welt befand. Doch wenn die Steine verlorengingen, würde das große weiße Mammut sterben. »Und dann werden auch die Stämme der Roten Welt sterben.«

»Ja«, sagte Masau. »So wird es sein.«

Cha-kwena blieb unvermittelt stehen. »So wird es sein?«

Masau hielt neben ihm an. Sein Umhang aus der Haut des Adlers bildete einen wirksamen Regenmantel. Sein Gesicht war trocken, und seine Züge drückten große Besorgnis aus. »Wenn alle Steine verloren sind.« Er legte eine starke Hand auf die Schulter des Jungen. »Du bist Schamane. Ich bin Schamane. Allzu oft führen wir ein sehr einsames Leben. Ich verspreche dir, daß ich dich nicht verlassen werde, bis der heilige Stein wiedergefunden ist und der Seele deines Großvaters der gebührende Respekt erwiesen wurde. Ich werde an deiner Seite bleiben, bis du dich in der Kleidung des Schamanen wohl fühlst, die du von jetzt an tragen mußt.«

»Ich glaube nicht, daß das jemals der Fall sein wird«, vertraute Cha-kwena ihm an.

Masau nickte. »Mit der Zeit wird es so sein. Aber komm jetzt! Ich habe Tlana-quah versprochen, daß ich dich zum heiligen Ort der Träume und zum großen weißen Mammut begleiten werde.«

Der Wind hatte sich gelegt und der Regen aufgehört, als sie den uralten Wacholder erreichten und unter seiner riesigen Krone Rast machten.

Masau hatte den Kopf weit zurück in den Nacken geworfen. »Ich habe noch nie einen so großen Baum gesehen!«

Cha-kwena kletterte die unteren Äste hinauf. »Geister wohnen hier — Baumgeister und Waldgeister. Sie sprechen an diesem Ort, aber ich habe sie noch nie gehört. Vielleicht weil ich noch nie richtig zugehört habe.« Er kletterte mühelos und geschickt weiter, bis er einen vertrauten Ast fand und sich bäuchlings darauflegte. Er hätte fast geschluchzt, als er die Augen schloß und sich daran erinnerte, wie sein Großvater mit Eule auf der Schulter tief unter ihm dagestanden hatte.

Cha-kwena! Wo bist du?

Ich bin hier. Du bist Schamane, Großvater. Finde mich, wenn du kannst! Er öffnete die Augen. Weder Hoyeh-tay noch Eule waren da. Masau blickte zu ihm hinauf, und Mah-ree stand neben ihm, mit dem Raubwürger auf der Schulter. Cha-kwena setzte sich abrupt auf und sah zu dem Mädchen hinunter.

»Was machst du hier . . . und mit diesem Vogel?« fragte er wütend.

Sie schmollte. »Ich bin das Medizinmädchen. Ich bin auch eine Schamanin. Ich möchte helfen. Und der Raubwürger ist überall dort, wo ich auch bin.«

»Du bist ein Mädchen, Mah-ree! Du kannst kein Schamane sein, und du darfst nicht mit uns zum heiligen Ort der Träume kommen. Weiß Tlana-quah, daß du uns gefolgt bist?«

»Er ist viel zu sehr damit beschäftigt, sich auf die Gesänge und Tänze der Trauer für Hoyeh-tay vorzubereiten. Ich habe darauf geachtet, deutliche Spuren zu hinterlassen. Wenn meine Mutter mich vermißt, wird sie erkennen, daß ich mit den zwei Schamanen davongegangen bin.«

»Geh zurück, Mah-ree!« drängte Cha-kwena. »Du hast keinen Grund, bei uns zu sein.«

»Aber ja! Seit vielen Tagen hat sich unser Totem nicht mehr am See oder an den anderen Orten gezeigt, wo ich gewöhnlich meine Gaben niederlege. Ich glaube, daß All-Großvater mit den anderen Mammuts an der heiligen Salzquelle ist. Nur du weißt, wo das ist, Cha-kwena. Doch All-Großvater kommt nicht zu dir, sondern zu mir. Wenn ich bei dir bin, wird er dir vielleicht verraten, wo der heilige Stein ist.«

Masau ging neben dem Mädchen in die Knie.

»Ist das wahr, kleine Tochter von Tlana-quah?« fragte er.

»Ja, sicher!« Sie blickte ihn mit offener Bewunderung an. »Ist deine Mutter wirklich eine Schamanin, Adlermann?«

»Eine große und mächtige Schamanin.«

»Dann sag dem Jungen im Baum, daß auch ich eine Schamanin sein kann! Unser Totem ißt die Nahrung, die ich ihm bringe! Der alte Hoyeh-tay hat mich in seine Höhle eingeladen! Wenn er jetzt hier wäre, würde er mir erlauben, mit euch zu gehen!«

Masau blickte zu Cha-kwena hinauf. »Wenn wir sie zurückschicken, müßte einer von uns sie begleiten.«

»Warum? Sie ist doch auch allein hergekommen!«

»Sie ist noch ein Kind, Cha-kwena.«

Sie runzelte die Stirn. »Ich bin fast kein Kind mehr!«

»Ja«, sagte Masau mit belegter Stimme. »Das sehe ich. Vielleicht wirst du eines Tages aufwachsen und als genauso schöne Frau wie deine Schwester leben.« Cha-kwena dachte beunruhigt über diese Worte nach. *Vielleicht wirst du aufwachsen? Als genauso schöne Frau wie deine Schwester leben?* Eine seltsame Formulierung. Es sei denn, er wollte damit andeuten... Er ließ den Gedanken unvollendet. Weil der Stamm keine Zukunft hatte, wenn der heilige Stein nicht wiedergefunden wurde?

Mah-ree hob den Kopf. »Ich werde anders als Ta-maya sein. Ich werde das Medizinmädchen sein! Und ich werde anders als sie wissen, wofür ich mich entscheide!«

Eine von Masaus Augenbrauen hob sich. »Und was ist es, wofür Ta-maya sich entscheiden muß?«

Mah-ree war so von ihrem Zuhörer gefesselt, daß sie ihm anvertraute: »Dakan-eh.«

Cha-kwena wußte nicht, was ihn mehr beunruhigte — die Offenheit des Kindes oder die Tatsache, daß sie ihe Zuneigung so schnell von ihm auf einen anderen gerichtet hatte. Er wußte nur, daß Masau den Kopf schüttelte, mit einem geheimnisvollen Lächeln aufstand und dem Mädchen die Hand reichte. »Komm, Freundin des Raubwürgers! Du bist viel zu weit fortgegangen, um allein zurückkehren zu können. Es ist Zeit für uns, den Ort der Träume aufzusuchen. Wenn der Schamane deines Stammes dich in seine Höhle eingeladen hat und wenn euer Totem wirklich auf deinen Ruf zu dir gekommen ist, glaube ich nicht, daß Cha-kwena etwas dagegen hat, wenn du uns begleitest.«

Cha-kwena hatte etwas dagegen, aber das war jetzt gleichgültig. Masau hatte eingewilligt, daß Mah-ree sie begleitete, und so folgte sie ihnen mit großen Augen, leicht zufriedenzustellen und gehorsam.

Es war die Zeit des Fastens, aber Mah-ree beschwerte sich

372

nicht. Sie nahm sich genauso entschlossen vor, ohne Nahrung auszukommen, wie sie den Schamanen in die Hügel gefolgt war. Es war die Zeit des Schweigens und für das Gespräch mit den Geistern der Toten und des Hochwaldes.

Cha-kwena führte Masau und Mah-ree immer weiter durch das Gebüsch, die Hügel hinauf und hinunter, bis zum Ausblick. Das Mädchen war darauf bedacht, einen angemessenen Abstand zu den beiden Schamanen zu halten. Es beobachtete sie von ferne, achtete jedoch darauf, daß es nie den Sichtkontakt verlor. Cha-kwena spürte Mah-rees Anwesenheit hinter sich, wo sie sich so stumm und beständig wie sein Schatten bewegte. Er lächelte. Er mußte sie bewundern, in Mah-ree steckte mehr, als auf den ersten Blick ersichtlich war. Außerdem gefiel es ihm, daß er ausnahmsweise einmal über sie bestimmen konnte, auch wenn es nur darum ging, ihr den Weg und die Geschwindigkeit vorzugeben.

Nach einer Weile hatte er ganz vergessen, daß sie da war. Und als sie endlich den Ausblick erreichten und Masau mit dem Mädchen durch die Dornbüsche kam, breitete er die Arme aus, damit sie nicht über den Rand des Abgrundes hinausliefen. Beide keuchten, als sie den klaffenden Abgrund der Schlucht und den Anblick sahen, der sich unter ihnen ausbreitete. Cha-kwena spürte wieder wie beim letzten Mal den Zauber dieses Ortes. Geister waren in seiner Nähe – die von Hoyeh-tay und Eule und der Geist des Jungen, der er gewesen war, als er das letzte Mal diesen Ort aufgesucht hatte. Als er jetzt hinausblickte, wußte er, daß er nicht nur hier war, um zu trauern und die Geister der Vorfahren anzurufen, damit sie ihm sagten, wo er den heiligen Stein fand. Er war auch hier, um sich von dem Jungen und von all seinen Kindheitsträumen zu verabschieden, die ihn in dem Glauben gelassen hatten, er könnte etwas anderes als ein Schamane werden.

Er kniete sich hin. Die Sonne ging hinter der westlichen Wand der Schlucht unter. Bald würde es dunkel sein. Und dort unten zwischen den hohen Stämmen der uralten Zedern, Fichten und Kiefern bewegte sich das, wonach er an diesem Ort suchte.

»Großer Geist . . .«, flüsterte er voller Ehrfurcht und zeigte nach unten, damit die Augen Masaus und des Mädchens den gewaltigen bleichen Rücken des Mammuts fanden.

»All-Großvater.« Mah-ree sprach den Namen, als wäre es der eines alten Freundes. »Ich wußte, daß er hier sein würde. Und seht — er ist nicht allein! Seine Frauen und Kinder und sein kleiner weißer Sohn sind an diesem heiligen Ort bei ihm. Es ist ein gutes Zeichen, meinst du nicht auch, Cha-kwena?«

Cha-kwena bemerkte, daß ihn der Anblick der Herde beruhigte, die von den steilen Wänden ihres geheimen Zufluchtsortes und den hohen Bäumen geschützt wurde. Hoyeh-tay war tot und der heilige Stein verschwunden, aber All-Großvater lebte immer noch mit seiner Familie und seinem kleinen weißen Sohn in der Roten Welt. Noch war nicht alles verloren. War dies das Zeichen, nach dem er suchte?

Neben ihm hockte sich Masau hin und beugte sich vor, um besser sehen zu können. »Das große weiße Mammut! Und ein Kalb — ein weißes Kalb! Der Nachkomme des Totems!« Masau stieß die Worte mit so tiefer Stimme aus, daß seine Brust zu vibrieren schien. Er klang wie ein schnurrender Löwe . . . oder ein Löwe, der in Vorfreude auf eine Mahlzeit knurrte.

Cha-kwena beobachtete Masau in plötzlicher Sorge, wie er gebannt nach unten starrte, die Augen zu schmalen Schlitzen zusammengekniffen und mit gefletschten Zähnen. Im Profil sah Masau mit dem Adlerkopf über seiner Stirn wie ein phantastisches Raubtier aus — halb Mensch und halb Vogel oder halb Tier und . . . Wie hatte Hoyeh-tay ihn genannt? *Ein Löwe, der sich in der Hülle eines Adlers verbirgt.* Als Cha-kwena jetzt Masau anstarrte, schien dieser all das zu sein, was sein Großvater befürchtet hatte.

Hinter seinen Augen stieg plötzlich eine blutrote Vision auf. Rot auf Weiß. Blut auf der Haut des weißen Mammuts. Er sog den Atem so heftig ein, daß sowohl Mah-ree als auch Masau sich zu ihm umdrehten.

»Was ist, mein junger Schamanenbruder?« wollte Masau wissen.

»Ich habe keinen Bruder!«

Masaus Gesichtsausdruck wechselte so unvermittelt, als hätte der Junge ihn überrascht und gleichzeitig zutiefst verletzt. »Sind nicht alle Menschen ein Stamm? Sind nicht jene, die auf den Pfad des Schamanen berufen wurden, in Geist und Blut vereint? Wie soll ich dich sonst nennen, Cha-kwena? Wie nennst du mich?«

Feind, Zerstörer, Löwe! flüsterte der Westwind, als er durch die Schlucht strich.

Doch Cha-kwena blickte in Masaus Augen. Sie waren so dunkel, so voll unendlicher Freundlichkeit, Zuneigung und ehrlicher Sorge. Die blutige Vision verschwand und mit ihr auch sein Gefühl der Beklommenheit gegenüber diesem Mann. Solange Masau ihm in die Augen sah, konnte Cha-kwena den Blick nicht abwenden.

»Ich . . . ich weiß nicht«, sagte der Junge. »Vielleicht hätte ich dich nicht hierher bringen dürfen. Es ist ein heiliger Ort für die heiligen Männer der Roten Welt, nicht für den Stamm des Wachenden Sterns.«

Masau wandte seinen Blick nicht ab. »Geht der Wachende Stern nicht auch über der Roten Welt auf? Lebt das große weiße Mammut nicht auch unter seinem Licht?«

Cha-kwena, der sich immer noch im Bann von Masaus Blick befand, fühlte sich plötzlich müde. »Ja, so ist es.«

Dem Raubwürger auf Mah-rees Schulter war es gelungen, den Riemen durchzubeißen, der ihn gefangenhielt. Er streckte den gesunden Flügel aus, wagte den Flug auf Masaus Knie und schaffte eine Landung.

»Der Raubwürger nennt dich seinen Bruder«, sagte Mah-ree.

Wenn Cha-kwena nicht so benommen gewesen wäre, hätte er darin sicher eine Bedeutung erkannt, aber Masaus Augen hatten ihn irgendwie in eine so schläfrige und entspannte Stimmung versetzt, daß er sich mit einem Seufzer auf die Seite legte und sich entschuldigte. »Ich muß mich ausruhen. Ich kann nicht mehr gegen die Müdigkeit ankämpfen.«

7

Vier Tage und vier Nächte lang überwachte Masau die Zeit des Fastens und Betens, die Cha-kwena und Mah-ree durchmachten. Vier Tage und vier Nächte lang wurde ihnen der Pfad des Schamanen gezeigt, während der Mann des Stammes des Wachenden Sterns sie auf den Schwingen seiner Worte durch mystische Welten führte. Er nahm sie mit hinauf in die Wolken und durch das Herz der Sonne... über die Rote Welt und über den Mond und die weiten Grasebenen des Nordens... über zerklüftete, bewaldete Hügel und steile Berggipfel, auf denen das Gewicht der schimmernden Gletscherreste lag... und durch große, kalte Seen, die als einziges Zeichen eines sterbenden Zeitalters, der Eiszeit, übriggeblieben waren.

Und dann ließ er sie mit ihren Träumen allein, als er allein am Rand des Abgrunds stand. Während er den heiligen Stein von Hoyeh-tay in der Hand hielt, beobachtete Masau, wie das große weiße Mammut in den Tiefen der Schlucht weidete. Dem Mann entging keine Einzelheit — weder die Anzahl der Tiere noch die Art und Weise, wie sie sich um die Teiche oder zwischen den Bäumen anordneten. Er beobachtete, wie das große weiße Mammut immer wieder allein stand und wie zwei Kühe, eine junge und eine sehr alte, sich abwechselten, das kleine weiße Kalb zu bewachen und zu nähren. Er sah auch die steilen Klippen am einzigen Zugang zur Schlucht, in der sich die Mammuts versammelt hatten und aus der es kein Entkommen vor den Jägern geben würde, die er in diese uralte Zuflucht führen würde. Sie würde sich schließlich nicht als Zuflucht, sondern als tödliche Falle erweisen.

Vor dem Anbruch der Dämmerung des fünften Tages erwachte Cha-kwena aus einem Traum von Kojoten und Schwalben, von Fledermäusen und springenden Hasen und von Eule, die von den Sternen auf ihn herabstieß. Er saß zitternd in Hoyeh-tays feuchtem Umhang da. Alle Versuche, ihn zu trocknen, waren fehlgeschlagen, denn er hatte zuviel Wasser aufgesogen. Es würde mehrere Tage in gutem, starkem Sonnenschein dauern, um ihn wiederherzustellen — falls es dazu nicht schon viel zu spät war. Doch weil es Hoyeh-tays Umhang war, wollte er ihn trotz allem so lange tragen, wie die Nähte ihn noch zusammenhielten.

Mah-ree schlief in einem kleinen Nest aus Kiefernzweigen, das sie sich selbst gemacht hatte, und Masau war in den Wäldern auf Traumsuche. Cha-kwena stand auf und trat in der Dunkelheit an den Rand des Abgrunds. Sein Mund war trocken, und er hatte Durst, doch seinen Hunger hatte er nach den Tagen und Nächten des Fastens überwunden. Er glaubte nicht, daß er sich jemals einsamer gefühlt hatte. Er schloß die Augen. Er spürte eine schreckliche Traurigkeit, als er wieder einmal auf die Vision wartete, nach der er sich sein ganzes Leben lang gesehnt hatte — die Vision, in der sein helfender Tiergeist zu ihm kommen und ihm seinen Erwachsenennamen und sein Totem offenbaren würde.

Die Wellen auf der Oberfläche seines Geistes peitschten auf, und plötzlich sah er den Kojoten am Ufer des Sees stehen, wie er ihm vor langer Zeit schon einmal am Ufer eines anderen Tümpels erschienen war. Das Tier starrte ihn mit goldenen Augen durch die Nacht an, aufmerksam, aber stumm. Dann drehte sich der Kojote um und verschwand, worauf ihm die Geschöpfe folgten, die Cha-kwena allzu oft in seinen Träumen heimsuchten. Zuerst watete der goldbraune Hirsch in den See seiner Träume. Seine großen Augen waren voller Sternenlicht, und er zuckte mit den Ohren, als er fragte: *Warum wendest du dich von mir ab, Cha-kwena? Ich und meine Artgenossen werden den Kleinen Bruder der Tiere niemals vergessen, weil er die Fessel eines verletzten Kalbes heilte, während andere deiner Art mich sofort getötet und mein Fleisch auf die Trockengestelle in ihrem Dorf gehängt hätten.*

Dann kam der Falke und landete auf dem Rücken des Hirsches. Er hatte mächtige Flügel, einen roten Schwanz und ein gesundes Auge, daß so golden und hell wie Sonnenlicht in der Dunkelheit des Traumes strahlte. *Und du wirst dich sicher auch*

377

an mich erinnern, Cha-kwena, sagte er. *Genauso wie ich und meine Artgenossen uns immer an den Kleinen Bruder der Tiere erinnern werden. Du hast die Fliegenmade aus dem kranken Auge dieses verletzten Falken entfernt und mich in der Wärme und Sicherheit des Kochbeutels deiner Mutter aufbewahrt, bis das Fieber mein Fleisch verlassen hatte und ich davonfliegen konnte ... mit nur einem Auge, aber wieder gesund und stark, so daß ich wieder mit meinen Artgenossen jagen kann.*

Die Fledermaus flog dicht über dem See vorbei und hinterließ eine lange, dünne Spur aufgewühlten Wassers auf der Oberfläche. *Vergiß mich nicht, sagte sie. Ich und meine Artgenossen beobachten für immer die Wege des Kleinen Bruders der Tiere. Du hast dich vor langer Zeit entschieden, nichts von dieser betäubten Fledermaus zu sagen, als du mich am Fuß einer großen Kiefer hast liegen sehen, während die anderen Jungen deiner Art vorbeigingen. Sie hätten mich getötet, denn es liegt in der Natur von Jungen, verwundete Tiere zu quälen und zu töten, die sie dann vielleicht zum Kochbeutel ihrer Mutter bringen. Doch dies war niemals die Natur von Cha-kwena, also wird die Fledermaus für immer in der Nacht für dich da sein, um ihren menschlichen Bruder vor Gefahren zu warnen.*

Der Fledermaus folgte die Schwalbe mit heller Brust und spitzen Flügeln. Zwitschernd landete sie auf dem Kopf des Hirsches. *Vergiß mich nicht, Cha-kwena, wie auch ich den Kleinen Bruder der Tiere niemals vergessen werde. Als du und Dakaneh und Hoyeh-tay mitten im großen trockenen See euer Lager aufgeschlagen hattet, wie hätte ich es unterlassen können, euch vor der Gefahr zu warnen? Ich habe gesehen, wie du andere deiner Art von den Nestern fortgeführt hast, in denen meine Kinder aufwuchsen.*

Der Hase kam an das Ufer des Sees seiner Vision gehoppelt und setzte sich zur Maus, zum Kaninchen und zur Eidechse. *Erinnere dich an uns alle, Cha-kwena, so wie auch wir uns immer an den Kleinen Bruder der Tiere erinnern werden. Obwohl du unsere Artgenossen getötet und von unserem Fleisch gegessen hast, hast du niemals eine Falle sorglos aufgestellt, um uns leiden zu lassen. Und du hast uns niemals nur* deshalb getötet, um deinem eigenen Stolz zu dienen. In fleischreichen Zeiten hast du uns in Ruhe gelassen. Du hast unsere Brüder und Schwestern geheilt, wenn du sie verletzt aufgefunden hast, und für unser Wohl hast du das Gelächter der anderen deiner Art ertragen.

Und dann sah Cha-kwena einen grauen Schatten in der Dunkelheit. Es war Eule, kahl, zornig und in ihrer Weste aus Kaninchenfell, die über den See flog.

Ich bin immer noch bei dir, Cha-kwena. Wir alle sind noch bei dir...

Die Luft vor Cha-kwenas Gesicht bewegte sich durch einen plötzlichen Windstoß, als wäre eine geflügelte Kreatur vorbeigeflogen und dann unvermittelt abgedreht.

Cha-kwena öffnete die Augen. Die Vision war vorbei. Der starke Gestank nach verbranntem Fell und Federn hing in der Luft. Der Junge sah auf die Feuerstelle. Sie war kalt, von ihr stieg nur der bittere Geruch der Asche auf. Er starrte nach vorn, dann blickte er sich um, weil ihn der unerklärliche Gestank irritierte. Er erwartete fast, daß Eule zu ihm fliegen würde oder irgendwo in den Bäumen oder Sträuchern hockte. Doch es war keine Spur des Vogels zu entdecken.

»Was ist, Cha-kwena? Will der Traum, den du suchst, immer noch nicht zu dir kommen?« Masau ging auf ihn zu. Der Morgenstern glitzerte über seinem Kopf am Himmel, und der Raubwürger saß genauso auf seiner Schulter, wie Eule immer auf Hoyeh-tays Schulter gehockt hatte.

Der Vergleich war bedrückend für Cha-kwena. Niedergeschlagen schüttelte er den Kopf. »Ich träume immer wieder dieselben Träume, Masau. Ich glaube, daß mein Großvater recht gehabt hat. Ich werde wohl immer Cha-kwena bleiben, der Kleine Bruder der Tiere.«

»Das ist kein schlechter Name für einen Schamanen.«

»Das meinte auch mein Großvater, obwohl ich gar nicht mehr so klein bin.«

»Nein. Du bist jung, aber ich sehe, daß du ein Mann bist. Dein Großvater hat es auch erkannt. Er hatte die Fähigkeit, tief in die Herzen der Menschen zu blicken.«

Cha-kwena blickte trostlos auf. »Bist du dir sicher, Masau?«
»Aber ja! Ich wußte es in dem Moment, wo sich unsere
Blicke trafen. Doch Hoyeh-tay hatte schon zu lange gelebt.
Diese Fähigkeit muß jetzt auf dich übergehen, Cha-kwena. Wir
wollen jetzt das Mädchen wecken. Du mußt mit mir kommen.
Ich bin gerade vom heiligen Wacholder zurückgekehrt, und
dort ist etwas, das du dir ansehen mußt.«

Matt und stumm und immer noch in seine Träume vertieft,
folgte Cha-kwena dem Schamanen zurück über die Hügel zum
heiligen Baum. Es war Mah-ree, die als erste den Gegenstand
entdeckte, zu dem Masau sie geführt hatte. Sie wollte bereits
losrennen, doch Masau hielt sie zurück. »Das ist nicht für dich,
Medizinmädchen! Das hier ist für Cha-kwena. Es ist ein
Geschenk von den Geistern der Vorfahren und vom alten
Hoyeh-tay.«

Cha-kwenas Herz klopfte. Er ging langsam und zögernd weiter, bis er schließlich vor dem Stamm des großen Baums stand
und nach unten starrte. Inmitten eines Büschels Eulenfedern auf
der mächtigen Muskulatur der dicken Wurzeln lag der heilige
Stein seiner Vorfahren.

Masau trat neben Cha-kwena und legte ihm eine Hand auf
die Schulter. »Heute ist der fünfte Tag. Heute wird der Körper
deines Großvaters dem Feuer übergeben. In der Zwischenzeit
hat sein Geist dich besucht und in deine Träume geblickt. Er hat
sie eines Schamanen für würdig befunden. Und daher haben
Hoyeh-tay und Eule, sein helfender Geist, deinem Stamm das
zurückgegeben, was ihn stark macht. Der heilige Stein gehört
dir. Nimm ihn! Denn jetzt bist du wirklich der Schamane.«

Ihre Blicke trafen sich. Masau lächelte. Es war ein strahlendes
und freundliches Lächeln, doch irgendwie blieben seine Augen
finster, vorsichtig und wachsam – wie die Augen eines Raubtiers, eines Löwen, der ihn unter dem Kopf eines Steinadlers
anfunkelte. Cha-kwena konnte seinen Blick nicht abwenden.

Für einen Moment kam ihm ein furchtbarer Verdacht. Hatte
Masau den heiligen Gegenstand gestohlen und ihn aus uner-

findlichen Gründen auf die Wurzel des Wacholders gelegt, damit er ihn hier fand? Aber warum sollte er so etwas tun? Und wenn, würde er sich damit nicht viel finsterer und heimtückischerer Taten verdächtig machen — so wie am Tod Hoyeh-tays und am Verschwinden von Eule?

Diese Gedanken waren zu entsetzlich. Er konnte ihnen keinen Glauben schenken. In diesen letzten vier Tagen und Nächten war Masau wie ein Bruder zu ihm gewesen, hatte ihm Trost und Rat gegeben und eine tiefe Freundschaft angeboten, wie Cha-kwena sie noch nie erlebt hatte — nicht einmal mit seinem eigenen Vater oder Hoyeh-tay. Er wollte nichts Schlechtes über Masau denken, so etwas lag nicht in seinem Wesen.

Cha-kwena stand lange von dem großen Baum und starrte auf den heiligen Stein. Der Riemen, an dem er um Hoyeh-tays runzligen Hals gehangen hatte, war verschwunden. Das Amulett sah so klein aus. In seiner Kehle bildete sich ein Kloß, der genauso groß wie der Stein war, und Tränen brannten ihm in den Augen. Zitternd griff er nach unten. Cha-kwena berührte ihn nur mit den Fingerspitzen. Er war bereit, sofort zurückzuweichen, aber nichts Ungewöhnliches geschah. Er schluckte und schob die Finger vor, bis seine Hand über dem Stein lag. Und dann, während er immer noch auf ein übernatürliches Ereignis wartete, wagte er es, seine Finger zu krümmen und unter den Stein zu schieben, langsam, ganz langsam, bis er ihn aufhob.

Er keuchte, nicht weil ihn eine großartige Empfindung überwältigte, sondern weil gar nichts geschah. Dennoch war es ein erhebendes Gefühl. Dieser heilige Stein war ein Teil des Ersten Mannes und der Ersten Frau, eine Verbindung mit der tiefsten Vergangenheit, ein Amulett, in dem die lebensbestimmende Kraft seines Stammes und ihres Totems lag. Der Stein — und die Kraft — befanden sich jetzt in seinem Gewahrsam.

»Bin ich dessen würdig?« flüsterte er, als er seine Hand drehte, die Finger öffnete und auf den heiligen Stein sah, der in seiner Handfläche lag.

»Aber ja, Cha-kwena...«, flüsterte Mah-ree bewundernd, nachdem sie an seine Seite getreten war.

»Ein Schamane erweist sich als würdig«, sagte Masau.

Der Junge fühlte sich ruhig und zuversichtlich. Dann durchdrang ihn eine unheimliche Kälte. Es war der Atem eines neuen Lebens, das in ihm begann, als er endlich akzeptierte, wogegen er sich so lange gewehrt hatte und was er jetzt mit ganzem Herzen annahm.

»Für Hoyeh-tay«, rief er. »Für Eule, für den Ersten Mann und die Erste Frau, für all die Vorfahren und die Geistertiere, die in meinen Träumen zu mir sprechen, und für den Großen Geist, für All-Großvater, werde ich des Steines würdig sein! Ich bin Cha-kwena! Ich bin der Schamane!«

8

Hoyeh-tays Scheiterhaufen erhellte die Nacht. Der Stamm versammelte sich unter der Höhle, um zuzusehen, wie er brannte.

Die Frauen hatten den alten Mann gereinigt und ihn auf eine Bahre aus gespaltenen Stämmen und reichlich Zunder gelegt, die dick mit duftendem Salbei gepolstert war. Sie hatten seinen Körper eingeölt, sein Haar mit Federn geschmückt und ihn mit Ocker, der kostbaren Tonerde, bemalt, damit in die Welt jenseits dieser Welt das Blut der Erde in seinem Geist floß. Sie hatten ihn in ein Leichentuch aus trockenem Schilf gehüllt und ihm einen mit Federn gefüllten Beutel als Kissen unter den Kopf gelegt. Geschenke wurden von allen Männern, Frauen und Kindern in kleinen Bestattungskörben gebracht, damit sein Geist all die guten Dinge zu den Vorfahren in der Geisterwelt mitnehmen konnte. Sie hatten die vollen Körbe um ihn herum und auf ihn gestellt.

Als alles vorbereitet war, stieg Cha-kwena die Stufen zur Höhle hinauf und stand eine ganze Weile vor seinem aufgebahrten Großvater, bevor er sich hinkniete. Mit Hoyeh-tays Feuerbohrer entfachte er den Zunder. Die Glut entflammte die größeren Scheite und würde den Geist des geliebten alten Mannes in die Welt jenseits dieser Welt mitnehmen. Als die Flammen so hoch und heiß brannten, daß er es nicht länger in ihrer Nähe aushielt, verließ Cha-kwena die Höhle und ging zu seinem Stamm.

Dann stand er vor den Menschen, streckte seine Arme der Unendlichkeit entgegen und stimmte die Gesänge an, die der alte Hoyeh-tay ihm beigebracht hatte. Alle, die ihm zuhörten, wußten, daß ein Teil des alten Mannes in seinem Enkel weiterlebte. Niemand bezweifelte auch nur einen Augenblick, daß Cha-kwena nun der neue Schamane war.

Die Händler standen respektvoll ein Stück abseits von den Stammesmitgliedern.

Maliwal wandte sich wütend an Masau. »Der neue Schamane trägt den heiligen Stein!« tadelte er mit gesenkter Stimme. »Wie konnte er aus deiner Verwahrung an den Platz an seinem Hals gelangen?«

»Ich habe den heiligen Stein an eine Stelle gelegt, wo der Junge ihn finden würde.«

Maliwal war verwirrt. »Du hast den alten Mann umgebracht und den Stein gestohlen. Warum gibst du ihn zurück? Ysuna will ihn haben. Wenn wir ihn nicht haben, wenn wir zu ihr zurückkehren, wird sie den Grund dafür wissen wollen.«

»Mir wird immer klarer, warum Ysuna von uns beiden mich zum Schamanen ernannt hat. Dein Name ist Wolf, Maliwal. Kannst du nicht wie einer denken? Ysuna wird ihren heiligen Stein bekommen. Zur rechten Zeit wird er von selbst zu ihr kommen. Der Junge wird ihn zum Ort bringen, wo sich die Stämme der Roten Welt versammeln, um Piniennüsse unter dem Licht des Pinienmondes zu ernten. Bis dahin wird er die Ehre haben, ihn tragen zu dürfen. Wenn wir das Vertrauen dieser Eidechsenfresser behalten und den vollen Erfolg unserer Reise in dieses Land der Narren sicherstellen wollen, dient uns dieser Stein am besten, wenn er ihn um den Hals trägt.«

Die anderen Männer der Gruppe, die seine Worte mitgehört hatten, tauschten belustigte und anerkennende Blicke.

»Hast du eine erwählt, die wir als Braut für Himmelsdonner mitnehmen werden?« fragte Chudeh.

»Ja«, antwortete Masau.

Maliwal blickte zum versammelten Stamm hinüber. Die Frauen standen abseits von den Männern, und Ban-ya sah über die Schulter in seine Richtung. Obwohl ihre Haltung zur ernsten Stimmung der Bestattung paßte, waren ihre Augen schamlos und provozierend.

»Sieh sie dir an . . .« Maliwal seufzte und fuhr sich mit der Zunge über die Lippen, als würde er sich auf eine Mahlzeit freuen. »Da haben wir doch ein Mädchen, das bereitwillig mitkommen würde, ohne daß wir uns große Mühe geben müßten.«

»Vielleicht«, schränkte Masau ein. »Aber diesmal brauchen wir das perfekte Opfer, die Schönste ihrer Frauen.« Er richtete seinen Blick auf Ta-maya. »Für Ysuna und das Wohl unseres Stammes muß das nächste Opfer vollkommen sein.«

»Die dort ist dem Großmaul versprochen«, gab Maliwal zu bedenken.

»Ja«, stimmte Masau zu. »Aber das kleine Mädchen hat gesagt, daß ihre Schwester sich noch nicht ganz sicher ist, ob sie den Mann will, der so sehr von sich selbst überzeugt ist. Es ist Ta-maya, die ich erwählt habe, und sie wird mit mir kommen — so sicher wie der Sonnenaufgang am nächsten Morgen kommen wird.«

Ta-maya spürte, daß sie angesehen wurde, und drehte sich um. Als Masau ihren Blick lächelnd erwiderte, senkte sie den Kopf und wandte sich ab. Aber dann drehte sie sich noch einmal um und lächelte für einen kurzen Moment zurück, bevor sie sich erneut abwandte.

»Sie wird es sein«, schwor Masau. »Sie wird es sein.«

In den folgenden Tagen war das Wetter sehr unbeständig. Wenn es schneite und der Häuptling mit den Fremden aus dem Norden in der Schweißhütte saß, fühlte sich Ta-maya in der Hütte ihrer Eltern wohl. Neuerdings herrschte immer gute Laune in der Hütte, während ihre Mutter mit U-wa und Mah-ree die Zeit mit Nähen, Weben und Plaudern verbrachte.

»Es ist gut, daß ihr, Dakan-eh und du, nicht überstürzt geheiratet habt«, sagte Ha-xa. »Denk nur, wie viele wunderbare Geschenke dein Mann seiner Braut machen kann, nachdem die Händler aus dem Norden zu uns gekommen sind. So schöne Felle und Perlen für die Tochter des Häuptlings!« Die Frau erzählte immer wieder von ihrer eigenen Hochzeit und von den vielen Geschenken, die sie bekommen hatte, und von ihrer ersten Nacht mit Tlana-quah, der ihr erster Mann gewesen war. »Dein Vater wird mit Dakan-eh darüber sprechen. Er wird dem Mutigen Mann sagen, er soll vorsichtig in dich eindringen, damit du genauso viel Freude daran hast wie er. Junge Männer müssen in diesen Dingen von den Älteren angewiesen werden, denn sie haben wenig Erfahrung mit Frauen ihres Alters.«

»Dakan-eh braucht keine Ratschläge, wie er mit Frauen umgehen soll«, sagte U-wa mit einem Schnaufen, in dem sich Mißbilligung und Bewunderung mischten.

Ta-maya blickte von ihrer Näharbeit auf und war so irritiert, daß sie sich in den Finger stach. »Au!« rief sie, saugte an der Wunde und ließ ihre Arbeit, ein schönes Hemd aus Reiherfedern für Dakan-eh, in den Schoß fallen. Ta-maya wurde klar, daß U-wa viele Monde lang Witwe gewesen war! War Dakan-eh zu ihr gekommen, um sein männliches Bedürfnis zu befriedigen? Sie konnte sich nicht überwinden, danach zu fragen.

U-wa sah jedoch die Frage in ihrem Gesicht und schnalzte mit der Zunge. »Nein, meine Liebe. Er ist nie zu mir gekommen. Ich habe nicht lange genug als Witwe gelebt und war auch nicht so alt, daß ich in die Hütte der Witwen ziehen mußte. Außerdem haben Tlana-quahs Augen allen jüngeren Männern deutlich gemacht, daß ich nach dem Tod meines Mannes nicht sehr lange allein leben würde.« Sie war offensichtlich stolz auf diese Tatsache, bemerkte aber auch Ha-xas Reaktion darauf. Sie sah Tlana-quahs erste Frau mit einem freundlichen Lächeln an und drückte ihr die Hand. »Du und ich, wir waren als Mädchen die besten Freundinnen, Ha-xa. Ich glaube, daß die Geister der

Vorfahren schon immer gewollt haben, daß wir wie Schwestern zusammenleben!«

Ha-xa nickte. »So wird es sein. Und es hat sich für uns beide als eine gute Sache erwiesen!« Sie zwinkerte lustig mit den Augen, als sie sich auf den Bauch klopfte und kicherte. »Ich habe mich so viele Jahre lang danach gesehnt, noch ein Kind zu haben. Jetzt, wo mein Mann zwei Frauen hat, macht er es sogar noch besser als zuvor! Jetzt bringen wir beide unserem Mann neues Leben!«

Ta-maya nahm ihren Daumen aus dem Mund, setzte ihre Näharbeit jedoch nicht fort, dann U-wa streckte sich, tätschelte dem Mädchen das Knie und bemerkte mit einem wissenden Augenzwinkern: »Wenn man dem Gerede der Witwen glauben kann, wirst du nicht mehr lange einen flachen Bauch haben, wenn du erst die Schlaffelle mit dem Mutigen Mann teilst. Sein Bedürfnis ist sehr stark. Er wird dir viele Babys schenken! Viele Söhne!«

Ta-maya errötete und senkte den Blick.

Beide Frauen kicherten schamlos. »Was sollen wir von einem solch heißblütigen jungen Mann erwarten, wenn er seinen Mannknochen bisher nur in schlaffen, verbrauchten alten Witwen erleichtern konnte?« rief Ha-xa. »Ich bewundere ihn, daß er so lange auf meine Ta-maya wartet, besonders wo die dreiste Ban-ya sich bereitwillig für ihn öffnen würde! Wie sehr er sich danach sehnen muß, auf einer festen jungen Frau zu liegen, und wie heiß sein Blut werden muß, wenn er daran denkt, mit einem Mädchen wie meiner Ta-maya zusammenzuliegen, für die es das erste Mal ist! Ach, Tochter, du mußt ihm vergeben, wenn er beim ersten Mal seine Leidenschaft nicht zurückhalten kann.«

U-wa sagte beschwichtigend: »Ich glaube nicht, daß Ta-maya sich darüber Sorgen machen muß. Der Mutige Mann hatte ein junges Mädchen, als er mit dem alten Schamanen auf dem heiligen Berg war − und er hatte sie richtig, wenn du verstehst, was ich meine. Cha-kwena hat es mir gesagt. Hmm! Ich glaube, mein Junge hatte selbst ein Auge auf das Mädchen geworfen. Er war wegen dieser Sache nicht sehr gut auf den Mutigen Mann zu sprechen. Aber junge Männer von zu Hause fort... du weißt schon, was das bedeutet! Nach einer Großen Versammlung werden mehr Babys geboren als zu irgendeiner anderen Zeit, und keines von ihnen ähnelt seinem Vater! Schau nicht so bedrückt, Ta-maya! Wenn dein Mutiger Mann einen gesunden Appetit hat, kannst du dich glücklich schätzen! Deine Mutter und ich werden dir die kleinen Tricks beibringen, mit denen eine Frau ihren Mann hungrig hält — während sie selbst satt wird! Mein erster Mann zum Beispiel...« Sie verstummte. Da sie offensichtlich nichts Schlechtes über die Toten sagen wollte, fügte sie vorsichtshalber hinzu: »Laßt mich bei dieser Gelegenheit erwähnen, daß er ein guter Jäger war, der vielleicht sogar ein noch besserer Schamane geworden wäre. Aber er besaß keine großen Zauberkräfte, wenn er mit mir auf der Schilfmatte lag. Manchmal habe ich mich gefragt, wie ich ihm überhaupt einen Sohn schenken konnte!«

»Cha-kwena!« seufzte Mah-ree glücklich, als sie seinen Namen aussprach. »Der beste Sohn auf der ganzen Welt — neben Masau natürlich. Masau ist der allerschönste Mann, den ich jemals gesehen habe! Seine Mutter muß sehr stolz auf ihn sein!«

Ha-xa runzelte die Stirn. »Masau war dir gegenüber viel zu nachgiebig! Er hätte dich nach Hause bringen sollen, wo du hingehörst, statt dich auf die Reise der Schamanen mitzunehmen!«

»Er war wunderbar!« Mah-ree ließ sich rückwärts auf ihre Schlaffelle sinken. »Ich habe ihm von den Mammuts und von All-Großvater erzählt und...«

Ta-maya verspürte eine ungewohnte Hitzewallung in ihren Lenden, als ihre Schwester Masaus Namen erwähnte. Mit bleichem Gesicht fragte sie U-wa dann: »Du sagst, daß Dakan-eh auf den Blauen Tafelbergen ein Mädchen hatte? Sie richtig hatte?«

»Er ist ein Mann, meine Liebe, und du hast ihn immer wieder abgewiesen.« Ha-xa erhob anklagend ihren Finger.

Mah-ree setzte sich auf. »Ich habe ihr gesagt, sie soll das nicht tun, Mutter, aber sie hört ja nie auf mich!«

»Aber bevor Dakan-eh aufbrach, hat er geschworen, daß er nur mich will.«

Ha-xa schüttelte den Kopf. »Wollen ist eine Sache, Ta-maya, und warten eine andere. Wenn dieses Mädchen auf den Blauen Tafelbergen bereit war, sich Dakan-eh zu öffnen, warum hätte er sich dieser Freude verwehren sollen? Ein Mann muß sich von Zeit zu Zeit erleichtern.«

U-wa nickte weise. »Das hat nichts mit Liebe zu tun.«

Ha-xa lachte. »Wenn es so wäre, würde ich mir ernsthafte Gedanken darüber machen, daß er fast jede Nacht zu den Witwen geht! Aber sei beruhigt, Ta-maya, sie sind keine Rivalinnen für dich.«

Ta-maya hatte plötzlich einen hochroten Kopf und sprang auf die Beine. »Das tut er gar nicht! Nicht jede Nacht! Das kann er doch gar nicht! Er geht auf die Jagd! Er . . .«

»Aber natürlich, mein Kind! Und es ist doch nichts dabei!« sagte Ha-xa. »Drei einsame, unfruchtbare Frauen sind glücklich, wenn sie wieder etwas Junges in den Armen halten können, und ein junger brünftiger Bulle stapft nicht wie ein jederzeit kampfbereiter Elch durch das Dorf! Es ist eine gute Sache, eine weise Tradition.«

U-wa bemerkte die Qual und die Verwirrung in Ta-mayas Augen. »Zweifellos stellt er sich vor, mit dir zusammenzusein, wenn er bei ihnen liegt, mein Schatz. Bald wird es so sein, und dann wird er nicht mehr zu ihnen gehen.«

Ta-maya war wütend und empört − nicht über die Frauen oder Dakan-eh, sondern über sich selbst. Sie hatten natürlich recht, sie hatte ihn wirklich lange warten lassen. Weil er um einiges älter als sie war, hatte er sein Verlangen nach ihr schon vor ihrer ersten Blutzeit erklärt. Sie hatte ihn von Anfang an gewollt, aber noch mehr als das hatte sie eine Hochzeit gewollt, und deshalb hatte sie ihn warten lassen. Und warten und warten. Ihr hatte mehr an der Hochzeit gelegen als an dem Mann.

»Oh!« Ta-maya sah die beiden Frauen an, ihre kleine Schwester, die Schlaffelle und den Stapel mit den Hochzeitsgeschenken. »Oh!« wiederholte sie ihren Ausruf der Betroffenheit, denn sie hatte erkannt, daß sich ihre Meinung überhaupt nicht geändert hatte.

Seetaucher riefen auf dem Wasser. Ta-maya ging zum Eingang der Hütte, schob die Felltür zur Seite und blickte nach draußen. Das Leuchten der Feuerstellen drang durch die Schweißhütte und die Behausung der Witwen. Oben an der Klippe brannte ein Feuer in der Höhle Cha-kwenas. Der Gedanke, daß die Höhle jetzt ihm gehörte, war verwirrend. Während der vergangenen Monde war die Ordnung ihrer Welt vollständig umgeworfen worden. Seit ihre Blutzeit begonnen hatte, war alles anders geworden. Alles!

Sie atmete tief die Nachtluft ein, um sich zu beruhigen. Der Schnee hatte sich in Regen verwandelt. Draußen war es relativ warm. Der See der Vielen Singvögel war nahezu eisfrei. Bald würde es Frühling werden, und dann konnten die jungen Triebe der Rohrkolben im Sumpf gepflückt werden. Bald würde der dritte Mond aufgehen, und bald danach würde sie Dakan-ehs Braut werden! Würden die Witwen sich für sie freuen oder sich selbst bedauern. Es war ihr egal. Im Augenblick haßte sie die Witwen, und wenn sie die Wahrheit gehört hatte, haßte sie auch Dakan-eh, weil er zu ihnen ging. Sie seufzte niedergeschlagen und sah zu, wie ihr Atem zu einer durchscheinenden Wolke kondensierte, während sie auf die Seetaucher horchte.

»Hauuh-uh-uh«, riefen sie sich zu. »Hauuh-uh-uh.« Es klang fast wie das Klagen der Frauen, wenn jemand gestorben war.

Sie wurde traurig. Innerhalb kurzer Zeit hatte sie die Bestattung dreier Menschen miterlebt, zuerst die ihrer lieben und kranken Großmutter Neechee-la, dann die des stolzen und sorglosen Nar-eh und nun die Hoyeh-tays. Irgendwie hatte sie sich immer vorgestellt, er würde ewig leben. Der alte Mann war wie der Mittelpfosten einer Hütte gewesen. Wenn er einen Riß bekam, wurde er abgedichtet und mit starken Riemen und Sehnen umwickelt, wodurch er um so stabiler wurde. Die Vorstellung einer Hütte mit einem neuen Stützpfosten war undenkbar, genauso wie die Vorstellung, daß ihr Stamm ohne Hoyeh-tay auskommen mußte. Jetzt, wo er nicht mehr da ist, dachte Ta-maya, ist ein Teil dessen, was meinen

389

Stamm mit den vergangenen Generationen verbunden hat, für immer verloren.

Hinter ihr in der Hütte sangen Ha-xa und U-wa sorglos einen Kanon. Mah-ree mußte eingeschlafen sein, sonst hätte sie mitgesungen. Ta-maya runzelte die Stirn. Mah-ree wuchs sehr schnell heran. In den letzten paar Monden hatte sie sich deutlich verändert. Ihre Hüften bildeten sich aus, und bald würden ihre Brüste wachsen. Bald würde sie eine Frau sein und dann wie Ta-maya zur Braut werden. Aus einer Braut wurde nach zehn Monden eine Mutter und manchmal nach genauso vielen Jahren eine Witwe. Vielleicht hatten die alten Leute recht, wenn sie behaupteten, daß das Leben sehr kurz war — kurz, wunderbar und bunt wie die Rote Welt. Bis zu diesem Augenblick hatte sie jedoch nicht daran geglaubt. Doch jetzt wußte sie, daß es stimmte, denn zum ersten Mal erkannte sie bestürzt, daß auch ihr Leben begrenzt war. Sie war fünfzehn Jahre alt und eine Frau. Sie würde nicht ewig leben. Wenn der dritte Mond aufging und seine Phasen durchlief, würde sie freudig zu Dakan-eh gehen und ihm sagen, daß es ihr leid tat, ihn so lange warten gelassen zu haben, bis sie ihr gemeinsames Leben beginnen konnten.

Sie biß sich auf die Unterlippe. Es tat ihr gar nicht leid! *Warum nicht?* fragte sie sich. *Was stimmt mit mir nicht?*

Erneut riefen die Seetaucher in der Dunkelheit, diesmal mit dem schrillen Gackern, das genauso wie Gelächter klang. Und in diesem Augenblick erkannte Ta-maya die Antwort auf ihre Frage.

Die Gestalt eines nackten Mannes trat aus der Schweißhütte. Sie erkannte ihn an der Größe, der Breite seiner Schultern, an den schlanken Hüften, und am langen Haar. Es war Masau.

Ihr Herz pochte.

Die Seetaucher lachten in der Dunkelheit.

Er war der Mann, den sie wollte! Er war der Mann, auf den sie gewartet hatte, ohne daß sie gewußt hatte, daß er jemals in ihr Leben treten würde.

Sie runzelte wieder die Stirn. Aber wie war das möglich? Er kam aus einem fremden Stamm, der nicht einmal in der Roten

Welt lebte. Egal. Sie war Dakan-eh versprochen. Er würde sie zur Braut fordern — und wie konnte sie ihn jetzt noch abweisen, nachdem sie ihn so lange hatte warten lassen?

9

Bald würde der dritte Mond aufgehen. Die Triebe der Rohrkolben im Sumpf wurden bereits grün. Die neue Hütte war fertig. Alles war für die Hochzeit bereit.

In der tiefen Dunkelheit einer warmen und windstillen Nacht wachte Dakan-eh voller Verlangen nach Ta-maya auf. Da er keinen Grund fand, sich zurückzuhalten, stand er auf und ging wieder einmal zur Hütte der Witwen hinüber, um sein männliches Bedürfnis zwischen klammernden Armen und gespreizten Beinen zu erleichtern. Nachdem er schnell befriedigt war, hockte er sich hin und nahm den Korb mit erhitztem Wasser an, um sich mit weichen Wildlederlappen zu reinigen. Er bemerkte, wie sich die alten Frauen in der Dunkelheit rührten und kicherten, als sie ihm den Lappen aus der Hand nahmen.

»Du brauchst dir deine Hände nicht damit zu beflecken!« flüsterte Xi-ahtli. »Komm, ich werde es für dich tun.«

»Wir werden dich nach der Hochzeit vermissen, wenn du nicht mehr zu uns kommst«, sagte Zar-ah.

»Andere werden kommen«, erwiderte er.

»Aber nicht der Mutige Mann«, sagte Zahm-ree.

Die Worte befriedigten ihn, genauso wie das Streicheln ihrer kundigen, eingeölten Hände. Er schloß die Augen und stellte sich vor, daß es Ta-maya war, die ihn berührte, ihn mit feuchten, warmen Lappen massierte — seinen Rücken, seinen Bauch, die Innenseiten seiner Schenkel und seinen Mannknochen, der wieder hart und bereit wurde. »Kein Wunder, daß ihr eure Männer überlebt habt«, sagte er.

»Sie konnten sich nicht beklagen, als sie in die Welt jenseits dieser Welt gingen, das ist wahr«, prahlte Kahm-ree, beugte sich über ihn und ließ ihre großen Brüste auf seine verschränkten Beine sinken. »Meine Ban-ya ... ich habe ihr gezeigt, wie sie den Mann befriedigt, den sie einmal haben wird. Sie wäre eine bessere Frau für dich als die andere. Alle Männer, sogar die Händler, schauen meine Ban-ya bewundernd an. Vielleicht wird sie mit ihnen fortgehen. Würdest du sie genauso sehr vermissen wie ich?«

»Ban-ya kann tun und lassen, was sie will. Ihre Entscheidung hat überhaupt nichts mit mir zu tun.«

»Das glaube ich doch.«

Die Stimme war nicht die einer alten Frau gewesen. Ein kühler Luftzug strich über Dakan-ehs Rücken. Erzitternd drehte er sich um und sah, daß jemand die Felltür geöffnet hatte. Die alten Frauen ließen schnell von ihm ab, wie auf ein geheimes Kommando, und huschten kichernd in die Nacht hinaus. Während jemand die Hütte betrat, hörte Dakan-eh deutlich, wie Kahm-ree sagte: »Er ist bereit für dich. Denk an das, was ich dir beigebracht habe! Du wirst keine zweite Gelegenheit bekommen!«

Die Felltür wurde geschlossen.

Ban-ya stand vor ihm. »Bislang hat mich noch kein Mann gehabt, Dakan-eh«, teilte sie ihm mit und ließ ihren Umhang fallen.

Er starrte sie an. Hinter dem Rand der Welt ging gerade die Sonne auf, so daß die Dunkelheit dem milchigen Licht der Dämmerung wich. Genug Helligkeit drang durch die Ritzen der Hütte, um die Umrisse ihrer Figur zu erkennen, die runden und festen Hüften, ihr dichtes und wildes Haar, ihren straffen Bauch, ihre Brüste ... oh, ihre Brüste! Der Anblick machte ihn schwach.

»Geh, Ban-ya! Ich will dich nicht«, sagte er und verschränkte hastig seine Hände über dem Schoß, damit sie nicht die ins Auge springende Wahrheit sah.

Doch es war zu spät, sie hatte alles gesehen. Sie rührte sich nicht. »Ma-nuk hat um mich gebeten. Und Omar-eh auch.«

»Beide sind gute Männer und ausgezeichnete Jäger. Natürlich nicht so gut wie ich, aber jeder von ihnen kann dich glücklich machen.«

»Auch die Jäger aus dem Norden haben ein Auge auf mich geworfen. Ich könnte mich überreden lassen, mit ihnen fortzugehen.«

»Würdest du deinen Stamm nicht vermissen?«

»Vielleicht, aber die Händler können ihren Frauen viele gute Geschenke machen und ihnen ein schönes Leben in einem Land voller Wild bieten. Der mit dem narbigen Gesicht sieht mich ständig hungrig an. Und der Hübsche hat gesagt, daß er keine Frau hat. Ich habe mir überlegt, daß ich vielleicht seine Frau werde, wenn ich nicht deine sein kann. In dieser Welt ist er der Beste aller Männer, und ich will nur den Besten. Würde dich das wütend machen, Dakan-eh? Es würde Kahm-ree wütend machen. Sie will nicht, daß ich das Dorf verlasse. Sie hat gesagt, daß zwischen Ta-maya und dir noch nicht alles entschieden ist, bevor ihr nicht beieinander gelegen oder gemeinsam die neue Hütte betreten habt. Ich würde mich jetzt zu dir legen, Dakan-eh. Ich würde zulassen, daß du mein erster Mann wirst.«

»Tlana-quah würde mir das Fell über die Ohren ziehen, wenn ich dich statt Ta-mayas wählen würde. Und dir ebenfalls.«

»Vielleicht, vielleicht aber auch nicht. Du bist der beste und mutigste Jäger der Roten Welt. Warum solltest du dich vor Tlana-quah fürchten?«

Die Frage verwirrte ihn. »Ein Jäger muß Respekt vor seinem Häuptling haben.«

»Hm . . . und was ist mit seiner Tochter? Es ist ein Mädchen, das den Mutigen Mann dazu zwingt, sich mit alten Witwen abzugeben, statt sich ihm selbst zu öffnen. Ich werde mich für dich öffnen, Dakan-eh. Ich werde es jetzt tun. Und nachdem du bei mir gelegen hat, willst du die Tochter des Häuptlings vielleicht gar nicht mehr.«

Sein Mund war plötzlich wie ausgetrocknet. Wenn sie doch nur ihre Kleidung wieder anlegen würde! »Ich werde Ta-maya bekommen, Ban-ya. In der Nacht, wenn der Mond voll am Himmel steht, wird es zwischen uns geschehen.«

Ihr Mund verzog sich trotzig, doch nur für einen Augenblick. Sie streckte lüstern ihren Rücken und schüttelte ihr langes, ungezähmtes Haar zurück. Sie seufzte und begann, um ihn herumzugehen. Dabei strich sie ihm mit ihren kleinen, pummeligen Händen von den Achselhöhlen bis zu den Hüften. Sie nahm ihre Brüste in die Hände, hob sie hoch und richtete die Brustwarzen genau auf ihn. »Kann sie dir so etwas bieten?« fragte sie und blieb direkt vor ihm stehen.

»Keine andere Frau der Roten Welt kann einem Mann so etwas bieten, Ban-ya.«

Mit einem Lächeln kniete sie sich hin. »Und kommt sie so bereitwillig zu dir, wie ich jetzt zu dir komme? Und wie dankt sie dir dafür, daß du auf die Jagd gehst, um Hochzeitsgeschenke für sie zu besorgen? Sehnt sie sich danach, sich dir zu öffnen, wie ich es tue, oder sehnt sie sich nur nach den Geschenken, die du ihr bringen wirst?«

»Sie will eine Hochzeit. Sie ist eine Jungfrau. Das ist ihr Recht.«

»Ja, aber sie sieht *ihn* an, den Händler mit dem Gesicht eines Raubwürgers. Jeder hat es bemerkt ... du etwa nicht? Stört es dich nicht?«

Sein Zorn regte sich. Sie versuchte ihn zu provozieren, das wußte er genau. Aber er hatte es wirklich bemerkt. Und es störte ihn auch. Er war der Mutige Mann! Wie konnte eine Frau es wagen, ihn abzuweisen? Wie konnte eine Frau einen anderen Mann ansehen? Es gab in der Roten Welt keinen Mann, der es mit ihm aufnehmen konnte. Aber die Fremden aus dem Norden ließen ihn in ihren Augen unbedeutend erscheinen. Er würde es ihr zeigen, schwor er sich, und ihnen auch.

»Masau hat sie angesehen«, sagte Ban-ya. »Und sie hat seinen Blick erwidert.«

Er kochte vor Wut und Verzweiflung. »Wenn sie meine Geschenke sieht, wenn ich sie in die neue Hütte bringe und mein Leben in sie ergieße, wird sie keinen Grund mehr haben, jemals einen anderen Mann anzusehen! Ich werde genug für sie sein. Ich bin genug für jede Frau.«

»Du bist genug für mich, Dakan-eh.« Ban-ya sah ihm voller Bewunderung und Erwartung in die Augen. »Vielleicht bin ich auch genug für dich? Wie willst du es wissen, wenn du es nicht mit mir ausprobiert hast? Hier ist viel mehr Frau für dich, als du jemals bei Ta-maya finden wirst. Wenn du sie anschließend immer noch willst, werde ich mich nicht beschweren ... denn ich habe dich zuerst gehabt.«

»Geh, Ban-ya!« Sein Befehl war ein heiseres Krächzen.

»Später«, sagte sie und ging nicht.

So kam es, daß weder Dakan-eh noch Ban-ya dabei waren, als der Stamm fröhlich in den ersten Stunden des Sonnenlichts das Dorf verließ. Sie nahmen ihre Speere und Sammelkörbe mit, die Hunde liefen angeschirrt neben den Männern aus dem Norden, und Tlana-quah führte sie alle zum Sumpf, wo frisches Grün des neuen Jahres gesammelt werden sollte. Die knusprigen und süßen Rohrkolbentriebe waren eine beliebte Delikatesse, wenn die äußeren Blätter abgeschält wurden. »Es ist gut, daß ihr auf wärmere Tage warten wollt, bevor ihr eure Rückreise in das Land des Stammes des Wachenden Sterns beginnt«, sagte Tlana-quah mit einem wohlwollenden Lächeln, obwohl er den Hunden immer wieder einen besorgten Blick zuwerfen mußte. Er ging mit Masau und Cha-kwena zu seiner Rechten und Maliwal, Chudeh und den anderen Händlern zu seiner Linken voraus. »Dieser Morgen wird euch Freude bereiten, Brüder aus dem Norden. Wenn ihr noch nie den ersten Rohrkolben des Jahres probiert habt ... kein Mann sollte das von sich sagen müssen! Aber ...« Er warf schnell einen Blick zurück über die Schulter zu Kosar-eh, der mit den Frauen und Kindern folgte, bevor er sich wieder Masau zuwandte. »Vielleicht wäre es besser gewesen, wenn ihr eure Tiere angebunden im Dorf zurückgelassen hättet. Ich ... die Frauen machen sich große Sorgen, wenn sie in der Nähe der Kinder sind.«

»Diese Hunde sind keine Tiere«, korrigierte Masau ihn höflich. »So wie die heiligen Steine seit Anbeginn der Zeiten bei den Stämmen der Roten Welt sind, so begleiten auch die Hunde den Stamm des Wachenden Sterns als Brüder, seit der Erste Mann und die Erste Frau sie dazu ernannten.«

Maliwal schüttelte den Kopf über Tlana-quahs offensichtliches Unwissen. »Wie könnt ihr auf die Reise gehen, wenn ihr keine Hunde zum Tragen des Gepäcks habt? Und wie geht ihr auf die Jagd, wenn euch keine Hunde die Beute zutreiben? Welcher Mann unter euch kann so schnell laufen, so gut hören oder so gut wittern wie ein Hund?«

Cha-kwena zuckte die Schultern. »Dakan-eh läuft schneller als eine Antilope und kann sie mit bloßen Händen erlegen.«

»Wo ist übrigens der Mutige Mann?« fragte Tlana-quah.

»Vermutlich noch auf der Jagd«, sagte Cha-kwena. »Oder er arbeitet an seinen Hochzeitsgeschenken für Ta-maya.«

»Hmm! Wahrscheinlicher ist, daß er sich wieder bei den alten Witwen herumtreibt«, brummte der Häuptling mit offensichtlicher Mißbilligung.

»Nein«, sagte Cha-kwena, »sie sind hinter uns bei den anderen Frauen.«

»Sie ist eine außergewöhnliche Schönheit, deine älteste Tochter«, sagte Masau zum Häuptling. »Wenn ich darauf hoffen könnte, bald eine so gute Frau an meiner Seite zu haben, hätte ich keinerlei Verlangen, mich bei Witwen zu erleichtern. Nein, ich würde mich allen anderen Frauen fernhalten. Ich würde allein in die Schweißhütte gehen. Ich würde fasten, um meinen Körper und meinen Geist zu reinigen, denn wenn sich die Braut für ihren Mann reinhält, warum sollte dann nicht auch der Mann dasselbe für seine Braut tun? Ich würde Ta-maya viele Geschenke bringen und ihrer Familie Ehre erweisen. Ich würde ihnen schöne Felle und viel Nahrung vor die Hütte legen. Und ich würde mehr tun, als nur eine Antilope einzufangen, um sie zu beeindrucken.«

Tlana-quah sah Masau interessiert an. »Würdest du das wirklich tun?«

»Jeder Mann würde das für Ta-maya tun«, sagte Cha-kwena und starrte dann schnell auf seine Füße, weil es ihm peinlich war, daß er gesprochen hatte.

Tlana-quah kicherte. »Du bist jetzt der Schamane, Cha-kwena. Handele mit Würde und Anstand! Starre nicht wie ein beschämter Junge auf deine Füße! Warum hast du nichts davon gesagt, daß du sie möchtest? Ein Rivale hätte unserem Mutigen Mann gutgetan.«

Der Junge ruckte unvermittelt seinen Kopf hoch. »Sie ist Dakan-eh versprochen. Sie hat immer nur ihn gewollt. Er hat schon vor vielen Wintern um sie angehalten, noch bevor sie zur Frau wurde. Wie hätte ich mich mit ihm messen können? Er ist der beste und mutigste Jäger der Roten Welt!«

Tlana-quah hob vielsagend eine Augenbraue, als er zuerst Masau und dann die anderen Männer aus dem Norden anblickte. »Jetzt nicht mehr«, sagte er, und als Maliwal grinste und die anderen stolzer weitergingen, tat er es ihnen zufrieden über diese Billigung nach.

Am späten Vormittag waren die Körbe und die Bäuche der Sammler voll. Sie saßen am Ufer, entspannten sich, zupften sich die Reste der saftigen Rohrkolben aus den Zähnen und plauderten gelassen miteinander. Die Kinder starrten die Hunde an, und die Hunde starrten zurück. Masau beobachtete sie, bis er schließlich den Kopf schüttelte und zu Blut und den anderen angebundenen Hunden ging. Er kniete sich nieder und tätschelte ein trächtiges Weibchen, das fröhlich mit dem Schwanz wedelte. Blut sah Masau erwartungsvoll an.

Er kraulte beiden Hunden den Kopf. »Seit vielen Tagen sehe ich, wie die Kinder der Roten Welt diese Hunde anschauen, und ich sehe ihre Mütter, die besorgt ihre Kleinen von ihnen fernhalten. Ich höre, wie die Mütter flüstern: ›Hütet euch vor diesen Hunden! Sie sind wie Wölfe! Sie werden euch fressen!‹ Jetzt muß ich euch fragen: Glaubt ihr, eure Brüder aus dem Norden würden mit Wölfen oder wilden Hunden zu euch kommen?«

Maliwal und die anderen Händler blickten sich fragend an. Die Frauen wirkten beschämt und die Kinder neugierig.

Als Blut sich genüßlich an Masau drückte und den Kopf hob, damit er sein Kinn besser kraulen konnte, sagte Masau: »Seht ihr, daß er zu mir wie ein Bruder ist? In den Dörfern des Stammes des Wachenden Sterns bewachen die Hunde unsere Kinder. Kommt näher, Kinder und Mütter, aber nicht zu nahe. Er ist kein wilder Hund, aber er ist stolz und nimmt sich genauso wie ihr vor Fremden in acht. Wenn ich meine Finger zu nah vor euer

Gesicht halten würde, würdet ihr nicht auch nach mir schnappen und furchtsam und verwirrt über meine Absichten zurückweichen?«

Ta-maya, die neben Kosar-eh, Siwi-ni und ihrem neuen Baby saß, beobachtete, wie die Kinder und ihre Mütter sich vorsichtig Masau näherten. Er ist wunderbar, dachte sie. Wie geduldig und besorgt er mit den Müttern und Kindern umging, und wie bescheiden er nun sagte: »Ich bewundere die Tapferkeit eurer Jäger, die den Mut haben, ohne Hunde auf die Jagd zu gehen. Wer läuft euch über das unbekannte Land voraus, um eure Beute aufzuspüren? Wer warnt euch vor Giftschlangen im hohen Gras oder vor Löwen oder Säbelzahnkatzen, die sich im Gebüsch verstecken? Wenn ihr auf einen großen Bären stoßt, wer wagt sich mutig vor, um ihn zu verwirren? Wer rennt mitten in eine Antilopenherde und treibt sie euch vor die wartenden Speere? All dies macht ihr ganz allein, ohne Hunde.«

Ta-maya hielt vor Bewunderung für ihn den Atem an. Ohne ein einziges Mal zu prahlen, hatte er gerade ein wunderbares Bild heraufbeschworen, wie er und sein Stamm lebten und jagten, als würden Menschen und Tiere eine Familie sein. Sie wurde an Hoyeh-tay und Eule erinnert, an Cha-kwena und seine besondere Beziehung zu Tieren, und an Mah-ree, die sogar jetzt mit dem Raubwürger auf der Schulter saß. Es gab wirklich ein enges Band zwischen ihrem Stamm und dem Stamm aus dem Norden. Sie seufzte ergriffen über die Anmut, die Wortgewandtheit und Bescheidenheit des Schamanen vom Stamm des Wachenden Sterns, durch den sie dies alles verstanden hatte. Er war ein außergewöhnlicher Mann. Ha-xa, die ihr mit Mah-ree, U-wa und den Witwen gegenübersaß, schnalzte mit der Zunge. »Du hast bereits den besten Mann der Roten Welt, Mädchen. Sieh einen anderen Mann nicht so an! Dakan-eh würde das gar nicht gefallen!«

Ta-maya reagierte nicht auf ihre Worte. Dakan-eh war nicht hier, und sie war froh darüber.

»Er ist so schön, Mutter«, sagte Mah-ree.

Ha-xa sah Kahm-ree an. »Das wäre doch ein Mann für deine Ban-ya!« schlug sie vor. »Wo ist sie überhaupt?«

»Meine Ban-ya? Ach, das arme Kind. Sie hat sich heute morgen nicht wohl gefühlt.« Kahm-ree log genauso mühelos für ihre Enkelin, wie sie atmete. »Vielleicht wird sie später zu uns stoßen.«

Zar-ah und Xi-ahtli kicherten über etwas Lustiges, an dem sie niemanden teilhaben lassen wollten.

Kahm-ree fauchte die beiden zornig an. »Worüber lacht ihr beiden? Und du, Ha-xa, wie kannst du sagen, daß ein Händler aus dem Norden ein Mann für meine Ban-ya wäre? Wie würde es dir gefallen, wenn Ta-maya oder Mah-ree mit irgendeinem Fremden für immer das Dorf verlassen würde, um in ein Land zu gehen, das du überhaupt nicht kennst, und zu einem Stamm, von dem du noch nie gehört hast?«

»Alle Menschen sind ein Stamm«, sagte Mah-ree. »Das hat der alte Hoyeh-tay immer wieder gesagt. Und Masau sagt dasselbe. Die Fremden sind unsere Brüder, nicht wahr, Kosar-eh?«

Der Lustige Mann schien überrascht, daß er plötzlich in das Gespräch hineingezogen wurde. »Wer sonst sollten sie sein?« fragte er, doch dabei sah er weder Mah-ree noch die anderen Frauen an, sondern Ta-maya, die immer noch Masau anhimmelte... der wiederum sie anschaute, als gäbe es sonst keinen anderen Menschen auf der Welt.

Gegen Mittag machten sie sich auf den Rückweg zum Dorf. Sie hatten Frieden mit den Hunden geschlossen, die losgebunden worden waren und den Kindern vorausliefen. Die Frauen trugen plaudernd ihre breiten, runden Körbe auf dem Kopf. Die Männer ordneten sich schützend um die kleine Gruppe an, und die ganze Zeit über sprach Tlana-quah von seiner Welt, seinem Stamm, ihren Traditionen und dem guten Leben, das sie immer geführt hatten. Er sprach davon, wie viel besser jetzt alles werden würde, wo sie einen nützlichen Handel mit ihren Brüdern aus dem fernen Norden treiben konnten.

Als das Trompeten von Mammuts hörbar wurde, riefen die Händler ihre Hunde und leinten sie wieder an. Der Stamm blieb atemlos stehen und wartete. Bald zog die gesamte Mammutherde vor ihnen vorbei, große, schwankende Körper, die durch den winterbleichen Schilf stapften. Alle, bis auf die Kälber und den kleinen weißen ›Sohn‹, ließen die Erde erzittern. Niemand sprach ein Wort, als das große weiße Mammut dicht vor ihnen stehenblieb. Seine Größe und sein Umfang und die Länge seiner Stoßzähne ließen sogar Maliwal unwillkürlich einen Schritt zurückweichen. Masau hatte ungläubig die Augen aufgerissen, und alle Männer seiner Gruppe erstarrten und sogen erschrocken den Atem ein, als sie einem so mächtigen und gewaltigen Tier gegenüberstanden. Die Hunde knurrten und zerrten an ihren Leinen. Sie hatten die Ohren zurückgelegt und die Schwänze eingeklemmt.

Nur Mah-ree warf sich nicht ehrfürchtig zu Boden, als das Mammut schnaufte, den Kopf hob und in ihre Richtung blickte. Sie stellte ihren Korb ab und hob lächelnd ihren Arm zum Gruß, während sie mit der anderen Hand den erschrockenen Raubwürger beruhigte. »Ich grüße dich, All-Großvater! Es ist gut, daß du wieder so gesund und bei deinen Frauen und Kindern bist!«

Ha-xa griff nach dem Saum von Mah-rees Hemd, damit das Mädchen nicht vorausging und sich in große Gefahr begab.

Mah-ree drehte sich um und sah ihre Mutter stirnrunzelnd an. »Er wird mir nichts tun. Er würde niemandem von uns etwas tun!« Ungeduldig zerrte sie ihr Hemd fei und nahm sich eine Handvoll Rohrkolbentriebe aus ihrem Korb, während sie mit der linken Hand vorsichtig den Raubwürger festhielt. Dann lief sie los, bevor Ha-xa sie aufhalten konnte. Nach wenigen Schritten stand sie direkt vor dem Mammut.

Das Tier hob den Kopf. Es schwankte und schnaufte und starrte an seinem Rüssel und seinen Stoßzähnen entlang auf das Mädchen hinunter.

Hinter Mah-ree rappelte sich Tlana-quah auf. Die anderen Männer taten es ihm nach. Sogar Kosar-eh war bereit, das Mädchen zu schützen, obwohl er keine Waffe hatte. Alle Dorfbewohner waren Mah-ree irgendwann zu den verschiedenen Stellen gefolgt, wo sie dem Mammut Nahrung brachte, und dies war für niemanden das erste Mal, ihrem Totem so nahe zu sein. Doch noch nie — zumindest nicht in ihrer Gegenwart — hatte sich das Mädchen bis in seinen Schatten vorgewagt.

Die Händler hatten ihre Speere erhoben. Masau war vorgesprungen, um sich zwischen Ta-maya und die Gefahr zu stellen, während Cha-kwena hastig überlegte, was Hoyeh-tay getan hätte, um sein Totem in eine günstige Stimmung zu versetzen. Er richtete sich auf, hob die Arme, reckte seine Brust und begann laut zu singen. »Hai-jah-jah jah-hai.«

Das Mammut blinzelte überrascht. Es hob den Schädel mit der doppelten Wölbung höher, und seine Ohren zuckten.

Mah-ree blickte über ihre Schulter zurück. »Oh, Cha-kwena, hör mit diesem Lärm auf! Und ihr, mutige Männer meines Stammes und des Nordens, legte eure Speere nieder! Wie könnt ihr euer Totem bedrohen?« Nach diesem Tadel drehte sie sich wieder um und hielt dem Mammut ihre Hand hin. »Hier, All-Großvater. Sei nicht verstimmt über das Rufen unseres Schamanen und die erhobenen Speere der Jäger. Sie sind alle sehr mutig, aber du bist nun einmal sehr groß, und du darfst ihnen keinen Vorwurf machen, daß ihre Furcht sie zu respektlosem Verhalten veranlaßt. Und unser Schamane ist neu. Obwohl er es gut meint, weiß er nicht, was er tut. Vergib ihm, daß er soviel Lärm gemacht hat. Hier, ich habe dir etwas Gutes zu essen mitgebracht!«

Cha-kwena verstummte. Alle hielten den Atem an und sahen fassungslos zu, wie das Mammut den Kopf senkte und seinen Rüssel ausstreckte, um zu prüfen, was Mah-ree in ihren erhobenen Händen hielt. Als sie ihrem Totem die Nahrung überließ, legte sie die Arme um seinen Rüssel. Das Mammut senkte den Kopf noch tiefer und trat vorsichtig einen Schritt näher. Das Geschöpf umfaßte das Mädchen mit seinem Rüssel, zog es heran und gestattete ihm, ihm die Rohrkolbentriebe direkt ins Maul zu schieben.

»Gut!« jauchzte Mah-ree über diesen Beweis der Zuneigung, rieb dem Mammut über die Wangen und beugte sich vor. »Ah, dein Atem riecht gut! Ich sehe, daß endlich deine neuen Zähne gewachsen sind und dein Zahnfleisch nicht mehr entzündet ist!«

Das Mammut schüttelte den Kopf und schaukelte das Mädchen, das auf seinem Rüssel stand, so vorsichtig wie eine Mutter, die ihr Lieblingskind im Arm wiegt.

»Sie ist wahrlich eine Schamanin!« keuchte Maliwal mit aufgerissenen Augen. »Wenn Ysuna das nur sehen könnte!«

In diesem Augenblick trompetete eine der Kühe, und das kleine weiße Kalb blökte. Als würde er auf ihre Rufe reagieren, setzte der alte weiße Bulle Mah-ree ab. Er richtete sich wieder auf und starrte auf die hinab, die zu ihm hinaufstarrten.

Nur die Jäger aus dem Norden hielten noch ihre Speere in den Händen. Das Sonnenlicht glänzte rötlich auf den dunklen Obsidianspitzen, so daß sie feucht aussahen, als wären sie aus Stücken von Leber oder aus geronnenem Blut geschnitzt.

Die Augen des Mammuts schienen die Farbe im Nebel seiner uralten Hornhaut wiederzuspiegeln. Als es Gefahr spürte, schwenkte es plötzlich den großen Kopf und stieß einen grellen Schrei aus. Dann machte es einen kurzen Vorstoß, der Mah-ree zu Boden warf und die Menschen schreiend flüchten ließ. Mit einem letzten trotzigen Schnaufen zuckte das große Mammut mit dem Schwanz und machte im selben Augenblick kehrt, als Masau gerade seinen Speer werfen wollte.

Ta-maya hielt seine Hand zurück. »Warte!« flehte sie ihn an. »Er ist unser Totem! Er geht wieder. Niemand wurde verletzt. Sieh, auch Mah-ree ist nichts passiert!«

Er sah nicht hin, denn es war ihm völlig gleichgültig. Er sah nur Ta-mayas Augen. Bei ihrer Berührung hielt er den Atem an. Ihre Hand hatte sich um seinen Unterarm gelegt. Ihre Finger fühlten sich kühl an, und doch brannte seine Haut unter ihrer. Sein Mund war plötzlich wie ausgetrocknet, und sein Herzschlag beschleunigte sich. Obwohl er etwas sagen wollte, brachte er kein einziges sinnvolles Wort oder auch nur einen Gedanken zustande. Noch nie hatte eine Frau eine solche Reaktion bei ihm ausgelöst. Noch nie!

»Du hast dich zwischen mich und das gestellt, was du für eine Gefahr gehalten hast. Ich danke dir«, sagte sie.

Ihre Stimme war so sanft. Er konnte seinen Blick nicht von ihrem Gesicht abwenden, ihrem wunderschönen und besorgten Gesicht. Als er seinen Speerarm senkte, löste sie ihre Hand nicht von ihm. Er spürte, wie sein Puls gegen ihre Handfläche schlug, und obwohl sie sein männliches Bedürfnis erregte, war seine Reaktion unbekannt und verwirrend für ihn. Dieses Verlangen war mehr als das einfache Bedürfnis, sich mit ihrem Körper zu vereinigen, aber er wußte nicht, was es war. Er verstand nur, daß er mit ihr mehr teilen wollte, als er mit Ysuna geteilt hatte, seit er kaum mehr als ein Junge gewesen war und die Tochter der Sonne ihn bereitwillig mit suchenden Händen und einladenden Armen zwischen ihre geöffneten Schenkel geführt hatte, um die pure Freude an sexueller Erfüllung zu finden.

Seine Reaktion verblüffte ihn. Was war das für ein Gefühl? Sicher, Ta-maya war die schönste, vollkommenste und lieblichste junge Frau, die er jemals gesehen hatte, aber aus eben diesen Gründen mußte sie das nächste Opfer werden. Ohne ihr Blut und das Blut des weißen Mammuts würde Ysuna verdorren und sterben und mit ihr alles, was er jemals gekannt und geliebt hatte. Ysuna war das Herz des Stammes des Wachenden Sterns, und er als ihr Schamane und Mystischer Krieger lebte nur zu dem Zweck, sie alle zu beschützen und zu stärken.

Es war der Raubwürger, der seine Gedanken unterbrach und ihn einen Schritt von dem Mädchen zurücktreten ließ. Der Vogel hatte sich von Mah-ree befreit und flog auf Masaus Schulter.

Mah-ree folgte ihm und tadelte ihn leise, daß er ihr weggeflogen war.

»Wenn du einen richtigen Knoten an seinem Bein anbringen würdest, würde er nicht immer wieder davonfliegen«, sagte Cha-kwena.

»Er pickt so lange an dem Knoten, bis er ihn gelöst hat«, verteidigte sich Mah-ree. »Ich glaube, er will bei dir sein, Masau. Ihr beide tragt Masken. Vielleicht denkt der Raubwürger, daß du sein Bruder bist.«

»Das ist nicht gerade ein Kompliment«, bemerkte Cha-kwena.

Masau und Ta-maya sahen sich wieder an. Während Tlana-quah nachdenklich und zufrieden auf der Unterlippe kaute, kam Ha-xa herbei und nahm ihre Tochter am Arm.

»Komm jetzt, Ta-maya! Der dritte Mond wird bald voll sein, und du muß noch einige von den Geschenken zu Ende nähen, die du Dakan-eh überreichen wirst!«

Es war Blut, der als erster den Löwen witterte. Masau stürmte an Tlana-quah vorbei, um den ersten Wurf anzubringen, als der Löwe nicht weit vom Dorf entfernt aus dem Gebüsch hervorkam. Er fügte ihm eine tödliche Wunde zu, die das Tier zu Boden gehen ließ. Als es schlaff und blutend auf der Seite lag, schwor der Häuptling, daß Masau ihm das Leben gerettet hatte.

»Dieser Löwe hätte mich gerissen, wenn ihr, du und deine Hunde, nicht gewesen wärt!«

Aber Cha-kwena war sich nicht so sicher. Für ihn, der neben Kosar-eh gegangen war, hatte es so ausgesehen, als hätte der Löwe es überhaupt nicht auf Tlana-quah abgesehen. Er war direkt auf Maliwal und Masau zugesprungen. Es war ein alter Löwe mit schwarzer Mähne, schlaffem Bauch, vielen Narben und einem Maul voller Zahnstummel. Zwei eitrige, halb verheilte Wunden — eine oben auf dem Rücken und die andere an der Kehle — markierten die Stellen, wo ein Speer eingedrungen und wieder ausgetreten war, der dieses Tier schon vor einiger Zeit hätte töten sollen. Während die Jäger ihre bellenden und geifernden Hunde vom Löwen wegscheuchten und der Stamm näher kam, um das tote Tier zu begutachten, wurde Cha-kwena sehr nachdenklich. Er kannte diesen Löwen! Die verschorften Wunden auf dem Rücken und in der Kehle stammten von seinem eigenen Speer! Dies war dasselbe Tier, das ihn den Hügel hinauf zu Mah-ree geführt hatte und dann in den Wald zum weißen Mammut. Er hatte es also doch verwundet!

»Dieses Tier war schon seit langem sterbenskrank«, sagte Masau, kniete neben dem Löwen nieder und berührte die alten Wunden. »Das hier stammt von einem Speer. Von einem Speer, wie er in der Roten Welt üblich ist. Wessen Speer war das?«

»Zweifellos der des Mutigen Mannes«, antwortete Ha-xa, bevor Cha-kwena etwas sagen konnte. »Dakan-eh war auf der Jagd nach Pelzen, um Brautgeschenke für meine Ta-maya daraus zu machen.«

Masau nickte. Dennoch war sein Gesicht ernst, als er Tlanaquah ansah. »Dein Mutiger Mann hätte dieses Tier bis zum Ende verfolgen müssen. Ein großes Raubtier mit einer solchen Verwundung laufenzulassen ist geradezu eine Einladung für das Tier, in die Nähe menschlicher Behausungen zu kommen. Es war nur eine Frage der Zeit, bis irgend jemand von euch hätte angegriffen werden können — besonders eure Kinder wären in Gefahr gewesen.«

Es war Mah-ree, die nicht zur Verteidigung von Dakan-eh, sondern für Cha-kwena sprach. »Es war unser Schamane, der den Speer warf, durch den der Löwe verletzt wurde. Er sah, wie er auf mich zulief, und rief mir zu, ich solle davonrennen. Ich habe den Löwen nie mit eigenen Augen gesehen, aber nachdem Cha-kwena seinen Speer geworfen hatte, lief er ihm in den Zedernwald nach, allein und nur mit einem Messer bewaffnet. Er war bereit, sein Leben zu riskieren, um ihn zu töten, aber es war ein so kalter Tag, daß der Schnee im Wald hart wie Stein war. Also hinterließ der Löwe keine Fährte und nicht einmal eine Blutspur, der er hätte folgen können. Ihr hättet Cha-kwena sehen sollen! Er war sehr mutig!«

Cha-kwena spürte, wie er vor Stolz und Beschämung gleichermaßen errötete, als sich alle Blicke ihm zuwandten.

»Mein Sohn«, sagte U-wa hochmütig, »hat schon immer gesagt, daß er lieber ein großer Jäger wäre, obwohl er dazu berufen wurde, den Pfad des Schamanen zu gehen. Mich überrascht seine Tat überhaupt nicht!«

Tlana-quah musterte Cha-kwena mit neuem Respekt. »Gut gemacht, Cha-kwena! Aber warum hast du niemandem etwas davon erzählt?«

»Weil ich kein Blut und keine Spuren fand, war ich nicht sicher, ob ich tatsächlich etwas getroffen hatte, was mehr Substanz als meine eigene Phantasie besaß. Außerdem war anschließend nichts mehr von dem Tier zu sehen und zu hören, so daß ich nicht glaubte, es würde sich noch irgendwo in der Nähe aufhalten.«

Maliwal beugte sich über die Wunden und betrachtete sie genauer. »Ein sauberer Durchstoß — so sauber, daß es zuerst vermutlich gar keine Blutung gab. Deshalb hast du kein Blut entdeckt, Cha-kwena. Und in einem Wald, wo der Schnee bei großer Kälte lange auf dem Boden gelegen hat, könnte sogar eine große Katze wie diese keine Fährte hinterlassen.«

Cha-kwena richtete sich etwas gerader auf. Der Ausdruck der Bewunderung auf den Gesichtern des Stammes war für ihn so wunderbar, daß er beschloß, seinen Speer nicht zu erwähnen, den er anschließend ohne Blutspuren im Schnee gefunden hatte. Er war Cha-kwena, der Bruder der Tiere, der Schamane und jetzt ... der Löwenjäger! Er wünschte sich, dieser Augenblick würde niemals vorübergehen.

Tlana-quah legte dem Jungen einen Arm um die Schulter und drückte ihn anerkennend an sich. Diese Umarmung bestätigte nicht nur die Zuneigung eines Mannes für einen anderen, sondern auch die Verbundenheit und tiefen Respekt. »Du bist wahrlich ein Schamane! Und ein Mann, der mit dem Speer genauso gut ist wie Dakan-eh!«

Cha-kwena wurde vor Freude fast überwältigt. *Ein Mann, der mit dem Speer genauso gut ist wie Dakan-eh!* Sein lebenslanger Traum war in Erfüllung gegangen. Er wußte, daß er wie ein kleiner Junge strahlte, der gerade seinen ersten Wettlauf oder Ringkampf gewonnen hatte, aber es war ihm egal. »Wie mein Häuptling Tlana-quah, der Mutige Jäger, der Jaguartöter, habe auch ich mich furchtlos einer Raubkatze gestellt.«

»Ja«, bestätigte Tlana-quah, doch seine Stimme war plötzlich belegt, sein Ton unverbindlich. Er wandte sich wieder Masau zu.

»Du bist dem Löwen entgegengetreten und hast dein Leben riskiert, um den Speer zu werfen, der mein Leben rettete. Was wünschst du dir als Zeichen meines Dankes? Ein Geschenk ... wähle dir ein Geschenk!«

»Du mußt dich mir nicht verpflichtet fühlen, Tlana-quah«, sagte Masau ruhig. Nur ein Muskel bewegte sich an seinem Kie-

406

fer, während er auf den Löwen herabblickte. »Du hättest dasselbe für mich getan, wenn du den schwereren Speer getragen
hättest und in einer guten Wurfposition gewesen wärst.«

Maliwal, der auf der anderen Seite des Kadavers stand, sah
seinen Bruder aufmerksam an. »Tlana-quah hat dir ein
Geschenk deiner Wahl angeboten, Bruder! Beleidige den Mann
nicht, indem du seine Großzügigkeit zurückweist!«

Masau nahm einen tiefen Atemzug. Er hielt ihn lange an,
bevor er wieder ausatmete. Dann, während er immer noch auf
den Löwen sah, sagte er: »Ich will kein Geschenk von dir außer
deiner Freundschaft, Tlana-quah ... denn abgesehen davon ist
das einzige, worum ich dich mit meinem ganzen Herzen bitten
würde, etwas, um das ich nicht bitten kann!«

Tlana-quah runzelte die Stirn und dachte angestrengt nach.
Sein Blick wirkte eine Weile nach innen gekehrt, bis er mit
einem erleichterten Seufzen auf seinen Jaguarfellumhang
klopfte. »Das Fell der gefleckten Katze? Es gehört dir! Von diesem Tag an wirst du es als Zeichen der ewigen Brüderschaft mit
Tlana-quah tragen ... so wie Tlana-quah das Fell des Löwen
tragen wird, den Masau für mich getötet hat.« Masau stand
schnell auf und hielt die Hand des Häuptlings zurück, der
bereits die Knochenschnalle lösen wollte, die seinen Umhang
an den Schultern zusammenhielt. »Nein, Tlana-quah. Ich
würde voller Stolz das Jaguarfell des Häuptlings der Roten Welt
tragen, aber um so viel würde ich einen Bruder niemals bitten!«

Tlana-quah war irritiert. Seine Finger lösten sich nicht von
der Knochenschnalle. »Du willst meinen Umhang nicht? Jeder
Mann der Roten Welt beneidet mich um dieses Fell!«

»Es ist nicht das Geschenk, um das ich dich bitten würde ...
wenn ich es überhaupt wagen würde, meinen Wunsch auszusprechen.«

»Wage es!« drängte Tlana-quah. »Nenne deinen Wunsch,
und er wird dir erfüllt.«

Masau blickte zu Maliwal hinüber.

»Nenn deinen Wunsch!« drängte Maliwal. »Glaubst du, daß
der ehrenwerte Tlana-quah dir das abschlagen würde, wonach
du dich heimlich gesehnt hast, seit wir seine Gäste sind?« Er

blickte Tlana-quah an und schüttelte den Kopf. »Mein Bruder zögert, weil er befürchtet, er könnte zuviel von unserem Gastgeber verlangen.«

»Dein Bruder hat mir das Leben gerettet! Er beleidigt mich durch seine Zurückhaltung. Es muß etwas in diesem Dorf geben, das er als Belohnung für seinen Mut erhalten soll! Pelze! Nahrung! Schmuck!«

»Es ist ein Geschenk, das freiwillig zu ihm kommen muß, sonst wäre es kein Geschenk«, sagte Masau.

»Ich verstehe nicht«, erwiderte Tlana-quah. »Wie kann ein Geschenk seine Bereitschaft ausdrücken, geschenkt zu werden?«

Masau wechselte erneut einen Blick mit Maliwal.

»Na los!« drängte ihn sein älterer Bruder. »Bitte ihn darum!«

Masau zögerte, dann schüttelte er den Kopf. »Ich kann nicht um etwas bitten, was mir niemals gehören kann. Ich kann nicht um Ta-maya bitten ... obwohl sie mehr als jede andere Braut geehrt und verwöhnt werden würde, wenn sie freiwillig zu mir kommen würde. Sie würde ein gutes Leben in meinem Stamm haben. Gemeinsam würden wir damit bestätigen, daß die Menschen für immer ein Stamm sein werden und ... und ich würde sie zu ihrer Familie bringen, wenn sich die Stämme unter dem Licht des Pinienmondes zur Großen Versammlung auf eurem heiligen Berg treffen. Das wäre das Geschenk, um das ich dich bitten würde, Tlana-quah. Das einzige Geschenk! Aber obwohl mein Herz mich dazu drängt, dich darum zu bitten, kann ich es nicht, weil sie einem anderen versprochen ist.«

Schockiert hielt Cha-kwena den Atem an, wie jeder andere auch.

»Nein! Das kannst du nicht! Sie gehört mir!« erklärte Dakan-eh wütend, als er sich durch die Menge kämpfte, die sich um den toten Löwen geschart hatte.

Ban-ya folgte ihm dicht auf den Fersen, und als sie Ta-mayas aufgerissene Augen sah, reckte sie ihr Kinn in die Luft, und ein selbstgefälliges, zufriedenes Grinsen trat auf ihre geröteten Wangen. Ihr Gesichtsausdruck zeigte allen, was zwischen ihr und dem Mutigen Mann geschehen war, noch bevor sie verkünden konnte: »Genauso wie ich!«

Dakan-eh wirbelte herum und befahl ihr, den Mund zu halten. »Du bedeutest mir gar nichts! Ta-maya ist meine Frau!«

Ta-maya erbleichte, erstarrte und begann dann zu zittern. »Du bist mit Ban-ya zusammengewesen?«

»Es bedeutet mir gar nichts!« rief er.

»Gar nichts?« fuhr Kahm-ree wütend dazwischen. »Wie kannst du es wagen, meine Enkelin derartig zu beleidigen?«

»Gar nichts?« rief Xhet-li, die bei den anderen Frauen stand und ausnahmsweise einmal Besorgnis um ihre Tochter zeigte. »*Meine* Ban-ya ist die beste aller Frauen. Ban-ya . . .«

»Gehört ihm!« Ta-mayas Stimme war ungewöhnlich tief und belegt. »Heute hat er sich für sie entschieden und mich abgewiesen.«

Dakan-eh tobte vor Wut. »Ich habe bei ihr gelegen, aber ich habe dich gewählt!«

»Ja, das hast du«, sagte sie leise, traurig und bedauernd. »Aber ich habe dich nicht gewählt. Jetzt sehe ich es deutlich. Ich habe ja zu dir gesagt, dann habe ich bald zu dir gesagt, aber ich habe dich immer länger warten lassen, weil ich vielleicht schon die ganze Zeit gewußt habe, daß du nicht der Mann warst, den ich wollte. Es war falsch von mir, und ich bitte dich dafür um Verzeihung. Hier ist der Mann, den ich haben möchte: Masau, den Schamanen des Stammes des Wachenden Sterns. Er hat heute das Leben meines Vaters gerettet, und wenn ich das Geschenk bin, das er sich zur Belohnung von Tlanaquah wünscht, dann werde ich freiwillig seine Frau werden.«

10

Und so kam es, daß, als der dritte Mond voll über dem Dorf am See der Vielen Singvögel aufging, Ta-maya ihr Versprechen einhielt, einen Mann zu heiraten, aber dieser Mann sollte nicht Dakan-eh sein. Sie saß nackt im Schneidersitz in der Hütte ihrer Eltern und erlaubte Ha-xa, U-wa und Mah-ree, an ihrem

Haar herumzuwerfen und Öl auf ihre frisch gebadete Haut zu reiben. Sie kam sich vor, als würde sie alle Ereignisse wie im Traum erleben.

Ha-xa war völlig außer sich. »Es gefällt mir nicht!« sagte sie. »Ich weiß, es ist zu spät, um jetzt noch etwas zu ändern. Dein zukünftiger Mann fastet bereits in der Einsamkeit der Berge. Die Männer aus dem Norden sind mit ihren Hunden losgezogen, um für das Hochzeitsfest zu jagen. Körbe quellen über vor Essen, das gekocht und beim Fest heute abend serviert werden muß. Aber es gefällt mir nicht, daß du nach deiner ersten Nacht mit Masau fortgehen wirst und daß ich dich bis zur Großen Versammlung nicht wiedersehen werde. Ich kann den Gedanken einfach nicht ertragen.«

»Viele Mädchen heiraten in einen anderen Stamm und treffen sich nur noch auf der Großen Versammlung mit ihren Lieben«, gab Ta-maya zu bedenken. »Masau ist ein Händler, er ist ständig auf Reisen. Wir werden oft vorbeikommen, um euch zu sehen. Ich werde schon dafür sorgen!«

»Hast du keine Angst, so weit weg von zu Hause zu leben, Ta-maya, und dann auch noch mit Fremden?« fragte U-wa.

»Ich hätte keine Angst!« mischte sich Mah-ree ein. »Immer wenn Masau bei mir war, hatte ich vor überhaupt nichts Angst.«

»Dein Herz weiß auch nicht, was es will, Mädchen«, neckte Ha-xa sie. »Zuerst hattest du nur verliebte Augen für Chakwena, und von einem Tag auf den anderen seufzt du beim Anblick jedes Fremden, der dir über den Weg läuft!«

»Masau ist nicht irgendein Fremder, Mutter!« sagte Ta-maya. »Er ist Schamane. Vater nennt ihn Bruder. Cha-kwena mag ihn. Und ich bin froh, daß meine Schwester sich über unsere Verbindung freut.«

»Hoyeh-Tay hat ihm nicht getraut! Kosar-eh mag ihn nicht!« sagte Ha-xa.

U-wa schnalzte tadelnd mit der Zunge. »Das ist nicht fair, Ha-xa. Der alte Hoyeh-tay wußte nicht mehr, ob es Tag oder Nacht war oder heute oder morgen. Und der arme, liebe Kosar-eh ... sein Herz ist voller Verlangen nach Ta-maya.«

»Ich weiß«, sagte sie seufzend. »Und mein Herz ist voller Verlangen nach Masau. Die Kinder bewundern ihn. Er wird mein Mann sein – nicht weil mein Vater es verlangt, sondern weil ich es will. Das mußt du akzeptieren, Mutter.«

Sie war verblüfft über die Selbstsicherheit in ihrer eigenen Stimme, doch tief darunter war dennoch Furcht. Was von diesem Tag an geschah, würde in einem neuen Leben geschehen, fern von zu Hause und von allen, die sie kannte und liebte. Doch irgendwie war diese Furcht unwichtig. Wenn sie nur an Masau dachte, schwanden ihre Zweifel. Sie hatte ihn nicht mehr gesehen, seit er seinen Hund mitgenommen und die Einsamkeit der Berge aufgesucht hatte. Maliwal war ihm kurz darauf in Begleitung der anderen Männer aus dem Norden gefolgt. Sie waren jetzt schon einige Tage lang fort und gingen mit ihren Hunden auf die Jagd nach Fleisch, das für das Hochzeitsfest bestimmt war. Heute abend wollten sie alle zurückkehren.

Ihr Herz machte vor Vorfreude einen Sprung. Sie sehnte sich so sehr danach, Masau wiederzusehen und seine Frau zu werden! Ihre Gefühle für Dakan-eh waren immer nur ungewiß gewesen, für Masau jedoch waren sie bestimmt. Sie hätte auch ja zu ihm gesagt, wenn er sie gebeten hätte, ohne Hochzeit mit ihm fortzugehen. Sie war selbst überrascht, daß ihr früheres Zögern und ihre Unentschlossenheit verschwunden waren, aber wenn sie ihm in die Augen sah, zählte nur noch ihre Liebe. Sie wußte, daß sie um jeden Preis zu ihm gehen und seine Frau werden mußte.

Nach Tagen und Nächten des Grübelns war Dakan-eh zornig, beschämt und niedergeschlagen. Als er von den Jungen, die Aussicht hielten, hörte, daß die Männer aus dem Norden auf dem Rückweg ins Dorf waren und daß ihre Hunde Berge von Fleisch heranschleppten, verfluchte er sie alle. Wutschnaubend suchte er alle Brautgeschenke zusammen, die für Ta-maya bestimmt gewesen waren, und stapfte unter der Last der vielen zusammengerollten Felle zur Hütte des Häuptlings. Mit jedem Schritt brüllte er den Namen von Tlana-quahs ältester Tochter.

Von dem Geschrei angelockt, ließen die Menschen alles stehen und liegen und kamen, um zu sehen, was er vorhatte.

»Ta-maya! Erstgeborene Tochter Tlana-quahs! Komm heraus!« brüllte er.

»Was gibt es, Mutiger Mann?« Tlana-quah kam verärgert herbeigeeilt. Er hatte mit einigen anderen Männern das Lagerfeuer vorbereitet.

»Ich will mit deiner ältesten Tochter reden!«

»Das gehört sich nicht!« sagte der Häuptling.

»Seit einigen Tagen gehört sich für mich überhaupt nichts mehr!« sagte Dakan-eh mit einem höhnischen Lachen. »Du hast meine Frau weggegeben!«

»Sie war nicht deine Frau.«

»Aber sie wäre es geworden!«

»Vielleicht.« Tlana-quah musterte den jungen Mann. »Und was hast du hier angeschleppt?«

»Geschenke für die Braut! In der Hoffnung, daß ich vielleicht noch eine letzte Chance habe, sie umzustimmen, zu mir zu kommen, statt zu *ihm* zu gehen.«

Tlana-quah hob die Augenbrauen, als er hörte, wie verächtlich Dakan-eh auf Masau verwiesen hatte. Die dreiste und überhebliche Art des Mannes hatte sich durch Ta-mayas Zurückweisung um keinen Deut geändert. Obwohl Tlana-quah den jungen Mann immer weniger mochte, wußte er, daß er selbst in einer ähnlichen Situation genauso reagiert hätte. Er beschloß, nicht zu streng mit ihm zu sein. »Ein paar Worte. Nicht mehr!« sagte er und rief Ta-maya.

Sie kam, in ihre Schlaffelle gehüllt, mit Ha-xa, U-wa und Mah-ree im Gefolge. Ihr hübsches Gesicht verlor den verbissenen Ausdruck, als sie erkannte, wie leidend Dakan-eh aussah. Dann zuckte sie zusammen, als er ihr ohne Ankündigung die Geschenke vor die Füße warf.

»Hat er dir etwas Besseres als das hier zu bieten?« fragte er. Ohne ein weiteres Wort über seine Liebe oder Zuneigung zu verlieren, kniete er sich hin und entrollte ein Kaninchenfell, in dem sich Ohrringe und Halsketten befanden, Armbänder, Gürtel und Haarschmuck aus Federn — alles, was er für sie angefertigt hatte. »Wer könnte bessere Dinge als diese machen? Niemand!«

Er nahm sich ein zweites Stück Fell, öffnete es wütend und grinste stolz über die schönen Nadeln aus Knochen und Dorn, über die Ahlen von kunstvoll bearbeitetem Stein, über die Fingerhüte und Handflächenschützer und sonstigen nützlichen Dinge, die die Näharbeit einer Frau erleichterten. Dann entrollte er das größte der Felle und zeigte ihr lange kunstvoll geknüpfte Netze.

»Kann *er* für seine Braut so schöne Fangnetze für Kaninchen und Hasen flechten? Nein! Nur der Mutige Mann kann so gut knüpfen! Und das hier! Hat er etwas Derartiges zu bieten?«

Damit nahm er sich eine weitere Rolle aus zusammengenähten Kaninchenfellen und breitete sie vor ihr aus. Darauf lagen Pelze von Kaninchen und Waschbären, von Stinktieren und Füchsen, Luchsen und Dachsen, von Opossums und Kojoten, dazu die Häute von Vögeln und Fischen, gestreckt und sorgfältig bearbeitet, so daß eine geschickte Frau daraus Kleidung, Schmuck und viele andere schöne Dinge machen konnte.

»All dies habe ich für meine Braut gemacht!« verkündete er, nachdem er wieder aufgestanden war, reckte seine Brust und hob den Kopf. »All dies habe ich nachts für dich gejagt und heimlich für dich bearbeitet. Und für deine Eltern habe ich andere Sachen gesammelt — so viel Fleisch und so viele Felle, daß ich gar nicht alles tragen konnte. All dies sollte dich stolz auf mich machen, an diesem Tag, der mir gehören sollte!«

Sie riß die Augen auf. »Dir?«

»Ja, mir! Ich bin der Mutige Mann! Du bist die Beste Frau! Welche andere Frau hätte es verdient, die Hütte mit mir zu teilen?«

Sie runzelte leicht die Stirn und blickte ihn an, als würde sie ihn zum ersten Mal sehen und dabei zum ersten Mal verstehen. »Vielleicht solltest du dich selbst heiraten, Mutiger Mann! Denn all deine Bemühungen, diese vielen schönen Geschenke anzufertigen, können von niemandem besser gewürdigt werden als von dir selbst.«

Mah-ree unterdrückte ein Kichern, und U-wa ebenfalls. Und

hinter Dakan-ehs Rücken begannen die meisten der Dorfbewohner, hemmungslos zu lachen.

Der Mutige Mann drehte sich wütend um. Cha-kwena stand in seiner Nähe. Dakan-eh zeigte wutschnaubend mit dem Finger auf ihn. »Sag es ihnen! Sag es *ihr*! Sag ihnen allen, was ich geleistet habe! Ich habe dein Leben gerettet und das des wirrköpfigen alten Mannes, der vor dir Schamane war! Sag ihnen, daß ich der beste und mutigste Mann der Roten und der übrigen Welt bin! Sag es ihnen! Na los! Was starrst du mich so an? Sag es ihnen!«

Doch Cha-kwena sagte nichts. Er starrte an Dakan-eh vorbei, wo das Fell eines Kojoten zwischen den anderen Geschenken lag. Es war ein goldenes Fell, an dem sich noch der Kopf, der Schwanz und die Pfoten befanden. Eine Pfote war etwas kleiner als die anderen und leicht verkrüppelt. Er starrte das Fell an und dann Dakan-eh. »Mein Traum war also kein Traum. Du hast meinen Geistbruder getötet. Du hast den Kleinen Gelben Wolf geschlachtet und dabei gelächelt.«

Der Mutige Mann neigte den Kopf zur Seite. »Was redest du da? Es war nur ein Kojote. Natürlich habe ich gelächelt, nachdem ich ihn erlegt hatte. Er hatte ein hervorragendes Fell! Was ist los mit dir, Cha-kwena?«

Der junge Schamane schüttelte den Kopf, als wollte er sich von einer unangenehmen Erinnerung befreien. »Ich werde nicht für dich sprechen«, sagte er. »Genauso wie du auf dem heiligen Berg nicht für mich sprechen wolltest.«

Dakan-eh sah ihn mißtrauisch an. »Was soll das, Cha-kwena?«

»Ich bin jetzt der Schamane dieses Stammes, Dakan-eh. Du selbst hast immer wieder gesagt, daß ich es eines Tages sein würde. Es hat dir Spaß gemacht, mich — und Ta-maya — mit der Schwester von Sunam-tu zu beschämen. Sogar jetzt noch trägt Ta-maya das Armband, das dir von einer anderen Frau geschenkt wurde. Und sogar jetzt noch beschmutzt du fortwährend den Namen meines Großvaters. Also wird es mir nicht schwerfallen, jetzt dich zu beschämen. Ich habe nicht vergessen, wie du mich auf dem heiligen Berg erniedrigt hast, ich habe sogar dadurch gelernt. Vielleicht wirst auch du etwas lernen, wenn ich dich erniedrige. Ein Mann kann nicht immer das bekommen, was er haben will. Und obwohl du der Überzeugung bist, du wärst der beste und mutigste Mann der Roten und der übrigen Welt, lautet die Wahrheit, daß es andere gibt, die noch besser und mutiger sind. Ta-maya hat mit Masau einen solchen Mann gefunden. Er ist wie ein Bruder zu mir gewesen. Er hat einen Löwen getötet und damit das Leben unseres Häuptlings gerettet. Ich werde nicht gegen seine Verbindung mit Ta-maya sprechen.«

Dakan-ehs Gesicht wurde knallrot vor Wut. »Was willst du kleiner...« Er verschluckte das Schimpfwort und funkelte Tlana-quah an. »Wenn die Händler in den Norden zurückkehren, wer wird dann für dich die Löwen töten, Häuptling, wenn der Mutige Mann nicht mehr da ist?«

»Ich werde da sein«, antwortete Cha-kwena gelassen. »Und du bist nicht der einzige gute Jäger in diesem Stamm.« Die anderen Männer aus dem Dorf murmelten geschmeichelt über dieses Kompliment. Die Frauen seufzten, als Ta-maya ihr Armband abnahm und es ihrer Mutter überreichte, die es Dakan-eh zurückgab. Doch dieser warf es zu Boden.

Tlana-quah verengte vor Widerwillen die Augen, als er Dakan-eh anstarrte. »Was soll dieses Gerede, daß du nicht mehr da bist? Hast du vor, uns zu verlassen?«

»Es gibt noch andere Dörfer in der Roten Welt! Und andere Stämme!«

»Dann geh! Schließ dich einem an! Tu, was du tun mußt, Mutiger Mann! Ich habe für heute genug von deinen großspurigen Reden. Beim Aufgang des Mondes wird in diesem Dorf eine Hochzeit stattfinden. Wir müssen uns darauf vorbereiten!«

»Tut es ohne mich!« Dakan-eh stampfte das Armband mit seiner Ferse in die Erde, dann versetzte er den Fellen wütend einen Fußtritt, der sie in alle Richtungen davonfliegen ließ. Damit drehte er sich um und verließ ohne ein weiteres Wort das Dorf.

Die Hochzeit von Masau und Ta-maya fand unter dem vollen Gesicht eines silbernen Mondes statt. Dakan-eh nahm nicht daran teil, ebenso wenig wie Ban-ya. Sie war entschlossen, sich heimlich dem Mutigen Mann nachzuschleichen, wartete damit jedoch, bis sich alle Feiernden versammelt hatten und der neue Schamane alle in seinen Bann gezogen hatte.

Der Westwind strich flüsternd um das Dorf. Ha-xa weinte, wie es alle Mütter bei der Hochzeit ihrer erstgeborenen Töchter tun, und Kosar-eh führte zweideutige Tänze vor, um die Braut und ihren neuen Mann zu inspirieren. Falls die Seetaucher wieder riefen, war es nicht zu hören, denn der Lärm der Trommeln, Flöten und Rasseln erfüllte die Nacht. Es mußten noch viele Lieder gesungen und viele Tänze getanzt werden.

Die Menschen der Roten Welt und die Händler vom Stamm des Wachenden Sterns aßen und tranken zusammen. Als die Braut und ihr neuer Mann zu ihrer Hütte geführt wurden, verschränkte Tlana-quah seine Arme über der Brust und sah zu, wie sie eintraten.

»Jetzt«, sagte er zufrieden, »sind die Menschen unserer beiden Welten ein Stamm.«

Schließlich lag Ta-maya vor Erwartung und Vorfreude zitternd in ihrer neuen Hütte in Masaus Armen.

»Sei ganz ruhig, Ta-maya! Das, was heute nacht gefeiert wurde, kann erst dann vollzogen werden, wenn wir zu meinem Stamm zurückgekehrt sind und den Segen der Hohepriesterin meines Landes erhalten haben. Ich werde noch eine Weile mit einer jungfräulichen Braut zusammenleben.«

Sie lagen auf der neu geflochtenen Matratze aus Schilf und Salbei und ließen sich von vorzüglich gearbeiteten Kaninchenfelldecken wärmen. Ta-maya strich mit der Hand über Masaus nackte Brust. »Muß es wirklich so sein?«

»Hast du keine Angst vor dem ersten Eindringen, Ta-maya?«

»Ich habe es nicht gewollt ... bis jetzt ... mit dir.«

Er sah sie im Licht des Feuerscheins an, dann berührte er ihr Gesicht, küßte sie auf die Stirn und suchte mit seinen Lippen ihren Mund. Er war so zärtlich! Er seufzte, erzitterte und wandte ihr nach einem tiefen Atemzug den Rücken zu. »Schlaf jetzt, meine Braut, wenn du kannst.« Sie schluckte ihre Enttäuschung hinunter. Sie verstand und streichelte seinen Rücken, während sie spürte, wie seine Haut unter ihrer Berührung erzitterte. »Ich werde von dir träumen, Masau, und davon, wie es mit uns sein wird, wenn wir das Land deines Stammes erreicht haben. Werden sie mich mögen?«

»Sie werden in dir dasselbe sehen wie ich — eine volkommene Braut.«

»Und deine Mutter, die große Schamanenfrau, wird sie nicht böse sein, daß du eine Braut aus einem anderen Stamm zu ihr gebracht hast? Und was ist mit deinem Vater? Ist er auch ein Schamane?«

»Ich habe nur Ysuna.«

»Die Tochter der Sonne... die Lebensbringerin des Stammes... ist sie genauso schön wie ihr Name?«

»Ysuna ist wunderschön.«

»Sie muß sehr weise sein.«

»Ja, das ist sie. Sie ist weise und schön. Und bald wird sie so mächtig wie das weiße Mammut sein.«

»Was ist, wenn sie mich nicht mag?«

»Sie wird dich lieben, Ta-maya. Glaube mir, wenn ich dir sage, daß du all das bist, was sie sich je für mich gewünscht hat.«

Am nächsten Tag versammelte sich der Stamm der Roten Welt, um sich von Ta-maya und den Händlern zu verabschieden. Maliwal befahl Tsana, beim fünften Schlitten zu bleiben, der sorgfältig verhüllt war, um seine Ladung zu schützen.

»Müßt ihr schon so kurz nach der Hochzeit gehen?« Ha-xas Augen waren von der durchweinten Nacht gerötet.

»Wir sind schon zu lange von unserem Land fort gewesen«, erklärte Masau. »Jetzt, wo das Wetter besser wird, müssen wir nach Norden ziehen. Wir hoffen, daß wir unterwegs in vielen Dörfern der Roten Welt haltmachen können. Ich möchte unseren schwarzen Obsidian gegen den seltenen, durchscheinenden Stein tauschen, den es, wie ihr sagt, in den Weißen Hügeln im Westen gibt. Aber wir werden uns zur Großen Versammlung unter dem Licht des Pinienmondes wiedersehen. In der Zwischenzeit habe auch ich eine Mutter, Ha-xa! Sie wird sich über diese Braut freuen und über die schönen Geschenke, die ich ihr aus der Roten Welt mitbringe! Bis dahin habe ich noch ein Geschenk für euren Stamm! Maliwal, bring das her, was im Licht des Mondes der letzten Nacht in deine Obhut gegeben wurde!«

Maliwal gehorchte. Chudeh und Tsana halfen ihm dabei, das große Fellstück anzuheben, auf dem die trächtige Hündin lag, die sich gewöhnlich in der Nähe von Blut aufhielt. Das Weibchen war nicht mehr trächtig, sondern ihre Welpen lagen jetzt an ihrem Bauch, säugend und so blind wie neugeborene Mäuse — dreizehn Welpen.

»Diese Hündin ist zu schwach, um ihr eigenes Gewicht auf der Reise nach Norden zu tragen. Ihr Name ist Wachender Stern. Sie wird bei euch bleiben, bis wir uns auf der Großen Versammlung wiedersehen. Die Welpen gehören euch, sie sind unser Geschenk an euch. Ihre Mutter wird ihnen beibringen, auf die Jagd zu gehen. Sorgt für sie, als wäre sie die Tochter, die jetzt mit uns nach Norden zieht. Wenn Löwen in der Nähe sind, wird sie wissen, was zu tun ist, und ihre Menschen warnen und beschützen. Und alle Nachkommen von ihr und Blut werden wissen, daß sie dasselbe tun müssen.«

Kahm-rees Augen waren genauso verweint wie Ha-xas. »Wirst du unterwegs nach meiner Ban-ya suchen?«

»Sie ist beim Mutigen Mann, alte Frau«, sagte Tlana-quah ungeduldig. »Irgendwann wird er sie zurückbringen. Sie ist jetzt seine Frau. Ist es nicht das, was du schon immer gewollt hast?«

Kahm-ree schniefte. »Nur wenn die beiden in der Nähe leben und mir eine neue Familie geben.«

»Wir werden in jedem Dorf nach Ban-ya und dem Mutigen Mann suchen«, versprach ihr Maliwal.

»Und wenn ihr sie seht, sagt ihnen, daß wir ihnen alles verziehen haben«, sagte der Häuptling und schüttelte den Kopf, als wäre er über seine eigene Großzügigkeit überrascht. »Es ist ein gutes Jahr gewesen, in jeder Beziehung — die Vorzeichen stehen gut, unser Totem ist in der Nähe, und meine erstgeborene Tochter hat endlich geheiratet. Dakan-eh hat einen großen Mund und liebt sich selbst so sehr, daß er sich selbst dadurch schwanger machen könnte, aber er hat mit meiner Ta-maya eine gute Frau verloren, und ich kann ihm nicht vorwerfen, daß er so wütend auf diesen Verlust reagiert hat.«

Ta-maya schüttelte den Kopf. »Ich bin diejenige, die ihn schlecht behandelt hat, als ich ihn so lange warten ließ und schließlich einen anderen Mann nahm.«

»Er hat nicht gerade auf dich gewartet, Ta-maya«, gab Cha-kwena zu bedenken, während er Kahm-ree und den anderen Witwen einen finsteren Blick zuwarf. »Nicht wahr, alte Frauen?«

Kahm-ree senkte den Kopf, sagte aber nichts.

Kosar-eh, der immer noch seine Körperbemalung der gestrigen Feierlichkeiten trug, hielt sein neues Baby auf dem gesunden Arm, als er und Siwi-ni kamen, um sich von ihnen zu verabschieden.

»Paß auf dich auf!« sagte er zu Ta-maya. »Und mögen die Geister der Vorfahren mit dir sein!«

»Und mit dir, alter Freund!« sagte sie, reckte sich auf die Zehenspitzen und drückte ihm einen Kuß auf die Wange. »Bis wir uns unter dem Licht des Pinienmondes wiedersehen.«

Cha-kwena sah mit schwerem Herzen zu, wie sie aufbrachen. Mah-ree trat neben ihn. Der Raubwürger saß ungebunden auf ihrer Schulter. »Ta-maya hat den besten Mann der ganzen Welt geheiratet!« sagte sie.

»Ich dachte immer, ich wäre der beste Mann der ganzen Welt, wenn es nach dir geht, mein kleiner Moskito.«

»Masau würde mich niemals so nennen«, sagte sie schmollend. »Er nennt mich Medizinmädchen und seine neue kleine Schwester. Und sein Bruder hat zu mir gesagt, wenn ich nicht aufpasse, wird er im nächsten Jahr zurückkommen und mich als seine Braut mitnehmen!« Sie rümpfte die Nase. »Ich würde natürlich nicht gehen — nicht mit ihm. Ich mag ihn nicht. Aber sein Bruder . . .« Sie seufzte. »Die Geister der Vorfahren meinen es sehr gut mit Ta-maya!«

Cha-kwena erzitterte, konnte aber nicht sagen, warum. Er hatte das Gefühl, als würde plötzlich ein kalter Wind wehen. Er blickte sich um. Es war fast windstill, der Himmel war klar, und die Wärme kündigte bereits den Frühling an. Der Raubwürger flatterte den Reisenden hinterher. Mit einem Seufzen sah Mah-ree dem Vogel nach, bis er auf Masaus Schulter landete. Der Mystische Krieger drehte sich noch einmal zu ihr um.

»Er ist dein Bruder, nicht meiner!« rief das Mädchen. »Er hat sich entschieden, dir zu folgen!«

Erneut spürte Cha-kwena den kalten Wind. Er hob die Hände und drückte den heiligen Stein fester an seine Brust. Im selben Augenblick trompete irgendwo in den nordwestlichen Hügeln ein Mammut. Ein gutes Omen! Er zwang sich, zuversichtlich zu sein. Die Große Versammlung der Stämme würde im Herbst stattfinden. Er würde Masau und Ta-maya noch vor dem nächsten Winter wiedersehen. Bis dahin war es gar keine so lange Zeit.

Bald würden die überwinternden Zugvögel den See verlassen, und die Sommervögel würden zu Zehntausenden eintreffen. Die Menschen seines Stammes würden Eier sammeln und Köder auslegen, und bevor er sich versah, würden der Rohrkolben- und der Entenmond nur noch in seiner Erinnerung scheinen, wenn der Fischmond sein Gesicht zeigte. Dann war es Zeit, das Dorf zu verlassen und zum Fluß zu ziehen, wo die großen Forellenschwärme laichten. Dann würden die Menschen in den warmen Tagen unter dem Licht des Grasmondes zu ihren Hütten zurückkehren, und es wäre wieder die Zeit zum Sammeln, Dreschen und Worfeln. Und wenn dann endlich der Pinienmond aufging, war es an der Zeit, zur langen Reise zum heiligen Berg aufzubrechen.

Cha-kwena atmete tief ein. Er fühlte sich plötzlich sehr gut. Endlich schien wieder alles in der Welt in Ordnung zu sein. Das weiße Mammut graste in den fernen Hügeln, und der heilige Stein hing sicher um seinen Hals.

Wenn nur der alte Hoyeh-tay und Eule bei ihm sein könnten, um sein Glück mit ihm zu teilen!

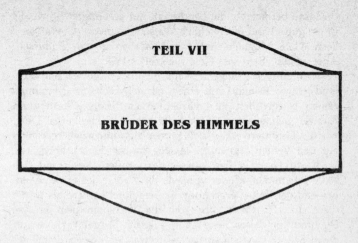

TEIL VII

BRÜDER DES HIMMELS

1

Sie reisten nach Westen zu den Weißen Hügeln. Der Raubwürger saß auf Masaus Schulter. Es gab kein Anzeichen, daß Dakan-eh und Ban-ya hier vorbeigekommen waren. Die Sonne stand hoch am Himmel, und Ta-maya war glücklich und aufgeregt.

»Ha-xa hat eine Tante in den Weißen Hügeln«, sagte sie zu ihrem neuen Mann und freute sich darauf, ihre dortigen Verwandten mit ihm beeindrucken zu können. »Und mein Vater hat dort mehrere Verwandte. Tlana-quah hat mir Geschenke für sie mitgegeben. Wir werden dort viel Freude haben. Es ist nur ein kleiner Stamm, aber man wird uns willkommen heißen.«

Die Sonne senkte sich dem Horizont zu. Sie schlugen ihr Lager im Windschatten einer steilen roten Felskuppe auf, und Ta-maya erfreute sich an der Schönheit ihres Heimatlandes, der roten Erde, den gewaltigen Tafelbergen, den Salbeifeldern und den bewaldeten Hügeln und dem kleinen, seichten See, der die Farben des Sonnenuntergangs auf seinem ruhigen Wasser spiegelte.

Masau betrachtete die Landschaft mit gerunzelter Stirn. »Es ist ein gutes Land mit reichlich Wasser«, sagte er. »Überall sind Seen. Gute Möglichkeiten für Wildfallen in den Zuflüssen. Aber es gibt nicht viel Gras für großes Wild.«

»Hier gibt es genügend Nahrung für Antilopen und Rotwild«, sagte Ta-maya mit einem eifrigen Lächeln. »Mammuts ziehen gelegentlich hier vorbei. Auch Bisons, Pferde und Kamele. Schau auf die Gipfel der höchsten Tafelberge. Dort, wo die Gewitterwolken sich immer zusammenziehen, um es auf den Bergen regnen zu lassen, kannst du erkennen, wie hoch vor Urzeiten das Wasser des Großen Sees stand. Ich stelle mir immer wieder vor, wie die Kinder des Ersten Mannes und der Ersten Frau über die Berggipfel kamen, als wären diese nur Trittsteine, über die die Vorfahren dem großen Mammut in dieses neue Land folgten. Damals gab es nur einen See, der jedoch so fischreich war, daß der Stamm, der eigentlich Großwild jagte, seine Wanderung beendete und sich statt dessen von Fisch ernährte. Als das Wasser des Großen Sees viele Generationen später von der Sonne ausgetrunken wurde, hatten die Kinder des Ersten Mannes und der Ersten Frau vergessen, daß ihre Vorfahren einmal Großwildjäger gewesen waren. Antilopen und Kaninchen kamen in die Rote Welt, um dem Stamm als Nahrung zu dienen. Hasen kamen und Eidechsen, Kröten, Frösche und . . .« Maliwal knurrte verächtlich und schüttelte sich vor Abscheu. »Das ist kein richtiges Fleisch, Mädchen! Jetzt, wo du im Stamm des Wachenden Sterns lebst, wirst du bald erfahren, was richtiges Fleisch ist.«

Masau hob warnend eine Augenbraue. »Wähle deine Worte mit Bedacht, Bruder! Wir wollen doch nicht, daß Ta-maya ihre Entscheidung bedauert, mit uns nach Norden zu kommen. Außerdem wird es noch einige Zeit dauern, bis wir überhaupt wieder Fleisch essen werden. Chudeh, entlade den vierten Schlitten. Darauf liegen die Felle für die Zelte und die Riemen und Stützpfeiler.«

Ta-maya betrachtete den dunkler werdenden Himmel. »Es wird eine klare und warme Nacht werden. Wir könnten unter den Sternen schlafen und deinen Männern die Arbeit ersparen, meinetwegen Zelte aufzubauen.«

»Wir werden eine Weile hierbleiben, Ta-maya«, sagte Masau zu ihr. »Wenn morgen die Sonne aufgeht, wirst du Schatten brauchen. Chudeh wird für dich ein Zelt aufrichten, bevor er sich mir und den anderen anschließt. Ruh dich aus und mach es dir bequem! Genieße den Sonnenuntergang und versuche dann etwas zu schlafen! Mach dir keine Sorgen über das, was du vielleicht siehst. Der Tag morgen wird ein langer Tag werden.«

»Und was ist mit dir?« fragte sie irritiert.

»Bevor wir weiterziehen, müssen meine Männer und ich noch verschiedene Pflichten erledigen. Ich werde es dir später erklären, aber wir sind lange Zeit im Land deines Stammes gewesen, und wir müssen uns jetzt reinigen.«

»Wovon? Ihr wart doch erst gestern in der Schweißhütte und . . .«

»Bitte, Ta-maya! Ich werde es dir später erklären. Jetzt bleib erst einmal hier. Die Hunde werden auf dich aufpassen.«

Sie gehorchte und sah zu, wie Masau zum See hinüberlief. Der Raubwürger flatterte auf, als der Mann sich auszuziehen begann. Masau warf seine Sachen zur Kleidung der anderen Männer auf einen Haufen.

Ta-maya starrte ihn neugierig und fasziniert an. Mit Ausnahme von Chudeh, der das Zelt aufbaute, waren alle Männer der Händlergruppe splitternackt und versammelten sich im Kreis um den Haufen mit der Kleidung. Maliwal hockte sich hin und arbeitete mit seinem Feuerbohrer, bis im Zunder, den sie von den Vorräten auf den Schlitten mitgenommen hatten, ein Funke entfacht wurde. Der Mann namens Ston übergoß die Kleidung nun mit Öl aus einem Schlauch, den er scheinbar aus dem Nichts hervorgezaubert hatte.

»Was tut er da, Chudeh?« fragte sie besorgt. »Warum verbrennen sie ihre Kleider?«

»Sei nicht beunruhigt, Braut, aber bevor wir in euer Dorf kamen, haben wir hier Rast gemacht und zwischen den Felsen dort drüben frische Kleidung, Vorräte, Abführmittel und Feuerwerkzeug versteckt.«

»Warum? Mein Stamm hätte euch bereitwillig mit allem versorgt, was ihr braucht. Und wozu braucht ihr Abführmittel?« Sie war sichtlich beunruhigt. »Seid ihr etwa krank?«

»Nicht direkt. In gewisser Weise könnte man sagen, daß wir zwar nicht krank, aber gekränkt sind. Dein Stamm war sehr großzügig, wir haben viele gute Geschenke erhalten. Aber unsere Lebensweise ist ganz anders als eure, und daher müssen wir diese Dinge und alles, was wir getragen haben, während wir mit deinem Stamm in Berührung waren, verbrennen und alles, was wir gegessen haben, abführen.«

Bevor sie nach dem Grund fragen konnte, stand der Kleiderhaufen in hellen Flammen. Während sie mit zunehmender Verblüffung zusah, legte Masau mit großer Ehrerbietung seine Adlerhaut auf den Scheiterhaufen. Dann liefen die Männer zum See und sprangen kopfüber in das Wasser, wo sie sich gründlich wuschen.

Nachdem er mit dem Zelt fertig war, verließ Chudeh sie, um auch seine Kleidung ins Feuer zu werfen und zu den anderen in den See zu springen. Sie brüllten und kreischten vor Erleichterung, bis sie wieder aus dem Wasser stiegen. Masau lief zum Ufer zu den Felsen, wo er mehrere Rollen aus dunklem Fell hervorholte. Eine entrollte er, ging damit zu den anderen Männern zurück und verteilte getrocknete Blätter. Alle erhielten die gleiche Anzahl und atmeten einmal tief durch, bevor sie sie aßen. Bald hatten alle Männer Brechreiz und Durchfall.

Verängstigt und verwirrt zwang sich Ta-maya, nicht zu ihnen hinüberzugehen und ihre Hilfe anzubieten. Denn Chudeh hatte gesagt, daß sie ihren Körper reinigen wollten, und Masau hatte ihr befohlen, sich nicht von der Stelle zu rühren, während sie die Reinigung vollzogen. Masau war Schamane. Was er ihnen gegeben hatte, bekam ihnen nicht sehr gut, aber sie würden davon nicht sterben.

Inzwischen war die Sonne untergegangen. Die Welt wurde grau, als die Händler aus dem Norden stöhnten und von heftigem Brechreiz geschüttelt wurden. Ta-maya empfand es als Verschwendung. Was sie dort hervorwürgten, waren Ha-xas Kamas-Kuchen, ganz zu schweigen von der guten Eidechsensuppe mit braunen Spinnen, den gerösteten Erdhörnchen und Kaninchen und den Rohrkolbentrieben mit Maden, die in harter Arbeit aus verrottenden Kiefernstämmen gepflückt worden waren!

»Wahrlich eine Abführung und Reinigung!« rief sie beleidigt und wütend über solche Vergeudung hervorragender Nahrung. Sie biß ärgerlich die Zähne zusammen und wandte ihren Blick von den würgenden Männern ab. Dann ging sie zwischen den Wachhunden hindurch und setzte sich ins Zelt.

»Was sind das nur für undankbare Männer, aus deren Stamm ich einen geheiratet habe?« fragte sie sich laut in der zunehmenden Dunkelheit.

Blut hockte sich vor sie und blickte mit geneigtem Kopf und aufgestellten Ohren zum Raubwürger hinauf, der auf einem der Zeltpfosten saß. Der Anblick des kleinen Vogels mit der Gesichtsmaske ließ sie an Zuhause und an Mah-ree denken.

Du hast den besten Mann auf der ganzen Welt geheiratet! hatte ihre Schwester ihr versichert.

»Ach, meine Kleine . . .« Ta-maya seufzte und versuchte nicht an Dakan-eh zu denken. »Ich hoffe, du behältst recht!«

»Warum bist du mir gefolgt?« Dakan-ehs Frage kam wie ein Wutschrei in der Dunkelheit des Waldes.

»Es erschien mir als die beste Lösung«, antwortete Ban-ya verbittert.

»Ich werde dich nicht zum Dorf zurückbringen.«

Ban-ya trug nur Sandalen aus Salbeifasern und einen kurzen Rock aus blauen Eichelhäherfedern. Auf ihren Schultern lag ein einzelnes Fell — der gelbe Pelz eines Kojoten. Sie zitterte so heftig, daß ihre Zähne klapperten. Sie saß auf dem Boden, hatte ihre Arme um die Beine geschlungen, die Knie bis an die Brust herangezogen und lehnte sich gegen einen Eisenholzbaum. »Ich hätte mehr von den Geschenken mitbringen sollen, die du fortgeworfen hast — zumindest von den Decken. Dann hätten wir es jetzt wenigstens warm.«

»Sie waren nicht für dich bestimmt. Sie waren für *sie*. Es ist gar nicht kalt, also hör auf herumzujammern! Und nimm dieses Kojotenfell ab! Ich will es nie wieder sehen!«

Sie schüttelte den Kopf und seufzte mitleiderregend. »Dir ist niemals kalt, Dakan-eh. Dieser Pelz ist warm. Ich werde ihn behalten. Wenn du ihn nicht sehen willst, dann schau mich nicht an!«

»Das wäre mir ein Vergnügen. Ich würde sofort auf deinen Anblick verzichten. Ich sollte dich einfach hier sitzen lassen, damit du dem nächstbesten Raubtier zum Opfer fällst. Du hast nichts Besseres verdient, nach all dem, was du mir angetan hast! Wie konntest du nur in die Witwenhütte kommen und mich dazu zwingen, dich zu nehmen, wo ich doch nur *sie* wollte. Nur sie und niemals dich!«

Ban-ya funkelte ihn im mondschattigen Licht des Waldes wütend an. »Du wolltest mich genauso, wie ich dich wollte. Wir haben uns gegenseitig genommen. Bis jetzt hat es mir nicht leid getan.«

»Das sollte es aber, denn du kannst hier so lange sitzen und jammern, wie du willst, doch ich werde nie wieder ins Dorf zurückgehen. Wenn ich Tlana-quah das nächste Mal wiedersehe, wird es auf der Großen Versammlung sein. Bis dahin werde ich mich einem anderen Stamm angeschlossen haben. Welcher Häuptling würde es ablehnen, einen so mutigen Jäger wie Dakan-eh in seinem Stamm aufzunehmen? Welcher fähige Schamane würde den Mutigen Mann ansehen und ihm verwehren, was rechtmäßig ihm gehört?« Er ließ sich von seiner eigenen Rede mitreißen. Seine Nasenflügel bebten, seine Lippen waren verzerrt und enthüllten seine gleichmäßigen weißen Zähne. »Ich werde zur anderen Seite des heiligen Berges ziehen, zum Dorf von Shi-wana, dem Schamanen des Stammes der Blauen Tafelberge. Es ist das fernste aller Dörfer, aber jetzt, wo Hoyeh-tay tot ist, ist Shi-wana der Älteste aller heiligen Männer der Roten Welt. Diese Neuigkeit wird ihm gefallen. Er wird mich willkommen heißen. Er war so ein alter Mann. Vielleicht hat er inzwischen genug von seiner jungen Frau.«

Ban-ya starrte ihn verletzt an. Er sah wie ein junges, gesundes Tier aus, das der Nacht seinen Trotz entgegenschnaubte. »Ich werde mit dir gehen, Dakan-eh, zurück zum Dorf oder wohin du auch immer gehen willst. Laß mich nur nicht allein! Ich fürchte mich im Dunkeln!«

Ta-maya erwachte bei Tagesanbruch, nachdem sie sich den Großteil der Nacht das Würgen der Männer hatte anhören müssen. Da sie sich bis zum Morgen dann innerlich gereinigt hatten, nahmen sie ein zweites Bad. Die Geräusche, die sie im Wasser machten, und ihre tiefen Stimmen rissen Ta-maya aus unruhigen Träumen.

Jetzt kamen die Männer im schwachen Licht der aufgehenden Sonne aus dem See, zitterten und schüttelten sich trocken. Sie lag im Zelt auf der Seite und hatte den Kopf auf einen Ellbogen gestützt, so daß sie den Abhang überblicken konnte, der zum See hinabführte. Sie sah zu, wie die Männer sich frische Kleidung aus ihrem Vorratslager holten und diese anzogen. Dann hockten sie sich hin, um von dem getrockneten Proviant zu essen, den sie zu diesem Zweck hiergelassen hatten.

»Eßt vorsichtig! Unsere Bäuche sind jetzt sehr empfindlich«, hörte sie Masaus Rat.

»Außerdem werden wir solches Fleisch nicht eher wieder essen können, bis wir auf der Jagd waren«, fügte Maliwal hinzu. »Das, was wir auf den fünften Schlitten geladen haben, ist für Ysuna.«

»Hinter den Felsen sind ziemlich frische Spuren«, sagte Chudeh.

»Dieses Land wird von vielen Schluchten durchzogen, so daß wir mit ein wenig Glück bis heute abend gut gegessen haben und über reichliche Vorräte für die lange Reise verfügen«, bemerkte Tsana.

»Ich sage, wir sollten sofort zurückgehen, um das zu erledigen, was wir begonnen haben, und uns das holen, weswegen wir hergekommen sind! Das wird das beste Fleisch sein, nicht wahr?«

Ta-maya zuckte beim Klang von Maliwals aggressiver

Stimme zusammen. *Das zu holen, weswegen wir hergekommen sind!* Was meinte er damit?

»Sprich leiser, Maliwal! Willst du meine Braut aufwecken?«

Maliwal sagte etwas über Donner, über Ysuna und Vorzeichen, die wieder günstig standen, aber Ta-maya erkannte darin keinen Sinn.

»Ich habe noch nie ein vollkommeneres Mädchen gesehen«, sagte Chudeh.

»Ich auch nicht«, erwiderte Masau.

Ta-maya lächelte. *Und ich habe noch nie einen vollkommeneren Mann gesehen!* dachte sie zufrieden, während sie sich fragte, was für Fleisch sie wohl essen mochten. Was es auch immer war, sie würde lernen müssen, es für Masaus Geschmack zuzubereiten, denn nach seinem Verhalten in den letzten Stunden zu urteilen, würde es nicht einfach sein, ihn zufriedenzustellen, wenn es um Kochkünste ging.

»Wenn wir hier fertig sind, Maliwal«, sagte Masau soeben, »könnt ihr eure Speere nehmen. Seht, was ihr auftreiben könnt, während ich mich hier um alles kümmere.«

Ta-mayas Herzschlag beschleunigte sich. Er schickte die anderen mit den Hunden fort! Dann würde er zu ihr kommen. Er würde ihr zu essen und zu trinken bringen, und sie würden ganz allein sein. Vielleicht hatte er seine Meinung geändert und wollte sich bereits mit ihr vereinen, bevor sie das Dorf im fernen Norden erreicht hatten.

Sie setzte sich auf und strich ihr Haar zurück. Ihr Bauch knurrte laut vor Hunger, und zu ihrer Überraschung schreckte Blut aus dem Schlaf hoch und knurrte zurück. Sie starrte ihn ängstlich an, denn ihr war nicht aufgefallen, daß der Hund direkt neben ihr lag. Nachdem er ihre Schlaffelle beschnuppert und nichts gefunden hatte, was einen Angriff rechtfertigte, gähnte der Hund und streckte sich wieder aus. Er klopfte mit dem Schwanz, als sie mit der Hand über sein Fell strich.

»Ach, hast du jetzt endlich Freundschaft mit mir geschlossen?« fragte sie glücklich. Vorsichtig berührte sie seinen Kopf und kraulte das rote Fell.

Cha-kwena schreckte aus dem Schlaf hoch. Die Furcht lief durch seine Kehle wie eine Maus durch einen Tunnel, auf der Flucht vor einem Falken. Er starrte aus der Höhle hinaus und direkt ins Licht der aufgehenden Sonne. Sie brannte ihm in den Augen, doch er konnte den Blick nicht abwenden. Ein dunkler Schatten flog nach Norden. Ein Adler oder eine Eule ... oder nur eine Phantasie seiner Träume?

Nachdem er schon seit Tagen von Träumen und Sorgen geplagt wurde, stand er auf und drehte sich um. Er blickte in die beruhigenden Schatten in der Höhle und atmete tief durch. Er hatte sich immer noch nicht an den Gedanken gewöhnt, daß es jetzt seine Höhle war, doch es bestand kein Zweifel daran, daß es so war, denn die Flammen, die Hoyeh-tay verbrannt hatten, hatten das Innere verrußt und die Wurzel, auf der die Eule immer gehockt hatte, verkohlt.

Nach der Feuerbestattung war Cha-kwena, wie es die Tradition verlangte, in der Höhle geblieben, und hatte ein kleines Feuer geschürt. Er hatte Salbei über die Kohlen gelegt, damit der duftende Rauch den anhaltenden Gestank des Scheiterhaufens vertrieb. Während das kleine Feuer mit viel Rauch und Funken gebrannt hatte, hatte er das Schulterblatt einer Antilope dazu benutzt, den größten Teil der schmierigen Ablagerungen auf den Wänden und an der Decke abzukratzen. Obwohl es eine mühsame Arbeit gewesen war, hatte der Rhythmus der Tätigkeit ihn beruhigt. Als er genug davon gehabt hatte, die Überreste des Todes zu entfernen, waren nur noch schmale Rußspuren im Felsen übrig gewesen. Sie folgten den Unebenheiten des Steins und nahmen seltsame Formen an, wenn der Feuerschein oder das Sonnenlicht darauf fiel.

Später hatte er einen Salbeizweig genommen, das eine Ende verkohlen lassen und damit die Linien im Stein nachgezogen. Die alten verschlungenen Muster und Formen hatten sich scheinbar von selbst zu neuen zusammengesetzt. Kojote erschien auf der Felswand, und auch Eule war da, mit ihrer Fellweste. Die Fledermaus flog mit der Schwalbe über die Decke. Die Maus saß mit dem Hasen unter einem natürlichen Vorsprung, so daß der Falke sie nicht sehen konnte. Der Hirsch setzte zu einem hohen Sprung an und streckte seine schlanken Beine und seinen langen Bauch über das runde Gesicht der Mondgöttin. Der Westwind wehte in Gestalt langgezogener, wirbelnder Linien, und Mammuts stapften um alle Wände der Höhle herum. Angeführt wurden sie von All-Großvater, dessen Körper Cha-kwena mit weißem Lehm ausgefüllt hatte. Nur noch eine einzige Zeichnung eines Schamanen in ritueller Tracht mit graugesträhntem Haar erinnerte an Hoyeh-tay, abgesehen von seinem durchnäßten Umhang, dem Kopfschmuck und dem heiligen Stein.

Cha-kwenas Hand fuhr zu seinem Hals und schloß sich um das Amulett. Irgend etwas stimmte nicht. Aber was? Die Sonne ging auf. Die Frauen waren aufgestanden, und mit dem Rauch der Kochfeuer stieg der Duft nach Essen auf. In Tlana-quahs Hütte lachte eine Frau, und vor Kosar-ehs Behausung spielten bereits seine Kinder. Im Binsen-Sumpf auf der anderen Seite des Sees trompetete ein Mammut.

»Lebensspender . . . All-Großvater . . .«, keuchte Cha-kwena. Was konnte an einem Morgen wie diesem nicht stimmen? Dakan-eh war noch nicht zurückgekommen, ebensowenig wie Ban-ya. Aber die beiden waren zweifellos zusammen, und der Mutige Mann würde sich genausogut um das Mädchen kümmern wie um sich selbst.

Das Mammut trompetete erneut. Das große Mammut hatte sich seit mehreren Tagen nicht mehr in der Nähe des Dorfes sehen lassen. Sein Ruf wurde von Artgenossen aus weiter Ferne beantwortet, wodurch ihre Stimmen zu einem schmerzvollen Klagelied verzerrt wurden.

Während Cha-kwena horchte, verspürte er eine furchtbare und unerklärliche Trauer und das Gefühl eines großen Verlusts, bis er Mah-ree sah, die mit einem Arm voller Welpen und der besorgten Mutter an ihrer Seite aus dem Langhaus des Häuptlings kam. Das Mädchen setzte sich hin, und der Hund legte sich neben sie. Dann stillte das Tier seine Welpen, während Mah-ree es streichelte und den Welpen half, die Zitzen zu finden. Sie zeigte kein Interesse an den Rufen der Mammuts, denn sie war viel zu glücklich und mit ihrer neuen kleinen Familie beschäftigt.

Cha-kwena lächelte. Was konnte an einem Tag wie diesem nicht stimmen? *Ta-maya lebt nicht mehr in diesem Dorf.*

Bis zu diesem Augenblick war ihm nicht klargewesen, wieviel er für sie empfand. Doch jetzt war sie ohnehin mit dem Mann, den sie liebte, auf dem Weg in ein neues Leben, und er würde sie schon in ein paar Monden wiedersehen. In dieser Hinsicht war alles in Ordnung.

Doch als Cha-kwena sich umdrehte und in die Höhle blickte, hätte er schwören können, für einen Moment das Bild des Raubwürgers an der Steinwand gesehen zu haben, einen schwarz maskierten Vogel, der den davonspringenden Hirsch verfolgte. Er blinzelte und schaute noch einmal hin. Das Bild war verschwunden. Es war nur ein Schatten gewesen, den die aufgehende Sonne geworfen hatte.

»Ich wünschte, ich hätte diesen Vogel getötet«, brummte er und wandte sich ab.

U-wa kam mit seinem Frühstück die Stufen hinauf.

2

Masau stand zwischen Ta-maya und der Sonne. Das Mädchen hob seine rechte Hand, um das Licht abzuschirmen. Er war so groß und sah in seinem einfachen Hemd aus Wildleder beeindruckend aus. Seine Beine und Füße waren nackt, und sein langes Haar hing lose fast bis zum Boden hinunter. Der Raubwürger kam angeflogen und versuchte auf seiner Schulter zu landen, doch Masau wehrte den Vogel ungehalten ab. Ta-maya streckte sich schläfrig, lächelte und sagte ihm, daß sie noch nie einen Mann mit so langem Haar gesehen hatte.

»Wann hast du es zum letzten Mal geschnitten?«

»Der Stamm des Wachenden Stern schneidet seine Haare

nicht, Ta-maya. Das ist eins der Dinge, die uns Kraft geben. Mein Haar ist die Verlängerung meiner Seele, des Teils meiner Lebenskraft, die am längsten in meinem Körper bleiben wird. Wenn ich tot bin, wird es noch weiterwachsen, während mein Fleisch bereits schrumpft und zu trocknen beginnt, um bald darauf vom Wind davongetragen zu werden.«

Sie setzte sich erschrocken und plötzlich hellwach auf. Sie berührte die Enden ihres eigenen Haars. »Glaubst du an diese Worte, Masau?«

»Sie sind die Wahrheit. Von diesem Tag an bis zu deinem letzten Tag im Stamm des Wachenden Sterns soll dein Haar nie wieder geschnitten werden — als sichtbares Zeichen der Gesundheit und Kraft deiner Seele.« Er blickte sich um. »Komm! Die anderen sind fort. Sie jagen. Sie werden erst wieder zurückkommen, wenn die Sonne schon hoch am Himmel steht. Begrüße den Tag mit mir und laß dich auf die Weise meines Stammes reinigen!«

Erneut durchfuhr sie ein Schrecken. »Ich will keine Dinge essen, die mich krank machen, Masau!«

»Ich werde bei dir sein.«

Sie war nicht glücklich über seine Forderung, aber als sich ihre Blicke trafen, gab sie seinem Wunsch nach. Sie wollte nach seiner Hand greifen, doch als er plötzlich seinen Arm wegzog, verstand sie, daß er sie nicht eher berühren würde, bis sie gereinigt war. Also stand sie ohne seine Hilfe auf. Blut war an Masaus Seite und betrachtete sie mit hängender Zunge. Es sah aus, als würde das Tier lächeln. Sie lächelte matt zurück, doch dann wunderte sie sich, warum sie etwas so Dummes getan hatte.

»Weil er jetzt dein Bruder ist«, antwortete Masau, als hätte sie ihre Gedanken laut ausgesprochen. »Blut ist ein Mitglied deines neuen Stammes. Es ist nichts dabei, einen Verwandten anzulächeln, Ta-maya.«

Sie war so schockiert darüber, daß er ihre Gedanken gelesen hatte, daß sie seinen seltenen Versuch eines Scherzes kaum würdigen konnte.

»Komm! Wir gehen zum Wasser«, drängte er sie sanft. »Jetzt,

434

wo du eine Frau vom Stamm des Wachenden Sterns bist, mußt du dich von deinem alten Leben reinigen, bevor ich deine Hand und deine Lippen wieder berühren kann.«

Seine Worte entfachten ein Feuer in ihren Lenden. Sie errötete beschämt über ihr eigenes Verlangen. »Ich...«

»Komm! Leg deine Kleidung ab! Ich will dir zusehen, wie du dich badest, Ta-maya.«

Sie zögerte, aber nur für einen Augenblick. Mit gesenktem Kopf starrte sie auf ihre Füße, als sie die Schnüre ihres Kleides löste und es zu Boden fallen ließ. Ihr Gesicht schien zu brennen. Nacktheit war in den späten Sommermonden etwas ganz Normales in ihrem Stamm. Jeder Mann des Stammes hatte bereits ihren Körper gesehen. Doch der Mann vor ihr war nicht jeder Mann. Sie blickte zu ihm auf.

Sein Gesicht war angespannt, und er atmete in flachen Stößen, als würde ihn das Atemholen schmerzen. »*Ah...*« Sein Ausruf war beinahe ein Schmerzenslaut, bevor er sich umdrehte und ihr mit einem Winken bedeutete, zum See zu gehen.

»Masau? Bin ich deinen Erwartungen nicht gerecht geworden?«

»Du bist mehr als das. Du bist vollkommen. Geh, du verbrennst meine Augen, mein Herz und meine Seele! Ich kann deinen Anblick nicht ertragen. Geh!«

Tränen standen in ihren Augen, als sie verständnislos zum Seeufer rannte und ins Wasser watete. Sie tauchte unter und schnappte vor Kälte nach Luft. Während sie badete, kehrte sie ihm die ganze Zeitlang den Rücken zu, genauso wie er ihr. Als ihr der Rauch in die Nase stieg, knurrte ihr Magen, und sie vermutete, daß er ihr eine warme Mahlzeit zubereitete. Sie rief ihm zu, ihr frische Kleidung und ein Kaninchenfell zu bringen, mit dem sie sich abtrocknen konnte.

»Sie sind im zweiten Schlitten, dort...«

Doch die Worte blieben ihr in der Kehle stecken. Als sie das Dorf am See der Vielen Singvögel verlassen hatte, waren zwei Schlitten mit ihren Brautgeschenken, Kleidern und persönlichen Dingen beladen worden. Jetzt sah sie, daß Masau gar nicht für sie kochte. Er hatte ihre Schlitten von den anderen weggezerrt und Feuer an sie gelegt.

»O nein!« rief sie und rannte so schnell ans Ufer, wie das Wasser es ihr erlaubte. »Meine Brautgeschenke! Halt! Masau! Was machst du da?«

Er hatte sie schon am Arm festgehalten, noch bevor sie richtig bemerkte, daß sie an ihm vorbeilaufen wollte. »Du hast dein altes Leben hinter dir gelassen. Du kannst nicht mehr die Haut von Vögeln und Fischen tragen, die deines Stammes unwürdig sind. Für dich beginnt jetzt ein neues und besseres Leben, das einer Braut von Himmelsdonner würdig ist.«

»Von *was*?« Der Name ließ sie vor Schreck zusammenfahren.

»Als du meinen Stamm und mich angenommen hast, hast du damit auch den großen Geist des Stammes des Wachenden Sterns angenommen — Himmelsdonner.«

»Unser Totem ist dasselbe!«

»Doch wir verehren es auf unterschiedliche Weise.«

Weinend versuchte sie sich an ihm vorbeizudrängen. »Oh, Masau, meine schönen Sachen! Meine Mutter hat sich solche Mühe damit gemacht, und U-wa und Mah-ree auch. Mach das Feuer aus! Ich will meine Geschenke haben! Laß sie nicht verbrennen!«

Ohne ein Wort drehte er sie zu sich herum, hob sie langsam an und ließ ihren Körper an seinem hinaufgleiten, bis er mit seinem Mund ihre Lippen fand und sich seine Arme um ihre Taille schlossen.

Es war ein Kuß, der ihre Sinne überwältigte, ihren Widerstand brach und jeden Gedanken auslöschte, der nicht mit diesem Augenblick zu tun hatte, mit der Vereinigung ihrer Lippen, Herzen und Seelen. Begeistert schlang sie ihm die Arme um den Hals, und als der Kuß schließlich zu Ende war, schluchzte sie vor Glück und barg ihr Gesicht an seiner Schulter. Er trug sie zu einer Decke aus haarloser Haut und legte sie darauf ab. »Ich werde während der Reinigungszeremonie bei dir bleiben. Es geht nicht anders, Ta-maya, wenn wir eins werden wollen.«

Er gab ihr die abführenden Kräuter, und sie aß sie. Während der langen Tortur blieb er bei ihr, streichelte sie und tröstete sie.

Er ermutigte sie mit sorgenvollen Worten, bis sie schließlich erschöpft auf der sauberen Decke aus gekämmtem Bisonfell einschlief, die er ihr gebracht hatte.

Am Spätnachmittag wachte sie auf und fühlte sich bereits besser. Masau trug sie zum Zelt. »Jetzt habe ich für die neue Frau ein Geschenk, über das sich sogar diese Braut freuen wird!«

Sie setzte sich auf und spürte fast nichts mehr von ihren Qualen. Sie beobachtete ihn neugierig, wie er ein großes Bündel brachte und es vor ihr abstellte. Mit geschickten Fingern löste er die Riemen. Zu ihrer freudigen Überraschung kamen darin Kleider für sie zum Vorschein — ein wunderbarer Rock aus Hirschleder, schöne Mokassins, Muschelarmbänder, ein Federstirnband mit dazu passendem Halsband und hübsche kleine Riemen, an denen braune Federn angenäht waren. Sie runzelte die Stirn, als ihr ein Verdacht kam. »Woher stammen diese Sachen?«

»Aus den Vorräten, die wir hier zurückgelassen haben, als wir zu eurem Dorf unterwegs waren.«

»Ich verstehe nicht. Hast du *geplant*, daß du auf deiner Reise in den Süden eine Braut finden würdest?«

»Nicht geplant — gehofft. Denn, um die Wahrheit zu sagen, Ta-maya, ein wunderbarer Traum hat mich dazu gebracht, das Land meines Stammes zu verlassen. In diesem Traum habe ich eine Braut gefunden — eine vollkommene Braut, dich, die du wahrlich Himmelsdonners würdig bist.«

Sie fühlte sich unwillkürlich geschmeichelt, aber der seltsame Name des Totems verursachte ihr Unbehagen. »Im Vergleich zu Lebensspender und All-Großvater klingt diese Bezeichnung böse. Mir gefallen unsere Namen für ihn besser. Außerdem verstehe ich wirklich nicht, wie ein Mädchen ein Totem heiraten kann, Masau. Ich bin doch deine Braut!«

»Letztlich wird es dasselbe sein.« Sie lächelte. »Ich freue mich, daß ich deine Frau sein werde, Masau.«

»Was für eine Verschwendung!« rief Maliwal, der mit den anderen zurückgekehrt war und beim Anblick von Ta-maya, die nackt in ihrem Zelt saß, unvermittelt stehenblieb.

Ta-maya griff nach dem Kleid, das Masau ihr gerade gegeben hatte und drückte es an sich. »Geht weg! Ich bin nicht für eure Augen bestimmt!«

Masau drehte sich um und funkelte die anderen wütend an. Ihre Kleidung war blutig und ihre Speere und die Hunde ebenfalls. »Nun? Werden wir am Lagerfeuer des heutigen Abends das Fleisch essen, um das wir die Geister gebeten haben?«

Maliwal nickte selbstzufrieden. »Mehr als wir jemals essen können. Es waren drei. Wir folgten ihnen durch eine Schlucht und haben sie direkt über eine Klippe am Ende getrieben. Zwei waren noch am Leben, aber schwach genug, um sicher geschlachtet werden zu können. Es sieht aus, als wäre diese Stelle schon öfter benutzt worden, und zwar für dieselbe Beute.«

Ta-mayas leerer Bauch gab wieder ein lautes Knurren von sich. »Was habt ihr gejagt, Maliwal?«

Maliwal sah Masau an, und dann tauschten alle Jäger bedeutungsvolle Blicke aus.

»Mammuts«, antwortete Masau unverblümt. »Die Männer und Hunde des Stammes des Wachenden Sterns haben Mammuts gejagt.«

Sie wollte nicht an ihrem Festmahl teilnehmen. Sie saß in ihrem Zelt und sah zu, wie sie große, blutige Fleischstücke zum Feuer schleppten, das sie viel zu nahe errichtet hatten, als daß sie sich wohl fühlen konnte. Als Masau zu ihr kam, wich sie vor Schreck zurück.

»Geh weg! Was ihr seid . . . was ihr eßt . . . ist verboten! Wie könnt ihr das Fleisch unseres Totems essen?«

Er dachte einen Augenblick nach. »So wie ihr unser Totem aus der Ferne und im Geiste verehrt, so verehren wir es in der Verbundenheit mit seinem lebenden Blut und Fleisch. Auf diese Weise haben wir an seiner Weisheit, Kraft und Macht teil. Als wir ins Land der Eidechsenfresser kamen, wußten wir, daß wir deinem Stamm diese Wahrheit nicht verraten durften. Jene, die ihre Seele mit dem Blut und Fleisch von Erdhörnchen und

Maden und Eidechsen ernähren, sind schwach und mutlos geworden, während wir immer auf Wanderschaft und auf der Jagd nach unserem Totem ein machtvoller Stamm geblieben sind! Weil ich Mammutfleisch esse, hast du dich zu mir hingezogen gefühlt, zu meiner Stärke, meiner Weisheit und einer Macht, die nicht mir gehört, sondern allein unserem Totem — meinem und deinem Totem!«

Tränen standen in ihren Augen. Für einen Moment dachte sie daran, ihn zu bitten, sie wieder nach Hause zu bringen. Sie waren nur eine Tagesreise vom Dorf entfernt. Sie hatten sich noch nicht als Mann und Frau vereinigt. Sie konnte immer noch als Jungfrau zu Dakan-eh gehen. Aber Dakan-eh war mit Ban-ya fortgegangen. Und nachdem sie von ihm geküßt worden war und er sie gehalten hatte, wollte sie Dakan-eh noch weniger als zuvor. Außerdem würde der Mutige Mann ihr, selbst wenn er mit Ban-ya ins Dorf zurückgekehrt war, niemals verzeihen, wie sie sich ihm gegenüber verhalten hatte. Sie hatte ihn beschämt. Und sie würde sich selbst und ihren ganzen Stamm beschämen, wenn sie nach Hause kam und ihrem Vater sagte, daß ihr neuer Mann Mammutfleisch aß und voller Abscheu über ihren Stamm und die Sitten der Roten Welt sprach. Sie ließ den Kopf hängen und schluchzte.

Masau berührte ihr Kinn. »Wärst du mit mir gekommen, wenn ich dir gesagt hätte, daß ich Mammutfleisch esse?«

»Niemals!«

Sein Gesicht zeigte tiefstes Mitgefühl. »Habe ich dich angelogen, Ta-maya?«

Sie dachte nach und schüttelte dann den Kopf. »Nein, du hast nicht gelogen. Aber du hast die Wahrheit verschwiegen.«

»Das stimmt doch gar nicht! Ich hätte dir auch sagen können, daß meine Männer Kamel, Pferd oder Elch essen. Ich hätte dich ans Feuer rufen und dich auffordern können, von unserem Totem zu essen. Du hättest den Unterschied niemals bemerkt. Ich hätte eine Gelegenheit arrangieren können, so daß es ausgesehen hätte, als wären deine Sachen durch einen Unglücksfall verbrannt. Aber du bist meine Braut. Ich habe dir gezeigt, was ich bin, und dir erklärt, warum ich so denke. Mein Abscheu

439

vor den Sitten deines Stammes hat mich nicht dazu gebracht, mich von dir abzuwenden. Aber wenn du mich so verabscheuungswürdig findest, daß du unsere Unterschiede nicht überwinden kannst, werde ich dich in dein Dorf zurückbringen, Ta-maya. Vielleicht wird es das Beste sein, denn anscheinend liegt dir nicht so viel an unserer Vereinigung wie mir.«

Für einen Augenblick flackerten in ihrem inneren Auge vertraute Szenen ihres Heimatdorfes und lächelnde Gesichter auf. Sie hätte beinahe zugestimmt, doch seine Hand liebkoste ihr Gesicht, und plötzlich lag sie in seinen Armen. »Ich will dich, Masau! Dich! Alles andere ist mir egal!« rief sie.

Er streichelte ihren Rücken. »Natürlich ist es das nicht. Ich werde keine unglückliche Braut zu meinem Stamm bringen. Was würde Ysuna von mir denken? Hier, zieh dich an! Ich werde dir einen Fisch fangen und braten, damit du Kraft für die lange Reise hast, die uns noch bevorsteht.«

In jener Nacht standen die Sterne am Himmel, und die Händler ruhten sich an einem warmen Feuer aus. Der Raubwürger hockte auf einem Dornenstrauch in der Nähe, und als der Mond aufging, flog ein Vogel vor der Scheibe vorbei und warf einen Schatten auf die Erde.

Ta-maya blickte auf. »Eine Eule . . .« Sie seufzte wehmütig und lächelte Masau matt an. »Glaubst du, daß der Geist Hoyeh-tays mich in mein neues Leben begleitet?«

Erschrocken blickten sich die Händler gegenseitig an.

Masau schüttelte mit einem Stirnrunzeln den Kopf. Es war nur eine Eule, Ta-maya. Hoyeh-tays Begleiter war nicht die einzige Eule auf der ganzen Welt.«

Sie seufzte erneut. »Ich weiß, aber ich fühle mich besser, wenn ich glaube, daß er mich vom Himmel aus beobachtet — ein alter Freund, der meine Seele versteht, während ich in eine neue und furchterregende Welt gehe.«

Maliwal nagte an einem fast blanken Knochen. Er sah seinen Bruder an. »Du mußt dafür sorgen, daß die Braut sich nicht fürchtet, Masau.«

Masau rückte näher an Ta-maya heran und legte seinen Arm um sie. »Ich werde dich beschützen. Bis zu deinem letzten Atemzug brauchst du keine Angst zu haben.«

Sie kuschelte sich an ihn. Die Reinigungszeremonie hatte sie erschöpft. Sie war müde und hatte Muskelkater. »Sprich nicht vom Ende, Masau!« bat sie und hob ihre kleine Hand, um ihr Gähnen zu verdecken. Mit schweren und schläfrigen Lidern starrte sie ins Feuer. »Unser Leben beginnt doch gerade erst.«

Er trug Ta-maya zum Zelt und legte sie vorsichtig auf das Bison-fell. Dann sah er die Schlafende noch eine ganze Weile an, bevor er mürrisch zu den anderen zurückging.

»Du gehst mit ihr zu hohe Risiken ein«, sagte Maliwal.

Masau schüttelte den Kopf. »Nein, je mehr sie weiß, desto weniger Verdacht wird sie später schöpfen.«

»Sie ist wirklich eine seltene Schönheit«, bemerkte Chudeh.

Maliwal warf seinen Knochen über das Feuer auf ihn und lachte. »Das sagst du immer wieder! Sie ist für Gott, Chudeh! Nicht für einen von uns. Aber als ich heute ihren Körper gesehen habe . . . beim Zorn Himmelsdonners, wart ihr auch so hart und bereit für eine Frau wie ich?«

Tsana täuschte einen schockierten Gesichtsausdruck vor. »Was? Du warst nicht in Versuchung, dich bei den alten Vetteln im Dorf der Eidechsenfresser zu erleichtern? Tlana-quah hat sie freimütig angeboten. Ist nicht einer unter uns, der sein Angebot angenommen hat?«

»Ich hätte es lieber mit einem der sterbenden Mammuts in der Schlucht getrieben!« entgegnete Maliwal.

Alle lachten kopfschüttelnd – außer Masau. Er starrte wie gebannt ins Feuer. »Es gibt auch Frauen in den Weißen Hügeln.«

Das Lachen verstummte, und alle sahen ihn interessiert an.

»Tlana-quah sagte, es sei nur ein kleines Dorf«, sagte der Schamane, ohne den starren Blick von den Flammen abzuwenden. »Doch es gibt dort einen heiligen Stein in der Obhut des heiligen Mannes. Und genügend schimmernden Chalzedon in den Hügeln, um für meine Zwecke auszureichen.«

»Und die wären?« wollte Maliwal neugierig wissen.

Masau sprang auf, ging unruhig auf und ab und blieb schließlich stehen. »Das weiße Mammut − ihr alle habt gesehen, wie groß, dick und majestätisch es ist.«

Jetzt waren die Jäger ernüchtert.

»Es wird nicht leicht zu töten sein«, sagte Ston. Maliwal knurrte protestierend. »Ich weiß immer noch nicht, warum mein Bruder nicht will, daß wir ihm etwas antun. Das Mädchen würde es niemals erfahren! Wir könnten sofort zurückgehen, es töten und seine Haut und sein Herz zu Ysuna bringen, zusammen mit dem Opfer! Wenn uns die Eidechsenfresser in den Weg treten, was soll's? Wir töten sie einfach und holen uns den heiligen Stein zurück, den Masau dem Jungen wiedergegeben hat.«

Masau schüttelte den Kopf. »Nein. Der Junge wird den Stein zum heiligen Berg bringen. Ysuna will von uns nur wissen, wo sich das weiße Mammut aufhält. Sie will es mit eigenen Händen erlegen.«

Er verstummte und starrte wieder ins Feuer. Sie hatten eine kleine Fläche für die Feuerstelle freigemacht und sie mit Steinen eingegrenzt, in die weißer Quarz eingeschlossen war. Er starrte auf die Steine, die Flammen und die Spiegelungen des Feuerscheins auf dem bleichen Kristall. In den Flammen sah er eine Vision. Masau öffnete seinen Geist, um sie in sich einzulassen . . . den Höhepunkt vieler Monde voller Visionen, seit er im Schneesturm auf den Berg gegangen war, um die Geister um Rat zu fragen. Sie hatten ihm auf den Flügeln eines Raben und eines Adlers geantwortet und in einem Blitz, der ihn fast getötet hätte − und anschließend war sein Speer so dick mit Eis umgeben, daß die Spitze doppelt so groß wie gewöhnlich und so durchscheinend wie feinster Chalzedon war.

Er hielt den Atem an. Das war die Vision gewesen! Er hatte es zu dem Zeitpunkt nicht erkannt, aber jetzt sah er es mit einer Deutlichkeit, die ihn benommen machte. »Das, womit das weiße Mammut erlegt wird, muß heilig und der Beute würdig sein. Es muß eine Speerspitze sein, wie sie noch keiner gesehen hat — so gewaltig und vollkommen und weiß wie das Tier, dessen Lebenskraft sie nehmen wird.«

Er wandte seine Augen vom Feuer ab und sah die versammelten Männer an. Dann konzentrierte er den Blick auf seinen Bruder. »Geh zum Dorf des Stammes der Weißen Hügel! Stiehl ihrem Schamanen den heiligen Stein! Nimm die Frauen, deren Körper dir zusagen! Wenn du fertig bist, laß niemanden am Leben! Dann komm zu mir zurück, und ich werde allein in die Weißen Hügel über dem Dorf gehen. Die Geister unserer Vorfahren werden mich zu dem führen, was ich benötige.«

3

In dieser Nacht schlief Ta-maya gut. Als sie aufwachte, war die Sonne bereits aufgegangen, und Raben und rotschwänzige Falken kreisten über der Stelle, wo am Tag zuvor die Jagd stattgefunden hatte. Ta-maya setzte sich auf, überblickte das kleine Lager und stellte überrascht fest, daß bis auf Masau und Blut alle Jäger und Hunde fort waren. Während sie geschlafen hatte, waren Trockengestelle errichtet worden, die genauso wie die ihres Stammes aussahen. Es waren einfache viereckige Konstruktionen aus senkrechten Pfosten, an denen waagerecht leichtere Querleisten mit aufgespießtem Fleisch befestigt waren.

Sie runzelte die Stirn, denn sie mußte vor Erschöpfung so tief geschlafen haben, daß sie den Lärm nicht gehört hatte, der immer mit der Errichtung der Gestelle einherging. Der große rote Hund lag neben dem nächsten Trockengestell. Er hatte seine Vorderpfoten schützend über einen teilweise abgenagten Knochen gelegt, der größer als der Hund war. Masau stand in der Nähe und spießte lange, dünne Fleischstreifen auf, um sie zum Trocknen im Wind aufzuhängen. Der Fleischmenge nach zu urteilen war er schon einige Zeit bei der Arbeit. Sie beobachtete ihn und fragte sich, ob er sie wohl um Hilfe bitten würde.

443

Sie erschauerte vor Abscheu, denn sie empfand sogar beim Gedanken, das Fleisch ihres Totems zu berühren, Widerwillen.

Masau bemerkte, daß er beobachtet wurde, blickte von seiner Arbeit auf und drehte sich zu Ta-maya um. Ihr Herzschlag beschleunigte sich. Sie würde niemals genug davon haben, ihn anzusehen.

Ihre Blicke trafen sich, ohne daß er lächelte oder ein Wort sagte. Ausdruckslos hielt er ihrem Blick stand und winkte ihr, ihm zur Feuerstelle zu folgen. Das Feuer war niedergebrannt, aber auf den Steinen lag noch ein gebratener Fisch für sie. Er bückte sich, hob den langen Spieß mit dem Fisch auf und reichte ihn ihr.

Sie ging zu ihm, wich dabei jedoch gewissenhaft den Trockengestellen und den großen Bergen von Mammutfleisch aus, die auf dem Boden lagen und noch zum Trocknen in kleine Stücke geschnitten werden mußten. Als sie an den dunkel angelaufenen Fleischbergen vorbeiging, versuchte sie nicht an seine Herkunft zu denken, doch sie schaffte es nicht.

»O Masau«, sagte sie, »es wird für mich nicht einfach werden, mit Mammutjägern zusammenzuleben.«

Er hob den Fischspieß. »Niemand zwingt dich, das Fleisch deines Totems zu essen, es zu berühren oder sonst irgend etwas zu tun, was dir mißfällt oder dich beleidigt.«

Sie war dankbar, dennoch wollte sie sagen: *Alles, was mit dem Töten von Mammuts zu tun hat, mißfällt mir und beleidigt mich.* Sie kämpfte gegen den Drang an, diese Worte auszusprechen, während sie ihn ansah. Das Blut ihres Totems war an seinen Händen. Trotzdem hatte er ihrem Stamm Geschenke gemacht und war lieb zu den Kindern gewesen. Er hatte gefastet und zusammen mit Cha-kwena nach Visionen gesucht, und er hatte den Jungen in der Zeit seiner größten Trauer getröstet. Er hatte den jungen Schamanen zum heiligen Stein geführt, nachdem er verlorengegangen war, und ihm bei den ersten schwierigen Schritten auf dem Pfad des Schamanen geholfen. Und Masau hatte sein eigenes Leben aufs Spiel gesetzt, um ihren Vater vor einem angreifenden Löwen zu beschützen. Obwohl er ein Mammutjäger war, konnte sie, während sie ihm immer noch in die Augen sah, nichts an ihm erkennen, was ihr mißfiel oder sie beleidigte. Sie nahm den Fisch dankend an, kniete sich neben Masau und aß, bevor sie ihn fragte, wohin die anderen gegangen waren.

»Sie sind auf Spurensuche«, antwortete er.

»Nach Dakan-eh und Ban-ya?«

»Nein. Von ihnen haben wir keine Spuren entdeckt. Sie sind bestimmt nicht in diese Richtung gegangen. Ist der Fisch nach deinem Geschmack?«

Sie nickte. Es wäre unhöflich, ihm zu sagen, daß er ihn zu lange hatte braten lassen und daß er beim Ausnehmen der Innereien die besten Stücke weggeworfen hatte. »Ich verstehe nicht«, sagte sie. »Sie haben drei Mammuts getötet. Warum müssen sie noch mehr jagen?«

»Ich habe sie auf eine andere Beute angesetzt.«

Seine Antwort ließ sie erleichtert aufatmen, doch nur für einen Augenblick, bis ihr ein furchtbarer Verdacht kam. Sie waren nur eine Tagesreise vom Dorf entfernt, also konnten die Jäger mühelos die Mammuts verfolgen, die in den Jagdgründen ihres Stammes weideten. Der Gedanke war beunruhigend. Sie erinnerte sich daran, daß Masau bereit gewesen war, seinen Speer auf All-Großvater zu schleudern. Damals hatte sie nicht verstanden, wie er eine so aggressive Haltung gegenüber ihrem Totem einnehmen konnte, doch jetzt wußte sie, daß die Jagd auf Mammuts seine zweite Natur war. Das gleiche galt für seine Männer, die drei arme Mammuts in eine Schlucht getrieben hatten, damit sie ein paar Steaks und einen frischen Vorrat ihres Lieblingsfleisches mit auf die Reise in den Norden nehmen konnten.

So viel Verschwendung! dachte sie betrübt. *Sie können doch niemals alles wegschaffen!* Immerhin jagten sie jetzt keine weiteren Mammuts. Das beruhigte sie ein wenig.

»Ich esse nicht sehr viel, Masau. Dieser Fisch genügt mir. Und ich bin glücklich, bei dir sein zu können.«

»Gut.« Er stand auf und ging wieder zu den Trockengestellen zurück.

Sie war verwirrt und enttäuscht, versuchte aber, sich nicht

durch seine kurzangebundene Art verletzt zu fühlen. Ta-maya folgte ihm so weit, wie es ihre Abscheu vor den Fleischbergen zuließ. »Ich würde dir gerne bei deiner Arbeit helfen, wenn mir nicht das verboten wäre, mit dem du arbeitest.«

»Das weiß ich, Ta-maya.«

»Was wirst du mit dem Fleisch machen, wenn wir in das Dorf der Weißen Hügel kommen? Die Bewohner werden uns nicht willkommen heißen, wenn wir das Fleisch ihres Totems mit uns führen.«

»Ich würde es niemals in ihre Nähe bringen, Ta-maya. Wir werden einiges davon verstauen und einiges hier im Vorratslager zurücklassen. Doch das meiste wird für die Aasfresser sein.«

Sie war schockiert. »Das meiste?«

Ihre Reaktion überraschte ihn. »Natürlich. Da wir nicht alles mitnehmen oder einlagern können, was sollen wir sonst damit tun? Viele Geschöpfe mit Schnäbeln, Zähnen und Krallen werden uns danken, wenn wir diesen Ort verlassen.«

Darüber war sie gar nicht glücklich. Sie wollte sagen: *Geschöpfe mit Schnäbeln, Zähnen und Krallen werden auch allein Nahrung finden. Sie brauchen keine Menschen, um für sie zu sorgen.* Doch eine solche Bemerkung wäre unverschämt gewesen.

Er sah ihren besorgten Blick und hob eine Augenbraue. »Anders als bei eurem Stamm können Großwildjäger nicht immer bestimmen, wie viele Tiere ihren Speeren zum Opfer fallen werden. Wenn ein Mann Mammuts oder andere große Herdentiere verfolgt, kann er sie nicht mit einfachen Fallen aus Zweigen oder Stricken fangen oder sie wie Kaninchen in Netze treiben! Doch auch er muß seine Beute treiben – in sumpfige Seen, wo die Tiere steckenbleiben, oder über Klippen, wo sie sich die Knochen brechen oder nicht mehr auf die Beine kommen. Dort sterben sie bald, wenn sie unter ihrem eigenen Gewicht ersticken. Manchmal läßt sich ein schwaches Tier von einer Herde Bisons, Elche oder Pferde trennen, und dann jagen wir es, wie es auch die Wölfe tun, indem wir es bis zur Erschöpfung hetzen.«

Er reckte sich, als er weitersprach. »Mit Mammuts ist es jedoch anders. Mammuts sind klug und vorsichtig, und sie halten zusammen, um sich gegenseitig zu schützen. Ich habe oft genug erlebt, wie ihnen mancher Hund und allzu viele gute Männer zum Opfer fielen. Also jagen wir sie auf unsere Art. Oft werden dabei wie bei den Mammuts in der Schlucht dort drüben mehr getötet, als gegessen werden könnten. Aber du mußt dir keine Sorgen machen, meine Kleine. Als kleiner Junge habe ich beim Bisonstamm gelebt, der manchmal Hunderte von Tieren bei einem einzigen Jagdzug erlegte. Es waren so viele, daß wir oft nur die Hälfte der toten Tiere gesehen haben, weil wir nur die schlachten konnten, die oben auf dem Haufen lagen. Wenn die Klippe groß und lang genug war, häuften sich die toten Bisons. Manchmal lagen fünf Tiere übereinander. Das war schon ein Anblick . . . ein stolzer Anblick.«

»Dein Stamm . . . er muß so viele Münder haben wie es im Herbstwind Grassamen gibt!«

»Ja, wir sind viele. Doch selbst alle Stämme deiner und meiner Welt könnten gemeinsam nicht alles Fleisch vernichten, das im großen Grasland im Norden auf vier Beinen geht. In den letzten Jahren scheinen die meisten Mammuts, Pferde und Kamele nach Süden gewandert zu sein. Doch die Anzahl der Bisons bleibt unendlich — langhörnige, kurzhörnige, bucklige, was du auch immer vorziehen magst. Es gab so viel Fleisch, daß wir immer nur die besten Stücke nahmen, das Höckerfleisch, die Schenkel, Zungen, Lebern, Augen und Innereien! Der Rest war für die Aasfresser. Manchmal stank die Ebene noch viele Monde nach der Jagd.« Wieder legte er eine kurze Pause ein, bevor er weitersprach, wie um den folgenden Worten mehr Gewicht zu verleihen.

»Aber die Bisons sind dumme Tiere. Mammuts sind besser. Im Fleisch unseres Totems liegt große Macht, und die Herausforderung der Jagd macht die Jäger mutig und schlau. Seit Anbeginn der Zeiten wird so gejagt. Du wirst dich schon noch daran gewöhnen. Und im Land unter dem Wachenden Stern wirst du niemals wieder so hungrig sein, daß du eine Made, Spinne oder Eidechse als etwas Eßbares ansiehst. Mit der Zeit wird dir auch nichts mehr an Fisch liegen, wie ich ihn dir gefangen und gebraten habe. Du wirst essen, was wir essen, Tamaya. Du wirst eine von uns sein.«

Seine Erzählung nahm ihr den Atem. Sie versuchte sich vorzustellen, wie Hunderte von großen Tieren auf einmal getötet wurden, und dann versuchte sie zu verstehen, wie Jäger stolz darauf sein konnten, das meiste Fleisch für Geier, Falken und Löwen zurückzulassen. Aber sie konnte es nicht verstehen. Das Leben in der Roten Welt war gut, dort wurde nichts verschwendet. Sie schüttelte den Kopf. »Ich werde versuchen, all das zu sein, was du von mir erwartest, Masau. Aber ich werde niemals vom Fleisch meines Totems essen oder verstehen, warum Männer, die so wagemutig und klug wie ihre Beute sind, keine Wege finden, nur die Tiere zu jagen, deren Leben nötig ist, um sie zu ernähren.«

Er schwieg eine Weile und sah sie nachdenklich an. »Wer nicht weise genug ist, eine drohende Gefahr zu erkennen, verdient das Leben nicht«, sagte er dann. »Das ist bei Tieren und bei Menschen dasselbe.«

Der Tag verging langsam für Ta-maya. Masau hatte mit dem Fleisch zu tun. Blut kaute an seinem großen Knochen, wobei er gelegentlich wütend wurde und ihn knurrend an einer Sehne herumzerrte. Dann wich er davor zurück und bellte ihn an, als wünschte er sich, er würde wieder lebendig werden und mit ihm kämpfen.

Es war ein warmer Tag. Die ersten Insekten des Frühlings summten über dem Seeufer. Ta-maya ging auf und ab und warf in jenem uralten Spiel Steine flach übers Wasser, bis sie es schaffte, sie ein paarmal über die Oberfläche springen zu lassen, bevor sie schließlich versanken. Masau kam interessiert zu ihr an den See.

»Ich kenne dieses Spiel!« sagte er.

Sie machten einen Wettbewerb, und alle fünf Male ging das Spiel unentschieden aus. Begeistert spielten sie weiter und stachelten sich gegenseitig an, bis beide mit rotem Kopf lachten.

Zum Schluß hüpfte sein Stein quer über die ganze Wasseroberfläche und landete auf dem anderen Ufer.

»Oh!« rief sie beeindruckt und freudig und war entschlossen, ihn zumindest einmal zu schlagen. Nachdem sie sich einen neuen Stein gesucht hatte, versuchte sie einen Wurf mit Anlauf, doch dabei verlor sie das Gleichgewicht und stürzte kopfüber lachend zu Boden, während der Stein über das Wasser sprang. Masau war sofort bei ihr und sah sie besorgt an. »Bist du verletzt?«

»Nein.« Sie lachte über sich selbst. »Nur ungeschickt.«

Sie waren sich sehr nahe. Für einen Moment war sie überzeugt, er würde sie in die Arme nehmen und küssen. Überwältigt von ihrer Liebe zu ihm, küßte sie statt dessen ihn. Seine Stimmung änderte sich so abrupt, als hätte sie ihm Wasser ins Gesicht gespritzt. Seine Lippen zogen sich zusammen, und die Heiterkeit verschwand aus seinen Augen. Er half ihr auf die Beine, untersuchte ihre Fersen und Waden und tastete ihre Arme nach Brüchen ab. »Du darfst nicht so unvorsichtig sein, Ta-maya! Ich kann dich nicht mit gebrochenen Knochen zu Ysuna bringen.«

Seine Sorge berührte sie zutiefst. »Du bist so gut zu mir, Masau.«

»So wird es immer sein, Ta-maya, bis ans Ende unserer gemeinsamen Tage.« Bei dieser Bemerkung spannte er sich plötzlich an. »Ruh dich eine Weile im Schatten des Zeltes aus!« befahl er und ging ohne ein weiteres Wort zu seiner Arbeit an den Trockengestellen zurück.

Sie ruhte sich aus. Sie sagte sich, daß sie sich bald an seine wechselnden Stimmungen gewöhnt haben würde. Sie nickte kurz ein, knabberte anschließend an den Resten des Fisches, den sie am Morgen nicht ganz hatte aufessen können. Während sie aß, sah sie, wie der Raubwürger zu Masaus Schulter flog, dann aber wieder verscheucht wurde. Sie runzelte die Stirn. Mah-ree wäre überhaupt nicht glücklich, wenn sie sehen könnte, wie ihr gefiederter Freund abgewiesen wurde. Aber da der Vogel wieder fliegen konnte, hatte Masau vielleicht sogar recht, wenn er ihn vertrieb. Er sollte zu seinen Artgenossen zurückkehren und sich nicht in einem Lager mit Menschen aufhalten, zu denen er keinerlei Beziehung haben konnte. Sie beobachtete, wie der Vogel mehrere erfolglose Versuche unternahm, einen Landeplatz auf Masau zu finden. Erst als Blut aufmerksam wurde und nach dem Vogel zu schnappen begann, erlaubte Masau dem Raubwürger, auf seinem Kopf zu sitzen.

Sie lachte. »Du siehst aus wie der alte Hoyeh-tay. Ist das der neue Federschmuck, den jeder Schamane von nun an auf dem Kopf tragen muß? Einen lebenden Vogel?«

Er schien darüber nicht belustigt zu sein. »Wenn Blut ihn erwischt, wird er bald gar kein Vogel mehr sein.« Er befahl dem Hund, sich zurückzuziehen.

Blut gehorchte sofort, aber mit sichtlichem Unwillen. Verärgert, weil ihm eine neue Ablenkung verweigert worden war, kehrte er zu seinem Knochen zurück, doch dort setzte er sein Spiel nur halbherzig fort.

Ta-maya lächelte. »Dein Bruder Hund ist wirklich in vielerlei Hinsicht wie ein Mensch — oder vielleicht eher wie ein eingeschnappter Junge, dem man etwas verboten hat.«

»Auf der Jagd hat Blut den Mut von zwei Männern. Wenn deine Schwester nicht so eine Zuneigung zu diesem Bündel Federn mit Krallenfüßen hätte, das von mir so sehr angetan ist, würde ich es sofort dem Hund überlassen.«

»Mah-ree würde sich freuen, wenn sie hören könnte, wie du dich an ihre Sorge um den Raubwürger erinnerst.«

Plötzlich wechselte sein Gesichtsausdruck. Er griff nach oben, nahm den Vogel in die Hand und setzte ihn auf seine Schulter, von der er so oft vertrieben worden war. »Mah-ree . . . kann sie das große Mammut immer so rufen, wie sie es an jenem Tag getan hat?«

»Sie kann auf ungewöhnliche Weise mit Tieren umgehen. Das hatte sie schon immer mit Cha-kwena gemeinsam. Ich glaube, eines Tages werden sie Mann und Frau sein. Das wäre doch gut, meinst du nicht auch?«

Die Idee schien ihn zu faszinieren. Seine Augen verengten sich. »Gemeinsam haben sie eines Tages vielleicht große Macht — genug, um sich gegen jeden Feind durchsetzen zu können.«

»*Feind?*« Das Wort war ihr unbekannt. »Was ist das?«

»Ein anderer Stamm, der zum Dorf kommt, um Schaden anzurichten.«

Die Idee war so widersinnig, daß sie erneut lachte. »Warum sollte jemand so etwas tun?«

Ihre Frage schien ihn zu irritieren. »Führt kein Stamm der Roten Welt jemals Krieg gegen einen anderen?«

»*Krieg?* Ich kenne dieses Wort nicht. Meinst du vielleicht einen Kampf, so wie sich die Brüder des Himmels für alle Ewigkeit in den Sternen bekämpfen?«

»Brüder des Himmels? So hat Hoyeh-tay meinen Bruder und mich genannt. Was hat er damit gemeint?«

Sie war erstaunt, daß er diese Geschichte nicht kannte. Sie erzählte ihm die Legende und gestand dann mit entschuldigend gesenkter Stimme: »Ich hatte befürchtet, Hoyeh-tay würde glauben, daß ihr, du und Maliwal, die Brüder des Himmels seid, die wieder auf die Erde gekommen sind, um die Menschen zu vernichten. Deshalb war er so grob zu euch. Er hat in seinen letzten Tagen viele Dinge gesehen, wenn du weißt, was ich meine. Es war sehr traurig.«

»Ja, sehr traurig.«

»Masau?« Sie war plötzlich besorgt. »Im Land unter dem Nordstern, gibt es dort Stämme, die Krieg gegen den Stamm des Wachenden Sterns machen?«

Er sah ihr in die Augen. »Nein, Ta-maya«, antwortete er mit Nachdruck. »Niemand führt Krieg gegen den Stamm des Wachenden Sterns.«

Drei Tage später führte Maliwal die Hunde und die anderen Männer zurück ins Lager. Sie brachten mehrere kleine, geschlachtete Gabelantilopen mit. Die Jäger wirkten müde, und auf ihrer Kleidung war Blut, aber ihre Gesichter strahlten vor Befriedigung. Ta-maya bedankte sich, daß sie von ihren Sitten abgewichen waren und für sie Fleisch mitgebracht hatten.

»Es war keine Mühe«, sagte Maliwal grinsend. »Es war uns ein Vergnügen. Ein größeres Vergnügen, als du ahnst!«

Die anderen schienen seine Bemerkung lustig zu finden. Ta-maya wartete darauf, daß sie ihr verrieten, was daran so komisch war, aber als sie es nicht taten, drängte sie nicht weiter, Männer hatten ein Recht auf ihre Geheimnisse, genauso wie Frauen.

Also befragte sie auch Masau nicht, als er seine Männer beiseite nahm. Nach einer kurzen Besprechung, während der Maliwal seinem Bruder mit großem Getue eine Art Kette um den Hals legte, nahm er seine Speere, schnallte sich eine Gepäcktrage auf den Rücken und ließ sie allein in der Obhut seiner Männer.

»Nutze die Zeit, um die Antilope zu häuten und das Fleisch für die bevorstehende Reise vorzubereiten«, sagte er zu ihr. »Ich werde zwei Tage lang fort sein. Sei bereit, das Lager zu verlassen, wenn ich zurückkomme. Ich muß jetzt in den Hügeln die Einsamkeit suchen.«

Sie sah zu, wie er mit Blut an der Seite fortging. Der Halsschmuck, den Maliwal ihm gegeben hatte, war unter seinem fransenbesetzten, hüftlangen Hemd verborgen. Sie fühlte sich ohne ihn sofort einsam und unwohl in der Gesellschaft seines narbengesichtigen Bruders und der anderen Jäger. Sie beneidete den Hund darum, in Masaus Nähe sein zu dürfen, und wünschte sich verzweifelt, er hätte sie gebeten, ihn zu begleiten. Wenn er Zeit und Raum brauchte, um die Geister der Vorfahren anzurufen, wollte sie ihn davon jedoch nicht ablenken. Er war ihr Mann. Ihr Wunsch war, ihn zufriedenzustellen. Also unterdrückte sie jede Beschwerde und versuchte, genügsam zu sein.

Für einen einzelnen Mann und einen Hund dauerte die Reise zum Dorf des Stammes der Weißen Hügel kaum mehr als einen halben Tag. Er machte sich nicht die Mühe, den gesamten Weg zurückzulegen.

»Wende dich nach Osten, bevor du das Dorf erreichst!« hatte Maliwal ihn instruiert. »Die Stelle ist nicht zu verfehlen, weil die Erde ganz rot wird und merkwürdige graue Pflanzen dicht am Boden wachsen. Du wirst einen weiten Landstrich durchqueren, der voller gelber, blattloser Blumen ist, die nicht größer als deine Daumenkuppe sind. Die Hügel dahinter sind dein Ziel. Folge dem Grat, wo die Wacholderbäume wie Männer auf der Wache stehen. Dann schau genau nach Norden, denn dort wirst du den weißen Felsen finden, der weithin als Landmarke sichtbar ist. Er besteht aus riesigen Blöcken, die eine Fläche so groß wie das Dorf der Eidechsenfresser einnehmen, die sie einst aus der Erde holten, um damit im Süden zu tauschen. Am Fuß dieser weißen Klippen gibt es viel Geröll, dort kannst du die brauchbaren Steinknollen einfach aufsammeln. Nimm, soviel du willst. Wir haben niemanden am Leben gelassen, der es dir verbieten könnte.«

Er fand, wonach er suchte, in einem Steinbruch, der schon seit Jahrtausenden genutzt werden mußte. Als das Sonnenlicht auf den bloßen Stein traf, schien es weiß und grell von den Klippen aus milchigem Quarz wider, die bis zu fünfzig Fuß hoch aufragten. Wunderbare farbige Quarzadern aus blassem Rosa und dumpfem Grün verliefen durch die Felsen. Doch Masau war nur am reinen, milchweißen Kristall interessiert. Nachdem er einen breiten Geröllabhang hinaufgeklettert war, stieß er auf die Knollen.

Unter seinen Füßen zertrat er niedrig wachsenden grauen Salbei, der im Spätsommer purpurrot blühen würde. In der Luft lag der schwere Duft der zertretenen Blätter, die stark aromatische Öle absonderten. Er atmete den Geruch ein und blieb dann unvermittelt stehen, als er eine Klapperschlange von der Dicke seines Unterarms entdeckte.

Während er Blut am Genickfell festhielt, ging er in die Hocke und betrachtete die Schlange. Sie hatte sich um eine herzförmige Knolle aus reinem, durchscheinenden Chalzedon geringelt, die etwa die Größe des Kopfes eines Pferdes besaß. Der Stein war wie geschaffen, um daraus Speerspitzen in der Größe herzustellen, die Masau sich vorstellte.

In dieser frühen Jahreszeit mit kalten Nächten war die Schlange träge. Masau vermutete, daß sie erst vor kurzem aus dem Winterschlaf erwacht war. Der Mann und der Hund waren nahe genug, so daß die Viper eigentlich ihre Körperwärme

453

hätte wahrnehmen müssen, selbst wenn sie nicht die Erschütterungen ihrer Schritte gespürt hätte. Doch sie schwankte schläfrig, während sie den Kopf erhob und der wie mit Perlen besetzte Schwanz entspannt dalag. Sie schien von der belebenden Wärme der Sonne wie hypnotisiert ... bis der Hund bellte.

In plötzlicher Alarmbereitschaft kam der Schwanz hoch und begann zu rasseln. Das Geräusch verursachte Masau eine Gänsehaut. Er zählte die Perlen an ihrem Schwanzende — es waren so viele, wie er Finger an beiden Händen hatte. Eine Schlange, die so lange überlebt hatte, würde äußerst giftig sein. Und in ihrer günstigen Position konnte sie mit äußerster Treffsicherheit bis zu einem Drittel ihrer Körperlänge ausschlagen. Masau verengte die Augen, als er ihre Reichweite einzuschätzen versuchte. Seine Eingeweide zogen sich zusammen. Er war zu nahe — viel zu nahe.

Masau hielt den Hund in der linken Armbeuge und schaffte es, seine Schnauze zu packen. Er drückte sie zu, und nach unten. Das aufgeregte Tier wehrte sich dagegen, doch schon kurz darauf erkannte das Tier Masaus Handlung als Befehl für Gehorsam. Blut entspannte sich, aber nur ein wenig. Masau spürte in seiner Hand das tiefe Knurren, während er den Atem anhielt und der Schlange in die Augen blickte.

Schließlich spürte er den Geist des Tieres. Wie er den Hund mit Körperkraft im Zaum hielt, brachte er nun auch die Schlange mit seinem Geist unter Kontrolle. Als das Reptil von seinem überlegenen Willen geschwächt war, senkte es den Kopf und begann sich langsam schlängelnd zurückzuziehen.

Masau legte seinen Speer auf den Boden, hob einen faustgroßen Stein auf und kam wieder auf die Beine. Während er den Hund immer noch festhielt, warf er den Stein mit aller Kraft. Er fand sein Ziel, zerschmetterte den Kopf der Schlange und tötete sie sofort.

»Wer nicht weise genug ist, um eine drohende Gefahr zu erkennen, verdient das Leben nicht«, wiederholte er leise die Worte, die er schon zu Ta-maya gesagt hatte.

Erst nachdem er der Schlange den Kopf abgetrennt und ihn

weggeworfen hatte, ließ er den Hund los. Der Körper der Schlange bewegte sich immer noch. Blut stürzte sich eifrig darauf, als wollte er beweisen, daß er das Tier, auch wenn der Mensch es bereits getötet hatte, noch ein zweites und letztes Mal töten konnte.

Masau ließ den Hund die Schlange in Stücke reißen. Er hatte nicht vor, den Schwanz als Trophäe mitzunehmen. Ein Tier, das so dumm war, sich zu sonnen, während sich ein Räuber näherte, und sich dann durch einen Blick zum Rückzug verleiten ließ, während es in einer guten Position zum Angriff war — an den Tod eines solchen Tieres wollte er kein Andenken. Er wandte sich ab und ging zum Stein, auf dem die Schlange gelegen hatte.

Er kniete sich hin. Er nahm den Stein in beide Hände, drehte ihn um und untersuchte ihn auf Risse. Dann klopfte er seine Oberfläche mit einem kleineren Stein ab und lauschte auf den klaren Klang, der nur von einer makellosen Knolle stammen konnte. Er war sehr zufrieden. Es war ein hervorragender Stein, aus dem sich viele lange Klingen herstellen ließen. Er hielt ihn vor die Sonne. Der Stein sah wie ein Eisblock aus — leuchtend, durchscheinend und stellenweise fast durchsichtig. Er erinnerte ihn an seine Nacht auf dem Berg, als alles von einer dicken Eisschicht umhüllt gewesen war.

Er wußte, daß Chalzedon weit schwieriger zu bearbeiten war als feinkörniger Obsidian oder Feuerstein. Doch wenn man ihn über einem sorgfältig geschürten Feuer erhitzte und wieder abkühlen ließ, härtete sich der Kristall und ließ sich besser aufspalten. Wenn er behutsam vorging, konnte er daraus Speerspitzen gewinnen, die so lang wie sein Unterarm und so breit wie seine Handfläche waren. Sie würden lang und schwer genug sein, um die härteste Haut zu durchdringen, und kräftig geworfen, konnten sie Sehnen und Knochen durchtrennen. Nicht einmal das große weiße Mammut hatte gegen eine so vernichtende Waffe eine Chance. Er erkannte, daß eine Spitze aus Chalzedon einen besonderen Schaft erforderte, der dicker und länger sein mußte, als es in seinem Stamm üblich war. Und ein solcher Speer würde viel zu schwer sein, um ihn in Verbindung mit einem Speerwerfer zu benutzen. Er mußte aus unmittelbarer Nähe eingesetzt werden.

Er sog keuchend Luft ein und atmete sorgenvoll aus, als er die Knolle aus weißem Kristall zwischen seine Füße stellte. Er starrte den Stein an. Mit den Speerspitzen, die er daraus herstellen wollte, würde sich die Vision, die er auf dem Berg gehabt hatte, erfüllen. Wenn das große weiße Mammut wirklich sterben konnte, dann nur durch solche Speere. Aber Ysuna hatte darauf bestanden, daß sie selbst den tödlichen Wurf anbringen wollte. Würde sie genug Kraft dazu haben, wenn es soweit war?

Er hob den Stein auf und rief den Hund. »Komm, alter Freund! Wir dürfen keine Zeit verlieren. Wir müssen nach Hause zurückkehren.«

4

»Aber ich verstehe nicht«, sagte Ta-maya. Sie versuchte vergeblich, ihre Enttäuschung zu verbergen. »Warum müssen wir jetzt schon nach Norden aufbrechen? Ich dachte, du wolltest unterwegs in so vielen Dörfern der Roten Welt wie möglich haltmachen. Und das Dorf des Stammes der Weißen Hügel ist so nah! Dort gibt es den seltenen weißen Chalzedon, nach dem du suchst. Sie würden ihn gerne mit dir tauschen, und ich habe mich so auf einen Besuch gefreut . . .«

»Die vielen Stämme der Roten Welt werden auf der Großen Versammlung zusammenkommen«, gab Masau zu bedenken. »Freu dich lieber darauf, Ta-maya! Wir müssen jetzt weiterziehen.«

Sie kehrten den Weißen Hügeln den Rücken zu und wanderten direkt nach Norden. Sie kamen an der Schlucht vorbei, in die die Jäger des Wachenden Sterns die Mammuts getrieben hatten. Ta-maya war entsetzt, als sie die Mengen von Fleisch sah, die hier zurückgelassen worden waren. Als die Gruppe weiterzog, steigerte sich ihre Fassungslosigkeit noch, denn jetzt bestätigte sich, was Maliwal gesagt hatte. Diese Stelle war wirklich schon vorher für die Jagd genutzt worden, und zwar für die Jagd auf dieselbe Beute. Als sie am Rand der Schlucht entlangzogen, konnte sie hinunterblicken und wandte sich vor Grausen ab. Überall türmten sich gewaltige Knochen, und Stoßzähne ragten aus dem Gebüsch am Schluchtboden hervor.

Sie hätte fast geweint. Es war keine Übertreibung, von Hunderten von Mammuts auszugehen, die an diesem Ort gestorben waren. »Oh! Wie können es nur so viele sein? Bevor ihr kamt, hat niemand in diesem Land Mammuts gejagt! Niemand!« Sie war so entsetzt, daß sie nicht mehr schweigen konnte. »Und jetzt haben eure Speere erneut das Fleisch unseres Totems getötet. Was wird All-Großvater nur von uns denken?«

»Sogar der Große Weiße Geist muß in Furcht vor dem Stamm des Wachenden Sterns leben!« rief Maliwal voller Stolz.

Sie war angewidert, dann wütend. »Nein, ich habe gesehen, wie du vor Furcht vor unserem Totem zurückgewichen bist, als du es zum ersten Mal mit eigenen Augen gesehen hast! Es hatte keine Angst vor dir!«

Maliwal verzog das Gesicht. »Die hätte es aber haben sollen.« Masau warf seinem Bruder einen Blick zu. »Was soll meine Braut von uns denken, Maliwal?« Zu Ta-maya sagte er: »Höre nicht auf meinen Bruder, meine Kleine! Aber du sollst wissen, daß wir mit diesen Knochen hier nichts zu tun haben.« Er blickte hinunter und war offensichtlich vom Anblick der alten Knochen in der Schlucht fasziniert. Kurz darauf kletterte er nach unten, um sie sich genauer anzuschauen. »Siehst du? Alte Sträucher wachsen aus den Knochen, und an manchen Stellen sind die Knochen tief unter den Ablagerungen vieler Schnee- und Regenzeiten begraben.« Er kniete sich hin und ließ die Erde durch seine Finger gleiten. »Ich bin mir nicht sicher, aber es scheint, daß viele von ihnen unter der Erde liegen. Und die Oberfläche der Knochen sieht ganz anders aus. So etwas habe ich noch nie gesehen, außer...« Er verstummte. Seine Hand fuhr nach oben an den Halsausschnitt seines Hemdes. Dann hob er gedankenverloren einen faustgroßen Stein, den er gegen den verwitterten Knochen schlug. Der Knochen zerbrach, aber nicht mit dem üblichen dumpfen Knacken, sondern mit dem hellen Geräusch zersplitternden Steins. Als Masau weiter darauf einschlug, zerfiel er in eine krümelige Masse, aus der er eine unversehrte Speerspitze hervorholte.

Er kletterte aus der Schlucht, blieb vor Ta-maya stehen und streckte ihr seine Handfläche hin. »Sag mir, was du siehst!« forderte er sie auf.

»Eine Speerspitze, wie dein Stamm sie herstellt.«

»Ja.« Er nickte. »Aber mein Stamm und ich sind nie zuvor in diesem Land gewesen. Und ich habe diese Speerspitze aus einem Knochen geholt, der schon so lange dort unten liegt, daß ein richtiger Wald aus Beifuß und Bärentraube darauf gewachsen ist. Sieh ihn dir genauer an! Wenn diese Jagd vor kurzer Zeit stattgefunden hätte, wäre die Sehne noch fest um den Speerschaft gewickelt. Aber es ist nichts von der Sehne oder dem Vorderschaft zu erkennen. Und die Knochen der getöteten Mammuts sind so alt, daß sie eins mit der Erde geworden sind, in der sie teilweise begraben liegen. Es sind gar keine Knochen mehr . . . sondern Steine. Und sieh dir die Farbe der Speerspitze an! Was ist das für eine Farbe?«

»Dunkelgrün mit tiefroten Punkten«, antwortete sie.

»Ja, grün! Aber die Speerspitzen des Stammes des Wachenden Sterns bestehen aus schwarzem Obsidian, der aus Steinbrüchen stammt, die weit von hier entfernt liegen. Diese Spitze ist aus Feuerstein gemacht, so wie die meisten der Speerspitzen, die ich hier in der Roten Welt gesehen habe. Hier am unteren Ende ist der Stein nicht stumpf gemacht worden, um die Reibung mit den Sehnen zu vermindern. So sehen die Speerspitzen in der Roten Welt aus.«

Ta-maya runzelte die Stirn. »Was willst du damit sagen, Masau?«

»Ich will damit sagen, daß meine Jäger nicht für die Knochen, die unten in der Schlucht liegen, verantwortlich sind. Wir haben am Schluchtausgang drei Mammuts getötet. Drei, nicht mehr und nicht weniger. Diese Tiere hier starben vor langer Zeit durch Speere, die nicht dem Stamm des Wachenden Sterns angehören. Diese Mammuts wurden vielleicht sogar in den Tagen getötet, als die Kinder des Ersten Mannes und der Ersten Frau über die Berge in die Rote Welt kamen... bevor sie den Mut verloren, Mammuts zu jagen, und statt dessen zu Eidechsenfressern wurden.«

Ta-maya hielt den Atem an. »Nein!«

»Ja«, sagte Masau, nahm ihre Hände und legte die Speerspitze hinein. »Fühl die Schärfe der Schneiden! Sie sprechen mit genauso scharfer Stimme wie an dem Tag, als diese Speerspitze hergestellt wurde. Die Geschichten, die euer alter Schamane erzählt hat, sagen die Wahrheit, Ta-maya. Zu Anbeginn der Zeiten waren alle Menschen wirklich ein Stamm. Und jetzt soll es wieder so sein. Du mußt keine Angst vor deinem neuen Stamm haben. Du reist nicht in ein fremdes Land, sondern du kehrst heim.«

Ein Raunen ging durch die Männer.

Ta-maya errötete. »Wenn ich nicht so begierig darauf wäre, mich mit dir und deinem Stamm zu vereinen, wäre ich überhaupt nicht mit dir nach Norden gegangen.« Sie gab ihm die Speerspitze zurück. »Ich werde mit dir gehen, ich werde mit dir leben, und wenn die Mächte der Schöpfung uns wohlgesonnen sind, werde ich dir viele Kinder schenken. Und eines Tages, wenn uns die Mächte der Schöpfung immer noch wohlgesonnen sind, werde ich an deiner Seite sterben, und unsere Enkelkinder werden unseren Lebensgesang singen und auf uns stolz sein. Aber weil jetzt nicht mehr der Anbeginn der Zeiten ist, werde ich nicht vom Fleisch meines Totems essen, Masau. Und ich werde auch jedesmal traurig sein, wenn ich wieder an Knochen von Mammuts vorbeikomme.«

Sie zogen weiter in Richtung der großen Dünenfelder, die Ta-mayas Stamm als Sandberge bezeichnete, dann setzten sie ihren Weg nach Norden durch das weite, offene Land dahinter fort. Tage und Nächte vergingen im Rhythmus der auf- und untergehenden Sonne. Die Hügel der Vielen Kaninchen lagen im Westen. Ihre abgerundeten Kuppen waren dicht mit niedrigen Eichenwäldern und gelegentlich mit Kiefernbeständen bewachsen. Als die Dunkelheit hereinbrach und der Wind aus dem Westen wehte, konnten die Reisenden die Kochfeuer eines fernen Dorfes riechen.

Masau saß abseits von den anderen und arbeitete an seinen Speerspitzen. Ta-maya stand allein und sog den vertrauten Geruch der Lagerfeuer eines verwandten Stammes ein, während sie wehmütig an zu Hause dachte. Sie sehnte sich bereits nach dem Tag, an dem sie wieder mit ihrer Familie vereint sein würde.

Bald hatten sie die Hügel der Vielen Kaninchen hinter sich gelassen. Vor ihnen lagen die Roten Hügel — große, nackte Überreste uralter Lavaströme und Aschekegel, die von den sanfteren Linien noch älterer Hügel mit dichtem Waldbewuchs umgeben waren. Es war ein wildreiches Land, doch die Händler zogen ihren Proviant aus getrocknetem Mammutfleisch vor, auch wenn sie die Hunde losschickten, um Fleisch für Ta-maya aufzustöbern. Sie tadelte die Männer nicht, aber sie kehrte ihnen den Rücken zu, wenn sie aßen.

Sie zogen immer weiter. Die Händler gaben sich alle Mühe, die lange Reise für Ta-maya möglichst angenehm zu machen. Sie rasteten oft, und an jedem Feuer gab es einen frischen Hasen, ein Kaninchen oder Eichhörnchen auf ihrem Spieß. Sie erzählten sich Geschichten und sangen Lieder, während sie unterwegs waren, und schon bald konnte Ta-maya mitsingen.

Dann lagen auch die Roten Hügel hinter ihnen. Maliwal sprach davon, daß sie sich beraten mußten. Während Ta-maya ihr Abendessen briet, versammelten sich die Männer im Kreis. Sie redeten sehr leise, aber am Klang ihrer Stimmen und an ihren Gesten erkannte Ta-maya bald, daß sie sich uneinig über die Richtung waren, die sie jetzt einschlagen sollten. Es war offensichtlich, daß Maliwal nach Westen zu den Blauen Tafelbergen abbiegen wollte, während Masau darauf bestand, direkt nach Norden weiterzugehen.

»Ich dachte, du hättest es eilig, zu Ysuna zurückzukehren, Bruder.«

»Das ist richtig, Maliwal. Aber wenn wir durch die heiligen

460

Tafelberge gehen, könnten Dinge in Sicht kommen . . . nicht das Risiko eingehen . . . soll keinen Grund zur Besorgnis haben . . . gefährlich . . .«

»Aber woher weißt du, daß wir durch die Berge, die vor uns liegen, hindurchkommen?«

»Wir werden es feststellen.« An Maliwals mürrischem Gesicht war zu erkennen, daß sie der von Masau vorgeschlagenen Route folgen würden. Ta-maya war zufrieden, weil sie davon ausging, daß ihr Mann sich für den Weg entschieden hatte, der der Braut am wenigsten Mühe machen würde.

Am nächsten Tag jedoch begann ihre Zuversicht zu schwinden. Während sie nach Norden zogen, stieg das Land mit jedem Schritt an. Schließlich überquerten sie einen langgestreckten Hügelzug, und Ta-maya blieb erschrocken stehen, als sie sah, was dahinter lag. Im Norden zog sich am Horizont von Osten nach Westen ein gewaltiges Gebirge mit Gipfeln mit ewigem Eis entlang.

»Was ist los, Braut?« fragte Masau.

»Diese Berge«, flüsterte sie voller Ehrfurcht. »Es heißt, daß die Welt dort endet, wo sie beginnen. Wir können auf keinen Fall weitergehen!«

»Ich werde aufpassen, daß du nicht vom Rand der Welt abstürzt, Ta-maya.«

Doch sie ließ sich dadurch nicht ermutigen. »Masau, die Berge, die uns den Weg nach Norden versperren, sind so hoch! Wie können wir sie überwinden?«

»Wir werden durch sie hindurchgehen!« Er streckte seinen Arm aus. »Dort ist der Paß, über den wir gehen werden.«

»Ich habe Angst«, sagte sie zu ihm.

»Warum? Ich verspreche dir, daß dir im Schatten dieser Gipfel nichts zustoßen wird. Komm!« forderte er sie auf. Während Blut an seiner Seite ging und der Raubwürger erfolglos auf seiner Schulter zu landen versuchte, nahm Masau ihre Hand und führte sie weiter.

Jetzt beschleunigten die Reisenden ihre Schritte. Die Hunde schienen neue Kraft gewonnen zu haben. Jeder Schritt ging bergauf, über eine weite Geröllebene, die von einem nebligen

Fluß durchschnitten wurde, an dem die Harthölzer nun in vollem Laub standen. Es war ein hohes, kühles und herrliches Land, in dem sich immer wieder überraschende Ausblicke auf steile Berge und wilde Wasserläufe auftaten. Nachdem sie eine gewaltige Schlucht betreten hatten und lange dem gewundenen Ufer eines Flusses gefolgt waren, überquerten sie einen breiten Paß, und Ta-maya sah noch einmal voller Sehnsucht zurück.

»Schau mal!« Sie streckte den Arm aus, als Masau neben sie trat. »Von hier aus kann man die ganze Rote Welt überblicken. Die Roten Hügel, den Großen See, die Blauen Tafelberge, die Sandberge und die Felskuppen, die zwischen uns und dem Dorf meines Vaters stehen. Oh, Masau, es ist so schön ... und so weit weg. Werde ich es jemals wiedersehen?«

»Du mußt lernen, in der Gegenwart zu leben, Ta-maya. Du mußt dich über das freuen, was du jetzt hast, und dich nicht nach dem sehnen, was die Zukunft dir bringen oder nicht bringen wird.«

Sie war irritiert über die Trostlosigkeit in seiner Stimme. Er war wieder in ernster, nachdenklicher Stimmung, aber er legte seinen Arm um ihre Hüfte. Sie waren sich so nahe, daß sie sich selbst in seinen Augen sehen und die Wärme seines Atems auf ihrem Gesicht spüren konnte.

»Ich sehne mich nur nach dir, Mann meiner Wahl«, enthüllte sie ihm schüchtern und nahm all ihren Mut zusammen. »Ich sehne mich danach, dich von deiner Traurigkeit zu befreien ... dich zum Lächeln zu bringen und dir in unserem gemeinsamen Leben Freude zu bereiten.«

Mit finsterem Gesicht strich er ihr eine Haarsträhne von der Wange. Dann änderte sich plötzlich sein Ausdruck. Er ließ seine Hand, wo sie war, und streichelte zärtlich ihr Gesicht.

»Du bist so jung, so voller Vertrauen und so schön«, sagte er sanft und heiser, als würden ihm die Worte Schmerzen bereiten. Seine Fingerspitzen strichen über ihr Gesicht und berührten leicht ihre Lippen.

Seine Berührung ließ sie erregt aufkeuchen. Sie liebte ihn so sehr! Sie hob ihre Hand und drückte seine Fingerspitzen an ihre Lippen. Sie küßte sie immer wieder.

Er hielt den Atem an und zog seine Hand fort. »Genug! Du könntest es schaffen, daß ich Ysuna vergesse und daß ich dich als Jungfrau zu meinem Stamm bringen muß, damit ich nicht die Gunst der Tochter der Sonne verliere.«

Sie war erschrocken über seine plötzliche Wut. »Ich... ich will dich doch nur zufriedenstellen, Masau!«

»Dann wirf dich mir nicht so an den Hals!«

Tränen standen ihr in den Augen.

Als er sie bemerkte, wurde sein Zorn sogar noch gesteigert. »Sieh mich nicht so an, Ta-maya! Sieh mich überhaupt nicht mehr an! Schau nur noch nach Norden! Dort liegt das Land des Stammes des Wachenden Sterns!«

»Sei still!« befahl Dakan-eh.

Ban-ya verzog schmollend den Mund. »Aber meine Füße tun weh!«

»Dir wird bald noch viel mehr weh tun, wenn du nicht deinen Mund hältst!«

Seit er sich damit einverstanden erklärt hatte, daß sie ihn begleitete, hatte Dakan-eh jede Nacht — und mehrere Male jeden Tag — mit Ban-ya geschlafen. Er hatte sie niedergeworfen, ihre großen Brüste bearbeitet und sein Organ tief in sie hineingestoßen. Dabei hatte er sie ständig daran erinnert, daß jetzt eigentlich Ta-maya unter ihm liegen, ihre Beine um seine Hüften schlingen und vor Ekstase aufschreien sollte, wenn er sich immer wieder in sie ergoß. Nach einer Weile stöhnte sie nur noch vor Unzufriedenheit und hatte seinen Rücken und seine Arme mit blauen Flecken übersät, wenn sie mit den Fäusten auf ihn eintrommelte, um sich ihn vergeblich vom Leibe zu halten.

Als er jetzt dastand, das Mädchen an seiner Seite, und durch die duftenden Schatten des Pinienwaldes starrte, machte er sich Sorgen, obwohl der Platz, an dem sich die heiligen Männer versammelt hatten, im letzten Licht der Abenddämmerung genauso aussah, wie er ihn in Erinnerung hatte. Die provisorischen Behausungen waren abgerissen worden, so daß nur noch Kreise auf dem Boden darauf hinwiesen, wo die Pfosten in ihren Löchern gesteckt hatten. Die größeren, dauerhaften Hütten waren verschlossen und die äußeren Feuerstellen zugeschüttet worden, damit sie wieder zum Leben erweckt werden konnten, wenn die Schamanen der Roten Welt im Herbst mit ihren Stämmen zurückkehrten. Dakan-eh entspannte sich, als er erkannte, daß es ganz natürlich war, wenn es in einem verlassenen Dorf keinen Laut gab. »Ich habe Hunger«, quengelte Ban-ya.

Er hörte nicht auf sie. Eichelhäher hüpften in den Bäumen herum und warnten sich krächzend vor dem reisemüden Paar, das in ihr Revier eingedrungen war. Dakan-eh brüllte sie verärgert an, worauf die Vögel davonflogen.

»Du machst mehr Lärm als ich«, sagte Ban-ya bockig.

Wieder hörte er nicht auf sie. Der Wind wehte kräftig aus Nordwest. Er neigte den Kopf, als ihm einfiel, was ihm Sorgen bereitet hatte. Wenn der Wind aus dem Nordwesten kam, sollte er die Geräusche und Gerüche des Dorfes mit sich führen, das auf der anderen Seite der Tafelberge lag. Sicher, es war noch weit entfernt, aber es war ein großes Dorf. Die Kochfeuer mußten jetzt gänzlich entfacht sein, und der Wind sollte den Geruch nach Rauch, kochendem Fleisch und dampfenden Kochbeuteln mit sich tragen. Kinder würden lachen und rufen. Er strengte sein Gehör an. Doch da war nichts außer dem Wind.

»Wo sind die Menschen?« fragte Ban-ya.

»Ich habe es dir doch schon gesagt. Das Dorf, das wir suchen, liegt am Nordhang der Tafelberge. Dies ist der Ort, wo sich die Schamanen versammeln. Wir haben hier nichts verloren. Der Weg zum Dorf von Shi-wana beginnt dort drüben.«

Sie seufzte mitleiderregend. »Ich gehe heute keinen Schritt mehr, Dakan-eh!«

Er hörte nicht auf sie. Er schlug den Weg ein, der von der Höhe des heiligen Berges zum Dorf des Stammes der Blauen Tafelberge führte. Es war ein langer, beschwerlicher Abstieg in der Dunkelheit, aber ausnahmsweise beschwerte sich Ban-ya nicht. Sie zog sich ihren Umhang aus Kojotenfell um die Schultern und hielt mit dem Mutigen Mann Schritt. Er ließ ihr keine

Zeit, sich auszuruhen, und sie blieb wie ein Schatten an seiner Seite.

Mehrere Male verloren sie den Weg und mußten ihre Schritte in der Dunkelheit zurückverfolgen. Als sie ihr Ziel erreichten, waren sie erschöpft. Das erste Licht der Dämmerung zeigte sich über dem gebirgigen Horizont im Westen. Plötzlich riß der Mutige Mann die Augen auf. Am Rand des Dorfes, wo die größte der dauerhaften Hütten einen wirksamen Windschutz bildete, war etwas, das ihn den Atem anhalten ließ.

»Worauf starrst du so?« wollte Ban-ya wissen. Ihr hübsches Gesicht verzog sich zu einem verärgerten Schmollen, bis sie seinem Blick folgte, die Augen aufriß und schrie.

Gegen die Wand der Hütte gelehnt, waren dort die Überreste eines toten Mannes zu sehen. Ein langes Bein war ausgestreckt, seine Arme hingen schlaff herunter, und ein langer Speerschaft ragte knapp unter seinem Brustkorb heraus.

Während Ban-ya sich an ihn klammerte, bewegte sich Dakan-eh langsam auf den Toten zu und blieb vor ihm stehen. Der Wind, das Wetter und die Aasfresser hatten seine Knochen fast völlig von Fleisch gesäubert. Obwohl noch genügend Gewebe vorhanden war, um sein Skelett zusammenzuhalten, fehlten ihm die Füße und der größte Teil des rechten Beines. Die Hände waren ebenfalls verschwunden. Die Leiche wäre unmöglich zu identifizieren gewesen, wenn da nicht die Reste des großen Kopfschmuckes aus Gras, Federn und geflochtenem Schilf gewesen wären, die sich irgendwie auf dem Kopf gehalten hatten, und ein paar Fetzen blauer Haut, die noch am Schädel mit den charakteristischen Zahnlücken hingen.

»Shi-wana . . .«, flüsterte Dakan-eh den Namen des Schamanen.

Ban-ya vergrub ihr Gesicht an seiner Brust. »O Dakan-eh! Der arme Mann! Er muß in seinen eigenen Speer gefallen sein! Wie konnte sein Stamm ihn nur so liegen lassen?«

Ein eiskalter Sturmwind schien durch Dakan-eh hindurchzuwehen und ließ ihn bis ins tiefste Innere frösteln. Knurrend befreite er sich aus der Umklammerung der Frau und kniete sich hin, um die Leiche zu untersuchen. Der Speer war dem

Mann durch die nun nicht mehr vorhandenen Eingeweide gestoßen worden. Er war mit solcher Wucht in die Bauchhöhle eingedrungen, daß die Speerspitze glatt hindurchgefahren war, den Beckenknochen gespalten hatte und den Mann auf dem Boden festgespießt hatte.

»Das war kein Unfall«, sagte er knurrend, als er den Speerschaft nahm und ihn mit einem Ruck herauszog. Dadurch löste sich die Spitze aus der Erde, aber nicht aus dem Knochen, den sie durchdrungen hatte. Er hielt den Speer hoch und musterte den Schaft und die Spitze. »Die Stämme der Roten Welt stellen keine solchen Speere her. Sieh dir die Länge und den Umfang des Schafts an und die Größe und Form der Speerspitze!«

Ban-ya starrte die Waffe ungläubig an. »Der Schaft besteht aus Knochen und die Spitze aus schwarzem Obsidian!«

»Ja«, sagte Dakan-eh und wog den Speer in der Hand. »Er gehört dem Stamm des Wachenden Sterns. Aber was macht er hier im Bauch eines Schamanen der Roten Welt?«

Sie standen einen Augenblick in erstarrtem Entsetzen da, dann drangen sie tiefer ins Dorf vor. Dort starrten sie auf verbrannte und verwüstete Hütten, die Überreste von Leichen, die von Vögeln und kleinen Tieren abgenagt worden waren, auf zertrümmerte Knochen und Schädel und gelegentlich auf einen Speerschaft, der noch in den traurigen Resten dessen steckte, was einmal ein menschliches Leben gewesen war.

Als Ban-ya zu weinen begann, brachte Dakan-eh sie weder zum Schweigen, noch sagte er ein einziges mahnendes Wort. Er warf den Speer zu Boden, der Shi-wana getötet hatte. Auch in seinen Augen standen Tränen, als er Ban-ya zu sich heranzog und sie festhielt. Er fühlte sich überhaupt nicht mehr mutig. Und vielleicht zum ersten Mal in seinem Leben war er nicht mehr überheblich. Er fühlte sich nur verwirrt und benommen. Er hielt sich an Ban-ya fest, als wäre sie inmitten all dieser Verwüstung das einzige, was ihn vor dem Wahnsinn bewahrte.

»Menschen haben diese Menschen getötet«, flüsterte sie ungläubig.

»Menschen vom Stamm des Wachenden Sterns«, bestätigte er.

»Aber wie können Menschen ihre Speere gegen andere Menschen erheben? *Warum?*«

Er umarmte sie fester. Der Eiswind tobte wieder in ihm. Er zitterte, als er sagte: »Weil Hoyeh-tay die Wahrheit über sie gesagt hat. Sie sind gekommen, um die Menschen zu vernichten.«

»Aber *warum*, Dakan-eh?«

»Das kann ich dir nicht sagen. Aber sie haben Shi-wana getötet, und durch meine Schuld war die kleine Schwester von Sunam-tu bei ihm. Ihre Knochen liegen vermutlich hier irgendwo, so willige, hübsche kleine Knochen. Und . . .« Seine Stimme brach, als er keuchte: »Und Ta-maya ist jetzt bei ihrem Schamanen!«

Ban-ya erstarrte in seinen Armen. »Wir müssen sie suchen, Dakan-eh! Wir müssen sie zu unserem Stamm zurückbringen, bevor sie ihr etwas antun — falls sie das nicht schon getan haben!«

»Sie suchen? Und zurückbringen? Warum sollte ich das tun?« Die Worte klangen so kalt wie der eisige Sturm der Gefühle, die sie hervorgebracht hatten. »Ta-maya hat sich aus eigenem Entschluß von mir abgewandt. Wenn sie sich entschlossen hat, mit den Brüdern des Himmels davonzuziehen, warum sollte mir noch etwas an ihrem Wohlergehen liegen? Es sind zehn Männer mit vielen Hunden, und ich bin nur ein Mann. Selbst wenn ich wüßte, wohin sie gegangen sind, warum sollte ich mein Leben für eine Frau aufs Spiel setzen, die mich beschämt hat?«

»Weil du der Mutige Mann bist.«

»Ja, mutig. Aber nicht mutig genug für sie, wie es scheint.«

Ban-ya blickte zu ihm auf, als befürchtete sie, ein Fremder hätte seine Stelle eingenommen. »Sie werden sie nach Norden gebracht haben, Dakan-eh, hinter die Blauen Tafelberge. Sie nannten sich der Stamm des Wachenden Sterns. Dort können wir sie suchen, unter dem Licht des einzigen Sterns, der am Himmel immer an derselben Stelle steht.«

Er war plötzlich wütend auf sie — oder vielleicht auf sich selbst. Er wußte es nicht. Obwohl ihre Worte sinnvoll waren, wollte er nicht auf sie hören. Er schob die Frau von sich weg. »Wir? Seit wann bist du so tapfer? Und seit wann kümmert es dich, wie es Ta-maya ergeht? Du hast doch alles getan, um sie zu verletzen, indem du mich verführt hast.«

Ihre Wangen und ihre Nasenspitze erröteten so heftig, daß es sogar im Dämmerlicht sichtbar war. »Ich soll dich verführt haben? Das war doch überhaupt keine Kunst! Alles, was weiblich ist, ob jung oder alt, muß doch nur die Brüste schaukeln lassen oder die Beine spreizen, damit du trotz all deiner Liebesbeteuerungen für Ta-maya bereit bist, es zu bespringen, und zwar so!« Sie schnipste mit den Fingern und verzog verächtlich das Gesicht. »Ich, ich bin schon immer tapfer gewesen, Dakan-eh! Tapfer genug, um zu versuchen, der Häuptlingstochter den Mann meiner Wahl wegzunehmen, weil ich glaubte, er wäre ein besserer Mann für mich als für Ta-maya! Aber es scheint, daß ihr Zögern gerechtfertigt war, sich einem Mann wie dir hinzugeben, der sie so sehr liebt, daß er sie, ohne zu zögern, der Gewalt von Menschen überläßt, die ihren Brüdern so etwas antun können!« Sie machte zitternd eine alles umfassende Handbewegung. »O Dakan-eh, glaubst du, daß sie noch lebt?«

»Was kümmert es dich?«

Ihr Gesicht wurde weiß vor Fassungslosigkeit. »Ta-maya und ich haben im selben Dorf gespielt und gearbeitet, seit wir geboren wurden. Ich wollte nur ihren Mann — nicht ihr Leben!«

»Und jetzt hast du ihren Mann. Und sie hat sich für ein anderes Leben entschieden. Ich kann nichts mehr für sie tun.«

»Aber . . .«

»Sei still, Ban-ya! Laß mich nachdenken!« Er sah sich um. Das Bild der Verwüstung war für ihn kaum noch zu ertragen. Seine Gedanken rasten. »Wir müssen zu unserem Dorf zurückkehren. Wir müssen unseren Stamm warnen. Die Brüder des Himmels sind von den Sternen herabgestiegen und kehren vielleicht zum See der Vielen Singvögel zurück. Wenn sie es tun, wissen wir, was sie vorhaben.«

»Und dann?«

»Tlana-quah ist der Häuptling. Er wird wissen, was zu tun ist.«

»Und was geschieht inzwischen mit Ta-maya?«

»Wenn Tlana-quah nach seiner Tochter suchen will, ist das seine Entscheidung. Sie hat den Mann gewählt, mit dem sie gehen und bei dem sie liegen wird. Sie hat keine kluge Wahl getroffen. Sie hat nicht mich gewählt.«

5

Die Reisenden hatten ihr Lager auf einem hohen Hügel aufgeschlagen und starrten nach unten. Die Welt war ein weites Grasland mit runden Schultern und hohen Brüsten, das vom Blau, Purpur und dem sanften Grau der fernen Bergzüge umgeben war.

Ta-maya hielt den Atem an und rief voller Erstaunen: »Es sieht aus wie eine große Decke aus grünem Fell!«

»Im Sommer wird es die Farbe der Sonne annehmen«, sagte Masau, der in die Ferne blickte. »Im Winter wird es dann so weiß wie das Gesicht des Mondes sein — und genauso schön.«

Sie sah zu ihm auf und freute sich über seine unerwartete Liebe für das Land seiner Vorfahren. Sie fühlte sich vom Glück überwältigt, weil er an ihrer Seite war und endlich wieder mit ihr sprach.

»Seht mal nach Westen!« rief Maliwal aufgeregt.

Ta-maya blinzelte in die untergehende Sonne. Eine lange rötliche Wolke war über der Linie des Horizonts zu erkennen.

»Bisons!« sagte Maliwal. »Eine riesige Herde!«

Chudeh war nicht der einzige, der sich in Vorfreude die Lippen leckte. »Zu dieser Jahreszeit werden viele Kälber darunter sein.«

»Ihr wollt doch nicht sagen, daß ihr die Kleinen jagt?« fragte Ta-maya.

»Das Fleisch der Kälber ist das beste!« antwortete Maliwal mit unverhüllter Begeisterung.

Etwas in dem Blick, mit dem er sie ansah, ließ Ta-maya frösteln.

»Wenn die Geister der Jagd uns günstig bestimmt sind, werden wir dir morgen ein Kalb braten«, versprach Chudeh. »Dann wirst du merken, daß Maliwal die Wahrheit sagt.«

»Wenn die Männer in der Roten Welt auf die Jagd nach Antilopen und Hirschen gehen, verbietet Tlana-quah es, Muttertiere und Kälber zu erlegen, damit sich die Herde weiter vermehren kann«, sagte sie zu ihm. Alle Männer lachten.

Sogar Masau lächelte spöttisch, als er zum weiten Horizont zeigte. »Die Bisons sind so zahlreich wie die Grashalme, die auf der Ebene wachsen, Ta-maya. Ihre Zahl ist unerschöpflich! Maliwal, wir müssen zu unserem Stamm zurückkehren. Wir haben keine Zeit für eine Jagd auf Bisons.«

Sie verbrachten die Nacht auf dem Hügel mit Blick auf die weite Landschaft. Ein kalter Wind wehte aus dem Norden und trug den Geruch nach frischem Gras, nach schnellfließenden, klaren Bächen, nach Staub, nach grasenden Tieren auf der Wanderung und nach Rauch von den Kochfeuern der Menschen mit sich.

»Nähern wir uns dem Dorf deines Stammes?« fragte Ta-maya aufgeregt, aber auch etwas nervös.

Masau sah die Besorgnis in ihren Augen. »Nein, so nahe sind wir noch nicht. Der Rauch kommt von einem Jagdlager des Bisonstammes. Im Frühling folgt er den Herden. Schlaf jetzt! Mein Dorf liegt ein paar Tagesreisen weiter im Norden. Ich möchte nicht, daß meine Braut müde und erschöpft aussieht, wenn sie endlich auf ihren neuen Stamm trifft.«

Sie lächelte. »Ich bin froh, daß du nicht mehr böse auf mich bist, Masau.«

»Ich bin niemals böse auf dich gewesen, meine Kleine. Ich war nur böse auf mich selbst.«

Das verstand sie nicht. Sie versuchte sich auszuruhen, aber sie konnte nur unruhig schlafen. Sie träumte von zu Hause, von Ha-xa und U-wa, die bei der Näharbeit waren, und von Cha-

kwena, der vor seiner Höhle saß und in seiner neuen Rolle als
Schamane mitleiderregend aussah. Sie träumte, wie All-Großvater Mah-ree mit seinem Rüssel umschlungen hielt, und dem
kleinen weißen Mammut, das neben den zwei großen Kühen
stand, die es bemutterten. Und sie träumte von Kosar-eh, der
in seiner schwarzen und weißen Körperbemalung tanzte, während Salbeizweige an seinem Gürtel hingen. Als er innehielt,
überreichte er ihr ein Geschenk aus kostbaren Elsterfedern. Er
hatte ihr gesagt, sie sollte die Federn dem geben, der ihr Mann
werden würde.

Sie seufzte. Kosar-eh war so ein guter und fürsorglicher
Mensch! Was würde er sagen, wenn er erfuhr, welches Schicksal seinem Geschenk widerfahren war? Sie hatte die Federn zu
ihren anderen Sachen gepackt und sie stolz Masau überreichen
wollen. Jetzt waren sie verbrannt. Sie seufzte erneut, dann
wurde ihr Schlaf unruhiger. Das Rumpeln und Muhen der fernen Bisonherde drang in ihre Träume ein. Sie erwachte zitternd,
wußte aber nicht, warum.

Es war kurz vor der Dämmerung. Masau war bereits wach
und saß ein Stück von den anderen entfernt, wie es seine
Gewohnheit war, wenn er sich mit der Steinbearbeitung
beschäftigte. Sie lauschte auf den Klang seines Hammersteins,
konnte aber nur das Klopfen und Schaben seines Meißels aus
Geweihknochen hören. Sie wußte, daß er die Schneiden einer
der Speerspitzen bearbeitete. Obwohl er ein Geheimnis um
seine Arbeit machte, setzte sie sich auf und blickte in seine
Richtung. Er hatte ihr den Rücken zugewandt. Für einen
Moment überlegte sie, ob sie zu ihm gehen und sich neben ihn
setzen sollte, aber dann entschied sie sich dagegen. Solange er
seine Steine bearbeitete, würde er sie wieder wegschicken.

Ta-maya atmete den zunehmenden Wind ein und erzitterte in
der Kälte. Sie wickelte sich in einen warmen Schlafumhang aus
Elchfell, den Masau ihr gegeben hatte. Es war ein hübsches
Kleidungsstück, aber sie vermißte die vertraute Leichtigkeit
ihres eigenen Mantels aus geflochtenen Kaninchenfellen. Ha-xa
hatte sich so viel Mühe gegeben. Was würde sie sagen, wenn sie
wüßte, daß er in Flammen aufgegangen war?

Ta-maya beschloß, nicht mehr an zu Hause zu denken, während sie beobachtete, wie das kalte, blaue Licht der Dämmerung sich über den östlichen Rand der Welt ergoß und die gewellte Landschaft in ein mattes Licht tauchte. Dieses Land war so weit! Es war so groß und schön wie die Männer des Stammes des Wachenden Sterns. Dann blickte sie nach Norden in Richtung der Bisonherde, und sie konnte zum ersten Mal abschätzen, wie gewaltig diese war. Es war ein lebendiger, brauner Strom, der sich über das Land ergoß. Masau hatte recht gehabt – die Bisons waren wirklich so zahlreich wie die Grashalme der Ebenen. Niemand konnte sie alle jagen.

Sie unterbrachen ihr Fasten mit einer leichten Mahlzeit aus getrocknetem Fleisch – Mammut für die Männer und Hunde, Kaninchen für Ta-maya. Als die Sonne über die Berge im Osten gestiegen war, befand sich die Gruppe schon wieder auf dem Weg nach Norden.

Ta-maya kam es vor, als würde sie über die Oberfläche eines windgepeitschten Sees gehen – die Wellen hinauf und wieder hinunter. Sie wußte nicht, wie weit sie schon gegangen waren, als die ersten Menschen des Bisonsstammes vor ihnen auf der Kuppe eines besonders hohen Hügels auftauchten. Die Jäger blieben abrupt stehen, um zu den Fremden hinaufzustarren, deren Gestalten sich vor dem Himmel abzeichneten. Es waren zehn, und alle hatten kräftige Schultern und breite Gesichter mit schwarzen Augen, die im Licht der aufgehenden Sonne wachsam zusammengekniffen waren. Einer von ihnen war merklich älter und größer als die anderen und sah trotz seiner wettergegerbten Züge genauso schön wie das Land aus. Er hatte seinen rechten Arm erhoben und hielt seinen Speer waagerecht in der geschlossenen Faust. Die Waffe war fast identisch mit denen, die die Männer trugen, mit denen Ta-maya unterwegs war. Jeder der Fremden hatte mehrere solche Speere bei sich. Alle trugen lederne Lendenschürze und einen Mantel aus Bisonfell.

Sie sahen nicht sehr freundlich aus, und Ta-maya fürchtete

sich vor ihnen. Sie trat an Masaus Seite. Als sie zu ihm aufblickte, sah sie, daß sein Gesicht so angespannt war wie das Fell einer Trommel. Ohne den Blick von den Fremden abzuwenden, schob er Ta-maya hinter sich. Er nahm zwei seiner Speere in die linke Hand, verscheuchte ungeduldig den Raubwürger von seiner Schulter und hob den dritten Speer, um damit auf die Männer auf dem Hügel zu zielen.

Blut knurrte. Masau brachte ihn mit einem einzigen Wort zum Schweigen. Rechts neben Masau zischte Maliwal mit seinem verunstalteten Mund ein unverständliches Schimpfwort. Sein Speer war genauso wie die aller Männer der Reisegruppe erhoben.

»Wer wagt es, ohne die Zustimmung von Shateh das Land des Bisonstammes zu durchqueren?« rief der ältere Mann mit lauter und verächtlicher Stimme.

»Masau! Der Mystische Krieger! Der Schamane des Stammes des Wachenden Sterns!« Masaus Antwort kam genauso laut und verächtlich. »Will Shateh sich mir entgegenstellen?«

»Ich habe zehn Männer hinter mir!« prahlte der ältere Mann.

»Genauso wie ich. Aber denke nicht, daß wir damit gleich stark sind!«

»Ha! Warum hat dich noch kein Mann getötet, Masau?«

»Du hast es einmal versucht und es nicht geschafft, Shateh! Komm! Versuch es noch einmal, wenn du auf diese Weise das Ende deiner Tage beschleunigen willst!« Maliwal hatte sein Gesicht zu einer Fratze verzogen. »So wie du aussiehst, hast du schon lange genug gelebt, alter Mann!«

»Ach, Maliwal ist auch bei dir! Ihr wärt längst tot, wenn mir etwas an eurem Tod liegen würde! Außerdem stehe ich hier oben in einer günstigeren Position. Ich hätte mich von hinten an euch heranschleichen und euch beiden einen Speer in den Rücken werfen können, bevor auch nur ein Wort zwischen uns gewechselt worden wäre. Aber ich bin so vor euch getreten, daß mir die Sonne in die Augen scheint. Das ist ein Zeichen des Friedens. Shateh hat kaum Zwistigkeiten mit anderen Stämmen, und er will auch keine mit eurem.« Er ließ seinen Speer-

473

arm sinken. »Kommt! Schließt euch uns an! Meine Männer bereiten sich auf eine Jagd vor.«

»Wir reisen nach Norden, um uns Ysuna anzuschließen«, sagte Masau, der ebenfalls seine Waffe senkte. »Wir haben keine Zeit, mit euch auf die Jagd zu gehen.«

»Keine Zeit oder keine Lust? Halten jene, die mit der Tochter der Sonne ziehen, unsere Sitten immer noch für unter ihrer Würde?«

»Das tun wir!« Um seinen Worten zusätzlichen Nachdruck zu verleihen, spuckte Maliwal auf die Erde. »Nur alte Frauen und Feiglinge folgen den Bisons, wenn es Mammuts zu jagen gibt!«

Ta-maya, die hinter Masaus Rücken hervorlugte, wurde kalt vor Angst, als die Männer auf der Hügelkuppe näher zusammenrückten. Sie hatten ihre Speere wieder erhoben.

Der ältere Mann trat entschlossen einen Schritt vor und rammte das stumpfe Ende seines Speeres ins Gras. Es dauerte eine Weile, bis er sprach. »Der Medizinpfahl ist am Ort des Todes errichtet. Hast du immer noch Angst davor, Masau?«

Ta-maya, die ihren linken Arm um Masaus Hüfte geschlungen hatte, spürte, wie der Mann erstarrte und zu zittern begann. Doch als er sprach, war seine Stimme genauso ruhig, gleichmäßig und entschlossen wie zuvor.

»Ich habe vor nichts Angst, dem du mich jemals gegenübergestellt hast, Shateh. Nicht einmal vor dem Tod.«

»Beweise es!«

Die Herausforderung des älteren Mannes traf Masau wie eine Windböe, doch er hielt ihr stand.

Maliwal schüttelte den Kopf. »Geh kein unnötiges Risiko ein, Bruder!« warnte er. »Wir müssen zu Ysuna zurückkehren.«

»Ja! Geht zurück zu Ysuna!« höhnte Shateh. »Sagt ihr, daß ihr Schamane jetzt nicht mehr Mut als ein kleiner Junge hat! Sagt ihr, daß der Häuptling des Bisonstammes euch erniedrigt hat und daß ihr angesichts der Drohung des Medizinpfahls vor Angst gezittert habt. Ich nehme es mutig und furchtlos hin, wie ich es schon immer getan habe!«

Masaus Lippen waren nur noch dünne weiße Striche. »Ein

Tag«, sagte er zu Maliwal. »Mehr Zeit werden wir hier nicht brauchen. Dann gehen wir weiter.«

»Wenn du seine Herausforderung annimmst, bist du morgen vielleicht nicht mehr hier!« warnte Maliwal zischend.

»Ich kann mich nicht weigern.«

»Masau?« Ta-maya, die eine drohende Gefahr spürte, trat hinter seinem Rücken hervor und sah ihn flehend an. »Ich verstehe nicht. Was geschieht hier?«

Er drehte sich zu ihr um. Die Speere an seine Brust gelehnt, legte er ihr beide Hände auf die Schultern und sah ihr in die Augen. Dann bückte er sich und küßte sie zärtlich, zuerst auf die Stirn und dann auf den Mund. Es war ein langer, tiefer und hungriger Kuß – der Kuß eines Menschen, der Abschied nimmt.

Erschrocken schlang sie ihm die Arme um den Hals und erwiderte den Kuß auf eine Weise, zu der sie sich gar nicht für fähig gehalten hatte. Sie spürte seine Reaktion und keuchte, als er sich von ihr löste und den Kopf schüttelte.

»Sei tapfer, meine Kleine!« sagte er. »Maliwal wird über dich wachen, bis ich an deine Seite zurückkehre. Und wenn ich sterbe, tu alles, was er dir sagt. Er wird dich zu Ysuna bringen. Hab keine Angst! Sie wird bis zum Ende deiner Tage wie eine Schwester zu dir sein!«

Masau sprach kurz mit Maliwal, bevor er Blut anleinte, ihn seinem Bruder übergab und dann zu Shateh ging, der mehrere seiner Krieger vorausgeschickt hatte, um im Dorf die Ankunft von Fremden anzukündigen.

»Wenn wir dort sind, sag nichts, iß nichts und berühre nichts!« warnte Maliwal die junge Frau. »Und ganz gleich, was du auch hörst, achte nicht darauf!«

Wie benommen ging sie dicht an seiner Seite, während sie Masau und Shateh zum großen, staubigen und unordentlichen Jagdlager des Bisonstammes folgten. Sie riß bei diesem Anblick die Augen auf. Es war nicht schwer, Maliwals Anweisungen zu folgen. Das Lager war eine gewaltige, schmutzige Ansammlung von Zelten aus Bisonfellen, zwischen denen viele sorglos entfachte Kochfeuer brannten. Überall waren Kinder und Hunde.

Die Dorfbewohner verstummten, als sich ihr Häuptling näherte. Sie starrten die Fremden an, die nicht durch das Dorf, sondern an dessen Rand entlanggeführt wurden. Ihr feindseliger Ausdruck verwandelte sich in Neugier und fast auch in Mitleid, als sie Ta-maya sahen. Ein junges Mädchen kreischte jedoch vor Schreck, als es unbeabsichtigt in Ta-mayas Schatten geriet. Eine alte Frau schrie auf und verscheuchte das flüchtende Mädchen. Als Ta-maya langsamer ging und ihr verwirrt nachschaute, trat ein dürrer alter Mann vor und schüttelte eine Hodenrassel vor ihrem Gesicht.

»Weg, Braut! Weg!« befahl er grollend.

Maliwal knurrte den Mann an und bedeutete Ta-maya, schneller zu gehen. Sie war so verschreckt, daß sie ihm bereitwillig gehorchte. Woher wußte der alte Mann, daß sie so angesprochen wurde? Sie hielt sich an Maliwals starkem Arm fest, während sie verwirrt weiterging.

»Diese Menschen hassen uns«, flüsterte sie Maliwal mit bebender Stimme zu.

»Nein, sie fürchten uns!«, korrigierte er sie.

»Warum?«

»Weil sie schwach sind. Weil sie wissen, daß sie nur am Leben sind, weil wir es ihnen gestattet haben.«

Sie begriff nicht, was er da redete. Die Mitglieder des Bisonstammes waren zwar schmutzig, erschienen aber überhaupt nicht schwach. Es waren große, robuste Menschen, und trotz des kühlen Morgens gingen sie alle fast ohne Kleidung. Bei ihrem Anblick kam sie sich klein und verletzlich vor, sie fühlte sich in ihrer Gegenwart nicht wohl.

»Wohin geht Masau? Was ist das für eine Herausforderung, die er von dem Alten namens Shateh angenommen hat?« fragte sie Maliwal.

»Du wirst sehen. Komm weiter! Aber sprich nicht mehr!«

Die Frauen, Kinder und alte Leute des Bisonstammes auf ihren Fersen, gingen sie ein Stück, bis sie auf einer Anhöhe am Rand einer steilen Klippe stehenblieben. Von dort hatte man einen Ausblick auf ein weites, zerklüftetes Land und eine lange, häßliche Schlucht, wo sich Masau, Shateh und die Männer und

Hunde des Bisonstammes versammelt hatten. Die Bisonherde näherte sich der Schlucht aus westlicher Richtung.

»Jetzt . . .«, krächzte die Stimme des alten Mannes, der vor Ta-maya die Hodenrassel geschüttelt hatte. »Jetzt werden wir sehen, aus welchem Holz der Schamane des Stammes des Wachenden Sterns geschnitzt ist.«

Der Medizinpfahl war genau im Zentrum der Schlucht errichtet worden. Es war der Stamm einer Pyramidenpappel, von dem fast bis zum Wipfel alle Äste entfernt worden waren. Der Stamm steckte vier Fuß tief in der Erde, aber er erhob sich immer noch zwanzig Fuß hoch über den Boden. Masau, der von den Bisonjägern und ihren Hunden umgeben war, kletterte schnell hinauf. Shateh sah ihm dabei zu.

»Genauso wie vor langer Zeit«, erinnerte sich der ältere Mann mit sichtlicher Zufriedenheit und spürbarer Verbitterung. »Die Adlerknochenpfeife wartet auf dich. Dort hängt sie, am Zweig rechts neben dir.«

Masau antwortete nicht. Er nahm sich die Pfeife und probierte sie aus. Es war ein heller, dünner Ton. Der Raubwürger flog herbei und setzte sich auf den höchsten Zweig.

Am Fuß des Baumstammes hob einer der Bisonjäger seinen Speer und erschlug damit einen Hund. Das grauhaarige alte Tier fiel tot um, bevor es auch nur einen Laut von sich geben konnte. Masau beobachtete vom Baumwipfel aus, wie Shateh sich hinkniete und mit einem gut geschärften Faustkeil den Hund in Stücke schnitt, die er um den Pfahl herum verteilte.

»Dieser mutige Hund hat an vielen Jagdzügen teilgenommen«, sagte Shateh. »Nicht einmal wich er vom Pfad der Tapferkeit ab. Seine Seele möge während der Jagd deine stärken, Mystischer Krieger . . . falls du diesen Namen zu recht trägst. Oder machst du zusammen mit deinem Bruder nur auf nichtsahnende, unbewaffnete Menschen Jagd und lockst arglose junge Frauen mit deiner geheimnisvollen Art in den Tod, wie wir von jenen hörten, die das Glück hatten, die Überfälle deines Stammes zu überleben?« Masau verzog bei diesen Beleidigungen die Mundwinkel. Doch er sagte nichts. Er hatte den älteren Mann seit so vielen Jahren nicht mehr gesehen, daß er sich nicht die Mühe machte, sich an ihre Zahl zu erinnern. Doch Shateh war trotz der grauen Strähnen in seinem Haar und der tiefen Falten, die die Zeit in sein einstmals makelloses Gesicht hineingearbeitet hatte, immer noch derselbe. Und als Masau jetzt von der Spitze des Pfahls auf ihn hinunterblickte, haßte er den Mann noch mehr als beim letzten Mal.

»Ruf die Bisons, wenn du es wagst!« befahl Shateh. Dann schickte er seine vielen Männer und Hunde mit wedelnden Armen aus der Schlucht und über das Land.

Einige näherten sich im Windschatten der fernen Bisonherde, andere stellten sich so auf, daß die Tiere sie sehen konnten. Dann begannen die Jäger zu schreien und ihre Arme und Umhänge zu schwenken, bis die Herde in Panik geriet und in mehrere Richtungen davonstieb. Eine große Gruppe lief genau auf die Schlucht zu, wobei sie von schreienden Männern und bellenden Hunden verfolgt wurde.

Von der Spitze des Medizinpfahls konnte Masau alles beobachten – wie er es schon einmal getan hatte, an einem tristen und frostigen Wintertag, mit Maliwal und Shateh, die sich neben ihm an den Ästen festgehalten hatten. Seine Eingeweide zogen sich bei dieser Erinnerung zusammen, sein Herz pochte, und seine Handflächen wurden feucht.

In wenigen Augenblicken würde die Herde auf ihn zustürmen, in wilder Flucht vor den Männern und Hunden, und in die Schlucht stürzen. Wenn die Tiere den Abgrund sahen, würde es schon zu spät zum Ausweichen sein. Sie würden sich in der Schlucht auftürmen, bis ihr Gewicht den Pfahl in seinen Grundfesten erschüttern würde. Wenn er nicht standhielt, würde Masau hinabstürzen, so wie es schon einmal mit jemandem aus der Familie des Schamanen geschehen war, mit dem ältesten Bruder von Masau und Maliwal. Und wenn das Gebrüll der Bisons endlich erstorben war und die Jäger ihn herausholten, könnte er sich glücklich schätzen, falls man seinen zerquetschten Körper noch von denen der Tiere unterscheiden konnte.

»Na los!« höhnte Shateh. »Blas die Pfeife! Ruf die Bisons herbei, damit sie für den Stamm sterben! Sag ihnen, daß du keine Angst hast!« Dann kletterte der Häuptling mit der Kraft und Leichtigkeit eines nur halb so alten Mannes den Pfahl hinauf. Als er schließlich mit einem Fuß auf einem Aststumpf stand, sah er Masau an. »Oder möchtest du lieber weglaufen?« stichelte er. »Klettere schnell hinunter, Mystischer Krieger, und wirf mich auf den Boden der Schlucht, wie du es schon einmal getan hast. Maliwal geriet nicht in Panik, bevor du geschrien hast und um dein Leben gerannt bist. Du hättest an jenem Tag fast uns alle drei getötet, Masau, als die Bisons kehrtmachten. Nicht ein Tier stürzte in die Falle. Der Stamm mußte hungern, weil du ängstlich warst.«

»Du hättest es dir besser überlegen sollen, bevor du kleine Jungen mit den Aufgaben eines Schamanen betrautest, Shateh.«

»Unser Schamane war tot! Du hast gesehen, wie dein älterer Bruder starb. Du und Maliwal, ihr wart die nächsten in der Erbfolge. Ich hatte keine Wahl, denn wir standen vor dem Hungertod.« Er lachte schroff. »Ich dachte, meine drei Söhne würden mich stark machen. Aber sie waren schwach. Sie raubten mir den letzten Rest meiner Macht, die ich an jenem Tag noch hatte.«

»Und so hast du zur Strafe deine überlebenden Söhne aus dem Stamm verstoßen und sie dem vermeintlich sicheren Tod überlassen. Und damit hast du die Macht des Häuptlings und des Schamanen an dich gerissen.«

»Du siehst noch recht lebendig aus. Aber es stimmt, ich habe euch dem Tod überlassen. Und es war mein Recht, dies zu tun. Du hast von Anfang nur Schwierigkeiten gemacht − ein linkshändiger Junge. Kurz nachdem du verstoßen warst, kamen die Bisons.«

»Und es gab genug Nahrung für alle«, sagte Masau verbittert, »aber du hast den Stamm weiterziehen lassen und bist nie wieder zurückgekehrt, *Vater*. Wenn ich daran denke, daß ich dich einmal so genannt habe, daß ich dir vertraut habe . . . so wie du mir an diesem Tag nicht hättest vertrauen dürfen!«

Shateh runzelte nachdenklich das Gesicht, mißtrauisch,

überrascht und erschrocken. In diesem Augenblick erreichte sie die heranbrausende Flut aus Bisonleibern. In den letzten Sekunden hatten die Männer geschrien, um sich über dem donnernden Dröhnen der Hufe verständlich zu machen. Jetzt bebte die Erde. Dreck und Gras wurden aufgewirbelt, als die flüchtenden Tiere die Schlucht erkannten und zu springen versuchten — aber es war zu spät. Die Bisons mit den hohen Höckern und breiten Hörnern, deren Spannweite die Größe eines Menschen übertraf, verdrehten die Augen, ließen die Zunge hängen und brüllten jämmerlich, als sie kopfüber in die Schlucht stürzten.

Der Medizinpfahl schwankte im Ansturm aus Fleisch und Knochen, Fell und Horn. Der Raubwürger brachte sich flatternd in Sicherheit. Auf der Klippe schrie Ta-maya, und Maliwal fluchte und rief den Namen seines Bruders. Doch sie konnten den ohrenbetäubenden Lärm nicht übertönen.

Der Pfahl schaukelte heftig, und Masau klammerte sich fest. Er befand sich jetzt jenseits der Furcht. Shatehs Gesichtsausdruck zu sehen befriedigte ihn, wie mit einer Frau zusammenzusein. Es hatte einmal eine Zeit gegeben, wo er seinen Vater hatte suchen und ihn töten wollen, aber Ysuna hatte es nicht zugelassen.

»Ich habe mich immer wieder gefragt, was ich tun würde, wenn wir uns jemals wiedersehen«, brüllte Masau. Aber im Lärm der sterbenden Bisons konnte er nicht einmal seine eigenen Worte hören, und der Pfahl wurde so heftig durchgeschüttelt, daß er nicht mehr weitersprechen konnte.

Ysuna hatte gesagt, daß sie das Lager des Vaters ihrer ›Söhne‹ nicht überfallen wollte. Sie hatte beschlossen, Shateh am Leben zu lassen, denn es verschaffte ihr eine tiefe Befriedigung zu wissen, daß es irgendwo auf den Ebenen einen Mann gab, der jedesmal erzitterte, wenn er von den Taten jener hörte, die er so herzlos verstoßen hatte. Doch jetzt, wo er ihm so nah war, wollte Masau auf keinen Fall zulassen, daß Shatehs Leben noch länger andauerte. Er holte aus und schlug dem Mann seitlich ins Genick, worauf er ins Schwanken geriet, gerade in dem Augenblick, als der Pfahl nach hinten umstürzte.

Masau war zu überrascht zum Schreien. Aus einem Grund,

den er niemals verstehen würde, krallte er seine Finger in Shatehs Haare und bewahrte den Mann davor, in die Schlucht und den sicheren Tod zu stürzen. Die Mächte der Schöpfung griffen ein und ließen den Pfahl nicht in die Schlucht, sondern auf die Hochebene kippen. Der Baum war so groß, daß er beim Aufprall mit den obersten Zweigen außerhalb der Schlucht aufschlug, die nun eine einzige stinkende Masse aus gebrochenen Knochen, Hörnern und blutigem Fleisch war.

Masau landete auf dem harten Boden, aber der Medizinpfahl war unter ihm, so daß die Wucht des Aufpralls ein wenig gemindert wurde. Er lag flach auf dem Mann, den er gerade zu töten versucht hatte.

Shateh brummte und wandte sein Gesicht zur Seite. Aus seiner Nase und seinen Ohren sickerte Blut, während er seinen Sohn fassungslos anstarrte. »Du ... hast ... mir das Leben gerettet. Warum?« Masau schloß die Augen. Sein Vater hatte ein gute Frage gestellt. Selbst wenn er nicht am Rande der Bewußtlosigkeit gestanden hätte, hätte er sie nicht beantworten können. Während ihm immer wieder schwarz vor Augen wurde, kam ihm nur der Gedanke, daß er wahnsinnig geworden sein mußte, nachdem er seinen Vater wiedergetroffen hatte – und in diesem Delirium hatte er Ysunas Wunsch über seine lebenslange Sehnsucht nach Rache an Shateh gestellt. Er würde es sich nie verzeihen.

Ysuna, die Tochter der Sonne. Sie wurde alt und krank und brauchte das Fleisch und Blut des weißen Mammuts. Es lag in seiner Macht, ihr beides zu verschaffen. Und er würde ihr beides verschaffen.

Sobald er seinen Körper dazu bringen konnte, wieder aufzustehen, würde er seinen Blick zum Dorf des Stammes des Wachenden Sterns richten. Ysuna wartete auf ihn. Ysuna brauchte ihn! Und wenn sie noch einen weiteren Winter erleben sollte, mußte Himmelsdonner, der Gott ihrer Vorfahren, seine Braut bekommen.

Später kam Shateh noch einmal zu Masau, als die Brüder sich darauf vorbereiteten, ihre Reise nach Norden fortzusetzen. Ta-maya hielt sich abseits. Sie war immer noch entsetzt über die Jagdmethoden der Stämme des Nordens. Etwa fünfzig Tiere waren in die Schlucht gestürzt — Kühe, Bullen und Kälber. Doch wie sie beobachtete, machten sich die Männer, Frauen und Kinder des Bisonsstamms daran, nur die ganz oben liegenden Tiere zu schlachten. Und es war offensichtlich, daß sie nur die besten Stücke mitnahmen.

»Du hast mich heute nicht getötet«, sagte Shateh.

Masau bedachte ihn mit einem eisigen Blick. »Es scheint so.«

Maliwal betrachtete seinen Vater mit genauso viel Zuneigung, wie er einem faulig stinkenden Stück Fleisch entgegengebracht hätte. »Geh, Shateh! Geh schnell und weit weg! Wir sind nicht mehr deine Söhne. Wir sind Ysunas Söhne! Und eines Tages, wenn der Wille meines Bruder es mir nicht verbietet, werde ich dich töten!«

Der Mann verengte die Augen bei dieser Drohung zu schmalen Schlitzen, dann blickte er sich zu Ta-maya um, die allein mit Blut dastand. »Soll sie die neue Braut für das Totem werden, das mit der Stimme des Donners spricht und eurem Stamm nie versiegendes Mammutfleisch verspricht?«

Masau starrte ihn prüfend an, sagte aber nichts.

»Der Wind spricht in diesem Land aus Gras und Bergen von vielen Dingen zu den Menschen«, sagte Shateh. »Er spricht von besorgniserregenden Dingen, die der Seele eines Mannes in der Nacht Schmerzen bereiten — von verschwundenen Töchtern, von Blut und Tod. Er spricht mit den Stimmen jener wenigen, die dem Zorn von Himmelsdonner entgangen sind.« Sein Kopf bewegte sich langsam vor und zurück. »Ist es das, was euer Totemgeist wirklich von seinem Stamm verlangt? Wie viele Bräute wird Ysuna noch aus dem Süden holen lassen, bevor das Blutvergießen ein Ende hat?«

Masaus Gesicht verfinsterte sich. »Sei dankbar, daß Ysuna entschieden hat, deine Töchter von den Erwählten der vergangenen Jahre auszuschließen. Mit jeder neuen Braut spricht Himmelsdonner von den Bergen und ist seinem Stamm günstig gesonnen. Mit jeder neuen Braut wird Ysuna stärker und damit auch ihr Stamm.«

Shateh zeigte auf seinen eigenen Stamm und das Jagdlager. »Einst haben auch wir Mammuts gejagt. Aber es gibt heutzutage nur noch wenige Mammuts in diesem Land. Also jagen wir jetzt das langhörnige Bison. Wir folgen den Herden, und mit ihrem Fleisch ist mein Stamm zahlreich und mächtig geworden. Vielleicht ist es an der Zeit für Ysuna und ihren Stamm, sich eine neue Art Fleisch zu suchen. Heute hast du mir das Leben gerettet, Masau. Bleib bei diesem Stamm! Geh mit uns auf die Jagd! Mach deine hübsche Braut zu einer wirklichen Braut, und laß sie ihr Blut bei der Geburt ihrer Kinder vergießen − das ist Schmerz und Opfer genug für jede Frau. Laß sie am Leben, Masau! Bring deinen Stamm zu mir und laß uns ein Stamm werden! Sag Ysuna, daß wir ein guter Stamm sind, daß unser Fleisch gutes Fleisch ist und daß wir unsere Töchter nicht mit Himmelsdonner vermählen müssen, damit wir die Gunst des Totems gewinnen.«

»Das tun wir nicht!« widersprach Maliwal.

»Nein.« Shateh schüttelte angewidert den Kopf. »Ihr verheiratet die unschuldigen Töchter anderer Stämme, die nichts von euren Absichten wissen. Es ist ihr Fleisch, das ihr Himmelsdonner opfert, nicht euer eigenes. Vielleicht seid ihr Ysuna euer Leben schuldig, aber glaubt ihr, daß Himmelsdonner nicht weiß, was ihr in ihrem Namen tut? Glaubt ihr, daß die Tochter der Sonne sogar die großen Geister der Berge täuschen kann, den Wind und Vater Himmel, der uns alle erschaffen hat? Und könnt ihr euch nicht vorstellen, daß die Geister der Vorfahren jener Bräute, die ihr nach Norden bringt, euch beobachten? Seid vorsichtig, meine Söhne! Eines Tages könnten sie euch folgen und sich als mächtiger erweisen, als ihr glaubt.«

Maliwals Gesicht verzerrte sich vor Wut. »Willst du mir drohen, Bisonfresser?«

»Nein«, sagte Shateh traurig. »Ich will euch nur warnen. Heute hat jemand, der einmal mein Sohn war, mir mein Leben geschenkt. Vielleicht werden meine Worte eines Tages sein Leben retten.«

Masau überblickte ungerührt das Lager. Der Bisonstamm hatte noch viele Tage Arbeit vor sich. Sie hatten große Beute gemacht. Schon waren die Feuer entfacht und die Knochen aufgebrochen worden, damit das Mark in großen Kochbeuteln aus Bisonpansen geschmolzen werden konnte. Je drei oder vier Jäger machten sich über einen blutigen Kadaver her und hackten Höckersteaks heraus, zogen die Eingeweide hervor und öffneten die Kehlen, so daß die Zungen, die für jeden Stamm eine besondere Delikatesse waren, mühelos herausgeholt und auf der Stelle roh verzehrt werden konnten. Die kleinen Jungen brachen mit Steinen die Schädel auf, damit ihre Mütter das Hirn gewinnen konnten, das sie für das spätere Gerben der Felle aufhoben. Zweifellos war das Fleisch, wie Shateh behauptete, ›gutes Fleisch‹. Aber es war kein Mammutfleisch. Masau sprach es aus, dann runzelte er die Stirn, als er die schlampige Erscheinung der Leute und die unzeremonielle Art und Weise musterte, mit der sie ihre Arbeit taten.

»Du hast dich vom Weg unserer Vorfahren abgewandt, Shateh. Ich werde nicht mit dir jagen. Ich werde nicht eine einzige Nacht in diesem Lager verbringen und auch nicht von diesem Fleisch essen. Das große weiße Mammut, die Quelle der Kraft für meinen Stamm, zieht im Süden mit seiner Herde. Es muß gejagt werden. Es muß von Ysuna selbst getötet werden. Dann werden wir es essen, damit die Mammutherden in das Land des Stammes des Wachenden Sterns zurückkehren. Sie werden in großer Zahl kommen. Ysuna, die Tochter der Sonne, hat es versprochen.«

Shateh schüttelte erneut den Kopf. »Hat sie das? Es ist eine seltsame Logik. Ich verstehe nicht, wie das Töten eures Totems und all seiner Artgenossen die Mammuts in das Grasland zwischen den Bergen zurückbringen soll. Und wir haben uns nicht vom Weg unserer Vorfahren abgewandt — wir haben einen neuen Weg gefunden! Einst waren die Mammuts zahlreich. Jetzt gibt es nur noch wenige. Ich verstehe nicht, wie das geschehen konnte. Ich weiß nur, daß mein Stamm einst klein war, und jetzt sind es viele Menschen. Das ist gut so! Seit Anfang der Zeiten heißt es, daß ein Baum, der sich im Sturm biegt, nicht vom ihm zerbrochen wird.«

Maliwal blickte zum Himmel hinauf. Er schnaufte verächtlich. »Es gibt keine Anzeichen für einen Sturm!«

Masau achtete nicht auf seinen Bruder, dem die Doppeldeutigkeit entgangen war, sondern blickte Shateh interessiert an. »Es wird keinen Sturm geben«, antwortete er und fügte mit drohend gesenkter Stimme hinzu: »Es sei denn, ich bringe ihn. Nimm dich in acht, Shateh! Wenn ich dich oder diesen Stamm das nächste Mal sehe, werdet ihr sterben − ihr alle!«

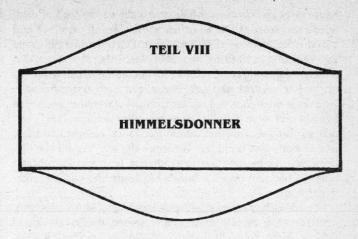

TEIL VIII

HIMMELSDONNER

1

»Das ist nicht wahr!« krächzte Cha-kwena mit heiserer Stimme. Der heilige Stein, den er in seiner rechten Hand hielt, schien sich durch seine Handfläche hindurchbrennen zu wollen.

»Doch, es ist wahr!« wiederholte Dakan-eh hartnäckig. »Glaubst du, ich wäre sonst in dieses Dorf zurückgekommen? Ich sage dir, sie waren alle tot! Jede Hütte war verbrannt, dem Anschein nach irgendwann vor dem Schnee des letzten Winters. Es waren nur noch verkohlte Pfosten übrig, menschliche Knochen, mehrere abgebrochene Speerschäfte und ein ganzer Speer – der aus dem Körper eines Toten ragte!«

Neben ihm schüttelte Ban-ya den Kopf, um die schlimmen Erinnerungen zu vertreiben. Sie blickte aus trüben Augen und sah ausgezehrt aus. »Knochen ... überall. Nur Knochen ...«

Tlana-Quahs Gesicht war finster vor Sorge und Ungläubigkeit. »Und der Häuptling des Dorfes, was hatte er dazu zu sagen?«

Dakan-eh stieß zischend den Atem aus. »Du hörst mir überhaupt nicht zu, Tlana-quah! Sie waren alle tot, keiner war noch wiederzuerkennen! Die Knochen waren überall verstreut und von den Fleischfressern saubergenagt. Doch der alte Shi-wana war eindeutig zu identifizieren. Seine Leiche lag abseits von den anderen. Ich hätte seinen Kopfschmuck immer wiedererkannt, obwohl er zerstört und von Nagetieren halb zerfressen war. Und die wenige Haut auf seinem Schädel war immer noch blau bemalt, und seine Zahnlücken waren unverkennbar. Der Speer, den wir fanden, war ihm durch den Bauch gestoßen worden, und er hatte den tödlichen Vorderschaft, wie ihn die Händler benutzten. Er bestand aus geschnitztem und bemaltem Mammutknochen und trug die Farben Maliwals, des narbengesichtigen Mannes.«

Die Menschen starrten mit offenem Mund und versuchten, die Bedeutung der Neuigkeiten zu verstehen, die Dakan-eh und Ban-ya ihnen gebracht hatten. Alle waren in der Gemeinschaftshütte versammelt. Die Winterbedeckung aus Antilopenfell war von den Wänden aus geflochtenem Schilf entfernt worden, so daß das Singen der Vögel und das Schwappen des Wassers am Seeufer in der plötzlichen Stille deutlich zu hören war. Hinter dem See trompetete ein Mammut.

Cha-kwena zuckte zusammen. In seinem Kopf drehte sich alles, und ihm war übel. Obwohl er Schamane war, stand er genauso fassungslos wie die anderen vor den schrecklichen Bildern, die Dakan-ehs Worte heraufbeschworen hatten. Er starrte auf Ban-yas Umhang aus Kojotenfell. Das weiche Haar hatte die Farbe von Sommergras, die schlaffen Vorderbeine hingen ihr über die Schulter, und die feinen Pfoten waren über ihrem gewaltigen Busen verknotet. Dieser Umhang war alles, was noch vom Kleinen Gelben Wolf übrig war, von Bruder Kojote, der in seinen Träumen zu ihm gekommen war und ihn in lange zurückliegenden Nächten vor der Gefahr gewarnt hatte ... und der ihm sogar noch im Tod eine Warnung überbrachte.

»Menschen jagen keine anderen Menschen!« Tlana-quah blieb störrisch. »Die Händler aus dem Norden haben uns Geschenke gebracht. Sie haben uns Brüder und Schwestern genannt. Sie haben an unserem Feuer gegessen, an unserer Seite

488

gejagt und Fleisch zu unseren Festen beigesteuert. Es war Masau, der den heiligen Stein fand, als Cha-kwena ihn schon für verloren hielt. Und es war Masau, der sich zwischen mich und den angreifenden Löwen stellte. Ich verdanke dem Mann mein Leben. Ich glaube, du hast nicht verstanden, was du gesehen hast, Mutiger Mann. Vielleicht hat es ein Feuer im Dorf gegeben. Vielleicht sind Löwen gekommen oder ein großer Bär. Vielleicht haben die Männer aus dem Norden versucht, die Raubtiere zu vertreiben, und Shi-wana geriet in die Flugbahn eines Speeres. Vielleicht . . .«

»Warum haben sie uns dann nichts davon gesagt?« fragte Dakan-eh. »Sie haben kein Geheimnis daraus gemacht, daß sie mit vielen Stämmen in der nördlichen Hälfte der Roten Welt Handel trieben, bevor sie zu uns kamen. Doch sie haben mit keinem Wort das Schicksal des Stammes der Blauen Tafelberge erwähnt, obwohl wir viele Spuren der Männer aus dem Norden in der Asche der verbrannten Hütte und zwischen den Knochen und Schädeln der toten Männer, Frauen und Kinder fanden.«

Tlana-quah hob die Hände, um den Mutigen Mann zum Schweigen zu bringen, während er ihn sorgenvoll ansah. »Dakan-eh . . . willst du damit sagen, daß die Männer aus dem Norden dem Schamanen des Stammes der Blauen Tafelberge diesen . . . diesen *Tod* zugefügt haben?«

Die Stille war fast greifbar.

»Der alte Hoyeh-tay hat ihnen nicht getraut«, gab Dakan-eh zu bedenken. »Er hat uns vor ihnen gewarnt. Er hielt sie für die Brüder des Himmels.«

»Hältst du sie auch dafür?« hakte der Häuptling nach.

»Ja, das tue ich!« antwortete Dakan-eh erregt.

»Warum bist du dann hier? Warum hast du dann nicht nach meiner Ta-maya gesucht? Warum bist du gekommen, um zu mir zu sprechen, wenn sie weit fort und in Gefahr ist?«

»Weil sie weit fort ist! Mein erster Gedanke war, ihr zu folgen, aber ich wußte nicht, wo ich nach ihr suchen sollte. Und ich befürchtete, daß ihr, das ganze Dorf, in Gefahr sein könntet!«

Ban-ya sah ihn mit einem Stirnrunzeln an.

Der Mutige Mann versuchte, nicht auf ihren Blick zu achten. Sein Mund war eine dünne weiße Linie, als er sich Cha-kwena zuwandte. Das Gift des Hasses verzog seine Mundwinkel, als er sagte: »Es scheint, daß mein Wort in diesem Stamm nichts zählt! Frag Cha-kwena, wenn du Antworten willst! Er ist der Schamane. Er weiß alles − oder zumindest behauptet er das. Aber wenn meine Augen meinem Geist die Wahrheit gesagt haben, dann gib ihm die Schuld, daß er mit der Heirat deiner Tochter − und meiner versprochenen Frau − einverstanden war. Jetzt gehört sie zu einem Stamm, der unsere Brüder und Schwestern abgeschlachtet und ihr Dorf niedergebrannt hat.«

Ban-ya ließ den Kopf hängen.

Ha-xa stöhnte und flüsterte sehnsuchtsvoll Ta-mayas Namen.

Mah-ree, die verzweifelt zwischen ihrer Mutter und U-wa saß, kraulte ihren Lieblingswelpen aus dem Wurf, den Masau in die Obhut des Stammes gegeben hatte. »Das kann nicht sein!« rief sie. »Dakan-eh, du mußt dich irren! Masau ist ein guter Mensch! Seine Leute sind gute Menschen! Wir werden sie und Ta-maya auf der Großen Versammlung wiedertreffen, und du wirst sehen, daß es wahr ist!«

»Vielleicht sollten wir uns lieber schon vorher versichern«, schlug Kosar-eh vor. »Als die Männer aus dem Norden dieses Dorf verließen, gingen sie in Richtung der Weißen Hügel. Wir sollten ein paar Männer hinschicken. Wir sollten uns mit Hiashi, dem Häuptling des Dorfes, und mit Naquah-neh, dem Schamanen des Stammes beraten. Wir sollten sehen, was sie über den Stamm des Wachenden Sterns zu berichten haben. Dann werden wir hoffentlich wissen, daß es Ta-maya zumindest noch gutging, als sie dieses Dorf erreichte.«

Ohne Behinderung durch schweres Gepäck verließen sie in bedrückter Stimmung das Dorf − Tlana-quah, Dakan-eh, Cha-kwena und eine kleine, ausgewählte Gruppe der besten Jäger des Stammes. Sie trugen ihre Speere, als erwarteten sie einen Angriff durch Bären oder Löwen. Mit jedem Schritt, den sie auf die Weißen Hügel zugingen, hörte Cha-kwena die Stimme des alten Hoyeh-tay:

Nimm dich in acht, Cha-kwena! Du mußt den Stamm warnen, bevor es zu spät ist. Die Löwen kommen. Diese Fremden haben böse Augen – Wolfsaugen, Löwenaugen, Adleraugen. Sie sind die Brüder des Himmels, die von den Sternen heruntergekommen sind, um die Menschen zu vernichten.

Er wußte nicht mehr, wann Kosar-eh ohne die Körperbemalung und die Federn des Lustigen Mannes zur Gruppe gestoßen war. Er hatte sich sein Gepäck auf den Rücken geschnallt, ein Dolch steckte in der Scheide seines Gürtels, und er hielt drei Speere in seiner gesunden Hand.

»Geh zurück!« sagte Tlana-quah leise zu dem Mann. »Du bist viele Jahre lang kein Jäger mehr gewesen, Kosar-eh. Die Frauen und Kinder brauchen ihren Lustigen Mann, um sie aufzuheitern.«

»Ich werde niemanden aufheitern können, solange ich nicht weiß, ob Ta-maya in Sicherheit ist«, antwortete er.

Dakan-eh betrachtete Kosar-ehs Narben und seinen verkrüppelten Arm mit unverhülltem Abscheu. »Wir werden schon früh genug mit den Neuigkeiten aus den Weißen Hügeln zurückkehren. Geh zurück ins Dorf, wo du hingehörst, Lustiger Mann! Wir brauchen niemanden, der uns auf dieser Reise behindert.«

Kosar-eh war an Dakan-ehs verletzenden Ton gewöhnt, dennoch bedachte er den Mann mit derselben Verachtung. »Ich werde euch nicht behindern. Ich kann mit einem Arm nicht mehr viel anfangen, aber ich habe noch einen zweiten. Ich war einmal ein genauso mutiger Mann wie du, Dakan-eh. Ich wurde nur deshalb zum Lustigen Mann, weil ich nicht soviel Glück hatte wie du. Ich bin immer noch mutig, wenn es darauf ankommt. Und ich bin immer noch ein Mann. Wenn Ta-maya in Gefahr ist, will ich es wissen. Im Gegensatz zu dir hätte ich niemals zugelassen, daß sie das Dorf mit Fremden verläßt, wenn sie mir versprochen gewesen wäre.«

»Du hättest sie nicht aufhalten können«, sagte Tlana-quah reuevoll.

491

Kosar-eh hörte nicht auf den Häuptling, sondern bedachte Dakan-eh weiterhin mit einem mißbilligenden Blick. »Wenn sie mir versprochen gewesen wäre, hätte sie niemals den Wunsch gehabt, das Dorf zu verlassen.«

Dakan-eh schnaufte mit verächtlichem Spott. »Ha! Ich habe euch doch gesagt, daß wir auf dieser Reise keinen Lustigen Mann gebrauchen können!«

»Du bist hier der Lustige Mann, Dakan-eh«, antwortete Kosar-eh. »Erkennst du nicht selbst, wie du dich verhältst? Du kannst Cha-kwena vielleicht den Vorwurf machen, nicht in das Herz der Fremden geblickt zu haben, aber du hast nicht ein einziges Mal in das Herz Ta-mayas geblickt. Jeder in diesem Stamm weiß, daß es deine Überheblichkeit, deine Selbstsucht und deine Anmaßung waren, die sie in die Arme eines anderen trieben.«

Der Mutige Mann blieb unvermittelt stehen. »Sie hatte den besten Mann der Roten und der übrigen Welt, als sie mich wählte!«

Jetzt blieb auch Tlana-quah stehen und funkelte Dakan-eh wütend an. »Mann, der sich selbst liebt... das hätte dein Name sein sollen! Bei den Geistern der Vorfahren, jetzt verstehe ich, daß mein Widerwille gegen dich mir erlaubte, es zuzulassen, daß meine Tochter einen Fremden heiratete! Sie hätte eher zu irgendeinem anderen Jäger dieses Stammes gehen sollen — meinetwegen auch zu Kosar-eh — als zu einem so unerträglichen Mann wie dir!«

Dakan-eh erstarrte. »Ich bin nicht den weiten Weg zurückgekommen, um mir das anhören zu müssen!«

»Dann laß uns allein! Geh fort und nimm die bösen Worte mit, die einen Schatten über das Leben unseres Stammes warfen!«

Dakan-eh sah ihn fassungslos an. »Du glaubst mir immer noch nicht?«

»Meine Augen werden mir sagen, was ich glauben soll. Die Worte Naqua-nehs und Hia-shis vom Stamm der Weißen Hügel werden die Wahrheit sprechen, der ich vertrauen werde.«

Dakan-ehs Augen schienen vor Wut hervorzutreten. »Dann

geht ohne mich zu den Weißen Hügeln! Erkundigt euch nach Ta-maya und den Fremden, aber tut es ohne mich. Und wenn durch Zufall die Männer aus dem Norden noch dort sind und Lust haben, dasselbe zu tun, was sie mit dem Stamm der Blauen Tafelberge getan haben, dann werde ich den Geistern der Vorfahren danken, daß ich nicht an eurer Seite bin, um euretwegen mein Leben in Gefahr zu bringen!« Er drehte sich um und stapfte mit erhobenem Kopf zum Dorf zurück.

Die Männer warfen sich beunruhigende Blicke zu und scharrten mit den Füßen.

»Wir brauchen ihn vielleicht noch«, sagte Ma-nuk.

Die anderen murmelten zustimmend — alle außer Chakwena, der Dakan-eh nachschaute. Der junge Schamane war noch von den Ereignissen der vergangenen Stunden mitgenommen. Er hörte immer noch Hoyeh-tays warnende Stimme und wollte immer noch nicht daran glauben.

Tlana-quah war wütend. Er stand aufgerichtet da, warf seine Schultern zurück und schlug sich mit der linken Hand auf seinen Jaguarfellumhang. »Wozu brauchen die Männer dieses Stammes Dakan-eh, wenn ich bei ihnen bin? Ich bin Tlana-quah! Ich bin der Häuptling! Ich habe mich allein einer großen gefleckten Katze gestellt. Mit meinen eigenen Händen und meinem Geschick habe ich das Tier getötet, dessen Fell ich trage! Habt ihr kein Vertrauen in euren Häuptling mehr . . . oder in euch selbst?«

An Kosar-ehs Kiefer arbeitete ein Muskel. »Ich werde nicht ins Dorf zurückgehen, Tlana-quah. Bevor der Tag des Kamels mich in einen Lustigen Mann und einen Krüppel verwandelte, war ich der ›Mutige Mann‹ dieses Stammes. Ich werde mit euch zu den Weißen Hügeln kommen. Wenn ich feststelle, daß Dakan-eh die Wahrheit gesprochen hat, wenn Ta-maya von diesen Männern aus dem Norden etwas angetan oder in Gefahr gebracht wurde, wird er nicht der einzige in diesem Stamm sein, der sich ihretwegen den Namen des ›Mutigen Mannes‹ verdient hat!«

Es war nicht schwierig, den Weg zu finden, den die Händler aus dem Stamm des Wachenden Sterns genommen hatten, denn ihre Schlitten hatten tiefe Rillen im Boden hinterlassen.

»Sie verbergen ihre Anwesenheit nicht«, stellte Tlana-quah fest und nahm es als gutes Zeichen. »Und seht dort! Ta-maya geht an der Seite ihres neuen Mannes. Hier sind ihre Fußabdrücke. Sie trägt neue Sandalen! Sie stammen aus Ha-xas großem Berg aus Brautgeschenken. Keine Frau macht so gute Sandalen wie meine Ha-xa!«

Ermutigt gab er den Schritt an, der es ihnen erlaubte, ohne große Pausen vorwärtszukommen. Vor Anbruch der Dunkelheit fanden sie das erste verlassene Lager der Händler und blieben schockiert stehen.

»Mammutknochen? Sind das dort Mammutknochen zwischen den Fischgräten und Antilopenknochen?«

Cha-kwena verspürte eine eisige Kälte bei Tlana-quahs unnötiger Frage. Sie alle sahen die schreckliche Wahrheit in Form aufgehäufter Mammutknochen. Kein anderes Tier besaß Knochen solcher Größe. Auch nachdem sie von Hunden abgenagt und von Menschen aufgebrochen worden waren, gab es daran keinen Zweifel, noch bevor sie die Schlucht fanden.

»Sie haben unser Totem getötet und sein Fleisch gegessen!« rief Tlana-quah verzweifelt.

»Sie sind Mammutjäger!« Kosar-eh schüttelte den Kopf und seufzte, als könnte er seinen eigenen Worten nicht glauben.

Cha-kwena war so entsetzt, daß er sicher war, ihm würde übel werden. »Das kann nicht sein«, sagte er.

Aber er wußte, daß es so war.

Sie blieben nicht im Lager, weil es für sie ein unreiner Ort war. Sie eilten bei Tag und bei Nacht weiter, während sie sich Gedanken darüber machten, warum die Fußabdrücke Ta-mayas jetzt nur noch an ihrer Größe zu erkennen waren, denn nachdem sie den Ort der Mammutschlachtung verlassen hatte, trug sie nicht mehr Ha-xas Sandalen, sondern Ledermokassins wie die der Männer, mit denen sie unterwegs war.

2

Sie näherten sich den Weißen Hügeln an einem klaren, sonnigen Tag. Ein Mann wartete auf sie. Sie spürten seine Blicke, lange bevor er sich auf einem geröllübersäten Hügel zeigte. Tlana-quah hob zum Gruß beide Arme. Der Mann stand regungslos da. Seine breite, massige Gestalt war vorgebeugt, als wäre er bereit, jederzeit vor einer Gefahr zu fliehen.

Dann rief Tlana-quah ihn an. »Aieh-aih! Du auf dem Hügel! Tlana-quah, der Häuptling des Stammes vom See der Vielen Singvögel, kommt, um sich mit Hia-shi, dem Häuptling des Stammes der Weißen Hügel, zu beraten!«

Der Mann rührte sich nicht von der Stelle. Er schwankte leicht und gab seltsame grunzende Geräusche von sich. Schließlich kam er vom Hügel herunter und rief: »Kommt! Kommt!« Immer wieder hieß er sie mit ausgestreckten Armen willkommen. Er bewegte sich schnell und mit dem unbeholfenen Gang eines Faultiers.

Cha-kwena erkannte ihn jetzt wieder. Es war Sunam-tu. Er wirkte gesund, aber sein Lächeln war wie erstarrt, und seine Augen waren groß und leuchteten auf unnatürliche Weise. Erst als er direkt vor ihnen stehenblieb und sich vorbeugte, sie anstarrte und beschnüffelte wie ein Wolf oder ein Hund, der ein fragwürdiges Rudelmitglied mustert, sahen sie den Wahnsinn in seinen Augen.

»Habt ihr meine Schwester gesehen?« fragte er. Dann senkte er den Kopf und starrte sie unter halb geschlossenen Lidern an. »Wir werden jetzt zur Großen Versammlung gehen«, vertraute er ihnen im Tonfall eines Verschwörers an. »Ja, ich habe gewartet. Und die Stämme werden auch kommen. Ja, sie werden auch dort sein. O ja, sie werden dort sein.«

»Sie? Die Händler vom Stamm des Wachenden Sterns?« fragte Tlana-quah. »Dann waren sie also hier?«

»O ja, sie waren hier.« Sunam-tus Augen waren weit aufgerissen.

»Und meiner Tochter Ta-maya geht es gut?«

Sunam-tus Gesicht wurde ausdruckslos. »Tochter?«

Tlana-quahs Augenbrauen trafen sich über seiner Nasenwurzel, als er sie zusammenzog. »Die Braut des Mannes mit der Tätowierung um die Augen. Ein kleines Mädchen, sehr hübsch.«

»Ein kleines Mädchen? Sehr hübsch? Also habt ihr doch meine Schwester gesehen!« erklärte Sunam-tu mit sichtlicher Erleichterung.

Tlana-quah schüttelte den Kopf. »Nein, meine Tochter. Ihr Name ist Ta-maya. Sie war die einzige Frau, die mit den Männern aus dem Norden unterwegs war.«

Sunam-tu seufzte mit unendlicher Enttäuschung. Und dann lachte er ohne Ankündigung los. Es war ein schrilles, wahnsinniges Lachen. Genauso unvermittelt, wie er begonnen hatte, ließ er es plötzlich wieder verstummen. »Sie sind fortgegangen«, vertraute er ihnen mit einem leisen, triumphierenden Flüstern an. »Sie haben mich nicht gesehen! Aber jetzt ist alles gut. Ich bin noch da, und sie sind weg. Kommt! Laßt uns ins Dorf gehen. Ich heiße euch willkommen. Hia-shi wird sich freuen, mit einem anderen Häuptling der Roten Welt zu reden.« Er blinzelte Cha-kwena an, dann nickte er erleichtert, als wäre es eine große Leistung, ihn wiedererkannt zu haben. Er zeigte auf ihn. »Schamanenjunge! Hast du meine Schwester gesehen?«

»Nicht, seit ich die Blauen Tafelberge verlassen habe«, sagte Cha-kwena.

Sunam-tu jammerte, schlug sich die Hände vors Gesicht und schüttelte heftig den Kopf. »Sie ist jetzt bei ihnen. Ja, sie ist bei ihnen, für immer bei ihrem Schamanen. Ich habe davon gehört. Aber das wollte ich doch die ganze Zeit für sie, nicht wahr? Wenn ein Mann keine Mutter und keinen Vater hat, die sich um seine Schwester kümmern, muß er ein guter Bruder sein und dafür sorgen, daß sie einen guten Mann findet, der sie zu sich nimmt.« Er blickte die anderen durch seine Finger hindurch an. »Nicht wahr?« Ohne ihnen eine Gelegenheit zur Antwort zu geben, breitete er die Arme aus. »Aber ihr seid nicht gekommen, um über Lah-ri zu reden! Kommt! Ihr müßt ins Dorf kommen!« Er drehte sich um, lief ein paar Schritte, dann wandte er sich ihnen wieder zu und winkte ihnen. »Warum folgt ihr mir nicht?«

Während der einstmals stolze Jäger und Wächter des Schamanen seines Stammes sie zum Dorf führte, redete er ununterbrochen, so wie es auch der alte Hoyeh-tay am Ende seiner Tage getan hatte. Er sprach mit Menschen, die gar nicht da waren, lachte laut auf, obwohl niemand einen Witz gemacht hatte, oder redete von Dingen, mit denen seine Zuhörer nichts anfangen konnten.

Bald verstanden sie den Grund dafür. Sie rochen das Dorf schon, bevor sie es sahen. Der Gestank nach verwesendem Fleisch war so intensiv, daß sie sich die Hände über Nase und Mund hielten, während Sunam-tu sie weitertrieb, an den ersten, sorgfältig errichteten Hütten vorbei zum Zentralplatz eines Dorfes, das fast genauso wie ihr eigenes wirkte, außer daß es hier kein Anzeichen von Leben gab.

Ihr unheilvolles Gefühl war fast genauso überwältigend wie der Gestank. Tlana-quah und die anderen blieben stehen.

»Kommt! Kommt!« drängte Sunam-tu. »Hia-shi erwartet euch in der Gemeinschaftshütte. Naquah-neh ist bei ihm. Sie alle sind bei ihm, außer den Frauen und Kindern, die in den Familienhütten schlafen. Alle schlafen, seit die Fremden gegangen sind. Vielleicht werden sie später herauskommen. Aber macht euch keine Sorgen. Ich weiß, daß ihr einen weiten Weg gekommen seid, um mit meinem Häuptling zu sprechen. Ich werde dafür sorgen, daß ihr etwas zu essen bekommt. Ich habe alle mit Nahrung versorgt, seit die Frauen sich schlafen gelegt haben. Das macht mir nichts aus. Immerhin war ich Naquahnehs Wächter, als er zu den Blauen Tafelbergen reiste, und jetzt bewache ich ihn hier. Jetzt bewache ich sie alle!« Er lächelte grinsend und zeigte seine Zähne. Sie schlugen klappernd zusammen, und er kicherte über das Geräusch. »Kommt!« forderte er sie auf und ging immer noch kichernd zur Haupthütte weiter, wo er ihnen die geflochtene Eingangstür aufhielt. »Kommt! Kommt und seht euch an, wie gut ich für meinen Stamm gesorgt habe!«

Sie betraten gemeinsam die Hütte.

Gleichzeitig blieben sie wie angewurzelt stehen.

Kleine langschwänzige Nagetiere huschten über ihre Füße und brachten sich im Dunkel der Hütte in Sicherheit, während Cha-kwena unwillkürlich einen Schritt zurücktrat. Seine Gefährten taten dasselbe.

»Ratten!« rief er, dann hielt er vor Schreck den Atem an — nicht wegen der Nagetiere, sondern wegen des Anblicks, der sich ihm bot. Die Luft, die er eingeatmet hatte, machte ihn benommen. Er schwankte und war einer Ohnmacht nahe.

Sunam-tu öffnete den Eingang noch weiter. Licht strömte ins Innere der Hütte.

Cha-kwena starrte hinein. Alle Männer des Dorfes waren hier versammelt. Sie starrten aus blicklosen Augen zurück. Sie waren tot, im Kreis angeordnet und saßen mit dem Rücken gegen geflochtene Lehnen gestützt, als würden sie gerade eine Ratsversammlung abhalten. Fassungslos sah er, daß vor ihnen Essenskörbe standen und in ihren Händen frisch zubereitete Hasenkeulen lagen, obwohl es offensichtlich war, daß sie schon seit Tagen tot waren. Überall war getrocknetes Blut. Die meisten der Leichen hatten eingeschlagene Schädel. Ihre Oberkörper waren schwarz vom Blut, das aus aufgeschlitzten Kehlen geflossen war, und ihre Körper waren mit klaffenden Wunden übersät.

»Seht ihr?« sagte Sunam-tu, der immer noch am Eingang stand. »Sie sind alle hier. Ich habe sie hineingebracht, nachdem die Fremden gegangen waren. Ich dachte, es wäre gut, wenn sie sich jetzt beraten.«

Cha-kwena zitterte unkontrolliert.

Tlana-quahs Stimme kam in kurzen Stößen. »Wie . . . ist . . . das . . . geschehen?«

Sunam-tu lächelte immer noch. »Nichts ist geschehen. Die Fremden kamen und gingen wieder. Jetzt beraten sich die Männer meines Stammes, und die Frauen und Kinder schlafen.«

Cha-kwena überfiel eine furchtbare Übelkeit. Er hatte Naquah-neh wiedererkannt, die zu einem ewigen mürrischen Ausdruck verzogenen Gesichtszüge, die breite Nase und den großen Mund, nur daß die einstmals glatte, wohlgeformte

Haut ihren Glanz verloren hatte und auf seinem Schädel einge-trocknet war. Die vollen Lippen waren verschwunden und die Augen ebenfalls. Eine Ratte blickte Cha-kwena aus einer der leeren Augenhöhlen an. Schockiert schrie er auf, stieß Su-man-tu aus dem Weg und floh aus der Hütte. Draußen entleerte er seinen Mageninhalt und ging dann zitternd in die Knie.

Die anderen standen ihm bei.

Sunam-tu war ihnen gefolgt. »Geht doch wieder hinein!« drängte er sie. »Dort ist es kühl. Ihr könnt euch nicht mit den Männern meines Stammes beraten, wenn ihr hier draußen in der Sonne steht.«

»Ich kann mich nicht mit Toten beraten!« versetzte Tlana-quah. »Doch sie haben mir bereits die meisten meiner Fragen beantwortet. »Sieh, ob du eine Spur von Ta-maya findest!«

Kosar-eh packte Sunam-tu mit der gesunden Hand an den Haaren und zog ihn zu sich heran. »Was ist hier geschehen? Wo sind die Frauen und Kinder? Sag es mir!« drohte er ihm, »oder du wirst dich zu den anderen in der Gemeinschaftshütte gesel-len! Und wenn wir dieses Dorf verlassen, werden die Ratten von dir fressen, wie sie es mit deinen Stammesmitgliedern tun!«

Sunam-tu schien verwirrt. »Die Frauen waren müde, als die Fremden gegangen sind. Sie und die Kinder lagen einfach auf dem Boden, also habe ich alle in ihre Hütten gebracht, wo sie weiterschlafen konnten. Ihr könnt selber nachsehen.«

Tlana-quah lief hektisch von Hütte zu Hütte und suchte nach Ta-maya. Als er wieder zu den anderen trat, war er atemlos, gleichzeitig vor Sorge und Erleichterung. »Sie ist nicht hier. Aber alle anderen wurden getötet, sogar die Babys.«

»Tot?« fragte Sunam-tu wimmernd. »Hier ist niemand tot! Die Frauen und Kinder schlafen, und die Männer halten Rat. Und die Fremden sind fort. Sie haben ihre langen, hellen Speere genommen und sind gegangen. Aber sie werden zur Großen Versammlung kommen. Ich habe gehört, wie sie darüber spra-chen. Sie werden dort sein und warten.«

Kosar-ehs Gesicht verzerrte sich vor Wut, als er Sunam-tu zu Boden warf. »Worauf werden sie warten?«

Der Mann landete dicht neben Cha-kwena. Benommen lag

er auf dem Rücken in einer Pfütze aus Erbrochenem, aber er schien es überhaupt nicht zu bemerken, während er zu Kosar-eh hinaufstarrte. Für einen Moment klärten sich die Augen des Wahnsinnigen, und sein Gesicht zeigte seine Qualen der Erinnerung an. »Sie wollen darauf warten, daß sich die Schamanen der Roten Welt auf dem heiligen Berg versammeln. Dann wollen sie die heiligen Steine für sich beanspruchen. Wenn sie alle Steine haben, wollen sie nach Süden gehen. Sie wollen das weiße Mammut essen und es töten. Dann wollen sie von seinem Fleisch essen und von seinem Blut trinken, damit die Macht ihres Totems auf sie übergeht. Der Stamm des Wachenden Sterns wird zahlreich sein, und niemand wird sich ihnen entgegenstellen können, wenn sie weiter über die Welt ziehen, auf der Suche nach immer neuen Bräuten für Himmelsdonner.«

»Nein . . .«, stöhnte Cha-kwena. Irgendwo tief in seiner Seele hatte sich seine Wunde geöffnet, und dort blutete der letzte Rest seiner Jugend aus, seiner Unschuld und seiner Bereitschaft, jedem Menschen Vertrauen zu schenken — besonders sich selbst. Er klammerte sich verzweifelt daran fest. »Nein, das kann nicht sein! Du irrst dich! Sieh doch! Siehst du das! Ich trage den heiligen Stein meines Stammes um den Hals. Die Männer des Norden haben keinen Versuch unternommen, ihn mir zu stehlen.«

Sunam-tu neigte den Kopf. »Ihr sagt, daß sie eine Tochter eures Dorfes bei sich hatten?«

»Ja.« Tlana-quahs Stimme schien aus einem bodenlosen Abgrund der Furcht zu kommen. »Meine Tochter . . . meine Ta-maya.«

»Ein junges Mädchen? Hübsch? Eine Jungfrau?« Sunam-tu sah die Antwort auf seine Fragen in Tlana-quahs Augen. »Sie essen sie auf, weißt du. Die Männer aus dem Norden locken die Jungfrauen von ihren Familien fort, und wenn sie dann freiwillig ihren Hochzeitstag im Land des Wachenden Sterns begehen, töten sie sie und teilen ihr Fleisch auf, und die Frau, die ihr Schamane ist, tanzt in ihrer Haut.«

Der Laut, der Kosar-eh entfuhr, war nicht menschlich. Dann

schrie er. »Nein!« Mit dem Rücken seiner gesunden Hand schlug er Sunam-tu ins Gesicht.

Der Mann fiel auf die Seite, dann stützte er sich auf die Ellbogen und rieb sich mit einem verletzten und verblüfften Ausdruck das Kinn. »Wenn du mich schlägst, ändert das nichts an der Wahrheit meiner Worte. Aus dem vernarbten Mund des einen, der die anderen ins Dorf führte, habe ich diese Worte gehört. Die Fremden kamen sehr schnell. Sie töteten jeden, bevor jemand reagieren oder auch nur verstehen konnte, was sie mit uns vorhatten. Ich weiß nicht mehr, wie ich ungesehen entkommen konnte, aber irgendwie habe ich es geschafft, mich in den Hügeln zu verstecken, bis das Geschrei aufhörte.

Als alles vorbei war, kehrte ich zurück. Ich dachte, sie wären gegangen, aber sie waren noch da. Sie befriedigten sich immer noch an den jungen Mädchen meines Stammes. Ich habe sie beobachtet und mich nicht näher herangetraut, denn ich war nur mit einem Fleischmesser bewaffnet davongelaufen. Als sie genug von den Mädchen hatten, schnitten die Männer ihnen die Kehlen durch, und alle gingen fort. Nur der narbengesichtige Mann blieb noch eine Weile. Er stand vor Naquah-neh. Der Schamane hatte einen Speer im Bauch, so tief, daß er auf dem Boden festgespießt war, aber noch lebte er.

Der Mann aus dem Norden verhöhnte ihn und erzählte ihm alles, was ich euch gerade wiederholt habe. Er sagte, daß er und seine Männer keine Fremden in der Roten Welt mehr waren, daß sie in den Roten Hügeln waren, bei den Blauen Tafelbergen und am See der Vielen Singvögel, daß sie aus allen Dörfern Bräute mitgenommen und sie geopfert hatten, bis auf die letzte. Bevor er fortging, nahm er den heiligen Stein von Naquah-nehs Hals und stieß noch einmal, zweimal, dreimal mit dem Speer zu, bis er Naquah-neh dem Tod überließ. Da habe ich mein Versteck verlassen. Es dauerte vier Tage, bis der Geist meines Schamanen seinen Körper verließ. Er sagte mir, ich sollte gehen und die Stämme der Roten Welt warnen, aber ich bin der Wächter meines heiligen Mannes und darf weder ihn noch meinen Stamm im Stich lassen. Sie... sie waren müde. Sie mußten schlafen gelegt werden. Jetzt muß ich ihn und die anderen

501

bewachen, bis sie wieder aufwachen. Sie werden wieder aufwachen.« Er verkrampfte sich vor Trauer und Schuld zitternd. »Ich bin darin geübt, meinen Schamanen vor Bären und Löwen zu beschützen, aber nicht vor Menschen! Ich habe keine Schuld an dem, was passiert ist! Ich bin Sunam-tu! Meine Schwester ist mit dem Schamanen der Blauen Tafelberge gegangen. Habt ihr meine Schwester gesehen? Ich bin jetzt müde. Ich möchte etwas schlafen. Ich will nicht mehr mit euch reden. Geht weg!« Mit einem mitleiderregenden Seufzen legte er sich auf die Seite, zog seine angewinkelten Knie bis zum Kopf heran und schlang seine Arme um die Waden.

Cha-kwena stand auf.

»Was wird geschehen, wenn sie wieder nach Süden kommen?« wollte Ma-nuk von Tlana-quah wissen.

»Sie werden nach dem weißen Mammut suchen«, antwortete der Häuptling. »Sie wissen, wo sie es finden. Sie werden zum Dorf am See der Vielen Singvögel kommen, und nachdem sie meinen Stamm getötet haben, werden sie unser Totem töten.«

Cha-kwena zitterte. Ein kalter Wind erhob sich in ihm. Er schien ihn von den anderen und von sich selbst fortzutragen. Der alte Hoyeh-tay schien aus seinem Mund zu sprechen, als er sagte: »Und wenn sie Erfolg haben, wird nicht unser Stamm, sondern auch jeder andere Stamm der Roten Welt sterben.«

»Ta-maya ist jetzt bei ihnen. Wir müssen ihr folgen und sie nach Hause holen«, sagte Kosar-eh eindringlich. Mammuts — ob Totem oder nicht — waren jetzt das letzte, was ihm Sorgen bereitete.

»Und wenn wir bei dem Versuch getötet werden?« fragte Tlana-quah. »Wer soll dann die Stämme vor der Gefahr warnen, die bald aus dem Norden über uns kommen wird?«

Niemand sagte etwas.

Tlana-quah starrte nach Süden, zu seinem Zuhause und seiner Familie, seinem Stamm und seinem Totem. Er zitterte verzweifelt unter dem Gewicht seiner Verantwortung als Häuptling und als Vater. »Die Stämme müssen gewarnt werden«, entschied er. Dann wandte er sich nach Norden und blickte wütend in die Ferne, in die sein geliebtes Kind mit den mordlustigen Fremden verschwunden war — mit dem vollen Einverständnis ihres Vaters und dem Segen des Schamanen ihres Stammes. Als er die Augen schloß, stieß er einen langen, tiefen Seufzer aus, der seine Ergebenheit in sein und ihr Schicksal ausdrückte. »Die nach Norden gegangen sind, haben viele Tage und viele Nächte zwischen sich und uns gebracht.«

Kosar-ehs Gesicht zeigte seine Fassungslosigkeit. »Du willst sie doch nicht diesen menschentötenden Mammutjägern überlassen? Du doch nicht! Nicht der Mutige Jäger, nicht der Jaguartöter!«

Tlana-quah zuckte zusammen und öffnete die Augen. »Ich . . . ich . . .« Er wollte etwas sagen, überlegte es sich dann jedoch anders. Er blickte Cha-kwena an. In seinen Augen war kein Zorn mehr, sondern nur noch Trauer und unendliches Bedauern. »Du hast uns gesagt, daß du nicht zum Schamanen geboren bist, und du hattest recht. Ein Mann, der mit der Weisheit der Vorfahren geboren worden wäre, hätte die Tragödie vorhersehen müssen. Er hätte gewußt — so wie der alte Hoyeh-tay es gewußt hat —, wer diese Männer aus dem Norden sind. Hoyeh-tay war bis zum Ende Schamane, aber wir wollten nicht auf seine Warnungen hören.«

Der Wind, der sich in Cha-kwena erhoben hatte, war jetzt ein Sturm, ein Strom aus fliegenden Hufen, fellbedeckten Rücken und flatternden Flügeln, als die Stimmen des Hirsches und der Fledermaus, des Falken und der Schwalbe, der Maus, des Hasen und der Eule in seinem Kopf schrien. Sie ritten auf dem stürmischen Westwind, und ein einsamer Kojote heulte ihm zu: *Du hast es gewußt! Du hast es die ganze Zeit gewußt! Und obwohl wir dich immer wieder zur Wahrheit führten, hast du dich abgewandt und wolltest sie nicht sehen!*

»Nein!« schrie er und klammerte sich mit beiden Händen an den heiligen Stein. Er hielt sich an dem Amulett fest, als könnte nur das ihn vor den vernichtenden Stürmen der Offenbarung bewahren, die durch ihn hindurchtosten. *Es ist nicht wahr! Was immer hier geschehen sein mag, Masau kann nicht daran beteiligt gewesen sein. Ich habe ihm vertraut! Ich vertraue ihm*

immer noch! Er würde Ta-maya oder irgendeinem Stamm der
Roten Welt niemals einen Schaden zufügen!

Doch während er seine Handflächen gegen das Amulett
preßte, verbrannte der Stein ihn mit Erinnerungen an Lah-ri
und Shi-wana, an Naqua-neh und all die Männer, Frauen und
Kinder, die jetzt tot waren, weil die Männer aus dem Norden
in die Rote Welt gekommen waren. Er dachte an Hoyeh-tay, der
mit gebrochenen Knochen und blutüberströmt im Bach unter
der Höhle lag. Er sah wieder die verwitterten Gesichtszüge des
alten Mannes, die durch einen seltsamen Ausdruck der Überraschung verzerrt waren, als wäre der Tod unerwartet über ihn
gekommen und als hätte er sich bis zum Ende vergeblich dagegen gewehrt.

Cha-kwena hielt den Atem an. Er sah das Gesicht des Todes.
Er trug eine Maske aus schwarzen Tätowierungen. Es war das
Gesicht des Raubwürgers und eines Raubtiers, daß ihn unter
dem Kopf eines Adlers anlächelte.

»Masau?« Er sprach den Namen des Mannes aus, dem er vertraut und den er wie einen Bruder geliebt hatte. Er sprach den Namen des Todes aus. Und er wollte es immer noch nicht glauben.

Plötzlich spürte er den strengen Geruch nach versengten
Federn in seiner Nase. Er keuchte, denn jetzt sah er die Szene,
die sich in der Höhle abgespielt haben mußte, während er am
Lagerfeuer geschlafen hatte. Er sah Masau, der sich wie ein
Löwe durch die Dunkelheit bewegte, sich an Hoyeh-tay
heranschlich und Eule packte, als der Vogel ihn angreifen
wollte. Er sah, wie der Mann den Vogel in die Feuerstelle warf,
ihn hineindrückte, ihn verbrennen ließ und dabei noch das
Genick brach. Dann wandte er sich mordlüstern dem alten
Mann zu.

»Nein!« stöhnte er.

Du hättest es verhindern können, sagten die Stimmen aller
Tiere, die ihn als seinen Bruder bezeichnet hatten.

*Wenn du auf uns gehört und uns geglaubt hättest, hättest du
es verhindern können!*

Diese Anklage war mehr, als er ertragen konnte. Er wollte sie
nicht hören.

Hoyeh-tays Warnung durchdrang seine Gedanken und schnitt ihm tief ins Herz. Sein Großvater hatte ihn ermahnt, sich an alles zu erinnern, was er über den Pfad des Schamanen gelernt hatte, ansonsten wäre der Stamm verloren. Der alte Schamane hatte ihn gewarnt, daß der Stamm nur so lange stark sein würde, wie das große weiße Mammut bei ihnen lebte, und wenn er starb, würde auch der Stamm sterben. Und solange sich noch ein einziger Stein in der Obhut der Schamanen der Roten Welt befand, würde ihr Totem ewig leben.

»Cha-kwena?«

Er blinzelte und wachte aus seiner Trance auf. Er stand benommen da. Es dauerte ein paar Augenblicke, bis ihm bewußt wurde, daß seine Mitreisenden ihn umringten. Kosarehs starke gesunde Hand drückte seinen Unterarm.

»Geht es dir gut, Cha-kwena?« fragte der Lustige Mann mit besorgtem Gesicht.

Cha-kwena sah ihn an und dann die anderen. Sie erschienen ihm wie Fremde, bis er verwirrt erkannte, daß er selbst der Fremde war, kein Junge, sondern fast ein Mann, ein Schamane, dessen Visionen ihm einen Weg zeigten, dem er nicht folgen wollte. »Ihr müßt Ta-maya suchen«, sagte er dumpf. »Wenn all dies wahr ist, müßt ihr sie zu ihrem Stamm zurückbringen.«

»*Wenn* es wahr ist?« Kosar-eh wollte seinen Ohren nicht trauen. »Du bezweifelst es doch nicht etwa? Sieh dich um, Chakwena! Atme den Gestank des Todes ein! Dakan-eh hat die Wahrheit gesprochen, genauso wie dein Großvater! Diese Fremden aus dem Norden sind keine Menschen, sie sind Löwen, die uns nach Belieben fressen, unsere Schamanen töten, die heiligen Steine unserer Vorfahren stehlen und unser Totem seiner Kraft berauben, indem sie es mit der Absicht suchen, es zu töten!«

Die Worte trafen Cha-kwena mit der Wucht eines Speerwurfs. Der Schmerz blendete ihn. Atemlos hielt er immer noch den heiligen Stein und flüsterte: »Nein, ich werde nicht daran glauben! Geh und folge Ta-maya, wenn du mußt! Wenn du sie findest, wirst du sehen, daß sie in Sicherheit ist. In der Zwischenzeit werde ich in unser Dorf zurückkehren. Ich werde dem

Stamm berichten, was wir hier gesehen haben und was Sunam-
tu uns erzählt hat. Aber solange noch ein einziger heiliger Stein
in den Händen eines Schamanen der Roten Welt verblieben ist,
ist unser Totem sicher! Was immer hier und im Dorf des Stammes der Blauen Tafelberge geschehen sein mag, es war nicht
Masaus Tat — das kann einfach nicht sein.«

Tlana-quah musterte den Jungen ernst. »Von all den Worten
der Weisheit, die der alte Hoyeh-tay während seines Lebens zu
mir gesprochen hat, hätte ich auf alle hören sollen, bis auf die,
mit denen er dich zum Schamanen ernannte. Du bist kein
Mann der Vision, Cha-kwena. Du bist ein blinder Narr!«

3

Cha-kwena ging nicht zum Dorf am See der Vielen Singvögel
zurück. Er lief. Er rannte wie ein wildes Tier, und die Geister
des Hirsches, des Kojoten, des Hasen und des Kaninchens folgten ihm. Die Maus hetzte ihm dicht auf den Fersen hinterher,
und der Falke, die Schwalbe, die Eule und Bruder Fledermaus
flogen über ihm, während sie die Worte seines Häuptlings wiederholten: *Du bist kein Mann der Vision, Cha-kwena. Du bist
ein blinder Narr!*

Er lief immer schneller und sagte sich immer wieder, daß
Tlana-quah sich irrte, daß er und die anderen es sehen würden,
wenn sie Ta-maya und die Händler einholten. Was auch immer
in den Weißen Hügeln und im Schatten der Blauen Tafelberge
geschehen war, hatte nichts mit den Männern vom Stamm des
Wachenden Sterns zu tun. Andere waren für die Morde verantwortlich.

Und was die Mammuts betraf, die sie geschlachtet in der
Schlucht und im Lager gefunden hatten, so waren die Männer
aus dem Norden vielleicht zufällig auf die Tiere gestoßen, die
sie in Panik angegriffen hatten, worauf die Männer ihre Speere
hatten benutzen müssen. Vielleicht hatten sie ein Abkommen

mit den Geistern ihrer Vorfahren, daß sie in einer solchen Situation das Fleisch toter Mammuts essen durften. Das war die einzige Erklärung, die Cha-kwena akzeptabel fand. Auf jeden Fall wollte er nicht weiter darüber nachdenken. Die Wahrheit würde ohnehin bald bekannt werden, und er war zuversichtlich, daß sein Vertrauen in Masau und die Männer aus dem Norden gerechtfertigt wurde.

Er lief schneller und machte nur kurze Pausen, um etwas zu trinken und an einem Stück getrockneten Fleisches zu kauen. Das Tageslicht wich bereits der Dämmerung, und bei Anbruch der Dunkelheit mußte er anhalten. Er hockte sich hin und döste nur solange, bis die Erschöpfung gemindert war, die seine Schritte verlangsamt hätte.

Er machte sich unter dem Licht der Sternenkinder der Mondgöttin wieder auf den Weg. Jetzt bewegte er sich langsamer. Der Nachtwind blies sanft gegen seinen Rücken, als wollte er ihm beim Vorankommen helfen.

»Es ist dunkel«, sagte er zum Wind. »Ich kann nicht genug sehen, um schneller zu laufen.«

»Benutze dein drittes Auge, um deinen Weg zu finden, Chakwena! Werde nicht langsamer, Junge, sonst könnte der Große Geist nicht mehr an der Salzquelle sein, wenn wir dort ankommen!«

Er blieb stehen, drehte sich um und blinzelte in die Nacht. Wer hatte zu ihm gesprochen? Ihm wurde plötzlich kalt. Die Geister der Vergangenheit umringten ihn. Hoyeh-tay stand neben ihm. Eule hockte auf dem Kopf des alten Mannes. Chakwena kniff die Augen so fest zusammen, daß seine Lider schmerzten. Als er sie wieder öffnete, waren die Geister verschwunden. Er ging weiter, bis er irgendwann feststellte, daß seine Schritte ihn weit vom ausgetretenen Pfad zum Dorf seines Stammes entfernt hatten. Ohne daß er es beabsichtigt hatte, war er auf dem Weg zur Salzquelle.

Er machte erneut halt, um sich umzusehen. Er runzelte die Stirn. Er würde mindestens eine Stunde brauchen, um zurückzugehen und den Weg zum Dorf wiederzufinden. Er seufzte. Es war schon sehr spät, und er war müde und durstig. Er beschloß, etwas zu trinken und eine Weile zu schlafen, wenn er die Teiche in der Nähe der Salzquelle erreicht hatte. Er schätzte, daß es nur noch wenige Stunden bis zur Morgendämmerung waren. Im Licht des Morgens konnte er die Schlucht hinaufsteigen und zum Dorf weitergehen.

Der Boden stieg jetzt an. Es war eine weite, steinige Fläche, die unter den Sternen blau schimmerte. Der gewundene Arm des Flusses lag zu seiner Linken und war noch etwa eine Viertelmeile entfernt. Er war jetzt vom Frühlingsschmelzwasser angeschwollen, so daß weithin ein konstantes, klares Rauschen hörbar war. Wäre Cha-kwena am Fluß gewesen, hätte er sich nach Osten gewandt und sich in dem Wasser des Flusses erfrischt und an seinem Ufer geschlafen. Aber die Schlucht lag direkt vor ihm, pechschwarz unter den glimmenden Lagerfeuern der vielen Kinder der Mondgöttin. Der Nachtwind seufzte in den hohen Kiefern, Zedern und Harthölzern, und er konnte den Wasserfall hören und den betörenden Duft des Waldes riechen.

Er beschleunigte seine Schritte und lächelte, als ihn liebevolle Erinnerungen an Hoyeh-tay überkamen. Er hatte seine Nachtaugen gefunden, vielleicht sogar das dritte Auge, von dem sein Großvater ihm erzählt hatte, denn obwohl er sich durch Waldland bewegte, waren seine Schritte lang und sicher. Hoyeh-tay wäre stolz auf ihn gewesen.

Er war jetzt tief in die Schlucht eingedrungen. Der Nachtwind rauschte an ihm vorbei, dann machte er kehrt und brachte ihm den Geruch nach Teichen, Farnen, den ersten zarten Trieben der Berg-Akelei . . . und nach etwas anderem, etwas Totem.

Cha-kwena blieb stehen. Irgendwo in der Dunkelheit vor ihm schnaufte ein Mammut und bewegte sich dann davon. Der Junge lauschte und wartete. Er hörte die Tritte der schweren Füße im dichten Unterholz und das Geräusch brechender Zweige. Er blinzelte in die Nacht und sah eine riesige dunkle Gestalt, die sich tiefer in die Dunkelheit zurückzog. Dann erkannte er flüchtig drei kleinere Gestalten, die sich links und rechts neben der größeren bewegten.

»Die Herde . . .«, seufzte Cha-kwena wie im Gebet. Die Frauen und Kinder von All-Großvater gingen ihm voraus. Er

508

folgte ihnen furchtlos, obwohl ihm der unverkennbare Gestank nach verwesendem Fleisch zunehmend Sorgen bereitete.

Er schrie nicht, als er es sah.

Er war so entsetzt, daß er nicht einmal zu atmen wagte.

Der teilweise gehäutete Kadaver des kleinen weißen Mammuts lag halb versunken im seichten Wasser des untersten Teichs, gemeinsam mit dem der großen grauen Kuh, die seine Mutter gewesen war.

»Was für Geschenke bringt ihr Ysuna aus dem Land der Stämme der Roten Welt?« fragte Ta-maya, während sie im Licht der aufgehenden Sonne stand und Masau und den anderen dabei zusah, wie sie einen der Schlitten entluden.

»Kostbare Dinge«, antwortete er. »Maliwal und ich werden sie vor den Augen des ganzes Stammes zu ihr bringen. Aber warum stehst du dort herum? Du mußt dich darauf vorbereiten, die Tochter der Sonne zu treffen. Kämm dein Haar! Schmücke es mit Federn und Perlen! Und zieh das Kleid mit den vielen Fransen an! Ich möchte nicht, daß Ysuna denkt, ich hätte eine unwürdige Braut erwählt. Ich werde dich bald holen lassen.«

Während Ta-maya tat, was ihr befohlen worden war, machten Masau, sein Bruder und die anderen Jäger sich auf das letzte, kurze Stück Weg zum Lager des Stammes des Wachenden Sterns.

Ysuna kam den Brüdern entgegen. Sie stand vor der Sonne und hatte ihre festlichste Kleidung angelegt, um sie zu empfangen. Die Menschen des Stammes öffneten eine Gasse, um sie hindurchzulassen. Nicht einmal in Masaus Träumen hatte sie jemals schöner ausgesehen.

»Meine Söhne kehren endlich zu mir zurück! Was habt ihr Ysuna, der Tochter der Sonne, mitgebracht?«

»Eine Braut für Himmelsdonner!« antwortete Maliwal überschwenglich. »Einen heiligen Stein für die Lebensbringerin des Stammes! Kunde vom Aufenthaltsort des weißen Mammuts! Und das hier: die Haut und das Herz seines Sohnes!«

Sie hob den Kopf. Das Gegenlicht der Morgensonne umgab sie mit einer schimmernden rotgoldenen Aura. Sie sah ausdruckslos zu, als sie die Haut entrollten und das Herz darauf legten.

»Ich habe dieses kleine Mammut getötet, während die Dorfbewohner dachten, ich wäre auf der Jagd nach Fleisch für die Hochzeitszeremonie!« sagte Maliwal und zeigte stolz auf seinen Schatz. »Ich habe sein Herz im Rauch eines Feuers aus heiligem Salbei geräuchert. Iß und werde stark, Ysuna!« Seine Hand fuhr an die Seite seines Gesichts. In seinen Augen stand Hoffnung. »Und dann wirst du allen zeigen, daß du die Macht hast, mein Gesicht wieder ganz zu machen!«

Sie musterte die Haut mit dem hellen Fell und das Organ und warf Maliwal dann einen finsteren Blick zu. »Das war ein sehr kleines Mammut, Maliwal.«

»Es ist der kleine weiße Sohn des Großen Geistes.«

»Es ist nicht das, wonach ich verlange.«

»Es ist der Nachkomme des großen Mammuts!« protestierte er verletzt und begierig, daß man ihm glaubte und seine Tat anerkannte.

Masau sah Ysuna nachdenklich an. Ihr Gesicht war ernst. Die Sonne in ihrem Rücken, sahen ihre Züge gleichmäßig grau aus. Er legte die Stirn in tiefe Falten, und sein Herz machte vor Schreck einen Satz. Nie zuvor hatte sie schöner ausgesehen — und ausgezehrter. Unter ihren Augen und Wangen lagen tiefe Schatten. Er wußte, daß sie krank war. Es war eine schwere und tödliche Krankheit.

Er kniff vor Abscheu und Schrecken die Lippen zusammen. Er konnte ihre Krankheit riechen. Dann pochte sein Herz ruhig, während er einen Entschluß faßte. »Wir haben unser Totem gesehen, Ysuna. Wir sind ihm so nahe gewesen, daß wir die Hitze seines Atems spüren konnten und es hätten berühren können, wenn wir gewollt hätten. Es ist groß und mächtig. Himmelsdonner ist es, nach dem du verlangst. Wir hätten ihn für dich töten können. Aber das Blut und Herz des großen weißen Mammuts soll von Yusunas eigener Hand genommen werden. Ich weiß, wo du es findest, und ich habe die Speere gemacht, mit denen du es töten kannst.«

Er kniete sich hin. Langsam und ehrfürchtig holte er die weißen Chalzedonspitzen aus dem Beutel aus Löwenfell. Es waren insgesamt vier Speerspitzen, je eine zu Ehren der vier Winde. Jede war so lang wie sein Unterarm und zum Schutz in Leder eingewickelt. Kurz darauf waren alle vier enthüllt und leuchteten im Licht des Morgens. Ysuna hielt voller Erstaunen den Atem an, als er eine der Speerspitzen hochhielt und das Sonnenlicht durch den milchigen Stein strömen ließ.

»Wenn ich diese Spitzen mit Schäften versehen habe, wird das, wonach du verlangst, keine Chance gegen die Tochter der Sonne haben.«

Sie riß die Augen auf und erbleichte. Er stand auf und legte ihr die Speerspitze in beide Hände. Sie hielt und wog sie.

»Ich werde all meine Kräfte brauchen, um dieses Geschenk ehren zu können«, sagte sie zitternd. Ihr Atem beschleunigte sich, als sie ihm die Speerspitze zurückgab. »Wo ist der heilige Stein, den du mir gebracht hast?«

Stirnrunzelnd streifte Masau das Band, an dem er befestigt war, über den Kopf und legte es ihr um.

Sie erzitterte und berührte das Amulett mit gierigen Fingern. Dann legte sie ihre Hände darauf und drückte es gegen das geflochtene Halsband, das sie trug. Sie schloß die Augen und atmete heftig, als läge sie bei einem Mann. »Ja! Ich spüre seine Macht! Sie strömt in mich, als würde ich das Blut aus einer noch lebenden Beute saugen!«

Sie öffnete die Augen und blickte Masau an. »Wo ist die Braut? Wenn ich das große weiße Mammut jagen und durch seinen Tod wiedergeboren werden soll, muß es ein Opfer geben.«

Masau hatte das Gefühl, als würden sich seine Eingeweide umdrehen. Die Morgensonne wirkte plötzlich trübe, und er spürte einen Stich wie von einer Schlange, die ihn mit ihren Zähnen vergiftete. Das Opfer ... in seiner Freude über das Wiedersehen mit Ysuna hatte er Ta-maya für einen Moment völlig vergessen. Maliwal ergriff die Gelegenheit, anstelle seines Bruders zu antworten. »Sie ist zurückgeblieben, auf dem Hügel hinter dem Lager. Sie wartet darauf, daß wir sie holen!«

»Sie ist vollkommen?« Ysunas Augen fixierten Masau.

»Ja«, antwortete er leise. »Vollkommen.«

»Dann bringt sie zu mir!« befahl Yusuna. »Himmelsdonner hat sehr lange auf seine neue Braut warten müssen.«

Als Ta-maya sich in Begleitung von Chudeh und Tsana dem Lager des Stammes des Wachenden Sterns näherte, erkannte sie, daß sie noch nie ein so großes Dorf gesehen oder den Rauch so vieler Kochfeuer gerochen hatte. Sie hätte sich bislang nicht einmal vorzustellen vermocht, daß so viele Hütten an einem Ort versammelt sein konnten. Nicht einmal auf der Großen Versammlung kamen so viele Menschen zusammen. Die Stämme würden sich treffen und am Fuß der Blauen Tafelberge ihre vielen Dörfer errichten. Die Luft würde vom Duft verbrennenden Kiefernholzes erfüllt sein, und in der Nacht würden die Hügel durch die vielen kleinen Kochfeuer wie der Sternenhimmel aussehen. Aber hier standen die Hütten wie seltsame, große Bäume nebeneinander und erstreckten sich so weit, wie das Auge sehen konnte. Es waren Hunderte! Und sie waren ganz anders als die gepflegten kleinen Hütten ihres Stammes mit den runden Dächern. Diese hier hatten die Form von Kegeln in verschiedenen Größen, deren Stützpfeiler aus den zulaufenden Spitzen herausragten. Sie besaßen keine Dächer im eigentlichen Sinn. Statt dessen waren sie mit großen, gut präparierten Fellen bedeckt, deren ledrige Seite nach außen gekehrt war, und alle waren in kühnen Mustern aus Schwarz, Weiß und vielen bunten Farben bemalt. Sie mußte an Kosar-eh denken und lächelte. Der Lustige Mann würde von diesen Hütten begeistert sein! Sie bedauerte es, daß er nicht bei ihr sein konnte, um mit ihr diesen Anblick zu genießen.

Ihre Begeisterung und Vorfreude auf die Hochzeit wurde von Heimweh getrübt. *Wenn nur meine Mutter hier sein könnte!* dachte sie. Was Ha-xa wohl gerade tat? Und U-wa? War Mahree bei ihnen, oder kümmerte sie sich wieder um die Tiere der Roten Welt? War sie vielleicht gerade mit Cha-kwena und den Welpen zum großen weißen Mammut unterwegs, um ihm etwas Gutes zu essen zu bringen, und beobachtete sie die Herde und den kleinen weißen Sohn ihres Totems durch die Teichbinsen? Diese Gedanken erfüllten sie mit einer Sehnsucht nach zu Hause und ihrer Familie, nach der vertrauten Umgebung ihres Dorfes, nach dem neckischen Geplauder der alten Witwen und sogar nach Dakan-eh. Sie fragte sich, ob er über die Schmach hinweg war, die sie ihm zugefügt hatte. Sie hoffte es. Wenn sie ihn auf der Großen Versammlung wiedertraf, würde sie versuchen, sich zu entschuldigen, und ein besonderes Geschenk für ihn und seine neue Frau Ban-ya mitbringen. Sie war den beiden etwas schuldig, etwas, das ihnen zeigen würde, wie sehr sie es bedauerte, so selbstsüchtig und gefühllos gewesen zu sein.

»Komm, Mädchen! Ysuna wartet.«

Chudehs schrille Stimme riß sie aus ihren Träumereien. Sie waren jetzt in der Nähe des Dorfes. Eine wimmelnde Menge aus Menschen und Hunden hatte sich beiderseits der Schädel mit den Stoßzähnen und der angehäuften Mammutknochen versammelt, die eine Gasse bildete, die wie eine Straße ins Zentrum des Lagers führte. Während sie weiterging, versuchte Ta-maya, weder die Knochen anzusehen noch daran zu denken, daß sie in einen Stamm einheiratete, der Mammuts jagte. Sie knirschte mit den Zähnen und riß sich zusammen.

Es waren schöne Menschen, groß und kräftig, und alle, sogar die Hunde, schienen sich über Ta-mayas Ankunft zu freuen. Sie lächelte, als die Dorfbewohner sie anriefen.

»Willkommen, Braut!«

»Willkommen!«

»Komm in Freude zum Stamm des Wachenden Sterns!«

»Wir grüßen dich mit glücklichem Herzen!«

»Seht, wie die Sonne auf die neue Braut scheint!«

»Wir heißen die neue Tochter des Stammes des Wachenden Sterns willkommen!«

Es war unmöglich, nicht von diesem stürmischen Empfang überwältigt zu werden.

Möge das Totem meiner Vorfahren sich auch für mich freuen! Möge der Große Geist verstehen und mir verzeihen! Was geschehen ist, kann nicht mehr rückgängig gemacht werden!

Ich wußte nicht, daß der Mann, dem ich mein Herz schenkte, ein Mammutjäger ist. Ich bin bereitwillig seine Frau geworden. Ich werde an seiner Seite leben. Ich werde seine Kinder gebären. Ich werde eine gute Frau in seinem Stamm sein. Abr ich werde nicht vom Fleisch meines Totems essen. Ich werde weder sein Fell noch sein Fleisch berühren, noch sein Blut trinken. Das schwöre ich bei den heiligen Knochen des Ersten Mannes und der Ersten Frau! Das verspreche ich All-Großvater, der für meinen Stamm Lebensretter ist!

Sie ging schweigend zwischen ihren zwei Begleitern weiter. Die Kinder ihres neuen Stammes warfen Salbeiblätter und kleine, flaumige Federn in grellen Farben vor sie, so daß sie durch einen Regen aus bunten Düften und über einen Teppich in den Farben von Frühlingsblumen schritt. Sie lächelte in aufrichtiger Freude, als der zunehmende Morgenwind die Daunenfedern gegen sie wehte. Sie blieben an den Fransen ihres schönen neuen Kleides hängen, kitzelten ihr Gesicht, verfingen sich in ihrem Haar und erfüllten ihre Nase mit dem betörenden Duft der purpurnen Salbeiblätter, die unter sie gemischt waren.

Ein Stück weiter endete der knochengesäumte Weg vor einer großen Hütte. Masau stand mit Maliwal und Blut vor dem verschlossenen Eingang. Ein großer Pfahl war direkt hinter ihnen errichtet. Ganz oben flatterten mit Federn und Knochen besetzte Riemen in der Brise. Eine Frau stand zwischen den Brüdern. Sie war die größte, am erstaunlichsten gekleidete und schönste Frau, die Ta-maya je gesehen hatte. Überwältigt von ihrer Persönlichkeit hielt das Mädchen den Atem an. Die Priesterin hob die Arme und schenkte ihr ein strahlendes Lächeln, als sie Ta-maya heranwinkte.

»Komm zu mir, Braut! Komm zu Ysuna! Komm zur Tochter der Sonne! Komm und werde eins mit deiner neuen Schwester und dem Stamm des Wachenden Sterns!«

4

Cha-kwena wußte nicht mehr, wie lange er schon am Teich gestanden hatte. Benommen blickte er sich um. Es war Vormittag. Was er in der Nacht nicht hatte glauben wollen und was er während der Dämmerung angezweifelt hatte, lag immer noch vor ihm.

Jetzt, im vollen Licht der aufgegangenen Sonne konnte er die Wahrheit nicht länger abstreiten: Das kleine weiße Mammut war tot. Die Männer vom Stamm des Wachenden Sterns hatten es zusammen mit seiner Mutter getötet. Nach dem Grad der Verwesung des Körpers zu urteilen, hatten die Männer es getötet, als sie vor dem Hochzeitsfest auf der Jagd gewesen waren. Zwei abgebrochene Vorderschäfte steckten noch in dem nicht geschlachteten Brustkorb des Kalbs. Er erkannte die Farben und Schnitzereien wieder: Einer der Speere gehörte Tsana, die anderen beiden Maliwal.

All dies sah der Junge, und endlich glaubte er es. Hoyeh-tays schlimmste Befürchtungen hatten sich bewahrheitet. Löwen in der Gestalt von Menschen zogen durch die Rote Welt und fielen über die Menschen und ihr Totem her. Sie waren gekommen, um das kleine weiße Mammut an diesem heiligen Ort zu töten, von dem sie niemals erfahren hätten, wenn ein blinder Narr nicht Hoyeh-tays Warnungen mißachtet und dem Anführer der Löwen gezeigt hätte, wo die Mammuts am einfachsten gejagt werden konnten. All die Lügen und Täuschungen waren ihm jetzt völlig klar.

Vielleicht hätte ich dich nicht an diesen Ort bringen dürfen. Er hörte seine eigene Stimme als Echo aus der Vergangenheit.

Cha-kwena blickte die Schluchtwände hinauf zu der Stelle, wo Mah-ree, Masau und er zusammen auf dem Rand der Klippen gekniet hatten. Er sah Masau, wie er ihn auch in jener Nacht gesehen hatte – als Löwen unter dem Gefieder eines Adlers und mit dem Gesicht eines Raubtiers.

Was ist, mein junger Schamanenführer? Cha-kwena erinnerte sich an Masaus Frage genauso deutlich wie an seine eigene abwehrende Antwort.

Ich habe keinen Bruder, hatte er erwidert.

Und jetzt erinnerte er sich an die hypnotischen schwarzen Augen Masaus, die ihn aus der noch schwärzeren Maske aus Tätowierungen ansahen, und an das vollkommene, gewinnende Lächeln des Mannes. *Geht der Wachende Stern nicht auch über der Roten Welt auf? Lebt das große weiße Mammut nicht auch unter seinem Licht? Sind nicht alle Menschen ein Stamm? Sind nicht jene, die auf den Pfad des Schamanen berufen wurden, in Geist und Blut vereint? Wie soll ich dich sonst nennen, Cha-kwena?*

Jetzt, wie auch in jener Nacht, strich der Westwind durch die Schlucht. Er war warm und versprach einen goldenen Tag. Dennoch zitterte Cha-kwena, als er aufstand. Tränen strömten ihm über die Wangen, aber er spürte sie nicht. Er war taub, ohne jede Empfindung, als er, ohne die Augen vom getöteten Mammut im Teich zu lassen, das Gespenst aus der Vergangenheit, das das Gesicht des Raubwürgers hatte, ansprach. »Du hast das getan, Masau. Du hast mich verraten. Du hast meinen Großvater ermordet. Du hast Eule getötet. Du hast das kleine weiße Mammut und seine Mutter niedergemetzelt, wie du es auch mit den Menschen in den Weißen Hügeln und auf der anderen Seite der Blauen Tafelberge getan hast. Du hast Ta-maya von all denen fortgelockt, die sie lieben, nicht damit sie deine Frau wird, sondern das Opfer der Abartigkeiten all jener, die sich zum Stamm des Wachenden Sterns zählen. Und wenn du mit ihr fertig bist, wirst du deinen Stamm aus dem Norden holen, um das größte aller Mammuts zu jagen und zu töten.«

Er schloß seine rechte Hand um den heiligen Stein und blickte noch einmal zum Klippenrand hinauf. Dann sah er eine Vision, die er schon einmal vor langer Zeit gehabt hatte, als er mit den anderen Schamanen auf dem heiligen Berg gesessen hatte, aber jetzt zum ersten Mal als solche zur Kenntnis nahm.

Er sah einen Adler, der hoch über der Roten Welt seine Kreise zog. Er sah Lebensspender und seine kleine Familie über das Land seiner Vorfahren ziehen. Der kleine weiße Sohn war nicht bei ihnen. Er sah sich selbst als kleinen braunen Vogel mit gelben Augen, der hoch oben auf dem Rücken seines Totems ritt.

Er sah, wie er die Flügel ausbreitete und so hoch hinauf flog, daß er die gesamte Rote Welt und noch mehr überblicken konnte. Er erkannte die Frauen und Mädchen seines Dorfes, die Reisgras und Knollen ernteten, während sie durch das knietiefe Wasser des Sees der Vielen Singvögel wateten. Ta-maya war nicht bei ihnen. Mah-ree geriet in den Schatten des kreischenden Adlers, blickte auf und winkte den Vögeln über ihr zu. Doch in seiner Vision wandte sich Cha-kwena, der immer noch ein Vogel war, von ihr ab. Er stieg auf, er drehte ab und stürzte sich nach unten. Er flog wieder hoch hinauf und verfolgte den Adler bis an die höchste Grenze seines Reichs, bis der Adler eine Drehung vollführte und ihm Auge und Schnabel an Schnabel gegenüberschwebte. Es war das übernatürlichste, schönste und gefährlichste Geschöpf, dem er jemals begegnet war.

»Hast du keine Angst, Cha-kwena?« drohte der Adler.

»Ich habe keine Angst«, erwiderte er.

Der Adler verspottete ihn mit dem Gelächter einer Frau, und dann, wie es nur in einer Vision möglich war, verwandelte sich der Adler in einen Raubwürger mit Gesichtsmaske und Krallen, der dem kleinen braunen Vogel durch sein Herz hindurch auf einen Dorn aufspießte, der ein Speer war — ein Speer aus Knochen und mit einer Spitze aus schwarzem Obsidian.

Und jetzt hörte er in seiner Vision, wie ein Mammut in Todesqualen trompetete, während ein verlorenes und sterbendes Mammutbaby nach seiner Mutter schrie, die es nicht mehr vor seinen Schmerzen bewahren konnte. Irgendwo hinter dem Schleier aus blauem Nebel weinte eine Frau. Er wußte, daß es Lah-ri war und daß er ihr nicht mehr helfen konnte. Für sie kam jede Hilfe zu spät. Sie war wie Hoyeh-tay und Eule, wie Shi-wana und Naquah-neh den Löwen begegnet und gestorben.

Die Vision erweiterte sich. Der Wind trug den Geruch nach Rauch und Feuer und verbranntem Fleisch heran, den Gestank des Todes und der Zerstörung — für den Stamm der Weißen Hügel und den Stamm, der im Dorf jenseits der Blauen Tafelberge gelebt hatte.

Er keuchte, denn das Dorf am See der Vielen Singvögel war das nächste, das ihr Schicksal teilen sollte. Er sah die toten Menschen und die verbrannten Hütten. Er sah, daß ihr Totem geschlachtet und nur noch ein Haufen blutiger Knochen war, von denen Raben fraßen.

Die Vision riß ihn fort und verwandelte ihn. Jetzt war er kein Vogel mehr, sondern der Kojote, der Kleine Gelbe Wolf. Er war klug, vorsichtig und flink, während er sein Rudel durch die Rote Welt führte, nicht fort von der Gefahr, sondern in sie hinein ... und weiter.

Der Hirsch, der Hase, das Kaninchen und die Maus folgten ihm auf den Fersen. Sie waren alle ein Teil von ihm. Der Falke, die Schwalbe, Bruder Fledermaus und Eule flogen über ihm, und trotzdem konnte er durch ihre Augen sehen. Schließlich sah er sich selbst auf dem Felsplateau. Löwen schlichen am Fuß des Berges herum, brüllten wütend und verzweifelt, denn sie konnten nicht hinaufkommen. Der Stamm, der wieder am Leben war, befand sich bei ihm auf dem Felsplateau. Sie schleuderten Speere, Steine und Blasenschläuche mit heißem Öl hinunter.

So plötzlich, wie sie gekommen war, verschwand die Vision wieder. Cha-kwena stand stumm da. Er war erschüttert, fühlte sich jedoch gestärkt und wie neugeboren.

»Ich bin nicht dein Bruder, Masau«, verkündete er laut. »Ich bin Cha-kwena. Ich bin der Falke. Ich bin die Eule. Ich bin der Hirsch. Ich bin der Hase. Ich bin die Maus. Ich bin das Kaninchen. Ich bin die Schwalbe und die Fledermaus, und ich bin auch der Adler. Ja! Ich bin das Mammut! Ich bin der Kojote! Ich bin der Bruder aller Tiere und der Wächter des heiligen Steins und des Totems der Stämme der Roten Welt. Ich bin dein Feind, Masau! Und wenn du nach Süden kommst, werde ich dich finden und aus diesem Land vertreiben. Und wenn Ta-maya durch deinen Verrat an meinem Vertrauen etwas zugestoßen ist, werde ich dich für das töten, was du und deine Leute als ihre Bestimmung ansehen. Ich bin Cha-kwena! Ich bin der Schamane! Und ich bin dein Feind!«

Donner grollte über den fernen Tafelbergen, doch Masau hörte ihn nicht. In Begleitung von Blut hatte er gegen Mittag das Dorf seines Stammes verlassen und versuchte nun, seine tiefe Unzufriedenheit abzuschütteln, die ihn befallen hatte, als Ysuna Ta-maya in die Arme genommen hatte. Inzwischen würde die Tochter Tlana-quahs sich bereits in der Hütte der Priesterin befinden, unter ihrem Bann stehen und bald ihre Angst vor seinem Stamm verlieren. Inzwischen würden sich alle daranmachen, sie auf den Tag ihrer Hochzeit vorzubereiten — den Tag ihres Todes.

Der Schamane des Stammes des Wachenden Sterns lief mit langen, anstrengenden, wütenden Schritten, die sein Blut in den Adern kochen und seinen Atem durch die Kehle rasseln ließ. Der Hund blickte verwirrt zu ihm hoch. Masau achtete nicht auf das Tier. Er achtete auf gar nichts außer auf seine eigenen quälenden Gedanken.

Die Hütte der Reinigung war bereits errichtet worden. Morgen würde man mit dem Bau der großen Plattform beginnen. Nachdem die Rituale vollzogen waren, würde das Mädchen seinem Schicksal entgegengehen.

Diesmal würde er und nicht Maliwal seinen Körper grau bemalen, das Fell seines Totems anlegen und vor seiner Braut tanzen. Diesmal würde der Mystische Krieger und nicht der Wolf das Mädchen auf die Plattform locken und den heiligen Dolch aus den Händen eines willigen Opfers entgegennehmen.

Er biß die Zähne zusammen. Er dachte daran, wie er sie töten würde — schnell, so schnell, daß sie weder Schmerz noch Furcht verspürte, bevor sie starb. Er würde keinen Augenblick zögern. Diesmal würde eine reine Braut als Opfer an den Gott gehen. Diesmal würde alles vollkommen sein. Wenn die Tochter der Sonne diesmal vom Herzen des Opfers aß und vom Blut trank, würde die Jugend des Mädchens in Yusanas Adern fließen. Wenn die Lebensbringerin des Stammes diesmal in der Haut des Opfers tanzte, würde sie verwandelt, gestärkt und verjüngt werden.

Er sehnte sich nach der Wiederherstellung von Ysumas

Jugend, Gesundheit und Schönheit. Und er zitterte angesichts der Schmerzen, die dieses Ziel ihn kosteten.

»Ta-maya.« Als er ihren Namen aussprach, schien sein Mund von einer heißen Welle der Verbitterung versengt zu werden. Seine Mundwinkel zogen sich nach unten. Sie war so schön! So freundlich, besorgt und voll unendlichem Vertrauen. Er verachtete sie für genau die Eigenschaften, die sie zum vollkommenen Opfer machten. Genauso wie ihre Schwester Mah-ree und der Junge Cha-kwena erweichte Ta-maya sein Herz so sehr, daß es ihn beschämte und entmutigte.

Er konnte seine Gefühle für sie nicht in Worte fassen. Er wußte nur, daß er sich in ihrer Gesellschaft verwirrt fühlte und daß seine Augen für alles, was in seinem Leben zählte, blind wurden. Zweifellos war ihre Nähe der Grund dafür gewesen, daß er Shateh nicht getötet, sondern dem Mann das Leben gerettet hatte. Er wurde immer noch wütend, wenn er nur daran dachte. Es wäre gut, wenn sie endlich tot sein würde. Es wäre gut, wenn sie alle endlich tot sein würden — all die arglosen Eidechsenfresser des Südens und all die rückgratlosen Bisonjäger der Ebenen, allen voran sein Vater, alle, die Schande über die Vorfahren brachten. Nur dann würde er Erleichterung finden und wieder ein Mann sein.

Wieder grollte der Donner in den Bergen. Diesmal blickte Masau in die Richtung, aus der das Geräusch gekommen war. Er runzelte die Stirn. Als er das Dorf verlassen hatte, war der Himmel klar gewesen. Jetzt jedoch zogen sich Wolken über dem Gebirgszug im Süden zusammen, dunkle Wolken mit der Gewalt eines heraufziehenden Sturms. Er erinnerte sich wieder an die letzten Worte, die Shateh an ihn gerichtet hatte:

Seit Anbeginn der Zeiten heißt es, daß ein Baum, der sich im Sturm biegt, nicht von ihm zerbrochen wird.

Auch seine Antwort kam ihm wieder in den Sinn, als er sie nun wiederholte: »Es wird keinen Sturm geben — es sei denn, ich bringe ihn.«

Doch jetzt hörte er das Grollen des fernen Donners und sah, wie sich die Sturmwolken vor dem Himmel auftürmten. Im Wind nahmen sie seltsame Gestalten an, die Formen von Tieren und Vögeln . . . und eines jungen Mannes, der mit ausgebreiteten Armen auf ihn zukam, das Gesicht in das eines Kojoten verwandelt. Die Stimme Cha-kwenas drang über die Entfernung zu ihm:

Ich werde dich für das töten, was ihr, du und deine Leute, als eure Bestimmung anseht!

Blut blickte verwirrt zum Schamanen hinauf, denn der Raubwürger, der sich tagelang nicht hatte blicken lassen, kam plötzlich aufgeflogen und versuchte, auf der Schulter des Mannes zu landen.

Masaus Gesicht verzerrte sich zu einer Fratze der Boshaftigkeit, als er den Vogel packte und ihm mit einer Handbewegung das Rückgrat brach. Mit einem verächtlichen Schnauben warf er den Vogel zu Boden und stampfte ihn mit der Ferse in die Erde.

Blut trat beunruhigt einen Schritt zurück und senkte den Kopf.

Verärgert über die Reaktion seines Hundes schrie Masau: »Der Vogel kommt aus der Roten Welt! Sein Leben bedeutete mir nichts, genausowenig wie das des Mädchens. Nichts! Wenn Tlana-quahs Tochter tot ist, werden wir, du und ich, die Tochter der Sonne zum weißen Mammut führen. An jenem Tag werden die Eidechsenfresser sterben, der Stamm des Wachenden Sterns wird wiedergeboren und Ysuna das ewige Leben wiedererlangen.«

Erneut hallte der Donner über das Land. Dann erkannte der Schamane plötzlich, daß es überhaupt kein Donner war. Im Dorf stellten die Männer die rituellen Trommeln auf und prüften mit den Schlagstöcken die Trommelfelle. Während Masau zuhörte, verdüsterte sich seine Stimmung. Sie war so schwarz und voller unheilverkündender Schatten wie die Wolken über den Tafelbergen.

»Komm!« sagte er im Befehlston zum Hund. »Heute nacht will Ysuna sich mit Maliwal und mir beraten. Doch zuvor muß ich noch in den Hügeln nach einer wahren Vision suchen.«

Er ging weiter. Es dauerte nicht lange, bis Masau bemerkte, daß der Hund nicht mehr an seiner Seite war. Er blickte über die Schulter zurück und sah, daß Blut zum Dorf lief. Er brauchte nicht die Wahrheit eines Schamanen, um zu wissen, daß der Hund auf dem Weg zu Ysunas Hütte war, wo er in Ta-mayas Nähe sein konnte. In den langen Tagen und Nächten ihrer Reise durch die Rote Welt hatte Blut eine Art von Zuneigung zu dem Mädchen gefaßt. Er war oft an Ta-mayas Seite gelaufen und hatte sich an ihrem Rücken zusammengerollt, wenn er schlafen wollte.

Masau senkte zornig die Augenbrauen. »Bald wird das Opfer vollzogen werden«, sagte er zu sich selbst, warf den Wolken einen Blick zu und schüttelte den Kopf, als er weiterging. »Bald wird das Mädchen sterben. Aber für mich wird es nicht bald genug sein.«

5

Es wurde bereits dunkel, als Cha-kwena den Rand des Dorfes erreichte. Mah-ree saß auf einem der großen, flechtenbewachsenen Felsblöcke, die den ausgetretenen Pfad zu den Hügeln säumten, und wartete auf ihn. Zwei Welpen schliefen in ihrem Schoß.

Ihr Lächeln der Wiedersehensfreude verschwand, als sie bemerkte, daß er allein war. »Wo sind die anderen?« fragte sie.

»Sie folgen der Spur der Männer aus dem Norden. Sie wollen versuchen, Ta-maya zurückzuholen.«

Sie riß die Augen weit auf. »Aber warum?«

Er ging an ihr vorbei, ohne seine Schritte zu verlangsamen. »Es ist, wie Dakan-eh vorausgesagt hat, Moskito — nein, schlimmer, viel schlimmer.«

Die Welpen im Arm, glitt sie vom Felsen und lief neben ihm her. Sie war so erschüttert, daß sie nicht einmal gegen den verhaßten Spitznamen protestierte. »Das verstehe ich nicht«, sagte sie.

»Das wirst du schon noch«, erwiderte er.

Nachdem sie einer Biegung des Weges gefolgt waren und das Dorf betreten hatten, waren sie plötzlich von vielen Menschen umgeben. Jemand rief nach Dakan-eh.

Sofort darauf erschien der Mutige Mann. Stolz aufgerichtet und mit überheblicher Verachtung trat er dem jungen Schamanen entgegen. »Nun?« drängte Dakan-eh. »Wo sind die anderen? Hatten Naquah-neh und Hia-shi von den Weißen Hügeln etwas Gutes über unsere ›Brüder‹ aus dem Land des Wachenden Sterns zu sagen? Oder waren sie noch dort, so daß Tlana-quah es vorzog, ein freudiges Wiedersehen mit unseren ›guten alten Freunden‹ zu feiern?«

Cha-kwena zeigte keine Regung. Er überlegte kurz, ob er Dakan-eh fragen sollte, was er hier machte, aber er kannte bereits die Antwort. Bevor er zu einer neuen Reise über das Land aufbrach— von dem nur die Geister der Vorfahren wußten, wie es dort in den anderen Dörfern aussah —, wartete er zunächst einmal ab, ob der Häuptling zurückkehrte. Also antwortete Cha-kwena gelassen: Tlana-quah hat die anderen nach Norden geführt. Er hat keine Freunde in den Weißen Hügeln gefunden. Die Männer aus dem Norden sind dort gewesen und weitergezogen, und jetzt sind Naquah-neh, Hia-shi und jeder Mann, jede Frau und jedes Kind des Dorfes tot — außer einem. Sunam-tu, der Wächter des Schamanen der Weißen Hügel, erzählte uns, was geschah. Du hast die Wahrheit gesprochen, Dakan-eh, als du uns berichtetest, was du im Dorf auf der anderen Seite der Blauen Tafelberge vorgefunden hast. In den Weißen Hügeln ist dasselbe geschehen.«

Dakan-eh gab ein selbstgefälliges, widerwärtiges Schnauben von sich. Die Menschen des Stammes hörten sprachlos vor Entsetzen zu, als Cha-kwena ihnen erzählte, was sie wissen mußten. Er sprach ruhig und offen und ließ nur die Einzelheiten aus, die die Kinder erschrecken oder die Frauen in Panik versetzen würden. Er berichtete, daß Tlana-quah und die anderen weitergegangen waren, um Ta-maya von den mammutfleischfressenden Lügnern und Mördern zurückzuholen, mit denen keine Tochter der Roten Welt leben konnte, wenn sie nicht die Traditionen ihrer Vorfahren beschmutzen wollte. Cha-kwena verzichtete darauf, das Schicksal zu beschreiben, was sie erwartete, wenn die Männer seines Stammes ihr Ziel nicht erreichten. »Die Männer aus dem Norden planen, auf dem Felsplateau zu warten, wenn sich die Stämme der Roten Welt dort unter dem Licht des Pinienmonds zusammenfinden. Sie hoffen, die heiligen Steine von unseren Schamanen rauben zu können. Wenn wir uns ihnen widersetzen, werden sie uns töten. Vielleicht werden sie uns auf jeden Fall töten, bevor sie auf der Suche nach dem weißen Mammut weiter nach Süden ziehen. Wenn sie unser Totem finden, werden sie es erlegen, von seinem Fleisch essen und die Rote Welt für sich beanspruchen.«

Dakan-eh hob den Kopf. In Tlana-quahs Abwesenheit konnte er seine Arroganz ungehindert ausspielen. Er sprach, als wäre er der Häuptling, und in diesem Augenblick hatte niemand den Mut dazu, seine Autorität anzuzweifeln. »Dann werden wir dieses Dorf verlassen«, verkündete er. »Wir werden in die Hügel gehen. Cha-kwena wird uns zum heiligen Ort führen, an dem die Mammuts sich aufhalten und den nur die Schamanen und unser Totem kennen. Die Männer aus dem Norden werden uns dort nicht finden und das große weiße Mammut auch nicht.«

Mah-ree, die dicht neben Cha-kwena stand, biß sich auf die Unterlippe. »Oh . . .«, stöhnte sie, als sie hilfesuchend zu Cha-kwena anblickte. »Sie werden uns dort finden. Wir haben ihn dorthin geführt. Er kennt den Ort . . .«

»Er?« hakte Dakan-eh nach.

»Masau«, antwortete Cha-kewna. »Er ist Schamane. Ich habe ihm vertraut. Ich habe ihn ins Herz der Roten Welt geführt, an den heiligen Ort, wo sich unser Totem und seine Artgenossen vor den Stürmen zurückziehen und aus den heiligen Teichen trinken, die nun nicht mehr heilig sind. Er hat mich betrogen und all jene, die ihn Bruder nannten. Er und seine Männer haben an diesem Ort Mammuts gejagt. Die Teiche sind rot vom Blut des kleinen weißen Sohns unseres Totems. Masau hat gezeigt, daß mein Großvater recht hatte – er und seine Männer sind die Brüder des Himmels. Sie sind vom Wachenden Stern gekommen, um die Stämme der Roten Welt zu vernichten.«

Die schrecklichen Worte waren ausgesprochen. Die Menschen hielten nach diesen Offenbarungen den Atem an.

»Dann werden wir nach Süden gehen«, sagte Dakan-eh. »Mah-ree, du hast All-Großvater in die Nähe dieses Dorfes geholt, um ihn mit deiner Medizin zu heilen. Jetzt wirst du ihn dazu bringen, daß er uns folgt, wenn wir diesen Ort verlassen.« Mah-ree hatte wieder die Augen weit aufgerissen. »Ich habe versucht, ihn zu heilen, Dakan-eh, aber ich kann ihn nicht dazu bringen, irgend etwas zu tun. Er ist unser Totem!«

Doch Dakan-eh ließ nicht locker. »Du wirst es versuchen!« befahl er.

Dann sprach Ha-xa wie jemand, der aus einem bösen Traum erwacht. »Seit Anbeginn der Zeiten hat unser Stamm in diesem Dorf gewohnt. Wir können es nicht verlassen. Tlana-quah würde so etwas niemals in Betracht ziehen!«

»Tlana-quah ist nicht hier«, erwiderte Dakan-eh. »Er ist fort und folgt Ta-maya, während er bei seinem Stamm sein sollte.«

Ha-xa blinzelte entrüstet. »Welcher Vater würde nicht dasselbe tun!«

Dakan-eh überlegte einen Moment, dann zuckte er die Schultern. »Wenn es hier einen Mann gibt, der an Tlana-quahs Stelle sprechen möchte, dann soll er vortreten. Wenn nicht, dann rede ich, der Mutige Mann. Und ich werde euch allen sagen, daß Ha-xa recht hat. Zu Anbeginn der Zeiten kamen unsere Vorfahren an diesen Ort, um den Brüdern des Himmels zu entgehen. Wir alle kennen die Geschichte. Der alte Hoyeh-tay hat sie oft genug erzählt!« Mit jedem Wort, das er sprach, schien er zu wachsen. Er reckte die Brust vor und erhob sein Kinn immer weiter, bis er kaum noch die sehen konnte, die ihn anstarrten. »Jetzt haben die Brüder des Himmels die Kinder des Ersten Mannes und der Ersten Frau entdeckt. Wie können wir uns gegen sie wehren? Ihr alle habt ihre Speere gesehen. Ich habe nicht den Wunsch zu sterben. Wir werden dieses Dorf verlassen. Die Zeit ist gekommen, daß dieser Stamm wieder wie der Erste Mann und die Erste Frau umherzieht. Wir werden die Rote Welt verlassen. Wir werden vor den Brüdern des Himmels fliehen.«

»Nein«, widersprach Cha-kwena. In seiner Stimme war keine Feindseligkeit, sondern nur Erschöpfung und Trauer. »Du bist nicht der Schamane, Dakan-eh. Mit welchem Recht erzählst du vom Ursprung der Menschen? Ich, Cha-kwena, Enkel von Hoyeh-tay, bin der Schamane dieses Stammes. Das Blut aller Generationen heiliger Männer des Stammes fließt in meinen Adern. Ich werde dir sagen, wie es war. Obwohl der Erste Mann und die Erste Frau in die Rote Welt kamen, um den Brüdern des Himmels zu entfliehen, folgten sie dabei immer ihrem Totem. Ich frage dich nun: Wo ist das große Mammut jetzt?«

Dakan-eh blickte Cha-kwena finster an, weil der Junge ihm die Kontrolle über die Situation streitig gemacht hatte. »Woher soll ich das wissen? Es ist irgendwo in der Nähe. Es ist immer irgendwo in der Nähe!«

»Zieht es in Richtung der Sonne?« fragte Cha-kwena.

»Es zieht von den Hügeln zum Seeufer«, antwortete Mah-ree, »und kehrt dann wieder zum heiligen Ort zurück. Es geht in den letzten Tagen immer wieder im Kreis.« Dann fügte sie schuldbewußt hinzu: »Es hat in der Nacht trompetet und mich in meinen Träumen gerufen, aber ich war zu sehr mit den Welpen und Mutter Hund beschäftigt, um mich um es zu kümmern.«

»Es braucht dich nicht, meine Liebe«, beruhigte U-wa das Mädchen, als wäre sie, nicht Ha-xa, Mah-rees Mutter.

»Aber du hast es gebraucht, genau wie wir alle«, sagte Cha-kwena an den Stamm gelehnt. »Auch ich habe das Trompeten in der Nacht gehört, aber nicht darauf geachtet. Jetzt weiß ich, daß der Große Geist um seinen verlorenen Sohn und dessen Mutter getrauert hat. Er hat mich zum heiligen Ort gerufen, damit ich mit eigenen Augen sehe, welchen Verrat die Männer aus dem Norden begangen haben. Hätte ich früher auf den Großen Geist gehört, wäre ich ihm gefolgt... hätte ich die Wahrheit gesehen... und wir hätten Ta-maya aufhalten und die Brüder des Himmels daran hindern können, sie aus der Roten Welt fortzubringen. Vielleicht hätten wir sogar eine Möglichkeit gefunden, das Leben des Stammes der Weißen Hügel zu retten.«

526

Ha-xa stöhnte und schwankte auf unsicheren Füßen.

U-wa nahm sie in die Arme. »Unser Mann wird Ta-maya heimbringen. Nicht wahr, Cha-kwena?«

Dakan-eh senkte den Kopf. »Dein Mann ist der Häuptling, U-wa, aber er erkennt nicht, wo seine Verantwortung liegt. Ich sage, daß wir der Sonne folgen müssen, wenn wir nicht wie die Stämme der Weißen Hügel und der Blauen Tafelberge sterben wollen!«

Ban-ya, die neben ihrer Mutter und Großmutter stand, blickte ihn voller Abscheu an. »Für den Mutigen Mann ist es immer sehr leicht, einfach wegzulaufen«, sagte sie giftig.

Er erstarrte und erwiderte ihren Blick mit derselben Gehässigkeit. »Was sollen wir sonst tun? Wir sind nur wenige, und sie sind viele. Ihre Waffen sind mächtig, unsere sind . . .«

»Solange noch ein einziger heiliger Stein im Besitz der Stämme der Roten Welt ist, wird die Macht unseres Totems mit uns sein«, fuhr Cha-kwena dazwischen. »Wenn wir fliehen, wer soll dann die anderen Stämme warnen? Wenn wir davonlaufen, werden wir dann nicht die Todesklagen unserer Brüder und Schwestern hören und für immer von ihren Geistern verfolgt werden? Und kann Dakan-eh uns versichern, daß unsere Feinde uns nicht genauso sicher verfolgen werden, wie die Löwen eine Antilope, wenn sie flieht?«

»Warum sollten sie uns verfolgen?« fragte Dakan-eh mit einem verächtlichen Schnauben. »Wir sind nur ein kleiner Stamm! Sie werden sich lieber die heiligen Steine all der anderen Stämme auf dem heiligen Berg holen.«

Cha-kwena hielt entsetzt den Atem an, als er hörte, wie leichtfertig Dakan-eh den möglichen Tod der anderen Stämme der Roten Welt abtat. »Der Stamm des Wachenden Sterns ist auf der Jagd nach der Macht der heiligen Steine, aber sie wollen auch das Fleisch unseres Totems«, sagte er verbittert. »Sie werden es finden und töten. Und an jenem Tag werden alle Menschen der Roten Welt sterben. Also sage ich, daß wir Boten zu den anderen Stämmen schicken. Ich sage, daß wir die Häuptlinge der Stämme des Blauen Himmels, vom See des Vielen Schilfs, des Tals der Vielen Kaninchen, der Roten Hügel und der Sandberge alarmieren. Ich sage, daß wir alle Jäger der Roten Welt zusammenrufen und auf dem heiligen Berg versammeln, um auf die Ankunft des Stammes des Wachenden Sterns zu warten. Niemand kann sich dem Felsenplateau nähern, ohne daß wir seine Annäherung frühzeitig bemerken. Wenn die Stämme der Roten Welt gemeinsam auf dem heiligen Berg zusammenstehen, können die Brüder des Himmels uns nicht besiegen. Und wir müssen uns ihnen entgegenstellen, denn nach dem, was ich und Dakan-eh und die Männer in Tlanaquahs Gruppe in den Weißen Hügeln und jenseits der Blauen Tafelberge gesehen haben, bleibt uns nur die Wahl, uns ihnen entgegenzustellen oder zu bleiben.«

»Was ist mit Ta-maya und den anderen? Wir können uns doch nicht einfach abwenden und fortgehen«, fragte Ban-ya.

Cha-kwena blickte sie überrascht an. Die Anstrengung der langen Reise mit Dakan-eh stand immer noch in ihrem Gesicht geschrieben. Sie wirkte müde, dünn und beinahe zerbrechlich. Und doch war ihr die ernsthafte Besorgnis um ihre Freundin und die Männer, die auf der Suche nach ihr waren, anzusehen, so daß er unwillkürlich stolz darauf war, eine solche Frau in seinem Stamm zu haben. »Wenn es einen Weg gibt, Ta-maya zum Stamm zurückzubringen, wird Tlana-quah ihn finden«, sagte er und wünschte sich, er wäre so zuversichtlich, wie seine Worte klangen.

»Natürlich wird er das!« pflichtete ihm Siwi-ni mit absoluter Überzeugung bei. Sie hielt ihr Baby an der Brust, während ihre übrigen Söhne sie wie ein Schutzwall umgaben. »Mein Kosar-eh ist bei ihm! Unser Lustiger Mann kann zwar den einen Arm nicht mehr benutzen, aber kein Mann ist tapferer und klüger.«

Verärgert blickte Dakan-eh die alternde kleine Frau an. »Er sollte hier bei dir und seinen Söhnen sein, um seinen Stamm in der Not aufzuheitern, und nicht die Frau eines anderen Mannes suchen!«

Siwi-ni kniff ihre funkelnden Augen zusammen und schimpfte genauso kampflustig wie der kleine Vogel, nach dem sie benannt war. »In dieser Stunde, wo wir von Tod und Gefahr hören, könnte nicht einmal Kosar-eh seinen Stamm aufheitern!

Und was würden seine Söhne von ihrem Vater denken, wenn er wie ein verängstigtes Kaninchen zurückkäme und sich in Sicherheit brächte, während andere tapfer ihren Häuptlings begleiten und für Ta-maya ihr Leben riskieren? Sie ist mehr als nur ein Kind unseres Häuptling. Sie ist eine Tochter dieses Stammes! Sie ist von unserem Fleisch und Blut! Aber du kannst das nicht verstehen, Dakan-eh. Du bist nicht mehr der Mutige Mann. Du bist das Fliehende Kaninchen! Du denkst an nichts als an deinen eigenen verletzten Stolz.«

Dakan-ehs Gesicht verzerrte sich bei dieser unerwarteten Beleidigung. »Sie werden sie niemals zurückbringen! Sie werden alle sterben, genauso wie die Menschen im Dorf hinter den Blauen Tafelbergen starben! Alle!«

Die kleine Frau schürzte trotzig und stolz die Lippen. »Dann werden wir ihre tapferen Seelen ehren, wenn sie in die Welt jenseits dieser Welt eingehen. Bis dahin, sage ich, sollten wir auf den Rat unseres Schamanen hören und nicht auf den eines Mannes, dem das Schicksal der anderen Stämme der Roten Welt und einer Frau, die er angeblich einmal geliebt hat, gleichgültig zu sein scheint.« Sie kehrte Dakan-eh den Rücken zu. »Cha-kwena, möchtest du, daß wir auf Tlana-quahs Rückkehr warten, bevor wir zum heiligen Berg aufbrechen?«

Die Frage kam direkt und unerwartet. Der junge Mann war verunsichert. Seine rechte Hand schloß sich um den heiligen Stein. Er schloß die Augen, rief nach einer Vision, und sie kam. Seine Mundwinkel verzogen sich zu einem Lächeln, denn er war nicht allein. Hoyeh-tay war bei ihm, und Eule hockte auf dem Kopf des alten Mannes. Sie waren in der Höhle. Er hörte deutlich seine eigene Stimme: *Aber woher weißt du, wie die Zeichen zu verstehen sind, Großvater?*

Er weiß es, weil er der Schamane ist, dummer Junge! erwiderte Eule.

Hoyeh-tay hatte Cha-kwena geraten, dem dritten Auge zu vertrauen, das einem Wissen davon vermittelte, wie die Dinge sein oder nicht sein würden. Er hatte seinen Enkel gedrängt, diese Gabe der inneren Vision anzunehmen, selbst wenn sie ihm etwas zeigte, was er nicht sehen wollte oder wenn ihm die

Folgen unbekannt waren. Der alte Mann hatte Cha-kwena in die Augen gesehen und gesagt: *Jetzt bist du der Schamane.*

Die Bilder der Höhle, der Eule und des geliebten alten Mannes verflüchtigten sich. Sein inneres Auge öffnete sich weit, um ihm noch einmal die Vision zu zeigen, die er am Teich gehabt hatte. Er sah sich selbst auf dem Felsplateau. Der Adler flog über ihm. Die Stämme der Roten Welt waren um ihn herum versammelt. Tief unten lauerten Hunderte von Löwen, die aus dem Norden kamen... und sie kamen jetzt.

Er öffnete die Augen und starrte geradeaus. Als er sprach, hatte seine Stimme eine ruhige Autorität, die die von Dakanehs früherem Geschrei übertraf. »Die Männer aus dem Norden werden nicht bis zum Aufgang des Pinienmonds warten. Und wir können nicht auf Tlana-quahs Rückkehr warten. Wir müssen jetzt zu den Blauen Tafelbergen aufbrechen.«

»Aber was hast du für meine Ta-maya gesehen, Enkel Hoyehtays?« Ha-xa war vor Sorgen den Tränen nahe.

Cha-kwena schüttelte den Kopf. Dann sprach er mit einem Ernst, der ihm Schmerzen bereitete. »Ich habe nichts gesehen, Frau Tlana-quahs«, antwortete er und wandte seinen Blick ab, denn daß er keine Vision gehabt hatte, schien ihm selbst eine Vision von Ta-mayas Schicksal zu sein. Die Bedeutung war mehr, als er ertragen konnte.

Es war warm in der Hütte der Hohepriesterin. Ein kleines Feuer glühte in der Vertiefung einer großen Steinlampe. Ta-maya saß neben der Lampe und der Priesterin, und der gerade eingetroffene Hund Blut lag vor ihren nackten, untergeschlagenen Beinen. Die Lampe faszinierte sie. Sie hatte noch nie etwas Ähnliches gesehen. Die Vertiefung war mit geschmolzenem Talg gefüllt, und der Geruch des brennenden Dochts aus gezwirbelten Waldflechten war seltsam, aber angenehm.

Donner grollte in den fernen Bergen. Eine Maus huschte oben über die Firststange. Ysuna, der Hund und das Mädchen blickten auf. Die Maus verschwand wieder.

Ta-maya lächelte wehmütig. »Es wird bald regnen. Meine

Mutter sagte immer, wenn Mäuse bei Tageslicht umherhuschen, sind sie um die Sicherheit ihres Nests besorgt. Und meine kleine Schwester sagte, daß . . .«

»In den kommenden Tagen werde ich deine Schwester sein, meine Liebe.«

Ta-maya seufzte dankbar. Masaus Mutter war so nett und besorgt! Sie konnte sich kaum noch vorstellen, daß sie einmal Angst vor der Begegnung mit ihr gehabt hatte. Sie war schon seit Stunden in der Hütte der Hohepriesterin, und obwohl fast alles darin aus dem Fell oder den Knochen von Mammuts bestand, war ihre anfängliche Abscheu angesichts der freundlichen und sorgsamen Art der Frau gemindert worden. Andere Frauen waren eingetreten und hatten etwas zu essen und Schläuche mit warmem Wasser gebracht. Nachdem Ysuna sie fortgeschickt hatte, hatte Ysuna von dem dargebotenem Fleisch gegessen.

Sie hatte Ta-maya davon angeboten, das Mädchen aber nicht gedrängt, als es abgelehnt hatte, weil es instinktiv wußte, daß es Mammutfleisch war. Nachdem sie ihren Anteil verzehrt hatte, hatte die Priesterin dafür gesorgt, daß Ta-maya sich nackt auszog und sich den Körper und die Haare wusch.

»Wenn du nicht essen willst, mußt du baden. Das warme Wasser wird dich nach dieser langen Reise entspannen. Wie schön du bist und ohne Makel! Masau hat eine gute Wahl getroffen«, sagte die Priesterin jetzt. Ta-maya errötete vor Freude über das Kompliment und war davon beeindruckt, wie hingebungsvoll sich die Frau um sie kümmerte. Ysuna ließ es sich nicht nehmen, Ta-maya persönlich bei ihrem Bad zu helfen. Sie feuchtete weiche Lederlappen an und tauchte sie in eine duftende Paste, die aus Wurzeln bestand, die weiß und schäumend wurden, wenn sie mit warmem Wasser in Berührung kamen.

»Komm, fühl dich, als wärst du die Tochter meines eigenen Körpers«, hatte Ysuna gedrängt, und Ta-maya nahm dankbar das Freundschaftsangebot der Priesterin an.

Ysunas lange Finger hatten die duftende Paste auf Ta-mayas Kopf in Schaum verwandelt und ihre Haut mit so viel Geschick massiert, daß Ta-maya kichernd protestierte und meinte, sicherlich in Nichts zu zerfließen, wenn Ysuna nicht aufhörte.

Die Priesterin lächelte geduldig. »Ich bin genauso Schamane wie Masau. Du mußt dich meinem Zauber hingeben«, sagte sie sanft. Sie setzte ihre Fürsorge fort, bis Ta-maya die Augen schloß und in einen halbwachen Zustand völliger Entspannung glitt. Die langen Finger der Tochter der Sonne bewegten sich über jeden Flecken ihrer Haut, strichen über ihre schlanken Arme und weichen Brüste und massierten ihren Rücken und ihre Beine, bis Ta-maya vor Entzücken seufzte.

Nachdem sie abgerieben und sauber war, kniete sie, den Hund an ihrer Seite, nackt vor der Priesterin, während die Frau ihr Haar mit einem vielzinkigen, kunstvoll geschnitzten Kamm aus Geweih kämmte. Trotz der Spuren ihres Alters war Ysuna wunderschön. Doch neben Bewunderung für diese Frau empfand Ta-maya Trauer, denn Ysunas Körper sonderte einen unangenehmen Geruch des Todes ab, den auch die duftenden Öle nicht überdecken konnten. Vermutlich ist das auf eine schleichende Krankheit zurückzuführen, dachte Ta-maya. Das Mädchen schloß die Tochter der Sonne ins Herz und konnte sich nicht zurückhalten, ihr anzuvertrauen: »Oh, Mutter von Masau! Ich will versuchen, dich in allen Dingen zufriedenzustellen. Du bist so gut zu mir! Du machst, daß ich mich wie zu Hause fühle. Ich vermisse meine Familie so sehr.«

»Natürlich, meine Liebe, aber du mußt wissen, daß du in meinem Stamm eine neue Familie gefunden hast, in meinen Söhnen und mir.«

»Ich bin dir sehr dankbar.«

»Wir wollen gar nicht, daß du uns dankst. Wir wünschen uns nur, daß du freudig und freiwillig zu uns kommst, damit du an deinem Hochzeitstag froh und bereit bist.«

Ta-maya blickte in ihren Schoß und errötete. »Ich bin bereit, die Frau von Masau zu werden«, gestand sie.

»Er scheint der vollkommenste aller Männer. Und du bist, wie es scheint, wirklich die vollkommenste aller jungen Frauen.«

»Nein, sicherlich nicht. Aber ich werde versuchen, für ihn vollkommen zu sein.«

Hinter der verschlossenen Felltür der Hütte rief eine weibliche Stimme den Namen der Priesterin.

»Komm herein!« sagte Ysuna.

Ein junges Mädchen gehorchte. Es kroch auf Knien in die Hütte. Nicht einmal blickte es Ta-maya oder die Priesterin an, als es ein sorgfältig verschnürtes Paket aus Leder auf den fellbedeckten Boden legte. Dann huschte es, so schnell es konnte, wieder hinaus, während es den Kopf so tief neigte, daß seine Nasenspitze den Boden berührte.

Ta-maya hatte noch nie eine solche Unterwürfigkeit erlebt. Sie war verwirrt. »Kann sie nicht gehen?« fragte sie.

»Doch, meine Liebe, sie kann gehen. In meiner Gegenwart wird jedoch von vielen Unterwürfigkeit verlangt. Meine Macht ist groß.«

Ta-maya neigte den Kopf zur Seite. »Hat sie Angst vor dir?«

»Sie kennt mich nicht so gut, wie du mich kennst. Komm jetzt, wir wollen ihr Geschenk auspacken. Sie hat uns zu essen und zu trinken gebracht.«

»Ich . . . ich will dich nicht beleidigen, aber wie ich dir schon gesagt habe, kann ich nicht vom Fleisch der Mammuts essen.«

»Ich würde dich auch nicht dazu zwingen, meine Liebe. Hier, sieh mal! Man hat ein fettes Kaninchen für dich gefangen und gekocht. Und hier ist ein Schlauch mit einem traditionellen Getränk meines Stammes − dem gegorenen Saft von Apfelbeeren, Bisonbeeren und Johannisbeeren, seltenen Wurzeln und Pilzen, gewürzt mit dem Saft von Kiefernholz. Nimm einen tiefen Schluck! Du wirst spüren, wie es der Kehle und dem Blut guttut.«

Ta-maya nahm einen tiefen Schluck. Und sie spürte, wie es der Kehle und dem Blut guttat . . . und dem Kopf. »Oh!« rief sie in plötzlicher Benommenheit und mit schwerer Zunge. Vor ihren Augen verschwamm alles. Sie blinzelte. Ysunas Gestalt schien vor ihr zu zerfließen. Eine durchdringende Wärme erfüllte ihren Körper und betäubte ihre Mundhöhle. Sie leckte sich über die Lippen und war sich nicht mehr sicher, ob sie sich vor ihren Zähnen befanden. »Ich . . . fühle mich . . . so seltsam.«

Ysuna lächelte. »Ja, ich weiß. Du bist jetzt müde und mußt dich ausruhen.«

»Ich . . . ja . . .« Mit einem Seufzen legte sie sich auf die Seite, schlang einen Arm um Bluts Schultern und fiel in einen tiefen Schlaf der Betäubung.

Ta-maya hörte weder das leise, warnende Knurren des Hundes, noch spürte sie die Berührung von Ysunas Händen, die prüfend ihren Körper betasteten, um die Bestätigung ihrer Jungfräulichkeit zu erhalten.

»Knurre mich nicht an, Hund, oder Masau wird all seine seherischen Fähigkeiten brauchen, um zu ergründen, was mit dir geschah, sollte ich dir den Schädel einschlagen, dich zerteilen und an deine Brüder verfüttern müssen!« Die Worte kamen zischend aus Ysunas Mund.

Blut senkte den Kopf. Seine Schnauze bebte, als er seine Zähne zeigte.

Aber Ysuna ließ sich davon nicht einschüchtern. Ihr Gesicht verwandelte sich, als sie ebenfalls den Kopf senkte, dem Tier warnend ihre Zähne zeigte und knurrte. Der Hund wich zurück, aber nur ein wenig. Er war Ta-maya immer noch nahe genug, um sie sofort verteidigen zu können. Ysuna hob die Augenbrauen. »Ich sehe, du bist dem Opfer treu ergeben. Oder hat Masau dich hergeschickt, damit du auf sie aufpaßt? Dazu besteht kein Grund. Sie ist sicher. Fürs erste.«

Der Hund legte seinen Kopf auf die Pfoten und blickte die Tochter der Sonne an. In seinen Augen stand immer noch kein Vertrauen.

Ysuna sah auf Ta-maya hinunter. »So jung . . .« Wieder kamen ihre Worte zischend, und erneut verwandelte sich der Ausdruck auf ihrem Gesicht, doch diesmal in eine Maske eifersüchtiger Verachtung, als sie ihre merklich gealterte, blauädrige Hand zwischen der weichen Makellosigkeit von Ta-mayas Schenkelinnenseiten hervorzog.

Auch ihr eigenes Fleisch war einmal so weich, so makellos und so hart gewesen . . . auch ihr Körper war einst so unvergleichlich und atemberaubend jung und in jeder Hinsicht vollkommen gewesen.

»Vorbei . . .« Sie zitterte angesichts dieser Wahrheit.

Als sie sich zurücklehnte, spürte sie wieder die schmerzvolle Übelkeit in ihrem Unterleib und die leichte Hitze des Fiebers, das unablässig unter ihrer Haut und ihren Augenlidern brannte. Als sie durchatmete, um die zunehmende Übelkeit zu vertreiben, nahm sie den fauligen Gestank des warmen Eiters wahr, der von ihrer Gebärmutter abgesondert wurde, seit sie das letzte Mal versucht hatte, sich mit der Spitze des Dolches zum Bluten zu bringen.

Ein Krampf des Ekels schüttelte sie. »Ich *werde* wieder jung sein!« erklärte sie verzweifelt.

Blut hob den Kopf. Er legte die Ohren zurück und bleckte die Zähne.

Ysuna achtete nicht auf das Tier. Wütend bemühte sie sich, das Mädchen auf den Rücken zu drehen. Als der Hund aufstand und wieder knurrte, befahl Ysuna ihm mit erhobener Hand und einer furchtlosen Autorität, die keinen Widerspruch duldete, zurückzubleiben. Er gehorchte, aber entlang seines Rückgrats hatte sich jedes Haar aufgerichtet.

»Es wird ihr nichts geschehen. Sie wurde hierzu geboren«, versicherte die Priesterin leise und sanft, als sie sich vorbeugte, um das Mädchen zu streicheln, ihre Hände begierig über ihr Gesicht und ihre Kehle gleiten zu lassen, die Rundungen ihrer Schultern und Hüften entlang über den Bauch und die Brüste. »So zart . . . so jung . . . so schön . . .«

Plötzlich verzerrte sich ihr Gesicht vor Haß und Neid. Ihre Hände schlossen sich über Ta-mayas Brüsten zu Fäusten. Das Mädchen stöhnte bei diesem Schmerz auf. Ysunas Finger bogen sich und zerrten dann grausam an ihr. Sie lächelte, als das Mädchen seufzte und sich im Schlaf bewegte, um dem Schmerz zu entkommen.

Der Hund bellte einmal und sprang zwischen das Mädchen und die Priesterin.

Ysuna war überrascht und wich unwillkürlich zurück. Sie funkelte den Hund haßerfüllt an. »Wage es, mir etwas anzutun, und es wird das letzte sein, was du jemals getan hast! Masau mag dich seinen Freund nennen, aber ich tue es nicht. Mit meinen bloßen Händen werde ich dir die Kehle herausreißen!« Blut knurrte. Er legte sich hin, wo er war, und starrte die Frau an, als wollte er sie herausfordern. *Stell mich nur auf die Probe! Ich habe keine Angst.*

Ysuna erhob sich. Sie stand über dem Hund und blickte auf das Mädchen hinunter. Noch nie hatte sie eine vollkommenere junge Frau gesehen. Masau hatte wirklich eine gute Wahl getroffen. Sie kniff die Lippen zusammen. Würde er zögern, wenn es an der Zeit war, mit dem Dolch zuzustoßen? War auch seine Seele wie die des Hundes von dieser vorzüglichen Opfergabe aus Fleisch, Knochen und Blut berührt und gerührt worden? Sie kniff die Lippen noch fester zusammen. Er hatte sich abgewandt, als sie das Mädchen umarmt hatte. Er hatte das Dorf verlassen, als könnte er es dort nicht mehr aushalten.

Ihre Augen verengten sich. Bald würde er zurück sein. Bald würde sie ihre Diener rufen, und sie würden das bewußtlose Mädchen in die Hütte der Reinigung tragen. Ta-maya würde die Nacht dort allein verbringen, berauscht und mit den hirnlosen und bedeutungslosen Träumen, die hirnlose und bedeutungslose Mädchen seit Anbeginn der Zeiten träumten. Und während das Mädchen schlief, würde Ysuna sich mit ihren Söhnen beraten und über die Zukunft des Stammes des Wachenden Sterns entscheiden. Sie atmete tief ein und wieder aus, wiederholte diesen Vorgang bewußt und konzentriert, bis ihr Atmen zu einem Schnurren wurde, wie dem einer Löwin.

Blut legte die Ohren an.

Ysuna achtete nicht auf das Tier, als sie leise zur schlafenden Ta-maya sprach. »Du hast heute mehr als nur das Blut von Beeren und Kiefernholz getrunken, meine Liebe. In diesem Getränk war auch das Blut eines Mammuts. Jetzt ist es in dir. In den Augen des Gottes bist du jetzt eine von uns.«

Außerhalb der Hütte und des Dorfes, jenseits der weiten Grasebene grollte der Donner über den fernen Bergen.

Ysuna lauschte erstarrt. Das Geräusch war eine Bestätigung ihrer Absichten. Himmelsdonner, der große Mammutgeist, der unsichtbar in Sturmwolken durch die Welt jenseits dieser Welt zog, wartete auf seine Braut.

Die Priesterin hob zitternd ihren Kopf, schloß die Augen und flüsterte dem Totem ihrer Vorfahren zu: »Ja, sie ist für dich. Bald wird sie kommen. Du wirst sehr zufrieden mit diesem Opfer sein. Sie ist das beste und vollkommenste aller Opfer!«

Der Hund beobachtete sie wachsam, während er Gefahr und Tod an der Frau witterte.

Ysuna öffnete die Augen und starrte über den Hund hinweg auf das Mädchen. »Bald werde ich von deinem Blut trinken. Bald werde ich dein Fleisch verzehren und in deiner Haut tanzen. Und dann werde ich wieder bluten, wie du und all die jungen Frauen bluten, im Gleichklang mit dem aufgehenden Mond und ohne die Hilfe des heiligen Dolches. Bald werde ich wieder gesund und stark sein. Masau wird mich ansehen, wie er dich angesehen hat, denn deine Kraft und Jugend werden dann mir gehören. Bald wirst du tot sein, und ich werde wiedergeboren werden. Dann wird mein Stamm dieses Lager verlassen und in das Land des großen weißen Mammuts ziehen. Wenn ich es finde, werde ich es töten. Seine Macht wird zu meiner Macht werden. Und dann werde ich für immer leben!«

Blut knurrte und fletschte wieder die Zähne.

Sie blickte auf ihn hinunter und knurrte zurück. »Und an diesem Tag wirst auch du sterben, Hund... wenn du überhaupt so lange lebst!«

6

Der Stamm vom See der Vielen Singvögel schickte Boten zu den verschiedenen Dörfern der Roten Welt. Zwei Tage später hatten sich die Dorfbewohner mit schweren Rückentragen beladen und zogen ihren Besitz auf Schlitten hinter sich her, die aus je zwei zusammengebundenen Hartholzpfählen bestanden. Sie kehrten dem See der Vielen Singvögel und der Siedlung, die seit Generationen ihre Heimat gewesen war, den Rücken zu. Es war angemessernerweise ein sehr trüber Tag, grau, feucht und bedeckt. Donner dröhnte auf der gegenüberliegenden Seite der Berge.

»Auf den Blauen Tafelbergen wird es regnen«, sagte Dakan-eh mürrisch.

»Es wird überall regnen, bevor wir die Brüder des Himmels aus der Roten Welt vertrieben haben«, entgegnete Cha-kwena düster.

»Und bevor Tlana-quah mit Ta-maya und den anderen zurückkehrt«, fügte Ha-xa hoffnungsvoll hinzu.

Cha-kwena nickte trostlos.

»Wie soll er uns finden, wenn er zurückkehrt?« fragte U-wa.

»Unsere Spur wird leicht zu verfolgen sein«, antwortete er dankbar für den Optimismus der Frau. Niemand hatte den leisesten Zweifel, daß der Häuptling aus dem Norden zurückkehren würde. Er wünschte sich, er wäre genauso zuversichtlich. »Kommt!« sagte er. »Es ist ein weiter Weg bis zum heiligen Berg.«

In Hoyeh-tays Umhang und seinem Kopfschmuck führte Cha-kwena seinen Stamm an.

»Es sind zu viele.«

Tlana-quah lag flach auf dem Bauch auf der Hügelkuppe. Rechts von ihm war Kosar-eh, und die anderen vier Männer seiner Gruppe hatten sich in einer geraden Linie links von ihm aufgereiht. Das Lager des Stammes des Wachenden Sterns lag unter ihnen. Der Häuptling wußte, daß er nicht der einzige war, dem bei diesem Anblick schlecht vor Angst wurde.

»Sie sind so zahlreich wie schwirrende Mücken über einem Sumpf — so viele, daß sie sich nicht zählen und nicht einmal vorstellen lassen«, sagte Ma-nuk, der mit offenem Mund hinunterstarrte.

Tlana-quah wußte, daß Ma-nuk die Wahrheit sagte. Sein Mund war wie ausgetrocknet, sein Magen drehte sich um, und seine Handflächen fühlten sich wie die Haut toter Fische an.

»Ta-maya ist irgendwo dort unten«, sagte Kosar-eh zischend.

Tlana-quah schluckte, doch er schien einen Kloß im Hals zu haben. Er hatte gehofft, daß sie die Händler einholen würden, bevor sie ihr Ziel erreicht hatten. Er hatte sich bereits vorgestellt, wie er sich in tiefer Dunkelheit ins Lager zu Ta-maya schlich, die allein unter den Sternen schlief, ihr eine Hand über den Mund legte, sie sich über die Schulter warf und forttrug, bevor jemand seine Anwesenheit bemerkte. Es war eine Wunschvorstellung gewesen, und das hatte er schon die ganze Zeit gewußt. Es war unwahrscheinlich, daß seine Tochter nicht an der Seite des Schamanen schlief, wodurch die Chancen, sie unbemerkt entführen zu können, mehr als schlecht standen — selbst wenn sie bereit war, mit ihm zu kommen. Außerdem hatten die Männer aus dem Norden Hunde bei sich, die bellen und knurren würden, wenn ein Fremder sich unaufgefordert und unangekündigt in ihr Lager schlich.

Ma-nuk schüttelte den Kopf. »Wenn Sunam-tu die Wahrheit gesprochen hat, könnte Ta-maya bereits tot sein.«

»Das wissen wir nicht!« protestierte Kosar-eh scharf.

Ma-nuk schüttelte weiterhin den Kopf. »Wir können nicht einfach in das Lager spazieren und uns nach ihr erkundigen.«

»Warum nicht?« fragte Kosar-eh.

Tlana-quah blickte den Lustigen Mann finster an. »Weil sie dann wissen wollen, warum wir ihnen gefolgt sind. Was sollen wir ihnen erzählen? Daß wir meine Tochter zurückholen möchten, weil wir sie doch zu lieb haben, um sie so weit fort zu wissen? Sie würden uns niemals glauben. Und nachdem sie so weit mit ihnen gekommen ist, weil sie nicht weiß, wer sie wirklich sind, wird sie ihren neuen Mann nicht ohne weiteres verlassen.«

Kosar-eh hatte die Brauen gesenkt, und seine Augen waren nur noch schmale Schlitze, als er geradeaus starrte. »Wir könnten ihnen sagen, daß ihre Mutter krank ist, weil ihr Baby zu früh kommt. Oder wir könnten sagen, daß Mah-ree durch das große Mammut verletzt wurde. Wenn Ta-maya noch am Leben ist, würde sie, ohne zu zögern, mit uns zurückkehren.«

»Und wenn sie tot ist?« fragte einer der anderen Jäger. »Dann haben wir unser Leben für nichts riskiert. Sie werden uns töten, wie sie die Menschen der Weißen Hügel getötet haben.«

»Für sie würde sich das Risiko lohnen«, erwiderte Kosar-eh.

»Falls du versuchst, den Lustigen Mann zu spielen, um uns aufzuheitern, dann hast du dir die Mühe umsonst gegeben«, sagte Tlana-quah kalt. »Bedeutet dir dein eigenes Leben gar nichts? Hast du vergessen, daß du eine Frau und Kinder hast, die im Dorf auf dich warten? Hast du vergessen, daß diese Männer aus dem Norden eine Spur aus geschlachteten Mammuts und toten Menschen hinter sich zurückgelassen haben? Ganz gleich, durch welche List wir auch in ihr Lager eindringen, sie werden wissen, daß wir ihnen gefolgt sind. Sie werden wissen, daß wir die getöteten Mammuts und die niedergemetzelten Männer und Frauen der Weißen Hügel gesehen haben. Sie werden niemals zulassen, daß wir das Lager lebend wieder verlassen.«

Kosar-eh drehte den Kopf. Er blickte Tlana-quah ruhig an. »Ich habe diese Dinge nicht vergessen, Tlana-quah. Hast du vergessen, daß Ta-maya deine erstgeborene Tochter ist, daß du der Mutige Jäger bist, der Jaguartöter, der Häuptling deines Stammes ... und daß diese Männer aus dem Norden dich entehrt haben?«

»Lieber entehrt als tot«, brummte Ma-nuk.

»Ich finde, wir sollten umkehren«, sagte der Mann neben ihm. »Wir können hier nichts für Ta-maya tun. Komm, Tlanaquah, du hast alles getan, was in deiner Macht steht. Du hast noch eine zweite Tochter, und zwei hochschwangere Frauen warten im Dorf auf deine Rückkehr.«

»Dann geht doch!« höhnte Kosar-eh. »Ich werde hierbleiben. Ich werde herausfinden, was mit ihr ist. Ich werde sie aus dem Lager holen, wenn ich kann!«

»Du wirst dabei sterben«, warnte Ma-nuk.

»Dann werde ich eben sterben!« versetzte Kosar-eh verächtlich.

Während das helle Licht der Sonne auf seinen Jaguarfellumhang schien, starrte Tlana-quah den verkrüppelten Mann an und fröstelte vor Scham. Es war nicht der Lustige Mann, sondern das Fell, das ihn beschämte. Es erinnerte ihn an eine lebenslange Lüge, an einen sterbenden alten Jaguar, an einen einsamen, verschreckten jungen Jäger, der sich dem Tier näherte und dann vor Freude aufheulte, als er entdeckte, daß die große gefleckte Katze überhaupt keine Gefahr darstellte. Erst dann warf er seinen Speer und hockte sich in sicherer Entfernung hin, um auf den Tod des Tieres zu warten.

Mutiger Jäger! dachte er voller Selbstabscheu, als er sich an alles erinnerte — an die langen Stunden des Wartens, die Ungeduld, die ihn dazu getrieben hatte, noch einen Speer zu werfen, bis er Steine auf den Kopf der wehrlosen Katze geworfen hatte und ihr Schädel nur noch eine blutige Masse aus Fell und Knochen gewesen war.

Jaguartöter! dachte er angewidert. Er war in jener Nacht allein gewesen, aber das war auch alles, was an seiner Erzählung stimmte. Er sah sich selbst, wie er sich leise heranschlich, aber erst, nachdem der Jaguar seinen letzten Atemzug getan hatte. Er hatte seine Speere aus dem Tier gezogen und dann immer wieder zugestochen. Er hatte es sehr bedacht getan, damit jeder erfahrene Jäger die entstandenen Wunden begutachten konnte.

Er schauderte. Seine Schande war furchtbar und schwer, so erdrückend, wie der Kadaver des Jaguars es gewesen war, der warm und erschlafft auf seinen Schultern gelegen hatte, als er ihn ins Dorf zurückgetragen hatte. »Seht her!« hatte er laut gerufen, so daß es alle hören konnten. »Ich bin Tlana-quah! Ich habe die große gefleckte Katze getötet! Nie wieder soll sie die Frauen und Kinder dieses Stammes bedrohen!«

Als drei Monde später der alte Häuptling gestorben war, war Tlana-quah an seiner Stelle zum Häuptling ernannt worden. Niemand hatte gegen ihn gesprochen. Kein Mann war geeigneter, den Stamm anzuführen, als Tlana-quah, der Mutige Jäger, der Jaguartöter!

Ma-nuk und die anderen rutschten den Hügel hinunter und entfernten sich vom Lager des Stammes des Wachenden Sterns, um sich auf den Rückweg durch die Rote Welt zu machen. Nur Kosar-eh blieb an Tlana-quahs Seite. Der Häuptling erwiderte den Blick des Lustigen Mannes, dann sah er den Hügel hinunter auf das Lager.

»Wir warten, bis es Nacht wird«, entschied er. »Vielleicht werden wir sie dann sehen. Wenn nicht, gehen wir in der Dunkelheit hinunter und suchen nach ihr.«

»Es wird gefährlich sein«, warnte der Lustige Mann.

»Hat Kosar-eh Angst?«

»Ja.«

Tlana-quah schätzte die Ehrlichkeit des Mannes. Er spürte, wie das Jaguarfell warm und leicht auf seiner Haut lag. Jetzt erdrückte es ihn nicht mehr mit dem Gewicht der Schande. »Es heißt, daß Angst die Menschen weise macht. Es heißt, daß ängstliche Menschen sich sehr vorsichtig bewegen.«

»Willst du damit sagen, daß wir mit den anderen umkehren sollen?«

»Nein. Nicht eher, als daß Ta-maya an meiner Seite ist... oder das Blut ihrer Mörder an meinen Speeren klebt. Ich darf das Fell des Tieres nicht entehren, daß ich trage.«

Kosar-eh nickte. »Das hast du heute nicht getan«, sagte er.

Tlana-quah antwortete nicht. Manche Wahrheiten sollten lieber unausgesprochen bleiben. Er war der Häuptling. Er war der Jaguartöter. Jetzt war es um Ta-mayas willen an der Zeit, das zu sein, was er schon immer behauptet hatte: ein mutiger und großer Jäger, der tapfer genug war, für seinen Stamm sein Leben zu riskieren.

Das Fell des kleinen weißen Mammuts lag ausgebreitet auf dem Boden der Hütte der Hohepriesterin. Darauf lagen die Speerspitzen, so daß jede in eine der vier Windrichtungen zeigte. Ysuna, Maliwal und Masau knieten neben dem Fell des Kalbes.

Ysuna war zufrieden, und ihr Gesicht erhellte sich. »Ihr habt gute Arbeit geleistet«, sagte sie sanft. »Ihr beide.«

Maliwal hob voller Stolz den Kopf. Er blickte ihr direkt in die Augen und sah, daß ihre Pupillen riesig waren. Er wußte, daß sie reichlich von dem Getränk zu sich genommen hatte, das zuvor Ta-maya bewußtlos gemacht hatte. Das Mädchen war so klein, daß sein Körper sich nicht einmal gegen eine so geringe Menge hatte wehren können. So war es immer mit den Bräuten. Ysuna hatte zwei junge Frauen gerufen, die das Mädchen aus der Hütte tragen sollten, und Ta-maya hatte so schlaff wie eine frische Leiche in ihren Armen gelegen. Dabei hatte sie so wunderschön ausgesehen, daß alle Männer des Stammes näher gekommen waren, um einen Blick auf das zu werfen, was bald Fleisch für den Gott sein würde.

Maliwals Lenden erwärmten sich bei der Erinnerung. Auf Ysunas Aufforderung hin hatten Masau und er den Platz des Mädchens in der Hütte der Priesterin eingenommen. Sein Bruder war gerade erst ins Dorf zurückgekehrt. Er war in sehr bedrückter Stimmung gewesen. Als sein Hund ihm aus der Richtung der Hütte der Reinigung entgegengetrottet war, in die man Ta-maya getragen hatte, hatte er Blut sogar befohlen, aus seiner Nähe zu verschwinden. Ysuna jedoch hatte äußerst zufrieden gewirkt und ihnen den Schlauch angeboten. Beide hatten einen tiefen Schluck genommen. Sie waren große Männer, so daß das Getränk kaum mehr tat, als ihr Blut zu erhitzen, ihre Geschlechtsorgane zu wärmen und ihre Zungen zu lösen.

Er verspürte jetzt ein dringendes Bedürfnis zu sprechen. Also wandte er sich kühn an Ysuna. »Heile mich, Ysuna! Heile mich sofort! Bevor die Braut an Himmelsdonner geht, sollst du die Narben aus meinem Gesicht verschwinden lassen. Laß mich das Opfer als ganzer Mann leiten, so daß ich genauso makellos wie die Braut bin.«

Sie kniff die Augen und Lippen zusammen. In ihren Pupillen standen Erschöpfung und Ärger. »Willst du immer noch meine Macht auf die Probe stellen, Maliwal?«

»Nein, Ysuna! Es ist im Gegenteil mein absolutes Vertrauen in deine Macht, das mich zu dieser Bitte treibt! Und mein Bedürfnis, wieder ganz zu sein — ein Mann, vor dem sich andere nicht mehr angewidert abwenden, wenn ich mein Wolfsfell abnehme und die Stelle bloßliegt, an der einst mein Ohr war!«

Die Augen der Priesterin fixierten Malival. Sie lächelte ihn an. Doch es lag weder Wärme noch Zuneigung oder Mitleid in ihrem Gesichtsausdruck. Ysunas Lächeln war das Lächeln einer trägen Schlange, die sich auf einem Stein zusammengerollt hatte, mit breit gestrecktem, geschlossenem Mund und starren Augen. »Was kümmerst du dich so sehr um das, was andere denken, Maliwal? Ich sehe dich an und wende mich nicht ab. Was brauchst du mehr für ein zufriedenes Leben?«

Er atmete heftig aus. »Ich habe Mammuts für dich getötet, Ysuna! Ich habe dir heilige Steine gebracht und in deinem Namen Männer und Frauen und Kinder getötet. Ich habe dieses Kalb getötet, damit du von seinem Herzen essen und auf sein Fell blicken kannst, damit du weißt, daß sein Erzeuger lebt und darauf wartet, daß du ihn tötest. Ich habe all dies getan. Was ich als Gegenleistung verlange, ist nicht mehr als ein kleiner Zauber von dir, damit mein Stolz als Mann wiederhergestellt ist, und . . .«

»Aber ich habe dir doch schon meinen Zauber geschenkt, Maliwal. Es liegt nur an meinem Zauber, daß du am Leben bist. Ohne mich wärst du niemals zum Mann herangewachsen und hättest niemals den Stolz eines Mannes erlebt! Du kannst mich nicht um das bitten, was du bereits hast, Maliwal. Bist du nicht Ysunas Wolf? Auf dieser letzten Reise in den Süden hast du erneut deinen Wert beweisen. Du stehst nicht mehr in meiner Ungunst. Deine Narben sind in meinen Augen genauso schön wie die Vollkommenheit des Gesichts und des Körpers deines Bruders.«

Dieser Vergleich schmerzte ihn.

Masau senkte verlegen den Blick und vermied es, seinen Bruder anzusehen.

Ysuna musterte sie beide. Sie hielt den Blasenschlauch mit dem rituellen Getränk in den Händen. Sie trank, stöpselte den Knochenverschluß wieder ein und warf den mittlerweile schlaffen Schlauch auf das Mammutfell vor ihnen. »Trinkt!«

Sie gehorchten. Dann stand sie langsam auf, wobei ihre Hände die krallenbesetzten Riemen lösten, die ihren Umhang zusammenhielten. Das mit Federn verzierte Kleidungsstück fiel zu Boden. Groß und stolz stand sie nackt vor ihnen. Im warmen, schattigen Zwielicht der Hütte schien sie so zu sein, wie sie schon immer gewesen war — jung, stark und unermeßlich und unvergleichlich schön.

»So wie die Braut in der Hütte der Reinigung auf ihren Hochzeitstag wartet, so muß sich auch die Tochter der Sonne auf das Ritual vorbereiten«, sagte sie mit rauher Stimme. Sie nahm ihre Brüste in die Hände und hob sie an. Dann drehte sie sich um und ging langsam zur großen, weichen Matratze aus aufgehäuften Fellen. Sie drehte sich wieder zu den Brüdern um. Dann kniete sie sich mit weit gespreizten Beinen auf die Matratze, ließ ihre Hüften kreisen und strich sich mit den Händen über die Brüste. »Kommt zu Ysuna, alle beide! Kommt und erfüllt mich mit eurer Jugend und Kraft! Tut es jetzt! Ergießt euer Leben in mich, so wie ich euch das Leben gegeben habe.«

7

Dunkelheit senkte sich über das Grasland.

Ta-maya erwachte, als Trommeln dröhnten und eine Frau schrie. Ta-maya richtete sich halb auf, blickte sich im Feuerschein im Innern der Hütte um und fragte sich, wo sie war. Sie stand auf, schlang sich ein weiches Schlaffell um ihren nackten Körper, durchquerte die Hütte und blieb am Eingang stehen. Sie schob den Wetterschutz zur Seite und sah nach draußen.

Sie hielt den Atem an. Überall im Dorf brannten Lagerfeuer. Das Trommeln war verstummt. Die Menschen waren eifrig mit Tätigkeiten beschäftigt, die sie nicht verstand. Sie errichteten ein großes Gebilde aus Knochen. *Mammutknochen!* Sie erkannte Rippen und Schenkelknochen und sah, daß die zwei Hälften eines riesigen Schädels mit Stoßzähnen an Seilen zu einer Plattform gezogen wurden, die aus strahlendweißen Oberschenkelknochen und polierten Beckenknochen bestand.

»Geh zurück in die Hütte, Braut! Dieser Anblick ist noch nicht für deine Augen bestimmt.«

Ta-maya blinzelte. Ein Mädchen ihres Alters hatte zu ihr gesprochen. Es versperrte Ta-maya den Blick aufs Dorf.

»Bitte!« flehte das Mädchen. Es war hübsch, hatte jedoch ein vor Schrecken verzerrtes Gesicht, als Blut, der neben dem Eingang lag, es knurrend anblickte. Es wagte sich keinen Schritt näher an das Tier heran. »Du mußt wieder hineingehen, Braut! Ysuna wird mir die Kehle durchschneiden, wenn sie weiß, daß du die Plattform gesehen hast.«

»Ysuna würde so etwas niemals tun!«

»Bitte, Braut, ruf den Hund zurück und geh wieder in die Hütte! Du mußt noch etwas von dem Traumsaft trinken, den die Priesterin für dich dagelassen hat. Und wenn sie dich später danach fragt, dann sag um meinetwillen bitte, daß du nichts gesehen hast!«

Erneut schrie eine Frau, und Ta-mayas Nackenhaare sträubten sich. Der Schrei war aus Ysunas Hütte gekommen. Sie hatte die Stimme der Priesterin wiedererkannt. Es war ein grelles Kreischen der Todesangst, und doch war zwischendurch Lachen zu hören und das Stöhnen und wilde Geheul höchster Verzückung. Dann gingen die Laute in ein langgezogenes Wimmern über. Ta-maya hatte noch nie in ihrem Leben einen Menschen solche Geräusche von sich geben hören. Überall im Dorf hatten die Menschen ihre Arbeit unterbrochen, um zu lauschen und sich etwas zuzuraunen, während die Schreie anhielten.

»Bitte . . .«, flüsterte das Mädchen. »Bitte geh zurück in die Hütte!«

Aber Ta-maya konnte sich nicht rühren. Das Kreischen nahm kein Ende — jetzt waren es Schmerzensschreie, dann Kichern und Lachen, schließlich wahnsinniges Gebrüll. Entsetzt wollte sie zu Ysuna gehen, doch das Mädchen überwand seine Angst vor dem Hund und hielt sie am Arm fest.

»Halt, du dummes Mädchen! Sie ist nicht allein! Hörst du nicht, daß es die Lustschreie einer Frau sind?«

»Lustschreie? Sie schreit vor Schmerz, nicht vor Lust!«

»Schmerz und Lust sind für die Tochter der Sonne ein und dasselbe!« erklärte das Mädchen leidenschaftlich. Es versuchte, Ta-maya herumzudrehen und in die Hütte zurückzudrängen.

Blut kam auf die Beine. Die Lagerfeuer des Dorfes spiegelten sich in seinen Augen. Das Mädchen ließ vorsichtshalber Ta-mayas Arm los und trat einen Schritt zurück. Blut knurrte immer noch mit gesenktem Kopf, eingeklemmtem Schwanz und gesträubtem Fell.

Ta-maya legte dem Tier beruhigend eine Hand auf den Kopf. Ihre Berührung besänftigte Blut sofort. Sie war erleichtert. Er hatte sie genausosehr in Schrecken versetzt wie das Mädchen.

»Bitte, Braut, du mußt in die Hütte zurückgehen, bevor dich jemand sieht!«

Ta-maya starrte geradeaus und fröstelte plötzlich. Von hier aus konnte sie die Hütte der Hohepriesterin sehen ... und den nackten Mann, der daraus hervorkam. Er trug sein langes, schwarzes Haar wie einen Mantel über dem Rücken.

»Masau?« Zitternd sprach sie seinen Namen aus. »Hat er sich mit seiner eigenen Mutter vereint?«

Neben ihr zitterte das Mädchen. »Ja, und Maliwal ist immer noch bei ihr. Masau und sein Bruder sind für sie mehr als nur Söhne. Sie sind das Leben selbst.«

Er hatte sie gesehen und kam auf sie zu. Kurz darauf stand er vor den beiden Mädchen. Sein Körper war starr und seine Miene zornig.

»Was hat sie gesehen?« wollte er von dem Mädchen seines Stammes wissen.

Es konnte kaum sprechen. »Ich ... ich ... es ist nicht meine Schuld. Die Schreie der Tochter der Sonne haben sie geweckt, und ich ... ich ...«

»Verschwinde aus meinen Augen!« Seine Worte waren sowohl Befehl als auch Warnung.

Das Mädchen lief davon.

Benommen und zitternd blickte Ta-maya zu ihm auf.

Sein Gesicht war ernst, seine Augen düster vor Zorn. Dann legte er ihr eine Hand auf die Schulter und führte sie ohne ein weiteres Wort in die Hütte zurück. Er brachte sie zu ihren Schlaffellen. Sie kniete sich hin, ihm den Rücken zugewandt, und starrte in den Schatten. Tränen rannen ihre Wangen hinunter.

»Ich verstehe das nicht«, sagte sie mit bebender Stimme. »In meinem Stamm ist es verboten − *undenkbar* − daß...«

»Der Stamm des Wachenden Sterns ist jetzt dein Stamm, Ta-maya.« Er hatte sich hinter sie gekniet. Jetzt drehte er sie zu sich herum und hob mit zärtlichen Fingern ihr Gesicht an. »Sieh mich an, Braut! Was siehst du?«

Sie schluckte. Im Dunkel der Hütte sah sie ein schattiges Gesicht, die Maske der Vollkommenheit, den Mann, den sie liebte, und doch einen Fremden, jemanden aus einer anderen Welt. »Ich sehe einen Mann, den ich nicht sehr gut kenne.«

Er strich ihr mit der Hand über das Gesicht. »Ich nenne Ysuna meine Mutter«, sagte er ihr leise. »Denn sie hat mir und Maliwal das Leben geschenkt. Aber in Wahrheit ist mein Fleisch nicht von ihrem Fleisch. Die Frau, die meinen Bruder und mich gebar, starb viele Monde, bevor einer von uns alt genug war, ihren Namen aussprechen zu können. Ysuna nahm uns auf, als wir von unserem eigenen Stamm und von Shateh ausgestoßen wurden, dem Vater, den ich verachte und doch gerettet habe, als wir beim Bisonstamm waren.«

Sie starrte ihn an. Sie war erstaunt und erleichtert, aber auch verwirrt und verletzt. »Werde ich dann neben Ysuna deine zweite Frau sein?« fragte sie mit kaum hörbarer Stimme.

»Du wirst für niemanden jemals die zweite Frau sein, Ta-maya.«

In seiner Stimme lag eine Härte, die sie nervös machte, als er leise, aber mit Nachdruck sagte: »Sie war einmal so jung wie du und genauso schön und makellos. Jetzt wird sie vor meinen Augen alt und krank, und ich spüre, wie ihr Herz aus Angst vor dem Tod blutet, genauso wie meines blutet, wenn ich mich danach sehne, ihre Jugend und ihr Leben zurückzuholen. Es gibt nichts, was ich nicht für sie tun würde. Kannst du das verstehen, Ta-maya?«

Sie nickte. Sie konnte das verstehen. Sie suchte seinen Blick. »Ich bin noch sehr jung. Du hast viel mehr Monde gesehen als ich. Eines Tages, wenn du alt wirst, wird auch mein Herz aus Angst vor deinem Tod bluten, und dann wird es auch für mich nichts geben, was ich nicht für dich tun würde... so wie ich auch jetzt schon alles für dich tun würde.«

Er erstarrte, sog heftig den Atem ein und blickte sie an.

Jetzt bemerkte sie zum ersten Mal, daß sie genauso nackt wie er war. Ihr Gesicht errötete. Sie war dankbar für die Schatten, als seine Hände sich ihr entgegenstreckten, sie berührten, den Formen ihres Körpers folgten und sie dann sanft in die Schlaffelle drückten. Ihr Herz klopfte, als er auf sie hinunterblickte. Sie sah, daß der Zorn aus seinem Gesicht verschwunden war. Jetzt stand darin nur noch Traurigkeit. Sie nahm seine Hand, führte die Finger an ihre Lippen und küßte sie. Mit ihrer Zunge schmeckte sie das Salz auf seiner Haut. Sofort veränderte sich sein Ausdruck. »Ta-maya, du machst es mir nicht leicht.«

Sie lächelte. Jetzt würde er sie nehmen. Jetzt würde er sich mit ihr vereinen. Sie wollte ihn und war bereit. Doch er rührte sich nicht von der Stelle. Er zog seine Hand zurück und fuhr langsam mit den Fingerspitzen über ihren Körper.

Ihre Haut erschauerte unter seiner Berührung. Noch kein Mann hatte sie jemals so zärtlich gestreichelt wie Masau. Seine Hände hinterließen brennende Spuren auf ihrer Haut. Sie erzitterte. Ihr Körper pulsierte und bewegte sich zu einem inneren Rhythmus, den sie nicht verstand. Als er sich schließlich zu ihr hinunterbeugte, um sie zu küssen, küßte er nicht ihre Lippen, sondern ihre Stirn, ihre Wangen und ihre Ohrläppchen, dann ihre Kehle, ihre Brüste und ihren Bauch. Sie keuchte, als er ihre Schenkel öffnete und vorsichtig mit seiner Zunge eindrang, die süße Wärme ihrer Jungfräulichkeit kostete und ihre Sinne entflammte, so daß sie sich mit einem verwirrten Schrei aufbäumte und sich ihm öffnete, während er gleichzeitig zurückwich.

Er hockte sich auf die Knie und blickte auf sie hinab, während seine Hand langsam immer tiefer vordrang. Seine Fingerspitzen drangen in sie ein, bewegten sich und erregten sie zu einem aufgewühlten Tanz der Leidenschaft, bis sie schwitzend und zitternd zurückfiel und von Gefühlen überschwemmt wurde, die sie nie zuvor erlebt oder für möglich gehalten hätte.

Er blickte immer noch auf sie hinab. »Zumindest konnte ich dir ein paar der weiblichen Freuden spenden, bevor du zur Braut wirst, meine Kleine«, sagte er heiser. Dann drehte er sich um und griff nach dem Schlauch, der neben ihren Schlaffellen lag. »Hier, trink und dann schlaf! Träum von Dingen, die dein Herz erfreuen und dich glücklich machen!«

»Ich werde von dir träumen«, sagte sie zu ihm, setzte sich auf und nahm einen tiefen Schluck aus dem Schlauch, den er ihr an die Lippen hielt.

»Wenn Ysuna morgen zu dir kommt, um mit dem Ritual der Reinigung zu beginnen, erwähne nichts von dem, was zwischen uns geschehen ist... oder von dem, was du vorhin gehört hast«, sagte er, drückte sie wieder hinunter und deckte sie sorgsam mit den weichen Fellen zu. »Du bist immer noch eine Jungfrau. Himmelsdonner wird sein Vergnügen nicht vorenthalten werden, wenn ich dich jetzt verlasse und mich enthalte.«

Nachdem er sie verlassen hatte, stand Masau noch lange draußen vor der Hütte der Reinigung. Blut beobachtete ihn von seinem Wachtposten aus, den er neben dem Eingang bezogen hatte. Masau spürte die Blicke des Tieres, doch er gab nicht zu erkennen, daß er den Hund bemerkt hatte, und machte auch keinen Versuch freundschaftlicher Annäherung. Blut hatte sich entschieden, bei Ta-maya zu sein. Masau zog die Mundwinkel hinunter. Bald würde das Tier keine Gelegenheit mehr haben, sich um sie kümmern zu können. Im Lager war es betriebsam und hell im Schein der Lagerfeuer. Die Errichtung der Plattform würde rechtzeitig abgeschlossen sein. Die Männer arbeiteten daran, während die Frauen Knochen und Holz durch das Dorf heranschleppten, um zwei große Scheiterhaufen zu errichten, die später zu beiden Seiten der Plattform brennen würden. Die Hüter der Donnertrommeln hatten die riesigen Scheiben aus gebogenem Weidenholz, das mit Fellen bespannt war, auf Pfählen aus Mammutknochen über sorgfältig geschnürte Feuer gehängt. Die Hitze der rauchenden Kohlen sollte die Feuchtigkeit aus den Fellen vertreiben. Gelegentlich schlug ein Mann mit einem Schläger auf die Trommeln, um ihren Klang zu prüfen. Das Geräusch war tief und durchdringend.

Masau fröstelte bei diesem Ton und als er das laute Knurren

550

eines Mannes hörte, der in der Hütte der Tochter der Sonne Befriedigung seines Bedürfnisses fand. Also ist Maliwal immer noch bei Ysuna, dachte der Schamane.

Masau runzelte die Stirn und schüttelte den Kopf. Wieso blieb sein Bruder so lange bei ihr? Vielleicht hoffte Maliwal, wenn er häufig genug in sie eindrang, daß sie ihm dann aus Dankbarkeit sein Gesicht heilen würde. Masau biß die Zähne zusammen, als ihn eine furchtbare Verbitterung erfüllte. Ysuna würde seinen Bruder nicht heilen. Sie besaß nicht einmal mehr die Macht, sich selbst zu heilen!

Obwohl sie nicht darüber sprechen und es sicher abstreiten würde, obwohl sie vor Schmerzen aufschrie, als sie sich ihren Söhnen geöffnet und ihnen befohlen hatte, sie mit Leben und Jugend zu erfüllen, hatte sich der Gestank der Wahrheit in der Hütte ausgebreitet und ihn nach draußen getrieben. Die Dunkelheit und die duftenden Öle hatten es nicht verbergen können. Der Körper, der einmal schön und vor der Zerstörung durch Alter und Krankheit gefeit gewesen war, roch nun danach. Angewidert hatte er sich von Ysuna zurückgezogen. Sein Organ war geschrumpft und zur Erfüllung unfähig geworden, so daß er seinerseits als Erklärung Krankheit hatte vorschieben müssen. Ysuna starb, und er war sich sicher, daß auch er mit ihr starb.

So stand er jetzt reglos in der Dunkelheit, trauerte um sie und und um sich selbst und um das arglose, vertrauensselige Geschöpf in der Hütte hinter ihm. Ihren jungen, gesunden Körper zu berühren hatte seine Seele getröstet und ihn auf irgendeine Weise geläutert. Wenn er bei Ta-maya war, wurde er daran erinnert, daß auch er jung und stark war, bei voller Manneskraft und Jahre von der Zerstörung des Fleisches entfernt, unter der die litt, die ihm das Leben geschenkt hatte.

Er spannte seine Kiefer an. Wenn alle heiligen Steine auf dem heiligen Berg versammelt waren, wenn das weiße Mammut erlegt und sein Fleisch und Blut von der Tochter der Sonne und dem Stamm des Wachenden Sterns verzehrt worden war, erst dann würde Ysuna geheilt, verwandelt und wieder jung und stark sein — eine Frau, die an seiner Seite wieder Löwen jagte und mit zarter Haut und duftendem Fleisch unter ihm lag.

Er schloß die Augen und beschwor Erinnerungen an seine Vergangenheit herauf — an die Frau, die sich gegen den Willen des Stammes gestellt hatte, um das Leben zweier kleiner Jungen zu retten, die sie geliebt und gepflegt hatte, nachdem deren eigener Stamm sie in einem endlosen Winter als Fleisch für die verhungerten Raubtiere zurückgelassen hatte. Er verdankte Ysuna sein Leben.

Er öffnete die Augen. Obwohl er als erwachsener Mann in diesem Lager stand, ließen ihn die bitteren Winde jenes lange zurückliegenden Winters seiner Kindheit frösteln.

Chudeh kam auf ihn zu. Er grüßte ihn auf die traditionelle Weise und sagte. »Die Arbeit an der Plattform macht Fortschritte. Wenn morgen in der Dämmerung der Morgenstern am Horizont steht, wird alles bereit sein.«

»Gut«, antwortete Masau und versuchte nicht an das zarte, vertrauensvolle Herz und den anschmiegsamen Körper Ta-mayas zu denken, als er hinzufügte: »Das Opfer kann gar nicht früh genug vollzogen werden.«

»Cha-kwena!«

Er blieb abrupt stehen. Wer hatte ihn gerufen? Er drehte sich um und blickte den Weg zurück, den er und die anderen gegangen waren. Die Nacht hatte noch nicht den Höhepunkt der Dunkelheit erreicht, und die Sterne schienen sehr hell. Der milchige Pfad, auf dem die Geister der Vorfahren am Himmel von einem sternenerleuchteten Lager zum nächsten weiterzogen, war wie ein Fluß aus Licht, unter dem sein Stamm dahinzog. Sie gingen leise, hatten niedergeschlagen die Köpfe gesenkt und murrten nicht, weil ihnen keine andere Möglichkeit blieb, als weiterzugehen.

Sie waren schon ein gutes Stück gegangen, seit sie das Dorf verlassen hatten. Obwohl sie oft Rast gemacht hatten, waren sie übereingekommen, keine Lager aufzuschlagen, weil sie so schnell wie möglich die Blauen Tafelberge erreichen wollten. Sie gingen auch bei Dunkelheit weiter, wenn es das Mondlicht erlaubte und der Boden nicht zu unwegsam war. Sie trugen ihre

Kinder und zogen die Alten auf den Schlitten, wenn ihre Erschöpfung zu groß wurde.

Die sanft gewellten und vertrauten Hügel ihrer Heimat lagen jetzt weit hinter ihnen — die geröllübersäten Hänge, wo sich die Eidechsen im Sommer wärmten, die duftenden Salbeifelder und windigen Binsen-Sümpfe, das tiefblaue Wasser des Sees der Vielen Singvögel, die Weide, wo die Rosen blühten, die Höhle Hoyeh-tays, die Berge mit den düsteren Wäldern, die die heilige Schlucht der Schamanen und den uralten Wacholder und die heilige Quelle verbargen. Dies alles waren Teile einer Welt, die sie in ihren Herzen und Gedanken mit sich trugen. Mit jedem Schritt, der sie weiter davon entfernte, dachten die Männer, Frauen und Kinder an ihr Zuhause und sehnten sich nach dem Tag, an dem sie zurückkehren konnten.

Doch zuerst mußten die Brüder des Himmels wieder zu den Sternen vertrieben werden, von denen sie auf die Erde herabgefallen waren. Andernfalls würde niemand von ihnen jemals sein Zuhause wiedersehen.

Cha-kwena runzelte die Stirn. Wer hatte seinen Namen gerufen? Sein Stamm war ein Stück hinter ihm zurückgefallen. Die Menschen trotteten mit schlaffen Schultern voran, während ihre Füße unter dem Gewicht des schweren Gepäcks über den Boden schlurften. Falls jemand von ihnen ihn gerufen hatte, so hob niemand die Hand.

»Cha-kwena! Bruder der Tiere! Wächter des heiligen Steins und des Atems und Herzschlages deines Totems! Die Sonne geht im Osten auf und wärmt ihr Haus im Feuer des Südwinds!«

Verblüfft bemerkte er, daß die Stimme aus seiner unmittelbaren Nähe kam, ein tiefes, männliches Flüstern der Macht und Warnung. Aber neben ihm war niemand.

»Hör auf uns, Cha-kwena!«

Er zuckte zusammen. Jetzt sprach in seiner Nähe eine zweite Stimme, die einer Frau. Er hielt den Atem an. Seine rechte Hand schoß hoch und drückte den heiligen Stein, der an seiner Kehle hing. Die Stimme kam aus dem Amulett!

»So wie die Vorfahren einst in Richtung der aufgehenden

Sonne zogen, so muß es jetzt wieder für den Stamm und sein Totem sein. Hör auf uns, Cha-kwena! Zieh in die Sonne, zusammen mit dem Ersten Mann und der Ersten Frau! Du kannst dich dem Nordwind nicht entgegenstellen, und der Westwind spricht nur von Tod!«

Sein Herz klopfte wie rasend. In seiner Hand schien die Form des heiligen Steins mit seinem Fleisch zu verschmelzen, um Bilder eines Mannes und einer Frau in seinen Geist zu senden. In fremdartige Felle gekleidet, zogen sie durch eisigen Nebel und den Dunst einer Entfernung, die sein Geist nicht fassen konnte, der aufgehenden Sonne entgegen. Der Nordwesten stand hinter ihnen. Eule flog ihnen voraus. Hoyeh-tay ging an ihrer Seite.

»Komm, Cha-kwena, und zieh mit uns in die Sonne!« rief der alte Mann, während merkwürdige, unbekannte Tiere vor ihm und dem Ersten Mann und der Ersten Frau liefen. Es war eine seltsame, hakennasige Antilope, Hirsche mit Geweihen, die so riesig und weit verzweigt wie die Krone eines windgepeitschten Baumes waren, weidende Faultiere, Gabelantilopen, Kamele, Pferde, kurzbeinige Wölfe mit schweren Kiefern, langhörnige Bisons, flachköpfige Mastodons. Er erkannte den trampelnden, tänzelnden Gang des lederhäutigen Geschöpfs, den sein Stamm Hornnase nannte.

Dann hielt er den Atem an, als aus den Wolken seiner Vision ein blauäugiger, einem Wolf ähnlicher Hund trat, der neben einem Mammut lief, wie er es noch nie gesehen hatte. Es war gewaltig. Seine Stoßzähne teilten den Nebel, und sein Körper war mit einem Fell aus langen Eiszapfen bedeckt. Als es trompetete, erschütterte der Lärm die Welt.

Cha-kwena fröstelte. Er verstand diese Vision nicht. Hatten der Erste Mann, die Erste Frau und Hoyeh-tay ihn aufgefordert, den Weg zu verlassen, den ihm seine frühere Vision gezeigt hatte? Er hatte seinen Stamm bereits auf die Reise nach Norden geführt. Wenn sie jetzt umkehrten und vor den Brüdern des Himmels davonliefen, würden sie verfolgt und wie der Stamm der Weißen Hügel niedergemetzelt werden.

In seinem Kopf drehte sich alles. Das konnte nicht sein! Vermutlich hatte die Angst vor dem Unbekannten seine Gedanken in diese Richtung getrieben. Doch als er jetzt in die Richtung blickte, aus der der Erste Mann, die Erste Frau und Hoyeh-tay ihn gerufen hatten, waren die Berge, die zwischen seinem Stamm und ihrem geliebten Dorf am See der Vielen Singvögel standen, eine schwarze, gestaltlose Wand, die sich vor den Sternen erhob. Tief in der Dunkelheit dieser Berge befanden sich die Schlucht, der Wasserfall, die Teiche, die heilige Quelle, die Knochen des kleinen weißen Mammuts und seiner Mutter und der Große Geist selbst. Wenn der Stamm des Wachenden Sterns durch diese Berge in die Rote Welt kam, würde er diesen dort finden und ihn töten.

»Hast du ihn gehört, Cha-kwena?« fragte Mah-ree. Das erschöpfte Mädchen war vor ihn getreten.

»Ich habe . . . etwas gehört . . .«

»All-Großvater wartet auf unsere Rückkehr aus dem Norden.«

Sein Kopf ruckte hoch. In ihren Worten schien eine Botschaft zu liegen. »Ja . . .«, stimmte er zu, als er erkannte, daß seine Vision offenbar doch Sinn machte. »Mah-ree, wir müssen zu ihm zurückkehren.«

Er fühlte sich schon etwas besser, als er auf sie herabblickte. Selbst in der Dunkelheit konnte er die Müdigkeit auf ihrem Gesicht erkennen. Das große Hundeweibchen Wachender Stern war schwer mit Seitentaschen bepackt und stand neben Mah-ree. Dennoch ging das Mädchen tief gebeugt unter der Last ihrer eigenen Rückentrage, die fast genauso groß wie sie selbst war. Viele kleine Körbe mit persönlichen Dingen hingen an Riemen, die am Rahmen aus Weidenholz befestigt waren. Außerdem trug Mah-ree zusammengerollte Binsenmatten und Antilopenfelle, und ein großer Korb mit einem Deckel fiel zwischen den anderen Sachen auf, weil ein Welpe seinen Kopf durch eins der Luftlöcher steckte. Die hellen, neugierigen Augen des kleinen Tieres waren voller Sternenlicht, als es über Mah-rees Schulter auf Cha-kwena blickte.

»Trägst du etwa alle dreizehn Welpen?« fragte er ungläubig.

»Natürlich. Niemand sonst wollte mir dabei helfen. Dakaneh sagte, daß sie aus dem Land des Wachenden Sterns kommen und ausgesetzt werden sollten. Aber ich wollte sie nicht zurücklassen. Sieh dir nur ihre Mutter an, wie stark sie ist! Und wie stolz sie mein Gepäck trägt! Wenn die Welpen erwachsen sind, werden sie das Gepäck des Stammes tragen, und wenn wir zur Herbstversammlung zu den Blauen Tafelbergen reisen, werden uns alle anderen Stämme darum beneiden!«

Ihre Begeisterung ärgerte ihn. Sie hatte gesprochen, als hätte sich überhaupt nichts verändert, als wären sie gar nicht auf der Flucht um ihr Leben. Er blickte auf den Hund hinunter und erinnerte sich daran, daß die Fremden am selben Tag, als Masau ihn und die Welpen dem Stamm geschenkt hatte, Ta-maya fortgebracht hatten, um sie ihrem Totem opfern zu können. Daran gab es keinen Zweifel. Doch Cha-kwena konnte sich nicht dazu überwinden, Mah-ree dies zu sagen oder sie dafür zu tadeln, daß sie die Welpen mitgenommen hatte. Statt dessen sagte er knapp: »Du hast dir viel zuviel aufgebürdet.«

Das Mädchen schürzte entrüstet die Lippen. »Ha-xa und U-wa sind beide hochschwanger. Ich trage meine eigenen Sachen und die von Ta-maya. Meine Schwester wird sie brauchen, wenn wir sie finden.«

Ihre Worte trafen ihn tief. *Wenn* wir sie finden, dachte er, drehte sich um und blickte wieder nach vorn. Der Große See lag dort irgendwo. Er konnte ihn bereits riechen. Wenn er doch nur wie schon einmal verschwunden wäre, so daß der gerade Weg zum heiligen Berg frei war.

»Riechst du das Wasser?« Dakan-eh hatte sie eingeholt. Der lange Marsch schien ihn überhaupt nicht angestrengt zu haben. »Ja«, beantwortete er selbst seine Frage. »Ich rieche eine schwere Feuchtigkeit in der Luft. Der See bei den Vorfahren ist wirklich groß! Es wird lange dauern, bis der ganze Stamm ihn umrundet hat.« Er bedachte Cha-kwena mit einem verächtlichen Blick. »Wünsch dir etwas, Schamane! Du hast schon einmal bewirkt, daß das Wasser in den Großen See zurückkehrte. Wenn du das bist, was du zu sein behauptest, ist es jetzt an der Zeit, das Wasser wieder verschwinden zu lassen!«

Damit rückte Dakan-eh sein in ein einziges Fell eingerolltes Gepäck auf der Schulter zurecht und ging weiter.

Angewidert sah Cha-kwena ihm nach. Dann lenkten Blitze über den Blauen Tafelbergen seine Aufmerksamkeit ab, und Donner grollte in weiter Ferne.

Wo war Ta-maya jetzt? Er fühlte sich elend. Wo waren Tlana-quah, Kosar-eh und die anderen? *Auf der anderen Seite des heiligen Berges und zu weit weg, um ihnen zu helfen, selbst wenn ich es könnte!* Er zitterte vor Wut und Verzweiflung.

»Du zitterst, Cha-kwena. Ist dir kalt?«

»Ja, Moskito«, sagte er und löste den Korb mit den Welpen von ihrer Trage, um sich den Riemen über den Unterarm zu streifen. Dann legte er ihr einen Arm um die Schultern, als er weiterging. »Mir ist tatsächlich kalt. Wir wollen weiterziehen. Wir haben noch einen langen Weg vor uns und viel zu tun, bevor wir in Richtung der Sonne zu unserem Totem zurückkehren können.«

»Glaubst du, mein Vater und Kosar-eh haben die anderen inzwischen zu Ta-maya geführt, Cha-kwena?« fragte sie leise.

»Das ist meine größte Hoffnung, Moskito«, erwiderte er. Doch während er sprach, zuckte er im Gefühl einer unheilvollen Vorahnung zusammen und wußte, daß dies niemals geschehen würde.

Maliwals Speer flog lautlos und tödlich wie ein Falke durch die Dunkelheit. Tlana-quah schrie auf, als er in den Rücken getroffen wurde, bevor er bemerken konnte, daß sich jemand angeschlichen hatte.

Kosar-eh hörte das helle, leise Schwirren der Waffe, die links an ihm vorbeiflog. Er konnte das Geräusch erst zuordnen, als er den dumpfen Einschlag in das Jaguarfell und durch das Fleisch und die Knochen des Mannes und Tlana-quahs plötzlichen Schmerzensschrei hörte.

Der Lustige Mann rührte sich nicht, hielt den Atem an und drückte sich gegen den Boden, um im hohen Gras und der Dunkelheit unsichtbar zu werden. Tlana-quah gab die würgenden Laute eines Mannes von sich, der an seinem eigenen Blut erstickte. Ein weiterer Speer schwirrte durch die Luft. Als

557

Kosar-eh diesmal den Einschlag hörte, folgte auf das Stöhnen des Häuptlings kein Luftholen mehr. Kosar-eh wartete. Obwohl er wußte, daß Tlana-quah tot war, drängte es ihn, den Häuptling wieder zum Atmen zu bringen. Doch Kosar-eh wagte sich nicht zu rühren und nicht einmal zu atmen.

Nachdem er eine Weile gewartet hatte, atmete er lautlos aus und sog dann wieder Luft in seine Lungen. Sein Herz pochte. Er fragte sich, ob seine Verfolger es hören konnten. Sie kamen näher. Er konnte sie deutlich hören — drei Männer, vielleicht vier. Und Hunde!

Er verfluchte sich selbst, daß er ihre Annäherung nicht schon vor dem Angriff auf den Häuptling bemerkt hatte. Tlana-quah und er waren sehr vorsichtig vorgegangen, als sie sich endlich auf den langsamen Abstieg zum schlafenden Dorf am Fuß des Hügels gemacht hatten. Als die Männer unbeabsichtigt einen Vogel von seinem Nest aus Gras und Zweigen aufgescheucht hatten, war das Gebell von Hunden im Dorf laut geworden. Tlana-quah und Kosar-eh hatten sich nicht mehr gerührt und sich so leise und geduldig wie die Nacht selbst verhalten. Sie hatten gewartet, bis die Hunde wieder verstummt waren. Schließlich hatten sich die Männer wieder vorwärtsbewegt und sich auf den Bauch den Hügel hinuntergeschoben.

Sie waren so sehr auf ihre Aufgabe, Ta-maya zu retten, konzentriert gewesen, daß sie die Männer nicht bemerkt hatten, die sich mit Hunden, denen sie offenbar einen Maulkorb angelegt hatten, von hinten an sie angeschlichen hatten. Ihr Geruch und das Geräusch ihrer Schritte war vom Nachtwind in die entgegengesetzte Richtung geweht worden.

Kosar-eh hörte den Flug des dritten Speers nicht, aber er spürte, wie die Spitze durch die Haut seines Unterarms und dann in die Erde drang. Er spürte keinen Schmerz, doch seine Sinne schrien in völliger Verwirrung, Erstaunen, Schrecken und Erleichterung. Wenn der Speerwerfer nur ein wenig weiter nach rechts gezielt hätte, wäre sein Arm gebrochen und auf dem Boden festgespießt worden. Doch der Wurf hatte lediglich die Haut und die oberste Muskelschicht eines Arms verletzt, den er ohnehin nicht mehr benutzen konnte. Es war keine schlimme

Wunde. Er konnte immer noch dem Schicksal Tlana-quahs entgehen.

Diese Erkenntnis ließ ihn trotzig lächeln, und mit einem Ruck nach rechts rollte er den Hügel hinunter. Er wurde immer schneller, bis er mit einer Beweglichkeit, die nur ein Resultat der drohenden Gefahr sein konnte, im richtigen Moment die Speere losließ, die er mit seiner linken Hand gegen seinen Körper gedrückt hatte, auf die Beine sprang und gehetzt losrannte.

Jemand befahl ihm wütend stehenzubleiben. Dann zischte ein Speer über seine linke Schulter. Kosar-eh wich nach rechts aus, rannte ein paar Schritte weiter und scherte wieder nach links aus. Dabei bückte er sich so tief, daß seine Knie gegen sein Kinn stießen, während er weiterlief und hoffte, sich in den gewellten Formen und dem hohen Gras der Hügel zu verlieren.

Er hätte das Rennen vielleicht gewonnen, wenn sie nicht die Hunde losgelassen hätten. Die Tiere fielen kurz darauf über ihn her. Wütend und verzweifelt rollte Kosar-eh sich schützend zu einer Kugel zusammen, während die Hunde nach seinem Rücken und seiner Schulter schnappten, bis seine Verfolger die Tiere zurückzogen.

»Was haben wir denn hier?«

Kosar-eh erkannte die Stimme Maliwals wieder, bevor der Mann ihn an den Haaren zog und ihm so heftig in die Seite trat, daß er für einen Augenblick das Bewußtsein verlor.

Wenig später blickte er zu Masaus narbengesichtigem Bruder und dreien der Männer auf, die mit ihm in der Roten Welt gewesen waren. Sie grinsten bösartig, als sie sahen, daß er sie wiedererkannt hatte.

»Ich dachte mir doch, ich hätte den Gestank von Eidechsenfressern gerochen, als die Hunde zu bellen anfingen«, sagte der Mann namens Tsana.

Maliwal knurrte belustigt. »Wer hätte gedacht, daß der Krüppel Manns genug sein würde, um uns zu folgen! Aber schließlich haben wir alle bemerkt, wie er sie angesehen hat. Er wollte sie für sich, als ob ein Mädchen wie die Erstgeborene des Häuptlings jemals die Blicke einer solchen Mißgeburt erwidert hätte. Wie kommt es überhaupt, daß man dich am Leben gelassen hat, Lustiger Mann?«

»Damit ich dir eines Tages gegenübertreten und dich töten kann, wenn du ihr etwas angetan hast!« Er wußte, daß die Drohung sinnlos war, aber das war ihm egal. Er versuchte aufzustehen. Sie ließen ihn zunächst gewähren, stießen ihn jedoch wieder zu Boden, bevor er sich ganz aufgerichtet hatte.

»Er ist wirklich ein lustiger Kerl!« rief Tsana gehässig.

»Der andere ist tot«, stellte Chudeh fest.

»Und sein Umhang?« fragte Maliwal.

»Hier. Er ist zerrissen, aber er dürfte sich flicken lassen, wenn dir noch etwas daran liegt«, antwortete Ston.

Maliwal griff sich das Jaguarfell und zeigte es Kosar-eh. »Erkennst du es wieder? Jetzt gehört es mir. Was hältst du davon?« Kosar-eh sagte es ihm ohne Worte. Er stand auf und spuckte Maliwal ins Gesicht.

Maliwal warf ihn zu Boden und trat ihm so heftig in den Unterleib, daß der Lustige Mann erneut das Bewußtsein verlor.

Als er erwachte, sah er, daß Maliwal jetzt Tlana-quahs Umhang trug und über ihm stand. Er beobachtete ihn befriedigt, als Kosar-eh sich auf die Seite rollte und sich übergab.

»Bald wird es dämmern«, sagte Chudeh. »Jetzt ist unsere letzte Chance, noch ein wenig zu schlafen, bevor die Zeremonie beginnt.«

Maliwal knurrte wieder. »Nach den vergangenen Stunden mit Ysuna könnte ich etwas Ruhe vertragen — und ein Schwitzbad. Aber zuerst müssen wir uns um diesen Eidechsenfresser kümmern.«

Kosar-eh war zu schwach, um sich zu bewegen, aber dennoch bemühte er sich, aufzustehen und zu entkommen. Als Maliwal wieder nach ihm trat, lag er ruhig da und wartete auf den Tod. Er zwang sich dazu, ihm nicht wie ein Lustiger, sondern wie ein richtiger Mann gegenüberzutreten. Er wollte diesen Mördern keinen Grund zum Lachen geben.

Ich war einmal ein Jäger, der genauso mutig und stark wie Dakan-eh war. Er dachte an seine Frau Siwi-ni, an ihr Baby und an Gah-ti und die anderen Jungen. Stumm verabschiedete er sich von ihnen. *Heute nacht wird euer Vater sterben, aber er wird tapfer sterben. Doch erst, nachdem ich noch ein letztes Mal versucht habe, Ta-maya zu warnen — wenn sie noch am Leben ist. Dann wenn ich ihr Leben mit meinem Tod erkaufen kann, dann werde ich lachend sterben.*

Und so rief er schnell ihren Namen, bevor ihn jemand aufhalten konnte. »Ta-maya! Nimm dich in acht! Man hat dich betrogen! Sie haben Tlana-quah getötet! Sie werden auch dich töten! Lauf weg, solange du noch . . .«

Wieder trat Maliwal nach ihm und hörte nicht eher auf, bis Kosar-eh erschlaffte und reglos dalag. Und dann trat er ihn erneut, diesmal ins Gesicht.

Kosar-eh konnte sich an nichts weiter erinnern, bis er auf der Hügelkuppe erwachte. Er saß auf dem Boden, und seine Hände waren hinter seinem Rücken gefesselt, vermutlich an einem Pfahl. Sein Mund war geknebelt und, wie es schien, offenbar mit den Blättern von Brennesseln vollgestopft. Der Schmerz war entsetzlich, aber nicht annähernd so schlimm wie der Schmerz in seinen Eingeweiden. Er blickte nach unten . . . auf den Speer, der ihn auf dem Boden festgespießt hielt.

»Das hier wird dich von jedem Fluchtversuch abhalten, bis du stirbst«, sagte Maliwal, packte den Schaft und bewegte ihn hin und her, bis Kosar-eh sich aufbäumte und trotz seines Knebels vor Todesqualen schrie. »Was ist los? Kannst du deiner Situation nichts Lustiges abgewinnen, Lustiger Mann?«

»Maliwal«, drängte Chudeh, »töte ihn, damit wir ihn endlich los sind.«

Kosar-eh versuchte den Mann durch einen Schleier aus Schmerzen zu erkennen. Er wußte nicht, ob er ihn verfluchen oder ihm dankbar sein sollte.

»Warum?« fragte Masaus Bruder. »Er wird ohnehin bald sterben. Aber nicht sehr schnell. Siehst du, wie ich meinen Speer plaziert habe? Sehr tief, zwischen dem Magen und den Leisten, ohne die große Ader zu verletzen. Bis morgen wird er sich den Tod wünschen, und wenn er nicht schon gestorben ist, werde ich ihm diesen Wunsch erfüllen. Aber zuerst soll er noch etwas Spaß an der Vorführung haben.«

8

Das Dröhnen der Donnertrommel erschütterte die Erde. Den ganzen Tag lang erzitterte die Welt unter ihrer Vibrationen, doch in der Hütte der Reinigung schlief Ta-maya tief und betäubt und hörte nichts. Statt dessen träumte sie lächelnd von zu Hause und von dem weißen Mammut.

Masau und Maliwal saßen allein in der Schweißhütte der Männer des Wachenden Sterns.

Masau sah seinen Bruder über die große dampfende Feuerstelle hinweg an, in der erhitzte Steine das Innere der verschlossenen Hütte in ein rötliches Licht tauchten.

»Ysuna wird nicht sehr glücklich sein, wenn sie erfährt, daß du das gefleckte Fell des Eidechsenfressers an dich genommen hast.«

»Sie muß nicht wissen, woher es stammt.«

»Ysuna weiß alles.«

»Warum will sie mir dann nicht mein Gesicht zurückgeben? Oder machen, daß mein Ohr wieder anwächst? Nichts in der Welt wünsche ich mir mehr als das. Warum will sie mich nicht wieder gesund machen?«

»Wenn die heiligen Steine der Roten Welt ihr gehören und das große weiße Mammut tot ist, wird sie deinem Wunsch entsprechen. Dann wird sie die Macht haben.«

Maliwal kniff die Augen zusammen. »Dann zögere nicht zu tun, was getan werden muß, wenn das Opfer die Plattform hinaufsteigt, Bruder . . . für Ysuna und für mich.«

»Ich werde nicht zögern.«

»Sie ist eine ganz besondere Braut. Du möchtest sie gerne für dich. Ich habe es bemerkt.«

Masau erwiderte darauf nichts. Er griff nach der Schöpfkelle, die aus der Schädeldecke des letzten Opfers hergestellt worden war, tauchte sie in den großen Wasserbehälter aus Mammutleder und goß die Flüssigkeit auf die Steine. Es zischte und dampfte. Er starrte ausdruckslos in den Nebel, wog den halbierten Schädel in der Hand und hatte die Augen halb geschlos-

562

sen. »Wenn wir das nächste Mal in dieser Hütte sitzen, werde ich den Schädel der neuen Braut in der Hand halten, und er wird mir nichts mehr bedeuten.« Um es zu demonstrieren, warf er ihn so heftig in die Feuerstelle, daß er auf den Steinen zerbrach. »Das Mädchen bedeutet mir nichts. Die Tochter der Sonne braucht das Blut und Fleisch dieses Opfers. Mit meinen eigenen Händen werde ich diese neue Braut Himmelsdonner opfern, und es wird Freude in meinem Herzen sein, wenn die, die mir das Leben geschenkt hat, in ihrer Haut tanzt!«

Den ganzen Tag lang saß Shateh vom Bisonstamm allein da und lauschte auf das Geräusch der Trommeln, das vom kühnen, trockenen Wind aus dem Norden herangetragen wurde.

Nachdem er in der vergangenen Nacht Feuer auf einem fernen Berg hatte brennen sehen, hatten ihm seine Frauen Fleisch gebracht, aber er wollte nicht davon essen. Seine Kinder hatten ihm Wasser gebracht, aber er wollte nicht davon trinken. Sein Stamm und die Ältesten beobachteten ihn in stummer Sorge. Sie sprachen kein Wort. Ihre besorgten Seufzer flüsterten wie der zunehmende Wind.

Als die Jüngste seiner Frauen kam und sich hinkniete, um ihm seinen Umhang über die Schultern zu legen, erzitterte er, schlug die Hände vors Gesicht und wollte nicht mehr hinsehen, denn seine Frau erinnerte ihn an die Braut, die nach Norden gebracht worden war, und an all die jungen Mädchen, die vor ihr Himmelsdonner geopfert worden waren.

Schließlich kam der Vater seiner zweiten Frau mit den anderen Männern des Stammes zu ihm.

»Bald wird eine weitere Gefangene sterben«, sagte der Vater seiner zweiten Frau.

Dann sprach der älteste Jäger des Stammes. »Eines Tages werden die Trommeln ertönen, aber wir werden sie nicht hören, denn der Stamm des Wachenden Sterns ist zu uns gekommen, und es wird eine unserer eigenen Töchter sein, die zur Nahrung für Himmelsdonner wird.«

»Die beiden jüngsten Söhne, die deine vor langer Zeit gestorbene Frau geboren hat, essen das Fleisch ihrer eigenen Art, Shateh«, sagte der erstgeborene Sohn seiner zweiten Frau. »Wie viele Stämme haben sie auf ihrer endlosen Suche nach Opfern schon überfallen? Wie viele zerstörte Dörfer haben wir schon gesehen? Wie lange wird es noch dauern, bis sie sich eine neue Fleischquelle suchen und sich an uns und unsere Töchter halten? Wir alle haben die letzten Worte gehört, die Masau an dich gerichtet hat. Seine Drohung war deutlich.«

»Wir sind viele«, fügte der älteste Jäger hinzu. »Vielleicht nicht so viele wie die des Stammes des Wachenden Sterns, aber wir sind stark und furchtlos. Jene, die einst aus diesem Stamm verstoßen wurden, sollten nicht als Löwen weiterleben dürfen, während wir danebenstehen und ihnen erlauben, die Mächte der Schöpfung selbst zu beleidigen.«

Shateh blickte auf. »Was willst du damit sagen?«

»Du hast Masau und Maliwal aufgefordert, sich uns anzuschließen. Doch sie haben dich und unsere Sitten verhöhnt. Sie sind nicht mehr deine Söhne, Shateh. Sie sind Ysunas Söhne und Krieger des Wachenden Sterns. Masau hat geschworen, uns alle zu töten. Es ist Zeit für ihn und Maliwal, den Tod zu sterben, den sie schon vor langer Zeit hätten sterben sollen.«

»Im Osten und Westen, an fernen Flüssen und Hügeln haben andere Stämme immer wieder mit dir und dem Bisonstamm gesprochen«, sagte ein anderer von Shatehs Söhnen. »Sie sagten, daß der Stamm des Wachenden Sterns, wenn er das letzte Dorf im Land der Eidechsenfresser verbrannt hat und wenn das letzte Mammut getötet wird, daß er dann Jagd auf den Bisonstamm machen wird, bis wir und die Tiere, von denen wir uns ernähren, nicht mehr sind.«

Shatehs Gesicht war ernst und wie versteinert, als er unter halbgeschlossenen Lidern hervorstarrte. »Masau hielt mein Leben in seinen Händen, als wir uns gemeinsam an den Medizinpfahl klammerten. Er hat mir das Leben geschenkt.«

»Und zum Dank willst du ihm unser Leben schenken, wenn du ihm das nächste Mal begegnest?« fragte der älteste Jäger. »Der Tag wird kommen, an dem du dir diese Frage stellen mußt, Shateh.«

564

Shateh schüttelte den Kopf. Er stand auf und atmete entschlossen aus. »Ich habe sie gewarnt. Ich habe sie gedrängt, sich vor dem kommenden Sturm zu beugen und Ysuna und den Sitten des Stammes des Wachenden Sterns den Rücken zuzukehren. Jetzt hallen wieder die Donnertrommeln über das Land. Morgen wird wieder eine Gefangene sterben. Der Tag, von dem du sprichst, ist bereits angebrochen.« Er verschränkte die Arme vor der Brust und sah die Männer an, die ihn umstanden. »Ihr beide geht zu den Stämmen im Westen! Sagt ihnen, was ich jetzt euch sage! Wir alle müssen unsere Speere nehmen. Wir werden uns zum Sturm formieren, der unweigerlich über die hereinbrechen wird, die sich nicht vor dem Wind beugen.«

Der älteste Jäger blickte nach Norden, lauschte auf die Trommeln und schüttelte bedauernd den Kopf. »Ihr Lager ist weit. Wird die Gefangene sterben, bevor der Sturm über das Land braust?«

Cha-kwena fühlte sich erleichtert, als sie den Großen See endlich hinter sich gelassen hatten. Der Stamm hatte das östliche Ufer umrundet und sich nach Westen in Richtung der Blauen Tafelberge gewandt. Das aufgewühlte Wasser glänzte golden im Licht der untergehenden Sonne. Ein kräftiger Wind blies ihnen von den nördlichen Gebirgszügen entgegen, ließ die Wasseroberfläche aufschäumen und trieb große Wellen an das Ufer. Cha-kwena lauschte auf das fremdartige Geräusch der Brandung und, wenn der Wind richtig stand, auf das gelegentliche Dröhnen von Trommeln.

»Es muß von den Tafelbergen kommen«, sagte Mah-ree, die müde nach vorn schaute. »In der letzten Nacht waren Feuer auf dem heiligen Berg zu sehen. Unsere Boten müssen schon vor uns mit einigen der Stämme eingetroffen sein.«

»Nein, das Geräusch der Trommeln kommt aus einer viel größeren Entfernung, von weit jenseits der Tafelberge«, widersprach Dakan-eh.

»Ich habe noch nie solche Trommeln gehört«, sagte Ban-ya, die immer noch ihren Umhang aus Kojotenfell trug. »Sie klingen wie der Donner im Himmel, doch es sind keine Wolken zu sehen.« Sie sah matt und erschöpft von der langen Reise aus. Seit sie das Dorf verlassen hatten, konnte das Mädchen nachts nicht mehr ruhig schlafen, wenn der Stamm eine kurze Rast einlegte, und Ban-ya schaffte es kaum, mehr als Wasser zu sich zu nehmen.

Die alte Kahm-ree sah sie an und warf dann dem Mutigen Mann einen finsteren Blick zu. »Wir sollten wieder rasten. Meine Ban-ya ist müde.«

»Sie ist nicht die einzige«, seufzte U-wa.

»Ja, Mutiger Mann!« versetzte Kahm-ree. »Du solltest Ban-ya etwas von ihrem Gepäck abnehmen.«

»Sie ist nicht meine Frau!« fauchte er zurück und stapfte weiter.

Cha-kwena schüttelte den Kopf über die Boshaftigkeit des Mannes und rückte dann sein eigenes Gepäck zurecht. Die Blauen Tafelberge lagen direkt vor ihnen, von jetzt an würde der Weg ansteigen. Außerdem würde es bald dunkel werden. »Wir wollen noch ein kleines Stück gehen. Vor uns steigt das Land an. Wir werden anhalten, wenn es dämmert, eine Nacht lang schlafen und bei Tagesanbruch weitermarschieren.«

Ban-ya seufzte müde, aber zustimmend.

Cha-kwena versuchte, sie anzulächeln. Ban-ya hatte sich bisher nicht beschwert. Cha-kwena mußte kein Schamane sein, um zu vermuten, was für Kahm-ree und die anderen Frauen bereits feststand, daß Dakan-eh nämlich ein neues Leben in sie gepflanzt hatte, als die beiden allein weit vom Dorf entfernt gewesen waren. Wenn das stimmte, würde sie sich elend fühlen, ganz gleich, ob sie Rast machten oder weitergingen. Auf jeden Fall würde er dafür sorgen, daß sie wieder mehr aß.

»Komm!« sagte er und ging zu ihr. »Ich will dir für eine Weile deine Last erleichtern.«

Von Mah-ree, die die Stirn runzelte und eifersüchtig in seiner Nähe blieb, nahm er keine Notiz.

Ban-ya drehte sich herum, damit er ein oder zwei Stücke von ihrer Trage nehmen konnte. Sie hatte ihren Umhang so übergeworfen, daß der Kopf des Kojoten rückwärts über der obersten der zusammengerollten Matten hing. Der Wind zerrte an ihm, so daß Cha-kwena plötzlich in das kopfstehende Gesicht des Kleinen Gelben Wolfes starrte.

Geh in Richtung der aufgehenden Sonne, Cha-kwena! Du kannst dich dem Nordwind nicht entgegenstellen. All-Groß-vater wartet auf dich, und der Westwind spricht nur von Tod!

Verblüfft wich er zurück. Der Kleine Gelbe Wolf war tot. Dakan-eh hatte ihn erlegt. Der Kojote konnte nicht zu ihm spre-chen! Doch Cha-kwena war jetzt der Schamane, und er wußte, daß er zu ihm gesprochen hatte.

»Wir müssen weitergehen«, erwiderte er, während er die Rie-men löste. »Die Stämme aus den vielen Dörfern der Roten Welt erwarten uns auf den Blauen Tafelbergen. Wir werden dort in Sicherheit sein. Hoch oben können wir die Kraft der vielen Stämme vereinigen, um den Stamm des Wachenden Sterns davon abzuhalten, durch die heiligen Berge in die Rote Welt zu gelangen!«

Es gibt noch einen anderen Weg aus dem Norden in die Rote Welt, sagte der Kojote, doch noch während sein Geist sprach, drehte Ban-ya den Kopf und sah Cha-kwena so traurig an, daß er nur noch ihre Frage hörte.

»Glaubst du, daß wir Ta-maya jemals wiedersehen werden, Cha-kwena?«

»Natürlich werden wir das!« mischte sich Mah-ree mit unge-bührlicher Heftigkeit ein. »Tlana-quah und Kosar-eh werden sie zu uns zurückbringen! Vielleicht wartet sie bereits auf dem heiligen Berg auf uns!«

Ta-maya erwachte vom Dröhnen der Trommeln und vom melodischen Gesang einer Frau. Sie schreckte hoch, blickte sich um, und seufzte enttäuscht, als sie die Umgebung wieder-erkannte.

»Was ist mit dir, meine Liebe?« fragte Ysuna. Sie kniete neben der kleinen Feuerstelle und rückte erhitzte Steine auf der Glut zurecht, wozu sie Zangen aus grünem Weidenholz benutzte.

»Ich habe von zu Hause geträumt. Ich dachte, ich hätte

gehört, wie Kosar-eh, der Lustige Mann unseres Dorfes mich gerufen hat.«

»Es ist völlig normal, daß du dich in einem solchen Augenblick wie diesem nach deinem Zuhause sehnst, meine Liebe. Komm, lächle wieder für mich! Ich habe dir ein ganz besonderes Geschenk gebracht.« Ysuna streckte ihr einen verwitterten Knochendolch hin.

Ta-maya sah den Dolch an, der in den Händen der Frau lag. Es war ein langes, kunstvoll geschnitztes Stück aus Knochen, obwohl es ähnlich wie der heilige Stein, den sie manchmal an Hoyeh-tays Halskette gesehen hatte, wie polierter Stein aussah. Der Dolch schien sehr alt und sehr wertvoll zu sein.

»Nimm ihn!« drängte Ysuna.

Ta-maya gehorchte. Der Dolch war unerwartet schwer.

»Er ist für die Braut«, erklärte Ysuna. »Siehst du die eingeritzten Muster auf der Klinge? Ja? Es ist schwer, sie genau zu erkennen. Sie sind nach der langen Zeit schon ziemlich abgenutzt, seit sie mit Zauber eingeritzt wurden, als die Berge noch wanderten und alle Menschen dieser Welt noch ein Stamm waren. Berühre die Zeichnungen, und spüre die Macht des Steines! Während ich den heiligen Rauch des Schwitzbades für die Braut mache, mußt du die Klinge im Schweiß deines Körpers baden und sie mit deinem Haar polieren. Halte ihn während der kommenden Stunden der Reinigung in der Nähe deines Körpers. Er soll dich spüren und lernen, daß er zu dir gehört. Und wenn dann die Hochzeit stattfindet, bringe ihn zu Masau, als Geschenk für den, dem du dich hingibst.«

Ta-maya dachte, die Bedeutung eines solchen Geschenks verstanden zu haben. »Als Zeichen meines Einverständnisses, daß er mich zum Bluten bringt?«

Ysuna lächelte. »Genau!« sagte sie, während sie mit der Zungenspitze ihre Lippen befeuchtete. »Als Zeichen deines Einverständnisses, daß er dich zum Bluten bringt.«

9

»Großer Geist . . . Großvater des Stammes . . . Weißer Geist mit
vielen Namen, hör und sieh mich an. Ich rufe dich im Namen
des Morgensterns. Ich erhebe meine Arme. Ich wende mich um.
Ich blicke in die vier Richtungen der Welt, wo die Geister des
Windes geboren werden und wo du, Himmelsdonner, im
Fleisch der Wolken und im Schatten der Macht des Adlers
dahinziehst. Sieh mich an! Ich bin Ysuna, die Tochter der
Sonne, die Weise Frau des Stammes des Wachenden Sterns. In
dieser Morgendämmerung bringe ich dir ein Geschenk des
Lebens. In dieser Morgendämmerung bringe ich eine Braut.
Möge das Blut dieses Stammes und von Himmelsdonner eins
sein!«

Beim Klang von Ysunas Worten lief Ta-maya ein freudiger
und erwartungsvoller Schauer über die Haut. Das Mädchen
stand vor der Hütte der Reinigung. Die Nacht war so schnell
vergangen! Ysuna hatte Ta-maya mit einer neuen und schwei-
genden Dienerin allein gelassen. Zur Vorbereitung auf die Zeremonie hatte Ta-maya geschwitzt und war dann sauber gerieben
worden. Statt ihr ein neues Kleid zu geben, hatte man sie kunstvoll vom Kopf bis zu den Zehen mit einem duftenden Öl
bemalt, das mit zerstampftem Hämatit und zerriebenen
Weidenknospen rot gefärbt worden war. Ihr Haar war
gekämmt worden, und eine duftende Krone aus silberblättrigem Salbei war ihr um die Stirn gelegt worden. Abgesehen von
diesem Schmuck und der Bemalung ihres Körpers würde sie
nackt zu ihrer Hochzeit gehen.

Ihr Herzschlag beschleunigte sich. Endlich brach die Dämmerung an. Bald würde die Sonne über den Rundungen der
Hügel aufgehen. Bald würde der Morgenstern am Himmel
verblassen. Und in diesem Augenblick sollte sie zur Braut
werden.

Die Trommeln dröhnten so laut, daß sie die Welt erzittern ließen. Vor ihr hatte sich der gesamte Stamm zu beiden Seiten
eines langen Teppichs aus zottigem Fell versammelt. Am Ende

stand Ysuna vor der Plattform und hatte der Menge den Rücken zugekehrt.

Die Plattform war ein überwältigendes Gebilde. Große Scheiterhaufen brannten auf beiden Seiten. Eine verblüffend echte Nachbildung eines lebenden Mammuts, das mit langen, federbesetzten Schnüren, vielfarbigen Röhrenperlen und Knochenscheiben geschmückt war, erhob sich über dem Boden. Masau, dessen Körper grau bemalt war, stieg die breiten Knochenstufen hinauf zur floßähnlichen Plattform, die zwischen den beiden Hälften eines durchtrennten Mammutschädels aufragte. Zu beiden Seiten starrten die leeren Augenhöhlen des Schädels, und die gewaltigen Stoßzähne ragten wie zwei weiße, polierte Baumstämme auf.

Die Angst flatterte in Ta-maya wie ein gefangener Vogel, doch sie sagte sich, daß sie keinen Grund hatte, ihn in die Freiheit zu entlassen. Sie wußte, was dies für ein Stamm war. Seine Sitten, Traditionen und Überzeugungen waren ganz anders als die ihres eigenen Stammes. Aber sie würde sich mit der Zeit daran gewöhnen.

»Ta-maya! Ta-maya!« rief der Stamm des Wachenden Sterns jetzt.

Alle Männer, Frauen und Kinder hatten sich festlich bemalt und Kleidung aus bunten Fellen und Federn zu Ehren der Zeremonie angelegt. Sogar die Hunde waren geschmückt worden. Sie lächelte, als Blut mit einem Kragen aus Federn um den Hals auf sie zugetrottet kam.

»Willst du mich an meinem Hochzeitstag zu meinem neuen Mann begleiten, Freund Hund?« fragte sie ihn.

Er rieb seine Schnauze an ihrer Hand.

Jetzt drehte sich Ysuna um. Sie hatte ihr prächtigstes Gewand angelegt, ihren Federumhang, der bis zum Boden reichte, und ihr Haar schimmerte wie die Schwingen eines Raben. Dennoch sah die Tochter der Sonne alt und krank aus, hager, bleich und so hohläugig wie der Mammutschädel, neben dem sie stand.

Ta-maya hatte Mitleid mit ihr. Als Ysuna die Arme ausbreitete und ihren Namen rief, mußte sich das Mädchen zusammenreißen, um nicht loszurennen. Aber Ysuna hatte Ta-maya genaue Anweisungen gegeben, wie sie sich zu verhalten hatte, wenn sie sich der Plattform näherte. Mit ihrem Geschenk für Masau in der Hand und einem Wacholderzweig in der anderen — sie hatte gelernt, daß der Wacholder dem Stamm des Wachenden Sterns heilig war, weil die Mammuts ihn als Nahrung vorzogen —, blieb sie stehen und wartete darauf, daß das eigentliche Ritual begann.

»Komm zu uns, Ta-maya!« rief Ysuna. »Komm bereitwillig als Braut!«

»Ich komme«, antwortete Ta-maya mit den Worten, die Ysuna ihr beigebracht hatte. »Ich komme, um bereitwillig zur Braut zu werden!«

Als sie loszugehen begann, spürte sie die plötzliche Veränderung, die durch die Versammlung ging. Das Trommeln wurde intensiver, bis es durch ihre Haut zu dringen und in ihren Adern zu pochen schien. Links und rechts von ihr schienen die Gesichter der Menschen vorbeizuschweben. *So ernste Gesichter!* dachte sie. Die Münder waren ausdruckslos, die Augen voller Geheimnisse und voller Erwartung, die Pupillen schwarz und erweitert, und die Augenlider schienen erstarrt zu sein. Zum ersten Mal bemerkte sie, daß sich unter ihnen keine Alten oder Schwachen befanden.

»Seht!« riefen sie einstimmig.

Der Rhythmus der Trommeln wurde schneller.

»Seht die Braut!« riefen die Männer, streckten ihre Hände aus und schüttelten Hodenrasseln vor ihrem Gesicht. Die Männer versuchten sie zu berühren, während sie vorbeiging. Sie sah, daß Maliwal im Hintergrund der Menge stand. Er starrte sie mit hungrigen Wolfsaugen an. Sie errötete und wandte den Blick ab. Doch dann sah sie überrascht noch einmal zu ihm hinüber. Ein geflecktes Fell lag über seinen breiten Schultern. Ein Jaguarfell! Bei diesem Anblick mußte sie sofort wieder an ihr Zuhause und ihren Vater denken.

O Tlana-quah, wenn du mit Ha-xa und Mah-ree jetzt doch nur bei mir sein könntest, damit ihr wißt, daß eure Tochter mit ihrem neuen Mann und ihrem neuen Stamm eine gute Wahl getroffen hat!

Maliwal trat in die Menge zurück. Jetzt erkannte sie Chudeh und die anderen Männer, die sie auf ihrem Weg von der Roten Welt begleitet hatten. Sie alle sahen stolz und begeistert aus. Sie war froh darüber. Von diesem Tag an würden sie ihre Brüder in diesem Stamm sein, und jeder von ihnen würde einen besonderen Platz in ihrem Herzen haben, weil sie dabeigewesen waren, als sie mit dem Mann, den sie liebte, zu einem neuen Leben im Stamm des Wachenden Sterns aufgebrochen war. Sie lächelte ihnen zu. Als sie ihre Blicke abwandten, war sie irritiert, aber nicht beleidigt. Alles war so wunderbar!

Ysuna hatte Stunden damit verbracht, die Zeremonie zu erklären, aber nichts hatte Ta-maya auf dieses Spektakel vorbereitet. Sie erkannte, daß sie unmöglich jede Einzelheit der vielen Traditionen dieses Stammes im Kopf behalten konnte. Sie ging weiter und hoffte, daß sie in ihrer Unwissenheit kein Tabu verletzte. Sie würde später Masau danach fragen. Später. Jetzt mußten sie als Mann und Frau vereint werden. Jetzt mußte sie zur Braut werden.

Das Trommeln wurde lauter.

»Sie ist wunderschön! Sie ist vollkommen! Seht diese würdige Braut!« riefen die Frauen und trillerten mit einer aufreizenden Wildheit. Auch sie berührten Ta-maya im Vorbeigehen. Sie suchte nach Wehatla, dem furchtsamen, redseligen Mädchen, das ihre Dienerin gewesen war, als sie zum ersten Mal in der Hütte der Reinigung erwacht war. Sie hatte es seit der Nacht nicht mehr gesehen, als Masau es heulend in die Dunkelheit fortgeschickt hatte. Auch jetzt konnte Ta-maya die Dienerin in der Menge der weiblichen Gesichter nirgendwo erkennen.

Das Trommeln wurde noch schneller und noch lauter.

»Sie kommt!« zwitscherten die jüngsten Kinder. Wie ihre Mütter und Schwestern streckten sie die Arme aus, um sie zu berühren, bis es ihr schien, als wäre jeder Flecken ihrer Haut mit tastenden Fingerspitzen bedeckt.

Unvermittelt verstummten die Trommeln. Die plötzliche Stille ließ Ta-maya schwanken. Sie hatte die Plattform erreicht. Ysuna stand genau vor ihr. Für einen Moment konnte Ta-maya ihre Augen nicht von dem Halsband abwenden, das die Weise

Frau trug. Es war das erste Mal, daß sie es aus der Nähe sah – und die vielen Steine, die so sehr Hoyeh-tays heiligem Amulett ähnelten, die langen, geflochtenen Strähnen aus menschlichem Haar, die vielen kleinen Knochen, die so sehr nach menschlichen Fingern aussahen, daß sie die Stirn runzelte und genauer hinzusehen versuchte. Doch dann rief hoch über ihr auf der Plattform Masau ihren Namen.

Sie blickte zu ihm auf. Die rotgoldene Dämmerung in seinem Rücken, stand er völlig reglos da, mit ausgebreiteten Armen, mit im Wind flatternden Haaren, mit dem grau glänzenden eingeölten, nackten Körper, die Arme und Beine in den Farben und Mustern strahlend, die für seinen Stamm das Leben symbolisierten, und einem bleichen Umhang aus Mammutfell auf dem Rücken.

»Meine Liebe, endlich ist der Augenblick gekommen!« sagte Ysuna freudestrahlend.

Ta-maya seufzte vor Freude, als die Weise Frau sie kurz, aber liebevoll umarmte. Sie konnte keine Verbitterung mehr für das empfinden, was zwischen Ysuna und Maliwal und Masau geschehen war. Masau hatte ihr erklärt, was für ein Verhältnis sie hatten, und damit war der Zwischenfall für Ta-maya vergessen. Sie trat von Ysuna zurück und blickte zu Masau hinauf. Er sah überwältigend aus! Kein Mann in dieser und der jenseitigen Welt kam ihm gleich. Und er hatte *sie* auserwählt, seine Frau zu werden! Ihr Herz war voller Stolz, Liebe und Sehnsucht.

Ysuna reagierte deutlich auf Ta-mayas Gesichtsausdruck. Sie hob den Kopf, und ihre Nasenflügel bebten. Ihre langen Augen verengten sich zu schmalen Schlitzen, und eine blaue Vene pulsierte über der prächtigen Halskette an ihrer gestreckten Kehle. »Es soll vollzogen werden!« rief sie. »Der Augenblick ist gekommen. Bist du jetzt meine Schwester, Ta-maya? Bist du jetzt eine Tochter des Stammes des Wachenden Sterns? Kommt die Braut freiwillig zu diesem Augenblick der Vereinigung mit uns und unserem Totem Himmelsdonner?«

Ta-maya lächelte. Sie hatte ihr diese Frage immer wieder gestellt, und so fiel ihr die Antwort so leicht wie das Ausatmen. »Ja. Ich komme freiwillig, um die Schwester Ysunas zu werden, die Tochter des Stammes des Wachenden Sterns und die Braut von . . .«

»So sei es!« unterbrach Ysuna sie. Ihr Gesicht wurde zu einer Maske des Triumphes, als sie die Arme hochriß und den vier Winden zurief: »Ta-maya, die Tochter des Stammes des Wachenden Sterns, kommt freiwillig zu Himmelsdonner! Kein Mann, keine Frau und kein Kind soll jemals behaupten, daß es anders gewesen sei!«

Die Trommeln setzten wieder ein und wurden immer lauter und schneller. Sie schlugen im Rhythmus von Ta-mayas pochendem Herzen. Begeistert hätte sie fast vor Glück aufgelacht, als Ysuna zur Seite trat und sie liebevoll drängte: »Geh zu ihm, meine Liebe! Geh freiwillig. Geh zu dem, was dich in den Armen Masaus, des Mystischen Kriegers und Schamanen des Stammes des Wachenden Sterns, erwartet!«

Während Ysuna Blut festhielt, damit der Hund nicht die Stufen hinauflief, erklomm Ta-maya eifrig die Knochenstufen. Sie bemerkte nicht die vielen festlich bemalten und mit Federn geschmückten Speere, die zu beiden Seiten der Treppe aufgestellt waren. Mit dem Wacholderzweig in der einen Hand und dem Dolch in der anderen flogen ihre kleinen nackten Füße geradezu ihrem wartenden Mann entgegen.

Endlich stand sie vor ihm. Der Morgenstern verblaßte im Westen, und die aufgehende Sonne stand hinter Masaus Rücken. Ta-maya blickte ihm ins Gesicht und streckte ihm ihre Hände hin, wie Ysuna es sie gelehrt hatte, um ihm dem Wacholderzweig und den Dolch zu reichen.

Er starrte auf sie hinunter. Sein Gesicht war ernst, und seine ausdruckslosen Augen sahen durch sie hindurch, um sich auf Ysuna zu fixieren. Er rührte sich nicht. Er streckte nicht seine Hände aus, um ihre Geschenke entgegenzunehmen.

Ihr Lächeln verschwand. Wollte er sie abweisen? Sie bemerkte ein unruhiges Raunen in der Menge hinter ihr.

Doch dann, mit einem heftigen Ausatmen, nahm er ihre Gaben an. Er schloß die Augen und nahm sie in seine Arme. Der Dolch war in seiner linken Hand. Sie konnte die Kälte der Klinge spüren, die mit der flachen Seite gegen ihre Brüste drückte. Sie hatte keine Angst vor dem Dolch. Sie war entspannt und gab sich seiner Umarmung hin, bis unten vor der Plattform plötzlich Blut zu toben begann.

Ta-maya drehte den Kopf und blickte die Knochentreppe hinunter, wo der Hund sich knurrend und geifernd in Ysunas Griff wand. Als das Halsband, an dem sie ihn festhielt, plötzlich riß, verwandelte sich der befreite Hund in einen Wolf. Er schnappte nach Ysunas Hand und hetzte im nächsten Augenblick unter wütendem Gebell die Knochenstufen hinauf. Ta-maya verstand nicht, was in ihn gefahren war.

Doch sie verstand den haßerfüllten und zornigen Blick, der Ysunas schönes Gesicht zu einer widerwärtigen Fratze verzerrte, als sie nicht einen, sondern gleich zwei Speere ergriff. Und obwohl ihre rechte Hand heftig blutete, hörte sie nicht auf Masaus Befehl, sich zurückzuhalten, sondern warf die Speere mit ihrer Linken. Kurz nacheinander trafen die Waffen den Hund im Rücken. Sie drangen durch die Wirbelsäule und seinen Körper, verkeilten sich zwischen den Stufen und hielten den Hund wirkungsvoll auf.

Mit einem schrillen Schmerzensgeheul erschlaffte er. Dann hing er winselnd und sterbend an den Speeren. Und obwohl seine Hinterbeine bereits gelähmt waren, versuchte er sich immer noch zu bewegen und auf die Plattform zu gelangen, um seine Ta-maya zu beschützen und zu verteidigen.

Masau war erstarrt. Er ließ den Wacholderzweig fallen. Ta-maya spürte, wie der Mann, den sie liebte, erzitterte. Er trat von ihr zurück, schob sie vorsichtig beiseite und stieg die Stufen hinunter, den Dolch in die Hand. Vor dem Hund ging er in die Knie. Er legte seine freie Hand auf Bluts Kopf. Der Hund winselte mitleiderregend und leckte seine Hand. Masau entfuhr ein bedauerndes Seufzen, als der Hund mit seinen Vorderpfoten immer noch auf den Stufen scharrte.

»Genug, alter Freund. Beruhige dich jetzt. Du kannst jetzt nichts mehr für sie tun ... oder für mich.«

Ta-maya riß die Augen auf. Sie verstand nicht, was Masaus Worte zu bedeuten hatten. Er hatte ihr den Rücken zugekehrt, aber die Haltung seiner Schultern verriet ihr, daß er einen schweren Kummer zu unterdrücken versuchte. Sie hatte nicht geglaubt, daß er weinen konnte, doch irgendwie wußte sie, daß ihm Tränen in den Augen standen, als er seinen Dolch benutzte, um das Leiden des Hundes zu beenden. Bluts Winseln erstarb, doch Masau rührte sich nicht von der Stelle. Er streichelte den leblosen Körper des Hundes, den er mehr als einmal Bruder genannt hatte.

Schluchzend stieg sie die Stufen hinunter, um an seiner Seite zu sein. Sie legte ihm liebevoll eine Hand auf die Schulter und die andere auf den Hund.

Am Fuß der Plattform blickte Ysuna auf und zischte boshaft: »Dieser Hund hat schon seit langem den Tod verdient. Es war mir eine Befriedigung, ihn zu töten. Doch das, was mit dieser Morgendämmerung begonnen hat, ist noch nicht vollendet worden, Masau. Bring es zu Ende! Schnell, bevor der Morgenstern vom westlichen Himmel verschwindet, bevor der Gott sich erneut voller Zorn von seinem Stamm abwendet!« Zum ersten Mal breitete der Vogel der Furcht seine Flügel aus und flog wild in Ta-maya umher. Die Frau, die jetzt zu ihr hinaufstarrte, war eine Fremde — eine böse Hexe, in deren Augen der Tod stand.

Masau ignorierte Ysunas Befehl. Stumm und mit quälender Langsamkeit zog er die Speere aus dem Hund, um den Körper des Tieres nicht mehr als nötig zu schänden.

Die Trommeln schwiegen. Alle Mitglieder des Stammes beobachteten ihn. Niemand sprach. Niemand schien zu atmen. Das einzige, was sich im ganzen Dorf bewegte, war der Wind ... und Ysunas Augen, die sich zusammenkniffen und ihn mit unaussprechlicher Wut fixierten.

Während er die Speere in der linken Hand und den blutigen Dolch in der rechten hielt, erhob er sich und blickte auf Ysuna hinunter. Das Strahlen der aufgehenden Sonne spiegelte sich in ihren Augen, doch nicht einmal ihr sanftes, strahlendes Licht konnte die Dunkelheit und Grausamkeit vertreiben, die zwischen ihren halb geschlossenen Lidern loderte. Ihr Mund war eine Narbe, die ihr Gesicht in zwei Hälften zu spalten schien.

Er verengte die Augen. Kannte er diese Frau? War es möglich, daß er sie liebte? Er spürte eine unendliche Erschöpfung. Er blickte auf den Hund hinunter. Blut hatte genau gewußt, was sein Herr mit Ta-maya vorgehabt hatte, nachdem der Hund schon bei so vielen Opferdarbietungen zugegen gewesen war.

»Masau, der Wachende Stern geht unter. Die Sonne steht in deinem Rücken am Horizont. Steig wieder auf die Plattform! Himmelsdonner wartet auf seine Braut.« Ysunas Worte drückten genauso wie ihre Augen eine gefährliche Warnung aus.

Er stand regungslos da und erinnerte sich an die Schlange auf dem Stein. Er griff nach Ta-mayas Handgelenk und führte sie zurück auf die Plattform.

»Masau?« sprach sie ihn vor Furcht zitternd an, während sie ihm folgte.

Die Trommeln setzten wieder ein. Jemand warf Bündel mit getrocknetem Salbei auf die Scheiterhaufen, um die Flammen wieder höher schlagen zu lassen.

»Masau, ich habe Angst«, flüsterte Ta-maya.

Er antwortete nicht. Sie waren jetzt auf der Plattform. Er ließ ihr Handgelenk los, verlagerte das Gewicht der Speere und hielt den heiligen Dolch bereit, obwohl das Mädchen nicht erkennen konnte, was er damit vorhatte. »Wovor hast du Angst, Ta-maya?« fragte er schließlich.

»Vor Ysuna. Vor dem Stamm. Davor, wie sie mich ansehen.«

»Hast du keine Angst vor mir, Ta-maya?«

»Ich liebe dich«, sagte sie einfach und ohne zu zögern. Dann blickte sich sich voller Besorgnis um. »Sind wir in den Augen deines Stammes noch nicht Mann und Frau? Was soll noch auf dieser Plattform geschehen, bevor ich zur Braut werde?«

»Nur noch das«, sagte er und zog sie zu sich heran. Sie ließ sich ohne Widerstand und bereitwillig in die Arme nehmen. Sie hielt ihn fest, drückte ihr Gesicht gegen seine Brust und küßte ihn. Sogar als sie den Dolch mit der Schneide an ihrem Fleisch spürte, zog sie sich nicht zurück.

»Jetzt!« brüllte Ysuna wie eine gereizte und ungeduldige Löwin. »Jetzt, Masau! Schnell!«

Er schloß die Augen. Sein Arm spannte sich an. Seine Hand packte den steinernen Schaft des Dolches fester.

»Jetzt!« sagte er, und mit einem plötzlichen Brüllen, das das der Frau mühelos übertönte, stieß er Ta-maya weg und hinter sich, ließ den Dolch fallen und nahm einen Speer in die linke Hand. »Ja! Jetzt soll Himmelsdonner das höchste Opfer erhalten, die vollkommene Braut, die einzige Frau der ganzen Welt, die eines so blutrünstigen Gottes würdig ist!«

Ysunas Gesicht erbleichte.

Maliwal rannte durch die Menge.

Und Masaus Speer flog direkt auf sein Ziel zu.

10

Er floh mit Ta-maya, die er in den Armen trug, in die Dämmerung. Er bog abrupt nach Süden ab, auf die weiten, gewellten Hügel zu, durch die er sie aus der Roten Welt hierhergebracht hatte.

»Ich werde dich zu deinem Stamm zurückbringen«, sagte er, als er einen Moment verschnaufte. Er stellte sie ab, damit er wieder zu Atem kommen und den Weg zurückblicken konnte, den sie gekommen waren. Eine große Gruppe war ihnen auf der Spur.

Masau fluchte, während sich Hoffnung und Sorge in ihm die Waage hielten. Er hatte noch einen Speer bei sich, damit mußte er auskommen. Er hatte es geschafft, eine beträchtliche Entfernung zwischen sich und die Männer zu bringen, die ihnen folgten. Vom rituellen Getränk, das sie alle zu sich genommen hatten, waren sie benommen, so daß sie eine Weile gezögert hatten, bevor sie die Verfolgung aufgenommen hatten. Maliwals Blut würde ebenfalls berauscht sein. Masaus Kopf jedoch war so klar wie der Wind, der aus dem Norden kam.

Wie er erkennen konnte, war sein Bruder nicht unter den Verfolgern, und auch die Hunde waren nicht bei ihnen — ein sicheres Zeichen, daß sie das Mädchen unversehrt einfangen wollten und daß es immer noch ihre Absicht war, es zu opfern.

Masau kniff die Lippen zusammen. Sein Bruder würde jetzt bei *ihr* sein, bei Ysuna. Sie würde das Gesicht des Wolfes niemals heilen, auch wenn sie noch so alt und mächtig wie das große weiße Mammut wurde. Noch bevor Masau von der Plattform gesprungen war, hatte er gewußt, daß sein Speer danebengegangen und ihr nicht das Herz durchbohren würde. Hatte er sie trotzdem tödlich verletzt? Er würde es niemals erfahren. Mit einem schmerzvollen Stich erkannte er, daß er froh darüber war. Er wollte ihren Tod, und doch . . .

»Komm!« sagte er zu Ta-maya. »Wir müssen weiter.«

Er nahm ihre Hand und blickte ihr ins Gesicht. Mit dem, was er seit Sonnenaufgang getan hatte, hatte er alles aufs Spiel gesetzt, für das er bisher gelebt hatte. Doch als er in Ta-mayas Augen sah, bereute er nichts. Er liebte dieses Mädchen mehr als sein eigenes Leben. *Liebe.* Er verstand diese Empfindung nicht. Es war etwas unglaublich Zartes und ganz anders als alles, was er je für Ysuna empfunden hatte. Seine Liebe zu Ta-maya beruhigte und tröstete ihn. Er hatte Ta-mayas Leben gerettet, und doch wußte er tief in seinem Herzen, daß *er ihr* dankbar sein sollte, denn als er sich um ihretwillen Ysuna entgegengestellt hatte, hatte er damit auch sich selbst gerettet. Wenn er doch nur einen Weg fand, ihre Verfolger abzuschütteln . . . Er hob das Mädchen auf seine Arme und begann wieder den langen Abhang des Hügels hinaufzulaufen.

»Du kannst mich nicht den ganzen Weg bis in die Rote Welt tragen! Laß mich herunter, Masau! Ich bin deine Frau und kein Kind! Ich werde an deiner Seite laufen!« rief sie mit einer Inbrunst, die ihn verblüffte und erfreute.

»Nackt und barfüßig kommst du nicht weit, meine Kleine. Wir haben noch einen sehr weiten Weg vor uns, bis du wieder sicher bei deinem eigenen Stamm bist!«

»Der Stamm des Wachenden Sterns wird uns folgen. Wir werden niemals sicher sein.«

»Hab Hoffnung! Ich werde deinem Stamm beibringen, wie aus Kaninchen Löwen werden! Ich werde sie lehren, gegen die

Raubtiere dieser Welt zu kämpfen! Wenn Ysuna jedoch stirbt und Maliwal keine Kraft mehr geben kann, wird mein Bruder nicht den Mut aufbringen, die anderen gegen mich zu führen.«

Seine eigenen Worte machten ihm Mut. Sobald Ta-maya und er diese Anhöhe überquert hatten, würde die Landschaft ihnen die Flucht leichter machen. Im Osten lag eine weite, zerklüftete Fläche mit vom Regen ausgewaschenen Wasserläufen, neben denen ein größerer Fluß mit dichtem, schützendem Baumbewuchs verlief. Er hatte vor, ihre Spuren im seichten Wasser mit dem steinigen Grund zu verwischen und die Verfolger in die Irre zu führen. Im Schutz der Bäume konnte Ta-maya sich ausruhen, während er nach Nahrung jagen und ihr irgendeine Fußbekleidung herstellen wollte. Da Ysuna verletzt und vermutlich nicht in der Lage war, ihren Stamm zu führen, würde Maliwal die Verfolgung bis dahin vielleicht eingestellt haben. Masau hoffte, daß er und Ta-maya dann sicher weiterziehen konnten. Dieser Gedanke machte ihm neuen Mut, und er lief schneller.

Der Nordwind blies heftig gegen seinen Rücken und drängte ihn weiter. Hinter der Hügelkuppe kreisten Raben und stießen vom Himmel herab. Er konnte bereits ihr Krächzen hören. Er runzelte die Stirn, denn die Vögel erinnerten ihn an Wehatla, die junge Dienerin und einzige Tochter Yatlis, die er in der vergangenen Nacht hatte erdrosseln müssen. Andernfalls hätte sie Ysuna vielleicht unbeabsichtigt verraten, daß Ta-maya die Plattform vor dem Anbruch des Tages ihrer Opferung gesehen hatte — und daß er die Hütte der Reinigung betreten hatte, um verbotenerweise in der Nähe der Braut zu sein, nachdem er Ysunas Schlaffelle verlassen hatte. *Raben*, dachte er erschrocken, *die Vorboten des Todes*. Er hätte sie zu seinem Totem ernennen sollen! Aber dann fiel ihm ein, daß die Vögel vermutlich von den Leichen Tlana-quahs und Kosar-ehs fraßen. Mit diesen Toten hatte er nichts zu tun. Er konnte Ta-maya unmöglich in die Nähe der Leichen bringen. Er mußte sie noch nicht mit der Nachricht belasten, daß ihr Vater und ihr Freund tot waren.

Er änderte die Richtung, um den Abhang seitlich zu überqueren. Er wollte Ta-maya um jeden Preis aus der Gefahr bringen, ganz gleich, was die Mächte der Schöpfung ihm in den Weg legen mochten. Wenn die Eidechsenfresser der Roten Welt ihm all das verziehen, was er und sein Stamm ihnen angetan hatte, konnte er sich als ein Mann betrachten, der in der besonderen Gunst der Geister der Vorfahren stand. Er würde sich vor ihnen erniedrigen und sie anflehen, als einer von ihnen ein neues Leben beginnen zu dürfen, fern im Süden, im sonnenbeschienenen Land der Träume.

»Er muß sterben! Und das Mädchen auch!« Ysuna lag auf ihren Schlaffellen. Ihre Augen blickten starr und stechend, und sie hatte die Zähne zusammengebissen.

Maliwal kniete neben ihr und trug eine Salbe aus Spinnweben und Weidenöl auf die klaffende Wunde auf, die Masaus Speer in ihrem rechten Oberarm verursacht hatte.

»Das Mädchen trägt allein die Schuld, Ysuna«, sagte er schroff. Als er mit der Salbe fertig war, machte er sich daran, die Wunde mit einer Knochennadel und einer Sehne zu vernähen, wobei er die ganze Zeit redete, um sie abzulenken. »Sie und ihr eidechsenfressender Stamm und dieser Schamanenjunge haben ihn mit irgendeinem Zauber verhext.«

»Ein Schamanenjunge?«

»Ja. Und auch ein Mädchen. Ein hübsches kleines Ding. Sie konnte das große weiße Mammut herbeirufen, und wenn es kam, fraß es ihr aus der Hand.«

Ysuna fuhr hoch, als hätten die Worte sie gestochen. »Du hast es gesehen?«

»Ja! Es war Zauber. Sie und der Junge müssen auch Masau verhext haben. Wenn er dich wirklich hätte töten wollen, Ysuna, wäre sein Speer nicht danebengegangen. Er hätte sein Ziel gefunden.«

»Und wenn du nicht zur Warnung meinen Namen gerufen hättest, wäre mir nicht die Zeit geblieben, rechtzeitig auszuweichen. Der Wurf hätte mich getroffen. Du warst es, Maliwal, der mich vor diesem Speer bewahrt hat. Masau wollte mein Leben im Austausch für ihres, trotz allem, was ich für ihn getan habe.«

Sie schwieg und beobachtete leidenschaftslos und ohne sichtbare Reaktion auf den Schmerz Maliwals Bemühungen. Es war, als würde er den Arm von jemand anderem nähen. »Jetzt will ich sie beide haben. Ja, mit meinen eigenen Händen werde ich sie dem Gott opfern! Und du wirst an meiner Seite stehen und als erster von ihrem Blut trinken, während ich sie schlachte. Himmelsdonner wird sehen, wie der Stamm des Wachenden Sterns mit denen umgeht, die es wagen, ihn und seine Bittstellerin, die Tochter der Sonne, zu beleidigen!«

Nachdem Masau das Nähwerkzeug beiseite gelegt hatte, bedeckte er die Wunde mit frischen Weidenblättern und wickelte den Arm in breite Streifen aus sauberem, weichem Elchleder. Dann beugte er ihren Arm nach oben und sicherte ihn mit einer Schlinge aus demselben Leder. »Jetzt laß mich nach deiner Hand sehen. Oh . . . ich werde auch sie nähen müssen.«

Sie sah ihm nachdenklich zu, als er vorsichtig die Einstiche und Risse einsalbte, die Bluts Zähne in ihrem Fleisch hinterlassen hatten. »Eigentlich sollte sich Masau um meine Wunden kümmern, Wolf.«

Er sah sie erschrocken an und runzelte die Stirn. »Es waren Masau und sein verfluchter Hund, die sie dir zugefügt haben! Ich höre vielleicht auf den Namen Wolf, Ysuna, aber ich würde mich niemals gegen die wenden, die mir das Leben geschenkt hat!«

»Du bist ein treuer Sohn, Maliwal!«

»Ja!« bestätigte er und knurrte leise in verletztem Stolz. »Das bin ich!«

Sie hob interessiert eine Augenbraue und griff mit der freien Hand nach dem Umhang, den er von der Schulter zu nehmen vergessen hatte. »Ein geflecktes Fell . . . Ich habe noch nie so etwas gesehen. Woher hast du es? Es sieht sehr alt aus.«

Er schürzte abwehrend die Lippen. »Es ist das letzte seiner Art. Ich habe es von der Leiche des Häuptlings des Stammes genommen, aus dem wir das letzte Opfer geholt haben. Er hat damit geprahlt, während er noch lebte. Er sagte, er hätte das Tier getötet, als er noch jung war, und daß es der letzte der großen gefleckten Löwen war, die sein Stamm Jaguar nennt. Ich wollte das Fell und habe es mir genommen. Es gehörte nicht auf die Schultern eines Eidechsenfressers!«

Ysuna strich immer wieder mit der Hand über den abgenutzten Pelz. »Die große Katze, die dieses Fell trug, muß sehr schön gewesen sein.«

Maliwal lehnte sich zurück und hockte sich steif auf die Fersen. »So schön wie du, Ysuna.« Ohne zu zögern, nahm er das Fell ab und legte es ihr behutsam um die Schultern. »Ich hätte es dir schon früher geben sollen«, sagte er und log dann so mühelos, wie er atmete. »Aber ich habe nicht gedacht, daß die Tochter der Sonne etwas haben will, das einmal einem Mann aus der Roten Welt gehört hat.«

Sie lächelte gütig. »Die Männer der Roten Welt werden bald genauso zu meinen Füßen knien wie du jetzt, Maliwal. Aber sie werden nicht meine Söhne sein, sondern meine Sklaven. Ihre Frauen sollen den Männern des Wachenden Sterns zum Vergnügen dienen. Ihre Töchter sollen Fleisch für Himmelsdonner sein.« Diese Worte erregten sie. Ihr Gesicht war bleich vor Schmerzen, und das Weiße in ihren Augen war vom Fieber getrübt. Doch tief in ihnen glühte noch die Hitze ihrer ehrgeizigen Entschlossenheit. Ihre Hände fuhren an ihre Halskette. »Wenn ich die heiligen Steine der Roten Welt und das Fleisch und Blut des weißen Mammuts habe, werde ich diesen Sohn nicht vergessen – Maliwal, den Wolf. Du sollst für immer an meiner Seite leben. Du sollst dein Ohr nicht länger in einem Beutel bei dir tragen. An dem Tag, wo ich in Jugend und Unsterblichkeit wiedergeboren werde, wird dein Gesicht wieder ganz sein und mit der Pracht der Tochter der Sonne in Vollkommenheit erstrahlen!«

Er zitterte.

Sie bemerkte seine Reaktion und nickte zur Bestätigung des Schwurs. »So wird es sein, Maliwal. Schon bald! Laß mich jetzt allein! Bring Masau und Ta-maya zu mir! Nachdem ich sie getötet habe, werden wir zum heiligen Berg ziehen. Wenn alle Männer der Roten Welt tot sind, wirst du mich zu diesem Schamanenmädchen führen, das das große weiße Mammut rufen kann. Es wird es für mich rufen. Nachdem ich es getötet habe, wird auch das Mädchen sterben, denn von diesem Tag an wird es nur noch einen Schamanen geben, Ysuna, die Tochter der Sonne!«

Die Trommeln im Dorf waren schon vor einiger Zeit verstummt, doch dafür klopfte Kosar-ehs Herz. Der Spaß, den Maliwal ihm gewünscht hatte, war anders als geplant verlaufen. Hätten die Umstände für den Lustigen Mann etwas anders gelegen, hätte er jetzt gejubelt.

Fremde Männer umringten ihn, aber sie kamen nicht aus dem Lager am Fuß des Hügels. Sie hatten sich heimlich und leise aus südlicher Richtung an den Stamm des Wachenden Sterns angeschlichen, so wie er und Tlana-quah es getan hatten. Sie trugen viele Speere. Sie hatten auch Speerwerfer bei sich und größere Ausführungen der Keulen, die die Stämme der Roten Welt benutzten, um Kaninchen und Hasen auf Treibjagden zu erschlagen. Nach ihrem Aussehen zu urteilen, hatten sie in kurzer Zeit eine große Entfernung zurückgelegt. Im Versteck des hohen Grases hatten sie sich unbemerkt an das Dorf angeschlichen. Kosar-eh versuchte benebelt, sie zu zählen. Doch es waren zu viele.

»Die Jagd beginnt . . .«, flüsterte ihr Anführer, ein Mann in einem bemalten Umhang aus Bisonfell. Er wog prüfend den Speer in seiner rechten Hand und starrte unheilverkündend auf das Dorf hinunter.

»Gut«, sagte ein wesentlich jüngerer Mann, der dem ähnelte, der gerade gesprochen hatte. »Mögen die Geister der Vorfahren mit uns sein, damit wir nicht wie dieser arme Mann enden.«

Mehrere große, grobknochige Männer umringten Kosar-eh, knieten sich hin und schüttelten voller Mitgefühl und unterdrücktem Zorn den Kopf. Ihre Wut war offenbar gegen jene gerichtet, die ihm dies angetan hatten. Einer von ihnen begann die Stricke zu lösen, mit denen seine Handgelenke gefesselt waren. Ein anderer befreite ihn von dem Knebel. Kosar-eh wollte die Nesseln ausspucken, aber sein Mund und seine

584

Zunge waren so angeschwollen und entzündet, daß es ihm nicht gelang. Einen Augenblick später spielte das überhaupt keine Rolle mehr. Einer der Männer zog den Speer aus seinem Unterleib. Der Schmerz war so überwältigend, daß Kosar-eh schrie. Die Nesseln flogen aus seinem Mund, als er in die Arme eines Fremden sackte, der ihm eine große, schwielige Hand über das Gesicht hielt.

»Zu spät!« rief der älteste Jäger. »Sie haben seinen Schrei gehört!« Er keuchte ein unverständliches Schimpfwort. »Seht! Die Männer, die das Dorf verlassen haben und zu den Hügeln im Süden unterwegs sind, haben uns gesehen!«

Die Fingerknöchel des Anführers wurden weiß, als er den Schaft seines Speeres packte. »Dann haben sie ihren Tod gesehen!«

Kosar-eh blickte durch einen Schleier aus Schmerz, Übelkeit und Verwirrung hoch. Was geschah hier? Wer waren diese Männer? Es spielte keine Rolle. Es interessierte ihn nur, daß sie offensichtlich Feinde des Stammes des Wachenden Sterns waren. Vielleicht waren es wohlwollende Geister aus der Welt jenseits dieser Welt. Vielleicht sahen sie tatsächlich auf die Welt der Menschen hinunter und erhörten die Bitten der Priester und der Lustigen Männer. Wie oft hatte er, seit er von Maliwal aufgespießt und dem sicheren Tod überlassen worden war, schon die Mächte der Schöpfung angefleht, sein Leben zu nehmen und Ta-mayas zu retten? Und jetzt sah es aus, als würden beide Wünsche in Erfüllung gehen. Wenn er doch nur die Worte hinausschreien konnte, die sich in seinem Herzen drängten! *Möge ich noch so lange leben, um Masau für das zu danken, was er heute getan hat! Und möge ich so lange leben, um zu sehen, wie Maliwal, der wolfsäugige Schlächter der Männer, Frauen und Kinder, langsam stirbt!*

Jemand untersuchte seine Wunde, sagte etwas darüber, daß der Speer die Schlagader verfehlt hatte und glatt hindurchgegangen war, ohne einen Knochen zu verletzen. »Die Totengeister deiner Vorfahren waren heute mit dir«, sagte der Mann und reichte ihm einen Wasserschlauch.

Kosar-eh versuchte zu trinken. Die Brennesseln hatten jedoch

585

ihre Spuren hinterlassen. Es würde Stunden dauern, bis er wieder ohne ernsthafte Schmerzen schlucken konnte. Er legte den Kopf in den Nacken und versuchte sich zu entspannen, damit das Wasser direkt durch seine Kehle fließen konnte. Doch dann verschluckte er sich.

»Masau!« Der Anführer bellte den Namen des Mannes. »Ich habe ihn gewarnt. Zu viele junge Frauen sind von seiner Hand Himmelsdonner geopfert worden! Ich, Shateh, werde es nicht zulassen, daß er noch mehr Blut vergießt. Er hätte schon vor langer Zeit sterben sollen!«

Die Männer um Kosar-eh sprangen auf und eilten an die Seite ihres Anführers. Durch ihre Reihen hindurch konnte der Lustige Mann zum nächsten Hügel sehen. Masau hatte ihn gerade mit Ta-maya in den Armen überquert. Als Masau die Gruppe bemerkte, stellte er das Mädchen ab und richtete sich auf. Er hielt seinen Speer in der linken Hand. Es sah aus, als würde er etwas zu Ta-maya sagen. Auf die Entfernung war es für Kosar-eh und die anderen unmöglich, die Worte zu verstehen, aber sein linker Arm bewegte sich.

In diesem Augenblick ließ Shateh den Speer los, den er bereits in seinen Speerwerfer gelegt hatte. Die Kraft des Mannes war erstaunlich, ebenso wie die zusätzliche Geschwindigkeit, Wucht und Reichweite, die der Speerwerfer seiner Waffe vermittelte. Nicht einmal in den phantastischsten Geschichten, die Kosar-eh sich für die Kinder des Stammes ausgedacht hatte, war ihm jemals die Idee gekommen, einen Speer so weit fliegen zu lassen — oder mit solch tödlicher Präzision.

Auf dem nächsten Hügel schrie Ta-maya auf. Doch es war zu spät. Masau wurde herumgewirbelt und von der Wucht zurückgeworfen, als Shatehs Speer ihm durch die Brust drang. Ta-maya schrie seinen Namen und warf sich über seinen Körper, als wäre ihr eigenes Fleisch genügend Schutz vor weiteren Speeren.

Fassungslos sah Kosar-eh zu, wie Shateh das stumpfe Ende eines weiteren Speers in seinen Speerwerfer legte, ihn über die Schulter hob und sich zum nächsten Wurf bereitmachte.

»Nein!« schrie Kosar-eh, während er sich aufrappelte, vorwärtstaumelte und sich gegen Shatehs Kniekehlen warf, wodurch der Mann zu Boden geworfen wurde, bevor er den zweiten Speer werfen konnte. Die Waffe schlitterte fort. Kosar-eh setzte ihr nach, packte sie mit seiner gesunden Hand, und während er vor unerträglichen Schmerzen schluchzte, schaffte er eine komplette Kehrtwendung. Kniend richtete der Lustige Mann die Spitze des Speeres genau zwischen Shatehs Augen.

Der Mann starrte ihn fassungslos keuchend an. Seine Leute umringten ihn.

Mit geschwollener Zunge brachte Kosar-eh halbwegs verständlich seine Drohung hervor. »Wenn irgend jemand einen Speer gegen das Mädchen erhebt, wird euer Anführer sterben, bevor mich jemand aufhalten kann.«

Shatehs Blicke wanderten von der Speerspitze den Schaft hinauf und fixierten Kosar-eh. »Es war nicht meine Absicht, ihr Schaden zuzufügen. Wir sind gekommen, um Masaus Leben zu beenden, bevor er das des Mädchens nimmt. Es sind noch weitere Jäger des Bisonsstammes aus dem Westen und Norden zu diesem Ort unterwegs, um sich mit mir dem Stamm des Wachenden Sterns entgegenzustellen. Wir werden die Hexe Ysuna töten. Wir werden Maliwal und Masau in die Geisterwelt zurückschicken, in die ich sie vor vielen Wintern verbannt habe. Wir werden ihren Zerstörungen ein Ende machen und dafür sorgen, daß sie nie wieder unsere Stämme angreifen und unsere Töchter rauben, um sie ihrem Totem zu opfern!«

»Masau hat sein Leben riskiert, um Ta-maya zu retten.« Kosar-eh drohte von der Schwäche und den Schmerzen überwältigt zu werden, aber er nahm das erstaunte Murmeln hinter seinem Rücken wahr.

»Was spielt das jetzt noch für eine Rolle?« fragte ein anderer Mann des Bisonstamms nervös und gereizt. »Seht dort! Die Männer des Wachenden Sterns kehren wieder in ihr Dorf zurück. Sie werden ihre vielen Brüder warnen, daß wir gekommen sind. Jede Hoffnung, sie überraschen zu können, ist verloren. Laßt uns umkehren und uns in den Bäumen am Flußufer verstecken, bis die übrigen Männer unserer Stämme kommen und unsere Zahl vergrößern. Wir müssen schnell handeln, bevor es zu spät ist.«

Shateh starrte immer noch, ohne zu blinzeln, auf den Lustigen Mann und erkannte seine zunehmende Schwäche. Er hob seinen Arm und entriß ihm mit einem kräftigen Ruck seinen Speer. Als er aufgestanden war, sagte er zu den anderen: »Ja, weil wir entdeckt wurden, müssen wir sofort handeln. Wir müssen jetzt angreifen, weil man von uns erwartet, daß wir fliehen! Schon viel zu oft habe ich meine Augen von diesem Stamm des Wachenden Sterns abgewandt. Du, Erstgeborener meiner vierten Frau, du und die anderen Männer, ihr habt euch lange nach einem Kampf gesehnt! Geht! Eure Speere sind so scharf wie eure Bereitschaft! Führe die anderen an, ältester Jäger, und ich werde nachsehen, ob mein Sohn Masau tot ist. Wenn nicht, werde ich mein Werk vollenden. Dann werde ich mich euch anschließen.«

»Komm nicht zu nahe!« Ta-mayas Stimme war sicher, ihr Gesicht ernst und ihre dunklen Augen wild. Sie hielt Masaus schweren Speer ungeschickt in beiden Händen. Sie staunte über die Leichtigkeit, mit der die Jäger aus dem Norden diese Waffen benutzten. Sie bezweifelte, daß sie in der Lage sein würde, genügend Kraft für einen Wurf aufzubringen. Dennoch blieb sie vor Masaus zusammengekrümmtem Körper stehen und stieß den Speer in Richtung der näher kommenden Bisonjäger.

Die Männer blieben ungläubig stehen und blickten an ihr vorbei. Masau stöhnte, versuchte aufzustehen und schaffte es zumindest, sich aufzusetzen. Er packte die Speerspitze, die ihm direkt neben der Achselhöhle aus der Brust ragte.

»Dieser Sohn von mir ist nicht leicht zu töten«, brummte Shateh verbissen.

Neben ihm riß der älteste Jäger plötzlich die Augen auf, als hätte er von den Geistern eine Vision erhalten. »Vielleicht ist er das, was er zu sein behauptet: der Mystische Körper, genauso unbesiegbar wie Ysuna. Vielleicht kann er gar nicht sterben!«

Shateh sah sich mit einem ungläubigen Blinzeln Masaus

Wunde an. »Er blutet.« Dann veränderte sich sein Gesicht, als er seinen Sohn erneut musterte. Seine Mundwinkel entspannten sich, und in seinen Augen stand eine plötzliche Traurigkeit. »Was blutet, kann und wird auch sterben.«

Als er näher kam, machte Ty-maya mit dem Speer einen Ausfall. »Bleib, wo du bist!« warnte sie, doch Shateh hörte nicht auf sie. Er stieß so schnell vor, daß er, bevor sie wußte, was geschah, dem Stoß ausgewichen war, mit dem sie ihn hatte treffen wollen. Dann schlug er ihren Speer mit dem Unterarm zur Seite. Sie schrie auf, als ihr die Waffe aus den Händen flog.

»Halt dich da raus, Mädchen!« Der älteste Jäger griff nach ihr und hielt sie in seiner Armbeuge fest.

»Nein!« schrie sie und versuchte sich zu befreien, als Shateh sich über Masau stellte. Die Spitze seines Speers zeigte genau auf das Herz des verwundeten Kriegers.

»So wie du meine Brust durchbohrt hättest, als du mit dem Speer auf diesem Hügel standest und zu mir hinüberblicktest, Masau, so werde ich dich jetzt mit meinem durchbohren. Dann werde ich zu meinen Männern zurückkehren und Ysuna und dem Stamm des Wachenden Sterns das Geschenk des Todes bringen!«

»Nein!« schrie Ta-maya. »Er hat seinen Arm erhoben, um euch zu grüßen, nicht zur Drohung! Er sagte zu mir, daß er niemals seinen Speer gegen dich erheben würde! Er sagte, es wäre an der Zeit, die Wunden zwischen euch heilen zu lassen!«

Shateh hielt seinen Speerarm immer noch zum Zustoßen bereit, aber er zuckte bei ihre Worten zusammen. In seiner Haltung lag ein deutliches Zögern, als er seinen Sohn ansah. »Ist es die Wahrheit, was sie spricht?«

»Ich habe dir auf dem Medizinpfahl das Leben geschenkt, Shateh.« Masau rang mit seinen Worten und stieß sie mit schmerzvollem Keuchen hervor. »Bringt das Mädchen in Sicherheit! Wenn ihr, du und der Bisonstamm, keinen Erfolg habt, wird der Stamm des Wachenden Sterns nach ihr suchen. Sie werden sie töten.«

»Wir werden Erfolg haben!« schwor Shateh.

Masau versuchte sich keuchend in eine Position zu bringen,

von der aus er das Dorf erkennen konnte. Der Bisonstamm hatte mit dem Angriff begonnen. Trommelschläge dröhnten. Kriegsgeheul und die Schreie verängstigter Frauen waren im Lager zu hören. Doch selbst aus diese Entfernung war zu erkennen, daß jemand die Kräfte des Stammes des Wachenden Sterns gesammelt hatte. Sie waren den Eindringlingen dreifach überlegen. Und auf der Knochenplattform stand Ysuna, einen Arm in der Schlinge und einen Speer in der anderen Hand. Ihr Haar und ihr Federumhang flatterten hinter ihr im Wind, und Tlanaquahs gefleckter Fellumhang lag auf ihren Schultern.

»Ihr könnt niemals siegen, solange sie noch am Leben ist«, stellte Masau fest. Shatehs Gesicht verzerrte sich. »Wir werden gewinnen!«

Der älteste Jäger hielt Ta-maya so fest, daß sie kaum atmen konnte, dennoch wehrte sie sich gegen seinen Griff, während sie gleichzeitig vor Freude und Sorge weinte, als Kosar-eh, auf den Arm eines Jägers gestützt, in ihr Blickfeld gehumpelt kam.

»Ihr *müßt* gewinnen!« schaffte es der Lustige Mann zu sagen. »Wenn nicht, werden sie nach Süden ziehen. Sie werden das große weiße Mammut töten, und dann wird jeder Mensch der Roten Welt dieselbe Furcht erfahren, die den Bisonstamm mit seinen Kriegskeulen an diesen Ort getrieben hat.«

Ta-maya konnte kaum atmen. »Nein! Das ist nicht möglich!«

»Doch, das ist es«, erwiderte der Lustige Mann verbissen. »Dein Vater ist tot, Ta-maya, er wurde vor meinen Augen von Maliwal ermordet. Sieh, unten im Dorf trägt die Priesterin sein Jaguarfell, und hier zu deinen Füßen trägt Masau das Fell des kleinen weißen Sohns.«

Sie erschlaffte in den Armen des ältesten Jägers. »Masau«, schluchzte sie, »sag mir, daß das nicht wahr ist!«

Er blickte sie eine Weile an, bis er ein paarmal flach ein- und ausatmete und schließlich mit einem rasselnden Keuchen sprach. »Shateh, diesmal hast du mir das Leben genommen, aber ich bin noch nicht tot. Befreie mich von diesem Speer. Ich werde damit ins Dorf gehen. Diesmal wird mein Speer sein Ziel nicht verfehlen.«

11

Sie zogen den Speer aus seinem Körper, aber sie schickten Masau damit nicht ins Dorf zurück. Er brach in Shatehs Armen zusammen, und der Häuptling des Bisonstammes erklärte, daß es gut so war. Denn nun konnte Masau die Schmerzen nicht mehr spüren, als man seine Wunde ausbrannte. Ihm wurden auch die Schmerzen erspart, die er sonst verspürt hätte, als er auf Shatehs Befehl auf dem Rücken des ältesten Jägers in den schützenden Wald am Fluß getragen wurde. Ta-maya folgte ihnen, während sie dem verwundeten Kosar-eh half. Noch einige Stunden lang war sie zu sehr von den Ereignissen vor ihrer Flucht schockiert, als daß sie darüber sprechen konnte.

Auch im Dorf dauerte die Schlacht noch einige Stunden an. Immer wieder unternahmen die Bisonjäger tapfere Vorstöße ins Dorf, wobei auf beiden Seiten viele Männer starben, bis das Grasland rot von Blut war. Der Rauch brennender Hütten stieg auf, und die Raben, die von den Leichen Tlana-quahs und Wehatlas gefressen hatten, kreisten in so großer Zahl über dem Lager des Stammes des Wachenden Sterns, daß ihre Flügel das Land verdunkelten.

Weit entfernt auf den Blauen Tafelbergen errichteten die Menschen des Stammes von Tlana-quah betrübt ein kleines Lager in den heiligen Pinienhainen. Andere Stämme waren bereits eingetroffen, doch in Anbetracht der Situation fiel die Begrüßung nicht sehr freudig aus. Bald hatten sich die Schamanen auf dem Felsplateau zum Rathalten versammelt, und Dakan-eh und die anderen Jäger waren damit beschäftigt, die verschiedenen Wege, die auf den Berg führten, mit Fallen und Fallgruben zu sichern, die nicht für Tiere, sondern für Menschen bestimmt waren.

Der Wind blies kräftig aus dem Norden, und die Sonne näherte sich bereits dem westlichen Horizont. Cha-kwena saß mit dem Umhang und Kopfschmuck seines Großvaters bei den anderen heiligen Männern und legte seinen heiligen Stein in den Kreis der anderen. Er versuchte jede Erinnerung an das letzte Mal zu verdrängen, als er hiergewesen war − ein unreifer Junger in der Gesellschaft eines geliebten alten Mannes und einer Eule, die beide ihre letzte Reise zu den Blauen Tafelbergen unternommen hatten.

Die Schamanen sprachen leise und eindringlich. Sie sprachen von Tod und Träumen, von Shi-wana und Ish-iwi und Hoyeh-tay, von alten Freunden, die sich in dieser Welt nie wieder mit ihnen zur Ratsversammlung treffen würden.

Der Wind trug den Geruch nach Rauch heran. Cha-kwena erzitterte, als er sich an das erinnerte, was er in den Weißen Hügeln gesehen hatte. Er fragte sich, was Sunam-tu wohl jetzt tat. Der verwirrte Mann hatte sich standhaft geweigert, sein Dorf zu verlassen. War er immer noch auf der Jagd, um die Toten zu füttern, um Naqua-neh und die Ratten zu bewachen, die an diesem Ort von den Leichen fraßen? Cha-kwena erschauderte.

Die alten Männer sangen und riefen die heiligen Steine an, ihnen die Antworten auf tausend Fragen zu geben. Cha-kwena hörte zu, dann sang er mit, obwohl er die Antworten bereits wußte, nach denen sie suchten.

Hoyeh-tay hatte sie gewarnt. Die Brüder des Himmels waren auf die Erde gekommen. Bald würden sie am heiligen Berg eintreffen.

Die Stämme der Roten Welt mußten sich ihnen entgegenstellen − oder sterben.

Im roten Licht der untergehenden Sonne konnte Ysuna von der Plattform aus alles sehen − das Blut, das Feuer und den schwarzen Rauch, der von einem Dutzend brennender Hütten aufstieg. Hunde schlichen in den Resten des Dorfes herum und fraßen schnell von den Toten, bis die Lebenden sie fluchend verscheuchten.

Die Priesterin stützte sich auf den Speer, den sie aufrecht in ihrer unverbundenen Hand hielt. Dennoch schwankte sie vor Schwäche, nachdem sie schon seit Stunden kurz vor dem Zusammenbruch stand. Es war ihre eiserne und felsenfeste Willenskraft, die es ihr ermöglichte, das Gleichgewicht zu wahren, als Maliwal langsam die Knochenstufen hinaufstieg und zu ihr kam.

»Wie viele Tote?« fragte sie.

Verschwitzt, blutbesudelt und mit einer Kriegskeule in der Hand, die sie nicht kannte, nannte er ihre Anzahl und ihre Namen.

Sie geriet ins Taumeln, riß sich jedoch wieder zusammen, bevor sie von der Plattform stürzen konnte. »So *viele!* Und beim Feind?«

»Mehr! Viel mehr! Ich selbst habe einem von ihnen diese Keule abgenommen. Damit habe ich zwölf Männer erschlagen!« verkündete er strahlend. »Sie sind in den Schatten der Hügel geflohen. Wir haben sie für heute vertrieben und werden bereit sein, wenn sie es wagen, morgen noch einmal zurückzukommen! Jetzt lecken sie sich wie Hunde ihre Wunden. Ich könnte sie mit ein paar Männern verfolgen, wenn du willst, aber in der Dunkelheit hätten sie in der Deckung einen Vorteil. Ich bin dein Wolf, Ysuna, aber ich ziehe es vor, meiner Beute bei hellem Tageslicht ins Gesicht zu sehen, wenn ich sie töte!«

»Ja. Ich habe dich gut unterrichtet, Maliwal.«

Er starrte sie an. Sie sah wie eine der Leichen aus. Ihr Gesicht war aschfahl, und ihre Augen hatten einen fiebrigen Glanz. Als eine Windbö gegen ihren Rücken stieß, bewegten sich nicht nur ihr Haar und das Jaguarfell. Maliwal trat schnell an ihre Seite, um sie zu stützen. Der Wind wehte ihm ihren Geruch entgegen. Er war entsetzt über den schweren Hauch des Todes, der von ihr ausging.

»Du mußt dich jetzt ausruhen, Tochter der Sonne! Deine Wunden haben dich geschwächt. Du mußt dich ausruhen!« *Sonst wirst du nicht lange genug leben, um mein Gesicht heilen zu können!*

Er brachte sie in ihre Hütte. Die Bisonfresser waren nicht bis hierher vorgedrungen. Dennoch stank auch diese Hütte nach Rauch und dem Tod, der heute in ihr Lager gebracht worden war.

Bald schlief Ysuna ein. Erneut kam der verhaßte und geliebte Traum zu ihr, der Traum von der Vergangenheit, von Jugend und Entbehrung, von Kälte und Hunger und von der Sehnsucht nach Leben, Sonnenlicht und Mammutfleisch... von einem jungen Mädchen, das in der weißen Dunkelheit eines endlosen Winters zitterte, während Visionen von einem weißen Mammut sie durch wirbelnde Schneestürme führte, bis sie die Nahrung und Rettung für ihren Stamm fand...

Sie öffnete die Augen. Die Nacht war angebrochen, und es war dunkel in der Hütte. Hinter den Fellwänden beklagten die Frauen ihre Toten. Männer stimmten die Todesgesänge für gefallene Söhne, Brüder und Freunde an. Einer der Trommler hatte seinen Schläger genommen und schlug einen langsamen, stetigen Rhythmus der Trauer.

Sie schloß die Augen wieder und erinnerte sich an Maliwals Worte über ein Schamanenmädchen, das das weiße Mammut rufen konnte.

»Das bin ich«, murmelte sie. »Nein, es ist jemand anders, eine Feindin. Sie entzieht mir meine Kraft und enthält meinem Stamm den Großen Geist vor.«

Sie seufzte und schlief wieder ein, worauf ihre Träume einen vertrauten Weg durch den Nebel ihres Geistes nahmen. Eine große Gestalt stand in Licht gekleidet, mit ihrem heiligen Halsband und im Fell eines gefleckten Löwen da, der nicht mehr im Land ihrer Vorfahren lebte. Sie war es selbst.

Sie ging immer weiter unter dem mächtigen, allgegenwärtigen Auge des Wachenden Sterns durch tiefe, dunkle Schluchten der Zeit. Das Auge starrte rot und blutig auf sie herab, und dann schloß es sich.

Sie ging durch die Dunkelheit weiter. Lange, spinnengleiche Arme tasteten nach ihr. Sie schrie in ihrer Umklammerung auf. Die Dunkelheit lichtete sich. Nun kam sie mühelos voran und bewegte sich an Vorhängen aus menschlichen Fingerknochen vorbei, die im zunehmenden Wind wie Scherben aus vulkanischer Glaslava, aus Obsidian, klirrten.

Sie kannte diesen Traumpfad, der an einem großen Wacholderbaum vorbei zu einer tiefen, wunderbaren Schlucht führte, wo das weiße Mammut auf der gegenüberliegenden Seite eines spiegelnden Teichs auf sie wartete. Doch wie schon in ihren früheren Träumen spürte sie auch diesmal Gefahr. Ein Löwe ging auf diesem Pfad, dem weitere folgten. Sie lagen über ihr in den Ästen des großen Wacholders.

Sie riefen Ysuna ihre Namen zu: *Ish-iwi, Shi-wana, Hoyehtay, Naqua-neh.*

Sie kannte diese Namen nicht. Sie faßte nach dem heiligen Halsband und versuchte, den Traum zu verändern, doch es gelang ihr nicht.

»Nimm dich in acht, Tochter der Sonne! Die heiligen Steine, die du trägst, gehören uns. Wir werden sie uns irgendwann von dir zurückholen!«

»Niemals!« Sie stand allein und atemlos in der Schlucht ihres Traums. Das Auge des Wachenden Sterns öffnete sich wieder. Es war so rot! Sie blickte auf, als sie den Schatten der Eule bemerkte. Die großen runden Augen des Vogels starrten auf sie hinunter. Seine breiten, lautlosen Flügel schwangen durch die Dunkelheit, als sie den Schnabel aufriß, den Wachenden Stern verschluckte und mit einem Kreischen einen Strom kleinerer Sterne auswürgte, bevor sie in der Höhe verschwand und die Tochter der Sonne allein in einem kühlen, glitzernden Regen aus funkelndem Licht zurückließ.

Sie badete sich im Licht. Sie öffnete den Mund und trank es. Sie wurde selbst zum Licht, zu einem Stern, der heller als die Sonne strahlte, der alterslosen, unsterblichen Vorfahrin allen Lebens. Ysuna, die Mutter des Blitzes, die Tochter der Sonne ... und jetzt die Sonne selbst!

Sie drang tiefer in die Schlucht vor. Mammuts gingen ihr voraus — so viele Mammuts, wie es Sterne am Himmel gab. Ihr lief der Speichel im Mund zusammen, der nach Blut und Salz schmeckte.

Ein Blitz flackerte auf, und Donner grollte. Das große Mammut trompetete, als würde es darauf antworten.

Sie sprach seinen Namen aus: »Himmelsdonner!«

Er stand am anderen Ufer eines Sees aus Blut vor ihr. Sie sah nach unten. Ihr Bild spiegelte sich auf der Oberfläche, aber es war nicht das Bild von Jugend und Schönheit. Es war das einer runzligen, kranken Greisin.

»Nein!«

Löwen brüllten, und alte Männer lachten. Ysunas Hände fuhren zu ihrem Halsband, doch während sie sich an die heiligen Steine klammerte, schlug ein Blitz in den Teich ein. Die Welt erzitterte, die Nacht begann zu bluten, und das große weiße Mammut löste sich im Teich auf.

Sie stand allein unter einem Blutregen. Sie kniete sich hin und schöpfte mit ihren Händen aus dem Teich, um davon zu trinken. Doch auch diesmal zeigte ihr Spiegelbild keine verjüngte Frau. Obwohl sie ihre Hände viele Male eintauchte, veränderte sich das Bild der Greisin nicht, sondern starrte sie mit hohlen Augen und ohne Leben an, wie der Mammutschädel, der auf der Plattform stand.

Auf der anderen Seite des Teiches stand ein junges Mädchen und lächelte.

»All-Großvater ist nicht für dich. Ich werde ihn beschützen!«

»Du wirst sterben!« schrie Ysuna und riß sich damit aus ihrem Traum.

»Ysuna?« Maliwal kniete neben ihr. Er hatte sie noch nie in einem solchen Zustand gesehen. Sie schwitzte, geiferte und zitterte wie ein verängstigtes Kind. Die Dunkelheit der Hütte konnte ihre Veränderung nicht mehr verhüllen. Sie war alt und krank und abstoßend. »Was ist los, Tochter der Sonne? Was macht dir Sorgen?«

»Das Mädchen ... das Mädchen, das das Mammut ruft ... sie raubt mir meine Kraft und mein Leben.«

»Sie ist weit entfernt. Sie ist noch ein Kind.«

»Auch ich war einmal ein Kind. Schon damals war ich weise,

Maliwal. O ja! Aber niemand wußte, wie weise ich war. Obwohl sie versuchten, mich zu töten, starb ich nicht. Die Geister der Vorfahren waren mit mir. Himmelsdonner war mit mir. Ich wußte, daß ich weiterleben mußte. Ich wußte, wer ich für meinen Stamm werden mußte. Ich mußte seinetwegen überleben. »Es ist alles für den Stamm geschehen. Das weißt du doch, nicht wahr, Maliwal?«

Er runzelte die Stirn. Ihre gesunde Hand hielt seinen Unterarm gepackt. Er spürte, wie dünn und spitz ihre Knochen waren. Ihre Fingernägel gruben sich wie die Krallen eines Adlers in seine Haut. Er mußte nicht hinsehen, um zu wissen, daß sie seine Haut blutig gekratzt hatte.

»Ich kann es spüren, Maliwal. Es ist schlau, dieses Mädchen, das unser Totem ruft. Es glaubt, es kann mir meine Seele aus dem Körper saugen, wenn ich träume. Aber ich weiß, wer es ist, und ich weiß, was es will. Es will meine Macht. Von jetzt an werde ich nicht mehr schlafen. Ich werde nicht zulassen, daß dieses Mädchen es schafft!«

Maliwal überlegte, ob sie wahnsinnig geworden war. Für Wahnsinn waren die Geister verantwortlich, und er glaubte an Geister. So wie Ysuna aussah und roch, war es für ihn auf jeden Fall klar, daß etwas Bösartiges sie auszehrte. Außerdem bestätigten ihre Worte, was er schon seit einiger Zeit vermutet hatte, daß nämlich die starrsinnige jüngere Tochter Tlana-quahs keineswegs ein dummes kleines Geschöpf war. Sie mußte eine Schamanin sein. Warum sollte sonst das große weiße Mammut zu ihr kommen? Und wie konnte sonst ein einfaches Mädchen genug Mut haben, um in den Schatten des großen weißen Mammuts zu treten und sich bereitwillig und furchtlos von seinem Rüssel umarmen zu lassen, während er und die mutigsten seiner Männer aus Angst vor der tödlichen Macht des Totems zurückgewichen waren?

»Ich muß die heiligen weißen Steine bald haben, Maliwal. Vor allem den einen, der zu ihrem Stamm gehört. Sie bezieht daraus ihre Macht. Ich spüre es. Dieser Stein ist größer als alle anderen.«

Bei diesen Worten riß er die Augen auf. »Masau hatte ihn

bereits in seinem Besitz, aber dann hat er ihn zurückgegeben. Ich habe damals nicht den Grund dafür verstanden. Aber jetzt verstehe ich. Der Stein selbst war es, mittels dessen das Mädchen Masau beeinflußt hat.«

Ihre krallengleichen Finger schlossen sich um sein Handgelenk. »Ich muß ihn haben, Maliwal! Andernfalls wird mir nicht mehr genügend Kraft bleiben, das große weiße Mammut zu verfolgen ... oder dich zu heilen, mein Sohn!«

»Bald wird seine Kraft dir gehören, Ysuna!« beruhigte er sie. »Nachdem wir diese Bisonfresser in die Flucht geschlagen haben, werden wir nach Süden gehen und uns die heiligen Steine von den Schamanen auf den Blauen Tafelbergen holen. Der eine ist im Besitz des jungen Cha-kwena.«

»Das Mädchen trägt den Stein gar nicht?«

»Nein. Er gehört jetzt Cha-kwena. Aber er ist ein Niemand! Ich habe nicht bemerkt, daß er irgendwelche Macht besitzt. Das Mädchen hat die Macht, und es wird bei seinem Stamm am See der vielen Singvögel sein. Wo das Mädchen ist, wirst du auch das weiße Mammut finden.«

Ein Krampf schüttelte sie, aber Maliwal konnte nicht erkennen, ob er durch Schmerzen oder Freude ausgelöst wurde. »Dann müssen wir zu diesem Mädchen gehen, du und ich. Wir dürfen nicht länger warten. Dieses Dorf ist verloren. Ruf den Stamm des Wachenden Sterns zusammen! Sag ihnen, daß wir diesen Ort noch heute nacht verlassen werden. Die Bisonfresser sollen ihre Wunden lecken und den morgigen Angriff planen. Wenn sie kommen, sind wir längst verschwunden. Ich glaube nicht, daß sie uns folgen werden. Warum sollten sie? Sie werden denken, daß wir aus Angst vor ihnen geflohen sind!«

Er fühlte sich enttäuscht. »Die Bisonfresser allein lassen, wo das Morden gerade begonnen hat?« fragte er. »Und was ist mit Masau und Ta-maya? Sie befinden sich jetzt vielleicht im Lager der Bisonfresser. Bist du nicht mehr an ihrem Tod interessiert?«

»Wenn sie uns folgen, werden sie sterben.« Sie verengte die Lider zu schmalen Schlitzen und ließ sein Handgelenk los. »Und wenn sie uns nicht folgen, wird es in der Roten Welt oder irgendwo sonst keinen Ort geben, wo sie vor mir sicher sind.«

Sie griff neben ihre Matratze und wühlte im ledernen Köcher, der dort lag, um eine von Masaus unterarmlangen Speerspitzen aus Chalzedon herauszuholen. »Hier! Befestige sie für mich an einem Schaft! Es sind insgesamt vier. Magische Speerspitzen, sagte dein Bruder, für eine magische Frau, damit ich damit ein magisches Mammut töten kann. Das werde ich tun. Du wirst neben mir stehen, Maliwal, und gemeinsam werden wir das Fleisch und Blut unseres Totems zu uns nehmen. Dann werden wir diese Speerspitzen für einen weiteren Zweck benutzen. Sie werden jene töten, die uns verraten haben – die Speerspitze, die das Mammut töten wird, wird auch für die Braut sein. Die zweite ist für das Mädchen bestimmt, das es wagt, meine Stelle als Schamanin für sich zu beanspruchen, und die dritte für Masau. Er hat sich für seinen Weg entschieden und damit auch für die Weise, in der er sterben wird! Mit seinen eigenen Händen hat er die Speerspitze geschaffen, die ihn töten wird.«

»Und die vierte?«

Sie lächelte, als sie ihn ansah. »Auch dafür wird sich eine Verwendung finden. In der Zwischenzeit gehst du zum Stamm und sagst den Menschen, daß sie in völliger Stille das Lager abbrechen sollen. Es ist Zeit für die Reise zum heiligen Berg.«

Er gehorchte ohne Zögern und war froh, nicht länger ihrem Geruch ausgesetzt zu sein.

Sie beobachtete ihn, als er die Hütte verließ. Ihr schlangengleiches Lächeln verzog sich zu einem Ausdruck der Rachsucht. »Dummer Mann, die vierte Speerspitze ist für dich! Nachdem ich das weiße Mammut getötet habe, brauche ich dich nicht mehr. Du bist nicht Masau. Du bist kein Mystischer Krieger. Er ist der einzige Mann, der jemals dazu geeignet war, an meiner Seite über den Stamm des Wachenden Sterns zu herrschen.«

12

Es dämmerte bereits. Auf dem Felsplateau vor dem heiligen Berg blies der Wind immer noch kräftig aus dem Norden, und die Schamanen der Roten Welt berieten sich immer noch.

Cha-kwena hörte zu und beobachtete die alten Männer in ihrer Bemalung, ihrem Federschmuck und mit den Halsbändern aus silbernen Salbeiblättern, die mit den Schnäbeln, Köpfen und Füßen kleiner Tiere und Beeren, Steinperlen und hartschaligen Nüssen besetzt waren. Die Weisen Männer hatten sich die Gesichter zu Ehren dieses heiligen Ortes blau bemalt. Der Korb mit der Farbe war gleich zu Beginn ihrer Versammlung herumgereicht worden. Auch Cha-kwena, der jetzt einer von ihnen war, hatte seine Fingerspitzen in die schmierige Paste aus Antilopenfett, Wasser und zerriebenem Entenkot getunkt. Die letzte Zutat verlieh der Mischung ihre satte Farbe. Er hatte sie sich ohne Zögern ins Gesicht gerieben, während seine Gedanken bei Hoyeh-tay gewesen waren. Der alte Mann wäre stolz, wenn er seinen Enkel endlich als Schamanen sehen könnte.

Während er jetzt mit gekreuzten Beinen und schmerzendem Rücken vor dem kleinen Feuer und dem Kreis aus heiligen Steinen saß, starrte er in die Flammen. Die Gespräche wurden fortgesetzt und drehten sich nur um die Steine.

»Es gefällt mir nicht, wenn davon die Rede ist, daß Menschen auf Menschen Jagd machen«, sagte der Schamane vom See der Roten Felskuppe. »Die Menschen sind ein Stamm. Vielleicht würden diese Leute aus dem Norden von ihrem Vorhaben ablassen, wenn wir uns mit ihnen beraten.«

»Brüder tun sich nicht das an, was diese Männer aus dem Norden dem Stamm der Weißen Hügel angetan haben«, sagte Cha-kwena.

Iman-atl vom See des Vielen Schilfs nickte in eifriger Zustimmung. »Ich sage, daß es gut ist, daß wir uns hier versammelt haben, um den Brüdern des Himmels entgegenzutreten. Sie haben einen langsamen und schmerzvollen Tod verdient. Die Herzen der jungen Männer meines Stammes singen vor Zorn.

Sie arbeiten begeistert mit Dakan-eh zusammen. Der Mutige Mann hat keine Angst, denn der Zorn macht ihn stark. Obwohl ich schon alt bin, fühle auch ich mich stark und mutig, wenn ich Dakan-eh zusehe. Ich werde mit den jungen Männern gegen den Stamm aus dem Norden kämpfen, und ich werde die Frauen und Kinder meines Stammes ermutigen, Steine auf sie zu werfen und kochendes Öl auf ihre Köpfe zu gießen!«

Han-da, der Schamane vom Stamm des Blauen Himmels, schüttelte den Kopf. »Wenn sie wirklich die Brüder des Himmels sind, können wir nicht gegen sie kämpfen! Wir sollten fliehen!«

Cha-kwena schloß die Augen. Das Streitgespräch nahm kein Ende. Die alten Männer schienen nicht in der Lage zu sein, die Situation zu verstehen. Er zwang sich zur Geduld, als er sprach. »Wenn wir fliehen, werden uns die Männer aus dem Norden folgen. Wenn wir sie hier nicht aufhalten, werden sie für immer unser Leben zerstören.« Wie oft mußte er die Warnung noch wiederholen, bevor sie daran glaubten?

»Wenn wir sie bekämpfen und verlieren, werden wir dann nicht für immer sterben?« hakte Han-da nach.

»Solange sich noch ein einziger Stein in unserem Besitz befindet, werden die Stämme der Roten Welt nicht sterben. Du weißt es.«

»Hmm!« Han-da war nicht überzeugt. »Ish-iwi ist tot. Shiwana und Naqua-neh und Hoyeh-tay sind tot. Ich werde meinen Stein nehmen und diesen Ort verlassen. Ich werde meinen Stamm zu einem neuen Dorf führen, weit weg von diesen Problemen, zu den Hügeln hinter dem westlichen Ufer des Sees, an dem die Heimat unserer Vorfahren liegt. Wenn die Brüder des Himmels in unsere Nähe kommen, werden wir sie rechtzeitig sehen, um vor ihnen fliehen zu können. Außerdem ist der See fast ausgetrocknet. Vielleicht wollen die Geister des Ersten Mannes und der Ersten Frau uns damit sagen, daß es an der Zeit ist, weiterzuziehen. Die Welt hat sich verändert. Einst war dies ein Land mit viel Wasser und vielen Bäumen und Gras und großem Wild. Jetzt ist es trocken, und die Menschen, die einst Pferde, Kamele und Elche jagten, essen nun Kaninchen und

Maden und fragen sich, wohin all die Tiere verschwunden sind.«

Cha-kwena war besorgt. »Wenn die Stämme der Roten Welt sich in Panik zerstreuen, nach Westen, Osten, Norden und Süden — wie lange können sie dann noch hoffen, ein Stamm zu bleiben? Und wer wird unser Totem vor den Brüdern des Himmels schützen?«

Han-da dachte einen Augenblick nach, dann zuckte er die Schultern. »Es gibt ein altes Sprichwort in der Roten Welt, Cha-kwena. ›Wenn sich die Zeiten ändern, müssen sich auch die Menschen ändern.‹« Er ließ seine Worte wirken, dann nickte er, um sie sich selbst zu bestätigen. »Es gibt nur noch wenige Mammuts auf der Welt. Es ist an der Zeit, daß unser Totem uns vor den Brüdern des Himmels beschützt. Wenn es das nicht kann, ist es vielleicht nicht mehr unser Totem.«

Cha-kwena starrte den Mann entsetzt an.

Er war nicht der einzige, denn Han-da wurde von fast allen laut getadelt. Dann beruhigten sich die heiligen Männer, und der Schamane von der Roten Felskuppe sprach zur Verteidigung Han-das.

»Auch ich werde meinen Stamm von diesem Ort fortführen. Wir werden unser Dorf tiefer in die Hügel verlegen. Unser See ist jetzt schon seit vielen Sommern ausgetrocknet, und viel zu oft mußten wir Durst leiden. Wenn die Brüder des Himmels in die Rote Welt kommen, wird der Stamm der Roten Felskuppe ihnen aus dem Weg gehen.«

»Und uns im Stich lassen, so daß wir allein die Dörfer, unsere Traditionen und das Totem unserer Vorfahren verteidigen müssen!« Cha-kwena sprang auf die Beine. »Welches Tier werdet ihr in eurer neuen Welt zum Totem ernennen? Das Kaninchen?«

»Das Kaninchen ist weise und vorsichtig«, antwortete Han-da ruhig. »Das Kaninchen weiß, wann es bleiben kann und wann es fortlaufen sollte. Es gibt viele Kaninchen in der Welt. Aber wohin sind all die Mammuts gegangen, Cha-kwena?«

»Der Stamm des Wachenden Sterns hat sie getötet!« erwiderte er. »So wie sie dich und deinen Stamm töten werden, wenn sie euch finden.«

Han-da schüttelte den Kopf. »Sie jagen Mammuts und die heiligen Steine, Enkel Hoyeh-tays. Sie sind nicht an Kaninchen interessiert.« Er runzelte die Stirn und dachte angestrengt nach. Dann beugte er sich entschlossen vor und nahm seinen heiligen Stein aus dem Kreis. Nach einem Augenblick der Sammlung legte er ihn ehrfürchtig ins Feuer.

Cha-kwena versuchte ihn zurückzuholen, während die anderen Schamanen protestierend über Han-das Frevel aufheulten. Die Hitze des kleinen Feuers war sehr groß, und Han-das heiliger Stein war sehr klein. Cha-kwena berührte ihn mit den Fingern, bekam ihn aber nicht zu fassen. Der Junge schlug nach den Flammen und stocherte in den Kohlen, aber es war sinnlos, Han-das heiliger Stein hatte sich aufgelöst.

»Es ist getan«, sagte Han-da. »Du wirst es sein, den sie töten werden, Cha-kwena, und alle anderen, die ihnen entgegentreten.«

Cha-kwena starrte den Mann fassungslos an. »Du hast einen Teil des Ersten Mannes und der Ersten Frau zerstört, einen Teil von uns allen! Du hast uns und unser Totem im Angesicht unserer Feinde geschwächt. Seit Anbeginn der Zeiten waren die Menschen ein Stamm, Han-da, aber du hast dich selbst aus diesem heiligen Kreis ausgeschlossen. Geh! Du bist nicht mehr unser Bruder!«

Auf dem Berg herrschte eine angespannte Stille. Für einen Augenblick legte sich sogar der heftige, trockene Wind, und in diesem Augenblick gab es keinen Mann im Kreis um das Feuer, der nicht wußte, daß gerade der jüngste und am wenigsten bewährte unter ihnen zum Sprecher für sie alle geworden war.

Han-da war aufgesprungen und funkelte die anderen an, während der Wind wieder einsetzte. »Spricht dieser unerfahrene Junge für die Älteren die Weisheit?«

Iman-atl lachte über den Mann. »Dieser Junge ist der Enkel Hoyeh-tays. Dieser Junge nennt das Mammut sein Totem. Dieser Junge stellt sich furchtlos in den Nordwind. Dieser Junge ist Schamane, der Wächter des heiligen Steines und unseres Totems Lebensspender! Dieser Junge ist kein Junge mehr.«

Es stimmte nicht — Cha-kwena hatte sehr wohl Angst. Han-das Stamm war ziemlich groß, wie auch der Stamm des Schamanen der Roten Felskuppe. Als sie am Morgen aufbrachen, gingen viele starke Jäger und wertvolle Speere mit ihnen. Cha-kwena machte sich Sorgen, daß andere, wenn sie es sahen, den Mut verloren und ihnen folgten.

Später verließ er allein und unruhig den kleinen Hain, in dem sich die heiligen Männer ausruhten, und ging zurück durch den Wald zur hohen Nordseite des Berges. Plötzlich spürte er, daß Mah-ree ihm folgte. Er drehte sich um.

»Cha-kwena, ich muß mit dir reden.«

»Du solltest nicht hier sein.«

»Ich mußte herkommen.«

Er wurde nicht langsamer.

»Cha-kwena, All-Großvater ist uns gefolgt! Er weidet am Fuß des heiligen Berges. Cha-kwena, hast du mich verstanden? Er ist hier! Wenn wir den Stamm des Wachenden Sterns nicht aufhalten können, werden sie ihn sehen und töten!«

Er blieb stehen. Er hatte die höchste Stelle des weiten, flachen Plateaus des Tafelberges erreicht. Das Grasland lag tief unter ihm. Instinktiv krampften sich seine Eingeweide zusammen. Sie waren irgendwo dort draußen. Bald würden sie eintreffen. Er schloß halb die Augen. Ein warnender Wind wehte durch seine Seele, und der Nordwind flüsterte überall um ihn herum: *Sie sind schon unterwegs, in großer Zahl. Wirst du jemals in der Lage sein, sie alle aufzuhalten?*

»Sie sind nicht mehr da«, sagte Shateh voller Abscheu. »Sie haben ihre Toten und Verwundeten zurückgelassen, das Dorf aufgegeben und sind nach Süden gezogen.«

»Wir müssen ihnen folgen«, sagte Kosar-eh, der trotz seiner schweren Bandagen sofort auf den Beinen war.

»Sie sind uns weit voraus. Außerdem bist du nicht in der Verfassung zu reisen«, sagte Shateh zu ihm. »Vielleicht ist es besser so. In diesem Lager sind viele Tote und Verwundete. Es ist Zeit zum Trauern, nicht zum Kämpfen. Das Mädchen ist erschöpft, nachdem es sich um meine verwundeten Krieger gekümmert hat. Sieh nur, wie es schläft! Was Masau betrifft, so soll die besorgte Seele meines Sohnes seinen Körper in Frieden verlassen. Wenn wir den Stamm des Wachenden Sterns aus seinem Dorf vertrieben und ihnen deutlich gemacht haben, daß sie für das büßen müssen, was sie getan haben, wird das alles nicht umsonst gewesen sein.«

Masau, der gegen einen Baum gelehnt auf dem Boden saß, öffnete die Augen. »Ich bin noch nicht tot«, sagte er. »Und sie sind nicht aus Angst geflohen. Sie sind weitergezogen, um einer weiteren Konfrontation zu entgehen, die sie von ihren eigentlichen Absichten abgehalten hätte. Ihr dürft nicht zulassen, daß sie den heiligen Berg der Roten Welt erreichen.«

Kosar-eh nickte energisch. »Er hat recht, Shateh. Wenn sie den heiligen Berg erreichen, werden viele Schamanen sterben. Wenn wir vor ihnen dort eintreffen, können wir Boten in die Rote Welt schicken, um sie zu warnen und...«

Der Anführer des Bisonstamms verzog das Gesicht. »Es sind eure Schamanen, nicht meine!«

»Alle Menschen sind ein Stamm«, sagte Masau mit heiserer Stimme.

Ta-maya, die in Shatehs Umhang gehüllt war, rührte sich auf ihrem Bett aus Blättern, die der Häuptling aus Dankbarkeit für ihre Sorge um seine Männer für sie zusammengesucht hatte. Seit Kosar-ehs Enthüllungen stand sie unter Schock. Sie hatte kein einziges Wort zu Masau gesprochen, obwohl sie wußte, daß er dem Tod nahe war. Jetzt starrte sie ihn an, mit Augen, die von Erschöpfung und Kummer gezeichnet waren. »Die Menschen deines Stammes gehören nicht zu meinem Stamm! Sie haben meinen Vater getötet, und du... du bist... du bist...« Ihre Stimme versagte, und sie ließ den Kopf hängen.

Shateh runzelte die Stirn, denn er hatte eine tiefe Sympathie für das Mädchen entwickelt. »Es sind auch die Schamanen deines Stammes?«

Sie nickte.

Er sah Masau an. »Dann werde ich für sie gehen.«

»Auch ich werde gehen«, sagte der älteste Jäger und erhielt

605

Zustimmung von allen Anwesenden, außer jenen, die zu schwach zum Sprechen waren.

Shateh war beeindruckt. »Die Verwundeten bleiben hier. Ältester Jäger, du und dieses Mädchen, ihr werdet euch um sie kümmern, und zehn Männer werden euch bewachen, bis die anderen Stämme aus dem Grasland eintreffen. Ihr Haß auf den Stamm des Wachenden Sterns ist nicht geringer als meiner. Sie werden uns folgen. Sie werden Ysunas Tod genausosehr wollen wie ich.«

»Nein . . .«, sagte Masau.

Der Häuptling knurrte. »Du kannst sie nicht mehr retten.«

»Ich will sie nicht retten. Sie soll von meiner Hand sterben.«

»Du wirst tot sein, bevor du sie eingeholt hast!« warnte ihn Shateh.

»Ich bin Schamane, Shateh. Ich könnte dich überraschen.«

»Das hast du schon immer getan.« Der Häuptling ging zu Masau, kniete sich hin, untersuchte die Verletzung des Schamanen und prüfte seine Stirn auf Fieber. »Vielleicht kannst du es bald wieder tun, aber nur, wenn du hierbleibst. Die Blutung hat aufgehört. Ich spüre nur ein wenig Fieber. Aber du hast zwei gebrochene Rippen, und deine Lunge . . . Nun, vielleicht ist sie gar nicht verletzt. Ich weiß es nicht. Hmm! Wenn du genügend Ruhe und Pflege bekommst, ist es mir vielleicht erneut mißlungen, dich zu töten, Masau.« Er wandte sich an Kosar-eh. »Die Geister der Vorfahren haben dir für einen guten Zweck das Leben gerettet. Du mußt mit uns kommen, Kosar-eh. Mach dich reisefertig. Wir werden eine Trage für dich bauen. Für die Stämme der Roten Welt werden wir Fremde sein, und dann brauchen wir dich, damit du für uns sprichst, um ihnen allen zu sagen, was du gesehen hast. Wenn es zum Kampf kommt, werde ich versuchen, dich zu beschützen.«

Kosar-eh hob mit erbitterter Entschlossenheit eine Augenbraue. »Ich kann vielleicht einen Arm nicht mehr benutzen, und jetzt habe ich ein verwundetes Bein, das mich nicht weit tragen wird. Aber ich habe gelernt, daß ich immer noch der Mann bin, der ich einmal war. Ich kann meinen Feinden

606

genauso tapfer wie ihr alle entgegentreten. Wenn es zum Kampf kommt, gebt mir einen Speer! Ich werde mich selbst schützen.«

Sie ließen Masau in der Deckung der Bäume zurück, während der älteste Jäger in seiner Nähe blieb und Ta-maya zusah, wie sie sich entfernten.

»Es sind tapfere Männer. Die Geister der Vorfahren werden mit ihnen ziehen«, sagte Masau.

Sie warf ihm einen finsteren Blick zu. »Wessen Vorfahren? Deine oder meine? Sprich nie wieder zu mir, Masau! Du bist der Grund für all das hier. Es erfreut mein Herz, wenn ich sehe, daß du Schmerzen hast. Wenn du an deinen Verletzungen stirbst, wird meine Seele vor Freude singen.«

Dann kehrte sie ihm den Rücken zu und kümmerte sich gemeinsam mit dem ältesten Jäger um die anderen, die zurückgeblieben waren. Die Wächter saßen mürrisch herum und machten kein Geheimnis daraus, daß auch sie am zufriedensten wären, wenn Masau starb. Doch gegen Mittag war er nicht nur noch am Leben, sondern es ging ihm sogar wesentlich besser. Als am Nachmittag eine enttäuschend kleine Gruppe von sechs bewaffneten Männern aus dem Westen eintraf, die von zwei Jägern aus Shatehs Stamm angeführt wurde, war er schon wieder auf den Beinen, stützte sich auf seinen Speer und starrte nach Süden.

»Wo sind die anderen, die vielen Männer des Bisonlandes im Westen und Norden?« fragte der älteste Jäger die Neuankömmlinge.

»Sie wollten nicht kommen. Sie wünschen Shateh viel Glück bei seinem Vorhaben und meinen, daß es eine gute Sache ist. Aber sie haben uns gesagt, wir sollen Shateh berichten, daß sie ihre Dörfer an höhergelegene Orte verlegt haben, um vor Ysuna und ihrem Stamm sicher zu sein. Sie haben alle Töchter verloren und schwer unter ihrem Verlust gelitten. Sie wollen nicht riskieren, auch noch ihre Söhne im Kampf gegen sie zu verlieren.«

»Dann werden Shateh und jene, die ihm folgen, allein gegen

die Tochter der Sonne ziehen.« Der älteste Jäger drehte seinen Kopf und blickte in Ta-mayas Richtung. »Ein Mann — ein Krüppel — war tapfer genug, seinen Häuptling zur Rettung dieses Mädchens zu begleiten. Aufgrund des Mutes dieser beiden Männer ist sie noch am Leben. Und aufgrund des Mutes von Shateh und seinen Jägern wird es den Stamm des Wachenden Sterns bald nicht mehr geben. Doch wenn dies geschieht, sollt ihr wissen, daß jene, die nicht an seiner Seite standen, in seiner Hütte nicht mehr willkommen sein werden.«

»Wir sind gekommen, um Nachrichten zu bringen, alter Mann, nicht um Beleidigungen auszutauschen.«

»Dann betrachtet eure Aufgabe als erfüllt. Geht! Wir können in diesem Lager keine Feiglinge gebrauchen.«

Sie gingen ohne ein weiteres Wort.

Masau sah ihnen nach, dann blickte er erneut nach Süden.

Bei Anbruch der Dunkelheit war er verschwunden.

13

Es hieß, daß der Wahnsinn einem Menschen große Kräfte verlieh. Zumindest auf Ysuna traf dies zu. Man baute eine Sänfte aus Mammutknochen und Fellmatratzen für sie, und sie ließ sich von vier starken Männern tragen, während sie aufrecht darauf saß und die Träger immer schneller antrieb, bis ihnen der Schweiß vom Rücken lief und sie zu keuchen und zu stolpern begannen. Sie verhöhnte die Träger, stieg von der Sänfte und ging auf eigenen Beinen weiter. Ihre Augen waren wild, ihre Haut trocken vom Fieber, und sie redete ununterbrochen flüsternd mit sich selbst. Sie hatte die Kraft, ihrem Stamm vorauszugehen und ihn voranzutreiben, bis sogar die Jungen und Starken Mühe hatten, mit ihr Schritt zu halten. Sie schimpfte sie aus und ging dann mit erhobenem Kopf noch schneller.

Ysuna trug ihr heiliges Halsband, ihren Federumhang und das Jaguarfell, das sie so umgelegt hatte, daß es die Schlinge für ihren verletzten Arm verdeckte. Sie trug den heiligen Dolch an ihrer Seite in einer Scheide, die an ihrem Gürtel aus zottigem schwarzen Löwenfell befestigt war. Sie benutzte ihren Speer als Gehstock und rammte das stumpfe Ende mit jedem Schritt tief in den Boden. Es war ein neuer Speer mit einem Schaft, der fast genauso lang wie sie war. Die Spitze aus durchscheinendem Chalzedon war so lang wie ihr Unterarm und so weiß wie das Fell des weißen Mammuts.

Frauen, manche mit kleinen Mädchen auf dem Rücken, liefen hinter ihr und überwachten die anderen Mädchen, die auserwählt worden waren, die mit Federn geschmückten Enden der Haare der Hohepriesterin zu halten, damit sie nicht über den Boden schleiften und sich irgendwo verfingen. Wenn ein Kind müde wurde, ließ eine Frau ein anderes hinunter, das diese Aufgabe übernehmen sollte. Nicht einmal blickte sich die Priesterin zu ihnen um − bis ein Kind stolperte und nach vorn auf Ysunas Haar fiel. Ihr Kopf ruckte nach hinten, und sie fuhr wutschnaubend herum.

»Bitte, hab Mitleid!« stammelte die Frau, die dem Kind am nächsten war. »Der Marsch ist zu beschwerlich für die Kleinen, Tochter der Sonne.«

Ysuna stieß das gefalle Kind mit dem Fuß von ihrem Haar und hörte nicht auf das ängstliche Schreien des kleinen Mädchens. Dann schlug sie der Frau mit der Seite ihres Speers ins Gesicht. Der Hieb war so kräftig, daß der Wangenknochen und der Kiefer der Frau zersplitterten und sie zusammenbrach.

»Wir gehen nach Süden!« fauchte Ysuna sie an.

Während eine andere Frau sich schnell bückte, um das verwirrte Kind aufzuheben, und es ermahnte, still zu sein, lief ein Mann herbei, um sich neben die Frau zu knien, die am Boden lag. Der Mann war Yatli. Seine Söhne standen hinter ihm, als er seiner Frau aufhalf, aber sie wollte oder konnte nicht aufstehen. Aus ihrer Nase, einem Ohr und einem Auge floß Blut. Er versuchte vergeblich, es mit seinen Fingern aufzuhalten, während er sich bei Ysuna entschuldigte.

»Diese Frau ist nicht mehr so jung, wie sie einmal war. Sie ist geschwächt von dem Kind, das in ihrem Bauch heranwächst.«

Ysuna funkelte ihn ohne Mitleid und die Frau mit Verachtung an. »Sechs Söhne und zwei Töchter sind dir noch nicht genug? Jetzt ist nicht die Zeit, sich durch Schwangerschaft schwächen und krank machen zu lassen! Wenn ihr dieser Marsch zu beschwerlich ist, laß sie zurück. Nimm dir eine andere Frau, eine jüngere! Eine, die des Stammes des Wachenden Sterns würdig ist!« Damit wandte sie sich von ihnen ab und blickte nach Süden in das grelle Licht der Berge. »In der vergangenen Nacht habe ich dort ein Mammut trompeten hören. Das große weiße Mammut wartet jenseits dieser Tafelberge auf die Tochter der Sonne. In der vergangenen Nacht waren viele Feuer auf dem heiligen Berg zu sehen. Die Schamanen der Roten Welt versammeln sich. Heute abend werden wir unser Ziel erreichen. Kommt, die heiligen Steine werden bald mir gehören!«

Dakan-eh entfuhr ein leises, überraschtes Pfeifen, als er in der Dunkelheit auf das Grasland tief unter ihnen hinuntersah. Der Feind war im Schutz der Nacht eingetroffen.

Cha-kwena, der neben dem Mutigen Mann stand, schüttelte den Kopf. »So viele Lagerfeuer! So viele Feinde! Und seit Handa gegangen ist, sind bis auf zwei Stämme alle den Kaninchen gefolgt und haben den Berg verlassen. Ihre Schamanen haben ihre heiligen Steine ins Feuer geworfen und sind mit ihren Stämmen gegangen. Vielleicht habe ich unrecht gehabt. Vielleicht hätten wir unseren Stamm nicht hierherbringen sollen. Vielleicht hatte Han-da recht. Die Welt verändert sich. Es gibt immer noch kein Anzeichen von Tlana-quah, Kosar-eh oder Ta-maya. Vielleicht ist es für uns an der Zeit, zu Kaninchen zu werden und vor der Gefahr davonzulaufen.«

Dakan-eh hob entrüstet eine Augenbraue. »Wenn du noch einmal das Wort ›vielleicht‹ in den Mund nimmst, stoße ich dich von dieser Klippe. Niemand hat dir gegenüber jemals behauptet, daß es leicht sein würde, ein Schamane zu sein, Cha-kwena. Du hast eine Vision gehabt, und nun folge ihr! Ich bin nicht der einzige, der auf deine Macht vertraut. Ich habe deine Macht erlebt, in jener Nacht, als du und ich und Hoyeh-tay und Eule inmitten des Großen Sees unser Lager aufgeschlagen hatten. Ich habe nicht vergessen, wie die Tiere und Vögel zu dir sprachen, dich zum Wasser führten und vor der Gefahr warnten. Weil ich dich beneidete, habe ich mich dir und dem alten Mann gegenüber nicht sehr freundlich verhalten. Vielleicht werde ich bald sterben, also möchte ich, daß du weißt, daß ich meine Handlungsweise bedaure.«

Cha-kwena war fassungslos. »Du hast meinem Großvater und mir in jener Nacht das Leben gerettet, Dakan-eh!«

Er zuckte die Schultern, und sein tonloses Lachen war kaum zu hören. »Was hätte ich sonst tun sollen? Wie hätte es vor den Geistern der Vorfahren und jenen, die uns vom heiligen Berg aus beobachteten, ausgesehen, wenn der Mutige Mann sich plötzlich in einen Feigling verwandelt hätte? Was ich tat, habe ich für mich selbst und für meinen Stolz getan. Und was ich jetzt tue, tue ich ebenfalls für mich selbst. Ich habe in den vergangenen Tagen viel nachgedacht. Ich glaube, daß ich immer mutig gewesen bin, aber kein besonders guter Mann. Aber es befriedigt mich, hier zu sein, für meinen Stamm stark zu sein, zu jagen und zum Töten bereit zu sein, was — oder wer — auch immer den Stamm bedroht. Han-da hat etwas sehr Schändliches getan, als er den Kreis der heiligen Steine zerbrach. Er hat unser Totem und unseren Stamm geschwächt. Nie wieder werden die Stämme der Roten Welt das sein, was sie einmal waren. Aber er hatte recht, als er verkündete, daß es an der Zeit sei, nach vorn zu blicken statt nach hinten.«

Auf der anderen Seite des Berges trompetete ein Mammut, und mehrere antworteten ihm. Cha-kwena spürte in sich eine furchtbare Leere. »Was wird uns erwarten, wenn wir nach vorn blicken?«

Die Augen des Mutigen Mannes kniffen sich in ernster Nachdenklichkeit zusammen. »Du hast mich hierher geführt, um die vielen Feuer unserer Feinde zu sehen. Gut, ich sehe sie. Aber ich blicke von einem Ort der Macht auf sie hinab. Ich frage mich, ob der Stamm des Wachenden Sterns diese Feuer entfacht hat, um sich zu wärmen oder um uns kalt vor Furcht werden zu lassen.« Er lächelte. »Vielleicht sind es gar nicht so viele, wie sie uns glauben machen wollen. Möglicherweise haben sie so viele Feuer gemacht, um das Kaninchen in uns allen zu wecken, damit wir Hals über Kopf vom Berg fliehen, so daß sie ihn ungehindert überqueren, uns in die Rote Welt folgen und uns einen nach dem anderen ohne große Gefahr für sie erledigen können. Aber wenn wir ihnen von hier oben aus Widerstand leisten, werden viele von ihnen sterben, wenn sie versuchen, den Berg zu besteigen. Wenn sie wissen, daß wir bewaffnet und furchtlos sind und auf sie warten, überlegen sie es sich vielleicht anders.«

Cha-kwena ließ sich von dieser Idee begeistern. »Wir werden Holz und Zunder hierher bringen. Wir werden so viele Feuer entfachen, daß ihr Anblick unsere Feinde mit derselben Furcht erfüllt, die sie in uns auslösen wollen. Für all das, was sie getan haben, wird es mir eine Genugtuung sein, wenn ich weiß, daß sie zu diesem Berg hinaufblicken und wissen, daß Männer und keine Kaninchen ihnen Widerstand leisten. Lom-da und Iman-atl sind noch bei uns. Ihre Häuptlinge und die Männer ihrer Stämme sind tapfere Jäger.«

Dakan-eh legte brüderlich seinen Arm um Cha-kwenas Schulter. »Ja! Und selbst die Frauen sind zum Kampf bereit! Jetzt, wo es meiner Ban-ya wieder besser geht, arbeitet sie mit den anderen Frauen daran, große Haufen aus Steinen zusammenzusuchen, die sie auf jeden Mann hinunterschleudern wollen, der so dumm ist, sich uns von unten zu nähern. Hast du sie dabei beobachtet? Sie freuen sich darauf, ein paar Köpfe zu zerschmettern! Genauso wie ich!«

»*Deine* Ban-ya?«

Dakan-eh sah verlegen aus. »Ich habe tatsächlich neues Leben in sie gepflanzt, weißt du.« Seine Mundwinkel verzogen sich zu einem Grinsen. »Es hat mir großen Spaß gemacht.«

»Gibt es eine lebende Frau, in die du nicht neues Leben pflanzen möchtest, Dakan-eh?«

»Nein, es ist wahr, ich liege gern bei Frauen — jungen, alten, fetten, dünnen — das ist offenbar meine große Schwäche. Aber Ban-ya gefällt mir von allen am besten. Ich mag es, wie sich ihre großen Brüste anfühlen. Ich mag es, wie sie mit mir kämpft. Ich mag es, wie sie dazu bereit ist, für das, was sie will und was sie liebt, gegen das Leben selbst zu kämpfen! Sie wird mir mutige Söhne gebären. Ich bin stolz darauf, daß sie jetzt meine Frau ist — aber verrate ihr nicht, daß ich das gesagt habe. Ich will nicht, daß sie schlecht von mir denkt.«

Masau schleppte sich wie ein verwundeter Löwe über das Land. Er lief mit langen Schritten, wenn er es ertragen konnte, und ließ sich zu kurzen Pausen ins Gras fallen. Er atmete keuchend, stöhnte vor Schmerz und döste nur kurz, bis er wieder genug Kraft und Willen gefaßt hatte, um weiterzustolpern.

Tag und Nacht verfolgte er den Stamm des Wachenden Sterns. Auch wenn Ysuna die Menschen unerbittlich vorantrieb, rasteten sie in der Nacht, entfachten ein Lagerfeuer, jagten kleine Tiere, kochten das Fleisch und sangen die Lieder des Todes und der Eroberung. Sie schliefen und standen mit der Dämmerung auf, um weiterzuziehen.

Endlich war er in Sichtweite ihres Lagers am Fuß des heiligen Berges der Roten Welt. In dieser Nacht lag Masau unter einem bewölkten Himmel im Gras und lauschte auf das Schlagen der Trommeln und das schrille Kreischen der Pfeifen. Im Süden hoch auf dem Berg brannten ebenfalls Feuer. Waren die Schamanen dort versammelt, und war Cha-kwena noch immer so arglos wie zuvor oder hatte er endlich seine Bestimmung angenommen? Blickte er gerade auf das Grasland hinunter und beobachtete den Tod, wie er sich näherte? Er kniff die Augen zusammen. War das kleine Mädchen, das das Mammut rufen konnte, auch dort oben? Es würde eines Tages eine Schamanin sein, eine Weise Frau, die die Kunst des Heilens beherrschte — wenn es noch so lange lebte.

Der Mond, ein gebogener Streifen aus Silber, tauchte ab und zu hinter den jagenden Wolken auf und stieg über seine Schulter. Er lag still da und spürte, wie sich das Licht grau und sanft über ihn hinwegbewegte, bis es von einer Wolke verdunkelt wurde. Er blickte in die Dunkelheit hinauf.

Ob der Gott ihn beobachtete? Würde Himmelsdonner in dieser Nacht Ysuna treu bleiben?

Er schloß die Augen und erinnerte sich an die Leiche einer Frau mit zerstörtem Gesicht, an der er im Lauf des Tages vorbeigekommen war. Er hatte sie als Yatlis Frau wiedererkannt. Sie hatte mit aufgerissenen Augen und offenem Mund dagelegen, nachdem sie vom Stamm des Wachenden Sterns zurückgelassen worden war. Ameisen waren durch ihre Nasenlöcher ein- und ausgegangen. Sie war noch nicht lange tot gewesen. Yatli hatte mit Neewalatli bereits einen Sohn verloren, nachdem der Junge Ysunas Entscheidung auf der Löwenjagd kritisiert hatte, und Masau hatte Wehatla, die älteste Tochter des Mannes, erwürgt. Wer hat nun auch Yatlis Frau getötet? fragte sich Masau. Und warum?

Er atmete tief ein und erstarrte. Er kannte die Antwort auf diese Frage. Warum waren all die anderen gestorben, die jungen Mädchen, die Kinder, die unbeabsichtigt in Ysunas Schatten gerieten, die Männer und Frauen in all den Dörfern, die sie überfallen hatten, die alten Leute, von deren Aussehen sich die Tochter der Sonne beleidigt gefühlt hatte und die zum Sterben aus dem Stamm ausgestoßen worden waren? Der Grund war jedesmal eine Laune Ysunas gewesen, und es war stets zu ihrem Vergnügen geschehen.

»Nie wieder!« schwor er und seufzte mit grimmiger Entschlossenheit, als er an Blut dachte. Noch eine Erinnerung stieg in ihm auf: *Bin ich dessen würdig?* Es war Cha-kwena, der aus der Vergangenheit zu ihm sprach, als er auf den heiligen Stein in seiner Hand gestarrt hatte. Und doch war es nicht Chakwena, sondern ein anderer unsicherer und unerfahrener Junge.

Bin ich es würdig, Schamane zu sein, Ysuna?

Ein Schamane erweist sich als würdig, Masau.

Er biß die Zähne zusammen. Donner grollte in den Sturmwolken, die sich über den Bergen sammelten. Irgendwo in der Ferne trompetete ein Mammut. Die ersten Regentropfen fielen. Sie klopften auf Masaus Umhang – das, was noch vom kleinen weißen Sohn des großen Mammuts übrig war. Die Tropfen fühlten sich kalt an, wo sie die nackte Haut seiner Arme und Beine trafen. Er versteifte sich. Er sah wieder das Dorf am See der Vielen Singvögel vor sich, den friedlichen und freundlichen Stamm der Roten Welt, Tlana-quah, Cha-kwena, Mah-ree und seine geliebte Ta-maya.

»Ta-maya, ich hoffe, daß du dich an mich erinnerst, für das, was ich jetzt tun werde, und für all das, was ich hätte sein können, wenn die Tochter der Sonne nicht mein Leben bestimmt hätte. In dieser Nacht wird Ysuna sterben. Und durch diese Tat wird dieser Schamane sich wieder als würdig erweisen, sich selbst als Mann zu bezeichnen.«

Ta-maya schreckte aus dem Schlaf hoch. »Ich kann hier nicht bleiben!«

Der älteste Jäger öffnete ein Auge und sah sie schläfrig an. »Shatehs Männer ziehen in den Kampf. Du kannst ihnen nicht folgen.«

»Aber ich habe Masau gehen lassen, ohne noch ein Wort mit ihm gesprochen zu haben! Ich habe ihn einfach weggehen lassen!«

»Du konntest nicht wissen, daß er weggehen würde.«

»Ich hätte es wissen müssen!« Sie setzte sich auf und zog sich Shatehs Umhang fester um die Schultern. »Glaubst du, daß es ihm ganz allein dort draußen in der Dunkelheit gutgeht, ältester Jäger?«

»Masau *ist* die Dunkelheit. Alles, was er berührt, wird von Dunkelheit eingehüllt.« Der Mann schüttelte den Kopf. »Doch ich denke, daß er diesmal darin umkommen wird, Mädchen. Ich hoffe es sogar. Willst du es nicht auch für den Mann, der deinen Vater tötete und dich und deinen Stamm an Ysuna verraten hat?«

Sie spürte eine furchtbare Leere, schwarz und kalt. Sie glaubte, darin zu ertrinken, doch dann tat es ihr leid, als es nicht geschah. »Ich habe noch nie genau gewußt, was ich wollte, ältester Jäger. Aber nein — ganz gleich, was er getan hat, ich will nicht, daß er stirbt.«

Es regnete immer heftiger. Der Stamm des Wachenden Sterns errichtete hastig Unterkünfte und eine sichere Hütte für die Priesterin. Maliwal brachte ihr zu essen und zu trinken. Er war dankbar, als sie sagte, sie wollte in dieser letzten Nacht vor dem Angriff auf den Berg allein sein.

»Bald wird alles so sein, wie ich es versprochen habe.«

»Ja, Ysuna, bald.« Er verließ sie, während er eine Hand gegen sein zerstörtes Gesicht und sein fehlendes Ohr preßte. »Wir werden beide durch das Blut des Mammuts, durch den Besitz der heiligen Steine und den Tod der Eidechsenfresser geheilt werden. Bald!«

Als sie endlich allein in ihrer Hütte war, legte Ysuna ihren Federumhang und das Jaguarfell ab. Sie zog den heiligen Dolch aus der Scheide, steckte ihn unter ihre Armschlinge und löste dann den Gürtel aus Löwenfell von ihren Hüften, um ihn auf dem Boden auszubreiten. Nachdem sie die kleine Steinlampe hervorgeholt hatte, kniete sie sich hin. Einen Arm in der Schlinge, konnte sie nicht das nötige rituelle Feuer machen, aber sie konnte reglos dasitzen, auf die Lampe starren, den Dolch in ihrem Schoß halten, sich die Flammen eines Feuers und den Rauch vorstellen, während sie auf den Regen lauschte und darüber nachdachte, wie sich die Dinge für sie bald verändern würden.

»Ich werde wieder jung sein. Ich werde wieder bluten. Wenn der nächste volle Mond aufgeht, werde ich wiedergeboren werden und für immer in meinem Stamm leben.«

Donner grollte auf den Tafelbergen. Ysuna spürte die Macht des Geräusches und erzitterte. Sie blickte zur verschlossenen Felltür ihrer Hütte, wo ihr neuer Speer aufrecht an der Wand stand. Sie lächelte. Es war eine wunderschöne Waffe. Maliwal war gerade dabei, die anderen Spitzen mit Schäften zu versehen, indem er die langen Mammutknochen bearbeitete, die er im letzten Lager ausgesucht und von dort mitgenommen hatte. Er würde sie begradigen, glätten und im Feuer härten.

Ein Blitz erhellte die Nacht. Das grelle Licht war so intensiv,

616

daß es durch die Fellwände drang und das Innere der Hütte für einen Augenblick in gleißende Helligkeit tauchte. Dann folgte der Donner. Er war so laut und erschütternd, daß Ysuna aufschrie und dann über ihre Dummheit lachte. »Ja, Himmelsdonner, ich höre deine Stimme! Du bist nah! Du bist das Leben und der Tod! Du bist das Totem! Und ich bin Ysuna. Das Feuer brennt auf meinen Befehl. Gras brennt, der Wind weht, und Männer und Frauen leben und sterben, all dies nach meinem Willen. Bald werde ich an deiner Seite gehen, und dein Blitz wird in meinen Speeren sein, wenn ich Löwen und Menschen töte und alle Lebewesen beim Klang meines Namens vor Furcht erzittern!«

»In deinen Träumen, Ysuna. Nur in deinen Träumen.«

Masaus Stimme folgte so kurz auf den Donner, daß sie nicht mehr wußte, was sie zuerst gehört hatte. Sie blickte erschrocken zu ihm auf.

»Masau!« rief sie seinen Namen voller Überraschung und Furcht. Ein Blick in sein Gesicht genügte, um sie instinktiv den Dolch bereithalten zu lassen, als sie aufstand. Sie kniff die Augen zusammen. Dies war nicht mehr der Sohn, den sie aufgezogen, genährt und gelehrt hatte, ihrem Willen und ihrem Vergnügen zu dienen. Dies war der Löwe, den sie in ihm heranwachsen gesehen hatte. Dies war der Mystische Krieger. Er war zum Tod selbst geworden. Und jetzt kam er zu ihr.

»Ich habe dir doch schon gesagt, daß du ihm nicht folgen kannst«, wiederholte der älteste Jäger hartnäckig. »Außerdem ist es dunkel, und so, wie es am Horizont aussieht, regnet es auf den Tafelbergen.«

»Ich habe keine Angst vor der Dunkelheit und bin schon früher durch den Regen gegangen!« Ta-maya versuchte ihre Erregung zu beherrschen. Der Mann konnte sie nicht gegen ihren Willen hier festhalten. Auch die anderen Männer des Bisonstamms nicht, die als Wachen zurückgeblieben waren, oder die sechzig bewaffneten und bemalten Krieger, die gerade aus verschiedenen Stämmen des Graslandes eingetroffen waren.

Beschämt über Shatehs Botschaft hatten sie ihre frühere Entscheidung überdacht, nicht gegen den Stamm des Wachenden Sterns in den Krieg zu ziehen. Jetzt wollten sie ihm folgen und kämpfen. Jetzt waren sie für den Tod bereit.

»Ich werde mit euch gehen!« verkündete sie. »Ich *muß* mit euch gehen!«

»Dies ist ein Kriegszug. Hier ist kein Platz für Frauen«, sagte ihr Anführer.

»Ich bin jung und stark. Ich werde euch nicht aufhalten.«

»Sie werden in große Gefahr geraten«, warnte der älteste Jäger. »Wenn du versuchst, dieses Lager zu verlassen, werde ich dich wie einen Hund anleinen, der nicht weiß, wo sein Platz ist!«

Sie erwiderte seine Drohung mit einem Blick grimmiger Entschlossenheit. »Ich habe eure Verwundeten gepflegt, ältester Jäger. Ich habe Fallen für sie aufgestellt und das gefangene Fleisch gekocht. Ich habe ihren Wundverband gewechselt. Damit habe ich Shateh meine Schuld dafür abgeleistet, daß er Kosar-eh und mir geholfen hat. Aber jetzt habe ich genug getan! Die Schamanen meines Stammes sind in Gefahr, und wenn Shateh nicht rechtzeitig zu ihnen stößt, werden sie sterben, und mein Dorf wird von Feinden überrannt werden!«

Der älteste Jäger machte eine ausladende Handbewegung. »Ja! Genau! Und deshalb hat Shateh dir befohlen, hier bei uns zu bleiben, in einem sicheren Lager!«

Sie hob den Kopf. In ihrer Stimme und in ihrem Herzen war keine Unentschlossenheit mehr. »Ich bin eine Frau der Roten Welt, nicht des Bisonstammes. Ich möchte nicht unter Fremden in Sicherheit sein. Hier gibt es für mich keine Ehre. Es könnte jede Hand nötig sein, um das Dorf meines Stammes zu retten.«

Der älteste Jäger sah den Anführer der Neuankömmlinge an. »Sie sollte das letzte Opfer werden. Es heißt, daß Masau sich gegen Ysuna gewandt hat, um ihr das Leben zu retten. Der Grund dafür ist leicht zu verstehen.«

»Und wo ist der Mystische Krieger jetzt?«

»Er ist fortgegangen, um Ysuna zu töten«, sagte Ta-maya.

Die dunklen Augen der Krieger verengten sich ungläubig,

und der Anführer schnaufte verächtlich. »Wahrscheinlicher ist, daß er sich ihr anschließen will.«

»Nein! Das würde er niemals tun!« rief sie.

»Was macht das für einen Unterschied?« fragte der Anführer. »Wenn wir ihn finden, werden wir ihn töten.« Er blickte Ta-maya mit einer merkwürdigen Mischung aus Mitleid und Bewunderung an. »Nach dem, was er und sein Stamm meinem und deinem Stamm angetan haben, solltest du kein Herz für ihn haben. Ja, ich sage, daß du wirklich mitkommen solltest, um zu sehen, was wir mit denen tun werden, an denen wir unsere Toten rächen müssen.«

Masau hielt seinen Speer bereit und hätte Ysuna auf der Stelle aufspießen können. Doch während er auf die nackte Frau hinuntersah, erlaubte ihm der helle Schein eines Blitzes, sie so zu sehen, wie sie war — alt, krank, sterbend und ängstlich. Trotz seines Hasses regte sich in seinem Herzen die Liebe eines Sohnes und das Mitleid. Diese Schwäche war in seinen Augen zu erkennen und milderte seinen Gesichtsausdruck.

Ysuna begann sich ihm langsam zu nähern. Wie eine Löwin setzte sie vorsichtig und bedacht einen Fuß vor den anderen, fesselte mit ihrem Blick den seinen und hielt seine Seele mit ihrem Geist gefangen.

Sie wich seinem ausgestreckten Speer aus und stand ihm schließlich direkt gegenüber. Ihr langer Mund entspannte sich, und ihre Lippen öffneten sich. Sie lächelte ihn an und zeigte ihm die Zähne. Ohne ein Wort der Warnung holte sie plötzlich mit dem gesunden Arm aus und stieß dann vor, wobei die Spitze des heiligen Dolches genau auf sein Herz zielte.

Doch er sprang zurück, packte ihr Handgelenk, riß es heftig zur Seite, entwand ihr den Dolch und verhinderte damit, daß mehr als nur seine Haut verletzt wurde. Sie hatte selbst den Zauber gelöst und ihn durch diese Tat zum Feind gemacht. Obwohl auch er durch Verwundungen und Fieber geschwächt war, befand er sich in den besten Jahren. Seine deshalb überlegene Kraft verschaffte ihm den Vorteil.

Sie wehrte sich gegen ihn und versuchte verzweifelt, erneut mit dem Dolch zuzustoßen, dann schrie sie vor Wut auf, als ihr Handgelenk, das er immer noch festhielt, in seinem Griff brach und ihre Hand erschlaffte.

Jetzt hatte er den Dolch. Er brauchte nur einen Augenblick, um ihn umzudrehen, die Spitze auf den Punkt unter der Mitte ihrer Brüste zu richten und ihn mit einer Kraft und Wildheit, die sie beide überraschte, in ihr Fleisch zu stoßen.

Ihre Knie gaben nach, und sie sackte in seinen Armen zusammen. Kurz bevor ihr Kopf zurückfiel, quollen ihre Augen hervor und starrten ihn an. Die Pupillen zogen sich zusammen und wurden dann plötzlich groß. Sie bewegten sich nicht mehr, als ihr ein ungläubiges Seufzen entfuhr. Der Gestank ihres sterbenden Atems war der eines Menschen, der im Innern bereits vor langer Zeit gestorben war.

Er hielt sie in seinen Armen und fühlte sich taub und ohne Empfindung. Es blitzte und donnerte. Regen trommelte auf das Felldach der Hütte. Er hob sie auf und trug sie zum Löwenfell, stieß mit dem Fuß die nicht entzündete Lampe beiseite und legte Ysuna auf das Fell. Er erinnerte sich an den Tag, an dem sie den Löwen erlegt hatte. Das Tier hätte seine Beute sein können — sein sollen —, aber jetzt wollte er es nicht mehr.

Im gelegentlich aufflackernden Lichtschein der Blitze starrte er auf sie hinunter. Im Tod sah sie häßlich aus. War sie jemals schön gewesen? Ja, vor langer Zeit. So wie die Schlange auf dem Stein oder die Löwin auf der Ebene — schön, aber todbringend. Sie war niemals seine Mutter gewesen, sondern immer nur seine Feindin.

Er schloß die Augen. Sie war tot, und er war froh darüber. Er hatte sie getötet, aber er fühlte sich nicht schuldig. Jetzt hatte er sich endlich von ihr befreit. Er konnte endlich wie ein Mann leben. Er konnte jetzt ein Schamane sein, der seinen Stamm auf den Weg des Lebens führte.

Er öffnete die Augen und sprach leise zu der Toten, die zu seinen Füßen lag. »Endlich habe ich mich des Lebens würdig erwiesen, das du mir geschenkt hast. Du hast es nicht aus Sorge um ein verlassenes Kind getan, sondern zur Erfüllung deiner abartigen Absichten. Alles hätte anders sein können, Ysuna, für uns beide. Und jetzt wird es wirklich anders sein, aber nur für mich.«

Er atmete tief durch und wandte sich von der Tochter der Sonne ab, um an Ta-maya zu denken und an das Leben, das er mit ihr führen wollte . . . wenn sie ihm verzeihen und verstehen konnte, warum er das gewesen war, was er gewesen war, und warum er getan hatte, was er getan hatte.

Er horchte auf das Geräusch des heftigen, prasselnden Regens. Es war ein gutes Geräusch, wie ein Frühlingsregen in den Bergen. Ein Blitz flackerte auf. Es war ein schönes Licht. Dann sah er Yatli, der im Eingang zur Hütte stand. Das Gesicht des Mannes war vor Haß verzerrt, als der Jäger den Speer schleuderte, den er sich von der Stelle nahm, wo Ysuna ihn neben die Felltür gestellt hatte.

Masau spürte keinen Schmerz, sondern nur Verwunderung und Enttäuschung, als die große weiße Speerspitze aus Chalzedon in sein Herz drang. Der Tod kam in einer grellen Explosion der Hoffnung, als der Speer ihn durchstieß und zu Boden warf. Er fiel neben Ysuna, doch er hatte Ta-mayas Namen auf den Lippen. Das letzte, was er sah, als sein Geist in die ewige Dunkelheit stürzte, war Yatli, der triumphierend über ihm stand und die Namen seiner toten Frau, seines Sohnes Neewalatli und seiner Tochter Wehatla rief.

»Nein!« Maliwal war schockiert.

Yatlis Rufe hatten Maliwal zur Hütte der Tochter der Sonne gebracht. Jetzt lag Yatli tot zu seinen Füßen, nachdem er ihn erdrosselt hatte. Doch Maliwals schnelle Vergeltung konnte jene nicht wieder zum Leben erwecken, die Yatli so unerwartet getötet hatte.

»Ysuna!« heulte Maliwal in unerträglicher Trauer. Er machte kehrt und lief in den prasselnden Regen hinaus. Er rief Chudeh und allen anderen Männern in der Nähe zu: »Die Söhne! Wo sind Yatlis Söhne?«

Ohne zu wissen, was soeben geschehen war, trat einer der

jungen Männer vor. Kurz darauf hatten Maliwals Hände ihn erwürgt und ihn zu seinem Vater in die Welt jenseits dieser Welt geschickt.

»Bringt auch die anderen zu mir!« befahl Maliwal. »Sie müssen sterben, sie alle, auch die junge Tochter. Und ihre Hunde. Tötet ihre Hunde!«

Wahnsinnig vor Trauer hielt er inne. Der Regen trommelte überall um ihn herum auf den Boden. Er spürte, wie das Wasser über sein Haar und sein Gesicht lief und ihn völlig durchnäßte. Alle Menschen des Stammes waren aus ihren Behausungen gekommen. Sie umringten Maliwal in schockiertem Schweigen und starrten ihn mit aufgerissenen Augen an, als er sich die Hand gegen die Seite seines Kopfes hielt, um das häßliche, narbengesäumte Loch zu berühren, wo einmal sein Ohr gewesen war. »Mein Gesicht! Jetzt wird sie niemals mein Gesicht heilen!«

Er ging im Regen in die Knie und schluchzte wie ein kleines Kind. Plötzlich kam ihm eine Idee. Es war eine Erleuchtung, die ihn sofort wieder aufspringen ließ. Er lief zurück in die Hütte der Tochter der Sonne. Er riß ihr die Kette mit den heiligen Steinen vom Hals, legte sie sich um und trat dann mit ihrem Federumhang und dem Jaguarfell in den Regen hinaus.

»Es ist noch nichts verloren!« schrie er den versammelten Menschen zu. »Ich, Maliwal, werde euch jetzt anführen!«

14

Der Regen hatte aufgehört. Die Sonne schien durch die aufgerissene Wolkendecke, doch der Sturm tobte immer noch mit ungebrochener Kraft gegen den Berg. In der vergangenen Nacht hatten Fremde das Lager des Stammes des Wachenden Sterns umkreist und sich den Tafelbergen genähert. Cha-kwena hatte ihre Annäherung gespürt, bevor ihre ersten Signalfeuer gesichtet wurden. Dakan-eh hatte seine Waffen genommen und sich mit einigen Jägern hinuntergeschlichen. Er war mit verbittertem Gesicht zurückgekehrt, während ihm die Fremden mit Kosar-eh auf einer Trage folgten. Die Frau und die Kinder des Lustigen Mannes kamen herbeigelaufen, um ihn zu umarmen und sich um seine Verletzungen zu kümmern. Dann erzählte er allen, was er erlitten und gesehen hatte und wie Tlana-quah gestorben war. Und dann weinten sie, und alle Menschen der Roten Welt weinten mit ihnen.

Doch jetzt war nicht die Zeit der Trauer. Die Fremden, Männer aus dem Bisonstamm, hatten angeboten, sich den zwei übriggebliebenen Stämmen der Roten Welt anzuschließen, und versprochen, daß noch mehr Männer aus dem Grasland kommen würden, um sie zu unterstützen.

Mah-ree stand mit einem Korb voller Steine auf der Nordwand und sah entsetzt nach unten. Ihr Herz klopfte so heftig, daß sie das Gefühl hatte, es müßte sie aus dem Gleichgewicht bringen. Noch nie in ihrem Leben hatte sie so viele Menschen gesehen... weder auf noch vor dem Berg! Die Männer des Wachenden Sterns kletterten die Flanken der Tafelberge hinauf, während ihre Frauen und Kinder hinter ihnen standen, Trommeln schlugen, Pfeifen bliesen, schrien, riefen und wie Wölfe heulten. »Wirf deine Steine oder geh aus dem Weg, Mädchen!« forderte Ha-xa, die ihren eigenen Korb auf der Hüfte heranschleppte, Mah-ree auf. Die hochschwangere Frau geriet aus dem Gleichgewicht und stolperte zur Klippe, doch dann warf sie ihre Last mit aller Kraft in den Abgrund.

Tief unten schrie ein Mann vor Schmerz auf.

»Ha! Nimm das im Namen Tlana-quahs!« kreischte Ha-xa und machte kehrt. Mit einem Gesichtsausdruck wahnsinniger Freude und Befriedigung stapfte sie zum Steinhaufen zurück, um ihren Korb wieder aufzufüllen.

Mah-ree konnte sich nicht rühren. Ihre Mutter wirkte wie eine Fremde auf sie – alle Menschen des Stammes wirkten wie Fremde. Durch Kosar-ehs Erzählungen waren sie zur Kampflust aufgestachelt worden, so daß ihre Gesichter vor Haß und Rachsucht leuchteten. Die Frauen warfen eine Ladung aus Steinen und Kot nach der anderen auf die hinunter, die es wagten,

623

ihnen zu nahe zu kommen. Sie gossen auch Schläuche mit kochendem Öl und Urin auf die Angreifer.

Alle Männer und Jungen folgten Dakan-eh. In Tlana-quahs Abwesenheit war er zum Häuptling geworden. Sogar Shateh und seine Männer und die Häuptlinge der Stämme Lom-das und Iman-atls gehorchten ihm. Sie ließen sich von ihm begeistern, zeigten sich auf den Felsvorsprüngen des Berges, riefen Beleidigungen, ließen ihre Steinschleudern wirbeln und warfen die vielen Speere, die sie zu diesem Zweck hergestellt hatten.

»Seht euch meinen Mutigen Mann an!« Ban-ya weinte tatsächlich vor Stolz, als sie an Mah-ree vorbeilief. »Er ist jetzt all das, was er schon immer zu sein behauptet hat!«

Plötzlich flog von tief unten ein Speer herauf und landete scheppernd vor Mah-rees Füßen. Er hätte sie treffen können, wenn Cha-kwena ihn nicht rechtzeitig bemerkt und sie zur Seite gerissen hätte.

»Was ist los, Moskito? Du stehst wie ein Felsen da! Wenn du zu ängstlich bist, uns zu helfen, solltest du dich aus der Gefahrenzone begeben. Komm, gib mir deinen Korb!«

Er schüttete den Inhalt am Rand der Steilwand aus. Unten schrien mehrere Männer auf. Cha-kwena lachte über sie, drehte sich um, hob den Speer auf, der Mah-ree verfehlt hatte, und ging wieder an den Abgrund, um ihn hinunterzuschleudern.

Als der würgende Schrei eines tödlich verwundeten Mannes zu hören war, riß er vor Freude die Arme hoch.

»Das ist ein weiterer Löwe, der nie wieder einen Speer gegen die Stämme der Roten Welt erheben wird!« rief er.

Sie starrte ihn an. »Ich erkenne dich nicht wieder, Cha-kwena.«

»Ich bin immer noch derselbe, meine Kleine.«

»Nein, du benimmst dich nicht wie ein Schamane.«

»Ich bin Schamane, Mah-ree. Und jetzt bin ich auch der Jäger, der ich schon immer sein wollte.«

»Du jagst *Menschen*!«

»Ja, meine Kleine, weil sie zu viele Menschen meines Stammes gejagt und getötet haben und weil sie jetzt mich jagen!«

»Aber sieh dich doch einmal an, Cha-kwena! Dein Gesichtsausdruck zeigt, daß dir Spaß macht, was du tust! Ihr alle seht so aus! Sieh dort drüben, wo Kosar-eh sich gegen einen Felsen gesetzt hat. Die Kinder bringen ihm Speere und . . .«

Cha-kwena war verärgert. »Wir haben dafür jetzt keine Zeit. Wir müssen die Brüder des Himmels zurückschlagen! Hilf uns jetzt oder geh aus dem Weg!«

Ihre Unterlippe zitterte, und ihr standen Tränen in den Augen. Sie stampfte verzweifelt mit dem Fuß auf. »Du hast nicht die Wahrheit gesagt, als du Masau vor langer Zeit auf dem Berg erzähltest, du wärst nicht sein Bruder. Du *bist* sein Bruder, Cha-kwena! Ihr alle, alle Männer und Frauen dieses Stammes. Ihr unterscheidet euch überhaupt nicht vom Stamm des Wachenden Sterns! Ihr alle seid Brüder des Himmels!«

Am Fuß des Berges unterbrach Maliwal seinen Kampf und erkannte die vertraute Gestalt eines kleinen Mädchens, das sich abwandte, fortlief und die anderen Menschen auf dem Felsplateau allein ließ. Er konnte nicht glauben, was hier geschah: Die Eidechsenfresser schlugen die Männer des Wachenden Sterns zurück! Sie hatten Erfolg mit ihrer Verteidigung. Die Anzahl seiner Toten und Verletzten war überwältigend.

Chudeh, der nach dem Urin und dem Kot stank, mit dem er überschüttet worden war, kam zu ihm. »Maliwal, unsere Männer ziehen sich zurück. Sie haben genug. Sie sind vom Kampf mit dem Bisonstamm und der langen Reise hierher erschöpft. Nicht einmal alle heiligen Steine der Roten Welt sind eine solche Anstrengung wert!«

»Die Steine haben große Macht«, knurrte er.

»Ja, aber der größte Teil der Macht scheint bei ihnen zu liegen!« Er zeigte mit dem Finger nach oben, als Tsana neben ihn trat.

»Nun?« fragte Maliwal verbissen. »Welche ›guten‹ Nachrichten hast du mir zu bringen?«

Tsanas Gesicht verzerrte sich vor Wut und Abscheu, als er sich die Reste der Exkremente von den Schultern wischte und haßerfüllt zum Tafelberg hinaufsah. »Es gibt dort oben keinen

— keinen Mann, keine Frau und kein Kind — den ich nicht für die Schande umbringen möchte, die sie auf uns herabregnen lassen. Aber es war Ysuna, die die heiligen Steine brauchte. Welche Bedeutung haben sie für uns, daß wir unser Leben und unseren Stolz durch die Eidechsenfresser in Gefahr bringen sollen? Wir sind Mammutjäger und keine Schamanen.«

Die Worte versetzten Maliwal einen Stich. Doch der Schmerz erregte ihn, genauso wie die plötzliche Erkenntnis, die ihn beinahe ekstatisch erzittern ließ. »Du hast recht! Ich werde dich niemals vergessen, weil du heute diese Worte gesprochen hast, Tsana! Wir sind wirklich Mammutjäger! Warum verschwenden wir hier unsere Kraft, während das größte aller Mammuts jenseits der Blauen Tafelberge durch die Rote Welt zieht? Es gibt noch einen anderen Weg durch die Berge, um zu ihm zu gelangen. Den Paß, durch den Masau uns geführt hat!« Er lachte. Seine Augen leuchteten. Er nickte und sprach seine Gedanken laut aus. »Ich werde die Mehrheit unserer Jäger hier unter deinem Befehl zurücklassen, um die Eidechsenfresser zu belagern und sie beschäftigt zu halten, während wir uns wichtigeren Dingen zuwenden!«

Enttäuschung ersetzte das Lächeln, das vorhin auf Tsanas Gesicht erschienen war. »Die Männer werden nicht hierbleiben wollen . . .«

»Du und die Männer, ihr werdet tun, was ich sage!« brüllte Maliwal in plötzlicher Wut. Er stieß Tsana so heftig mit der Hand gegen die Schulter, daß der Mann ins Stolpern geriet.

»Du bist nicht Ysuna!« gab Tsana mit funkelndem Blick zurück.

Maliwal prüfte den Blick des Mannes. Er war kurz davor, sich offen gegen ihn aufzulehnen. Maliwal erkannte, daß er anders mit Tsana umgehen mußte, wenn der Mann seinem Willen gefügig sein sollte. Er lächelte und klopfte Tsana brüderlich auf die Schulter, die er gerade geschlagen hatte. »Ich bin jetzt der Anführer des Stammes des Wachenden Sterns«, sagte er freundlich. »Wer sonst soll den Stamm anführen, jetzt, wo Ysuna und Masau tot sind? Und wem sonst kann ich in meiner

Abwesenheit den Befehl über meine Krieger anvertrauen, wenn nicht einem meiner erfahrensten Männer?«

Tsana war beruhigt, wenn auch noch nicht ganz zufrieden.

»Was wolltest du zuvor sagen, Maliwal?« fragte Chudeh. »Was sind das für ›wichtigere Dinge‹?«

Maliwal lächelte. Er hatte die Lage wieder unter Kontrolle. »Ysunas Geist spricht aus meinem Mund. Wir werden das große weiße Mammut jagen und töten. So wie sie sein Fleisch und Blut brauchte, brauchen wir es genauso. Wenn die Kraft unseres Totems auf mich übergegangen ist, werde ich mit seinem Herzen zu euch zurückkehren. Wir werden es gemeinsam verzehren und dann mühelos die Blauen Tafelberge stürmen. Wir werden den Schamanen und den Eidechsenfressern der Roten Welt ins Gesicht lachen, denn ich habe ihnen dann die Quelle ihrer Macht geraubt. Das große weiße Mammut wird in mir weiterleben. Ich werde das Totem sein! Und die heiligen Steine werden aus eigener Kraft in meine Hände springen!«

Der Nordwind hatte merklich nachgelassen, als Ta-maya und ihre Mitreisenden das Lager erreichten, in dem Ysuna gestorben war. Unterwegs hatten sie die Leiche einer Frau gefunden, und die kreisenden Raben und zwei rotschwänzige Falken verrieten ihnen, daß auch im Land vor ihnen der Tod umging. Dann stießen sie auf die Leichen mehrerer Männer, eines Mädchens und einiger Hunde. Ta-maya wies man an, zurückzubleiben, während die Krieger nachsahen, ob sie nicht in eine mit makabren Ködern bestückte Falle gelockt werden sollten.

Ta-maya gehorchte, da sie müde war und Angst vor dem hatte, was sie finden würden. Sie hatten einen weiten Weg zurückgelegt, seit ihr erlaubt worden war, mit ihnen zu kommen. Der Anführer der Gruppe hatte einem der kleineren Männer der Gruppe befohlen, ihr sein zweites Paar Mokassins zu geben. Selbst, nachdem sie sie mit Gras gepolstert hatte, waren sie noch zu groß, aber sie hatte sich nicht beschwert.

Als jetzt der Wind an ihr zerrte, blickte sie zum Himmel hinauf, um nicht die Leichen ansehen zu müssen. Er war so blau und so klar nach dem Regen der letzten Nacht. Es deutete nichts mehr darauf hin, daß es jemals einen Sturm gegeben hatte.

Der Anführer der Gruppe rief sie. Er stand im Eingang der einzigen Hütte des Lagerplatzes. »Frau, hier drinnen ist etwas, das du dir ansehen solltest!«

»Mah-ree!«

Das Mädchen blickte auf. Cha-kwena winkte ihr, auf den Plateaugipfel zu kommen, wo gerade den Geistern mit einer Mahlzeit gedankt wurde. Mah-ree runzelte die Stirn. Immer noch lagerten Männer des Wachenden Sterns an der Nordseite des Berges. Viele hatten sich bereits zurückgezogen, doch solange noch welche hierblieben, verspürte sie keine Dankbarkeit. Alle waren sich so sicher, daß die Stämme der Roten Welt die Schlacht des heutigen Tages gewonnen hatten und daß ihre Angreifer morgen entmutigt nach Norden fliehen würden, wo sie hingehörten. Sie hoffte, daß diese Voraussage sich bewahrheitete, aber Hoffnung allein war nicht genug. Sie konnte nichts essen und die Gesellschaft der anderen nicht ertragen. Selbst Cha-kwena war in den vergangenen Stunden für sie zu einem Fremden geworden. Daher antwortete sie nicht auf seinen Ruf.

Sie saß im schwindenden Licht des Tages, den Korb voller Welpen und Mutter Hund an ihrer Seite, ein wenig außerhalb der kleinen Ansammlung hastig gedeckter Hütten, die ihr Stamm am traditionellen Lagerplatz hoch oben auf der Südseite des heiligen Berges errichtet hatte.

Mah-ree hockte auf einem großen, flechtenbewachsenen Felsblock. Er war drei- oder viermal so groß wie eine der Hütten, von seltsamer Form und lag inmitten einer Anhäufung ähnlicher Felsen. Seit Generationen hatten die Frauen der Roten Welt auf diesen Felsen Piniennüsse geknackt und Eicheln zermahlen, doch sie war überzeugt, daß noch nie eine Frau nach einem solchen Tag an dieser Stelle gesessen hatte.

Sie zog die Knie bis ans Kinn heran und schlang ihre Arme um die Waden. Mah-ree hörte das Singen vom Gipfel des Tafelberges. *Singen!* Ihr Vater war tot, Kosar-eh schwer verletzt und

Ta-maya immer noch nicht mit ihrem Stamm wiedervereint. Nur die Mächte der Schöpfung wußten, wie viele tote Menschen am Nordhang des Berges lagen. Sicher, es waren keine Menschen ihres Stammes, aber es waren trotzdem Menschen, und die Menschen der Roten Welt hatten sie getötet!

Angewidert lauschte sie, wie sie von den verräterischen Fremden aus dem Norden sangen, von ihrer eigenen Tapferkeit und Klugheit und von ihrer neuen Freundschaft mit den Männern des Bisonstammes, die ihnen morgen helfen würden, die Feinde aus dem Land ihrer Vorfahren zu vertreiben.

Doch was war, wenn sie es nicht schafften? Was war, wenn der Bisonstamm sich gegen sie wandte, wie es der Stamm des Wachenden Sterns getan hatte? Was für Lieder würden sie dann singen?

Sie erschauderte. »Hör ihnen zu, Mutter Hund!« sagte sie zu dem Tier, das sie nicht bei seinem Namen Wachender Stern nennen wollte, damit sie nicht den Namen des Stammes aussprach, der ihren Stamm verraten hatte. »Wir haben jene, die dich zu uns brachten, unsere Freunde genannt, doch sieh nur, was sie uns jetzt antun! Du bist natürlich eine Ausnahme.« Sie kraulte dem Hund die Ohren. Das Tier winselte anerkennend, bis es plötzlich erstarrte und zu knurren begann.

In der Kiefernschlucht unter ihr blieb das große weiße Mammut stehen.

Mah-ree brachte den Hund zum Schweigen. »Ich grüße dich, All-Großvater«, sagte sie zu ihrem Totem. »Es tut mir leid, daß ich dir keine guten Dinge zu essen mitgebracht habe. Das Leben auf diesem Berg ist nicht sehr gut. Du solltest dich hier nicht aufhalten. Wenn die Dinge sich morgen zu unseren Ungunsten entwickeln . . .«

»Die Dinge werden sich günstig entwickeln!« Cha-kwena hatte sie entdeckt und stand auf dem nächsten Felsblock. »Heute hat sich meine Vision erfüllt. Morgen werden wir den Stamm des Wachenden Sterns vertreiben.«

Mah-ree gefiel es überhaupt nicht, mit welcher Überzeugung er sprach. »Wie kannst du dir so sicher sein?«

»Ich bin der Schamane!«

629

Das Mammut schnaufte und ging unruhig umher.

Mah-ree beobachtete es besorgt. »Ich habe Angst um ihn, Cha-kwena. Er sollte nicht hier sein.«

Er beobachtete das Mammut nachdenklich. »Er ist hier, um die Richtigkeit meiner Vision zu beweisen. Ich habe alles gesehen: die Speere, das heiße Öl, die Versammlung der Stämme und die Ankunft der Bisonjäger. Ich habe sie als Löwen gesehen, und als Löwen haben sie sich erwiesen!«

»Hoyeh-tay hat uns gewarnt, uns vor Löwen in acht zu nehmen.«

Mah-rees Worte brachten ihn aus der Fassung. »Ich habe endlich meine Berufung zum Pfad des Schamanen angenommen. Ich brauche jetzt keinen Moskito, der mich mit Zweifeln sticht.« Er schüttelte den Kopf. »Und Ha-xa macht sich Sorgen um dich. Sie hat mich geschickt, um nach dir zu suchen. Kommst du?«

»Nein.«

»Dann bleib hier und leide Hunger! Du bist eine ärgerliche kleine Laus, Mah-ree, und es kümmert mich nicht, was du tust!«

Sie saß lange Zeit auf dem Felsen, schmollte in verletztem Stolz und strich gedankenverloren mit den Fingern durch Mutter Hunds Nackenfell. Nach einer Weile bemerkte sie, daß das Mammut verschwunden war. Eben noch hatte es sie angesehen, jetzt war es nicht mehr da. Sie stand auf und sah, wie es sich durch die Bäume bewegte, bergab in südlicher Richtung. Irgendwie wußte sie, daß es immer weiter gehen würde, bis es die bewaldeten Hügel über der Wiese in der Nähe des verlassenen Dorfes am See der Vielen Singvögel erreicht hatte.

»Warte!« rief sie ihm nach und nahm den Korb mit den Welpen. »Ich komme mit dir! Laß uns gemeinsam nach Hause zurückkehren. Wir werden dort auf unseren Stamm warten. Vielleicht werden sie wieder wie früher und keine Fremden mehr sein, wenn sie dort eintreffen. In der Zwischenzeit wirst du in größerer Sicherheit sein, wenn du von hier fortgehst.«

Mah-ree kletterte von den Felsen hinunter und winkte Mutter Hund, ihr zu folgen. »Komm! Du und ich und die Welpen werden mit All-Großvater ziehen, während er heim zu seiner Familie geht! Niemand wird uns vermissen!«

15

Im schwachen grauen Licht vor der Dämmerung griff die erste Gruppe des Bisonstamms die Männer des Wachenden Sterns an, die sich noch am Fuß des Berges aufhielten. Sie schlichen sich lautlos an und kamen mit Speeren, Keulen und Fackeln.

Noch bevor die Sonne aufging, war der Kampfgeist der Männer des Wachenden Sterns erloschen, obwohl der Stern selbst immer noch hell am Himmel schien. Ohne Ysuna, Maliwal oder Masau als Anführer ergriffen sie entmutigt mit ihren Frauen und Kindern die Flucht und ließen ihre Toten und Verwundeten zurück.

Stunden später versammelte Chudeh einige der Männer in einem kalten trostlosen Lager, wo sie sich gegenseitig um ihre Verletzungen kümmerten.

»Sie denken, daß sie uns geschlagen haben, aber das stimmt nicht«, sagte Chudeh. »Sie haben uns mit der Macht ihres Totems beschämt. Ich kann mich jedenfalls nicht mit dieser Schmach in das Land unserer Vorfahren zurückziehen. Ich sage, daß sich die unter uns sammeln sollen, die zur Fortsetzung des Kampfes bereit sind. Ich sage, daß wir Maliwal folgen. Er ist stark. Er ist der Wolf. Wir werden uns seinem Rudel anschließen und mit ihm das große weiße Mammut jagen. Und nachdem wir es getötet und von seinem Fleisch gegessen haben, werden wir an diesen Ort zurückkehren und es den Eidechsenfressern und Bisonfressern heimzahlen.«

Die stumme, bleiche und trostlose Ta-maya wurde von mehreren Bisonjägern zu ihrem Stamm zurückgebracht. Sie stand mit ihnen im Lager im heiligen Hain. Sie war so dankbar, noch am Leben und wieder unter den Ihren zu sein, daß sie kaum sprechen konnte. Mit keinem Wort erwähnte sie Masau oder seinen Tod. Sie wußte, daß es in diesem Lager keine Trauer um den Mystischen Krieger geben würde, sondern nur in ihrem eigenen Herzen.

Ha-xa weinte vor Freude, sie wiederzusehen. Ta-maya sah sich nach Mah-ree um, aber dann wurde sie durch U-was Begrüßung abgelenkt, der sich all die anderen Frauen und Mädchen und die drei alten Witwen anschlossen.

Sie erkannte sofort, was zwischen Dakan-eh und Ban-ya geschehen war, denn obwohl er ihr beide starken Hände auf die Schultern legte und ihr sagte, daß sich sein Herz über ihre Rückkehr freute, hielt Ban-ya sich im Hintergrund, bis er sie herbeirief und Ta-maya stolz und laut verkündete, so daß alle es hören konnten: »Ban-ya ist jetzt meine Frau! Ich habe neues Leben in sie gepflanzt. Ich habe beschlossen, daß es gut so ist!«

Ban-ya sah Ta-maya in die Augen und sagte ihr ehrlich und ohne Vorwurf: »Er ist jetzt mein Mann. Aber wenn er dich immer noch will und wenn du ihn noch willst, bist du jederzeit an unserem Feuer und in den Schlaffellen unserer Hütte als zweite Frau willkommen.«

Ta-maya war überrascht. Sie hatte weder Selbstgefälligkeit noch Schadenfreude in Ban-yas Stimme bemerkt — nur ein aufrichtiges Freundschaftsangebot, wenn auch zu ihren Bedingungen.

Als Dakan-eh plötzlich verärgert errötete und seine neue Frau ernstlich wegen ihrer lockeren Zunge tadelte und sie ermahnte, in Zukunft zuerst ihren Mann sprechen zu lassen, verstand Ta-maya, daß er nicht die Absicht hatte, sie oder Ban-ya zu beschämen. Er war einfach nur ein prahlerischer Mann, der es überhaupt nicht bemerkte, wenn er den Stolz anderer verletzte, während ihm sein eigener Stolz überaus wichtig war. Sie hatte ihm vor einiger Zeit seinen Stolz genommen, und jetzt gab sie ihn ihm ohne Vorbehalt zurück. »Ta-mayas Herz freut sich auch, weil der Mutige Mann ihr verziehen hat, was einst zwischen ihnen vorgefallen ist. Doch jetzt sind Ereignisse eingetreten, die nichts mit Dakan-eh zu tun haben, die aber die Freude aus meinem Herzen vertrieben haben. Ta-maya wird unter den Schlaffellen keines Mannes liegen.«

Als sie dies hörte, eilte Kosar-ehs Frau Siwi-ni herbei, um ihr die Wangen zu küssen und ihre Kinder zu ihr zu bringen, damit sie die zurückgekehrte Tochter Tlana-quahs begrüßen konnten.

»Sei tapfer, älteste Tochter unseres Häuptlings! Sei stolz! An diesem Tag wird sich die Seele deines Vaters wieder freuen. Obwohl er in einem fernen Land gestorben ist, haben seine Taten erreicht, daß du sicher zu uns zurückkehren konntest!«

Ta-maya erwiderte Siwi-nis Kuß. Die Wange der kleinen Frau war trocken und so zerfurcht wie ein verwittertes Flußbett. Ta-maya umarmte alle Kinder bis auf Gah-ti, der in ihrer Nähe errötete und ihr durch seine überhebliche Haltung deutlich machte, daß er schon zu alt war, um seine Zuneigung zu einer Frau zu zeigen. Sie lächelte den Jungen an. Er hatte sich während ihrer Abwesenheit verändert, er war erwachsen geworden. Sie fühlte sich traurig. Sie alle hatten sich verändert und sahen die Welt nun mit anderen, älteren Augen.

»Jeder von euch soll sich voller Stolz an meinen Vater erinnern«, sagte sie zum ältesten Sohn des Lustigen Mannes. Als sie Kosar-ehs Blick auf sich spürte, drehte sie sich um und sah ihn an. Er stützte sich auf eine provisorische Krücke aus Pinienholz, deren oberes Ende mit Kaninchenfell gepolstert war. »Und wir dürfen niemals vergessen, daß Kosar-ehs Tapferkeit dafür verantwortlich war, daß die Männer des Bisonstammes von unserer Not erfuhren und jetzt nicht die Männer des Stammes des Wachenden Sterns in diesem Lager unter unseren Toten sitzen, um die Kraft des Ersten Mannes und der Ersten Frau aus den heiligen Steinen zu ziehen und sich darauf vorzubereiten, All-Großvater zu jagen.«

In der Versammlung breitete sich absolute Stille aus

»Ich habe nur getan, was jeder Mann getan hätte«, sagte Kosar-eh bescheiden.

Sie schüttelte den Kopf. »Du hast zweimal dein Leben riskiert, um meines zu retten: das erste Mal, als du beschlossen hast, an Tlana-quahs Seite zu bleiben, und das zweite Mal, als du dich zwischen mich und den Speer Shatehs gestellt hast.«

»Das ist wahr!« bestätigte der Anführer des Bisonstammes. »Er ist ein tapferer Mann, dieser Kosar-eh.«

Die Menschen murmelten zustimmend. Alle blickten ihren Lustigen Mann erstaunt und bewundernd an. Siwi-ni reckte sich trotz ihrer kleinen Gestalt zu voller Größe auf und

633

schnaufte, als wollte sie sagen, daß sie nicht verstand, wie jemand ihren Mann für etwas Geringeres als einen Helden halten konnte. Kosar-ehs Söhne machten runde Augen vor erneuertem Stolz und Respekt.

Kosar-eh war sichtlich verlegen. Er verzog das Gesicht und machte eine unbestimmte Geste mit der Hand. »Was soll das? Ich bin doch nur Kosar-eh, der Lustige Mann, der Geschichtenerzähler, und wenn meine Wunde verheilt ist, werde ich wieder der Tänzer sein, der die Herzen des Stammes erleichtert und sie in Zeiten der Not zum Lachen bringt. Jeder Stamm der Roten Welt braucht seinen Lustigen Mann! Ich konnte euch doch nicht im Stich lassen! Wer sonst hätte euch zum Lachen bringen sollen?«

Ta-maya schüttelte den Kopf. »Du bist mehr als nur ein Lustiger Mann, Kosar-eh. Du bist ein Krieger!«

Er bekam vor Verwirrung einen hochroten Kopf, als die Menschen ihn bejubelten. Zum Erstaunen aller Anwesenden trat Dakan-eh vor und legte ihm eine Hand auf die Schulter.

»In den Zeiten, wo die Brüder des Himmels wieder auf der Erde wandeln, bin ich stolz zu wissen, daß es in diesem Stamm viele tapfere Männer und zwei Jäger gibt, Dakan-eh und Kosar-eh, die sich Mutiger Mann nennen lassen dürfen!«

Nach einer kurzen und ernsten Beratung wurde entschieden, daß die toten Feinde auf der anderen Seite des Berges zurückgelassen werden sollten, wo sie gefallen waren. Einige Menschen der Roten Welt plädierten dafür, daß die verwundeten Männer aus dem Norden in den heiligen Hain gebracht und gepflegt werden sollten.

»Sie haben sich uns gegenüber nicht gnädig verhalten«, gab Dakan-eh zu bedenken.

»Auch nicht zu Tlana-quah«, fügte Kosar-eh verbittert hinzu. »Oder zu mir.«

Shateh nickte. »Wenn sie im Grasland Lager überfallen haben, töteten sie alles, was sich bewegte, und ließen nur die am Leben, die sie als Sklaven mitnahmen. Weil Kinder und

Frauen anwesend sind, will ich die Art des Todes und das Schicksal dieser Sklaven nicht näher beschreiben. Ich sage nur, daß diese Krieger des Wachenden Sterns sich für ihr eigenes Schicksal entschieden haben. Sie sollen so sterben, wie sie bereits gelebt haben. Die Verwundeten sollen ohne Pflege bei ihren toten Brüdern liegenbleiben. Wenn ihr sie holt, um sie zu heilen, was wollen wir mit ihnen tun, wenn sie wieder gesund und stark sind? Sie werden sich wie Raubtiere auf uns stürzen. Keine Frau und kein Kind in diesem Lager wird vor ihnen sicher sein, und kein Mann oder Junge wird jemals wieder ohne seinen Speer an der Seite schlafen können. Sie müssen dem Tod überlassen werden.«

Ha-xa war entsetzt. »Wir können die Verwundeten doch nicht schutzlos den Aasfressern aussetzen!«

»Warum nicht? Genau dasselbe haben sie mit mir getan«, sagte Kosar-eh mit einer Härte in der Stimme, die noch niemand an ihm gehört hatte.

Cha-kwena sagte behutsam: »Wenn du zwischen den Toten der Weißen Hügel umhergegangen wärst, Ha-xa, würdest du kein Mitleid für jene empfinden, die eine solche Freude am Töten haben.«

Ihr Gesicht zuckte vor Kummer, aber sie zeigte keine Unsicherheit. »Sie haben viele Menschen meines Stammes getötet. Sie haben Tlana-quah das Leben genommen. Doch irgendwo dort draußen im Norden warten ihre Frauen und Kinder auf ihre Rückkehr. Bald werden sie trauern, so wie ich jetzt trauere.« Sie atmete tief durch und blickte Shateh in die Augen. »Du sprichst weise Worte, Häuptling des Bisonstammes, aber du hast niemals mit deinem eigenen Körper neues Leben hervorgebracht. Als eine Mutter, die in diesem Augenblick neues Leben in sich trägt, bitte ich dich und die Männer meines Stammes. Es soll nicht heißen, daß die Menschen meines Stammes in diesem Moment der Entscheidung über Leben und Tod genauso grausam wie unsere Feinde, die Brüder des Himmels, waren.«

Shateh runzelte die Stirn. »Was verlangst du von mir, Ha-xa? Diese Leute haben deinen Mann getötet! Sie haben meinen Sohn getötet!«

Sie zögerte, doch nur für einen Augenblick. »Ich bitte dich nur darum: Wenn diese Söhne der Frauen des Stammes des Wachenden Sterns den Aasfressern des Himmels und der Erde überlassen werden sollen, dann tötet sie zuerst!«

Shateh und die Männer des Bisonstammes staunten über die Willensstärke, die Tlana-quahs Witwe an den Tag legte. Genauso beeindruckt waren sie von der Entschlossenheit der Männer der Roten Welt, die ihre Speere und Keulen aufnahmen, die eigentlich höchstens zur Kaninchenjagd geeignet waren. Gemeinsam verließen sie den flachen Berg, gingen zu den Toten und Verwundeten ihrer Feinde und töteten sie ohne Gnade.

Als schließlich der volle Mond am westlichen Horizont aufging und der Nachtwind leise über die Nordseite des heiligen Berges flüsterte, war kein einziger Bruder des Himmels mehr am Leben, um den kühlen Atem des Windes oder die Schönheit des Mondes zu genießen.

Gemeinsam stiegen die Männer der Roten Welt und der Bisonstämme den Pfad auf der Nordseite wieder hinauf. Sie sprachen leise und müde von ›guter Arbeit‹, von Feinden, die gut oder schlecht gestorben waren, und von den Menschen des Wachenden Sterns, die so vernünftig gewesen waren, am vorherigen Tag die Flucht zu ergreifen.

Cha-kwena stand allein in der Dunkelheit. Er hielt seine Kaninchenkeule in der linken Hand und den heiligen Stein an seiner Halskette in der rechten. Er wußte nicht, ob er schon einmal so müde gewesen war. Seine Knochen fühlten sich schwer an, und sein Geist schien betäubt, als er die Bergwand hinunterblickte.

Wie viele Menschen hatte er heute erschlagen? Nur zwei. Dakan-eh und die Bisonjäger hatten die meisten getötet. Trotzdem mußte er jetzt daran denken, daß zwei tote Menschen eine unendlich große Anzahl zu sein schienen, wenn er die anderen hinzuzählte, die durch seine Speere und Steine gestorben waren, seit der Angriff auf den Berg begonnen hatte.

Doch die zwei Männer, die er an diesem Abend getötet hatte, waren schwer verwundet gewesen und hatten keine Gefahr mehr für ihn dargestellt — zumindest nicht mehr im Augenblick ihres Todes. Beide hatten ihm in die Augen gesehen und seine Absicht erkannt. Einer hatte ihn sogar voller Verachtung angegrinst, der andere hatte einfach nur die Augen geschlossen und sich abgewandt. Cha-kwena hatte ihnen, ohne zu zögern, die Schädel eingeschlagen, als würden sie ihm nicht mehr bedeuten als zwei Hasen oder Kaninchen, die sich in einem Fangnetz verfangen hatten. Nein, das stimmte nicht. Er hatte noch nie Spaß daran gehabt, ein Tier zu töten, doch heute abend hatte er Vergnügen empfunden, diese zwei Männer umzubringen.

Irgendwo weit entfernt trompetete ein Mammut und heulte ein Kojote. Und tief in Cha-kwenas Geist fragte ein junger Mann: *Bin ich dessen würdig?*

Der Geist eines Mannes, den er einmal seinen Bruder genannt hatte, flüsterte im Wind: *Ein Schamane erweist sich als würdig, Cha-kwena.*

»Aber *wessen* würdig, du dummer Junge?«

Die Frage beunruhigte ihn, während der Schatten einer Eule über das Gesicht des Mondes flog.

Er keuchte. Der Vogel flog auf ihn zu. Der Mond und die Sterne schienen durch ihn hindurchzuscheinen. Gleich würde er ihn treffen. Er trat zur Seite. Der Vogel veränderte seine Flugrichtung und kam wieder direkt auf ihn zu. Cha-kwena warf sich zu Boden, ließ seine Keule fallen und hob die Hände, um den unvermeidlichen Zusammenstoß abzuwehren. Doch der Vogel flog durch seinen Körper hindurch und löste sich in Nichts auf, als besäße er nicht mehr Substanz als der Wind. Trotzdem spürte Cha-kwena das Rauschen der Flügel und den warmen Hauch spöttischen Gelächters, als der Geist Eules am Osthimmel verschwand und nur eine Wolke aus Federn und eine Warnung zurückließ.

»Dummer Junge! Du bist jetzt Schamane! Aber du verstehst immer noch nicht die Bedeutung des Pfades, zu dem du berufen wurdest!«

Erneut hörte er das Trompeten des Mammuts und den Ruf des Kojoten. Er setzte sich auf. Als eine Fledermaus aus der Dunkelheit auf ihn zugeflogen kam und seinen Kopf streifte, spürte er es kaum. Vor ihm in der Nacht waren der Hirsch und der Falke, die Schwalbe und der Hase, das Kaninchen und die Maus.

»Ist das Cha-kwena, der Bruder der Tiere, den wir dort auf dem Boden hocken sehen?« fragte der Hirsch.

»Es ist der Schamane, der Menschenmörder«, antwortete der Hase und schüttelte traurig den Kopf.

»Ich kenne ihn nicht«, sagte das Kaninchen.

»Ist er gefährlich?« fragte die Maus.

»Nur seinen Artgenossen und sich selbst gegenüber«, antwortete der Falke.

»Durch meine Taten habe ich meinen Stamm gerettet!« sagte Cha-kwena wütend zu den Tieren. Dann blinzelte er, als sich ein anderer Vogel zu den Tieren gesellte. Er schwebte anmutig durch die Nacht und landete auf dem Kopf des Hirsches.

»Du hast nicht alle gerettet«, klagte der Raubwürger an, neigte seinen Kopf mit der schwarzen Maske zur Seite und blickte Cha-kwena mit seinen Augen an, die so leuchtend wie polierter Obsidian waren. »Ein Schamane erweist sich als würdig, Cha-kwena. Wo ist Moskito? Wo ist das große weiße Mammut? Und wo streift der Wolf namens Maliwal umher?«

Das Herz des Jungen schien zu gefrieren. Jetzt erkannte er den Pfad, zu dem er gerufen worden war. Er führte ihn zu Dakan-eh und Shateh und den versammelten Jägern. Er war nicht allein, als er ihnen gegenübertrat. Die Eule und die Fledermaus, der Hirsch und der Falke, die Schwalbe und der Hase, das Kaninchen und die Maus, der Kojote und sogar der Raubwürger scharten sich um ihn.

»Meine Geistbrüder haben zu mir gesprochen«, sagte Cha-kwena zu den Männern. »Wir müssen diesen Berg verlassen und zu Tlana-quahs Dorf gehen. Wir müssen das große weiße Mammut und Mah-ree vor dem Wolf beschützen. Und wir müssen sofort gehen!«

16

Der Weg zu Tlana-quahs Dorf erschien länger, als Maliwal ihn in Erinnerung hatte, das Land unwegsamer, die Berge kälter und der Fluß breiter. Er blieb nur kurz stehen, um entschlossen durchzuatmen, bevor er weiterstapfte, ohne auf die Beschwerden seines merklich geschrumpften Gefolges zu achten.

»Wenn wir rasten, um uns auszuruhen und etwas zu essen, wäre es für uns alle leichter«, sagte Ston.

»Wir werden uns ausruhen, nachdem wir das Schamanenmädchen und das große weiße Mammut getötet haben. Wir werden essen, wenn wir von seinem Fleisch ein Festmahl veranstalten und das Mark aus seinen Knochen kratzen.«

»Bitte, Maliwal...«, sagte Chudeh vor Erschöpfung keuchend. »Maliwal, geh langsamer! Ich habe diese Männer von weither gebracht, um dir zu folgen. Wir sind ununterbrochen ohne Pause marschiert. Wir müssen...«

»Haltet Schritt oder bleibt zurück!«

Chudeh blieb wütend stehen und rief: »Die Hälfte der Männer, mit denen wir losgezogen waren, sind bereits zurückgeblieben! Oder hast du das nicht bemerkt?«

Maliwal fuhr herum. Er trug drei riesige Speere aus Mammutknochen und weißem Chalzedon. Seine Augen funkelten rot und wild in einem Gesicht, das von Erschöpfung gezeichnet war. Wie er in seinem Federumhang und dem Jaguarfell und mit Ysunas Halskette um die Schultern dastand, wirkte er geistig verwirrt.

Chudeh trat unwillkürlich einen Schritt zurück. »Maliwal, alter Freund, wir haben gemeinsam lange Märsche zurückgelegt und auf unseren Jagdzügen große Beute gemacht. Aber ich kann nicht mit dir Schritt halten, wenn du in diesem Tempo weitermarschierst.«

»Ysunas Steine geben mir Kraft.«

»Das mag sein, aber sie tun nichts für mich oder die anderen. Wir müssen uns ausruhen, etwas essen und Trauergesänge zu

Ehren der vielen Toten anstimmen, damit ihre Geister bei uns sind, wenn wir weiterziehen.«

Maliwals Gesicht verzerrte sich. »Jetzt, wo die heiligen Steine Ysunas mir gehören, was bedeuten mir da noch die Geister der Toten? Wenn das große weiße Mammut tot ist, wird alles wieder sein, wie es einmal war – mein Gesicht, mein Ohr und die Toten... vielleicht werden auch sie wieder auferstehen. Ich weiß es nicht. Aber du muß Vertrauen zu mir haben, Chudeh.« Er schwieg einen Moment, während er den Jäger zunächst mißtrauisch, dann voller Mitgefühl musterte. »Du bist schon immer zu zaghaft gewesen, Chudeh. Erinnerst du dich noch an die Nacht vor vielen Monden, als du sagtest, daß ich in der Dunkelheit keine Mammuts jagen könnte? Doch ich habe es getan, und später verbrannten wir ein Dorf der Eidechsenfresser, nahmen ihre Frauen und...«

»Die Nacht, in der Rok starb? Die Nacht, in der die alte Mammutkuh dein Ohr und die Hälfte deines Gesichts abriß?«

Maliwals Mitgefühl verschwand und wurde durch Feindseligkeit ersetzt. »Die Mammuts haben mir für diese Nacht noch eine Schuld abzuzahlen. Sie werden dafür bezahlen, und auch du wirst mit deinem Leben bezahlen, wenn du mich wieder aufzuhalten oder von meinem Vorhaben abzubringen versuchst!«

Während Lebensspender ihr vorausging und Mutter Hund und die Welpen an ihrer Seite tollten, lief Mah-ree im Dauerlauf nach Hause. Zu Anfang hatte sie noch gehofft, daß Cha-kwena ihr folgen würde, um sie zu überzeugen, zu den anderen zurückzukehren. Nicht, daß sie umkehren wollte. Sie wollte den heiligen Berg niemals wiedersehen und auch nicht daran denken, was dort in diesem Augenblick vielleicht geschah. Außerdem mußte sie All-Großvater vor seinen Feinden in Sicherheit bringen, solange für ihn noch die geringste Gefahr bestand.

Ein Tag und eine Nacht vergingen. Das große Mammut trottete voran, als müßte es sich niemals ausruhen. Irritiert über sein Verhalten folgte Mah-ree ihm und ernährte sich von dem, was das Land ihr bot. Sie trug die Welpen in ihrem Korb, wenn sie müde wurden. Mutter Hund blieb niemals zurück. Ihr Antrieb war die Tatsache, daß Mah-ree die Welpen in ihrer Obhut hatte.

Dann hatte das Mädchen den Großen See hinter sich gelassen und bewegte sich auf dem letzten Abschnitt ihrer Reise durch vertrautes Gelände. Sie konnte bereits die bewaldeten Berge ihrer Heimat sehen. Dahinter lagen das Dorf und der See der Vielen Singvögel. Das Mammut schien es ebenfalls zu spüren. Als der Tag in den Abend überging, hielt All-Großvater an, um zu grasen, und erlaubte Mah-ree den dringend benötigten Schlaf. Sie erwachte Stunden später, als sie glaubte, daß jemand ihren Namen gerufen hätte.

Sie setzte sich auf, lauschte und sah sich in der undurchdringlichen Dunkelheit um. Sie dachte an Cha-kwena, vermißte ihn und hoffte, daß er mit guten Neuigkeiten zu ihr kam. Der Wind wehte aus südlicher Richtung, so daß sie jeden, der sich von den Tafelbergen her näherte, erst dann hören konnte, wenn er schon sehr nahe war. Andererseits würde sie gut zu hören sein, also rief sie mehrmals. Aber niemand antwortete.

All-Großvater lief unruhig umher. Mutter Hund stand auf, spitzte die Ohren und starrte nach Nordosten.

Mah-ree zitterte vor plötzlicher Furcht. *Sei kein Dummkopf!* tadelte sie sich. *Du gehst in der Nähe deines Totems. Nichts kann dir geschehen, solange du bei ihm bist!*

Wenn er Chudeh und den anderen ein wenig Ruhe und Essen erlaubt hätte, wären sie Maliwal vermutlich bis zum Ende gefolgt. Er gewährte ihnen nicht einmal ein bißchen von dem, was jeder kluge Anführer denen gab, die ihm freiwillig in die Gefahr folgten: zumindest den Anschein von Respekt, Treue und Aufmerksamkeit. Doch Maliwal war noch nie klug gewesen, und sein Respekt, seine Treue und seine Aufmerksamkeit hatten bislang immer nur sich selbst und Ysuna gegolten.

Jetzt blickten seine Männer zurück und sahen, wie sich ihnen die vereinten Stämme Shatehs und des ermordeten Tlana-quah näherten.

»Sie geben nicht auf, diese Eidechsenfresser«, stellte Chudeh mit sichtlicher Anerkennung fest. »Jetzt sind sie in der Überzahl. Maliwal, wie sieht dein Angriffsplan aus?«

Er stand wie ein verletzter und gereizter Bison da — mit vorgerecktem Kopf und bebenden Nasenflügeln. Er atmete tief durch und schüttelte den Kopf in verzweifeltem Zorn. »Haltet sie auf! Ich werde allein vorausgehen, wie ich geschworen habe.«

Seine Männer blickten sich ungläubig an.

»Wie sollen wir das schaffen?« fragte Chudeh.

»Wenn das Mammut tot ist, werdet ihr jedem Feind überlegen sein!«

»Und bis es soweit ist?«

»Tut einfach euer Bestes! Auch ich werde mein Bestes geben!«

»Aber du wirst außer Reichweite ihrer Speere sein.«

»Ich werde das größte aller Mammuts jagen!«

»Du kannst es nicht allein töten.«

»Ich bin nicht allein! Ich trage Ysunas heilige Halskette. Ich trage die Speere des Mystischen Kriegers.«

»Und womit sollen wir uns schützen?« drängte Chudeh.

»Durch einen anderen als dich, der diese Gruppe anführt, solange ich auf der Jagd bin!« erwiderte Maliwal, und bevor Chudeh reagieren konnte, drang eine Speerspitze aus weißem Chalzedon in seine Eingeweide. »Ich habe dich gewarnt, daß du mit dem Leben dafür büßen wirst, wenn du dich mir noch einmal entgegenstellst.« Maliwal riß den Speer wieder aus Chudehs Körper heraus. Der Mann stand benommen und fassungslos da, ließ seine eigenen Speere fallen und hielt sich die Bauchwunde, um seine Innereien vor dem Herausfallen zu bewahren.

»Jetzt«, sagte Maliwal, »werde ich das große weiße Mammut jagen!« Ohne ein weiteres Wort lief er weiter.

Seine Männer starrten ihm nach und blickten dann auf Shateh und die Eidechsenfresser, die immer näher kamen. Schließlich erkannten sie, wem ihre Treue gelten mußte. Sie ließen Chudeh allein und liefen um ihr Leben.

642

17

Ein Sturm braute sich über den Felskuppen und Bergen der Roten Welt zusammen. Auf dem See der Vielen Singvögel schwappten die windgetriebenen Wellen in der Nacht gegen die Ufer. Ein Fisch sprang. Enten flatterten auf und flogen weiter hinaus auf den See.

Erschöpft von ihrer langen Wanderung entzündete Mah-ree ein kleines Feuer und fiel dann in Tlana-quahs Hütte in einen tiefen Schlaf. Sie hörte weder die warnenden Stimmen aus der Ferne noch Mutter Hunds Gebell und ihr schmerzhaftes Jaulen, als das stumpfe Ende eines Speeres aus Mammutknochen ihr den Schädel zerschmetterte. Sie hörte auch nicht das Winseln des Welpen, den Maliwal aus dem Korb holte, bevor er gebückt die Hütte betrat und sein Blick auf sie fiel.

»Du! Schamanenmädchen! Wach auf!« befahl er schroff.

Sie regte sich verschlafen und fuhr dann mit einem bestürzten Schrei hoch, als ein Welpe mit gebrochenem Genick auf ihrem Schlaffell landete.

»Sie werden alle so enden, wenn du mir nicht zeigst, wo er ist.«

Sie hob die schlaffe kleine Gestalt auf und streichelte das Fell des toten Tieres, als könnte sie es damit wiederbeleben. »Er? Wer? Ich bin allein! Was willst du, Maliwal?«

»Spiel mir keine Unwissenheit vor, Schamanenmädchen! Du wirst mir sagen, wo er ist — dein Totem Lebensspender, der Große Geist, Himmelsdonner!«

Sie sah, daß der Korb mit den Welpen am Tragriemen über seiner Schulter hing. Und dann erkannte sie erschrocken, daß er Tlana-quahs Umhang trug. Sie riß die Augen auf. »Mein Vater ist tot. Woher hast du das?« fragte sie und zeigte auf das Fell.

Er lächelte. »Ich habe es ihm abgenommen. Er brauchte es nicht mehr, und er war ohnehin nicht würdig, es zu tragen.«

Während er sprach, öffnete er den Deckel des Korbes, suchte darin nach einem weiteren Welpen und holte einen heraus. Mit dem Daumen brach er dem kleinen Hund das Genick und warf ihn lachend zu Mah-ree hinüber.

»Wie viele soll ich davon noch umbringen? Glaub mir, Schamanenmädchen, ich werde sie genauso mühelos töten, wie ich deinen Vater getötet habe, wenn du mir nicht sagst, wo ich das große weiße Mammut finde.«

Sie fühlte sich betäubt und hilflos vor Verzweiflung, Wut und Angst. »Du wirst All-Großvater töten.«

Er kniff die Augen zusammen. »Ja, das werde ich. Er ist alt. Es ist Zeit, daß er seine Macht mit mir teilt.«

»Er ist Lebensspender. Er teilt seine Macht bereits mit allen Stämmen, die ihn als ihr Totem bezeichnen.«

»Zu viele Stämme bezeichnen ihn als ihr Totem. Deshalb ist er alt und schwach geworden. Deshalb muß er sterben. Ysuna wußte, was getan werden mußte, und irgendwie hast du ihre Absicht erkannt. Deshalb hast du beschlossen, sie zu vernichten — um ihn und dich selbst zu beschützen. Doch das ist jetzt vorbei. Ich bin gekommen, um ihm das Leben und die Macht zu nehmen. Und dann werde ich Lebensspender sein! Mein Ohr wird wieder anwachsen. Meine Narben werden verschwinden. Ysuna hat versprochen, daß es so sein wird.«

Mah-ree blinzelte und strengte sich an, keine Regung zu zeigen. Er hatte sich sehr verändert, seit sie ihn das letzte Mal gesehen hatte. Sie hatte ihn damals schon nicht gemocht, doch jetzt haßte sie ihn. Seine Worte verwirrten und erschreckten sie. Sie wußte, daß er einen weiteren Welpen töten würde, wenn sie etwas Falsches sagte oder etwas tat, was ihn beleidigte. Und er würde auch sie töten, das konnte sie in seinen Augen sehen.

»Wo ist er, Mah-ree, Mädchen, das das Mammut ruft? Sag es mir! Ich werde ihn finden, ob du mir hilfst oder nicht. Er ist zu groß, um sich zu verstecken.«

Sollte dies der Versuch eines Scherzes sein? Ja. Sie sah, wie sich sein Mund zu einem Lächeln verzerrte. Er hatte auch gelächelt, als er vom Tod ihres Vaters gesprochen und als er den Welpen getötet hatte. Und jetzt lächelte er wieder, als er erneut in den Korb griff.

»Warte! Ich weiß, wo er ist. Aber du wirst ihn niemals

finden, wenn ich dir nicht den Weg zeige. Und wenn du noch einmal einem Welpen etwas antust, werde ich dir gar nichts zeigen!«

Er lachte. »Ach, natürlich! Er ist bei der heiligen Quelle! Das hätte ich mir denken können!«

»Nein, dort ist er nicht!«

»Du lügst. Ich erkenne es daran, wie ernsthaft du mich ansiehst. Du bist so leicht zu durchschauen! Ich weiß, daß er an der Salzquelle ist. Und ich kenne auch den Weg dorthin: durch die Schlucht bis zu den Teichen, wo ich das kleine weiße Kalb und die Kuh geschlachtet habe. Aber es gibt noch einen kürzeren, geheimen Weg. Masau hat mir davon erzählt. Er hat mir auch erzählt, daß du diesen Weg kennst. Du wirst ihn mir jetzt zeigen, bevor dein Stamm und Shatehs Männer eintreffen. Versuch nicht, Zeit zu gewinnen, Schamanenmädchen! Vergiß nicht, ich bin Maliwal! Ich bin der Wolf! Ich nährte mich an der Brust Ysunas, und ihre Zauberkraft ist auf mich übergegangen!«

Also gehorchte Mah-ree ihm aus Furcht um ihr eigenes Leben und um das der Welpen. Betrübt führte sie ihn durch das Dorf in die nächtlichen Hügel. Sie kam nur schleppend voran, schluchzte heftig und geriet in der Dunkelheit immer wieder ins Stolpern. Ihre Tränen und ihre sichtbaren Qualen befriedigten ihn. In seinem Eifer, an sein Ziel zu kommen, prügelte er sie, wenn sie hinfiel, und verfluchte sie wegen ihrer Unbeholfenheit. Dabei bemerkte er nicht, daß sie eine deutliche Spur hinterließ, der andere Männer in der Dunkelheit mühelos würden folgen können.

Sie gingen in verbissenem Schweigen durch die Nacht. Cha-kwena führte die Männer an. Dakan-eh war bei ihm, außerdem Lom-da, Iman-atl, Shateh und viele Männer des Bisonstammes und aus Tlana-quahs Stamm. Alle Geschöpfe, die nachts durch die Wälder streiften, waren an Cha-kwenas Seite, drängten ihn voran, bewachten seine Schritte und sorgten dafür, daß er nicht stockte. Er wagte es nicht, einen falschen oder unsicheren

Schritt zu tun, denn seit Dakan-eh Mah-rees Fußabdrücke entdeckt hatte und ihnen ein Stück weit gefolgt war, wußte Chakwena, wohin sie unterwegs war. Sein Herz verwandelte sich in Eis, als er den heiligen Stein in die Hand nahm und alle Mächte der Schöpfung um Unterstützung anflehte. *Erster Mann und Erste Frau, seid mit mir! Großvater, geh an meiner Seite! Alte Eule, laß mich kein dummer Junge mehr sein! Mah-ree führt Maliwal zur heiligen Quelle. Moskito führt den Wolf zu unserem Totem. Wenn ich sie nicht rechtzeitig einhole, werden sie und das große weiße Mammut sterben.*

Mah-ree verirrte sich mehrere Male. Er schlug sie. Ihre Nase blutete, vielleicht war sie gebrochen. Sie wußte es nicht, und es war ihr inzwischen auch gleichgültig.

»Ich bin diesen Weg nur ein einziges Mal gegangen. Bitte, hab Geduld mit mir!«

»Geduld?« knurrte er. »Damit man uns findet?«

Etwas — ein Nachtfalke vielleicht, eine Fledermaus oder ein Flughörnchen — schwirrte dicht über seinem Kopf hinweg. Er schlug in der Dunkelheit danach und blickte sich nervös um. Er war ein Mann des offenen Landes, in unübersichtlichem Gelände fühlte er sich eingeengt. Er knurrte wieder, dann stieß er Mah-ree so heftig weiter, daß sie zu Boden stürzte. »Steh auf! Beweg dich! Oder soll ich einen weiteren Hund umbringen?«

Sie rappelte sich auf und ging ohne Beschwerde weiter, obwohl ihre Hände aufgeschürft und blutig waren. Es schien Stunden zu dauern, bis sie die leichte Veränderung im Geruch der Luft wahrnahm: Sie hörte den Wasserfall und roch die Zedern. Einen Augenblick später hörten sie beide das leise Schnaufen großer Tiere.

Maliwal blieb unvermittelt stehen. »Mammuts?«

»Bei den Teichen«, verriet sie ihm widerstrebend. »Sie sind gleich da vorne, hinter diesen Sträuchern.«

Mit einem Laut kaum verhüllter Begeisterung und Vorfreude warf Maliwal den Korb mit den Welpen ab. Sie hörte, wie die noch lebenden kleinen Hunde überrascht winselten, als der

Korb zu Boden fiel. Dann stieß er Mah-ree so heftig zur Seite, daß sie ein Stück durch die Luft flog, bevor sie im Unterholz landete.

Maliwal behielt zwei Speere in der linken Hand, hob einen über seiner rechten Schulter in Wurfposition und stürmte los. Sie konnte seine Erregung geradezu riechen. Er lief durch das Gebüsch und teilte die Zweige mit der linken Hand. Tlana-quahs Jaguarfell verfing sich an einem Ast und wurde ihm von der Schulter gerissen, doch er achtete nicht darauf. Er atmete heftig und war so begierig darauf, seine Beute zu sehen, daß er den Abgrund nicht eher bemerkte, bis er hineinstürzte.

Mah-ree sah, wie er verschwand, und schloß die Augen. Sie mußte gar nichts mehr sehen. Sie hörte seinen gellenden Schrei des überraschten Entsetzens, als er in den Abgrund stürzte, an den steilen schwarzen Wänden des Berges hinunter, durch die Kronen der großen Zedern und Fichten und auf die Felsen, die die Teiche tief unten umgaben, wo die Mammuts, die immer noch die tote Kuh und den kleinen weißen Sohn betrauerten, in wildem Gruß ihre Stoßzähne erhoben.

»Moskito?«

Verblüfft erkannte sie Cha-kwenas Stimme, öffnete die Augen und drehte sich um. Er stand auf der Lichtung hinter ihr. Selbst in der Dunkelheit konnte sie sein sorgenvolles Gesicht erkennen.

Zitternd stand sie auf, während die anderen Männer eintrafen.

»Was ist hier geschehen?« fragte Dakan-eh. Sie dachte einen Moment nach, dann antwortete sie nüchtern, wobei sie sich wunderte, warum sie so zitterte. »Dieser Moskito hat einen Wolf gestochen und ihn über die Klippe geschickt. Ich habe Maliwal gesagt, die Beute, die er sucht, sei nicht hier, aber er wollte mir nicht glauben. Also brachte ich ihn, wohin er wollte. Jetzt ist der Wolf tot, und Tlana-quahs Jaguarfell wurde seinem Stamm zurückgegeben!«

»Und das weiße Mammut?« fragte Cha-kwena.

»All-Großvater grast auf der Weide, wo die Rosen blühen. Du bist jetzt Schamane, Cha-kwena, also solltest du es nicht nötig haben, diesem Moskito eine solche Frage zu stellen!«

647

18

Vier Tage und Nächte lang toste der Sturm durch die Welt. Als endlich der Regen aufhörte, waren Seen, die ausgetrocknet gewesen waren, wieder voll. Die Flüsse und die heiligen Teiche in der großen Schlucht traten über ihre Ufer. Alles, was sich dort befand, wurde fortgeschwemmt. Von der Halskette mit den heiligen Steinen fand sich keine Spur. Das Land wurde vom Tod gereinigt, und die Brüder des Himmels wurden nie wieder gesehen.

Am See der Vielen Singvögel versammelten sich in den folgenden Tagen zahlreiche Menschen, die aus vielen verschiedenen Stämmen kamen, von denen nur zwei aus der Roten Welt stammten.

»Komm, Cha-kwena! Komm, Schamane!« forderte Dakan-eh ihn auf. »Erzähle uns von den Stämmen! Erzähle uns, wie die Eidechsenfresser der Roten Welt und die Bisonjäger aus dem Grasland sich zusammentaten, um die Brüder des Himmels wieder zurück zu den Sternen zu treiben!«

Cha-kwena kam und erzählte eine bittere Geschichte, an die man sich noch lange erinnern würde. Sie begann, wie Hoyeh-tay sie ihn gelehrt hatte:

»Zu Anbeginn der Zeiten waren alle Menschen ein Stamm. Dann folgten der Erste Mann und die Erste Frau dem großen weißen Mammutgeist Lebensspender durch die Welt. Sie kamen aus dem Land des Wachenden Sterns. Sie zogen durch das Land aus Eis. Sie kamen durch das Tal der Stürme ins Verbotene Land. Sie gingen immer weiter in Richtung der aufgehenden Sonne ... bis die Brüder des Himmels geboren wurden und die Einheit des Stammes zerstört war. Doch jetzt ist es vorbei. Die Menschen sind wieder zusammengekommen, um sich einem gemeinsamem Feind entgegenzustellen, um ihn aus diesem Land zu vertreiben, um gemeinsam gegen ihn zu kämpfen, auch wenn der Kampf für immer andauern sollte ...«

Ta-maya konnte es nicht ertragen, dieser Geschichte zuzuhören. Sie stand auf und verließ den Kreis. Hoch oben flog ein

Steinadler, und dabei mußte sie an Masau denken und weinen, weil sie ihn verloren hatte. Sie fragte sich, was aus ihm geworden wäre, wenn er in der Roten Welt und nicht im wilden Land des goldenen Grases im Norden geboren worden wäre.

»Er wird in deiner Seele weiterleben, Lieblingskind«, beruhigte Ha-xa sie, die die Gedanken ihrer Tochter erraten hatte und mit Tlana-quahs Umhang auf den Schultern neben sie trat, um den Adler zu beobachten. »Erinnere dich an deinen Mystischen Krieger, wie ich mich an deinen Vater erinnere. Erinnere dich an deine Liebe, und sie wird niemals sterben, solange du lebst.«

EPILOG

Der Pinienmond ging über der Roten Welt auf und wieder unter. Niemandem stand der Sinn danach, sich noch einmal auf den Weg zu den Blauen Tafelbergen zu machen. Sie waren jetzt ein Ort des Todes. In den westlich gelegenen Gebirgszügen wurde nach einem neuen Ort für die Piniennußernte gesucht.

Kosar-ehs Wunde verheilte nur langsam. Er nutzte die Zeit, den vielen bewegten und verschlungenen Erzählungen der Männer der verschiedenen Bisonstämme zuzuhören, die in der Roten Welt bleiben wollten, als sie von den milden Wintern des Landes hörten.

»Vielleicht werde ich meine Frauen und meine Kinder holen, um bei euch zu überwintern«, sagte Shateh. »Ich bin nicht mehr so jung, wie ich einmal war. Im Grasland ist der Schneemond bitter. Wir würden die Mammuts in diesem Land nicht jagen, es sei denn, es bricht eine Hungerzeit an. Wenn die Rote Welt im Sommer brennt, seid ihr willkommen, mit eurem Stamm zu euren Brüdern und Schwestern im Norden zu kommen, um zu handeln, um Bisons oder die Menschen des Wachenden Sterns zu jagen, die uns entkommen sind. Sie sollten nicht ungestraft davonkommen, damit sie keine Kinder großziehen und uns nach einer Generation wieder angreifen.«

Dakan-eh unterstützte diese Idee. Als er sprach, wurden seine Worte mit großer Begeisterung aufgenommen. »Wir sollten sie jagen, wie sie einst uns gejagt haben«, drängte er. »Wir könnten viele Frauen als Sklavinnen nehmen. Sklaven dürfen nicht wie unsere Frauen Widerworte geben. Das wäre gut! Unsere Frauen müßten nicht mehr so hart arbeiten.«

Cha-kwena hörte zu und wurde unruhig. Er suchte die Höhle auf. Er malte neue Bilder an die Wände, seltsame und unheilvolle Bilder. Nachts konnte er nicht schlafen, und wenn er tagsüber einnickte, hatte er schlimme Träume von Löwen und von Ratten, die ihn aus den Augenhöhlen der Toten anstarrten.

Der Kaninchenmond ging auf und wieder unter. Auf der jährlichen Treibjagd wurden nur wenige Kaninchen erlegt. Es hieß, daß Himmelsdonner sie alle ertränkt hatte. Shatehs Männer, die nicht viel von Kaninchenfleisch hielten, zogen zurück nach Norden. Dakan-eh und viele Jäger aus der Roten Welt begleiteten ihn. Sie kehrten mit Sklaven und Bisonfleisch zurück, aber sie berichteten auch, daß die Herden nicht mehr so weit nach Süden kamen wie früher. Das Grasland schien sich zurückzuziehen, und sogar in einem regenreichen Jahr blieben die Bisons weit im Norden.

»Unser alter Häuptling Tlana-quah hatte Angst, daß sich das Land verändern würde«, sagte Dakan-eh. »Ich, der neue Häuptling, habe keine Angst davor.«

Er ließ seine Worte wirken und wartete ab, ob jemand anderer Meinung war. Doch niemand sagte etwas. Tlana-quah war tot, und Dakan-eh war ein mutiger Mann in wechselhaften Zeiten, die mutige Männer erforderten.

»Der Stamm muß sich mit dem Land verändern«, fügte er im Tonfall eines weisen Mannes hinzu. »Das ist gut.«

Damit winkte er in Richtung seiner Hütte auf der anderen Seite der Siedlung, wo zwei nackte junge Frauen auf seine Befehle warteten. Sie waren Überlebende des dezimierten Stammes des Wachenden Sterns. Er hatte sie auf seiner Reise nach Norden gefangengenommen. Ursprünglich waren es drei gewesen, aber eine von ihnen war beim Kampf verletzt worden und auf der Heimreise krank geworden. Da sie für ihn nutzlos war, hatte er sie auf den Vorschlag der Bisonjäger ausgesetzt. Das hatte sich als hervorragende Taktik erwiesen, denn die anderen beiden Mädchen waren daraufhin sehr gehorsam. Jetzt huschten sie nach innen, um sich darauf vorzubereiten, seinem Vergnügen zu dienen.

Ban-ya hatte keine Einwände. Sie war inzwischen hochschwanger, und wenn die Sklavinnen nicht ihre Beine für

Dakan-eh spreizten, nahmen sie ihr die Arbeit ab. Sie empfand dies als außerordentliche Erleichterung ihres Tagesablaufes, so daß sie sich fragte, warum ihr Stamm nicht schon früher auf die Idee gekommen war, sich Sklaven aus anderen Stämmen zu holen.

»Weil wir aus den Menschen der Stämme keine Sklaven machen können«, sagte Kahm-ree zu ihr. »Das wäre nicht recht. Doch diese Söhne und Töchter des Wachenden Sterns sind keine richtigen Menschen. Sie fielen zusammen mit den bösen Brüdern des Himmels von den Sternen herab. Sie können froh sein, daß wir sie überhaupt am Leben lassen. Wir können mit ihnen tun, was wir wollen – sie jagen, ihnen beibringen, uns wie die Hunde, die sie zu uns brachten, als Tragetiere zu dienen, oder sie töten, wenn sie ungehorsam sind. Wir können jederzeit unsere Jäger nach Norden schicken, um uns andere zu holen.«

Der Winter begann in diesem Jahr früh und dauerte lange. Die Bisonjäger beobachteten die Mammutherde, die auf den Salbeifeldern graste, und man hörte, wie sie davon sprachen, daß auch sie einmal Mammutjäger gewesen waren.

»Wer solches Fleisch in erreichbarer Nähe hat und statt dessen getrocknete Maden und Beeren ißt, beleidigt damit die Mächte der Schöpfung und die Mammuts selbst! Ich kann verstehen, warum ihr das alte weiße Mammut nicht jagt, das euer Totem ist. Aber da draußen ist eine ganze Herde. Sicher, es ist keine große Herde – ich glaube nicht, daß es so etwas überhaupt noch gibt – aber ihr könntet doch die junge trächtige Kuh töten und euch den ganzen Winter lang von ihr ernähren. Außerdem ist das ungeborene Kalb eine vorzügliche Delikatesse.«

Dakan-eh und die Jäger waren mit ihren Brüdern aus dem Bisonstamm einer Meinung.

An dem Tag, als die Kuh gejagt werden sollte, schien die Sonne auf neuen Schnee. Der Wind war mild, und alle Vorzeichen standen trotz der Warnung des Schamanen günstig.

»Du bist noch jung, Cha-kwena!« sagte Dakan-eh. »Zu jung, um solche Entscheidungen für den Stamm zu treffen. Shateh und seine Jäger haben uns neue Jagdmethoden gezeigt, so daß wir auch im Winter mühelos Beute machen können, um für unseren Stamm eine neue Nahrungsquelle zu erschließen.«

»Es ist verboten!« rief Mah-ree.

»Du bist still! Dein Vater ist nicht mehr der Häuptling, Mahree. Ich bin es jetzt. Der Stamm hat sich in der Ratsversammlung entschieden. So wie schon Han-da auf dem heiligen Berg sagte, müssen sich auch die Menschen ändern, wenn sich die Zeiten ändern.«

»Ja«, stimmte Cha-kwena zu. »Aber du wendest dich von allen Traditionen der Vorfahren und des Ersten Mannes und der Ersten Frau ab. Han-da hat den heiligen Stein seines Stammes zerstört! Und auf der Versammlung hast du den Rat Kosar-ehs und des Schamanen ignoriert, indem du den Entschluß gefaßt hast, die trächtige Kuh zu jagen. Tlana-quah hätte das niemals zugelassen!«

»Wie ich schon sagte, Cha-kwena, ist Tlana-quah nicht mehr der Häuptling. Kosar-eh mag ein mutiger Mann sein, aber er ist immer noch ein Krüppel. Sein Wort zählt im Stammesrat nichts, was mich betrifft, und deins hat kaum größeres Gewicht. Es ist beschlossen worden, daß wir uns nicht mehr damit zufriedengeben, uns von Eidechsen und Nagetieren zu ernähren. Mammuts weiden in unseren Jagdgründen, und wir werden sie jagen und ihr Fleisch essen. Wir jagen nicht All-Großvater. Er wird immer unser Totem sein.«

»Und was ist, wenn wir das letzte Mammut in dieser Herde — oder vielleicht sogar aller Herden — getötet haben? Wirst du nach den verlorenen Speeren Masaus suchen und auch unser Totem jagen?«

Es war Shateh, der ihm mit wohlwollender Geduld antwortete. Was immer er einmal für Masau und Maliwal empfunden hatte, er hatte die Namen seiner Söhne seit ihrem Tod mit keinem Wort erwähnt und zeigte auch jetzt keine Reaktion auf die Erwähnung Masaus. »Cha-kwena«, sagte er, »die Dinge verändern sich überall in dieser Welt. Tiere sterben, Menschen sterben. Aber eins weiß ich genau — es mag regenreiche Jahre geben, in denen die Flüsse über ihre Ufer treten, und trockene Jahre, in denen Seen verschwinden, es mag reiche Winter geben und solche, in denen die Menschen Hunger leiden, aber es wird immer Mammuts und Bisons geben, die die Menschen jagen können.«

Cha-kwena blickte zu Ha-xa hinüber, die mit Tlana-quahs Fellumhang bei den Frauen stand. »Und auch der Jaguar, der große gefleckte Löwe, wird für immer in der Roten Welt leben!« sagte er sarkastisch.

Mehr gab es nicht zu sagen. Er sah zu, wie die Jäger aufbrachen, und ging dann in seine Höhle. Er konnte nicht schlafen. Er konnte weder essen noch trinken. Er machte ein Feuer und zeichnete mit dem schwarz verkohlten Ende eines Weidenzweiges neue Bilder an die Wand — Strichmännchen, die Jagd auf andere Menschen und auf Mammuts machten. Die Jäger sprangen und tanzten jubelnd, während sich ihre Opfer von Speeren verwundet wanden und starben ...

Er wandte sich voller Verzweiflung ab. »Hoyeh-tay, Großvater, alte Eule! Helft mir! Bitte! Ich bin ein Mann des Stammes der Roten Welt. Aber wie kann ich Schamane sein? Mah-ree hatte recht mit dem, was sie auf dem heiligen Berg sagte! Die Menschen meines Stammes sind zu Fremden geworden. Ich kenne sie nicht mehr. Sie sind jetzt zu den Brüdern des Himmels geworden!«

Sie gingen an einem Tag auf die Jagd, als das alte weiße Mammut wie so oft allein auf der Wiese hinter dem Dorf graste, wo die Stoßzähne eines Mammuts sogar im tiefsten Winter harte Triebe ausgraben konnten.

Die Männer überraschten die kleine Herde. Sie begeisterten sich an der Jagd. Nicht nur eine, sondern zwei Kühe gerieten auf der langen, keilförmigen Rampe aus Schnee in Panik, die die Jäger in mehrtägiger Arbeit errichtet hatten. Sie befand sich im Windschatten eines Hügelzugs, den die Mammuts immer wieder zum Schutz vor starken Winden aufsuchten.

Eine solche Winterfalle wurde im Land der Bisons oft benutzt, und sie erwies sich auch für die Mammutjagd als geeignet. Die Tiere rutschten über die Oberfläche, die bei Temperaturen unter dem Gefrierpunkt sorgfältig feucht gehalten worden war, und dann fiel die eine Kuh auf die andere, die trächtig war. Der Aufprall brach der trächtigen Kuh den Beckenknochen, so daß sie nicht mehr aufstehen konnte. Das oben liegende Tier wurde mit den Speeren der Jäger gespickt, bevor es taumelnd davontrottete. Eine Gruppe Jäger verfolgte die Kuh mehrere Stunden lang, bis sie schließlich zusammenbrach.

Die Männer rasteten gelegentlich, um von ihrem Reiseproviant zu essen, dann machten sie sich wieder auf die Jagd und trieben die langen Klingen ihrer Speere immer wieder in lebenswichtige Organe, sofern sie sie erreichen konnten.

An der Schneerampe begannen die übrigen Jäger mit der Arbeit an der trächtigen Kuh. Der Stamm war zu ihnen gestoßen und hatte ein Lager errichtet. Das Schlachten würde am folgenden Tag beginnen, ganz gleich, ob das Mammut tot war oder nicht.

Cha-kwena ging allein hinaus in die Hügel und blickte sich nicht um. Schweigend folgte er dem vertrauten Pfad, als würde er von alten Freunden träumen, die jetzt seine Feinde waren, und von Feinden, die unter anderen Umständen vielleicht seine Freude geworden wären.

Es schneite heftig, als er den uralten Wacholder erreichte, die Äste hinaufkletterte, sich wie ein junger Luchs ausstreckte und über den Abgrund der Zeit rief: »Du bist Schamane, Hoyeh-tay. Höre mich! Finde mich, wenn du kannst!«

Schnee fiel leise durch das verschlungene Gewirr der Äste, aber wenn Hoyeh-tays Geist in der Nähe war, kam er nicht zu Cha-kwena.

Cha-kwena kletterte hinunter und ging weiter. Er erreichte den Ausblick und stieg vorsichtig zu den Teichen hinunter. Es war ein gefährlicher Abstieg. Als er angekommen war, drang

Sonnenlicht durch die Schneewolken. Er ließ sich vom lebenden Herzen des heiligen Steins, den er um den Hals trug, führen, bis er auf das stieß, was er nicht finden wollte, aber finden
mußte, wie er auf eine unbestimmte Weise wußte. Der große
Regensturm hatte die Knochen des Mammuts und die Maliwals
freigewaschen. Doch dort drüben lagen an der Böschung eines
der Teiche eingekeilt unter einem Granitvorsprung die Speerspitzen des Mystischen Kriegers und glänzten in einer Hülle aus
Eis. Die Schäfte und Sehnenverbindungen waren zerbrochen
und abgerissen, aber die Spitzen waren noch ganz.

Nimm sie! sagte eine Stimme. *Sie sind so, wie ich sie zum
ersten Mal in meiner Vision sah.*

Masau? dachte Cha-kwena, als er danach griff. Dann hielt er
zögernd inne.

»Du bist ihrer würdig, Cha-kwena!« sprach eine sanfte
Stimme.

Er blickte auf.

Mah-ree lächelte ihm von der gegenüberliegenden Seite des
Teiches aus zu. »Er würde es wollen, daß du sie an dich nimmst
und an einen Ort bringst, wo niemand sie jemals wiederfinden
und gegen unser Totem erheben kann.«

»Wie kommt es, daß du mir immer wieder folgen kannst,
ohne daß ich es weiß? Und warum verstehst du meine Gedanken oft besser als ich selbst, Moskito?«

»Weil ich eine Schamanin bin. Und weil ich ein Teil von dir
bin, so wie auch du ein Teil von mir bist. Ganz gleich, ob du
eine Abneigung gegen mich hast, aber so ist es.«

»Ich habe keine Abneigung gegen dich, Moskito.«

»Dann nenne mich bei meinem Namen! Ich bin kein Mos-
kito! Ich bin Mah-ree, das Mädchen, das das Mammut ruft.
All-Großvater wartet auf der Wiese auf mich, wo im Sommer
die Rosen blühen. Er wird nicht mehr in der Roten Welt
leben. Ha-xa, U-wa, Kosar-eh, Ta-maya, Siwi-ni und die
Babys, Kinder und Welpen sind bei ihm und warten auf uns.
Wir haben Schlitten mit Vorräten beladen und mit all den
Dingen, die wir brauchen, um ein neues Leben in einem neuen
Stamm zu beginnen. Wir werden wie der Erste Mann und die

Erste Frau über das Land ziehen, ins Gesicht der aufgehenden Sonne, nach Osten, über die Sandberge und den Rand der Welt hinaus, wohin uns die Brüder des Himmels niemals folgen werden.«

Er stand auf. Die Sonne wurde wieder von Wolken verhüllt. Es schneite heftiger. »Du kannst nicht all das zurücklassen, was du gekannt und geliebt hast, Mah-ree.«

»Aber ich tue es aus eigenem Entschluß. Meine Mutter und meine Schwester kommen mit. Und ich werde bei Cha-kwena und Lebensspender sein. Das ist alles, woran mir etwas liegt.«

Er wußte nicht, was er sagen sollte, also schwieg er.

Sie wartete geduldig, während er jede Speerspitze sorgfältig in die Lederstücke wickelte, die er zu diesem Zweck mitgebracht hatte, und legte alle drei in den Köcher, den er eigens dafür angefertigt hatte.

Schweigend gingen sie weiter. Irgendwann unterwegs nahm sie seine Hand, und er zog sie nicht zurück.

In der Schlucht war es kalt und still. Es gibt Orte auf der Welt, an denen ein Zauber wohnt, und dies war ein solcher Ort. Ein junger Mann und ein Mädchen gingen einem neuen Leben in einer neuen Welt entgegen, und irgendwie ging ein alter Mann neben ihnen, und eine Eule mit spärlichem Gefieder in einer Weste aus Kaninchenfell saß auf dessen Kopf.

Ach, da bist du ja, Cha-kwena! Endlich habe ich dich wiedergefunden! sagte der alte Mann.

Dummer Junge! Du hast sehr lange gebraucht, um den Pfad des Schamanen zu finden! spottete die Eule, während der Hirsch, die Maus, der Hase, das Kaninchen, die Schwalbe, der Falke, Bruder Fledermaus, der kleine weiße Sohn, der Kojote und ein Hund namens Blut nebenher liefen, hüpften oder flogen. Ein Stück voraus trompetete Lebensspender auf der Wiese, wo im Sommer die Rosen blühten, und der Raubwürger mit seiner prächtigen schwarzen Gesichtsmaske flog über ihm.

Komm, zieh mit uns in die aufgehende Sonne, Cha-kwena! sagte der Raubwürger mit der Stimme des Mystischen Kriegers. *Du kannst dich dem Nordwind nicht entgegenstellen.*

All-Großvater wartet auf dich, und der Westwind spricht nur vom Tod. Du hast dich endlich als würdig erwiesen, Chakwena, Bruder der Tiere, Enkel von Hoyeh-tay, Kleiner gelber Wolf ... Wächter des letzten Mammuts ... Wächter des letzten Mammuts ... Schamane ...

ENDE

Nachwort des Autors

Das Land der heiligen Steine versucht genauso wie die ersten vier Romane der Serie *Die Großen Jäger*, die Einwanderung des Menschen nach Amerika zu rekonstruieren. Die Handlung und das Leben der Personen dieses Buches wurden nach archäologischen Erkenntnissen und der Mythologie jener eingeborenen Amerikaner gestaltet, deren Sprache und Kultur am engsten mit der jener Stämme verwandt ist, die eine Vorform des Athapaskischen sprachen und die ersten Amerikaner waren.

Die Stämme in dieser Geschichte sind die direkten Nachfahren der ersten altsibirischen Großwildjäger, die vor etwa vierzigtausend Jahren Asien verließen. Unter den verschiedenen Kulturen der beiden amerikanischen Kontinente haben alle, die sich selbst als ›Menschen‹ bezeichnen, eine gemeinsame linguistische und ethnologische Herkunft. Alle sprechen davon, daß sie ›aus dem Norden kommen‹, vom ›Ersten Mann und der Ersten Frau‹, und von Zwillingskriegsgöttern, die oft als ›Donnerwesen‹ oder ›Brüder des Himmels‹ bezeichnet werden.

Die Morgenstern-Zeremonie ist nicht meine Erfindung. Sie scheint uralte Wurzeln zu haben, und eine Variante wurde (mit Pfeilen statt Speeren) bis ins neunzehnte Jahrhundert von den Pawnees praktiziert. Verschiedene Formen der Zeremonie überlebten in Mexiko, Meso und Südamerika auch noch nach der europäischen Eroberung.

Rituelle Adlerjagden wurden genauso wie in diesem Roman beschrieben durchgeführt, aber nicht immer zu rein religiösen Zwecken. Steinadler waren wertvolle Tauschgüter. Es heißt, daß bei den Schwarzfuß-Stämmen im Norden manchmal bis zu vierzig Vögel an einem einzigen Tag gefangen wurden. Vier Steinadler waren der allgemeine Tauschpreis für ein Pferd.

Die ›magischen‹ Speerspitzen Masaus haben wirkliche Speerspitzen zum Vorbild, die vor etwa 11 200 Jahren von einem linkshändigen Steinbearbeitungsexperten aus weißem Chalzedon gehauen wurden, bevor sie mit anderen Clovis-Werkzeugen an einer Fundstätte zurückgelassen wurden, die sich in East Wenatchee im Staat Washington befindet. Ihre ungewöhnliche Größe stellt die Wissenschaftler vor ein Rätsel, aber S'uski, der kleine Kojoten-Fetisch der Zunis, der auf meinem alten Mac 512K Wache steht und meinem Textverarbeitungsprogramm den Funken der Inspiration entlockt, versichert mir in der schallenden Stimme des Singhundes, daß sie nur zu einem einzigen Zweck hergestellt worden sein können: Es sind ›magische‹ Speerspitzen für die Jagd auf ein ›magisches‹ Mammut. Und so habe ich genauso wie Cha-kwena unter der Führung des Kojoten in diesem Roman versucht, eine Geschichte zu erzählen, wie sie hätte geschehen können.

In mehreren Einwanderungsschüben, die mit dem Vorstoß und Zurückweichen der eiszeitlichen Epochen zusammenfallen, folgten viele Generationen von paläo-indianischen Großwildjägern den Mammuts und den großen Herden des Pleistozäns in das ›Land aus Eis‹ und über den trockenliegenden Meeresgrund der Bering-Straße. Diese Stämme zogen ostwärts durch Alaska und Kanada, bis sie schließlich nach Süden durch ein offenes Grasland und das gewaltige ›Land der Stürme‹ gezwungen wurden, das sich zwischen dem Kordillereneis und dem Laurentischen Inlandeis erstreckte, die beiden Eisschilde, die den größten Teil Nordamerikas unter sich begruben. Die Jäger wanderten in südlicher Richtung durch ein unbekanntes und ›Verbotenes Land‹ das am östlichen Grat der Rocky Mountains lag, und erreichten durch das ›Land der Vielen Wasser‹ nach vielen Jahrtausenden den nördlichen Rand der Großen Prärien. Zu diesem Zeitpunkt waren sie zu einem ganz neuen Volk geworden, mit einer Lebensweise, die genauso vollkommen an ihre Umwelt angepaßt war wie ihre hervorragend gearbeiteten Steinwerkzeuge.

Innerhalb eines Jahrtausends hatten diese Nachkommen der ersten Amerikaner beide Kontinente besiedelt. Ihre kannelierten Speer-und Pfeilspitzen sind der Beweis für eine einheitliche Kultur, die sich über ganz Nordamerika und tief bis nach

Mittel- und Südamerika hinein erstreckte. Doch die Speerspitzen dieser Menschen weisen gleichzeitig auf eine Tatsache hin, die genauso erstaunlich ist wie ihre Einwanderung aus dem Norden, genauso erschütternd wie ihre besten Hammersteine und so unheilverkündend wie der Rauch der Grasfeuer, mit denen sie ihre Beute bis zur Ausrottung jagten.

Der Clovis-Mensch (der nach einer Stadt in Neu-Mexiko benannt ist, wo seine charakteristischen Speerspitzen an einem prähistorischen Jagdplatz zwischen den Knochen von Mammuts, Pferden und Bisons, seinem Lieblingsjagdwild, entdeckt wurden) war nicht einfach nur ein Raubtier, sondern (auch im Vergleich zum Allosaurus und dem Tyrannosaurus Rex) das zerstörerischste Raubtier, das jemals auf der Erde gelebt hat.

In den vielleicht eintausend Jahren, die der Clovis-Mensch brauchte, um von der Großen Prärie bis zur südlichsten Spitze von Feuerland vorzustoßen, haben seine schnelle Vermehrung, seine verschwenderischen Jagdmethoden und seine offenkundige Vorliebe für das Fleisch junger Tiere in Verbindung mit einem Wechsel des globalen Klimas zu einem Massenaussterben nicht nur einer Art von Pflanzenfressern, sondern ganzer Gattungen großer nordamerikanischer Säugetiere geführt. Mammuts, Pferde, Kamele und Riesenfaultiere wurden durch die Jagdzüge des Clovis-Menschen ausgerottet. Es war unvermeidlich, daß die großen Fleischfresser, die von diesen Tieren lebten, der große amerikanische Löwe, der nordamerikanische Kurzschnauzenbär und der Säbelzahntiger, bald mit ihnen verschwanden.

Am südöstlichen Rand der Rocky Mountains, wo Wälder und Grasflächen zu Wüsten wurden, zwang das Verschwinden der großen Gletscher und Binnenseen des Pleistozäns alle Lebewesen dazu, sich an eine grundlegend veränderte und immer trockenere Umwelt anzupassen. Der Clovis-Mensch lernte nur langsam. Es herrscht die allgemeine Übereinstimmung vor, daß seine Jagdtechniken der kritische Faktor sowohl für die Ausrottung der Megafauna des Pleistozäns als auch für den Untergang seiner eigenen Lebensweise gewesen sein könnten.

Wenn wir heute im letzten Jahrzehnt des zwanzigstens Jahrhunderts und damit an der Schwelle eines neuen Jahrtausends stehen, sollte das Schicksal des Clovis-Menschen und seine zerstörerischen Auswirkungen auf die Umwelt uns zu denken geben. Als das letzte Mammut verschwunden war, gab es für die Kultur, die auf seiner Existenz beruhte, keine Überlebensmöglichkeit mehr. Oberflächlich betrachtet, mag es ein fragwürdiger Vergleich sein, da sich die westliche Zivilisation gegenwärtig zu einer Weltkultur entwickelt, die zunehmend Technologien benutzt, die uns von der Natur unabhängig machen. Doch kaum jemand kann leugnen, daß unsere Lebensweise trotz aller Wunder, die diese Zivilisation hervorgebracht hat, systematisch unseren Planeten verseucht und unser Leben enthumanisiert, während sie dieses gleichzeitig verlängert. Vielleicht ist es Zeit, sich an das zu erinnern, was der Clovis-Mensch vergessen hat — daß wir nämlich nur so lange wie unser ›Fleisch‹ überleben können.

Wie die ersten eingeborenen Amerikaner, die gezwungen waren, die Ausschließlichkeit der Großwildjagd aufzugeben, um vielfältige Jäger-und-Sammler-Kulturen und schließlich die Tradition der Landwirtschaft zu entwickeln, müssen auch wir erkennen, daß es an der Zeit ist, nach neuen Wegen zu suchen . . . oder vielleicht einige der alten Wege wiederzufinden.

Die Kulturen der eingeborenen Amerikaner sind so vielfältig wie das Land, das sie gestaltet hat. Dennoch haben sie eine angeborene Spiritualität miteinander gemeinsam, die in ihrem Glauben gründet, daß dieser Planet die Mutter von uns allen ist, daß der Mensch nicht der Herr dieser Welt ist, sondern nur eins ihrer vielen Kinder, und daß er ein Wesen sowohl des Geistes als auch des Fleisches ist — daß beide Aspekte nicht voneinander zu trennen sind. Ohne einen solchen starken Sinn für die spirituelle Verwandtschaft mit der Welt der Natur beginnt ein lebenswichtiger Bestandteil menschlicher Existenz abzusterben.

Der Geist von Häuptling Seattle der Suquamisch-Indianer spricht immer noch zu uns: ». . . alle Dinge haben denselben

Atem miteinander gemeinsam, das Tier, der Baum, der Mensch ... der Wind, der unserem Großvater den ersten Atemzug einhauchte, empfängt ihn mit seinem letzten Seufzer zurück. Alle Dinge hängen miteinander zusammen.«

Während der Wind unseren Kindern immer noch von einem weiten Land singt, wo saftiges, wildes Gras und große Wälder wachsen, während die Lebewesen dieser Erde in der Hoffnung auf ein Morgen immer noch Nachkommen zeugen, sollten wir die Generation sein, die weise genug ist, um aus der Vergangenheit zu lernen. Wir sollten uns daran erinnern, daß ›zu Anbeginn der Zeiten‹ die Vorfahren *aller* Menschen in Stammesgesellschaften lebten, die unter einem offenen Himmel und auf einer Erde, die ihnen heilig war, die Mächte der Schöpfung priesen. Für uns sollte es kein letztes Mammut geben. Die Sonne soll wieder von den Flügeln der Adler verdunkelt werden, und der Himmel soll beim Trompeten wilder Elefanten erzittern ... für immer.

Der Autor möchte sich bei Dr. Michael Gramly, dem Kurator für Anthropologie des Buffalo Museum of Science in New York und Leiter des Clovis-Projekts an der Richey Clovis Cache in Wenatchee/Washington, bedanken, für seine großzügige Überlassung wertvoller neuer Daten, die den Entwurf der Handlung für *Das Land der heiligen Steine* bereichert haben, wobei sie gleichzeitig viele der Hypothesen des Autors bestätigten — und auch in Frage stellten. Dank gilt auch dem Personal von Book Creations für Nachforschungen und herausgeberische Tätigkeiten, besonders der Cheflektorin Laurie Rosin, sowie der Bibliothekarin Betty Szeberenyi und den Lektorinnen Judy Stockmayer und Marjie Weber.

Weiter bedankt sich der Autor bei Donald B. Fisher und Cathy Anne Burton von Nearly Native für die vielen Informationen über die altindianische Lebensweise, die an einem Wochenende mit eiszeitlicher Spurensuche, Atlatl-Wurf, Seilherstellung und Fallenstellen auf der Soda Springs Desert Research Station der Universität von San Bernardino in Zzyzx/Kalifornien vermittelt wurden. Dank gilt auch Jacques Devaud, dem Präsidenten der Friends of the Big Bear Valley

Preserves, daß er mich an seiner Begeisterung und seinem Wissen über die überwinternden weißköpfigen Seeadler im Big Bear Valley teilhaben ließ, und dem Natural Science Council des Palm Springs Desert Museums für die Inspirationen, die die Redner auf dem siebten jährlichen Wissenschaftssymposium vermittelten, besonders Dr. Ruth DeEtte Simpson vom San Bernardino County Museum, Dr. R. Scott Anderson von der Northern Arizona University, Dr. Thomas R. Van Devender vom Arizona-Sonora Desert Museum und Dr. George T. Jefferson vom George C. Page Museum.

William Sarabande
Fawnskin, Kalifornien

Band 13 432
William Sarabande

Land aus Eis
Deutsche
Erstveröffentlichung

Vierzigtausend Jahre vor unserer Zeitrechnung: Wilde Stürme toben über der zugefrorenen Bering-See; gefährliche Mammuts ziehen durch die endlose Schneesteppe. Für den jungen Krieger Torka und seinen Clan ist jeder Tag ein Kampf ums Überleben. Wenn sie nicht, bevor der barbarische Winter beginnt, Nahrung finden, sind sie verloren. Also zieht Torka mit seinen beiden tüchtigsten Kriegern los, um ein Mammut zu erlegen, während der Stamm im Winterlager ausharrt. Die Zeit vergeht. Als Torka nicht zurückkehrt und die Hoffnung auf Nahrung schwindet, bricht der alte Umak in die schier endlose Scheewüste auf. Schon bald macht er eine furchtbare Entdeckung: Ein riesiges, sagenumwobenes Mammut jagt durch das Land aus Eis.

Sie erhalten diesen Band
im Buchhandel, bei Ihrem
Zeitschriftenhändler sowie
im Bahnhofsbuchhandel.

Band 13 465
William Sarabande
**Land der Stürme
Die großen Jäger**
Deutsche Erstveröffentlichung

Eine atemberaubende Saga voller Liebe und Abenteuer vom Anbeginn der Zeit
Vierzigtausend Jahre vor unserer Zeitrechung: Der junge furchtlose Krieger Torka muß die wenigen Überlebenden seines Stammes durch das Land der Stürme führen. Tausend Gefahren lauern auf sie: heftige Schneeorkane, wilde Tiere und böse Zauber, denen kein noch so tapferer Krieger trotzen kann. Doch Torka und seine schöne Frau Lonit schaffen es. Sie gelangen in ein Winterlager am Ende der Tundra. Hier aber erwartet sie keine Rettung, sondern der finstere Schamane Navahka, der den unheiligen Eid schwört, Torka und seine Sippe zu töten.

Sie erhalten diesen Band im Buchhandel, bei Ihrem Zeitschriftenhändler sowie im Bahnhofsbuchhandel.

Band 13 510
William Sarabande

Das verbotene Land
Die großen Jäger
Deutsche
Erstveröffentlichung

Eine atemberaubende Saga voller Liebe und Abenteuer vom Anbeginn der Zeit

Vierzigtausend Jahre vor unserer Zeitrechnung: Der furchtlose Jäger Torka hat eine Handvoll überlebender Krieger durch die Wildnis geführt. Sein Wort ist Gesetz – bis der junge stolze Cheanah sich erhebt und Getreue um sich schart. Torka und seine Frau Lonit müssen fliehen, um ihr Leben zu retten. Auf ihrer Flucht gelangen sie in das sagenumwobene verbotene Land, in das noch niemals ein Mensch seinen Fuß gesetzt hat, denn hier sollen gefährliche mystische Kreaturen ihr Unwesen treiben. Doch selbst in dieser undurchdringlichen Wildnis wird Torkas Sippe vom Zorn des unberechenbaren Cheanah verfolgt.

Sie erhalten diesen Band im Buchhandel, bei Ihrem Zeitschriftenhändler sowie im Bahnhofsbuchhandel.

Band 13 554
William Sarabande
Land der vielen Wasser
Deutsche Erstveröffentlichung

Eine atemberaubende Saga voller Liebe und Abenteuer vom Anbeginn der Zeit

Torka, der große Jäger, hat seinen Stamm durch viele Gefahren geführt, doch die Mächte des Schicksals gönnen ihm keine Ruhe. Eine alles vernichtende Feuersbrunst und eine riesige Flutwelle drohen, die Menschen auszulöschen. Auf der Flucht vor den Naturgewalten gelangen sie ins Land der vielen Wasser, das ihnen zunächst wie ein Paradies erscheint. Doch ganz in der Nähe lauert eine Horde der schrecklichen Wanawuts – jener halbmenschlichen Bestien, die Torkas Stamm schon seit vielen Monden verfolgen. Und ausgerechnet im Augenblick der größten Gefahr bricht im Stamm ein gefährlicher Streit zwischen Torkas Kriegersöhnen aus, die sich beide in dasselbe Mädchen verliebt haben.

Sie erhalten diesen Band im Buchhandel, bei Ihrem Zeitschriftenhändler sowie im Bahnhofsbuchhandel.

Band 13 559
Kathleen O'Neal Gear

Land der Schamanen
Deutsche Erstveröffentlichung

17. Jahrhundert an den Großen Seen in Nordamerika. Marc Dupré, ein junger Jesuitenpriester, der in der Neuen Welt an der Seite des legendären Paters Jean de Brebeuf das Christentum verbreiten will, verliebt sich in Andiora, die wunderschöne und geachtete Seherin des Huronen-Stammes. Doch Andiora hatte eine Vision von einem blonden Priester, der Tod und Verderben über ihr Volk bringt. Ist Marc Dupré dieser Mann aus ihrem Traum? Andiora ist gefangen zwischen der Angst um ihr Volk und einer unstillbaren Sehnsucht nach der Liebe des jungen Priesters...

Sie erhalten diesen Band im Buchhandel, bei Ihrem Zeitschriftenhändler sowie im Bahnhofsbuchhandel.

Band 13 563
Raymond E. Fowler
Die Beobachter
Deutsche
Erstveröffentlichung

UFOs. Gibt es sie wirklich? Sind sie irdischen Ursprungs, oder kommen sie aus den Tiefen des Weltalls? Wieviel verschleiert die Regierung und das Militär? Welche Rolle spielen die Geheimdienste in der UFO-Forschung?
Dieses Buch von RAYMOND E. FOWLER, einem anerkannten Experten auf dem Gebiet, liefert keine vorfabrizierten Antworten. Es gibt einen Abriß über die Geschichte der UFO-Forschung, berichtet von spektakulären und berühmt gewordenen Sichtungen und Entführungen – und von nicht weniger spektakulären Betrügereien.

EIN KLASSISCHES STANDARDWERK DER
UFO-FORSCHUNG ENDLICH IN DEUTSCHER SPRACHE!

Sachlich, seriös und doch spannend wie ein Roman.

**Sie erhalten diesen Band
im Buchhandel, bei Ihrem
Zeitschriftenhändler sowie
im Bahnhofsbuchhandel.**